ビガイルド 欲望のめざめ

The Beguiled

トーマス・カリナン
青柳伸子 訳

作品社

ビガイルド　欲望のめざめ

主要登場人物一覧

◆主要登場人物一覧

マーサ・ファーンズワース　学園長。
ハリエット・ファーンズワース　マーサの妹。学園教師。
マチルダ・ファーンズワース　ファーンズワース家に古くからいる黒人のメイド。通称マッティ。
ジョン・マクバーニー　北軍兵士。負傷して森で倒れていたところをアメリアに助けられ、学園にかくまわれる。
アメリア・ダブニー　学園の生徒。十三歳。自然を愛する。大農園の娘。
マリー・デヴェロー　学園の最年少の生徒。十歳。アメリアのルームメイト。反抗心旺盛。
アリシア・シムズ　学園の慈善給費生。通称アリス。十五歳。ブロンドの美少女。
エドウィナ・モロウ　学園の最年長の生徒。十七歳。父は政府に物資を供給する密輸商人。
エミリー・スティーヴンソン　学園の生徒。十六歳。学園長に一目置かれているリーダー格。父は准将。

ヘレンへ

1　アメリア・ダブニー

　わたしは、森のなかで彼を見つけた。ハリエット先生から、許可はいただいていた。でも、昔からある先住民の小道より向こうへは行かないという約束だった。その小道は、小川に向かって森が下りはじめるすぐ手前にある。そうなの、そのあたり一帯は、ファーンズワース家の土地だけれど、一度も使われたことがないみたい。まあ、それは、わたしには好都合だけどね。森みたいなところは、自然のままにしておいてほしいから。とにかく、あの日の午後――五月の第一週目――は、キノコがあまりたくさん見つからなかった。でも、彼を見つけた。

　彼は、落ち葉に顔を埋めて倒れていた。そして、お母さんか、深い川に浮かぶ流木にでも縋《すが》るように、倒れた木に片腕でしがみついていた。帽子が脱げ落ちて、額にできた深い擦り傷にたくさん蠅がたかっていた。髪の毛は赤くて顔はそばかすだらけ、顔の怪我《けが》をしていない部分は真っ蒼だった。はじめは死んでいるのかと思ったけれど、そのうちにとても小さな呻《うめ》き声を漏らしながら、彼はちょっと寝返りを打った。そうしたら、それまで体の下になっていたオークの木の葉に血がどっさり流れているのが見えて、ズボンの右脚も血だらけだった。

　まず、学園に戻ってハリエット先生か、マリーかアリスを呼んでこようかと思った。でも、やめにした。そんなことをしたら、あの人たちは大騒ぎをして、マーサ先生が四つ辻の店から戻ってくるまで待つことになっただろう。そうしたら、マーサ先生に、危険だから、もう決して森へ行ってはいけませんと言われただろう。だから、一人で動かすしかないと思った。

　大砲の音が、ますます大きくなっていた。朝早くから、東側の少し離れたところ、小川の向こうの荒地から大砲の音が響いていた。この敷地には、広い原生林がまだあるけれど、その向こうは、キイチゴや蔓植物《つるしょくぶつ》、松の二次林しか生えていない。畑作には向かないし、いい木は、もう何年も前に切り倒されていた。そんな土地のことで争いたがる人がいるなんて信じられなかったけれど、どうやらそういう人もいたみたい。

　そうこうするうちに、彼がこっちを向いたので、さっきよりよく顔が見えた。だから、身を乗り出してじっくり観察した。これでは、ひどいことなんてできっこないし、体の下に隠しているのでなければ、武器も持っていないみたいだった。それにしても、この人をいったいどうすればいいの？　学園まで引きずっていくなんて絶対に無理だった。でも、それしか動かす方法はなかった。

するると、彼がいきなり目を開けたかと思うと、片方の目だけつぶった。こんなときに、ウィンクする人がいるなんてと思ったけれど、本当にウィンクしているように見えた。

「びっくりした？」彼の声はとても小さかったけれど、言葉ははっきりしていた。

「いいえ」わたしは答えた……それから「ええ」

「よかった、俺もだ」彼はため息をついて、また両目をつぶってしまった。

「もう動けない？」

「ここまで来たんだぜ。最初は足で、次は膝で、ついには腹這いで。だから、行くところがあるんなら、あと少しなら動ける」

「この森を抜けたところに、ファーンズワース学園があるわ。ミス・マーサ・ファーンズワース女学園よ」

彼は、少し考えてから、「男はいるのか？」と聞いた。

「男の人はいないわ。わたしを入れて生徒が五人と……マーサ・ファーンズワース先生、それから妹さんのハリエット・ファーンズワース先生。大歓迎されるとは言えないけど、ここにいるよりはましよ」

「そうだな、招待を受けることにする。歩けるかどうか試してみるか。持ち上げてくれるか？　頭がくらくらして、一人では立ち上がれそうもねえ」

わたしは、彼の脇に身をかがめて腕を引っ張った。でも、何の力にもなれなかった。体が地面からほんの少し上がっただけで、すぐに彼は、疲れ切って仰向けに倒れてしまった。「小川で、ライフルさえなくしてなければ、つっかえ棒にできたってのに」

「さあ」わたしは、彼の脇に膝をついた。「右腕を肩に回して、いっしょに立ち上がるのよ」すると、彼は震えながら一フィートくらい体を持ち上げた。でも、膝を引き寄せて立ち上がるだけの力はなかった。

「ちょっと一息つかせてくれ。ほんの少しだけそのままでいられるか？」

「ええ」そのままでいられる自信はなかった。でも、支えていると、思っていたほど重たく感じなかった。たとえば、ディックお兄ちゃまほど重くはなかった。つまり、少なくともわたしが覚えているおととしの夏のディックほどは。だから、そう言った。それから、ディックと芝生の上でよく取っ組み合いをしたけれど、そんなはしたないことはやめなさい、もうそんなことをするほど子どもじゃないでしょうって、お母さまに言われたのでやめたことも。

「ディックは、今どこにいるんだ？」彼は、まだ息苦しそうだった。

「去年、チカモーガの戦い〔アメリカ南北戦争中の激戦の一つ。テネシー州チャタヌーガ近くの鉄道の要衝の制圧をめぐって行なわれた戦い〕で死んじゃった。テネシー州よ」

「知ってるよ。俺たちがやったんじゃねえからな。俺のいたポトマック軍は、テネシー州に行ったことはねえ」

「責めたんじゃないわ。あなたのせいじゃないもの」もちろん、ビリーお兄ちゃまもその戦いで死んだんだけど、わざわざ言わなくてもいいと思った。ビリーは、ディックより四つ年上だったから、取っ組み合いをしたことはないけれど、わたしは、ビリーのことも大好きだった。

北軍の兵隊さん《ヤンキー》にあんなに近づいたのははじめてで、わたしはふと、ある大切なことに気がついた。ヤンキーは、南軍の兵隊さんとちっとも変わらないってこと。実を言うと、家族以外の人に肩を抱かれたのははじめてだった。

「何て名前？」

「アメリア・ダブニーよ」

「俺は、マクバーニー……ジョン・マクバーニー伍長だ」

「よろしく」

「年はいくつ、アメリア？」

「十三、九月には十四になるわ」

「もうキスもできるし、人を憎むようにもなる年だな」

「あなたを憎んだりできないわ。まだ何も知らないんだもの」

それを聞いて、彼はちょっぴり笑った。歯は真っ白だったけれど、前歯の歯並びが少し悪かった。「いい心がけだ。そいつを世間のやつらに教えてやろうぜ。そうすりゃ、こんなくだらねえ戦いをしないですむ。さあ、もう一度やってみるか……」

わたしが、力いっぱい彼を起こして少しだけ持ち上げると、彼は、両膝を引き寄せて怪我をしていないほうの脚に体重をかけようとした。痛くて息を呑み、額には汗が噴き出していたけれど、今度は何とか立ち上がれた。

「やったな」彼の息遣いは荒かった。「さあ、行こう……行先はどこだっけ？」

「ミス・マーサ・ファーンズワース女学園よ」

「生徒はたったの五人なんだろう？　生徒の数にしちゃ、長ったらしい名前だな」

「ほかの子たちは、家に帰っちゃったの。マーサ先生は、今年、学園を閉鎖なさるおつもりだったのよ。でもね、わたしたち五人が帰らないって言ったから、つづけることになさったの」

「ずいぶんやるじゃねえか。学のある子は違う」

「そのう、ほかに行くところがなかっただけよ」痛みを忘れさせてあげたくて、わたしは話しつづけた。「わたしの家は、ジョージアにあってね、お母さまが、もうしばらくはわたしを北のヴァージニアに置いとくほうがいいって思ったの……北軍のシャーマン将軍が、アトランタのすぐ近くまで迫っているとか、いろいろあって。ほかの子たちも、まあ同じようなものよ。マリー・デヴェローは……一番年下で、まだ十歳なの。家は、ルイジアナにあって、あそこは今、押し寄せてきたヤンキーしかいないも同じでしょう。それから、エミリー・スティーヴンソンの家族は、サウスカロライナに広い土地を持っているんだけど、今は作男しか住んでいないみたい。お母さまは死んじゃって、お兄さまたちはみんな入隊しちゃったそうだから……お父さまもよ。お父さまは准将で、今ごろは、そこの森にいるんじゃないかしら」

「賢い男なら、まず長居はしねえな。いろんな戦いをしてきたけど、あんなのははじめてだ。あそこは、ひでえことになってる。あちこちで茂みがぼうぼう燃えてら……ほら、煙が見えるだろう」

わたしたちは、足を止めて振り返った。煙がもくもくと、小川の向こうの木々の上まで上がっていた。相変わらず大砲が轟《とどろ》いている、それもひっきりなしに。そして、ときおり風向きが変わると、ライフルの鋭い銃声や、甲高い歌声か泣き声のようなものが聞こえた。

「兵隊たちが、悲鳴を上げてるんだ。向こうから悲鳴が聞こえてくるだろう？　撃たれるだけでも堪《たま》んねえのに、焼け死ぬなんてよ……しかも、目の前のやつの足も見えなければ、敵なのか味方なのかの区別もつかねえんだぜ……」

「逃げ出したの？」

「逃げ出したわけじゃねえよ。俺は、ニューヨーク第六十六連隊の所属だが、この連隊には古参兵が大勢いてさ、俺も右へ倣《なら》えしただけってこと。つまり、俺たちゃ、ハンコックの師団に加わり、ゆうべ川を渡ってきた。そしたら今朝になって、ウィーヴァー大尉に散兵線〔敵前で兵を密集させず、適当な距離を隔てて散開させた兵で形成した戦闘線〕を形成してこの道を進めと命令された……ところが、その道ときたら森を抜ける泥道でよ……いきなり、俺はやられちまって……そしたら、何もかもが燃え上がった……木も茂みも何もかも……だから、這い回った……一時間ってとこかな。すると、空き地と坂を下りきったところにあの小川があるのを見つけたんで……水を飲みに下りてった」

「それから、小川を離れたんだけど、出る方向を間違えちゃったのね。わかりやすい道よ。すぐに戻りたい？　行き方を教えてあげられるわ」

「今はまだいい。もう少しして、脚の血が止まってからにする」

わたしたちは、木の根っこや窪《くぼ》みを縫いながらゆっくり進み、マクバーニー伍長が休憩できるようにときどき立ち止まった。振り返ると、血がぽたぽたと筋になってつづいていた。

「家は、ニューヨークにあるの？」わたしは、彼が眠らないように話しかけた。

「まさか」彼は、さっと顔を上げた。「アイルランドのウェックスフォード県の出身だ。誇りに思ってる。それより、学園のほかの連中のことを教えてくれ。どんなとこに行くのか知りたいんでね」

ええと、アリスとエドウィナについて何か気の利いたことを言いたかったんだけど、どう言ったらいいのかわからなかった。実を言うと、アリスのことはあまり気にしていなかった。怒らせさえしなければ、本当はそれほど嫌な子じゃないし、生い立ちのせいで彼女を責めるなんてできないことだもの。でも、エドウィナはまったく別。ほとんどいつも、憎たらしいったらない。

「あとは二人だけよ」ようやく、わたしは言った。「アリス・シムズとエドウィナ・モロウ。アリスがもともとどこから来たのかは知らないけど、この前までフレデリックスバーグに住んでいたわ。ここから二十マイルくらいのところだけど、あなたの軍隊が今占領しているんじゃなかったかな。一年ちょっと前、あの町のあたりですごく大きい戦いがあったのよ」

「知ってるよ。俺はまだ、家でぬくぬくしてたけど、その戦いの話なら聞いた」

「実は、去年の五月にも、ちょうど今ごろだったかな、あなたがいたっていうあの森で大きな戦いがあったのよ。南軍のジャクソン将軍がそこで死んだの」

「その話も聞いた。俺の連隊のやつらが何人か、ゆうべラピダン川を渡ってきたんだが、こんどが二回目だったんだとよ」

でも一つだけ、まだ彼の知らないことがあった。今でも、ストーンウォール・ジャクソン将軍が、夜になると黒い馬にまたがって森を駆け抜けているってこと。マッティが見たんですって。わたしたちのマッティは、ある夜、マーサ先生とハリエット先生といっしょにあそこに上った。去年の冬の夜に。でも、ハリエット先生とマーサ先生がなぜそこに行きたがったのか、そこで何をしたのかは、どうしても教えてくれなくて、彼女もハリエット先生も、死ぬほど怖かったとしか言わなかった。マーサ先生は、もちろん平気だったんですって。

「まあ、とにかくエドウィナは十七で、学園では一番年上なの。リッチモンド出身で、お父さんがそこに倉庫を持っていて、政府に品物を売っているの。それから、さっき話したエミリーは十六で、アリスは十五。美人だって言う人もいるわ」

「へえ。あんたより綺麗だとしたら、絶世の美女ってことだ。それで、先生たちは？」

「マーサ先生は、とてもいい方だし、ハリエット先生は、とても優しい方よ。マーサ先生のほうが上だけど、そんなに違わないと思う。二人とも、若いころは綺麗だったのかもしれないけど、今は見る影もないわ」

「それで全員のようだな」

もうヒマラヤスギの丘《シーダー・ヒル》の道まで来ていた。ファーンズワース家の森とトウモロコシ畑のあいだを抜ける道だ。

「ここで待っていたほうがいいわ。わたしがちょっと見てくるから。この道は、有料道路《ターンパイク》とつながっていて、反対に行くと急に曲がって川とあなたが来た場所に通じているの。今朝、このあたりに南軍が大勢いたわ。だから、誰も学園の外に出てはいけないことになっていたの」

「味方の兵士が、あんたら女の子に迷惑はかけねえだろうよ」

「どうかな。マーサ先生が、男の人は信用しちゃダメだって……兵隊さんはなおさらのこと」

わたしは、溝の縁に上ってあたりを窺《うかが》った。荒地から煙が上がっているだけで、北にも東にも何もなかった。南西へ半マイルくらい行ったマクファーソン家の土地の脇に、砂埃《すなぼこり》が立ち込めているみたいだった。わたしは、溝の向こうの木にもたれかかっているマクバーニー伍長のところへ戻った。

「待ったほうがいいわ。誰かが近づいてきていて、お屋敷までは、野原をあと四分の一マイルも横切らなければならないから」

「捕まってほしくねえのか、アメリア？」彼は、痛そうに顔を歪《ゆが》めた。

「せめて、その脚に包帯を巻くまではね」

「そうだな。包帯を巻いてもらったらすぐに出ていく。それ以上は、あんたらに迷惑はかけねえ。溝に隠れたほうがよくねえか。ここに立ってたら、通りすぎるやつらに丸見えだ」

わたしは、彼が溝に下りるのを手伝った。かなり深い溝だったので、頭を下げていれば道の高さより低かった。マクバーニー伍長は、まだわたしの肩に腕を回していた。

もう歩いていないので、離せばいいのにと思ったけれど何も言わなかった。道を早足で近づいてくる馬の蹄《ひづめ》の音がしても、マクバーニー伍長は気にしていないみたいだった。彼は、わたしの耳にキスをした。ひげが、とてもざらざらした。

「信じらんねえな」彼は、そっと言った。「あんたが、学園一のべっぴんさんじゃねえなんて」

馬に乗った南軍の兵隊さんが八人か九人、乱暴に馬を駆って通り過ぎていった。マクバーニー伍長より汚くて、服も彼より少しだけぼろぼろに見えた。一番後ろの兵隊さんは裸足《はだし》で、数頭の馬から成る一隊のうちの一頭にまたがって大砲を引きずっていた。砲架が道から車輪を踏み外して、溝にいるわたしたちの頭の上をかすめた。わたしは本当に怖かったのに、マクバーニーは笑い飛ばした。さっき、びっくりしたと言ったのは嘘だったのかしらと思った。何があっても、びっくりしない人のように思えた。少なくとも、あのときのわたしにはそう思えた。

しばらくすると、蹄の音がまったくしなくなった。わたしたちは、マクバーニーが溝から出られる場所を見つけた。それから、野原を歩きだした。お屋敷の裏に近づくと、マッティが菜園で働いていた。

「学園にもう一人いたのに、教えるのを忘れていたわ。マッティおばあさん、たぶん学園で一番大事な人よ」

2 マチルダ・ファーンズワース

あたしは、あの子があの男と森から出てくるのを見た。夕食に使うエンドウ豆を摘みながら、ときどき見上げては煙に目を光らせ、こっちに燃え広がらないのを確認してたんでね。砲声や銃声には、もう大してやきもきしなくなってた。ほかのいろんなこととおんなじ。何があろうと生きていけるようになるものさ。

そう、すぐさま二人を止めるべきだったのに、あたしは止めなかった。あの子に真っ直ぐ近づいて、「アメリアさま、さっさと回れ右して、元いたところにこいつを連れておいきなさいまし」と言ってやるべきだったんだ。

あとになって、どうしてそうしなかったのかと思ったよ。あの男が、ひどい怪我をしてたからじゃなかった。怪我の程度は、まだわからなかったからね。ああ、あの男が、あの子にもたれて、片足跳びのようなことをしているのは見えたんだけどね、あんなひどい怪我をしていようとは。

それどころか、最初は、あの男があの子に自分を連れてこさせたんだと思った。逃げ出さないように、あの子を摑んでるんじゃないか。あの森であの子を捕まえて、どこに住んでいるかを無理やり言わせ、そして今、自分の脇を歩かせてこの土地を手に入れようと様子を探ってるんじゃないかとね。

男の後ろに、ほかにもおんなじようなやつが大勢いるかもしれないとさえ思った。道の向こうの森の外れに隠れて、最初のやつが屋敷に着き、お前たちもあとにつづいて大丈夫だという合図を送ってくれるのを待っているだけなんじゃないかと。

だから、今なら、怖かったせいだと言える。怖かったのなんのって。それに、あたしが見て見ぬふりをして、背中を向けて逃げだしちまったのはそのせいもあったのかもしれない……でもね、それだけじゃなかった。なぜって、神さましかご存じない本当のことを言うと、怖かったただけじゃなく、少しは喜んでもいたからなんだよ。ときどき、いつか必ず北軍が来てくれると期待してたからね。北軍がやってきて、この屋敷をぶち壊してくれる、大砲をぶっ放して焼き払ってくれると。もちろん、嬢ちゃんらが傷つけられるのを望んだことなど一度もないけども、ここの人たちの身に何が起きようとかまうもんかと思うこともあって、あの日の午後は、そういうときだったのかもしれないね。

そう、二人が屋敷に着く前に止めることもできたかもしれないんだ。たとえば、アメリアさまに、「この人の怪我がひどくて森に連れていけないなら、あたしが前に使っていた囲い地の小屋にお入れなさいまし。いつも掃除をして清潔にしてあるから、屋敷から毛布を持っていけばいい」と言うこともできただろうに。

それに、マーサさまとハリエットさまも、反対はなさらなかっただろう。どっちみちあの男はもう使い物にならないと、あの方たちも思ったようだから、あの小屋のベッドに寝かしちまえば、たぶんそこに泊めてやることになっただろう。そうすれば、屋敷に運び込むこともなく、ここの誰とであれ、あの男があんなに親しくなることもなかっただろうよ。

そう、最近、こんなことばかりあれこれ考えてる——ことによると、あたしがしていたかもしれない、少なくとも、しようとしたかもしれないことについてね。だけども、今ならわかることが、あのときはわからなかったんだと、何度も自分に言い聞かせてるよ。

あのときは、みなさんの心に、とんでもない魔性が潜んでいるなんぞ考えてもみなかった。みんながみんな、今は考えずにはいられないようだ。心に魔性が募《つの》ることもあり……ほんの小さな悪意が積み重なって、ついには大きな不吉の塊《かたまり》となって……そうなったが最後、心の引き金を引くためのげすな言葉が一言だけあればよくて……それは、もっと冷静なときなら、カッとなることさえないちっぽけなことかもしれないのに……あたしらは突っ走り、とんでもないことをしでかしちまう。最初は、まさかこんなことをしようとは思ってもみなかったんですと、全能の神さまに誓うことができるようなことまでもね。

そう、二人が近づいてくるのがちゃんと見えたのに、あたしは見て見ぬふりをしたんだ。見えたのに、何もしなかった。ただエプロン一杯になったエンドウ豆を籠に入れ、その籠を持って台所に戻ってしまったのさ。

3　マリー・デヴェロー

あたしは、あの日の午後、応接間にいた。みんなは、とりあえずそう呼んでいるけど、ハリエット先生は居間と呼んでいる。先生とマーサ先生が、もっと若かったころのことが忘れられないからよ。それに、その部屋は、本当に二人のお屋敷の居間だった。マーサ先生のほうは、いつも「集会室」と呼んでるし、「大教室」と呼ぶこともある。書斎は「小教室」で、お裁縫の授業をするハリエット先生のお部屋も「小教室」

ええと、マーサ先生は、外に出てはいけませんとあたしたちに注意してから、ポニーに馬車〔一頭立ての二輪軽装馬車〕を引かせて四つ辻のお店に食べ物の買い出しにいった。そのときは、森のなかではまだ、あんなに激しい撃ち合いは始まってなかった。朝から、東のほうでかなりの砲兵射撃がつづいてて、軍隊や荷馬車が一晩中道を通るのが聞こえてたけど、そういうことが、このごろはずっとつづいてたから、もうみんな慣れっこになってた。

とにかく、ちょっとやそっとの連続砲撃でお出かけをやめるようなマーサ先生じゃない。お願いした量の十分の一もめったに買えない――何も買えないことだってよくある――けど、先生は、とにかく毎週出かけてくって言い張る。先生は、お出かけを楽しんでるんじゃないのかな。ひょっとすると、お塩かお砂糖を一ポンド余計に売ってもらおうと、ポターさんと言い争うだけのことをね。

封鎖をくぐっていそうな知り合いでもいないと、お砂糖は、このごろなかなか手に入らない。二年以上前に――あのときは、まだ八歳にもなってなかったけど――この学園にはじめて来たとき、あたしは、お砂糖を二十五ポンドも持ってきた。あたしが言いたいのは、ここのヴァージニアの女の子たちの何人かに大歓迎されたってこと。あのころだって、このあたりではお砂糖に困ってたらしくて、パパは、自分でもお砂糖の事業をしてるからそのことを知ってた。だから、バトンルージュにあるうちのお屋敷で、お砂糖を詰めさせた袋を脇に抱えてあたしの旅行かばんを肩に載せ、あたしを連れて汽車を乗り継いでこの学園に連れてきた。

　あたしは、本当は来たくなんかなかったのに、パパもママも許してくれなかった。それに、味方してくれたかもしれないルイは、バトンルージュ・ライフル隊と出発しちゃってたから、あたしが、ほとんどずっと学校に通ってた聖ウルスラ女子修道会にパパが来て、力ずくで連れてこられたようなものなの。汽車に乗ってメンフィスまで来て、そこからディケーターまで、そしてやっとリッチモンドまで来たの。そのあとパパが馬車を雇って、あたしたちは、この学園にたどり着いた。リー将軍とジャクソン将軍が、第二マナッサスの戦い〔第二次ブルランの戦いとしても知られる〕でヤンキーを打ち負かしたすぐあとだったから、ここヴァージニアのあたりは、教会と同じくらい安全だった。それに、戦争が始まった年の夏からずっと、ヤンキーが、アラバマのモビールとのあいだを小型の砲艦でうろついてたから、ニューオーリンズは安全じゃなかった。だから、あたしは、お砂糖を一袋持ってこの学園に来た。それだけじゃなく、ニューオーリンズでもなかなか手に入らないお茶とコーヒーを少しと、それから胡椒まで半ポンドも持ってね。

　そしたら、マーサ先生もハリエット先生も、それからほかの女の子たちもあたしに会ってとても喜んだ。それなのに、年長のエドウィナ・モロウだけは、お砂糖やお茶みたいな物に釣られたりしない。そんな物は、お父さんがいつでも手に入れられるんだってさ。あの人のお父さんはきっと、密輸業者か何かなのよ。会った途端、あの人のことはお下品だと思ったもの。

　お砂糖っていえば、あの最初の日の午後、あたしたちはシュガーキャンディの話をしてたの。少なくともほかの子たちは、その話をしてた。ここでは、あたしが何かを言うとすぐに、静かにしなさいって叱られちゃうの。お下品な子たちといっしょにしないでほしいわ。

　アリス・シムズが、世界で一番美味《おい》しいお菓子でも食べてるみたいに、硬いキャンディをかじってた。エミリーとエドウィナが、それを見てた。あたしは、ラテン語の動詞を勉強してたから、みんなのことを無視してたけど、とにかくあれは、思いつくかぎり一番汚らしくて古いキャンディだった。

「ふーん、それ、どこで手に入れたの？」エミリーが、とうとう聞いた。もちろん、アリスはその言葉を待ってた。

「求婚者がくれたのよ」と、アリスは、口からキャンディを取り出して高価な宝石のようにうっとりと眺めた……ただの古くて汚らしい赤いキャンディだったのに。ルイやあたしが、家であんなゴミみたいなキャンディを持ってるのをママに見つかったら、こてんぱんに叱られたでしょうね。

「ここになら、もっとあるわよ」アリスは、ハリエット先生のお裁縫の授業のときに自分で縫った、縁がいびつなハンカチを胸の谷間から取り出した。アリスは、何でもかんでも、そこに入れとくのが大好きなの。ここのみんなが、そうやって気を引いてほしがっているとでも思ってたのかしらね。アリスがハンカチを開くと、キャンディがあと四つあったけど、どれも色違いで、どれも汚かった。

「綺麗でしょう」アリスは、みんなが一つちょうだいと言うのを期待してた。「それに、とっても美味しいのよ」

そうなの、エドウィナもエミリーも、ちょうだいと言うほど落ちぶれてはいなかったみたい。アリスは、本当は悪い人じゃないの。エドウィナみたいなタイプがお好みなら別だけど、確かに学園ではとびきりの美人だし、それは、見かけをよく見せようとすごく苦労してるからじゃない。

ハリエット先生が、いつもアリスについて回って爪を切ったり、髪を梳《と》かしたりしなくちゃならないほどだもの。あたしよりも、手がかかることだってあるんだから。それにアリスは、エドウィナほど憎たらしくないし、エミリーほど偉そうじゃないし、アメリアほどおっちょこちょいでもない。だから、アリスをがっかりさせたくなくて、あたしは、あの硬いキャンディを一つちょうだいって言ったの。そしたら、一番埃だらけのをくれた。

「その有名な求婚者って、どなたかしら？」エドウィナが聞いた。「きっとこのあたりの男性じゃないでしょうけれど」

「道で会ったジョージアの男よ」アリスが、あっさり答えた。

「やっぱりね」

「キスしただけだよ、一、二度。そしたら、プレゼントにこれをくれたの。ただの痩せっぽちでチビの月並みなジョージアの男、十四ぐらいじゃなかったかな。そして、教えてあげましょうか、戦争のことは何もかも忘れて、あたしの好きなだけ、マクファーソンの納屋の陰でいっしょにいてくれる気でいたんだから。それなのに、年寄りの軍曹が戻ってきてさ、アンディのシャツの襟を掴んで道に引きずり戻したのよ。今朝、長くて大きい行列が上の森に向かってたでしょう。彼、アンディ・ウィルキンズっていう名前だったんだ」

「どうやら、その人は、生まれたときからずっとそのキャンディをお尻のポケットに入れていたようね」

「そうかもね」アリスは、またキャンディをなめてた。「長いこと持ち歩いてたのは確かよ。かわいこちゃんにあげようと思って取っておいたんだけど、あたしが、最初に会った子だって言ってたもん。ちなみに、あたしが、彼のファーストキスの相手だったんだから」

「あなたのほうから、マクファーソンの納屋の陰に行こうと誘ったんでしょう」

「そうかもね」

「ハリエット先生に言いつけてやるわ。それとも、マーサ先生が戻られたら、お話ししようかしら」

「どうぞご自由に。愛国者としての義務だと思ったって答えるもん。それにね、ほんとにそのとおりだったのよ、そうでしょう、エミリー?」

　お父さんが准将なので、何が愛国的で、何が愛国的じゃないかの答えを出させられるのは、ほとんどいつもエミリーなの。

「よくもまあ、アリスが、愛国心を口にできるものねえ」エドウィナが言い返した。「わたしの知るかぎり、この国に仕えている家族が一人もいないくせに。まあ、それに関して言わせてもらえば、親戚も家族もいないんじゃなかったかしら」

　それは、ちょっと違ったし、エドウィナもそのことは知ってたはずなのに、遠くのフレデリックスバーグにいるアリスのお母さんのことを知らないふりをしてるだけだった。みんなが言うには、シムズさんは、あたしのパパがよく売春婦とか呼んでた女の人だった。パパは、夕ご飯のあと、うちの応接間でお友だちとブランデーを飲みながら、市場通りにいる女の人たちのことをときどきそう呼んでた。

　アリスが、お母さんのことをあたしに打ち明けてくれたことはないから、シムズさんについてのその話がほんとなのかどうかはわからない。だから、シムズさんについてあたしが知ってるのは、ほかの子たちから聞かされたことだけ。ついでに言うと、アリスについても、何も知らない。知ってるのは、とても貧乏だから、マーサ先生とハリエット先生が、ここに置いてあげてるってことだけ。とにかく、あのときは、嬉しくてエミリーを思わず抱きしめたくなっちゃった。彼女のことが我慢できなくなることもしょっちゅうあるけど、あのときは、抱きしめてもいいかなって思った。

「あら、アリスにはちゃんと家族がいるわ」エミリーが言った。「フレデリックスバーグにお母さんがいて、とても魅力的な人だそうよ。お父さんもいるわ。高級将校で、テネシーのチャタヌーガあたりで最近あった戦いでの武勲によって表彰されたばかりよ」

「それで、その人は今どこにいるの?」エドウィナが、疑り深く聞いた。

「お父さんは、つい最近、敵に捕まってしまわれたのよね、アリス。お母さんからのこの前の手紙にそう書いてあったと言わなかった?」

もちろん、このとき、みんなエミリーの作り話なんだってやっとわかった。だって、アリス・シムズは、学園でたった一人、誰からもお手紙が来ない子なんだもん。エドウィナだって、そのことを知ってたはずだけど、エミリーと言い争いをするつもりは全然なかったから、うんざりしてため息をついた。みんなに、愛想をつかしたんでしょうね。そして、また聖書の歴史のお勉強をしだした。

アリスの目に、ちょっぴり涙が浮かんでた。きっと何か感じたんでしょうね。でも、すぐに拭った。「さあ、エミリー、キャンディを一つどうぞ。あなたには、一番汚くないのをあげるわ」

エミリーは、とてもありがたそうにキャンディをもらって、こびりついてる髪の毛や糸くずを取り除こうとした。エミリーは、ほかの何人かよりも潔癖症なの。そういうところは、ハリエット先生とそっくり。

「とても美味しいわよ」あたしも、少しは何か言わなくちゃいけないと思った。「外側をなめ終えて、芯の部分までいけばね」

「ほんとに気に入ったんなら、もっと手に入れてあげるよ。外の道に南軍がいるのを見かけたら、あたしに教えて。出てって挨拶するからさ。家を出てきたばかりの若い兵士なら、ポケットにキャンディを持ってる人がいるに決まってるわ」

「わたしは、もう二度と外には出ないわ、アリス」エミリーが言った。「近くに軍隊がいるときには、マーサ先生が、外に出したがらないのを知っているでしょう」

「敵の軍隊のことを言ってるんでしょう?」

「すべての軍隊のことをおっしゃっているのよ」エドウィナが、隅っこからつっけんどんに言った。「マーサ先生のおっしゃるとおり、知らない男の人は、どんな人であれ、いつなんどき女性に危害を加えるかわからないのよ」

そうなの、確かにマーサ先生から、兵隊さんや知らない人を学園に近づけてはいけませんといつも注意されてた。それが、あたしたちを守るためなのか、あたしたちのかわいいウェールズ種のポニーや、ルシンダっていうかわいそうなおばあさん牛を盗まれたくないからなのかはわからない。とにかく、去年の今ごろ、東のほうの、チャンセラー家の古いお屋敷の近くであの大きな戦いがあったときに二度、南軍の兵隊さんが何人か学園のお庭に入ってきて、水をくれと言った……一度は兵隊さんたちが戦場に向かうときで、もう一度は戦いの一日か二日あとに戦場から離れてくときだった……どっちのときも、マーサ先生は、干し草用の熊手を持って外の井戸の脇に立って、兵隊さんたちにさっさと水を飲ませてから追い出した。あんなことをするなんてとても意地悪だって、みんなが思った。あの兵隊さんたちが、あたしたちに何かをするのではないかと思うと気が気でなかったと、マーサ先生が、あのときも説明してくださったけどね。

学園は、スポットシルヴェニアの本道沿いじゃないので、普通ならよその人は近づかない。マーサ先生が、あまり親しみやすい人じゃないって知ってるから、ご近所さんも、めったに来ない。きっとあたしたちまで、そう思われてるわ。だって、ご近所さんとおつきあいしても、話しかけてもいけないことになってるんだもの。前は、マーサ先生がポニーに乗って食べ物を買い出しにいくときに、生徒も一人か二人、四つ辻のお店に連れてってもらえたけど、今はそれも許してもらえない。このごろでは、毎週日曜日に聖アンデレ聖公会に行かせてもらえるだけで、それだって、あたしはあまり嬉しくない。だって、あたしは、たまたまローマカトリック教徒で、聖公会とはやり方がいろいろ違うんだもの。だけど、気分転換に、とにかく日曜日にはたいてい行くことにしてる。

家族が手紙で教えてくれることしか戦争について知らないと、戦争までつまらなくなっちゃう。その毎月の手紙だって、あたしの場合、どんどん少なくなってる。知り合いの船主さんみんなに頼んでも、ママは、手紙をニューオーリンズの外に出してもらえないし、パパは、軍隊に入ってるから手紙を書いてる暇なんてほとんどない。とにかく、あの特別な日までの一年というもの、戦争の面白い部分は、このあたりじゃなくて国のどこか別のところで起きてたみたい。ところが、あの日、大砲の音がまた聞こえてきて、軍隊が学園の裏の道をまた通りはじめた。

あたしたちは、午前中ずっと、カーテンの陰から兵隊さんたちを見てた。今度は、一年前よりもシーダー・ヒルの道に大勢いるみたいだった。ただ、今度のほうがちょっぴり疲れて見えたし、ちょっぴりみすぼらしかった。そんなことがあるんだとしたらね。あんまり叫んでなかったし、歌も歌ってなくて、みんなが、前よりもずっとのろのろ進んでた。兵隊さんたちはきっと、どこへ向かうのかわかっていて、ちっとも急いでなかったのね。

それからお昼ごろになると、もうみんな通りすぎちゃったみたいで、今度もこの前とおんなじなら、一日か二日は、もう兵隊さんは一人も見かけないはずだった。とにかく、そう思ったから、チビのアメリア・ダブニーがハリエット先生に言ったのよ。小川のこちら側の森に、美味しそうなキノコが生えてる場所を知ってるし、そのまま無駄にするのは罪なことだって。それに、今度雨が降ったらキノコがダメになっちゃうから、ほんとに無駄になってたでしょうし、今回の砲撃のあときっと雨になるだろうって、みんなが知ってた。

もちろんアメリアなら、森へ行くためならどんな言い訳でもするでしょうね。森を歩き回って、木や岩や鳥、いろんなものをとことん勉強するのが、アメリアの一番の楽しみなの。いろんな点で、あの子も森の一部にさえ見えてくる。すごいブスでチビの日焼けしたあの子を見てると、シマリスや、おびえた小鹿を思い出すこともあるわ。でも、アメリアのことを、こんなふうに思うなんてとても変よね。だって、あたしとあの子は、ほとんどおんなじ背丈なのに、あの子のほうが三つも年上なんだから。

あの日の午後、アメリアが帰ってくるのを最初に見つけたのはアリスだった。

「ねえ、みんな、教えてあげましょうか」アリスが、大声で言った。「あたしが、何を見たかわかる？　あの恥ずかしがり屋のチビのアメリア・ダブニーが、一人でヤンキーを捕まえたのよ！」

4　アリシア・シムズ

まず、あたしの名前はアリシアよ。ハリエット先生以外はみんなアリスじゃなくてアリシアよ。あたしの洗礼名はアリシアで、それを証明する書類をハリエット先生がちゃんと持ってる。ハリエット・ファーンズワース先生だけが、この世でただ一人の友だちだと、ほんとに心から思うこともある。先生は確かに、あたしが生きてるのか死んでるのかを毎日気にかけてくれるただ一人の人物で、学園のほかの人たちのことを誰が褒めようとこれ以上素晴らしい人はいない。

あたしが、ルイジアナやカロライナの大農園や、リッチモンドやアトランタの豪邸の娘じゃないから、みんなは、あたしなんかろくでなしで、無知で、大した人間にはなれないって思ってる。でも、思い違いもいいところ。あたしは、みんなが束になってかかってもかなわないほどの大物になってみせる。あたしには、みんなよりも多くの協力者がいるんだから……ずっと多くの。それに、ハリエット先生は、口には出さないけど、そのことをわかっているんだと思う。

あたしは、三年前、戦争が始まった年の夏からここにいる。いきさつは……あの年の春、あたしは、母さんとワシントンに行った。それまではずいぶん長いこと、ヴァージニアのフレデリックスバーグあたりに住んでたんだよね。おもにジェファーソンホテルだった。街で一番悪いホテルじゃなかったけれど、一番いいホテルだったとは確かに言えない。

母さんは、まあ、世界一美しいと言うべきで、とても優しいこともあるけど、一つだけ重大な欠点がある。たいていいつも、あまり利口じゃない。無知ってわけじゃない。緊張すると、頭がよく働かなくなるだけ。そして、それは、母さん自身がいつも真っ先に認めることだけど、女にとっては深刻な弱みで……母と娘だけで生きていかなきゃならない女にとってはなおさらのこと。

そうなの、一八六一年の春、あたしたちは、そのジェファーソンホテルに住んでた。ホテルの所有者のC・J・ムーディーさんからの贈り物として、ラッパハノック川を臨む素敵な部屋を四階に二部屋持ってたの。ひょっとしたら、今でもそこに住んでたかもしれないのにさ。リンカーンさんが、他人のことに干渉しようとして、サウスカロライナのあのおバカたちが、サムター要塞で大砲を撃ってみようなんてことをしでかしてさ、C・J・ムーディーさんの奥さんが、アラバマのモビールにいる母親に会いにいってたのに、慌てて帰ってきちゃって旦那さんの金庫を調べたりしたもんだから。

奥さんは、リッチモンド・フレデリックスバーグ・アンド・ポトマック鉄道の列車で街に戻ってきたんだけど、ヤンキー支持者が線路の一部を破壊したせいで、着いたのは夜とても遅くのことだった。奥さんが、駅からホテルまでの馬車を雇うころには深夜を過ぎてたんで、C・J・ムーディーさんが母さんの部屋にいるのを見つけちゃってさぞ驚いたことだろう。ジェファーソンホテルの建壁は、あまり厚くない（ヤンキーの砲撃で、ホテルの建物が破壊されてしまってるんだから、あまり厚くなかったと言うべきだね）。だから、言い争いが始まった途端、あたしは目が覚めた。C・J・ムーディーさんは、母さんのことを、奥さんの留守中に雇った簿記係だと言い張って、それは、そもそも本当のことだったのかもしれない。つまり、確かに母さんは、簿記のことなんかちっとも知らないけど、最初は商売について学ぶつもりで、C・J・ムーディーさんもそれを教えるつもりだったらしい。ところが、男の人を長いこと仕事に集中していられなくさせるような何かが母さんにはあるんだろう。そして、C・J・ムーディーさんの奥さんの言葉からすると、奥さんが部屋に入ってきたとき、どうやら簿記をしている様子はまったくなかったようだ。

　とにかく、次の日の朝、母さんとあたしは、二人だけで鉄道の駅に行き、たぶんC・J・ムーディーさんの奥さんが街まで乗ってきたのとおんなじ列車に乗った。列車は、フレデリックスバーグで何時間も待ってることがよくあるからね。そして、ワシントンに向けて出発した。もちろん、当時はまだ、本格的な戦闘がほんとには始まってなくて、アメリカ合衆国とアメリカ南部連合国〔南北戦争期に南部十一州によって編成〕のあいだでの行き来がかなりあった。

　あたしたちの目的は、父さん探しだった。母さんは、それまでも耳にタコができるほど言ってた言葉を繰り返した。あたしの養育費を稼ぐ重荷にずっと一人で耐えてきたんだから、そろそろ父さんが手を貸してもいいころだと。あたしたちは、もう何年も、ヴァージニアやメリーランドを隈《くま》なく探し回ってた――一度は、ニューヨークまで行った――でも、そのたびに、C・J・ムーディーさんのような邪魔が入った。だけどさ、今度ばかりは母さんも、本腰を入れてとことん探すつもりだったんだ。まずは、陸軍省に直接行くつもりだった。当時は、母さんもあたしも、ヤンキーにつくか南軍につくかまだ決めかねてた。

　父さんが兵士だとわかってたんで、陸軍省に行くのが一番理にかなってた。実は、母さんが父さんについて知ってることといえば、知り合ったとき、名前がクリントで、茶色い口ひげを生やしてて、これもまた知り合ったとき少尉だったってことだけ。だから、今ごろは少なくとも少佐にはなってるはずだし、戦争が本格化しようとしてるんで、もっと偉くなってるかもしれないと母さんは踏んだ。だから、あたしたちは、G通りの下宿屋に部屋を借り、その日の午後、陸軍省に歩いてった。

　一人の大将と二、三人の大佐とか数人が、あたしたちに、事務所でとても優しく協力してくれたけど、あたしたちが持ってる情報が少なかったんで、あまり役には立たなかったんだよね。探してる男性についてのあたしたちの説明だと、陸軍将校の半数が適合するんだそうだ。探してるのが父さんだとはもちろん言わず、家族の親しい友人で、苗字を忘れてしまったとだけ伝えた。まあ詰まるところ、せいぜい母さんが工兵大佐から夕食に誘われたぐらいで、あたしは、一人でG通りの下宿に帰らなきゃならなかった。

あたしたちは、その年の七月までワシントンにいて、毎日午後になると首都の通りを隅々まで歩き回り、訓練を見に練兵場に出かけていき、次々に街にやってくる連隊を鉄道駅で待った。とはいえ、母さんと知り合ったとき、父さんは確かに常備軍にいたんで、オハイオやインディアナの志願兵の連隊には所属しているはずがないように思えたけど、母さんは、父さんが州の民兵連隊のどこかの新兵募集の部署に転任になってるかもしれないと考えた。そして、母さんはきっと、たくさんの将校だけじゃなく下士官とまで親しくなってた。

七月の中旬には、あたしは、父さんは死んじゃったか、そうでなければ陸軍から退役しちゃったんだと認めるしかないと思うようになってたけど、正直に言うと、この時点ではもうどうでもよくなってた。それからヤンキーが、戦争をするならさっさとやったほうがいいと決断し、その手始めに、南軍の北ヴァージニア軍を完全に打ち負かしてやろうと決めた。マクダウェル将軍――母さんの知り合いだったけど、それほど親しくはなかった――がその遠征を任されてさ、馬にまたがって全軍を率い、ポトマック川を渡ってマナッサス連絡駅に到着した。大勢の紳士や淑女――上院議員や下院議員、その夫人たちなんかも含む――が、七月二十一日の朝、お弁当を作って馬車でマナッサス連絡駅まで行った。この大きな戦いで戦争が終わるだろうから、今見ておかないと、もう一生戦いを目にすることはないと思ったのね。

母さんとあたしは、アイオワ出身の下院議員の馬車で向かった。もちろん、ピクニックのためだけに行ったんじゃない。北軍のほとんど全員がその戦いに臨むんなら、父さんもいる可能性が高いと思ったんだよね。

まあ、父さんがあのなかにいたんだとしても、とにかくあたしたちは見つけられなかった。それに、あの日の午後、父さんも、ほかのヤンキーたちの大半とおんなじように走ってたんだとしたら、見つけられなくてほんとによかった。あたしたちが、ピクニックのために馬車を止めた丘の斜面からは、戦いそのものはあまり見えなかったけど、大砲やマスケット銃の激しい発射音やたくさんの叫び声が聞こえた。それから、ヤンキーの部隊が、あたしたちのいた道に沿って退却しだして、あたしたちの味方が背後から砲火を浴びせた。「あたしたちの味方」と言ってるのは、その瞬間に母さんとあたしが、どっちを支持するか決めたからなんだ。

とにかく、あのときの興奮は、下院議員の馬にはつらすぎた。下院議員が、馬車の前に立ちはだかって馬の頭を摑もうとしたけど、すさまじい音と煙から逃げようと、馬は、母さんとあたしを乗せた馬車を引きずりながら、いきなり野原を駆けだした。

こういういきさつで、あたしたちは、南部連合国に戻ってきたのよ。まだウォレントンまで来ないうちに馬が疲れたんで、あたしたちでも鎮められた。すると、ミシシッピ騎兵の中隊が、若くてハンサムな大尉に率いられて通りかかった。大尉は、馬車から馬を解き放して、部下の一人にしばらく馬を歩かせて落ち着かせるように命じ、自分は、馬車に乗り込んで母さんと仲よくなった。母さんは、あたしたちのことを、リッチモンドの親戚のとこに行く途中の姉妹だって言った。

そうなんだよね、大尉が、ウォレントンにある自分の親戚の家にあたしたちを送り届けてくれてさ、あたしたちは、そこで数日楽しませてもらった。少なくとも母さんと大尉は楽しんでたし、いっしょに食事をした人たちの大半もそうだった。戦争——あたしたちが、ほんの偶然に出くわした——や逃げてくヤンキーについての母さんの話を、みんなことのほか面白がった。もちろん、あたしは、おんなじ話を何度も聞かされてうんざりしてたんで、ミシシッピ騎兵にウォレントンから出るよう命令が下って、母さんが、父さん探しを再開することにして嬉しかった。

このころには、母さんも、父さんが南部連合国のどこかにいるに違いないと思うようになってた。リー将軍のように、合衆国から離脱して南軍に寝返った北軍常備軍の将校がたくさんいたからさ、これこそ、ほんとに最初から考えてもよさそうなことだった。

だから、あの最初の午後——マクバーニーが来た午後——に、エミリー・スティーヴンソンが、あたしの父さんは、敵に捕まった南部連合国の高級将校だって言ったのも、あながち嘘じゃなかったんだよね。エミリーは、嘘のつもりで言ったんだけどね。

もちろん、エミリーからも、ほかの誰からも同情なんかされたくない。でも、彼女が、学園にいるほかの人たちの大半よりもずっとあたしに優しくしてくれることもあるのは認める。もちろん、ハリエット先生を除いてだけどさ。

そして、学園にいる人たちの大半についてあたしが言えるのは、きっと、はじめて来たときほどあの人たちを憎らしいと思ってないってこと。そういう人たちを、ほぼ完全に無視するようになったせいでもあるし、あたしがここに来た一八六一年の夏より女の子の数が減ったせいでもある。

当時、ここには二十人から二十五人の女の子がいたはずで、戦争について真剣に取り沙汰されるようになるまでは、何年ものあいだもっと大勢の子が――北部の子さえも――いたそうだ。

ウォレントンで世話になった家族が、あたしたちに学園のことを教えてくれた。母さんは、あたしみたいな足手まといがいないほうが、ずっと父さん探しがしやすいと思った。それに、母さんは言わなかったけど、あの騎兵隊の大尉とリッチモンドで会う約束をしてたんだろう。母さんは、いつだってあたしの目の前で、一言も話していないはずなのに取引をする力があってさ、ため息と微笑《ほほえ》みと流し目で何でも処理しちゃうんだ。母さんからは、多くのことを教わったと言わなきゃならない……この学園で教わったよりもずっと多くのことをね。

さて、あたしたちは、七月のあの日、マナッサスでのあの最初の戦いの数日後にファーンズワース学園に来た。そして、母さんは、騎兵隊の大尉にしたのとおんなじような話をマーサ・ファーンズワース先生にもした。ただし、今度は、自分があたしの母親だと認めた。マーサ先生に、あたしたちはフレデリックスバーグから来たんだけど、母さんは、相続を主張するためにリッチモンドに行く途中で、数週間したらあたしを引き取りに来るから、そのときに授業料と食事代を払うって言った。こっそりあたしにもほとんどおんなじ話をしたけど、相続金じゃなく、リッチモンドにいる紳士が、いつでも必要になったら大金を貸すと約束してくれたって言った。こうして、母さんは、あの下院議員の馬車に乗って走り去った。そして、二度と戻ってこなかった。

マーサ先生もハリエット先生も、最初から少し胡散臭《うさんくさ》い話だと思っていたんだろうね。ここに来てまだ日も浅いうちから、マーサ先生が、追い出したがってたのは知ってる。お金を払ってないことを別にしても、あたしが学園に好ましい影響をおよぼさないと言ってるのが聞こえた。でも、どうしてあたしが好ましくないのかわかんない。だって、あのころも、そのあとも、あたしはほかの子たちとほとんど関わってないんだからさ。好ましくないように見えるっていうだけじゃないのかな。

とにかく、ハリエット先生は、先生らしい静かなやり方でずっとあたしを擁護してくれてる。今ではたいてい、ハリエット先生がどんな事柄について何を言おうと、マーサ先生には大して意味がないようだけどね。ハリエット先生が口を開く前に、マーサ先生はもう決心してるらしく、ハリエット先生が何を言おうとその決心は変わらない。でも、あたしの場合は、ほかにも考えなきゃならない要素があった。ヴァージニアのこのあたりで戦争がつづき、生徒数が激減してたんで、自費生だろうが給費生だろうが、これ以上生徒を失うゆとりなんか学園にはなかった。つまり、学校をつづけていくつもりなら、生徒がいなきゃならないってのも当然だよね。そして、自分から望んで多くの生徒がやめてったので、一人でも無理にやめさせるのは分別がなさすぎた……たとえ、あたしみたいな生徒でもね。

こっちから学園をやめてやろうと、何度思ったことか。ましてマーサ先生と、かなりまずいことになったときはね。あたしは、自立心がとても強くてさ、実際の年齢よりも大人に見えるってほとんど誰もが言うから、自活なんてちっとも怖くない。女の人とあまりうまくやれないのは確かだ。でも男の人となら……そうね、きっといずれ母さんみたいにうまくやってけるようになるはず。でも、夜になって、こんなことを考えてると、ハリエット先生がよくあたしの部屋に来て慰めてくれて、お願いだから我慢して、あなたは気づいていないかもしれないけれど、わたしも問題を抱えているから、あなたにとってわたしが慰めなのと同じように、あなたがいてくれて、わたしも慰められているのよ、と言ってくれる。

あたしは、三階に自分の部屋がある。元々は貯蔵室だったけど、あたしがはじめて来たとき、学園はほんとに混雑してたんで、その部屋しかなかったんだろう。もちろん今じゃ、ほかの階にもたくさん部屋がある。自分から希望しないかぎり、相部屋になることはない。一番年下のアメリアとマリーは相部屋なんだけど、エミリーとエドウィナは、それぞれ自分の部屋がある。だけどさ、こんなことはどうでもいいんだ。あたしは今じゃ、たとえ頼まれたって、絶対にみんなのいる下の階に移ったりしない。

あたしがここに留まってる理由がもう一つある。母さんが、あたしを置いてったのはここで、あたしと連絡を取れるのはここしかない。戻ってきてほしい、せめて手紙ぐらい書いてほしいって、ほとんどいつも思う。でも、ときどき、そうしてほしくないと思うこともある。

あの日の午後、あたしは、アンディー・ウィルキンズからもらったキャンディをなめながら、こんなことを考えてたんだ。ほかの子たちには絶対教えないけどさ、ジョージアからはるばる持ってきたキャンディを取り上げちゃったのをほんとに後悔してた。彼はきっと、大きな慰めがほしくなったら食べようと、あの古いキャンディを取っておいたんだろうから。まあ、キャンディと引き換えに彼が得たものが、彼の慰めになったことを祈るばかりだわ。

ちょうどあのとき、あたしは窓の外を見てて、アメリアが、マクバーニーとやってくるのを見つけたんだよね。

5　エミリー・スティーヴンソン

アメリアに連れてこられたとき、彼は、死にそうだった。見た途端、華奢《きゃしゃ》で小柄なアメリアとそれほど背丈が変わらないと思った。ところが、彼を知るにつれ、もっと大きいように見えてきた。

彼は、片足で跳ぶようにしてかろうじて歩き、もう一方の足の指を半ば引きずるようにしていた。アメリアは、生まれてはじめて何か正しいことでもしているかのように、顔を輝かせていた。

「みなさん」彼は、かなり痛々しそうな笑顔を浮かべた。そして、「はじめまして」と言うなりソファーにくずおれた。

あらまあ、北軍兵士がみんな、この人のように弱々しそうで無防備なら、どうして南軍はこんなに手間取っているのかしら？　今度の手紙で父に教えてあげようと思った。もちろん、父が彼らに手を焼いているのは知っている――たとえば、南軍の兵士よりも、北軍の兵士のほうがいい食糧と衣服を与えられている――だが、北軍の兵士には、南軍の兵士たちが持っているような精神や共通の目的がないからこそ、最終的には彼らを打ち負かすことができるだろう。南軍の兵士はみんな、生粋《きっすい》の南部連合国の国民だが、北軍《ユニオン》は、外国人や移民で構成され、今では黒人までいるそうだし、ほかに誰が含まれるかは神さましかご存じない。アメリアが連れ込んだこの男も、きっとそうだと思った――どう見ても、アイルランドかどこか外国の出身だった。いくぶん貧しい層に属するとはいえ、チャールストンに多くの立派なアイルランド人がいないというのではないが、少なくとも、彼らは生粋の国民であり、自分とは無関係の争いに加わるために雇われたり徴用されたりした完全なよそ者ではない。

「死んでないよね？」アメリアが、叫びながらソファーに駆け寄った。どうやら、森で見つけたほかのがらくた

――岩や葉っぱ、蝶や甲虫《かぶとむし》――の寄せ集めに、このヤンキーも加える決心をしているようだった。彼女は、そういう物を自分の部屋にため込み、みんなを困らせている。なかでも、少し臆病なハリエット先生は辟易《へきえき》していて、そういえば、アメリアのベッドの下にあったピクルスの瓶に大きな蜘蛛が入っているのを見つけてびっくり仰天なさったことがある。何はともあれ、ハリエット先生は勇気を振り絞って、学園から充分離れたところまでアメリアを連れていき、そこで蜘蛛を逃がさせた。さすがのハリエット先生も、その蜘蛛を殺そうとは思わなかった。つまり、マーサ先生よりある程度優しい人だということだ。マーサ先生なら、四の五の言わせず、その蜘蛛を踏み潰していただろう。まあ、世の中には、いいえ学校にも、いろいろな人がいるものだ。アメリアは、かわいがっていた蜘蛛のことをやがて忘れ、ほかのペットを探しはじめた。その一匹か二匹を、マクバーニーが来たときにも部屋で飼っていたはずだ。

そう、彼は今にも死にそうに見えた。ソファーの背もたれにかかっていたリネンのカバーのように、顔面蒼白だった。よく見ると、まだ息はあったが、息遣いがとても浅くて速かった。すぐに手当てを施さなければならない、あるいは施しても無駄なのは明らかで、あのときでさえ、何をしてあげたところで助からないように思われた。

「脚から血が……マーサ先生のペルシャ絨毯《じゅうたん》が台無しよ」エドウィナは、いつもこういうことにすぐ気づいて報告する。

「石鹸と水で落ちるわ。でも、そんなことを気にしている場合じゃないでしょう。マリー、ハリエット先生を探してきて。アメリア、台所からマッティを呼んできて」

マリーとアメリアは、しぶしぶながら指示に従った。マーサ先生もハリエット先生も、自分たちが傍にいないときには、すべての管理を事実上わたしに頼っている。そして、その期待に添うよう、わたしは精いっぱい努力しているが、それを快く思わない子もいるのはわかっている。エドウィナ・モロウは、もちろん非常に不快に思っている。わたしより一歳年上で、ここにいるどの子よりも長くこの学園の生徒なのだから無理もない。確かに、それは自ら選んでのことではまったくない。アリス・シムズ同様、エドウィナもほかに行くところがないのだ。近親者は父親だけで、その父親も、南部連合国の貧しい政府に粗悪品を売るのに忙しく、エドウィナのような娘になどかまっていられない。

テーブルの上に、古い「サザン・イラストレイティッド・ニューズ」〔南部連合国で、一八六二年から六五年までほぼ毎週発行されていた新聞〕があった。わたしは、ソファーにその新聞を広げてから、わたしたちの捕虜の両脚を乗せた。

「その新聞に、ハリエット先生が取っておきたがるエドガー・アラン・ポーの詩が何篇か載っていたはずよ」エドウィナが、非難がましく言った。

「先生もきっと、ソファーのためなら新聞を喜んで犠牲になさるわ。つべこべ言わずに、この人を真っ直ぐ起こすのに手を貸したらどうなの、どちらか一人」

そのときの彼は、まだほとんど意識がなかったが、きっと会話は聞こえていたのだろう。アリスからエドウィナへとゆっくり動かした視線をまたわたしに戻し、無言のまま助けを求めた。その瞬間、彼のことを本当に心から気の毒に思った。生気がどんどん奪われていく姿が痛々しかった。そばかすだらけの顔、その煤《すす》で覆われていない部分は蒼白で、唇も目と同じくらい青かった。

アリスが、コップに水を少し注いで口元に持っていったが、彼は、それを飲めるだけ口を大きく開けられなかった。注いであげようとしても、まるで生まれて間もない赤ん坊のようにこぼした。

「こうするのよ」エドウィナが、持っていたハンカチを水に浸してから、一滴ずつ唇のあいだに優しく絞ってあげた。

「高級品じゃないの？」わたしは聞いた。

「中国製の絹よ。父が仕事で上海に行ったときに買ってきてくれたの」

まあ、彼女の父親が、中国であろうとどこであろうと、遠くに旅したことがあるとは内心信じていなかった。噂が本当だとすれば、戦前にはミシシッピ川のあちこちを頻繁に旅したことはあるようだが。わたしは普通、噂を広めない。それでも、今年、学園に戻ってこなかった子の一人——レオノア・フェアチャイルドかマーサ・ウィリスだったと思う——が、確かな事実として、エドウィナ・モロウの父親が、数シーズンにわたってメンフィス・クイーン号のメインサロンでのカードゲームを取り仕切っていて、何度も非難されたり鞭で叩かれたりし、一度などは、そうした活動から生じたいかさまの結果としてミシシッピ川に放り込まれたことがあると言っていた。仮にそうだとしても、確かにそのハンカチは高級品だったので、わたしなら、連邦政府支持者の兵士のために、それを水に浸すのに二の足を踏んだだろうと認めざるをえない。

「とても賢いことを思いついたわね、エドウィナ」わたしは普段から、努めて彼女を褒めるようにしている。ところが、神さまもご存じのように、その機会がなかなかない。「ほら、あまり慌てて水をあげてはだめよ。出血多量で死ぬ前に息を詰まらせてしまうわ」

そのとき、アメリア・ダブニーが、エプロンにエンドウ豆をたくさん入れたままのマッティおばあさんを引っ張って戻ってきた。莢《さや》をむいている途中だったのだろうが、マッティは、ソファーにいた人を一目見るなり恐ろしい叫び声を上げ、その豆を居間じゅうにまき散らしてしまった。

「嬢ちゃんらは、このお屋敷に破滅の種を持ち込む気かね。連れてってくだせえ！　見つけたとこに、さっさと連れてってくだせえまし。自分の味方に面倒見させるんだ。あたしらの知ったこっちゃない」

「まわりには、この人の味方はいないわ」アメリアが反抗した。「この人、一人ぼっちなのよ」

「とにかく、連れておいきなさいまし」マッティは譲らなかった。「どこか遠くへ連れていって、お屋敷からずっと離れたところで死なせるんです。この居間で死なせちゃいけないよ。そんなことをしたら、たまたまやってきたヤンキーが、ドアをバンバン叩いて入ってきて、そいつを殺したとあたしらが責められちまう」

「誰も責めたりしないって、マッティ」アリスがなだめた。「この人がここにいるのを知ってるのは、あたしたち……そして神さまだけよ。神さまがきっと、あたしたちに世話をさせるおつもりで、この人をここに送られたのよ。つまり、あたしたち全員、マッティ、あんたもよ」

マッティを落ち着かせるのに、その言葉の効果は覿面《てきめん》だった。神さまが、ご自分のなさることに一役買ってくれと頼んでいらっしゃると言っただけで、マッティなら、勇ましく出ていき、遠くの森ですさまじい轟音の大合唱をつづけている大砲にも立ち向かうことだろう。

「ハリエットさまはどこです？」マッティは、意を決したようにわたしたちの獲物を見た。

「お昼寝をしていらっしゃるんじゃないかしら」わたしは言った。「マリーが呼びにいっているわ」

「この男に何かするおつもりなら、さっさとしねえと」マッティは、彼の額に触れた。「もう手遅れでも、あたしゃ、驚きませんけどもね」

そう、この言葉に、みんながどっと泣きだしたように思う。アリスもアメリアもわたしも、そしてふと見れば、エドウィナまで涙を絞り出していた。

「さあ、みんな」わたしは言った。「落ち着きなさい。この人に情けをかけるのは当然よ。でもどのみち、アメリアが見つけなかったよりも悪くなるわけではないわ」

「そうよね」アメリアが、何やら思いついた。「きっと、それも神さまのおぼしめしなのよ。わたしたちは、この人に何もしてあげられないことになっているのかも。わたしは、この人を見つけて、ここに連れてくるだけでいいことになっていたのかも」死んでいようが生きていようが、彼はまだ、アメリアにとっては森の標本、たった一人で見つけた珍しい標本にすぎなかった。

「ハリエットさまは、何をぐずぐずしていらっしゃるのかね?」マッティも、涙を流していた。「かわいそうなハリエットさまは、どうしなさったんだろう?」

「すぐに来るわ」年少のマリー・デヴェローが、居間に戻ってきた。「ちょっと身だしなみを整えてるだけ。ほっぺたをつねって赤くして、髪の毛に混じったあの何本かの白髪に黒色顔料《ランプブラック》を塗ってるのが見えたもの。あたしたちが、このお屋敷に男の人を毎日連れてくるとは思ってないといいんだけどな」

6 ハリエット・ファーンズワース

今にして思えば、マリー・デヴェローの知らせを朦朧《もうろう》とした頭で理解するのに少し時間がかかった。お裁縫の授業のあとひどい頭痛がしてベッドで寝ていたので、最初は、自分で考えた子どもっぽいでたらめを言っているのだと思った。年少の子たちが、ときおりちょっとした悪戯《いたずら》をしてくるのにことさら反対はしない。わたしなら楽しんでくれると期待してのことだとわかっている。あの子たちが、姉なら絶対に容赦しないような愚かな真似をしても、わたしはすべて許してしまう。マーサは、そういうだらしなさのせいで、あの子たちが、わたしに対する尊敬の念を失うのだと言う。もちろん、その可能性もあるが、だらしないから、あの子たちがわたしを気に入ってくれているのではないかと思うこともある。

「わかったわ。その捕虜を見てみましょう」わたしは起き上がった。「それで、あなたの作り話だとわかったら、夕ご飯は抜きですよ」

わたしは、さっと身なりを整え、黒いレースのマンティーリャ——父が、メキシコ戦争から持ち帰ったヴェール——を肩にかけ、生意気な年少のマリーのあとから階段を下りた。

実を言うと、居間にどなたかお客さまがみえているのではないかと少しばかり期待していた。生徒たちのご親戚——ことによるとお兄さまかお父さま——が、戦闘に向かう途中に立ち寄られたのではないかと。大砲の音から、戦闘の激しさが恐ろしいほど増しているのはわかったが、ここからはまだ一マイル以上も離れていた——ずいぶん遠いから、負傷した敗残兵が、わたしたちの森を彷徨《さまよ》い、ここまでやってくることはないだろうと思っていた。

ところが、一人いたのだ。しかも、あのときの様子からすると、もう一歩たりとも彷徨えそうもなかった。

「まだ生きているわ、ハリエット先生」アリス・シムズは、言葉にすることでそれを確かめているかのようだった。「ほら、鏡をかざすと、息で曇るよ」

アリスは、半開きの彼の口の上に自分の安物の小さな懐中鏡——不幸な母親の形見——をかざしてから、確かめてもらおうと差し出した。

「脚の傷から、まだ出血もしています」実務能力のあるエミリー・スティーヴンソンが言った。「心臓がまだ機能しているということだと思います——でも、何度か胸に触ってみましたが、小さな震えすら伝わってきませんん」

「このようなことは、わたしの経験をはるかに超えています。でも、もちろん、この人のために手を尽くさなければなりませんよ。少なくとも、マーサ先生がお帰りになるまではね」

彼を一目見るなり、マーサがどんな反応をするかは想像できた。預かっている子どもたちの安全と、わたしたちの防御壁に開いたこの大きな穴について、姉が何と言うかはわかっていた。それでも、実際に姉が戻るまでは、責任は確かにわたしにあったので、それに対処するために最善を尽くそうと覚悟を決めた。

「誰か、わたしの部屋から裁縫箱を持ってきて。マッティ、使ってもいい古い布はある？」

「そんな布、一枚もありませんよ」マッティは突っぱねた。「ここの埃を払いたくても、今じゃ、トウモロコシの皮を使うしかないんですからね。ほら、包帯代わりに集めて回ってたご婦人方に、マーサさまが、うちのシーツやら枕カバーやらをほとんどやってしまわれたでしょう」

「それなら、リネンを入れている戸棚にダマスク織のテーブルクロスがあったでしょう。マッティ、あれを持ってきて」

「大奥さまが、タイドウォーターのお屋敷から持っていらしたあれですか」マッティは震え上がった。「昔からご一族があれを大切になさってきたのは、神さまもご存じだ。そのテーブルクロスを敵の血で汚しちまうんじゃないでしょうね、ハリエットさま？　そんなこと、マーサさまがきっと嫌がられます」

「持っておいで。マーサ先生が戻っていらしたら、わたしが説明します」

いざとなると高圧的な態度を取れるものだと、我ながら驚くことがある。もちろん、マーサが傍にいなければ、それも功を奏する。

マッティは、もうつべこべ言わずに布を持ってきた。アメリアが、裁縫箱を持って階下に戻ってきたので、わたしは、はさみを手にして深呼吸してから彼のズボンの脚を切り裂いた。

ゾッとした。足首から膝近くまで、ざっくりえぐられた長い傷があって、ふくらはぎから骨がむき出しになり、数か所に黒い金属片が刺さっていた。

「マーサ先生に手当をしていただかないと」わたしは声を潜めた。「わたしでは、手に負えないわ。気絶するなら、どこかほかの部屋でしてちょうだいね」

わたしは、テーブルクロスを細く切り、彼の膝上をできるだけきつく縛った。一番力持ちのエミリーに、わたしが布を引っ張っているあいだ、反対の端を力いっぱい引いていてもらった。

「これで、出血が多少止まるはずよ。まだ体に血が残っているとしたらね」

それから、ワインキャビネットに近づいた。マーサが普段、鍵をかけている。以前、生徒が二人ほど午後に一口か二口、シェリー酒をくすねたことがあるからだ。もちろん、ほんの悪戯でしかなかった。幸運にも、はさみの刃でキャビネットを開ける方法を知っていたし、さらに幸運なことに、キャビネットのなかのシェリー酒の後ろに、プラムブランデーがボトル半分残っているのを見つけた。マリー・デヴェローの父親が、二年前のクリスマスに、わたしたちにと送ってくださったのをすっかり忘れていた。

手の震えを止めようと、自分のために小さなグラスにブランデーを注いでから、ソファーの哀れな男のところへ少しだけ持っていった。それを一、二滴、唇のあいだに優しく垂らしてあげるのを、子どもたちが立ったまま見つめていた。

「むせてしまうだけよ」エドウィナが止めた。「アリスが水をあげようとしたら、そうだったから」

「ブランデーは別かもよ」幼いマリーが言った。「話し方からして、アイルランド人だと思うの。アイルランド人はだいたい、強いお酒がとっても好きなのよ。ヤンキーが攻めてくるまでの短いあいだだったけど、うちの農園監督をしてたパトリック・J・マロニーさんが、よく言ってたもの。俺は、猫のようになかなか死なない。死んだとしても、大好物のパパ特製のトディ〔ウイスキー、ラム、ブランデーなどのお湯割りに、砂糖やレモンを加えた飲み物〕を飲めば生き返るって。トディを飲んだことがないなんてお気の毒ね、ハリエット先生。ほっぺたが落っこちそうになるはずよ」

「トディは、淑女の飲み物ではありません」わたしは、ぴしゃりと言った。もっと言ってやろうかとも思ったが、あの子が相変わらずとてもあどけなかったので、そこでやめておいた。見たところ死にかけている兵士と、その兵士のひどい傷を、あの子たちが、立ったまま夢中で見つめている姿にとても驚いた。幼いころのわたしなら、棘《とげ》の刺さった指を見ただけで気絶しただろうに、生徒たちには、そのような感受性が欠如しているようだった。思うに、それが、わたしたちの時代の予測のつかない魔性なのだ——この年月が、幼い生徒たちの心を頑《かたく》なにしていた。

　わたしは、小さなグラスにもう少しだけプラムブランデーを注いで、ほんの一口飲んでから、残りを今度も慎重に兵士に与えた。それが、多少なりとも効いていたのだとしても、まだ目に見える効果はなかったが、少なくとも彼はそれを飲み込んだ。

「さあ、おどきなさい、みなさん、よろしいですか。こんな息苦しい日にも空気はあると、このかわいそうな人に味わわせてあげましょう。死んでしまうのだとしても、死が訪れるまで、できるだけ快適に過ごさせてあげましょうね」

　みんなは、わたしの言葉に従って確かに後ろへ下がった。マリーはおずおずと忍び笑いし、エミリーがそれを叱り、アメリアとアリスは、誰よりも悲しそうだった。アメリアは、せっかく見つけた宝物を取られそうだったから、アリスは、不幸な母親と同じように、どんな男であれ男を失うと、女の世界は狭くなると思いはじめていたからだろう。わたしは、ふと、アリスでも母親でもいい、ジョン・ダン〔英国の詩人・聖職者〕のことを聞いたことがあるのだろうかと思った。

　今度は、生徒たち全員が目に涙を浮かべていることに気づいた。エドウィナ・モロウに、まさか哀れみの情があろうとは思ってもみなかった。わたしに見られているのに気づいた彼女は、瞬きして涙を抑えた。それから、にこやかに目配せした。

7　エドウィナ・モロウ

酔っ払いのおせっかいばばあ……おバカな酔っ払い！

どういうことになっているのか、わたしが気づいていないとでも思っていたのだろうが、そんなことはなかった。それについて言わせてもらえば、ハリエット先生が、ワインキャビネットや、以前はワインがたくさん入っていた貯蔵室にちょくちょく通っていたのを、きっと学園の子たちはみんな知っていた。「以前は」と言ったのは、ハリエット先生の父親が何年も前に貯えておいたワインが、そろそろ底をついてしまっているはずだからだ。いずれにしても、近ごろはハリエット先生がワイン貯蔵室にこっそり下りていくのを見かけない。もちろん、先生のお姉さんが、貯蔵室のドアに新しい南京錠をつけ、ハリエット先生が、まだその開け方を知らないせいかもしれない。ワインの貯えがあってもなくても、とにかく生徒には関係がない。クリスマス休暇に家に帰らなかった子にたまに振る舞われることがあるだけで、生徒がご馳走になることはないのだから。

実は、あるクリスマス・イヴに、マーサ先生とマッティおばあさんが寝てしまってから、ハリエット先生と二人きりで、応接間の暖炉の脇でかなりたくさんワインを飲んだ。確か、戦争が始まった年の冬だ。当時、わたしは十四歳で、ハリエット先生は、ワインを飲ませればわたしの口が軽くなり、先生の知らない秘密をペラペラしゃべるだろうとでも思ったのだろう。でも、そうは問屋が卸さないのよ！

あのとき、先生は一つの大きな過ちを犯した。わたしが、とても幼いころからワインを嗜《たしな》んでいることに気づいていなかったのだ。まだ六歳か七歳のとき、父は、さまざまなクラブや居酒屋、セントルイスとニューオーリンズのあいだを航行するさまざまな蒸気船の大広間で、わたしを膝に乗せていた。そんなときは必ず、母親の母乳でも注ぐように、わたしのグラスにもワインを注いでくれた。優しい気持ちもあったのだろうが、もっと面白いことを自分がしたいので、おとなしくさせたかったせいもあったのだと思う。

とにかく、あのクリスマス・イヴ、敬愛するハリエット先生が、うとうとしはじめ、ろれつが回らなくなり、シェリー酒を膝にこぼしてしまってからも長いこと、わたしは、まだ頭が冴え冴えとしていた。先生は、父と二人きりのわたしの過去について――母がどこにいたのかとか、家族全員のことについて――聞きたがった。それまで何度聞いても、先生も先生のお姉さんも知りえなかったすべての事実について。あのときも、わたしは何も話さなかったが、先生についての知識がかなり増えた。知りたい人がいたら、喜んでそれを披露してあげよう。

しかも、情報提供料はいただかずにね。
ファーンズワース姉妹が、わたしについて今知っていることといえば、事実上、わたしが学園に来たときに知った内容に留まっている。つまり、うちが由緒ある家柄で、推薦状（ある有名な長官が署名した物や、ジェファーソン・デイヴィス内閣の現閣僚が署名した物を含む）は、入手方法にかかわらず素晴らしく、わたしの持参したお金の質は申し分なかった。

学費は、常に前金で支払っている。学園にいるほかの子たちの授業料については、まあ、そういうことはないだろう。四年前に学園に来たとき、わたしは、自分の心づもりよりもずっと長くいることになっても充分賄《まかな》えるだけのお金を持ってきた。学園の門をはじめてくぐったとき、先住民のビーズのハンドバッグには、連邦政府の金貨がいっぱい詰まっていた。そのあとすぐに、それが、マーサ・ファーンズワース先生がことのほかお好きな種類のお金だとわかった。

だから、優良資格が認定されたわたしは、学園では常に一目置かれている。女の子たちみんなに嫌われ、ファーンズワース姉妹からも愛されてはいないが、それでも特別扱いされている、少なくとも、マーサ先生とハリエット先生からはね。夕食にマッティが作ったプディングが一つ、朝食の薄切りベーコンが一枚余ると（とはいえ、これは以前の話で、しばらくベーコンなど食べていない）、たいてい、真っ先にわたしにくれる。

そう、そうなのよね、マーサ先生は、金貨の色と音に目がない。先生が生き生きと目を輝かせるところを見ることができるのは、一年に二回、わたしが、二十ドル金《ダブルイーグ》貨《ル》の小さな山を先生の机の上に落とすときだけ。これぞ、人生において先生を喜ばせる唯一の事柄のようだ。「どうぞ、マーサ先生」このときとばかりに、わたしはこう言ってやる。「先生は愛国的でいらっしゃるから、こんなヤンキーのお金はお受け取りになれないのではありませんか？　もしそうでしたら、喜んでお店か銀行に行って、どなたか男の方に連合国の紙幣と交換していただきますけれど。それとも、父が、南部の法定通貨を送ってくれるまでお待ちになられますか」

「あら、とんでもない、エドウィナ」マーサ先生は、必ず答える。「そんな手間をかけさせるわけにはいきませんよ。ヤンキーのお金でも、わたしたちの目的ばかりでなく、ほかのどんなことにも役に立ちます」

この愛国心というのが、最近では曲者なのよね。わたしが、愛国心の話を持ち出すときに、バカにされているのを先生はまったく気づいていない。もちろん、マーサ先生は、牧草地にいるどこかの雌牛程度の愛国心しか持ち合わせていない。それどころか、結果として自分が困るようなことにさえならなければ、どちらが戦争に勝とうが気にもしないはずだ。先生が望んでいるのは、どんな形であれ決着をつけてもらうこと。そうすれば、生徒の数が正常に戻るかもしれず、ファーンズワース学園にまたお金ががっぽり流れ込むからだ。

マーサ先生も、学園のほかの生徒たちも、わたしの手元にお金がいくら残っているかを知るためなら何でもするだろう。二回、誰かがわたしの部屋のなかを調べたのは確かだ。もちろん巧妙な手口で、二回とも物はすべて元の場所に戻してあった。ただ、一回目のときは、ナイトテーブルの上にあったはずの本の場所が変わっていたし、二回目のときは、黒い糸——わたしが戸棚の引き出しの取っ手に吊るしておいた糸——が取れていた。

とにかく、あと一年分の費用を払うのに充分な二十ドル金貨はもう手元にないが、そんなことはどうでもいい。今学期については、年寄りの雌牛たちと話をつけたし、葉っぱが散るずっと前に、父がここから連れ出しにきてくれるだろうから。

先生たちは、わたしや父のことを何も知らないが、わたしは、二人についていろいろと知っている。ハリエット先生のワインの問題もマーサ先生のがめつさも、そして、ほかにも二人の現在と過去の暮らしについて多くのことを知っている。夜、二人の言い争いを聞いたことがある。マーサ先生が厳しく責め立て、ハリエット先生が嘆き悲しんでいるのが聞こえた。ハリエット先生は、世の中の弱い人たちみんなと同じように、失われた日々を嘆き悲しむ。昔はこうだったのに、その日はもう帰らないと。

ハリエット先生は、あの最初の日の午後、負傷したヤンキーからわたしに視線を移して満足そうに笑った。いったい何を考えているのか想像もつかなかったが、ようやく、この兵士のために、わたしも涙を流していると思っているに違いないと気がついた。ハリエット先生は、情に流されすぎる人間が自分以外にもいると知って嬉しかったのだ。

そう、今度もまた、先生は誤解していた。わたしは、ヤンキーを哀れに思って泣いていたのではない。傷ついた人や死にそうな人、ある日倒れたどこかの人をいちいち嘆いていたら、際限なく悲しまなければならない。わたしは、あの男のことを知らなかった。わたしが支援しなければならない人が着る軍服を着ておらず、おそらく彼は、受けて当然の報いを受けていた。思い出すかぎり、少なくともこれが、あの最初の日の午後に感じたことなのだ。

　そもそもあの日、泣いていたのかさえとても疑わしい。ハリエット先生にそう思わせたのは、おそらく庭から射し込んだ太陽の光の悪戯だった。あるいは、少し涙ぐんでいたのだとしても、それは、父についての思いが脳裏をよぎった結果だった可能性がとても高い。ある意味で、あのヤンキーを見て父を思い出した。父は、手足が長く痩せ形で、眠れなかった夜の翌日は、あの男のように蒼白い顔をしていることがあった。それどころか、以前——それほど前ではない——見た父は、ソファーに横たわるあのヤンキーとそれほど年が違わないように見えた。「このまま死なせ、すべての不幸から解き放たれたほうが、ずっと楽でしょうに」そう思ったのを覚えている。「この人の幸運を祈る。彼が死ぬことを祈る」と。この物悲しい雰囲気と日の光のせいで、また涙が込み上げてきたので、ハリエット先生をこれ以上喜ばせないように、わたしは背を向けて部屋を出た。

　そして、ポルチコ〔柱で支えられた屋根つきの玄関ポーチ〕にぽつんと座り、わたしの人生について、もしかしたら近い将来、今よりましになるかもしれないと考えた。そして、額の汗を拭おうと絹のハンカチを取り出したが、さっき浸した水でまだ湿っているのに気づいた。そのハンカチは父の物——たくさんいる女友だちの一人からのお土産——だった。わたしは、その役に立たない小さな布切れを丸め、ポルチコの脇のレンギョウの茂みに投げ捨てた。

　森では砲兵射撃がまだつづいており、その方向から煙がもくもく上がり、東と北東の空を覆っていた。ふと、この世の中で問題を抱えているのはわたしだけではないと思った。大砲の轟き、煙の渦、その一つひとつが大きな問題の表れであり、森に落ちた金属の砲弾が、小川にできた波紋のように村や町に広がり、そしていたるところにひっそりと佇《たたず》む一軒家までをも呑み込んでしまう。ひょっとすると、屋敷のなかにいるあの負傷兵の問題も、ここからずっと離れたところにいる人々——母親かもしれず、姉妹や恋人かもしれない——にまで広がり、災いをもたらすのではないか。あの人に恋人はいるのかしら、そう思った。

　わたしが死んだら、悲しんでくれる人はいるのだろうか、とぼんやり思いをめぐらしもした。たとえば、流れ弾が学園に落ちてわたしが死んだら、誰かが本当に悲しんでくれるのかしら？　父は悲しんでくれるのかしら——それとも、父も自分自身の緊急の問題を抱えているのかしら？

こうして考え込んでいるうちに、時間が——一時間ほど——経った。日が暮れようとしているときに、マーサ先生がポニーに馬車を引かせ、シーダー・ヒルの道を逸れて学園の私道に入ってくるのが見えた。「あのヤンキーの運命を決める砲弾のお出ましだわ。彼の命はあの人が握っている」その後の出来事が、そうともかぎらないことを証明した。彼の運命をわたしたち全員が握っているのと同じように、わたしたちの運命を彼が握っていた。

とにかく、わたしは、マーサ先生にニュースを知らせようと私道を歩いていった。

8 マーサ・ファーンズワース

わたしは、アメリア・ダブニーに、あの森へ近づいてはならないと口が酸っぱくなるほど注意していた。今度こそは、その言いつけを破った最後の行ないについて罰を与えるしかないと思った。

「両親に、迎えにこさせるんですか?」エドウィナ・モロウが、勝手に馬車に乗り込み、屋敷へ向かうわたしの隣に座った。

「今は、とても無理ですよ。あの子の家は、戦闘地域になっていますからね」エドウィナと、その件について話すつもりなど毛頭なかった。

「そうですね」エドウィナは、何としても会話をつづける気だった。「忘れていました。実は、わたしの感じでは、ここしばらくあの子には家族から便りが来ていません。わたしも、父から便りがありませんけれど」

わたしの感じでは、エドウィナの父親は、何件かの綿花の違法投機で当局に拘留されているはずだった。少なくとも、数週間前にリッチモンドのある新聞——学園にはもう届かなくなっていたので、四つ辻の店のポターさんが持っていた新聞だった——に、彼女の父親の名前を見つけた。記事によれば、そのような活動を調査するために設立された政府の委員会による取り調べを受けている数名のなかに、名前が挙がっていた。だが、あの子がそのことを知っているはずはなく、わたしも言うつもりはなかった。

「それに、こういうときですもの、マーサ先生、余計な費用がかかって——食費などもとてもかさみますし、自費生を退学させるなんて気が進まなくて当たり前でしょう——たとえアメリア・ダブニーのようないい加減なおチビでもねえ」

「誰かを退学させるという懸案事項などありません」わたしは、ぴしゃりと言った。「あったとすれば、学園が、金銭的な理由で退学を思い留まることなどありません」

　三年間の経験から、エドウィナ・モロウと議論するのは得策でないとわかっていた。どうやら彼女は、わたしの言ったことをすべて自分の都合のいいように曲解することに意地悪な喜び——往々にして、子どもじみた邪《よこしま》な気まぐれ——を覚えるようだ。寂しさのせいだ、そうハリエットは言い張る。魔性のせいだ、そうわたしは思いがちだ。

「あのヤンキーをどうなさるおつもりですか？」

「何もするつもりはありません。南軍の部隊に連絡して引き渡せるようになるまではね」

「しばらくかかるかもしれませんよ。今の様子だと、南軍が逆に占領されているんじゃないですか」

　その点については、彼女が正しかった。どんどん近づいてくるように思われる音と大火を考えれば、北軍による占領がまだかなりつづきそうだった。「すぐに風向きが変わらなければ、ヤンキーの負傷兵一人などよりもずっと大きな心配事を抱えることになる」と思った。

　わたしたちの建物に火が到達してしまうという思いは、前回の戦闘のときからずっと脳裏にあり、あの朝、道に出て十分としないうちに、わたしは、食料品の買い出しに出たことを後悔した。前日の午後、ターンパイクを東へ向かう部隊が——多くは屍《しかばね》のような状態で——いたし、あの日の朝には、わたしたちの屋敷の脇のシーダー・ヒルの道にもさらに多くの部隊がいた。当然ながら、その道は私有地にあり、わたしたちの土地を横切っていたが、合法的な用件でならば誰がそこを通ろうと干渉したことはない。

　それは、父が森でオークやヒマラヤスギを切り出していた当時は伐採道路だった。良質の材木は、もうほとんどなくなったが、それでも、よい木がまだ何本かは生えている。学園の東側、フラット川の向こう岸には、低木性の松やモミジバフウ〔北米産の楓科の木〕、棘のある低木しかない。とはいえ、今年の五月のあの第一週目に始まった戦闘中に燃え尽きなかったか、さもなければ昔のチャンセラー家の屋敷のあたりで去年あった戦闘中に荒らされていなければの話だ。

　とにかく、わたしが、まだターンパイクにも行き着かず、シーダー・ヒルの道にいるあいだに発砲が始まった。何事もなくターンパイクを横切り、プランク家の古道に入れればと思った。あの細い道なら、行軍が少ないのではないかと期待していた。ところが、東側からの発砲が大混乱を引き起こし、四つ辻に部隊が集結していた——ターンパイクの真ん中を我先に進もうと馬にまたがっている兵士もいれば、急がずゆっくり行こうと決心したのか、道の端を歩いている兵士もいた――そのため、この夏はもう、ポターさんの店に近づけないのではないかと思った。

ターンパイクの端にできるだけ近づいて大声で呼びかけると、一人の兵士が気づき、行軍とは反対方向に馬を向け、道を渡ってこちらに近づいてきた。年のころ十七歳、顎ひげを生やそうとしており、乗っている馬と同じくらい茶色くて痩せていた。

「アラバマ第六連隊のデピュー中尉です。奥さん、何か用ですかい?」

「この道を横切らなければならないんです、今すぐに」

「今日は、一般市民がこの道を通るのは禁止されてますよ」

「この道を通りたいのではありません――道を渡って、プランクの道に入りたいんです」

「そっちの道にも行けねえんですよ。ここから二マイルくれえ東にヤンキーがいますからね。やつらは、川を渡ってリッチモンドに向かってるんでさ」

「それは、そちらの問題でしょう。こちらには、こちらの都合があるんです。あなた方を束ねている将軍はどなた?」

「大勢いますよ、奥さん。ローデ将軍にバトル将軍、ユーエル将軍……」

「ディック・ユーエルでいいわ。マーサ・ファーンズワースが、急用をすます許可をくれるように伝えてちょうだい。ファーンズワースを思い出してくれと言っていたとね。彼の幼い従妹《いとこ》を数名、一度、うちの学園でお預かりしたと思いますと」

ちょうどそのとき、隊列に一瞬の切れ目ができた。わたしは、ポニーの手綱を打ち鳴らして道を横切った。

「おーい……戻ってくるんだ、奥さん」兵士は叫んだ。

「ユーエル将軍に、わたしが言ったことをそのまま伝えなさい」わたしは、すでにターンパイクを渡り、反対側のシーダー・ヒルの道を走っていた。それ以上は何事もなくプランク家の道に着いたが、見れば、その本道もターンパイクと同じくらい混雑していた。ヒル将軍の第三部隊の兵士たちでごった返しており、みだらな言葉を交えつつ、ブロックの辻で戦闘が進んでおり、そこに向かう途中なのだと教えてくれた。そこで、そんなに遠くまで行くつもりはないので、弾薬車の後ろからついていかせてくれと言った。

二時間ほどかかっただろうか。プランクの道は細く、片側にしか板が渡されていない。そのため、重い弾薬車が絶えずぬかるみに車輪を取られて滑り、乗っていた男たちがよじ登ろうとしたり、隊列のあいだに割り込もうとしたりした。ポターさんの店に着いたのは、正午過ぎだった。庭に進路を向けると、外でポターさんが雨戸を閉めていた。

「まだ店じまいはさせませんよ」わたしは、ポニーをポーチに繋いだ。「客がいるんです」

「今日は、言い争ってる暇はないんだ、マーサさん」ポターさんは、イライラしていた。「グラントとあいつのポトマック軍がこぞって、今ごろ、この北のジャーメイニアの浅瀬《ジャーメイニア・フォード》で川を渡っているんだ。店を開けたままにして、ドイツ人のくそったれ雇い兵どもに略奪させるわけにはいかないんだよ」

「言葉遣いに注意なさい。それにしても、そんなに心配することはありませんよ。ヤンキーが、お宅の商品をどうして盗んだりするんです？　あの人たちは、あなたが陳列棚に置いている品物よりも多くの物をどの荷馬車にも積んで運んでいますよ」

こういう考え方のせいで、愛国的でないとか、南軍の大義に対して好意的でないとか言う地元の人もいるが、わたしは、物事を現実的に捉えているにすぎない。ヤンキーには、お金も物も何もかもある。したがって、最終的には彼らが戦争に勝つことが明らかなように思われる。お金は、最大かつ究極の武器だ。お金があれば、鋼や火薬、塩漬けの豚肉も、必要な勇気さえも買える。

わたしは、一八六一年にこの考えを口にしたが、今もためらわずに言える。最近になっても、戦争の行方を見極められない人がいるのが理解できない。どちらが勝者になるかは——それが問題だったことがあったにせよ——もはや問題ではなく、あとどのくらい血を流しつづけられるかの問題なのだ（その後、わたしの部屋にいるヤンキー、そして、ハリエットが下手くそにした止血帯のせいでわたしのニードルポイント〔キャンバス地に一定の間隔のステッチで刺した刺繍〕のソファーについた染みを見たときも、同じ考えが脳裏をよぎった）。

なるほど、良識があると疎《うと》まれるのだとしたら、わたしは常に、友人よりも美徳を選ぶ。とにかく、わたしたちは、学園での孤立した暮らしを好んでいる。これまでも、自分たちだけで何とかやってきたのだし、全能の神——隣人ほど相手に見返りを求めない——の助けがあれば、これからもやっていけるだろう。

もちろん、良識的な信念を持つことと、旗竿にそれを掲げることとは別だ。生徒の多くが、戦争で近親者を亡くした——わたしも弟を亡くした——のはわかっているから、死ねば目的を満たせるのかと悲しくなることもある。だから、生徒たちとは――いいえ、現実を直視しようとしないことがままある妹とも――できるだけ戦争の話はしないようにしている。

先日もハリエットに言ったのだが、今、わたしたちが何よりも考えなければならないのは、学園の存続に違いない。存続していれば、戦争が終われば必ず訪れる精神の復活から利益を得られるかもしれない。南部での通常の往来や情報交換が達成されれば、ファーンズワース学園には玄関まで生徒が溢れるだろう。屋敷を増築し、新しい先生を雇わなければならなくなるかもしれない――夫を亡くしたばかりの女性や、父親のいない若い女性なら、場合によっては、とても安いお給料で、あるいはただでも喜んで働いてくれるかもしれない――ことによると、自分の部屋と食事さえあれば。

お金……父がもっと遺してくれてさえいたら、母が、弟のロバートのために無駄遣いさえしなければ、妹が、十八のときに自分の相続分を使って愚かにもリッチモンドに駆け落ちなどしていなければ――ハワード・ウィンスローという名前のニューヨークの男だった。だが、そう思っていたのは彼女だけで、ウィンスローは、約一万八千ドルものファーンズワース家の金を持ち逃げしていたのがわかった。もし、こういうことが一切起きていなければ、ファーンズワース学園を始める必要などなかったかもしれないのに。それを後悔したことがあると、心から言えるわけではない。ある意味で、幼い子どもたちを鍛え、ときには鍛え直すことから大きな満足を得ている。

こうした思いから、近年では、以前ほど妹につらく当たらなくなった。ハリエットは、日ごろからわたしの望みをかなえようと一生懸命努力してくれているし、たとえうまくいかなくとも、彼女の弱さを責めることはできても、性格がひねくれているせいではない。ハリエットは、頭が悪い人間ではない。世渡りが下手なだけなのだ。ハワード・ウィンスローとの一件について、妹とじっくり話したことはない。事件の直後は非常に腹が立ったが、近ごろはそれほど気にならない。どのように彼と別れたのか――妹のほうからお金を与えたのか、彼が力ずくで奪ったのか――知らないが、騙されやすい妹のことを思えば、考えるまでもなさそうだ。妹はきっと、いつか晴れた日に、ハワード・ウィンスローが白馬に乗って迎えにきて、どこかの素晴らしい恋の国に連れ去ってくれるのを期待しているのだろう。

その思い――そして、わたしが大目にみてやっている少しのワイン――があるからこそ、彼女は、それなりに理性を保っていられるのだ。日曜日に聖アンデレ聖公会に行く以外、彼女は、うちの敷地の外へは滅多に出ない。その教会へ行くのさえ、近くで戦争がつづいているあいだは中止にした。まあ、いろいろあるが、ハリエットは、わたしと同じくらいいい教師だと思う。子どものころ、わたしたちは、いい個人指導を受けたので、今こうしてその知識を伝えられる。

子どものころ……わたしたちにお金があったころ。

「お代ですよ」わたしは、ポターさんに言った。「硬貨しかありませんからね」これは、砂糖一ポンド、豚肉十ポンド、小麦粉十ポンド、傷んでいない各種野菜の種の詰め合わせ一袋、そして最後に白い綿モスリン一反を――こうした品物は、どれもこれも不足しているのにと、嘆き悲しむポターさんを完全に無視して――何とかせしめてからのことだった。

わたしは、来たのと同じ経路で学園に帰ったが、朝よりもさらに多くの問題と遅れが待っていた。もちろん今度は、行軍と逆方向に進んでいたので、南軍の兵士でさえ、女の馬車を一台通すために、わざわざ渡り板から降りてぬかるみに足を入れるのを嫌がっているのが見て取れた。ましてや、戦闘のことで頭がいっぱいなのだから。何度も口汚く罵《ののし》られ、一、二度は将校からも罵られ、とうとうにっちもさっちも行かなくなって、ドリーや馬車もろともひっくり返されるのではないかと思った。そのとき、ぼろぼろの麦わら帽子をかぶった、痩せこけた兵士が、煙草をかみながら助けにきてくれた。「ノースカロライナの部隊を戦争に行かせねえ気だね、奥さん」兵士は、ドリーのくつわを手にし、かなり乾いた地面まで連れてきてくれた。「だがな、俺たちのなかにも、少しぐれえ邪魔されても気にしねえやつもいるんだぜ」

「いっしょにいてくださいな、もう少し空《す》いたところに行き着くまで」

「いいっすよ」兵士は、にこやかに言った。「どうせ、あっちに向かうよりこっちに向かうほうがいいんでね」

東から聞こえてくる砲声が、一段と激しく、そして間隔も短くなっていた。「あの大半は大砲じゃねえんだ」ノースカロライナの兵士は、わたしの問いに答えて言った。「百万丁くれえのスプリングフィールド銃〔南北戦争で北軍が使用した先込め式の単発小銃〕とエンフィールド銃〔単発先込め銃。南北戦争では両陣営の一部が使用した〕、それから二十二口径のライフル銃をいっぺんにぶっ放してるのさ。あの大合奏のなかに、大砲はそれほど入ってねえはずだ。あのあたりの茂みはふけえから、横から戦闘に入らねえとやられちまうそうだ。だから、南部連合軍は、俺みてえな痩せっぽちの志願兵が好きなのさ」

兵士は、シーダー・ヒルの辻までいっしょにいてくれたうえに、進みゆく隊列の流れから出られるよう脇道の途中まで連れてきてくれた。それから、兵士は目配せし、挨拶をして立ち去ろうとしたが、わたしが呼び止めた。

包みのなかに、厚い塊から少し分けてもらった塩漬けの豚肉が少し入っていた。「お礼に、これをどうぞ。今度、このあたりに戦いに来るときは、前もって知らせてくださいな。みなさんのために、空き地を作っておきます」

「あんた、冗談好きだねえ」兵士は、ニヤッとした。「自分がどうしてえのか、ちゃんとわかってる女ってだけじゃねえ。道をこっちに向かってくるのを見た途端、そういう女だと思ったよ。道を塞《ふさ》いでたノースヴァージニア軍が、出エジプト記の紅海みてえにあんたの前で割れると思ってたんだもんな。まあ、そんなこったろう。自分がどうしてえのか、ちゃんとわかってる……そして、どんなことをしてでもそれをやっちまう……ほかのみんなの手を借りてな」

こうして兵士は、隊列に戻り、諦めきったように生肉の塊をかじりながら遠ざかっていった。あとになってよく思ったものだ。彼は、自分がどうしたいのかわかっていたのかしら、そして、生き長らえてそれを実現したのかしらと。仲間の兵士が何人か、羨《うらや》ましそうに彼を見つめ、物ほしげにこちらに目を向けたが、分け与えてやる肉はもうなかった。わたしには、よい時代が来る日まで存続させねばならない学園があった。住む場所を提供し、養い、危害がおよばないように守ってやらねばならない子どもたちがいた。それ以外のことはすべて、将軍や政治家に任せればいい。学校がわたしの第一の、そして唯一の責任なのだ。

こんなことを考えながら帰路の旅をつづけ、何事もなく学園に到着した。

「たとえ南軍の兵士たちが、たった今、ほかのことを気にしていたとしても」二人で馬車から降りながら、エドウィナ・モロウが言った。「兵士たちに、力ずくで学園に入り込むようなことをさせ、わたしたちの捕虜を捕まえさせるのはお嫌でしょう。健康な兵士が束になったら、負傷兵一人よりも学園にとって危険かもしれませんよ——どちら側の兵士だとしてもね。どちらの軍服を着ていようと男は男、そう教えられています。そう思いませんか、マーサ先生?」

「わたしは、型にはまった考え方はしません。ジョン・ロックのような経験主義者ですからね。この前、哲学の時間に勉強したでしょう。そのヤンキーを最終的にどうするかは、わたしたちがどうするべきかにかかっているんです」こう言って、わたしは、居間にいる見知らぬ人を見に屋敷に入っていった。

9　マチルダ・ファーンズワース

どんなパレードでも、誰かが先頭を務め、誰かがそのあとからついていかなきゃならないもんさ。マーサさまが、生まれながらのまとめ役だったとしても、それはあの方のせいじゃない。マーサさまは、人生のほとんどを善良な女性として生きてこられた、それは認めてさしあげないとね。たとえば、病めるときも、いつだって善良だった。

旦那さまが生きてらしたころは、囲い地に作男が大勢いて、この土地を耕してた――畑の世話をする男手さえあれば、今だってそうだろうに――あのころ、旦那さまのお手伝いをして囲い地の病人の世話をなさったのは、決まって幼いマーサさまだった。奥さまは病気がちだったし、弟さんや妹さんはまだお小さくて、たわいもなく、何の役にも立たなかったけども、幼いマーサさまは、十歳ほどでしかなかったのに、毎朝、囲い地に出てらした。甘汞《かんこう》〔塩化水銀。下剤、殺菌剤に用いる〕やアヘンの入った、重たい壺をいくつもやっとこさ持って、かわいらしいエプロンのポケットに包帯とはさみを入れてね。その後ろで旦那さまが、大笑いしてらしたっけ。マーサさまが、病気の黒んぼに薬を与え、切り傷や擦り傷に包帯を巻き、手当の仕方をあれこれ教えている姿をご覧になってね。

あのころ、あたしは台所にいた――ずっとお屋敷のなかだったね、その前は母さんもそうだったよ――でも、亭主のベンは畑に出てたんで、裏口からじゃ見えなかったことは、夜になって教えてもらった。病気の作男が、マーサさまの治療をなかなか受けたがらないこともあった。すると旦那さまは、ベンを脇に立たせてそいつらを押さえさせ、そのあいだにマーサさまが口に薬を流し込んだんだとさ。

旦那さまは、ベンを右腕のようにいつも頼りにしてらした。ここには、常雇いの監督などいたためしがない。この農園は、常雇いの監督を置いたほうがいいほど大きかったが、旦那さまは、何でもご自分でなさりたがって、なさっているつもりでいらした。ここらの人たちも、今なら言ってくれるだろうよ、だからファーンズワース農園は荒れ果てたんだと。

その人らの言うとおりだと思う。百年以上も、ファーンズワース家の殿方はあんまり役に立ってこなかったね。一族がタイドウォーターに住むようになられたときから、金や財産を守る務めはほとんどご婦人方が果たしてこられた。

ジェームズ川の川べりの広大な土地に住んでらしたころは、随分と貯えがあったと思うよ。ところが、殿方の一人が、問題を起こしてご近所さんを怒らせちまったもんだから、大奥さまが、ここに移ってやり直したほうがいいとお考えになられた。やれやれ、一族が根を下ろすにはこの土地がよくなかったのか、それとも土地に根づくには一族の根っこが弱かったんだろうねえ。ファーンズワース家の金、それに評判までも、そのあと少しずつ失われちまった。

旦那さまは、善良でお優しい方だったけどね、作物や柵に気を配るより、ウズラ狩りやキツネ狩りに行くとか、本を読むとか、ウィスキーを飲みながら日没をぼうっと眺めるのがお好きだった。それに、息子のロバートさまも、父親譲り、いいや、旦那さまよりもひどかったかもしれない。ロバート坊ちゃまは、金が流れ出ていくのを黙って見ているだけじゃなかったよ。カードだの馬だの、ありとあらゆる賭け事や贅沢に湯水のように金を使った。もちろん、これは、大人になられてからのこと。お小さいころは、落ち着きがあって、言うことをよくきいた――亡くなられる前は奥さま、亡くなられてからは、坊ちゃまに常に目を光らせていたマーサさまのね。マーサさまとロバートさまは、子どものころは、とても仲がよかった。いっしょに馬に乗り、森にピクニックに行き、ときにはポーチで何時間もチェッカーやドミノ遊びをなさり、お昼から日が暮れるまでずっと、座ってお話しかなさらないこともあった。

ところが、大人になると、ロバートさまはおかしくなってしまわれた。ワシントンからニューオーリンズまで、パーティーやら賭博場やらに入り浸りで、家に寄りつかなくなった。たまに一日か二日帰ってらしたかと思うと、旦那さまに金をせびり、夜のうちにまた出ていかれ、それから半年、いいや、それ以上かもしれない、なしの礫《つぶて》だった。

旦那さまは、それを大して悪いこととは思ってらっしゃらなかった。実は、旦那さまが、一度言ってらした。しばらく姉妹と離れていたほうがあの子のためになる。そうすれば、一人前の男になれるだろうからとね。

ロバートさまが、最後にお帰りになられたのは、旦那さまが亡くなられた直後で、あのときも長くはいらっしゃらなかった。ご家族の陰口は、もう言いたくないんだけど、ロバートさまとマーサさまは、その夜、大喧嘩をなさった。マーサさまが、家にいてくれと頼んだのに、聞き入れてくださらなかった。あの夜耳に入ったことを全部言うつもりはないが、要はそういうことだった。聞き耳を立てるつもりなんかなかったんだけども、大声が下の台所まで聞こえてきて目を覚ますと、幼いハリエットさまの泣き声がしたんで、上の廊下に行ってみると、ロバートさまの部屋の外の床に座っているじゃないか。あの夜は、三人のお子さま、みなさんが泣いていた。いやはや、マーサさまが泣くのを聞いたのは、はじめてだった。もう二度と聞くこともないだろうね。

ロバートさまは、翌朝お嬢さまたちが起きてらっしゃる前に、金目の物を一切合財、鞍嚢《あんのう》〔乗馬の鞍の左右に下げる革製の袋〕に詰め込めるだけ詰め込んで出ていかれた。お屋敷にあった金をごっそり、奥さまやお嬢さまたちの宝石までも。そして、あたしの知るかぎり、このお屋敷の誰も、ロバートさまのその後の消息を知らない。

マーサさまは、必死に探そうとなさった。手紙を書き、人を雇ってロバートさまが行ったことがあるっつう町を片っ端から探させた。ご自身も、リッチモンドやチャールストンなどあちこちに出向かれたが、見つからなかった。大地がパックリ割れて呑み込まれちまったように、ロバートさまは消えてしまわれた。

だからだろうねえ。その少しあとでハリエットさまが家出なさっても、マーサさまはあんまり動揺なさらなかった、少なくとも最初はね。ハリエットさまは、ロバートさまのご友人とかいう放蕩者のあとを追って出ていかれたんだけど、その男は、ロバートさまに連れられて二年ほど前にここへ来たことがあったんだ。マーサさまは、ハリエットさまが、どこかでロバートさまと落ち合って、金と貴重品を多少なりとも取り戻してくれるものと踏んでたんだろう。ところが、そういうことにはならなくて、ハリエットさままで、大金を持ち出していた。

さあ、あの哀れな子の話はこれぐらいにしておこう。このお屋敷では、あの方にも、あの方なりの惨めさがおありなんだから――出ていかれる前よりも、帰ってこられてからのほうが惨めだった。マーサさまにあのたった一度の大きな過ちを赦《ゆる》してもらったがために、ずっと償いをさせられてきたんだから。

その後、戦争が始まってから、いろんな話が次々に舞い込んできたよ――二番煎じ、三番煎じばかり――去年の春、マナッサスの戦い、あるいはロアノークで開かれたある将校のダンスパーティーでロバートさまを見かけた人や、リッチモンドの病院に入院しているのを見た人を知っていると。マーサさまは、噂を聞くたんびに調べたけどね、その噂にちいとは根拠があったにせよ、それがあたしらの耳に入るころには、尋ね人は雲隠れしていた。

そして、ようやく去年の冬――十二月のなかごろだった――マーサさまが、ポターさんの店である兵士に会われてね。上のチャンセラー家の屋敷あたりで春にあった大きな戦いで、ロバートさまを見たと言われた。「まるで、いつもと変わらない顔をしていた。でも、死んでいた」と、兵士は言ったんだそうだ。ロバートさまは、この辺に住んでいる連中には、あまり人気がなかったからね。

まあ、あそこで死んだ兵士のほとんどが埋葬されなかったのは、誰でも知っている。火がぼうぼう燃え盛っていたんで、将軍たちは、生きている兵士を助け出すだけでも大変だったのに、まして死んだ兵士なんてね。火が消えるころには、どっちの陣営も、そのあたりから撤退すると決めていたんで、埋葬されなかった死体は、誰にでも訪れるはずの最後の審判の日を待ちながら、かわいそうに雨ざらし日ざらしで転がっている。

とにかく、その夜、生徒さんたちがみんな寝静まってから、マーサさまは、旦那さまのアラブ種の雄馬を馬車に繋ぎ、ハリエットさまとあたしにもついてくるように言われて、チャンセラーズヴィルに向かう道に駆け出された。最初は、どこへ行くつもりなのかわからなかったけども、冬の夜の旅に出るなど嬉しくはなかったね。

ジャーメイニア・フォードの道がターンパイクと交わるところに着くころには、あたしにも、向かう先がはっきりわかっていた。そこは、フレデリックスバーグの駅馬車がよく停まった古い居酒屋の近くで、すぐ向こうには、ジャクソン将軍が致命傷を負い、埋葬されなかった兵士たちの多くの骨が茂みに転がっているところがある。あんなに真っ暗でなく、あんなに遠くまで行っていなければ、すぐさま馬車から飛び降りて一目散に逃げ帰っていただろうね。ハリエットさまも、おんなじ気持ちだったはずで、引き返してくれとお願いしてらしたが、マーサさまは聞く耳を持たなかった。

マーサさまは、昼間話をしなさった兵士から聞いて、どこを探せばロバートさまが見つかるかわかってらしたんだろうね。停まりもしないで浅瀬の道に曲がり、南にある古いチャンセラーの屋敷のほうへ向かわれた。そして、ウィルダーネス教会とフェアウェイ墓地の近くまで行くと、道を抜けて野原に入り、壊れた塀に馬を繋がれた。

「ついてきなさい、ハリエット」マーサさまは馬車から降り、持ってきたランタンとシャベルを手になさった。

「おまえもよ、マッティ」

「マーサさま、お嬢さまに逆らったことなどありませんけど、神さまが手を引いてくださっても、今、この真っ暗な野原に入るなんてできねえです。心が行きたがっても、足が行きたがらなくて」

マーサさまは、あたしのおびえた顔を見て、それ以上はおっしゃらなんだ。かわいそうに、ハリエットさまも死ぬほど怖かっただろうに、暗闇よりもお姉さまのほうが怖かったんだろうね、あのぬかるみを、マーサさまのあとからとぼとぼ歩いていった。マーサさまから渡された、重たいシャベルを持ってね。お二人は暗闇に入っていき、湿地から立ち昇る霧を抜けて溝を渡られた。弾薬車がひっくり返り、壊れかかった大砲がお月さんのほうを向いていたっけ。

あたしが、本気で神さまにお祈りをしたのは、あの夜だった。お二人の足音がだんだん小さくなって、ランタンの光の小さな点が見えなくなった途端、目を閉じて祈った。暗がりも怖かったけど、月にかかっていた雲が晴れたら、想像していたよりひどいもんが見えるんじゃないかと思うと、もっと怖かったよ。

あの闇のなかは、恐ろしいもんだらけだった――黒い馬にまたがったジャクソン将軍に率いられて行軍する男たち、嘆き悲しむ女たち、醜い鳥やらコウモリやら、ありとあらゆるおどろおどろしい生きもん――みんながみんな、黙ったまんま野原を横切った。聞こえてくるのは、荒らされた木々の葉を揺らす風の音と、凍える夜風のなかで繋がれたうちのかわいそうな老馬のいななきと、蹄の音だけだった。

そうさ、あの夜、神さまのご慈悲のおかげで、幽霊はあたしに近づかなかった。そして、夜が明ける一時間ほど前にマーサさまとハリエットさまが、霧のなかを帰っていらして馬車に乗り込み、あたしらは家路についた。ロバートさまを見つけて埋めたのかどうかは、わからなんだ。こっちも聞かなかったし、あっちも言わなかった。それどころか、マーサさまは一言も口を開かず、ハリエットさまは、お屋敷に着くまで泣き通しだった。あのあと、お二人がロバートさまの名前を口にするのを聞いたことはない。

二日ほどして、マーサさまは、旦那さまのアラブ馬を売ってしまわれた。もう使うこともないだろうし、金がいると言ってらした。お屋敷に、もう雄を置いときたくなかったんだろうね。

旦那さまが亡くなり、ロバートさまが家出なさった直後にもそう思った。あれは、マーサさまが、リッチモンドから奴隷商人を呼び寄せ、お屋敷の作男をみんな売ってしまわれた日だった。その日、あたしは庭に立ち、作男たちが荷車に乗せられるのを見ていた。

ハリエットさまが、あたしを見て寄ってらした。「ちゃんと大切にしてもらえるわよ、マッティ。よいお屋敷だけに売るように、マーサお姉さまが注文をつけましたから。こんなことはしたくないと言ってらしたのよ、マッティ。でもね、ここに学園を開設するためのお金がいるそうなの」

あたしが、マーサさまをどう思っているか、旦那さまや奥さまが生きてらしたら、どう思われるか、大声で言いたかったけれど、言わなかった。ベンの取引をまださっていなかったので、口をつぐんでさえいれば、ひょっとしたら売られずにすむかもしれないと思ったからだ。

マーサさまは、ベンのことは最後まで待たれた。あたしからベンへ、そして奴隷商人へと視線を移されたときのことは忘れないよ。お嬢さまを呼び止めて「ベンを追い出すなら、あたしもいっしょに追い出してください」と言いたかった。けれども、できなかった。あたしのプライド、マーサさまとおんなじくらい強いプライドが口を閉ざさせた。

そう、マーサさまは、その日はベンをお売りにならなかった。とうとう奴隷商人を、ほかの作男を乗せた荷車もろとも出ていかせ、ハリエットさまとあたし、そしてベンを残したまま、一言も言わずにお屋敷に入ってしまわれた。あの日、マーサさまが何を思ったのかは知らないね。その思いが何だったにせよ、あとで後悔なさり、一週間ほどしてベンを向こうのローカスト・グローヴの農家に売ってしまったんだ。

あの最初の日よりも安い値だったと、あとでハリエットさまから聞いた――それほどの開きはなかったようだけど――それに、売った先も近くのお屋敷だった。だから、ベンは、死ぬまでときどきあたしに会いにきたよ。あれが、金とプライドが絡《から》むときに、マーサさまが見せられる精いっぱいの優しさだったんだろうよ。

亭主のベンは、マーサさまが最初の日に自分を売らなかったのには、別の理由があったんだと言い張った。ベンが言うには、あたしのことが怖かったから――あたしが、ほかの誰よりも、ハリエットさまよりも、マーサさまのことをよく知っているからだとね。ベンは、ロバートさまが逃げ出した前の晩に、マーサさまの寝室から聞こえてきた話のことを知っていた。あたしは、そのことをベンには話したけど、ほかの誰にも言ってないし、これからも絶対に言わない。

マーサさまは、ひょっとすると少しだけあたしを怖がったこともあったかもしれないけどね、それはずっと昔のことだよ。人はみんな、年を取ると相手に対する気持ちも変わるものさ。今は、昔ほどあの方を憎んではいない。あの方は、神さまがお創りになられたままなんだとわかってるし、自分ではどうすることもできず、変わりようがないんだよ。

そうさ、あのヤンキーがお屋敷に運び込まれた日の午後、こんなことをあれこれ思い出したのさ。その居間に立ち、ハリエットさまができるだけの手当てを施しているのを見つめながら、心のなかで思ったんだ。「マーサさまが帰ってらして、ご自分のお屋敷にこの若い男――出ていかれた当時のロバートさまとちょうどおんなじぐらいの年の、若くてハンサムな男――がいるのを見つけたら、どうなさるだろう？　さっさと追い出せとおっしゃるだろうか、それとも？　道に連れ出して置き去りにしろとでも？　そうすれば、通りがかりの南軍の兵士が見つけて捕まえられるだろうからね。まあ、あとあとそうなさるかもしれないけども、すぐにはなさらないだろう。まずは、ここにつかつかと入ってらして、なぜヤンキーをここに入れたとみんなを責めて脅し……ヤンキーをとくとご覧になり、あたしらの手当てがなってないとわかって、正しいやり方を教えなければならないとお思いになるだろう」

幼いころ囲い地に出てらしたマーサさまを思い出すと、重病人に対処できたら喜ばれるとわかっていた。だから、マーサさまは、もう一度、ご自分の看護の腕をふるえるこの機会を逃すはずは絶対にないとね。

だけど、どうだろう、あたしもそれを望んでいたかねえ。あのとき、あの男を大して怖いとは思わず、気の毒に思っただけだったけど、あの最初の日の午後、マーサさまが、南軍の兵士にすぐさま引き渡そうとなさったとしても、あたしは反対しなかっただろう。あの方が、そのとおりになさっていたなら、それどころか、まったく何もなさらず、あの男に手も触れずにほったらかしておいたとしても、長い目で見ればそのほうがよかっただろうねえ。あたしらを連れてその場を立ち去り、居間を閉めきって、見殺しになさったほうが。

あの若い男には、死相があった。出血しているせいでも、蒼白い顔のせいでも、身じろぎもせずそこに横たわっている姿のせいでもなかった。怪我をしてなくても、道を行軍してたんだとしても、それとわかる雰囲気があの男にはあった。はじめて見た途端、この世に、この男を救う手だてはない、やっても無駄だとはっきりわかったよ。

そのとき、マーサさまが、エドウィナ・モロウさまを引き連れてポーチから入ってらした。もう考えても無駄だった。起こるべくして、ことが起こったんだ。

10　エミリー・スティーヴンソン

あの最初の日の午後、マーサ先生が玄関から入ってきた途端、年少のアメリア・ダブニーがどんなふうに森のなかで兵士を見つけて学園に連れ帰ったかを、何もかもおしゃべりなエドウィナ・モロウが告げ口したのがわかった。エドウィナのやりそうなことだった。できるだけ多くの生徒の顔を潰すためなら、どんな手を使おうとやみくもに突っ走る、エドウィナはそういう人なのだ。だから、アメリアを精いっぱい擁護することにした。

「そのヤンキーは、歩けなかったんですよ、マーサ先生。それで、アメリアが助けたんです。見つけたのは森ですよ、それは間違いありません。ですが、森の奥ではなかったと思いますし、アメリアが森へ行ったのは真面目な意図からだったと聞いています」

「どういう意図だったんです、アメリアさん?」

「キノコを摘むためです」わたしが答えた。「わたしたちの食事の足しにしようと」

「アメリアに答えさせなさい、エミリーさん。食料採集のお出かけだったのですか、アメリアさん?」

かわいそうにアメリアは、縮み上がっていた。何も悪いことをしていないときでさえ、あの子は、権威者をとにかくひどく恐れている。マーサ先生が視線を向けるだけで、あのかわいそうなおチビさんは、すぐさま気絶しそうになる。

「えっと」アメリアは口ごもった。「エミリーが言ったとおり、このキノコを摘みに……」

「食料用ですか、それとも自分の収集用ですか?」

「そのう、両方だったと思います」

「摘んできたキノコの種類は?」

「えっと……アマナイタファロイディーズが少しと……」

「通称は、タマゴテングタケです。ほかには?」

「アマナイタマスカリア〔ベニテングタケ〕が少し」

「それも毒キノコです。食べられるキノコはありますか、アメリアさん?」

「何度か食べられるキノコを摘んできたこともあるんで

すよ、マーサ」ハリエット先生が、とりなそうとした。「ナッツやクラブアップル〔酸味の強い小粒のリンゴ〕、キイチゴだって。お姉さまも、それはご存じでしょう」

「危険な時期だから、あの森に近づいてはならないと、この子に口が酸っぱくなるほど注意してきたはずですよ。わからないの、ハリエット？　こういう状況のなかで、あなたとわたしには責任があるのです。わたしたちは、このお嬢さんたちの世話を任されているんです——親御さんは、この子たちに気を配り、道徳的、身体的危害がおよばないよう守ってくれるものと期待してお預けくださったんですからね」

「うちの敷地内でしたら、まったく危険はないように思いますけれど、マーサ」

「危険がないですって？　何千人もの若い男が、外の道を通っているんですよ……個人の道徳律が一時的に停止されているような若い男たちが。彼らは、上官の賛同を得て、殺してはならないという第六の戒めに背こうとしているのです。そのほとんどが、自分の意志で、姦淫してはならないという第七の戒めにもためらわずに背くでしょう」

「ローマカトリック教では、第五と第六の戒めです」年少のマリー・デヴェローが、こましゃくれて口を挟んだ。

「お静かに、わかりますね、マリーさん」マーサ先生がたしなめた。「みなさんの多くが、兵役に就いているご家族をお持ちですし、その方たちのように育ちのよい若者について言っているわけではありません。今、南部連合軍の大半を占めているのはそういう若者ではないのです。近ごろでは、南部連合軍の軍旗を掲げているのは、リッチモンドの飲んだくれや、山地出身者、読み書きのできない小作人、アトランタの刑務所の仮出所者なのですよ」

　そろそろ、わたしも声を大にしなければと思った。

「つまり、マーサ先生、南軍の兵士は、そのソファーにいるヤンキーの徴集兵よりも勇気もなければ、大義に尽くしてもいないとおっしゃるのですか？」

「徴集兵じゃないかもしれないわ」アメリアは、自分の見つけた大切な人を擁護する気だった。「ひょっとすると、志願兵かも」

「一日でこれだけ問題を起こせば、もう充分でしょう、まだ足りないのですか」マーサ先生がたしなめてから、まったく必要のないことを言い足した。「あなたも口を結んでいてくださらないかしら、エミリーさん。ヤンキーを擁護しているわけではありません。個人としては、きっとヤンキーも南軍兵士と同じくらいひどいのでしょうし、全体としては、当然ながら、わたしたちの敵とみなすべきです」

みなすべきですって！　あきれたわ。先生ともあろう方が、アリスのような影響を受けやすい人は言うまでもなく、アメリアやマリーのような幼い子たちの前で、こんなことを口にするとは。北軍の侵略者が、文明国が対峙しなければならないこの上なく臆病な敵でないのだとしたら、わたしたちが受けてきた訓練やしつけが、すべて無駄になってしまうじゃないの。

「この人をどうすべきだと思います、マーサ？」ハリエット先生が慎重に探りを入れると、マーサ先生は、ようやく兵士に近づいて様子を見た。

「まず思い浮かぶのは、馬車で本道まで連れていき、あとは軍隊に任せることです。これは軍の問題で、わたしたちには関係ありません」

さっきはマーサ先生にかなり憎々しげに言われたが、これについては、わたしも先生と同じ意見に傾いていた。父のジョン・ウェイド・スティーヴンソン准将なら、こんなときどう助言してくれるだろうと考えようとした。そして父も、これは兵士の問題であり、若い淑女たちが関わるにはまったくふさわしくないと断言するだろうと思わざるをえなかった。だから、そう言おうとした。そして、その後のいくつかの出来事を思うと、それを口にしなかったことを後悔した。だが、その矢先にハリエット先生が、先生にしては珍しく、きっぱりした口調で言った。

「これは、人道的な問題だと思います。お姉さまは、重傷を負った兵士を、行軍中の兵士に委《ゆだ》ね、手荒に扱わせるおつもりですか？」

「兵士は、この人を連れてなんかいかないんじゃないの、マーサ先生」アリス・シムズは、若い男性を屋敷にかくまう利益をもう考えていた。「兵士が、この人みたいな怪我人《けがにん》に何ができるんです？　この人を入れる捕虜収容所も近くにないってのに。少なくとも戦闘が終わるまでこの人の世話をしろと、あたしたちに命令するだけなんじゃないの」

「それに」幼いマリー・デヴェローは、みんなの鼻息の荒さから、何か面白いことが起こりそうだと期待したようだ。「それに、南軍の兵隊さんが、道ばたにいるこのヤンキーを見つけたら、どこから来たのか知りたがって、ほかにもおんなじような人がもっといるんじゃないかと思うかもしれない。そうしたら、わたしたちが、怪我をしたヤンキーをほかにも隠してるんじゃないかって、大勢の兵隊さんが、このあたりを探し回ることになるわ。

マーサ先生、それって、先生が嫌がってることだよね」

「暗くなるまで待てばいいさ」マッティおばあさんが言った。「そうすれば、この人がこのお屋敷と繋がりがあると思われないほど遠くまで連れていける」

「どうしてそんなに冷たくできるの、マッティ」とマリー。「それに、この気の毒な兵隊さんは、あんたたちを自由にするためにここで戦ってきたのよ」

「薄情だなんて、そんな、怖いだけですよ」

　きっとマッティは、またハーブティーに不思議な兆候でも見たのか、犬が月に向かって吠えるのでも聞いたのだろう。どちらの場合も、彼女にとっては、差し迫った破滅の確かな兆候だった。うちにもマッティのような黒人の老婆がいたので、わたしは慣れていたし、彼女たちが予言する恐ろしい事柄にもしばしば多くの真実があるのを知っていた。こういう人たちは、多難な人生を生きてきたので、問題が起きるのを察知できる特別な目と耳を持っているようだ。

「森に連れていくこともできるわ」とエドウィナ・モロウ。「マッティもさっき言ったでしょう。そして、この人を見つけたことは忘れてしまいましょう」

「兵隊さんを見つけたのは、あなたじゃないでしょ――わたしよ！」アメリアが叫んだ。「だから、命令されたって、森になんて絶対に連れていかないからね！」

「今夜は、夕食抜きです」マーサ先生が言った。「今の言葉、そして今日の午後の行ないの罰です。この男の脚からの出血が、まだ止まっていないわ。止血の仕方がなってないじゃないの」

「やり直してちょうだい、マーサ」ハリエット先生が言った。「お姉さまは、こういうことにお詳しいから」

「ダマスク織りの布を台無しにするのが適切だと思ったようね――レースの縁飾りだけでも、百年前に少なくとも二十五ドルもしたんですよ――今なら、手に入ったとしても、その十倍はするでしょう」

「古くなって擦り切れていたわ、マーサ、それにレースも裂けていたし」

「それが、この布を台無しにした言い訳なら、ヤンキーの言うとおりね。南部の習慣は、どれも古くて擦り切れているそうよ。だから、新しい習慣をご教授くださるとか」

　マーサ先生は、脚の包帯を緩め、優しく解きはじめた。先生の言ったとおり、傷からまだ出血していたが、先ほどより量は減っていた。いずれにしても、彼の体内には、きっともうあまり血は残っていなかった。マーサ先生は、遠慮なくズボンの脚の残っていた部分を剝ぎ取り、布を再び巻きはじめた。今度は、さっきより腿の上のほうだった。

「脚の大動脈が、膝付近で分岐していると思うので、その手前で縛るのが一番効果的です。誰か、その指揮棒を取って」

　マーサ先生は、音楽の授業で使う指揮棒を受け取ると、布と脚のあいだに挿し込んでねじった。そして、出血がぽたぽた垂れる程度に収まると、別の布切れで棒をその場に固定し、身を乗り出して傷の具合を調べた。年老いた軍医さながら指でつつくなどして、徹底的に調べるその姿を見ているうちに、先生に怒りを覚えていたわたしも、さすがに心から称賛せざるをえなかった。ありがたいことに、ヤンキーはまだ意識がまったくなかった。

「馬に蹄鉄をつけられるほどの弾が入っているわ。ちゃんとした器具があっても、全部取り出せるかどうか。それに、どうせそんな努力をしても無駄でしょうね」

　先生は、彼の脈拍を測った。先ほど、わたしたちがやってみたが、何の振動も感じられなかったからだ。それから、胸に耳を当てた。「まだ息をしていますが、それ以外は何とも言えませんね」

「では、南軍に引き渡したりしませんよね？」ハリエット先生が尋ねた。

「この状態では、まあ無理でしょうけれど、この人が生きていなければ、そんな質問をして何になります。何らかの奇跡が起きて一晩生き延びたら、明日の朝、どうするか決めましょう。さあ、みなさん、注目。針を何本か――大きさの違う物をね――それから絹糸を持ってきてちょうだい。マッティ、お湯をできるだけたくさん持ってきて。急いで沸かしてね。石鹸とタオルもいるわ……それから、包帯代わりの布をもっと。廊下のその包みのなかに、白いモスリンが少しあるわ。はさみといっしょに持ってきて。今年の夏は、あなたたちに、新しいシフトドレス〔まっすぐでゆったりしたワンピース〕を作ってあげるつもりだったのだけれど、怪我をしたヤンキーをここに連れ込んだのですから、新しい肌着はなしですよ。この人の脚を調べるための先の尖った道具もいるわ。台所で何か見つけてきて、マッティ」

「ピクルス用のフォークはどうですかね？」

「それで間に合うかもしれないわ――とにかくやってみましょう。それから、小さい果物ナイフもいいかもしれない。さあ、ぐずぐずしないで。就寝時間まで、あなたたちのヤンキーに生きていてほしいのでしょう」

　マッティは、台所用品を取りにいき、ハリエット先生は、すでに持っていたお裁縫箱から針と糸、そしてはさみを取り出しにかかった。わたしは、廊下からモスリンを持ってきたし、マリーは、タオルと獣脂石鹸の入った壺を取りにいった。近ごろでは、獣脂石鹸を使わざるをえないが、それすらなかなか手に入らない。ところが、マリーがこのお手伝いを成就する前に、エドウィナが、まったく予想外にも自分の部屋に駆けていき、いい香りのする化粧石鹸を一かけ持ってきた。

「ブドワール〔貴婦人が私室で使う石鹸〕なんです」エドウィナは、ぶっきらぼうに言った。「父が、何度かパリに行ったときのおみやげです」

「フランスの石鹸ね、確かに」アリスが確かめた。「母さんが、いつも使ってるわ」

そうでしょうとも。ご評判のよろしいお仕事で使わないわけにはいかないでしょう、と言ってやりたかったが何も言わなかった。それなのに、エドウィナは慎みもなく、意地悪な言葉で自分の慈善的な行為を飾った。

「最後に会ったときに、こういう石鹸を使っていたという意味でしょう」

「何とでも言えば。そんなに厳密に言いたいんなら、あんたが、父親を最後に見たきっと何か月もあと、それどころか何年も経ってからかもね」

「いい加減にしなさい」マーサ先生が患者の診察を終え、すぐにでも手当に取りかかろうとしていた。「みんなで、ソファーの後ろに回って、もっと明るいところまで押してちょうだい」

わたしたちは、不平すら言えない怪我人もろともソファーを押し、薄らいで消えていく昼の太陽の光、いいえ、森から立ち昇る煙によって消し去られていない沈みかけた太陽の光が、庭側のドアから射し込んでいるところまで運んだ。

ちょうどそのとき、マッティが、湯気の立っているお湯の入ったバケツと台所用品を持って戻ってきた。マーサ先生は、針と糸といっしょにナイフとフォークもそのお湯に入れて消毒しているあいだに、はさみを手にしてモスリンと高価なテーブルクロスの残りを切り刻みはじめた。それから、布切れをお湯に少し浸してから、はさみの先で引き上げ、素手で摑んで獣脂石鹸にさっと浸し、ヤンキーの脚をごしごしこすった。

「あなたのいい香りの石鹸は取っておきなさい、エドウィナ。いずれ使わせていただくかもしれません。ともかく、それを提供しようとしたことはいい心がけですよ。さあ、これからが不快な作業です、みなさん。気絶したり、ばかげたことをしたりしそうな人は、さっさと部屋から出ていきなさい。あなたもですよ、ハリエット先生」

誰も出ていかなかった。マーサ先生は、冷ややかな笑みを浮かべて作業をつづけた。あの熱い布で、ひどい火傷《やけど》をしそうだったでしょうに、熱そうな素振りさえ見せなかった。以前にも思ったが、男に生まれていたら、マーサ先生は南軍の大義に大いに貢献しただろうとあのときも思った。

脚から泥や火薬をこすり落とし、乾いた血を拭き取ると、マーサ先生は背筋を伸ばした。「もっと明かりが必要です。ランプを持ってきて」

マッティが、居間のランプを取りに出ていった。無駄遣いしないように、今は台所にしまってある。ほかの人たちと同じように、わたしたちも、このごろ夜になると灯油ではなく綿実油をランプに使っているが、それさえ非常に不足している。そのあいだにも、マーサ先生は、はさみでピクルス用のフォークと果物ナイフをお湯から引き上げた。

「さあ」先生は、ナイフとフォークをタオルに載せてマリーに渡した。「ちょうだいと言うまで、持っていなさい。あと二人、お手伝いがいるわ。一人は、この人の脚を持ち上げて、しっかり摑んでいて。もう一人は、この人の傍に立ってよく観察し、意識を回復したら押さえつけて」

わたしは、脚を持つ役を買って出た。すでに顔面蒼白になっていたハリエット先生が、傍に立ち、急な動きに対処すると申し出た。マッティが、ランプを持ってきて、マーサ先生の指示どおりソファーの上から照らした。それから、マーサ先生は、ナイフとピクルス用のフォークを手にしてヤンキーの脚から爆弾の金属片を取り出しにかかった。

先生の言ったとおり、かなり多くの金属片が刺さっていたのでずいぶん時間がかかった。作業を終えるころには、マーサ先生も、かなり蒼ざめていた。いつもなら丁寧にピンで留めてある黒髪が一房、額にかかり、玉の汗が頰を伝っていた。「先生は、美しくはないけれど」感嘆の気持ちで胸がいっぱいになりながら、わたしは先生を見つめ、「先生ならではの断固たる姿勢は魅力的だわ」と思った。わたしが会ったなかで、もっとも断固たる姿勢の人に違いないと。

すべての、というよりも、急場しのぎの道具で見つけられるだけの金属片を取り除くと、マーサ先生は、熱い布をさらに脚にあてがい、細かく砕けた骨をできるだけ元の形に近い状態に戻してから、針と長くて黒い絹糸をマリーから受け取って傷口を縫いはじめた。二針も縫わないうちに、エドウィナ・モロウが床にくずおれた。

「アリス……アメリア……彼女を外へ連れていきなさい」マーサ先生は、ほとんど目を上げなかった。「おまえも手伝って、マッティ。ランプは、ハリエットが持ちます。脚をもう少し高く上げて、エミリー。何も大したことではありませんよ。感謝祭の七面鳥を縫い上げるのと同じです」

とはいえ、それより複雑なのは確かだった。それまで見てきたなかで最高の出来栄えではなかったにせよ、置かれていた作業環境や、あの脚の状態を思えば、世界お針子大会で金の指ぬき賞を獲得していただろう。あの兵士の脚は裂けていたばかりでなく、押しつぶされており、突き刺さった金属片に対してマーサ先生が行なった発掘さながらの作業は、明らかに、そのあとの修復作業を難しくしていた。

最後の結び目を作るまでに、一時間近くと、絹糸を一巻き使っただろうか。それから先生は、マリーに先生の部屋にある古いフープスカート〔張り輪を入れて膨らませたスカート〕を取りにいかせた。先生かハリエット先生、あるいは家族の誰かが、ずっと昔にはいていたに違いない。ピンクのバラの刺しゅうがしてある、ラヴェンダー色の上質のタフタでできたそのスカートは、古いとはいえ、とても立派な品だった。それなのに、マーサ先生は、一瞬たりともためらうことなく布を引き剝がし、取り外した芯《ステー》をヤンキーの脚の添え木に使った。それから、帯状にした新品のモスリンとダマスク織のテーブルクロスの残り切れで、添え木もろとも脚を縛った。

「さあ……終わりましたよ」先生は、ため息交じりに後ずさりし、淑女とはほど遠いやり方で滴り落ちる汗をぬぐった。

幼いマリーが、大喜びして拍手を送り、アリスとわたしもそれに加わった。「これで、このヤンキーさんには生きていてもらわなくちゃ」マリーが叫んだ。「だって、みんなすっごく大変な思いをしたんだもの」

「すごいわ、マーサ、本当にすごいわ」ハリエット先生も、感極まっていた。

「何がすごいものですか」マーサ先生は言ったが、わたしたちに認めてもらって喜んでいたはずだ。「危害を与えずにできると思わなかったら、治療などしませんでしたよ。さてと、このあとは、どうなるか数時間様子を見るしかありません。少なくとも、出血だけは止めましたからね。命の灯がまだ残っているようならば、一晩ぐっすり眠れば生気を取り戻すかもしれません。では、みなさん、それぞれの務めに戻りなさい。授業のある人は、授業に集中なさい。授業のない人は、何か有意義な仕事をなさい。エドウィナさんは、もうよくなりましたか？　誰か、小さな玉ねぎを台所から持ってきて刻んで、彼女の鼻の下にあてがってあげなさい。マッティ、ハリエット……ここを掃除して、夕食の支度をしましょう」

「マーサ先生」アメリア・ダブニーが、恥ずかしそうに言った。「このヤンキーに優しくしてくださってどうもありがとうございます。そうそう、この人の名前を知りたいようでしたら、ジョン・マクバーニーです」

「知りたくなどありません」学園長先生は答えた。「どうせここに長居はさせませんからね――生きようが死のうが――名前など知っても仕方がありません。さあ、アメリアさん、あなたは夕食抜きなのですから、自由にお部屋に戻って結構です」

マリーは、エドウィナのために玉ねぎを取りに台所へ向かおうとしていた。エドウィナは、玄関ホールのソファーにまだ意識不明、いいえ、それに近い状態で横たわっていた。明らかに、この学園の生徒の大半が、エドウィナ・モロウの顔に玉ねぎを押しつけるチャンスを狙っているだろうが、もちろん、何としてもそれを行動に移したいと思うことができるのは年少の生徒だけだ。ところがマリーは、そのまたとないチャンスを犠牲にしてまで、マーサ先生をさらに困らせるほうを選んだ。

「マーサ先生、今日、森へ行ったからってルームメイトのアメリア・ダブニーを罰するのは不公平だわ。だって、アメリアは、勉強に役に立つちゃんとした理由で森へ行ったって説明したのに。たとえ、みんなが、アメリアみたいなへんてこりんな興味を持っていなくても、そのせいでアメリアが罰を受けるなんて変よ。だって、アメリアが今日、見つかっちゃったのは自分のせいじゃないんだもん。あたしも、おんなじ森へ一週間くらい前に行きました。それも、一人になりたかっただけなのに。でも、見つからなかったし、疑われもしなかった」

「あなたも今、見つかりましたよ。だから、アメリアといっしょに罰を受けなさい」

「そんな、マーサ先生、ひどいわ……ちゃんと、自分から言ったのに！」

「それならば、あなたの良心も痛まないでしょうから、感謝しないとね。部屋に行きなさい、二人とも。アリスさん、玉ねぎを持ってきて、エドウィナの世話をしなさい」

アリスはいそいそと出ていき、いたずらっ子はぶつぶつ言いながら、みんなにひどい顔を向け、ルームメイトのあとから階段を上っていった。彼女は、本当に変わった子だが、カトリック教的な育ちが、それに大きく影響しているのだろう。とても頑固で非常識な行ないを頻繁にする――単なる悪ふざけのことが非常に多い――そのくせ、あっけらかんとそれを白状する。そうすれば、その行為が帳消しになるかのように。ああ、マリーとマーサ先生は、このゲームではずっと敵同士なのだ。幸いなことに、マーサ先生は、マリーの一風変わった子どもっぽい道徳観念をよくご存じで、鉄槌を下すことをいとわない。

すでに言ったとおり、必ずしもマーサ先生が好きではないが、先生の意志の強さには感服している。南軍は、マーサ先生という名の偉大な兵士を失ってしまったと、繰り返し言わなければならない。何を隠そう、非難の的である先生の気迫と冷静さが、数週間後にさらに試されることになるからだ。

11 マリー・デヴェロー

ええと、あの最初の日の夜、夕ご飯抜きでお部屋に戻らされたって平気だった。そういうことは何回もあったし、これからも何回もあるだろうからね。どっちみち、そんなことは、学園に来たよその人が思うほど大きな失敗じゃないもの。

たとえば、こういうときにはハリエット先生が、お姉さんをカンカンに怒らせちゃうのも気にしないで、夜遅くなってからショールの下に夕ご飯を少しだけ隠して部屋までこっそり持ってきてくれる。ほんとのことを言うと、下で毎晩のように競争して食べるより、秘密の食事をするほうがおいしく食べられるの。マーサ先生もハリエット先生も、この学園の礼儀正しい若い淑女が食事中に競争してるなんて知ったら、びっくりして両手を上げちゃうでしょうけど、そういう競争がほんとにあるのよ。

アメリアとかあたしみたいな最年少の生徒なら、少しは手加減してもらえると思うかもしれないけど、ファーンズワース学園ではそんなことは絶対にない。ここでは、「ご褒美は年長生の物」っていうのが、このごろ多くなったみたい。そもそも、値段が高くて、最近はなかなか手に入らなくなった食料品とかの商品を学園に持ってきた生徒のことをちっとも考えてくれないし、大事にしてくれなくて……その子の名前だって、もちろん言ってくれない。

とにかく、あたしは、こういう食事中の競争に勝つ方法を見つけてしばらくはほっとしてた。あたしのいるテーブルの下座で、あの手この手を使って、ちょっとした騒ぎを起こすようにしたの。アメリアを蹴飛ばすとか、あの子に大声で話しかけるとか、そうでなかったらコップの水をこぼすとか、遠くにある物を取ってくださいとお願いしないで手を伸ばすとか。ほかにもいろんな方法でお行儀悪い食べ方をするだけで、黙っていられなくなったマーサ先生が、あたしを椅子から引きずり出して、ハリエット先生の向かいの、マーサ先生の隣の席に連れてってくれる。

そうなのよね、その計画が、しばらくはとてもうまくいってたの。テーブルの上座で、先生たちのすぐあと、ほかの子たちよりも前にお給仕してもらえて、何学期かはおいしく食べられた。でも、わざとお行儀悪くしてるって、とうとうマーサ先生にばれちゃって、テーブルから完全に追い出されるようになっちゃった。

ハリエット先生が、この食堂の係だったら、こんな問題は起きなかったかもしれないのにな。ハリエット先生だったら、年少の生徒にもちゃんと食べ物が行き渡るように、たいていとても平等にしてくれるのに、パパがよく言ってたけど、ハリエット先生は蒸気船の舵取りをしてないのよね。それに、いつも空想ばかりして、何が起きてるのか気づいてもくれない。それでも、誰かがテーブルから追い払われたら、先生もがらっと変わっちゃう。退席させられた子を、すぐさま心からかわいそうに思って、できるだけ助けてくれる。

あたしは、このことを全部、アメリア・ダブニーにも教えてあげた。あの子も、ハリエット先生とおんなじように、自分だけの世界に夢中だからね。もちろん、二人の世界が、よく似てるわけじゃないわ。ハリエット先生の心は、たいてい過去に向いてて、若いころに行った、じゃなくて、行ったと思い込んでる舞踏会やパーティーのことでいっぱいなの。あたしがそれを知ってるのは、かわいそうな先生が、傍に誰もいないと思ってよく独り言を言ってるからなの。

だけど、アメリアの世界には、人間は一人もいないの。コウモリとか虫とか、丸太のなかや岩の下、木の割れ目にいる、くねくね動いたり、這ったりする生き物だらけ。アメリア・ダブニーなら、人類が明日絶滅しても、森に住む生き物たちが被害に遭わなければちっとも気にしないでしょうね。正直に言うと、ほかのルームメイトがいいと思うこともあるわ。だって、机の引き出しにミミズがいたり、ベッドの柱にフクロウが止まってたりするのを見つけるかもしれない部屋で暮らすのは、あんまり好きじゃないもの。

「夕ご飯なら、心配しなくてもいいわよ。ハリエット先生が、すぐにサツマイモと野菜サラダを持ってきてくれるから。ひょっとすると、ベーコンの薄切りも一枚か二枚あるかもよ。マーサ先生が、今日、少し手に入れられたみたいだからね」

あたしは、アメリアを慰めようとしてた。アメリアは、あたしと違って、先生のご機嫌を損ねるのに慣れてないの。それなのに、アメリアは、あのことでマーサ先生やほかの誰かに意地悪を言われるのをほんとにすごく怖がってたけど、夕ご飯を食べられないのをこのお屋敷のほかの子たちほど心配してなかった。あの子には、ナッツや薬草の根っこ、ベリー、それからあの日摘んできたキノコ、毒キノコもあったと思うけど、食べても大丈夫なキノコもあったと思う、そういう物がどっさりあったからね。あのとき、アメリアがほんとに食べてたから、食べても大丈夫だったんだと思う。

アメリアは、あたしにも少しくれようとしたけど、丁寧にお断りしたわ。アメリアは、自然の神秘のことをとてもたくさん知ってるのは間違いないけど、とにかく、もうじきハリエット先生が、あたしたちのためにテーブルから取っておいた食べ物を全部持ってきてくれるのがわかってたので、命がけでキノコの味見をするのはやめにしたの。でも、ブラックベリーを一握りと、去年の秋から取ってあったクルミとヘーゼルナッツを少しだけもらった。

「どうなると思う?」あたしは聞いた。「このヤンキー事件はこれから」

「動物や昆虫の王国についてわたしが知っているすべての秩序からすると、侵入者が、もともといる種からすんなり受け入れられることはないの。わたしのトランクに入っている、イギリスの博物学者が書いた本に、そうはっきり書いてあるわ」

「そういう王国では、侵入者はどうなるの?」あたしは、マーサ先生に聞こえないように、机の引き出しのなかでクルミをぶつけて、殻を割ろうとしてた。

「うーん」アメリアは考え込んだ。「侵入者が勝つこともあるわ。狩蜂が、バッタの巣に入り込んで、簡単に引っ張り出して食べられるように、毒針でバッタを全部殺すか、麻痺させるのを見たことがあるわ」

「何てこと!」クルミの殻がやっと割れたけど、引き出しの横も少し壊れちゃった。でも、そんなに目立たなそうだった。「バッタじゃなくて、ほんとによかった」

「でもね、侵入者が勝たないことも多いのよ。イモムシが、ちっちゃな赤蟻の巣に入り込んで、蟻にうっとりしたのか、何となく注意がそれちゃったのか、とうとう蟻の餌食になったのを見たことがあるわ。イモムシがゆったりするまで、小っちゃい蟻たちが、触手でイモムシを撫でていたみたいで、しばらくするとイモムシが尻尾のあたりから液を数滴出したら、蟻たちがみんなでその液を飲んで、とても楽しそうだった。そうやって液を搾り取ってから、みんなで協力してその無力なイモムシを地中に引きずっていったわ。きっと、あとで食べるんでしょうね」

「ひどいわ。そのイモムシの傷はもう治らなかったの？」

「さあ、どうかな。でもね、博物学者の考えでは、それはあまり重要ではないの。春になって蝶になれば、そのイモムシはどうせ死んだだろうし、その一方で、蟻たちのあの小さい群れに一冬の食糧を供給していたってことと」

あの子の楽しみ方って、ほんとに不気味だわ。アメリアみたいに、何時間も蟻塚やバッタの巣の上にしゃがみ込んで、そういう昆虫の行動から道徳的な教訓を得る人には会ったことがない。あのとき、あの子があたしに伝えようとしてたのが道徳的な教訓だったとすればね。

「マーサ先生が、あなたのマクバーニー伍長を最後にどうするかってことについての考えをまだ聞いてないわ」

「わからないわ。早くよくなって、出ていってくれるといいな。そうじゃなかったら、死んでくれたらいい」

「アメリア・ダブニー」わたしは、少しショックだった。

「ここで意地悪されるくらいなら、そのほうがいいと思うの。意地悪されると思うなら、今夜のうちに森に連れて帰ってあげようとさえ思うわ」

「歩けないんじゃないの」

「連れてきたときみたいに手伝ってあげる」

「今は、意識がないわ」

「そのうち戻るんじゃないかな」

「そうでしょうけど、だとしたら、それはマーサ先生がお世話をして、脚を縫ってあげたからだわ。それは、意地悪じゃないと思うけどな。『悪魔にも当然与えるべきものは与えよ』ってママがいつも言ってるし、悪魔でさえいいところがあるって公平に認めてもらえるなら、マーサ先生だって認めてあげないと」

「今、意地悪されていないからって、これからどういう扱いを受けるかわからないじゃないの。ねえ、大事な約束をしてほしいの、マリー。マクバーニー伍長が、ここから出ていったほうがいいとわたしが思ったら、いっしょに彼を逃がすのを手伝ってくれるって約束して」

「どんな助けがいるの？」あたしは、不思議だった。

「あの兵隊さんは、大人よ。十八歳か、それよりも上かもね。脚が治ったら自分で歩いて、連邦軍でも、北極でも、どこでも好きなところへ帰れるわ」

「とにかく、約束してちょうだい」アメリアは言い張った。

あの子に黙ってほしくて、あたしは約束した。どう考えても、女の子五人と年寄り三人でマクバーニー伍長がどんな危険な思いをするのかわからなかったけど、びくびくしてる子どもを慰めたかったから約束した。あたしより三つも年上なのに、アメリアのことを子どもと呼ぶのは、アメリア・ダブニーより、あたしのほうがずっと早く大人になれる自信があるからよ。

そのすぐあとでアメリアは、マクバーニー伍長の様子を見に下に戻ることにした。あたしにとっては大助かりだった。だって、ハリエット先生がこっそり食事を持ってきてくれるまでに戻ってこなければ、あたしの分が多くなるってことだもの。もちろん、アメリアは、森のご馳走をたっぷり食べたから、普通の食べ物はきっともう食べたくなかったでしょうけど。

「ほかにすることがないのなら」アメリアがドアのところで振り返った。「わたしのカリドゥラサーペンティーナを見張っていて」

「あなたの何を？」

「カミツキガメよ。ベッドの下にあるあなたの古い宝石箱のなかにいるわ。空っぽだったし、どっちみち使っていなかったでしょう」

「誰かに宝石をもらったら、そこに入れなくちゃならないのに」あたしは、つっけんどんに言った。「だから、ママはくれたんだと思うわ。そのチーク材の宝石箱を、どこかの汚いカミツキガメが占領してるって知ったら、ママは喜ばないでしょうね」まったくもう、あの子にはいつも目を光らせてないと、持ち物を何から何まで、あの子の集めた怪物を入れるのに使われちゃう。とにかく、あの子のカミツキガメと関係するのはきっぱり断った。

するとアメリアは、いつものように忍び足で部屋を出て、階段を下りてった。あの子ならきっと、どこからでも、誰からでもすんなり逃げ出せるって思ったわ。ほとんど誰からも気づかれずに、夏の影法師みたいに行ったり来たりできるんだもん。誰にも気づかれずにファーンズワース学園から本気で逃げ出したい人がいたら、アメリア・ダブニーに相談するのが一番よ。

12　アメリア・ダブニー

ジョン・マクバーニー伍長の様子を見に階段を下りたとき、学園の人たちはみんなまだ食事中だったので、誰にも迷惑をかけず応接間に入れた。

彼は、本当にほんの少しだけよくなったようだった。さっきと同じまだ蒼白い顔をしてじっと動かなかったけれど、手が温かかったし、息遣いがほとんど普通に戻っていて、寝息も聞こえた。外の空気をちょっと入れてあげようと、庭側のドアを少しだけ開けた。

もう日が暮れて戦闘の音もほとんどしなくなっていたけれど、東の森がまだ燃えていた。森のあのあたりにいた鳥や動物はみんなどうなったかな、と思った。神さまが、炎から逃げるのをお許しくださったかしら？　軍隊がいなくなるまで、巣穴や巣を守ってくださるかしら？

何週間か前に、森のあのあたりでウズラの巣を見つけていた。高く伸びた草に守られ、山ブドウの蔓《つる》で覆っていた。空を飛ぶ鷹に見つからないようにした、とても上手にできた巣だった。見つけた日の午後、巣には小さな卵が十一個あった。みんな卵からかえって、今日までに巣立ってくれたかな。雛鳥たちを殺すのをお許しになる神さまがいたとしたら、そんな神さまなんて絶対に受け入れられないと思った。

それに、この戦争で苦しんでいる罪もない動物たちのほうが、南軍でも北軍でも、兵隊さんたちみんなより心配になることがある。兵隊さんたちは、少なくともある程度は自分の運命に対して責任があると思う。大半は、きっと志願してそこにいるんでしょうし、そうでなかったとしても、燃えている森からマクバーニー伍長のように逃げられる。

お兄ちゃまたちが、まだ生きていても、こういう気持ちでいられるかどうかはわからない。今ここにいたら、ディックもビリーもきっと、こんなわたしの気持ちを笑うでしょうね。故郷の野原でお兄ちゃまたちがウズラやキジを狩るのを見て泣いたときにも、笑われたから。それに、明日、お墓から生き返るのを許されたとしても、最初のときに聞きそびれた音や味わえなかった興奮があるんじゃないかと、二人ともきっとまた志願するわ。だけど、そんなことをするほどおバカな動物はいない。

そうね、動物と人とどっちが好きかは、それぞれの状況によって決まることがとても多い。ファーンズワース学園では、誰にもあまり親しみを感じたことがなかったのは確かよ――マリー・デヴェローには、本当にときたま感じることはあったけれど。でも、マクバーニー伍長を見つけて、ここに連れてきたら、その気持ちも変わった。あの最初の夜、彼がわたしとそっくりな人だと思ったから。わたしは、異端児と呼ばれるような人間で、マクバーニー伍長もそういう人のような気がしたの。

あたりから聞こえる夜の音が、戦争中なのにいつもと変わらなくなってきていた。裏のオークの木で蟬が鳴きだし、コオロギがそれに加わり、小川のカエルがつづいた。一匹の大きなウシガエルの鳴き声がしばらくしなくなったので、何かあったのかしらと思った途端、ぼくの気持ちを聞いてくれと……ブオー……ブオー……ブオー。それから、アマガエルが口笛であいの手を入れ、ついには、このお屋敷の軒下に住んでいて、昼間は見つかるのが怖くてとてもおとなしくしているおじいさんフクロウが、すっかり暗くなったとわかって甲高い声でコーラスに加わった。

こういう自然の音が、ずっと遠くの森から聞こえてくる銃声とその反響音でときどき中断させられた。敵も味方も、見張りの兵隊さんはまだびくびくしているのだろうと思った。一日中、頑張ってきたら、たとえ殺すことでもやめるのはきっと難しいのだろう。「かわいそうな一人ぼっちの見張りの兵隊さん。今夜、みんなが森から出る道を見つけられますように」そして、わたしは、森から出る道を見つけたマクバーニー伍長のところに戻った。

彼は、普通に眠っていたのかな、それとも自分の弱さにまだ気づいていなかったのかな？　わたしが、ソファーの脇の床に座って耳元に唇を寄せても、ぴくりともしなかった。

「マクバーニー伍長」わたしは、小さな声で言った。「わたしの声が聞こえないかもしれないけれど、とにかく言っておきたいことがあるの。あなたを助けるためなら何でもするわ。友だちですもの。ここで虐待されたら、わたしのところに来てね。助けてあげる。あなたが着ているその軍服のせいで、あなたのことが大嫌いな人もここにはいるかもしれないけれど、わたしは、そんなふうには感じていないからね。あなたが好きで、よくなってほしいと思っているわ。そのことを忘れないでね、マクバーニー伍長。わたしは、あなたの友だちよ」

「そこで何をしているの、このチビ浮浪者」エドウィナ・モロウが、出入口に立っていた。さっきの失神の発作から回復したみたいだった。

「マクバーニー伍長に内緒話をしていたのよ」

「その人から離れなさい、このチビ蛆虫。その人は、あんたの汚らしい指で撫でてやる鳥や虫とは違うのよ」

「わたしの手は、まあまあきれいよ、エドウィナ。それに、どっちみちマクバーニー伍長には触っていないわ。話しかけていただけだもの」

「こんな状態の彼に、話しかけて何になるのよ、このチビバカ」

エドウィナは、頭に「チビ」をつけて、わたしのことをいろいろな名前で呼ぶ。チビ何とかのほうが、デカ何とかより悪いのかどうかわからないけれど、エドウィナは、いつもチビのほうが悪いような口ぶりだ。もちろん、あの人にどんな呼ばれ方をしたって平気よ。エドウィナが、そういう口のきき方をする人だとわかってるもの。きっと個人的にわたしのことが嫌いなわけじゃないでしょうからね、少なくともほかの子よりも嫌いというわけでは。

確かに、ほかの子よりもそういう呼ばれ方をすることが多いけれど、それは、わたしが仕返しをしないからよ。前に一度、エドウィナが、アリス・シムズにひどい意地悪を言ったら、アリスは部屋の端からつかつか歩いていってエドウィナをひっぱたいたの。それから、一度、気を悪くするようなことをマリー・デヴェローに言ったら、マリーは――かなり多くのルイジアナの人たちとおんなじで――メンツにとてもこだわるから、一週間以上もチャンスを待って、日曜日の朝、教会の礼拝の前に庭を歩いていたエドウィナにバケツに入った汚い水をザブンとかけた。そんなことをしたマリーは、もちろん厳しい罰を受けたけれど、そういう場合の罰をマリーはちっとも気にしない。もちろん、それからというもの、エドウィナは、マリーに逆らわないように注意していた。

エドウィナは、後ろに何かをこっそり持って部屋に入ってきた。「マーサ先生に言われたとおり、二階に行って寝なさい」

「先生は、寝なさいとは言わなかったわ。マリーとわたしに、夕ご飯抜きで部屋に行きなさいと言っただけよ。後ろに何を隠しているの、エドウィナ?」

「別に」エドウィナは、すぐさま答えた。「あんたには関係ないでしょう」

「ジャガイモとニラネギのスープみたいね。絨毯《じゅうたん》にこぼしてるわよ」

「しょうがないわね、ガチャガチャうるさいから教えてやるわ。食堂でのくだらないおしゃべりは聞き飽きたから、ここで食べようかと思って持ってきただけよ」

「それなら、どうぞ食べて。お邪魔はしないわ」

「食べたくなったら、食べるわよ」

「さっさと食べないと冷めちゃうわよ」

「心配してもらわなくても結構よ」エドウィナは怒った。「冷たいスープのほうが好きということもあるのがわからないの！」

そのとき、ピンと来た——エドウィナじゃなくて誰かほかの子が、テーブルからスープを持ってきたのだったら、きっとすぐにピンと来ていた。その疑いを試してみることにした。

「あなたが、マクバーニー伍長を見ていてくれるなら、わたしは二階に戻るわ」

「はじめてまともなことを言ったわね。彼には、休息が必要なのよ。小さな子どもたちに邪魔はしてほしくないはずだけど」

やっと、単なる小さな子どもに格上げされていた。エドウィナの口から出たのだから、褒め言葉だった。

「そうね、おやすみなさい」わたしは、ゆっくり部屋から出た。

「いなくなって清々するわ」エドウィナは、わたしを見つめた。

わたしは、階段の途中で足を止めて少し待った。それから忍び足でまた階段を下り、居間の出入り口に戻った。人のことをこっそり見張るのは、本当は好きではないけれど、マクバーニー伍長が関係しているので、どうなっているか確かめなければならなかった。

思ったとおり、エドウィナは、彼の脇でスープを食べさせようとしていた。むせたらどうするの、と怖くてたまらなかったので声をかけたかった。でも、彼に興味を持ってくれたことに感謝してもいて、こういう寛大な行ないをしている彼女を捕まえたりしたら、彼にずっと背を向けてしまうのではないかと不安だった。その途端、マクバーニー伍長は、このお屋敷の人みんなと友だちになる必要があるんだと思った。

驚いたことに、少しはスープが胃に入っているみたいだった。ほとんど顎にこぼれていて、こぼれるたびに、エドウィナは、辛抱強くスプーンを口元から離して、ハンカチでとっても優しく顎を拭いてあげていた。なんと、さっき中国の絹のハンカチだとみんなに言っていたのとは別のハンカチだった。そう、確かにエドウィナは、マクバーニー伍長の大義のためにたくさんのハンカチを寄付していた。そして、マクバーニー伍長が、あのジャガイモとニラネギのスープを少し飲み込んでいるのは間違いなかった。

「いいわ」わたしは思った。「エドウィナ・モロウ、あなたが本当にそうしたいのなら、わたしのことをどんな名前で呼んでもいいわよ。ちっとも気にしないから。それに、そうしてほしいなら、わたしはあなたの秘密を守ってあげる。だって、今、一番大切なのは、マクバーニー伍長が元気になることだもの！」

そこで、わたしのヤンキーの兵隊さんが、少なくともしばらくは信頼できる人に面倒を見てもらっていることに満足してドアから離れて階段を上り、マリー・デヴェローといっしょに使っている部屋へ向かった。

13 ハリエット・ファーンズワース

夕食の食器が片づけられると、わたしは、不興を買って二階の自室に追いやられたアメリア・ダブニーとマリー・デヴェローがかわいそうで、少しでも食事を持っていってやることにした。姉は、わたしのそういう行動を非難するはずだ。生意気な行ないをした子どものしつけをするのは姉の当然の権利だとわかっている。だが、育ち盛りの子どもが何も食べずに一晩中過ごすのは酷なことだし、最近の食料不足では、それでなくても栄養が不足している。

善良なマッティにも手伝ってもらい、パンを一かけとエンドウ豆、野菜サラダを少しだけ確保した。ボウルに山盛りにしたこれらの食品と、わたしの皿から取り分けておいたベーコンが多少あれば、幼い二人の罪人《つみびと》も朝まで乗り越えられるだろうと思った。あの子たちは、いつもの気取らない態度で——貧しい人への施し物というよりも、女王さまへの貢物のように——わたしの好意を受け取った。

「さっさと食べて、マーサ先生が見回りにいらっしゃらないうちに明かりを消して寝てね」

「大丈夫、うまくやるわ、ハリエット先生」マリーが、食べ物をちびちびかじりながら言った。「このお部屋では、ちゃんとやり方があるの。マーサ先生が階段を上ってくる前に下の廊下に出たらすぐ、蠟燭を消してベッドにもぐり込むことにしてるのよ。そうすれば、マーサ先生がドアの前に立つ何時間も前から眠ってるように見えるでしょう。このやり方がうまくいってるのは、ここにいるアメリアの耳がとてもよくて、お屋敷のどこで、ちょっと誰かが動いてもわかるからなの」

「あまり正直な方法ではなさそうね。それに、今、蠟燭を無駄遣いしていたら、本当に必要になったときに後悔するかもしれませんよ」

「予備はあるもん」ああ言えばこう言うで、あの子は口答えした。「アメリアが森からどっさり持ってきた蜜蠟で、あたしたちだけの蠟燭を作ったの」

「わたしにもパンを少し残しておいてね、マリー」アメリアは、自分の分の野菜を食べていた。

「二人分ちゃんとあるから大丈夫よ。平等に分けられますよ」

「自分のがほしいんじゃないの。亀にあげるのよ。亀が病気なんだって。それに、マクバーニーのことがあったから、今日は蠅を取ってくるのを忘れたんだって」

「わかったわ」そうは言ったものの、わかりそうもなかった。「そうね、神さまが、わたしたちみんなをお創りになられたのよ……あなたたちも、わたしも、マクバーニーさんも……そして、アメリアの亀もね」

「動物も死んだら天国に行くの？」アメリアが、おちゃめなかわいい顔を向けた。

「行かないのではないかしら。神さまが動物にお許しになるのは、この世での幸せだと思いますよ」

「今、森のなかで死にそうな動物はどうなの？」

「そうねえ、何よりも、動物たちが死にそうかどうかわからないでしょう？　たぶん、みんな火事から逃げているわ。逃げ遅れた動物が多少いたとしても……死ぬ覚悟ができている年寄りだけですよ。それに、神さまがきっと、苦しまずに死ねるようにしてくださるわ」


「あたしたちは、どうなの？」マリーが聞いた。「あたしたちは、この世では幸せを得られないの？」

「得られる人は、あまり多くないのよ」

「あたしは、幸せになってみせるわ。天国はあんまり好きになれそうもないからね。規則だらけだったら、なおさら好きになれないもん。だから、この世で小さな幸せを得ることにするわ」

「それを成し遂げられたら、とても運がいいでしょうね。今も、あなたは、アメリアよりも運がいいのよ。アメリアは、お兄さんを二人亡くされて、とても不幸なのですからね」

「そうだけど、あたしのパパも軍隊に入ってるし、ルイお兄ちゃまもそう。それに、二人だって、死んじゃってるかも――このごろ、手紙が来ないから。先生は、ほんとに幸せだったことある、ハリエット先生？」

「ありますよ、一度だけ……ずっと昔にね……でも長くはつづかなかった」

「どうして終わっちゃったの？」アメリアが知りたがった。

「理性と常識のせいかしら」わたしは答えた。こういう子どもたちに、どの程度話してよいものやら。優しく接したい――接しなければならない――のだが、それでも、この質問には言外の意味が込められているのではないかという疑いが常につきまとう。この子たちは答えを知っていて、質問に対して相手がどう反応するかに興味があるだけなのだと思うことがよくある。

「マクバーニー伍長は、幸せだと思う?」今度も、聞いたのはアメリアだった。

「幸せでないとしたら、怪我がよくなったら、ここでの滞在ができるだけ楽しくなるようにしてさしあげなくてはね。でも、ほんのいっときとはいえ戦争をしなくていいのですから、とても幸せだと思っていいのではないかしら」

「うん、そうよね」アメリアが、考え込むように言った。

「彼も今日、おんなじことを言っていたわ」

「ずっと前に経験したのは、どんな幸せだったの、ハリエット先生?」主席調査官マリーが聞いた。

「とても素晴らしかったわ」

「また、そんな幸せが来ると思う?」

「もう期待はしていないわ」

「もし、そんな幸せが来たら嬉しい?」

「えっ……そうね、嬉しいでしょうね……でも、同じ幸せなんてないのよ。不幸を経験すると、この上ない幸福をこれまで以上に経験するのが難しくなるものなの。純真な心でいてはじめて、この上ない幸福を感じられるものなのよ」

純真? そう、この子たちは純真そのものだと思えた——無言のままわたしを見つめている——アメリアは悲しそうな茶色い目で、マリーはあどけない青い目で。

「顔を洗って歯磨きをして、髪を梳《と》かしなさい、二人とも。力を入れて百回ずつですよ。そうすれば、綺麗な娘さんになって、はじめて舞踏会で踊るときに、髪がキラキラ輝くでしょうからね」

「はじめての舞踏会で、先生の髪もキラキラ輝いたの、ハリエット先生?」マリーが尋ねた。

「もちろんですとも。真っ黒の輝く髪がね——今のエドウィナ・モロウさんの髪のようだったわ。シニョンに結って、金の髪飾りをつけたんだったかしら……」

「はじめての舞踏会は、誰がエスコートしてくれたの?」アメリアが聞いた。

「兄よ」

「そのお兄さんも死んじゃったのよね?」マリーが聞いた。

「マーサ先生は、そう信じていらっしゃるわ」

「でも、先生はそう思っていないのね?」アメリアは、不思議そうだった。

「そのことは、考えないようにしているのよ」

「先生の髪には、白髪が交じっているけど」アメリアが言った。「それは、悲しいから、それともがっかりしたから？」

「むしろ、年のせいかしらね」

「どうして先生には白髪があるの？」マリーが聞いた。「先生より年上のマーサ先生にはないのに」

「マーサ先生に聞いたほうがいいわね。さあ、言ったとおりにしなさい。それから、お祈りをして寝るのよ」

「わたしは、舞踏会なんてあんまり興味がないわ」マリーが、きっぱり言った。「すごい美人になるのは絶対に無理でしょうから、時間を無駄にするだけだもの」

「わたしも、あんまり興味がないな」アメリアが言った。「一度でいいから、いつかマクバーニー伍長といっしょに行けるなら別だけど。彼は、あたしを、そういうところに連れてってくれるかな、ハリエット先生、いつか……もちろん、戦争が終わってからだけど」

「喜んで連れていってくださるかもしれないわ。でも、今はまだ言わないほうがいいと思いますよ」

そう言ってドアを閉め、わたしは下の居間に戻った。ソファーの脇のテーブルにあったランプがまだついており、わたしたちの患者の意識はまだなかった。彼の脇に引き寄せた椅子にそのとき座っていたのは、わたしが若いころと同じような髪をした、意地の悪いエドウィナ・モロウだった。エドウィナが身構えるように見上げたが、何も言わずに近づいた。マクバーニー伍長は、幼いアメリアを連れて舞踏会に行けるような状態にはまだ程遠いように思われた。

「まだまったく意識は戻っていないの？」わたしは、エドウィナに小声で聞いた。

「一度だけ目を開けましたし、何か言おうとでもしていたのか、唇を何度か動かしました」

「そう、大きな変化ね。たぶん朝には、ずっとよくなっているでしょう。そろそろお部屋に戻りなさい、エドウィナ、しばらくわたしがついていますから」

「このままついていてもかまいませんよ」エドウィナは、きっぱり言い、わたしが反対するのを待った。

「わかっていますよ。でもね、少しは休まないと。この青年に思いやりを持ってくださって、とても嬉しいわ。回復したら、彼もきっと感謝するでしょうね」

「回復すると思いますか、ハリエット先生？」

「よいほうに向かっていると思います。それがつづくように祈ることしか、わたしたちにはできないわ」

「お祈りをあまり当てにしていないんです。祈りによって何かを得られた思い出がないので」

「何かのために祈ったことがあるの？」

「一度だけ――ずっと前に。先生はあるんですか？」

「ええ、もちろんよ」

「そして、その祈りに応えてもらえたのですか？」

本当のことを言うべきなのか？　いいえ、祈りは報いられなかった。それどころか、もう何年も本当の意味で祈ってすらいない。姉を喜ばせるために祈っているふりをし、キリスト教系の学校の敬虔な教師のイメージを保っているだけだ。神を畏《おそ》れている――多くの物を恐れているのと同じように――しかし、祈ってはいない。たとえ祈ったところで、それがかなえられないと知っているからだ。確かに、わたしが神だとしても、それをかなえはしないだろう。

「祈りが無駄になるなどということはないそうですよ」わたしは、慎重に答えた。「願いが必ずしもいつもかなうわけではなくても、もっといいことを得ているときもありますからね」

「もし、このヤンキーの命が助かりますようにと祈っているのに、彼が死んだとしたら、それが何かいいことなのですか？」

彼女を短絡的に買い被りすぎていた。エドウィナは、いつもの扱いにくい人間に戻っていた。「なぜかはわかりません――だから聞かないでちょうだいね――でも、そうだと思います」

「あら、なぜそれがいいことなのか、わたしにはわかるわ」エドウィナは、わたしの苛立《いらだ》ちを笑った。「生きているあいだにあまりにもひどいことが起きたら、その人は、死んでから幸せになる……そうじゃありません？　どちらにしても、わたしは、このヤンキーのために祈る気などありません。自然の成り行きに任せるだけでいいわ――とにかく、起こるべきことは起こると信じていますから」

「何とでもお好きなように」

「この人、父にどことなく似ているんです」エドウィナが、予期せぬことを口走った。「父に会ったことはありますか、ハリエット先生？　とてもハンサムなんですよ」

「残念ながらありません」モロウ氏が学園を訪れたことなどないのをわたしが知っていると百も承知のうえで、彼女が、何かの機会に父親がここに来たことがあり、わたしが運悪く彼に会いそびれたのだというふりをしたいというのなら――まあ、ちょっとした悲しい気まぐれを大目に見てやったところでどうということはなかった。

「それでは、あなたはお母さま似なのね」思ったとおりのことを口にしたまでで――他意はまったくなかった。それどころか、言い争いになるような話題を持ち出すつもりなどさらさらなかった。「お父さまは、色白でいらしたということでしょう」

「いいえ、違います。父は色黒で――わたしよりも黒いくらい」エドウィナが、即座に言い返した。「わたしが言いたいのは、この人の顔立ちが父に似ているということだけです」

「なるほど、それなら、お母さまはとても魅力的な方で、あなたの顔立ちはお母さま譲りね。あなたは、この青年に少しも似ていませんもの」

「どうしてその点にこだわるんですか？　どうしてそんなたわいないことをくどくど繰り返すんですか？」

「あら、ごめんなさい、もう聞いたことがあるのでしたら、忘れてしまったのね――お母さまは生きていらっしゃるの？」

「生きているに決まっているでしょう！」

「お願いよ……怒らせるつもりはなかったのよ、いい子でしょ」

「わたしは、あなたの子どもなんかじゃないわ！　いい加減にそのバカな真似はやめたら、ハリエット先生！」

「でも、あなたでしょう」わたしは、当惑して口にしたが、二の句が継げなかった。またしても、エドウィナ・モロウに優しくしようとするなど愚かなことだと思い知らされた。

「お部屋に戻りなさい……すぐに、エドウィナ」

「そういたします」エドウィナは、嘲《あざけ》るように小さくおじぎをした。

「お願い、待って……」これは、わたしの口癖らしいが、わたしは、誰に対しても、たとえ相手がエドウィナであっても厳しい態度を長くは取りつづけられないようだ。振り返った彼女は、孤独な少女さながらだった。「ちょっと待ってちょうだい、エドウィナ」

「はい、何でしょうか？」

「あなたはいくつだったかしら？」

「マーサ先生がお持ちの入園者名簿に書いてあります」

「今は手元にないので」

「十六歳です」

「もうじき十七ね」

「まだずっと先です」

「年齢というのは、どうにでも解釈できるものね」わたしは、愉快になった。「マリーに――十歳のはずよ――同じ質問をしたら、『十一』と答えるでしょうね。数え年ではそうでしょうけれど、実年齢より上であることには違いないわ。あなたは、十六のままがいいの、エドウィナ？」

「どちらでもいいわ」

「あなたは、ここで一番年長だと思うけれど」

「たぶん……でも、エミリーより数か月しか上ではありません。また本当にたわいない会話ですね」

「わかっているわ。ただ、できれば——慌ててあなたを追い払いたくなかったものですからね」

「許して差し上げます」

「謝ってなどいませんよ、あなた！」わたしとしたことが、また腹を立てて大声を出していた。

「わかりました。ご指示どおり、部屋に戻ってもよろしいですか？」彼女が、わざと挑発していることを、そろそろはっきりさせるときだった。

「どうしたいの、エドウィナ？　あなたの判断に任せるわ。もう少しここにいたいのでしたら、いてもよろしいわよ」

「一人で？」

「そう、マクバーニー伍長とね。それから、縫物をしたいので、そのランプを使おうと思っていたのですけれど」

「そろそろ部屋に戻りたいです、ハリエット先生」

「わかったわ」わたしは、できるだけ優しく言った。

「あと一つだけ——たわいないことではありません——少なくともわたしにとってはね。今夜思い出したのですけれど、あなたの髪は、色合いといいきめといい、わたしがあなたぐらいの年齢のときの髪にそっくり、いいえ、少なくともわたしはそう思いたいわ」

エドウィナは、その褒め言葉に棘《とげ》がないかと探していたのだろう、立ったまま一瞬何も言わなかった。そして、ついに、棘があったにせよ危険な物ではないと判断して、「ありがとうございます、ハリエット先生」とやけに愛想よく言った。

「あなたは、とても魅力的な娘さんよ、エドウィナ。大人になるのが嬉しくてならないでしょうね。この学園に生徒を受け入れてずいぶんになりますが、あなたは、間違いなくもっとも魅力的な娘さんよ」

「重ね重ねありがとうございます」このエドウィナの言葉には、悪意はまったく感じられなかった。「だからといって、何が変わるわけではありませんが、お言葉には感謝します」彼女は弱々しく笑った——そして、エドウィナが微笑《ほほえ》むのを見るのは珍しい——そして、背を向けて出ていこうとしたが、立ち止まった。「このヤンキーの看護のお役に立てるようでしたら、そうおっしゃっていただけたら嬉しいです。今日の午後ここで、わたしが気絶しかけたのにお気づきになられたかもしれませんが、あれは、一日中していたひどい頭痛のせいだったんです」

「そうじゃないかと思っていましたよ。助けが必要になったら、必ず声をかけます」

エドウィナは再び微笑み、戸口に立っていたマッティおばあさんを無視して通り過ぎ、部屋を出ていった。マッティは、階段を上ってゆくエドウィナを憂鬱そうに見つめてから、わたしに近づいた。

「我ながら満足に思えることをしたところなの。褒め言葉で、怒りを退けたのよ。あの子のことを、とても美人だと思うと言ってあげたわ」

「ええ、確かに美人でいらっしゃる」これは、この愛すべきマッティの持って生まれた思いやりだった。なぜなら、彼女は、学園の生徒のなかで誰よりもエドウィナに手を焼いていたからだ。

「ひどく腹立たしい子だと思うこともあるけれど、優しく接すれば、いつかはわかってくれると今なら期待できそうだわ」

「優しくしたって、あの子の問題は消えやしませんよ」

「そうね、ご家族のことを思うと不幸な思いをしているのはわかるわ。その点では、あの子とアリス・シムズは多少似ているわね。アリスは父親を探しているし、エドウィナは母親を探している」

「母親を探しているとは思わないがね」

「たとえて言っているのよ。どういう状況なのかは定かではないけれど、ご両親はいっしょに暮していらっしゃらないのではないかしら。それに、もちろん、父親とも疎遠になっている。学園に来てから一度も会いにきていないし、あの子も家に帰っていませんもの。お金に不自由させていないとだけは、言わざるをえないわ。とはいえ、それも不思議な話よね。父親から手紙を受け取ったことはなさそうだし」

「自分で持ってきたんですよ。自分の部屋や、お屋敷のどこかに隠しているんだ。持ってきたのだけは確かだね。それだって、もうあんまり残っていないかもしれないねえ」

「お金が底を突きそうなら、そのせいで困っているのかもしれないわね」

「そのせいもあるんでしょうけどもね、それより大きいことがあるんですよ」

「いいわ」わたしは、マッティに調子を合わせた。「おまえの答えを教えて、マッティ。エドウィナの苦悩の原因というのは何なの?」

「自分が誰なのかわかんないからだろうよ――自分が何者なのかがね」

「どういうこと、マッティ?」

「あの子には黒人の血が流れてるんだよ」

「マッティ……マッティったら」わたしは、びっくりして声を潜めた。「そんなことを口にしてはいけないわ」

「ほんとでなかったら、言ったりするもんですか」

「でも、マッティ、あの子は、マリー・デヴェローちゃんほど黒くないし、わたしと同じくらいくっきりした目鼻立ちで……」

「もう一度見てごらんなさいまし、ハリエットさま。あの子の目をじっくり見てごらんなさいってば。だから、父親は、あの子をここに入れておくんだね。だから、家に帰らせないんだよ」

「さあ、マッティ」わたしは、できるだけきっぱりした口調で言った。「おまえの個人的な意見がどうであれ、ほかの人に二度とその話をしてはいけませんよ」

「しませんですとも」

「マーサお姉さまにもですよ」

「このことは、二度と言いませんです。お嬢さまにも言うんじゃなかったよ。言いだしたのはお嬢さまだよ」

「たとえそれが真実でも――まだ信じられないわ、マッティ――でも、たとえ真実でも、何も変わりませんよ。あの子自身も知らないのかもしれない」

「知ってますって」

「それにしても、二度と口にしてはいけないわ――あの子であろうと、誰であろうと。屋敷のほかの誰かが、わたしたちから、この話を聞かされることがあってはなりませんよ」

「もう一人だけ、ほかにも知ってるかもしれないね」

「誰?」

「そこにいるヤンキーですよ。さっき目を開けたんで、耳も聞こえたんでないかと」

わたしは、さっと振り返ったが、彼は何も変わっていないようだった――蒼白い顔をして身動き一つせず、呼吸は規則的だが、それとわからないほど浅かった。「気のせいよ、マッティ」わたしは、しばらくしてから言った。「まだ意識がないもの。顔に当たっている光のせいかもしれないわ」

「わかりましたよ……おっしゃるとおりです」

そのとき、アリス・シムズが、ためらいがちに入ってきた。彼女を見ると、いつもドレスデン磁器の人形を思い出す。祖先の地位がどんなに低かろうと、彼女の人種的背景は疑いようもなかった。この青い目とブロンドの髪をした彼女なら、一本の杖と舞台背景となる緑の丘さえあれば、素敵な羊飼いの少女を演じられるだろう。

「今夜は、夕べの祈りを省略します」わたしは、彼女に伝えた。「全員での、という意味ですよ。自分の部屋で、お祈りを捧げなさい。患者さんのために、ここではできるだけ静かにしていたいのでね」

「わかりました」と言いつつも、わたしのかわいい羊飼いの少女は入ってきた。

ずっと以前から、この子は大物になると思っていた。アリスのような娘は、出自がどうであれ、最高の地位に昇るというのがわたしの理論で、だからこそ、勉強に対する彼女の態度や能力、欲求に姉が失望しかかっても、そして一、二度学園から追い出しそうになったときにも、わたしは力になり、味方をしてきたのだ。アリスは、一番手の焼ける生徒では決してないが、金銭的な問題を抱えており、それが姉の目には、不幸にして、彼女のさらなる罪のように映っている。ところが、アリスの場合、そうした問題の一つが、ありがたいことだと最近になってわかった。マーサでさえ、最近では、ほかに送り出す場所がないので、あの子を追い出せずにいる。

「さっき見たときよりもハンサムに見えるわ」わたしの家なき子は言った。

「きっと汚れを落としたからですよ。食事をしにいく前に、顔を洗って、髪を梳かしてあげましたから」

「ひげも剃ってあげないと。この顎ひげじゃ、子どもっぽくて見栄えがしないし、このままだと、もじゃもじゃだもの」

「そうね、お父さまかお兄さまが以前使っていた剃刀《かみそり》があると思うけれど、この状態では、そんなことはとてもとても。彼を人に見せようとしているのではなく……治してあげようとしているだけですよ」

「だけど、徹底的に洗ってあげるべきだと思いません、ハリエット先生？」

「『徹底的に洗う』とは、どういう意味です？」

「うーん……入浴とか」

「回復すれば、自分でお風呂に入れます」

「そうですね」金の卵は臆さずに言った。

そのとき、我らが上級曹長見習いのエミリー・スティーヴンソンが入ってきた。「ハリエット先生、マーサ先生が、台所でお会いになりたいそうです。大至急」エミリーが報告した。

「わかったわ。今夜は、こちらで夕べのお祈りはしません、エミリー。ですから、いつでもお好きにお部屋に下がって結構よ」

「ありがとうございます」挨拶をする気はなさそうだった。「そのことを、マーサ先生にはおっしゃいましたか？　十分したら通常どおりこちらで夕べのお祈りをするので、ほかの子たちにも伝えるようにとおっしゃっていましたけれど」

「わかったわ」わたしの口調は、やや不機嫌だったと思う。「どうやらマーサ先生は、部屋に下がらせた子がいるのをお忘れのようですね」

「いいえ、覚えていらっしゃいます。罪の赦《ゆる》しを祈れるよう、罰を受けた子たちも居間に来させるよう指示されました」

「そんなの不公平すぎるわよ」アリスが言った。「夕食抜きで部屋に行かされたんだから、もうみんなの前で罪を悔いることなんかないんじゃないの」

「あなたがどう思おうと、残念ながら歴史の流れは決して変わらないのよ。それに、問題の子たちが、夕食抜きで部屋に行かされた件については少しばかり疑問があると思うわ。食料が少しなくなっているのを見つけられて、マーサ先生は、マリーとアメリアが盗んだのかもしれないとお考えよ」

「ほらほら。その件については、わたしが、マーサ先生とお話ししなければなりませんね」

「そのとおりです」エミリーが、冷ややかに言った。「マーサ先生は、それをお望みです」

姉は、エミリー・スティーヴンソンにならファーンズワースの管理を委ねられる、エミリーなら自分がしてきたよりも効率的に、わたしがするよりもずっと効率的に運営できるとわかって安心している、そう何度も言ってきた。それがきっと、エミリーの能力の客観的な評価なのだろう。不幸なことに、エミリーも、自分にはリーダーとしての才能があると認識しており、それが、ときとして、わたしたちの関係をぎすぎすさせている。だが、あのときは、そんなことを気に病んでいる暇などなかった。マリーとアメリアを巻き込まずに、台所からの紛失物の説明をする方法を考えようと必死だった。

「いっしょに来て、マッティ、傍にいてほしいの。エミリー、指示されたとおりにほかの子たちに伝えなさい。アリス、青年から目を離さないで――でも、手を触れてはいけませんよ」

「触れる？」アリスが目を丸くした。「そんなことするもんですか」

14　アリシア・シムズ

あたしは、彼に触れたか？　ええ、触れたわ、一人きりになってからね。ソファーの背もたれから身を乗り出して、指で鼻の頭にそっと触れた。それから額、次に頬。本当にひげを剃ってあげないとって思った。きれいに剃ったら、もっとずっとハンサムなのに。

　そのとき、とんでもないことを思いついたんだ。マクバーニー伍長にキスしたいと思ったの。目を覚ましてしまわないように、そっと。でも、誰かがキスしてくれてるとわかって、その人のことを夢に見て、ついに目が覚めたら、それを思い出して、その人を捜し出し、「アリシア・シムズ、きみが夢に出てきたのを覚えてる。きみを迎えにきたんだよ、アリシア。ここから永遠に連れ去るためにね」と言ってくれるようにね。

　それから、彼にプロポーズされて、あたしがそれを受け、二人でこの応接間で結婚するの。そして、母さんも結婚式に来てくれて、生徒やその親たち、軍服姿の兄弟もみんな。

　南軍のすべての階級の将校が来るの……将軍に中尉に大尉、それから、ひょっとしたらハンサムな兵卒も何人か。そして、レースや金の縁飾りのついたビロードや絹や紋織り〔綾地や繻子地に多彩なデザインを浮織りにしたもの。ブロケード〕のドレスを着て、指輪やネックレス、宝石の髪飾りをつけて、パリから取り寄せた、どれもこれも大きなダチョウの羽根のついた最新の洒落《しゃれ》た帽子をかぶった美しいご婦人たち。

　そして、父さんも来てくれる。ひょっとしたら、母さんが連れてくるのかもね。きっと母さんが、結婚式に間に合うぎりぎりに見つけてさ、父さんは式の当日の午後にファーンズワース学園の応接間にやってくる――黄水仙やライラックが満開の晩春の午後で、開け放ったドアからいい香りが入ってきて、野原の蜂の羽音や森のコリンウズラの声が聞こえる――そして、父さんは、ここに立ってるあたしをはじめて見ても全然信じられない。

「おまえがわたしのかわいい娘だとはな、とても信じられん」父さんが母さんに言うの。「おまえよりも一段と綺麗だ、サラ」それから、父さんは、あたしをぎゅっと抱きしめてさ、ほんとにまだ小さな女の子みたいに抱き上げる。「それから」あたしは思った。「父さんは、あたしの手を取って、あんたの待ってる庭側の窓まで連れていくのよ、マクバーニー伍長」

「愛してるわ」あたしは思い、それを声に出して言った。「愛してるわ、マクバーニー伍長。キスしたい」そして、キスした。身をかがめてキスをした――最初は軽く、二度目はゆっくりと。

二度目のとき、彼は、絶対にキスを返した。ギクッとした、そう認めないわけにはいかない。後ずさりして彼を見ると、前と変わらなかった――まだ顔は蒼白くて、目を閉じたままで、微《かす》かな息の音しか聞こえなかった。

それにしても、静かすぎなかった？　ちょうどそのとき、ほかの子たちが、夕べの祈りのために入ってきたんで、マクバーニー伍長の三度目の反応は確かめられなかった。

「さっさとしなさい、さっさと」マーサ先生が、聖書でみんなを前に追いやりながら言ってた。「一晩中、ランプをつけたままにしたくはありませんからね」

ハリエット先生とマッティおばあさんが先頭で、二人とも赤い目をしてた――見るからに、泣いたばかりだった。マッティは、まだ少し鼻をすすってた。どうやら、マーサ先生に、なくなった食料について台所で絞られていたみたい。たぶんハリエット先生が、いつもの手に出て、罰を受けた子たちに持っていってあげる食べ物をマッティにねだり、それをマーサ先生に見つかったんでしょうよ。でも、たとえそうだったとしてもよ、あたしは、ハリエット先生を悪くなんて思えなかった。あたしが罰を受けたときも何度か、あのおばさんは同じことをしてくれたから。それに、あたしが規則を破ってもいないのに、あたしが充分食べてないと勝手に思ってくれたことも何度かあった。そして、興味があるんなら教えてあげるけど、最近ではいつもそうなんだ。

「そこで何をしているんです、アリスさん？」マーサ先生が問い詰めてきた。

「怪我人を見てくれているんです」ハリエット先生が、少し声を詰まらせて言った。「その人を見守るようにここにいてもらったんです。いけないことを、またしてしまったかしら、お姉さま？　これも越権行為でしたか？」

「ハリエット、ほどほどになさい。そんな精神状態では、いっしょにお祈りなどできませんね。それなら、部屋から出ておいきなさい。マッティもです」

出ていく勇気がなかったので、二人とも出ていかなかった。夕べの祈りを、マーサ先生は常にとても大切にしている。ハリエット先生とマッティが、言われたとおり出ていってたら、次の日、涙を流すだけじゃすまない大変なことになってたでしょうよ。

「さあ、みなさん、いつもの席に着いたようですね。アメリアさんとマリーさんは、今夜は、立ったままお祈りをなさい」

ほかの子たちは、自分の席に着き、罪人二人とマッティは、あたしたちの後ろに立った。もちろん、そんなことは、マリーにとってはどうってことなかった。あの子はカトリック教徒なんで、どっちみちあたしたちのお祈りには積極的に加わらず、人づきあいをよくしようと思ったときだけ、それも滅多にないことだけど、たまに嫌そうに「アーメン」とつぶやくだけなんだから。ほとんど常に、あの子は、どっちみち夕べの祈りの時間になる前にマーサ先生と何かしら問題を起こしてるから、できるだけ静かな攻撃態勢を取ろうとしてる。

「そわそわするのはおよしなさい、マリー」マーサ先生が、今度はマリーに言ってた。「ほかの人を見習って頭《こうべ》を垂れて、両手の指を組み合わせなさい。きっと教皇も気にはなさらないでしょう。アメリア、何を食べているんです？」

いつもと同じようにおびえたアメリアは、ゴクリと飲み込んでむせちゃってさ、マリーに背中を叩いてもらわなければならなかった。「ヘイゼルナッツです」マリーが報告した。「もう飲み込んじゃいました」

「全能の神よ」マーサ先生はため息をつき、それが呪いの言葉に聞こえるほど長く黙ってた。「全能の神よ、今宵、この学園に特別な恵みのあらんことを。物騒な時代がつづき——苦難が増そうとも、あなたが力をお与えくだされば、わたくしたちは耐えることができます。わたくしたちが何よりもお願いしたいのは、この学園とその住民が、今後、天罰を免れることです。あなたのご配慮に値しない人間であると知りつつ、謹んでお願い申し上げます。わたくしたちのなかには、弱き者、非常に弱き者もおります。己を強くし、監督下にある子らによき手本を示さねばならぬ身でありながら、よきしつけこそ、己に託された子らに与えることのできる最大の優しさであると知らしめたまうあなたの教えであることを充分理解せぬ者がおります」

マーサ先生が一息つくと、ハリエット先生は、また泣きだした。「アーメン」エミリーが、この機会に跳びついた。エミリーは、しつけを求める呼びかけにはいつもすぐに応じる。

「鞭を惜しめば子どもをだめにするという言葉が、今ほど当てはまるときはありません。わたくしが、夕食抜きで寝よと申し渡したにもかかわらず、夕食を与えられた二人の子らにこれ以上の罰を課すことはいたしません。それが、その子らの落ち度であるとはまったく思われません。罪を犯した者を赦したまえ、そして彼女に、己の過ちを知らしめたまえ」

その途端、ハリエット先生が立ち上がり、「そのことでご立腹なさるのは神さまではないわ」と叫んだ。「たとえご立腹なさっても、神さまは文句などおっしゃらない。お姉さまでしょう、ただ一人腹を立てるのは」

そうそう、その言葉にみんなは度肝を抜かれたの。ファーンズワース学園のどの生徒も、お姉さんに口答えするほど根性のあるハリエット先生を見たのははじめてだった。

「物騒な時代や苦難について話すのは仕方がありません」ハリエット先生は、声を震わせてつづけた。「ですが、余計な苦しみというものもあります。そして、慈悲の美徳と呼ばれる大切なものもあり、子どもたちのための学校でそれを失ってはなりません」

こう言うなり、ハリエット先生はまた泣きだしたんで、せっかくのお手柄が台無しになった。すると、マーサ先生が、そんな振る舞いは恥ずかしいことだから、静かに座って、二度とお祈りの邪魔をしないでくれと頼んだ。ハリエット先生は座ったけど、小さなすすり泣きをやめようとしなかった。

「こうした不埒な行ないや感情の爆発は、ある程度大目に見たい気がします」マーサ先生は、みんなの注目をもう一度集めてから言った。「今日は、怪我人の訪問によって異常な興奮状態がもたらされましたからね。ですが、それは、ほかならぬその訪問者の存在のせいですから、もうこれ以上受け入れることはできません。この人が回復したら、学園の安寧を守るため、わたしたちが、あらんかぎりの強い心と力を奮い起こさねばならないときが来るかもしれません。もちろん、本当の意味での苦難を引き起こすほど長くこの人をここに置いておくつもりはありませんが、こういう時代です、不測の事態に備えておくに越したことはありません。そして、その備えの大半を占めるのは自己鍛錬なのです」

「アーメン」またエミリーだった。

そうなのよね、ばかばかしいお説教だとは思ったけど、もちろん、あたしは何も言わなかった。マクバーニー伍長みたいな人畜無害に見える人がよ、あたしたちを傷つけるはずがないじゃないの。だけど、今になって考えてみると、マーサ先生の頭にあったのは、肉体的な傷じゃなかったみたいなんだよね。

それから、先生は、聖書のページをめくり、さっきのお説教にふさわしい一節を読み聞かせた。正確にどの節だったのか思い出せないけど、罪深き人々とエルサレムの破壊、そして夜の警戒の大切さと関係があったのはわかる。

そして、習慣どおり、みんなのなかに――「いいえ、厳密には教職員のなかに」――とハリエット先生を険しい目で睨みつけ、今日の自分の過ちを認め、神の赦しを請いたい人はいるかと聞いた。これに応えた人はいなかった。ファーンズワース学園に来てもう何年にもなるけど、この問いかけに答える人はめったにいない。

「それでは」一瞬間を置いてから、マーサ先生が言った。「誰も、今日は悪事をした覚えがないのでしたら、神の教えを請うのみです。では、請願に進みましょう。特別なお恵みを請いたい人はいますか?」

エドウィナが手を上げ、「神さまが、怪我をしたヤンキーの健康の回復を適切とお思いくださいますように」とみんなをさっと見回した。反発されると思ったのよ。

「適切なお祈りですね」マーサ先生が言った。「彼が回復してさっさと出ていってくれるように祈りましょう」

全員が頭を下げた――マリーさえも加わった――そして、マクバーニー伍長への神の恵みを請うた。あたしは、彼の回復を熱心に祈ったけど、出てってくれることは祈らなかった。マクバーニー伍長がよくなって、あたしたちといっしょにいてくれることを望んだ。こんなに強く望んだのは、生まれてはじめてだった。あのときは、母さんが戻ってきてくれて、あたしをファーンズワースから連れ出してくれることよりも、それどころか父さんを見つけることよりも強く、それを望んでいた。

「ほかに請願はありますか?」マーサ先生は、マクバーニー伍長が神のご配慮を充分受けたと思ったみたい。

「南軍に神のご加護がありますように」エミリーが言った。「リー将軍の部隊が、森での戦いで勝利を収めますように。これが敵に対する最後の痛烈な一撃となり、南軍の兵士たちが家族の元に帰って、わたしたちの偉大な南部連合国が永遠に繁栄し、平和でありますように」彼女は一息ついてから、ためらいがちにつづけた。「そして、すでに亡くなられた人たち以外、もう誰も死にませんように」

「敵味方の別なく」ハリエット先生が、涙を拭いながら言った。「野原にいるすべての親戚や友人、そして誰よりもエミリーのお父さまやマリーのお父さまのように重責を担う立場にいらっしゃる方たちのご無事を祈ります。アメリアの二人のお兄さん……エミリーのお兄さん……マーサ先生とわたしの兄弟……行方知れずの人たち……」

「そして、すでに死亡が確認された人たちの」マーサ先生は、お祈りでも言葉尻を捉えるのをやめられないんだから。

「彼らが、どこかで幸せに暮らしていますように……そして、わたしたちを待ち望み……」まだつづきがあったんでしょうけど、ハリエット先生の声は、たいていとても小さくて聞き取りにくくてさ、このときのお祈りはだんだん小さくなって尻切れトンボになった。

「そして、日々のわたしたちの振る舞いが」マーサ先生は、何が何でも締めくくりの言葉を自分が言おうとした。「天国にいるわたしたちの親戚に加わるに値するものでありますように。お祈りしたいことが、まだありますか?」

アメリアが、おずおずと手を上げた。「わたしのカミツキガメさんが病気なんです」

「あなたの何ですって?」

「わたしのかわいいカミツキガメさんが病気で、甲羅から顔を出さないんです」

「お祈りにはふさわしくないテーマですね」マーサ先生が、冷たく言った。「爬虫類ではなく、亡くなった親戚のために祈りなさい。ふさわしい請願がもうないようでしたら、明日のために、神さまの変わらぬご助力とご慈悲をお願いしてお祈りを終えましょう。明朝まで、みなに危害がおよびませんように」

「アーメン!」マッティが、大きな声で言った。マッティはいつも、最後のアーメンだけ唱えさせてもらえる。これは、うちの学園で何年も前からつづいてきた習慣なんだと思う。だけど、マーサ先生はいつも、その習慣をやめると脅してる。先生が唱えようとする前に、マッティが、大声で唱えちゃうからね。

「アーメン」あたしは、心のなかで唱えた。「今夜、マクバーニー伍長にも危害がおよびませんように」あの最初の夜、心のなかでそう祈ったのをはっきりと覚えてる。いったいどんな危害が彼におよぶと思ったのかわからないけど、とにかく心のなかでそう祈った。だけど、その夜から、同じことを祈った記憶はない。

マーサ先生とハリエット先生は、床に就く前に、もう一度様子を見ようと彼に近づいた。「確実によくなっているようね、お姉さま」ハリエット先生は、もうすっかり落ち着いてた。

「少しもよくなっているようには見えませんけれど」

「静かな寝息を立てていますよ」

「衰弱しているからです」

「顔色も、ずっといいわ」

「熱のせいです」

「出血も止まっているわ」

「でも、脚がむくみだしたじゃありませんか。見えるでしょう？　ここと、ここ……」

「包帯がきついからということはないかしら？」ハリエット先生が、期待を込めて尋ねた。「間違いなく、呼吸が先ほどよりずっと規則的になっているわ」

「そのようね」マーサ先生も、しぶしぶ折れた。「いずれにせよ、当面、わたしたちにできることはもうありません。マッティ、今夜は、ここで寝てちょうだい。毛布を持ってきて、もう一つのソファーで寝なさい。夜のうちに彼が目を覚まして動こうとしたら、すぐにわたしを呼ぶんですよ」

「わたしもよ」ハリエット先生が言った。「わたしにも必ず知らせてね、マッティ。この人のことをそんなに心配してくださって、本当にありがとう、マーサ」

「この人のことだけではありません」先生のお姉さんは、きっぱりと言った。「屋敷全体を心配しているんです。確かに、今日のところは彼の回復のために最善を尽くしましたよ。ですが、今夜は、お父さまの銃をベッド脇のテーブルに置いて寝ることにするわ」

　まあ、マクバーニー伍長を思って言ったのかどうかはわからないけど、聞こえたとしても、彼はその素振りを見せなかった。マーサ先生が、あの火打ち石銃を発砲できたとしたら、きっと学園の誰よりもうまかっただろう。その銃は、以前は火薬と弾丸といっしょに書斎の箱にしまってあった。マーサ先生が留守だったある日の午後、マリーがそれを持ち出し、自分の父親が、バトンルージュでの決闘でどうやって勝ったのかを見せようとした。ところが、マリーは、銃を発射できなかったし、あたしたちはもちろんのこと、我らが軍事専門家のエミリーにもできなかった。その出来事があってからすぐ、マーサ先生は、拳銃を自分の部屋に移した。

「さっさとしなさい、みなさん、さっさと」マーサ先生が命令した。そして、戸口でランプを掲げ、みんなが整列して出ていくのを待ってから、普段どおり先頭に立って階段を上り、遅れる子がいないように、蠟燭を持ったハリエット先生がしんがりを務めた。マクバーニー伍長の学園での生活の初日は、こうして終わった。

15　アメリア・ダブニー

　次の日の朝は、いつものように早起きした。この学園の生徒のなかで、わたしは、たいてい一番の早起きだ。ハリエット先生は、八時前に起きるのは淑女にふさわしくないし、皺が増えるのでお肌によくないと言う。マーサ先生は、生徒のお肌のことなんてあんまり気にしていないけれど、その時間より早く起きなさいとは言わない。わたしは、空が明るくなってから長いこと寝ていられないから、あの特別な日——マクバーニー伍長がやって来た日——の翌朝は、とくに早く目が覚めて、身支度をした。

マリーを起こさないように、つま先歩きでそっと部屋を出て階段を下りた。昨日のことが夢で、マクバーニー伍長なんて人はいなかったんだとわかるか、本当にいたのだけれど、わたしたちのことが怖くなって夜のうちに逃げ出しちゃったとわかるかどちらかだろうと半ば予想していた。でも、どちらでもなかった。

「おはよう」彼は青い目を開けてから、真面目くさってウィンクした。「朝みてえだな」

「ええ、六時ごろだと思うわ」

「裏でヒバリの鳴き声がしたから、そう思ったのさ」

「鳥が好きなの?」きっと好きだろうと、最初から思っていた。

「大好きさ。野生の生き物は何でも大好きだ……野生の自由な生き物がね」

「あれは、ヒバリじゃないと思うけど。コマドリと、たぶんツグミの鳴き声が聞こえたんじゃないのかな」

「なるほど、きっとアイルランドにいるのとは別の種類のヒバリがここにはいるんだろう。アイルランドのヒバリにとてもよく似てる。今遠くでさえずってるあの鳥は、アイルランドのヒバリにとてもよく似ている」

「きっとそうね。ここにはいない種の変種かもしれないわ。アイルランドのヒバリってどんななのか教えてくれない——色とか——それから、よく知っているなら巣——それから卵も」

「いいよ、お安い御用だ……もう少し、元気になってからならな。気乗りがするときなら、鳥についての懐かしいおしゃべりほど楽しいもんはねえから」

「わたしのこと、覚えているわよね?」わたしは、少し心配だった。

「忘れるはずねえだろう。命を救ってくれた天使だ」

「まあね。そんなに褒められるようなことはしてないわ。ここに連れてきてあげただけで、あとはマーサ先生が、脚の手当てをしたの。命の恩人がいるとしたら、マーサ先生だと思うわ」

「権威者の風格がぷんぷんするおばさんか?」

「ええ、覚えているの?」

「ぼんやりとな。ほかにも大勢いたような気もする……とても色っぽいお嬢さんたちだったような」

「お屋敷のみんなが勢ぞろいしてたのよ。みんな、あなたのことをとても心配していたんだから」

「おい、嬉しいこと言ってくれるな」彼はため息をついた。「そんなに魅力的な人たちが、俺のようなガサツなやつに興味を持ってくれるとは」

「マクバーニー伍長……」

「ジョニーでいい」

「ジョニー、ゆうべ、夕ご飯のころ、わたしがここに来たのを覚えてる？」

「誰かが来たように思うけど」

「ここにいて何か困ったことや危険なことがあって逃げ出す必要があったら、わたしのところに来てね、助けてあげるからって言ったのよ」

「ここで、俺がどんな問題に巻き込まれるってんだ？　俺は平和を愛する男なんだぜ、えっと……」

「アメリアよ……」

「安心しろ、アメリア、かわいいアメリア、穏やかに紳士的に振る舞うつもりなんで、問題なんか起きねえよ。それに、危険については――育ちのいい魅力的なお嬢さんたちしか屋敷にいねえのに、俺にどんな危険があるってんだ？　ここには男はいねえと言ったろ？　それなら、誰かが、俺がいると南部連合国の連中に通報に行こうなんて気にならねえかぎり、年老いたおふくろの腕に抱かれてるみてえに安全だ――ヤンキーに通報されたらもっと悪いことになるけどな」

「ヤンキーにも、ここにいるのを知られたくないの？」

「ニューヨークのごろつきや、オランダの百姓どもに、この場所を知られたいわけがねえだろう。やつらは、ここにずかずかと入り込み、あんたらをしつこく悩ませ困らせ、もっと悪い略奪行為にまで走るだろうよ。脚がよくなったら、またやつらに加わらなきゃなんねえだろうけどさ、その日までは、誰が俺を捜しにきても、そんなやつの話は聞いたこともねえと言ったほうがいい」

「そうね、あなたのそういう態度を知ったら、きっとマーサ先生も喜ぶわ。もっとあなたに同情するに決まってる。それに、あなたの傷がよくなるにはしばらく時間がかかる、そうでしょう」

「あんたを見てると、何年も治らなければいいと思えてくるよ」彼がまたウィンクしたので、今度もからかわれてるってわかった。

「今、脚はどんな感じ？　まだ痛い？」

「我慢できる程度だ」

「痛みを軽くするお薬をあげられたらいいのに」

「ありがとよ。強い酒が一滴あれば、効くかもしんねえな」

「ええと、ハリエット先生が、昨日あなたにブランデーを少しあげたあと、その戸棚の奥に瓶を戻したはずだわ」

「もうねえよ」わたしがワインキャビネットを開けようとすると、彼は言った。「ちょっと前に、黒んぼに聞いてみた。見当たらねえって言ってた」

「マーサ先生が、持ってっちゃったんだわ」

「のんべえには見えなかったけどな」

「あら、自分のために持ってったりしないわ。戸棚からブランデーを持ってったんなら、ハリエット先生が飲んじゃわないようにするためよ」

「へええ」

「ごめんなさい。こんな噂話は絶対いけないのに」

「友だち同士の情報交換は、噂話じゃねえさ。ここでしばらく過ごすつもりなら、ここの人たちについてできるだけ知っとかねえとな――なるべくおとなしく、でしゃばらずに溶け込むために、そうだろう？　パレードでみんなと違う足を出さねえようにするためにな」

「そうよね。ええと、知りたいことがあったら、いつでも聞いて、ジョニー。ただし、わたしよりもよく知っている生徒がいるけどね。たとえば、マリーは、ここで起きていることはほとんど何でも知っているわ」

「なるほど、それならマリーにわたりをつけねえとな？」

「簡単よ。朝のうちにきっと会いにくるでしょうからね。でも、忠告しておくわ。マリーは、とてもいい子だけど、とても鋭いの。一番年下だけど、ここで一番抜け目がないかもしれない。あの子を騙すなんてほとんど無理」

「おっと、ここの誰かを騙すなんてとんでもねえよ。そんなことをしようと思ってねえ」

「わかってるわ。それでも、マリーについて言っておいたほうがいいと思ったの。それじゃあ、マーサ先生が下りてきたら、あなたにブランデーを持ってきてくださるようにお願いできるかもしれない」

「心配するなって。なくても何とかなる」

「ほかは大丈夫？　夜のあいだ、マッティがちゃんと面倒を見てくれた？」

「あの黒んぼのばあさんか？　もちろん、愛想のいい客室係にはほど遠いけど、要求には申し分なく応えてくれた。それから、今朝、スープを持ってきてくれた。誰かもゆうべ、スープを少し持ってきてくれなかったかな」

「それなら、エドウィナ・モロウよ」

「黒い髪の子――とても綺麗な？」

「うん」わたしは口ごもった。でも、嫉妬しているからではなく、彼の幸せを心から心配しているからだと思ってつづけた。「エドウィナのことも、とても用心しなくちゃだめよ――ほかの誰よりもね。あなたのことを気に入らないと思ったら、とことん意地悪するから」

「それなら、嫌われる理由を作らねえようにしねえとな？　実のところ、この屋敷の誰にも嫌われたくはねえよ、アメリア。俺は、そんな悪いやつでもねえんだけどな」彼の声がだんだん小さくなって、またうとうとしかかっているみたいだった。

「あなたは、絶対にとてもいい人よ、ジョニー。それに、お屋敷のみんなだって、きっとわたしと同じ考えだわ」

「ああ、そりゃ何よりだ……それこそ、俺が健康を取り戻すために必要なもんだ。友だちの信頼……楽しいときも苦しいときも、常に裏切らねえとわかってること……天気のいい日も悪い日も……晴れていようと……嵐でも……」

わたしは、彼が眠ってしまったのだと思って忍び足で出ていこうとした。すると、呼び止められた。

「ちょっと待ってくれ、かわいいアメリア。不思議な鳥の話をしてやろう……そういう鳥を、見たことはねえはずだ……まだ子どもだからな」

「どういう種類の鳥？」

「えらく小さくて……えらく華奢で……だけど、強い決断力があって……見た目よりずっと力がある……とにかく、近づいてよく見りゃわかる。とても珍しい鳥で、恥ずかしがり屋なんだぜ。世界のもっとも辺鄙《へんぴ》で近づきがたい場所でしか見られねえ。高い山で見られることもある……でなけりゃ、鬱蒼《うっそう》とした森や……人が滅多に行かねえ大海原の上で風に漂ってることもあって……」

「その鳥の自然の生息地はどこなの？」

「全地球だろうな……その鳥にゃ、本当の家なんかねえから。ほとんどいつも飛んでるんで、どこから来たのか誰もわかりゃしねえ。夜明けから日没まで飛んでるし、ものすげえ速さで飛ぶからさ、太陽みたいに世界を一周することもよくある。止まってるのは、巣を作るときだけ……いや、雛を育てるときだけ。だから、絶滅しそうなんだろうな。近いうちに、その種の鳥はいなくなっちまう……」

「何てこと！　確かに変わった鳥ね。その鳥は、何を探しているのかな？」

「それが、大きな謎でね」

「その鳥、何て呼ばれてるの？」

「正式な名前は知らねえけど……俺は、はぐれ鳥って呼んでる……」

わたしは、つづきを待った。今度こそ、彼は本当に眠っていた。

「そのかわいそうな人を一人にしておあげなせえ」ドアのところでマッティが言った。「その人にしつこく質問するために、日も出ねえうちから起きなさったんですか?」

「最高に面白い話をしてくれたのよ、マッティ。びっくりするような鳥の話をしてくれたわ」

「その人こそ、びっくりするような鳥だと思いますけどもね。その人の話なんぞ、気にしてはいけませんですよ」

「彼は、どんな種類の鳥だと思う?」相手が白人でも有色人種でも、マッティは人を見る目がある。でも、その人の生い立ちによって、第一印象がぐらつくこともあるので、会ったばかりのマクバーニー伍長に好ましい感情を持つのを期待してはいけなかった。

「カラスだろうね。おしゃべりな老いぼれカラス。カラスっつうのは、年がら年中しゃべりながら気取って歩き回るのが好きで、キラキラ光るもんに目がないね」

「えっと、それは何も悪いことじゃないわ。ここにだって、おしゃべり好きな人はたくさんいるわ。マクバーニー伍長はきっと、おまえほど見かけに騙されたりしないわ。それに、気取って歩き回るなんて言っても、仰向けに寝てるのに、どうやって歩き回れるのかわかんないわ」

「髪の毛一本動かさずに、その男なら、歩き回れるんですよ。そうやって横になりながら何を考えてるのか、ちゃんとわかってるよ。自分は、この庭にいるたった一羽の雄鶏で、鶏小屋には、肥えた若い雌鶏がぎょうさんいると思っているんだよ」

「それって、そんなにいけないこと? 生物学的に見たら、自然なことだと思うけどな」

「およしなさいまし。マーサ先生が、そんな言葉を聞いたら、一週間食事をもらえませんですよ。それに、お母さまが聞いたら、顔をひっぱたかれますよ」

「だけど、いけないことなの、いけないことじゃないの?」

「いけなくはないだろうよ。考えてるだけならね。それから、しゃべりすぎについてですがね、このヤンキーが屋敷に来てからっつうもの、ずいぶんと口数が多くなられたよ。ここにきてから、これほど話すことがおありだったかね。聞かれなければ、話もしなかったはずですのに。ここで生物学的な意見とやらを、言いまくってらっしゃる。それなら、外に出て、鍬《くわ》で土を掘り返すのを手伝ってくださいまし」

「本当にいい人なのよ、マッティ」わたしは、マッティの後ろから台所に出た。「みんなに好きになってもらえるだけでいいって言ってたわ」

「ああ、そうだろうとも。そうなるように、目いっぱい頑張るんだろうよ。少しばかし前に、あたしに何て言ったと思います？　ヤンキーが戦争に勝ったら、リンカーンさんが、あたしをこの学園の学園長にしてくれるように直接取り計らってくれるんですとさ」

そうなの、二人とも、それには笑っちゃった。マッティは、愛すべきおばあさんだし、とてもお利口だから、ほかの誰よりも冗談を理解できる。

「朝ごはんを賭けてもいいわ。そう言ったとき、ジョニーはウィンクしたでしょう」

「しましたよ。ですがね、あたしをじっと見つめて、その言葉をどう取るかを見てからウィンクしたんだよ」

「そうなの、マッティ」わたしは、日よけ帽を、いつもかけてある台所の帽子掛けから取った。「ヤンキーが本当に戦争に勝ったら、おまえは、自分の学校を開いて。そしたら、わたしはそこに入るから。ただし、時間を全部、自然のお勉強に使わせてくれるって約束しなくちゃだめよ」

「自然のお勉強でしたら、そこの豆畑で全部なさればいい。さあ、畑に出て、蔓で見つけた虫をとことんお勉強なさいまし」

でも、外に出る前に、マッティが、どんぐりのコーヒー――学園のほかの子たちと違って、本当のコーヒーよりわたしは好きなの――と、昨日の夕ご飯に出たのをわざわざ取っておいてくれたビスケットを一枚くれた。わたしは、生徒のなかで毎日の庭仕事――朝食前に、みんなが決まった量だけすることになっている――を一番早く始めるので、マッティは、たいてい、ちょっとしたおやつをくれる。

森からの道々、マクバーニーにも言ったとおり、マッティがこの学園で一番大事な人だと思うことがある。それどころか、一番正直で、一番自分勝手じゃない人かもしれない。ふと、マッティならとことん信用しても大丈夫だとマクバーニーに教えてあげればよかったと思い、今度会ったら、そう伝えることにした。

それから、わたしたちはお庭に出た。わたしは、いつも、朝早くお庭で仕事をするのが楽しいけれど、あの日の朝は、それまでずっとやってきたなかで一番楽しかった。

16　マーサ・ファーンズワース

闖入者は、二日目には、ずいぶんよくなったようだった。八時少し過ぎに様子を見にいくと、目を覚まし、とてもにこやかに微笑んだ。

生徒が何人か、すでにドアの周りに集まり、クスクス忍び笑いしながら彼を見つめていた。あちらもそれに応えて手を振っていたか、身振りで話していたのだろうが、そうだったとしても、わたしが入っていくと彼はそれをやめた。少女たちは、道を開けてわたしを通し、ほんのわずか距離を置いてついてきた。

「下がりなさい」わたしは厳しく言った。「自分の仕事に取りかかりなさい。お庭仕事があるでしょう……さっさとなさい」

「あのう、マーサ先生」アリス・シムズだった。「今朝は、ここで授業をするんですか？」

「いいえ、いたしません。通常ここで行なっている授業――フランス語と英国史だったと思います――は、書斎で行ないます」

「音楽の授業はどうなるの？」とマリー。「ハープシコードを書斎に運ぶんですか？」

「それから、今日の午後に予定されているハリエット先生のダンスの授業ですが」エドウィナ・モロウが言った。「書斎では踊るスペースがありません」

「それについては、そのときになってから考えることにしましょう」わたしは、指示した。「必要でしたら、音楽の授業は延期できますし、ハリエット先生のダンス指導については、とにかく当面は行なわなくてもいいと思います。さあ、みなさん、お庭仕事に向かいなさい」

生徒たちは、後ろを気にしながら忍び笑いし、囁《ささや》き合いながらしぶしぶ出ていった。屋敷にこの若い男がいることで、問題を抱えることになるのは明らかだった。

「俺がここにいるんで、不自由かけてる……見りゃわかる、そうだろう、先生」わたしが振り向くと、問題の男性は言った。

「そのとおりです」

「歯に衣を着せねえんだね、先生。はっきり言う。そういうのは好きですよ」

「そうですか。それから、あなたが好きであろうとなかろうと、わたしにとって違いはないとおわかりですか？」

「もちろん、俺の意見なんて、あんたにとっちゃどうってことねえんだろうな、先生。あんたの同意など求めちやいねえよ」

「そうですか。では、何を求めているんです？」

「あんたが、俺のためにできる世話さ。ずいぶんと世話になった、心から感謝してる。どうやって恩返しできるかわからねえ。できるだけ早く元気になって、出ていくのはもちろんのことだけどね。これが、たった今、ひょいとあんたの心に浮かんだ答えなんだろう、先生？」

　実は、そのとおりだった。あの男には、相手の心を見抜く天賦の才があった。

「南軍の兵士に引き渡されるのではないかと心配ではないのですか？」

「ああ、心配なんかしてねえよ。引き渡さねえって言ってるんじゃねえ。もっと悪いことが俺の身に起こる可能性が大きかったってことさ。もちろん、これから何か月もリビー捕虜収容所やアンダーソンヴィルに入れられるかと思うと嬉しかねえけどさ、死ぬよりゃましだ。あんたが助けてくれなけりゃ、そうなってた」

「それはどうかしら。あの子がここに連れてこなくても、北軍の兵士が見つけてくれた可能性が非常に大きいですよ。捕虜として収容されていたにせよ、南軍の外科医が世話をしてくれたでしょうから」

「聞いたところじゃ、南軍の外科医は、このごろ処理が追っつかねえほどの仕事を抱えてるそうだぜ。それに、北軍だって、似たようなもんだ。とにかく、あんたの介抱のほうが、野戦病院で受けたかもしれねえ治療よりもずっといい。軍医なら、脚を切断して、はいそれまでよ、だっただろうからな」

「つまり、切断されたくないのね」

「あんたは？　残りの人生を半人前の男として過ごし……古い杖にすがって足を引きずって歩き……真っ当に稼ぐこともできず、施し物や寄付のようなもんに頼る。ごめんだね、先生。野戦病院がどんなところか、いやと言うほど見てきたんだ。嘘じゃねえ、こうしてここにいられてほんとに嬉しいよ。わかってくれよ、先生、俺は、同世代のやつらの大半より脚を使ってきたんだぜ。走るのも、跳ぶのも、跳び越えるのも、いつも抜群だった。それから、四六時中踊ってもいた。さっきダンスの授業の話をしてたけど、よかったら、お望みのどんなダンスでも生徒たちに教えてやるぜ……アイルランドにイギリス、アメリカのダンス……リールダンス〔スコットランド高地地方の軽快な踊り〕にワルツ、ポルカ、何でもござれ。何を隠そう、先生、この脚で踊りつづけ、世界中のバイオリン弾きの腕を疲れさせてやる」

　彼をなかなか嫌いになれそうもなかった。表情には、腹蔵ない親しげなところがあり、その天真爛漫さの裏に狡猾さが潜んでいるという確かな事実を知っても、男の子っぽい悪ふざけにすぎないと思えてしまっただろう。

しかし、狡猾さは潜んでいた、それは疑いようのない事実だ。ジョン・マクバーニー伍長が何と言おうと、自らに問うべきだった──マクバーニー伍長は、本当にそう感じているのだろうか？──それとも、そう感じているとわたしに思わせたいだけなのか？──あるいは、彼は、わたしが思っている以上に賢く、その悪ふざけを垣間見せることで、それを見たわたしが、賢さの点で自分のほうが彼より勝っていると思うのを期待しているのだろうか？　ところが、本当は勝ってなどいない。いや、少なくとも彼は、そう思っていた。なぜなら、彼が本当に望んでいるのは、彼についてわたしが見誤ることなのだから。

欺瞞をどれだけ重ねているのだろう、ある日、わたしはそう思った。だが、それは、あの二日目ではなかった。あの朝、知らぬ間に──ほんの一瞬だったかもしれないが──若いマクバーニー伍長との会話を楽しいと感じはじめていた。もちろん、動けるようになったら、長居させるつもりなどなかった。したがって、生徒たちとの交流を許可するつもりもさらさらなかった。


「まあ、長い目で見れば、根治手術が最善の医療処置だったかどうか」わたしは、彼の脚をむき出しにし、止血帯の上をそっとつついた。「北軍の軍医のほうが、こういうことには詳しいはずです。とはいえ、あなたの脚の状態は、昨日より悪くはなっていないようですね。何か感じますか？」

「やめてくれ」

「痛みがつづくように祈りなさい。感覚がなくなったら、わたしの知るかぎり、そこが化膿しはじめたしるしですからね」

「そうは、ならねえよ。今の感じ方からすると、あんたらが、夕飯にしちまったんだろうよ」

「ここでは、ヤンキーなどいただきません。治療をし、その過程で教え導ければと思いますが、そのあとは出ていってもらいます。もう少しすれば、痛みも軽くなるはずです。大切なのは、縫合が持ちこたえ、患部が感染しないようにしておくこと。つまり、歩こうとしてはいけません。わたしかマッティがここにいて手伝えるときを除いて、動き回ってはいけません。わかりましたね？」

「御意」

「痛みがひどいようでしたら、ワインを一杯持ってきてあげますよ。昨日、わたしのブランデーを少しもらったようですね――はっきり言わせていただけば、たっぷりと」

「実は、昨日のことはよく覚えてねえんだ」

「そうでしょうね。妹が言っていたほどの量のブランデーを飲んだのでしたら、何も覚えていなくて当然です。いずれにせよ、あのボトルは空ですが、ワイン貯蔵室に父のワインが少し残っています。しばらくしたら、マッティに取りにいかせましょう」

「ああ、気を遣わねえでくれ、先生」

「わかりました。では、そうします」

わたしは、悦に入りながら背を向けた。この人のことならわかっている、せっかくのチャンスを失う前に心変わりする、そう思い込んでいた。ところが、一、二歩離れて振り返ると、若い悪魔は目を閉じて眠そうなふりをしていた。

「禁酒主義の男だとは、絶対に思いませんよ」

「えっ?」

「アイルランドの男は、何でも飲むそうじゃないですか」

「そうさ。いや、ほとんど何でもかな。その場にふさわしい酒をね」

「あなたねえ、わたしのワインがほしいのなら、頼んだらいいでしょう」

彼は、片目を開けてから、わたしのささやかな勝利を認めてニヤッとした。

「考えてみりゃ、いい機会かもしんねえな。あんたのワインを一口、ぜひ飲ませてください、先生。ブドウが、べらぼうに好きというわけじゃねえ――穀物の汁のほうが好みなんだ――だけどさ、この屋敷のとっておきのワインならきっと絶品だろう」

「喜ばせるためではなく、痛みを和《やわ》らげるために提供するのです」わたしは、冷たく言った。

「確かに。だが、両方ってこともあるぜ」

「申し上げておきますが、マクバーニー伍長、あなたは、お客さまではなく、いささか歓迎されない闖入者なのですよ。ここで、あなたをもてなすつもりなどありませんよ」

「期待なんかしてねえよ……こんな時代だもんな。だが、そのうちに、俺がつまらねえことで喜ぶやつだってわかるさ」

彼は、またニヤッとし、わたしの向こうを見た。振り返ると、戸口にエドウィナ・モロウが立っていた。

「庭仕事に行かせたはずですよ、あなた」

「はい、先生。わたしの分は耕しました」

「さぞかし一生懸命に働いたのでしょうね。ここに何の用です？」

「別に大したことではありません。ただ、お役に立てることがないかと思いまして」

ソファーの男が、低い含み笑いを漏らした。「あなたね」わたしは、苦々しく思った。「一言でも言ってごらんなさい。お昼までに道端に放り出しますよ」と。だが、彼は何も言わなかった。再び目を閉じて仰向けに休み、まだニヤニヤしていた。

「あなたにできることは、ここにはありません。さあ、当面、あなたたちには、この部屋に近づいてほしくはありません。怪我人の邪魔などせず、やらなくてはならない学業と仕事がたくさんあるでしょう」

「邪魔をするつもりなんて。看護のお手伝いをしようと思っただけです」

「心配ご無用よ。学園にいる大人に任せておきなさい」

「でも、わたしの年齢の女性は通常、大人とみなされていますし、少なくともハリエット先生は、いつもそうおっしゃっています」エドウィナは、後ずさりしかけたが、立ち止まった。「本当に、お役に立ちたかっただけなんです」

「殊勝な心がけですこと」と思った。その途端、後悔に胸が痛んだ。この子が、生まれてはじめて利己的でなく、心からそうしたいと思っていたのなら、その機会を拒絶するのは恥ずかしいことだった。だが、大して反省もせず、エドウィナに慈善を施させてやるべきかどうかよりも、もっと心配しなければならない事柄があるのだと結論を下した。たとえ――そして、よくよく考えれば、ありそうもないことだったが――エドウィナが、心の底からそう思っていたのだとしても。

エドウィナがいなくなったと思ったら、伍長に好意を寄せるもう一人が現われた。今度はアリス・シムズが戻ってきたのだが、それは、当然と言えば当然のことだった。あの母にしてこの子ありだった。

「あのう、マーサ先生」もっとも無邪気でない子が、手練手管で無邪気を装って言った。「食堂ではなく、ここで朝食を食べましょうかって、ハリエット先生が、お聞きするようにと」

「どうしてまた朝食をここで？」

「そのう、マクバーニー伍長が、今朝はベッドから出られないので、ハリエット先生が、ここでみんなでいっしょに朝食を食べられたらいいなって」

ソファーから、またしても小さな含み笑いが聞こえた。

「何かおっしゃいましたか、あなた？」わたしは、間髪を容れずに聞いた。

「いいえ、先生」彼は、今度は真顔だった。どの程度わたしを調子に乗せられるか、ちゃんと心得ていた。

「何を非常識なことを言っているんです。いいですか、アリスさん、ハリエット先生に伝えなさい。朝食は通常どおり食堂でいただきますし、追って指図するまでこの部屋への生徒の立ち入りは禁止ですとね。わかりましたか？」

「はい、よくわかりました、先生」アリスは、小ばかにしたように軽くおじぎをした。それから、わたしの後ろにいたマクバーニーにいわくありげに微笑みかけ、そのずうずうしい態度をわたしがたしなめる前にそそくさと逃げ出した。

わたしは、再び向き直り、かなり長いこと彼を見つめて立っていた。彼は無表情で、また目をつぶっていたが、眠っていないのはわかった。

しばらくして、彼はため息をついた。「捕虜収容所みてえな扱いに、期限を設けてくれねえか？　出入口にそれを明示してくれよ。そんでもって、あんたがこの部屋で見張りをすりゃいい」

「失礼ですよ。そんなことをしたら、さぞかし不愉快な思いをするでしょう」

「やってみなけりゃわかんねえよ。怒りやつまんねえ苛立ちに任せて行動する人にゃ見えねえからな」彼は、また一呼吸置いた。「女に生まれなかったのは、俺のせいじゃねえだろ？」

「男性を毛嫌いしているという印象を与えたのでしたら、誤解です。あなたのことも、毛嫌いなどしていません。この屋敷にいるのが、あなたとわたしだけでしたら、屋敷を自由に使ってもらったかもしれません——あなたが何も盗まないという確信が持てればね」

「だけど、今のところその確信が持てねえってことか？」

「持てるはずがないでしょう。あなたのことを何も知らないのに」

「生まれてから一度も盗みを働いてねえって断言しても、無駄ってこと？」

「素性を知りませんから」

「『ここにいるのが、あんたと俺だけなら』って言ったよな。つまり、俺が、生徒たちを襲うと疑ってるのか？」

「いいえ、そうは思っていません。そういう機会を与えないように気を配るつもりです」

彼は、上半身を起こした。「もし、そんなやつだったらな、あんた、機会なんかいくらでも作ってやる！」

「横になって静かになさい。この屋敷で大声を出すのは許しませんよ。それに、傷に障ります」

「俺のことを、そんなやつだと思ってるのか？」

「まだ何とも言えません。そういう人だとわかったら、長くいてもらうわけにはいきません。

「ここの娘たちに危害をおよぼそうなんて夢にも思わねえって誓っても、無駄なんだろうな？」

「あなたのことを何も知らないと言ったでしょう」

「どのぐらいしたら、わかってくれる？」

「わかるようになるほど、長居はさせません」

「そうか」彼は横になったが、急に動いたので荒い息遣いをしていた。「あんたの赤の他人でなくなるように、いくつかありのままの真実を教えてやるよ、朝のうちに追い出されちゃ堪《たま》んねえからな。名前……ジョン・マクバーニー。年齢二十歳。英国の権利を持たない植民地国民。ウェックスフォード県生まれ。父、パトリック・マクバーニー、故人。母、メアリー・マクバーニー、健在……あえて言うなら、今はアイルランドにいる。金、将来性、心配、すべてなし。伝染病の感染も見られず、最近負った戦傷を除いて身体的欠陥もなし。歯も髪の毛も、手足の指も問題なし。健全な精神状態だそうだし、記憶力も良好。問題もなく、不平不満もなく、憎しみも抱いてねえ――今まで俺が置かれてた状況を思うと、驚きだろう。全世界に対してしか取りたてて興味もなし。一八六三年の自分であること以外、とくに希望もなし。本来十二月二十三日にニューヨークに到着し、一八六四年一月四日に連邦軍に入隊。一八六四年四月十五日に伍長代理に昇進。一八六四年五月五日に南部連合国のご婦人たちの捕虜になる。これでも、まだ赤の他人かな？」

「今聞いた事柄は理解しました」

「つまり、嘘をついてるかもしれねえってこと？」

「ええ、その可能性もありますが、たとえ真実を語ったのだとしても、聖職者から犯罪者まで誰にでも当てはまるような経歴情報の一部しか言っていません。本当はどういう人なのか、まだわかりません」

「一生ここにいたって、そんなことわかりゃしねえよ。それに、こっちだって、同じ時間をかけても、あんたがどんな人なのかわかりそうもねえ。まあ、あんたのことは少しばかり、もうわかっちゃいるけどね」

「まさか」わたしは、彼の厚かましさでないとすれば、熱心な態度に多少惑わされていたと認めざるをえない。

「本来の自分であること以外、とくに希望はないと言ったではありませんか。自由気ままでいるという意味だと思いますけれど。それしか望んでいないのですか？」

「自分の選んだ生き方をしてえのさ。誰の世話にもなりたくねえ——誰の指図も受けたくねえ。だから、この国に来たのさ。俺の故郷がどんなところか知ったら、俺の気持ちがわかるだろうな。それから、ありきたりの物もほしいかもしれねえな——女房と子ども、腰を落ち着ける場所……それだけありゃいい。あっ、そうそう、友だちが一人ほしい」

「一人だけですか？」

「見知らぬ土地じゃあ、一人だってなかなか見つからねえんだぜ」

「連邦軍に四か月もいたんですよ。お仲間の兵士はどうなんです？」

「生粋《きっすい》のアメリカ人のなかにゃ、からかうやつもいた——アイルランド訛《なま》りをね。それと、田舎臭さだろうな。そうさ、そういうやつらと喧嘩をするか、引きこもるしかなかったし、逃げ出そうにも、軍隊のなかじゃ隠れる場所はほとんどねえ。どっちみち、友だちはあまりできねえ。長いこといっしょにいて、多くの苦境を共に切り抜けてきた古参兵の部隊ならなおさらだ。そういう古参兵は、新参兵や賞金稼ぎをあんまり好まねえんだ」

「賞金稼ぎとは？」

「俺は、入隊するのに報奨金二百ドルもらった」

「ずいぶん大金ですね」

「南軍兵はみんな、神と国のために入隊するんだろう。ところが、卑しいヤンキーは、金で自分を売る」

「南部の人のなかには、そう言っている人もいます。それほど嫌われていたのに、昇進したのは驚きですね」

「わかってねえな。みんながみんな、嫌ってたわけじゃねえ、それは確信してる。馴れ馴れしくなかったっつうだけさ。それから、袖章について教えてやろう。俺は、公正な戦いでもらったんだ。伍長をこてんぱんに打ちのめしたら袖章をもらう約束で、俺の一年分の報酬を賭けたのさ。そしたら、大尉は、これがまた悪いやつでさ、俺が負けるのを見たがってたんで、それに乗った。まあ、期待外れだったとはいえ、俺が勝ったとき、大尉も、この件については公平だったってこった。とにかく、袖章を軍服に縫いつけさせてくれた——伍長が回復するまでって条件でな。そして、雪辱戦のときが来た。そんときも、大尉は、俺が伍長にふさわしいと謹んで認めた。それから、報奨金についてだが……二百ドルはおふくろに送った」

　果たして送ったのだろうか？

「俺を信じてくれるかい？」

「わたしが、あなたを信じていないと？」

「少し意味が違うだろう？　出てってくれ、あんた、眠てえんだから」

彼は顔を背け、ソファーの背もたれのほうを向いた。目に涙が浮かんでいた、そう思った。不意に、そこに横たわっている彼が、亡くなった弟にそっくりに見えた。本当のところ、目鼻立ちに似ているところはまったくなく、マクバーニーのほうが、ロバートよりずっと痩せ形だったが、ソファーの枕にもたせかけた後頭部と、肩の丸みが、最後に何度か会ったときのロバートを彷彿とさせた。

そう言えば、あのときのロバートは、自分の部屋でわたしに背を向けてベッドに横たわり、同じような言葉を口にした。「姉さんとはもう話したくない。出てってくれよ、眠いんだから」何か不祥事をおこしたので、いつものように叱ると、弟はそう口答えしたのだ。

ロバートの髪の毛も、あの青年とそっくりだった。巻き具合といい、黄褐色の色といい。襟の縁にかかるほど長く伸ばしていることがよくあったが、それもあの男とそっくりだった。ハリエットも、それに気づいているのだろうかと思った。気づいていなければ、どうなっていただろうと、今になって思う。

なぜなら、そのことがあったから、わたしは、つい口にしてしまったのだ。「気が変わりました。やはりみんなで、こちらで朝食をいただくことにします」

彼に対する哀れみのせいで、親交を深めることの危険性がまったく見えなくなってしまったのではない。邪悪の種をまだ認識はしていた。それについては、ロバートにも邪悪の種はあり、だからわたしは、ロバートに若い女性の大勢いる屋敷を自由に使わせるのも躊躇していただろう。

だが、あの瞬間は、闖入者が、しばらくはどこかへ逃げ出そうとしているようには見えなかった。だから、思ったのだ。「少なくとも、こうやって彼を試せる。みんなといて、どういう振る舞いをするかを見ればいい。そして、少しでもずうずうしい素振りを見せたら、さっさと追い出そう」

「さあ、どう思います？　みんなといっしょに朝食を食べることに賛成ですか？」

彼は振り返り、わたしを見つめた。「石鹼がほしいな。それから櫛。それと、もしあったら剃刀も」

「父の剃刀があったはずです。櫛はすぐ用意できますし、エドウィナ・モロウさんが、ゆうべ小さな石鹼を持っていましたから、今日も喜んで提供してくれるかもしれません。マッティにすべて持ってこさせますから、きっかり十五分でわたしたちを迎え入れる支度をしてください」

「はい、先生」マクバーニー伍長は、嬉しそうに微笑んだ。あのときの表情に悪魔の所業はまったく感じられず、子どもっぽい喜びが浮かんでいた。

すでに太陽が高く昇り、森では大砲の試し撃ちの音が響いていた。また戦闘が始まろうとしているのだと思いつつ、わたしは、計画の変更をみんなに伝えに出ていった。

17　エドウィナ・モロウ

二日目の朝、マーサ先生が応接間から出てきて、マクバーニー伍長にすっかり口説き落とされ、今後は屋敷を彼に開放すると発表した。もちろん、はっきりそう言ったのではないが、そう思っているように聞こえた。実際には、よく考えた末、彼と朝食を共にすることがキリスト教徒にふさわしい寛容な行為だと——絶対に顔を赤めていた——言った。

全員が食堂のテーブルに着き、マッティが、その時点で何とか人間の食べ物として通用しそうな食事をいつでも出せるように、マーサ先生が来るのを待っていた。先生の発表を聞いた途端、ヤンキーの炸裂弾がテーブルに落ちたかのように、上品にしていなければならないはずの若い淑女たちが椅子から跳び上がってはしゃぎ回り、クスクス、ケラケラ、髪の毛をピンで留めたり解いたり、「あたしの象牙のブローチを持ってるのは誰？」、「あたしの母さんの真珠のネックレスを持ってるのは誰？」と迫った。あれは、今にして思えばアリス・シムズで、着替えをしようと階段を駆け上がりながら叫んでいた。

愛国的なエミリーは、いつも着ている黒い綿モスリンの服を、敵の兵士のために着替えるつもりはないときっぱり言った——お兄さんが戦死したときに家族から送られてきたその服を、エミリーはずっと自分の旗印として身に着けていて、真実を言うべきだとすれば、あの夏にかけて少しかび臭くなりかけていた。彼女は、あの服に吹きつけるオーデコロンもなく、持っていたとしても、恥を忍んでそういう軽薄な真似はしなかったに違いない。ところが、喪服のままでいると言い切ったにもかかわらず、言葉はたがえなかったものの食堂の鏡に向かい、頬をつねって赤みを添えようとした。

ハリエット先生まで興奮の渦に巻き込まれ、アリスやマリー、アメリアのあとから階段へと急いだ。アメリアは、どんなおめかしをするつもりだったのだろう。あの子は、何色の服を着ても、いつも木登りでもしてきたばかりのように見えた。あの子も、家族が送ってくれた喪服を持っていたが、確か、はじめて着たときに塀からでも落ちたのだろう、直しようのないほどの鉤裂《かぎざ》きを作ってしまった。もちろん、マーサ先生もハリエット先生も、兄弟に敬意を表してほとんどいつも黒い服を着ている。ロバートさんを軽んじるつもりはないが、黒を着ても二人は見栄えがしない、それなら何色ならいいのだろう？

「どこへ行くんです、ハリエット？」マーサ先生が、さっそく大声で呼んだ。

「ちょっと身なりを整えようかと」あの人は、生え際まで真っ赤になって答えた。

「充分整っているじゃないの。何をしているの、年甲斐もなく」ところが、ハリエット先生は、そのまま階段を上りつづけ、マーサ先生もあとにつづいた。ともかく、自分はバカげたおめかしのためではなく、マクバーニー伍長に頼まれたらしいお父さんの剃刀を探しに行くだけだと強調しながら。先生は、ほかの物も彼がほしがっていたと言った。そのときたまたまスカートのポケットに入っていた、香水入りの化粧石鹸とべっ甲の櫛だった。あのヤンキーに、朝のうちに渡そうとしたのだが、マーサ先生が、彼と二人きりで話したそうで、応接間に入れてくれなかった。

まあ、いずれにしても、わたしは、伍長に敬意を表してわざわざおめかししたり身なりを正したりするつもりはなかった。あるがままのわたしでふさわしくないのなら、あっちがどこかへ行ってもっといいカモを探せばいい、そう父がよく言っていた。それよりも、せっかくの機会を利用して部屋にこっそり入り、マクバーニー伍長に洗面用具をプレゼントすることにした。

そう覚悟して戸口でちょっと足を止め、おだんごを撫でつけた途端、マリー・デヴェローが、ものすごい勢いで階段を駆け下りてきた。片手に聖書か祈禱書、もう片方の手に宝石か何かを持っていた。

「ちょっとどいてよ、エドウィナ」彼女は、わたしにぶつかりそうになった。「ここに、あたしだけの用事があるんだから」そして、応接間に駆け込み、ソファーのマクバーニー伍長に駆け寄った。

そうよ、わたしは、人の会話を立ち聞きするような人間ではないが、どう考えても、十歳だか十一歳だか知らないけれど、まだ子どものあの子に、縁もゆかりもない敵の兵士と大切な用事があるなど理解できなかった。そこで、こちらには彼に真っ当な用事があったので、お行儀の悪いチビが、何やら言おうとしている話が終わるのを戸口で待つことにした。わざわざ聞き耳を立てなくともマリー・デヴェローの話は聞こえた。あの子は、大声を張り上げないと話せない。

　あの子は、前置きもなくマクバーニー伍長の膝の上に本を放った。「大切な話があるの。朝までに死んじゃうんじゃないかって怖くて、ゆうべのうちに持ってきてあげようと思ったんだけど、考え直したの。だって、意識がなかったから、どっちみち読めなかったもんね」

「そりゃそうだ」

「カトリック教徒でしょう。アイルランドの人はほとんどみんな、カトリック教徒だそうだから」

「そうともかぎらねえよ。だけど、当たりだ。カトリックの洗礼を受けた」

「それなら、ほかにすることがなかったら、そのカトリックの祈禱書にざっと目を通して。ママのだから、フランス語で書かれてるんだけど、父なる神とアベマリアくらいはわかるはずよ。告解はしたくないわよね？」

「あんたに？」

「まさか。でも、本道に駆けていけば、南軍の連隊づきのカトリックの司祭さんがきっと見つかるから、たぶん喜んであなたのお手伝いをしてくださるわ。つまり、その、今にも死にそうで、もう待てないなら」

「あと何時間かは持ちこたえられそうだけど」

「これまでの人生で、何度か、ずいぶんひどいことをしてきたんでしょうから、何か起きる前に心の整理をしとかないと。ひどいことをしたことあるんでしょう？」

「考え方によりけりだと思うよ」

「それなら、そこで横になってるあいだに、自分の良心に問い質《ただ》して、もう少ししてから司祭さんに来てほしくなったら、あたしに言ってね。そうそう、あたしは、マリー・デヴェローよ」

「俺は、ジョン・パトリック・マクバーニーだ」

「よろしく」マリーは、また駆け出してきた。今度は、もう片方の手に持っていた耳飾りが見えた。駆けながら片方の耳にそれをつけようとしていた。

「ちょっと待ちなさいよ、あんた」わたしは、前に立ち塞《ふさ》がった。「わたしの翡翠《ひすい》の耳飾りを持ってどこへ行くつもり？」

「あら、エドウィナ」あの子は、何か悪いことをしたのが見つかったときにだけ使う、自分では一番魅惑的だと思っている笑顔を浮かべた。「そんな顔しないで、エドウィナ。朝ごはんのために、みんながおめかししてるのよ」

「人の宝石を使って、何がおめかしよ」わたしが手を突き出したのに、あの子は、ひょいと身をかわした。「まったく、それをどこで手に入れたの、このチビ泥棒！」

「あなたのお部屋に片方が落ちてるのを見つけただけよ」

「ドアは閉まっていたはずよ！」

「風で開いたんじゃないの。とにかく、踏んづけて潰されちゃうといけないから拾ったら、もう片方が台に載ってたの。両方とも返そうと思ってたんだけど、ここでのマクバーニー伍長とのはじめての朝ごはんのときにつけるアクセサリーがないのに気がついて、あなたは気にしないんじゃないかと……」

「このチビ悪魔！」もう少しで捕まえられたのに、あの子が、さっと椅子の後ろに回ってひっくり返したものだから、わたしは、つまずきそうになった。

「追え、追え……その調子」ヤンキーは、ソファーの背もたれを支えに真っ直ぐ身を起こして愉快そうに叫んだ。「さあ、みなさん、あんたはどっちを選ぶ、茶色い子リスか、大きな黒猫か？　さあ、いらっしゃい、どっちにするか決めとくれ、賭けを閉めきるよ。大きいほうは、力がある。小さいほうは、知恵がある。ほら、見たかい、そのすばしっこいおチビさんが、さっと向きを変えてこっそり逃げ出したぞ！　そら、追いかけろ、黒っちょ《ブラッキー》……急げ！」

「お願いよ、エドウィナ」チビ女狐が叫んだ。「あなたには、きれいな宝石がいっぱいあるじゃない。こんな古い耳飾りなんていらないでしょう。へとへとになっちゃうわよ、エドウィナ。あたしは、一日中こうしてても平気だけどね」

「その子の言うとおりだぜ、ブラッキー。広い野原なら、あんたにも勝ち目はあるかもしれねえけどさ、こんな狭いところじゃ、無理だって。ほら、そんな安物の宝石なんかくれちまえ。とにかく、その淡い緑は、あんたの緑の黒髪にゃ似合わねえ。ルビーのほうがしっくりいくぜ、ブラッキー」

咄嗟《とっさ》に、きっと見苦しかっただろうと気づき、わたしは動きを止め、もうすぐ捕まえられそうだった憎たらしいあの子を逃がしてやった。

「あれれ、今朝はとっても綺麗ね、エドウィナ」あの子は、戸口から大声で言った。「ずいぶんおめかししたのねえ」

「してないわ！」

「ふうん、駆けっこでちょっと乱れちゃったかもよ。だけど、その豪華な絹の紋織りのドレスは、去年のクリスマスに着たきりじゃなかったっけ。わたしの勘違いかな」

「出ていきなさい！」

彼女は、おバカな笑い声を上げて走り去った。淑女らしからぬ振る舞いが恥ずかしくなり、わたしも、部屋を出ていこうと背を向けた。

「ちょっと待てよ、ブラッキー。来たばかりじゃねえか、逃げるなよ。何か用があったんだろう？」

わたしはうなずき、マッティがソファーに引き寄せておいた小さな応接用のテーブルに近づいた。そして、香水入りの化粧石鹼とべっ甲の櫛を水差しの脇に置いて後ずさりした。何と言ってよいのかわからず、戸惑っていた。

「ありがとよ、ブラッキー」

彼は、再び仰向けになり、合衆国の十セント硬貨で爪の掃除をしようとしていた。確かに、爪の掃除が必要だったので、こう言った。それが、ジョニー・マクバーニーに言った最初の言葉だった。

「爪で穴でも掘ったみたいね」

「そうさ。昨日の戦闘中にな。頭上から砲弾が降ってたとき、真っ先に、土のなかに隠れようと思ったんだ、ブラッキー」

「でも、隠れるほど深く掘れなかったから逃げた」

「そうさ。神にかけて、本当にそうだったのさ、ブラッキー」

同じ言葉を繰り返したりして、からかっていたのだろうか？　彼の目は笑っていたし、声も優しかった。

「わたしの名前は、エドウィナ・モロウよ」

「ああ、よろしくな」

「逃げ出すなんて、あまり勇敢ではなかったわね」

「たぶんな。けど、利口だったとは思うぜ」

「まだ生きているから？」

「生きてるだけじゃなく、おまけのご褒美にもありつけて、あんたに会えた」

「わたしのこと、何も知らないくせに」

「名前は知ってるぜ……エドウィナ・モロウさん」

「わたしについて、何か聞いている？」

「名前だけさ。いい名前だな。俺が、エドガー・アラン・ポーだったら、『ミス・エドウィナ・モロウ』って詩を書いてやる」

「本当に、わたしについてほかに何も聞いていないの？」

「ああ」彼は、汚れた爪にまた取りかかっていた。「誰についてだろうが、噂話に聞き耳を立ててられるような状態じゃなかったんでね。何をそんなに怖がってるんだ?」

「何も怖がってなんかいないわ」

「なら、自分のことをどう言われているか、何で心配してるんだ?」

「心配なんてしてないわ」

「それでこそ、俺の女だ」

この言葉を誰かほかの人が口にしたのなら、バカにされているとすぐに確信しただろう。どういうつもりなのかまったくわからず、わたしはまた黙ってしまった。それなのに、彼が、こちらを見上げて微笑んだ——とても温かくて優しい笑顔だった——ので、見ず知らずの人で、アメリカ人ですらないのだから、と思った。彼が使う言葉や表現は、わたしたちが優しく語りかけるのとはまったく違っていたが、だからといって不親切にしようとしていることにはならない。

「わたしについて、最初から悪い印象を持ってほしくないだけよ」わたしは、ようやく言った。「直接あなたと話す機会もないうちに」

「つまり、俺にどう思われてるかが心配なんだ」

「全然! あなたは、ここではよそ者、それだけの話。そして、あなたにわたしのことを誤解してほしくないの。そうでなかったら、どう思われようと心配なんかしないわ」不思議なことに、このときでさえ、実はとても気にしていたのだと思うが、もちろん彼には言わなかった。このときは。

「そんなら、誤解されてねえとはっきりさせとかねえとな、エドウィナ・モロウさん。あんた自身についてすべて正確に説明して、さっさといい関係になったほうがいいと思うぜ。たとえばさ、どこの出身で、ここに来てどのぐらいになるんだ?」

「ここに来て四年。それから、父の家は現在、リッチモンドにあるわ」

「おふくろさんの家は?」

「ジョージアのサヴァナよ。両親は、いっしょに暮らしていないの」

「そりゃ、気の毒だ。それで、おふくろさんと最後に会ったのは、どのぐらい前?」

「言わなくてはならないかしら。母には会ったことがないわ。というか、少なくとも覚えていない」こんな質問をされたらいらいらして当然だっただろうに、彼には子どもっぽい率直さがあり、個人の秘密を暴こうとしているのではなく、自分が知らぬ間に身を置くことになった見知らぬ世界についての知識を深めようとしているだけなのだと思ってしまった。

「わたしが、まだ幼いころに、父にサヴァナから連れ出されたの。その後はあちこちを転々としたわ。父は、多くの事業を手がけ、そのほとんどでとても成功してきた」

「きっとそうなんだろうな。ここは、成功を生む素晴らしい国だ。成功の匂いがぷんぷんする。たとえば俺にしたって、ここへ来てまだ半年だけどさ、どれだけ成功したかわかるだろ。この国をかなり見て回った。軍隊で昇進したし、今じゃ、とびきりしつけのいいお嬢さん方に囲まれて世話になりながら、素晴らしい休暇を楽しんでる。アイルランドの田舎者が、これ以上の成功を望めるか？　それより、あんた自身についてもっと教えてくれよ」

「今は、時間がないわ。ほかの人たちが、そろそろ来るころですもの」

「そんなら、個人的な話ができるように、またあとで戻ってきてもらわねえとな」

「どうして、わたしにそれほど興味を持つの？」

「それはな、エドウィナさん、似た者同士だからさ。ここじゃ、二人とも場違い、そんな気がする。俺にゃ、はっきりした理由がある。でもって、あんたにゃ、傍からは、あんまりはっきりとは見えねえかもしれねえけどさ、それでも、俺には一つか二つは想像できる理由がある」

「その理由って？」

「一つの大きな理由は、見てくれ。さっきフランス系のおチビさんが、綺麗だと言ってたけどさ、あれは嘘じゃねえよ」

「わたしには、関係ないことだわ」

「ここにいるほかの連中にとっちゃ、きっと大いに関係あるのさ。あんたに嫉妬してる子もいるはずだぜ」

「そうだとしても、わたしにはどうでもいいことだわ」

「俺も、あのフランス系のおチビさんと同感だと言ったら気にするのか？」

　わたしは一呼吸置き、じっくり考えてから答えた。

「そうね、そう思ってくれたら嬉しいわ」

「なあ、聞いてくれよ、エドウィナ・モロウさん。あんたは、ここのほかの連中とは雲泥の差、船影一つねえ海の上に輝く星のようだ。それによ、見劣りがするのは、ここにいる一握りの連中だけじゃねえぞ。ほら、俺は、この国の大都市にもいくつか行ったことがあるけど、正直に言える、そこにいたどんな美女もあんたにゃかなわねえ」

「からかわないで」

「からかう？　あのなあ、からかうつもりなんてこれっぽっちもねえよ。あんたの大きな問題が何なのかわかってるのか？　それは、充分褒められたことがねえってことだ。自分の本当の価値がわかっちゃねえんだ。きっと、はっきり言ってくれる人がいなかったんだろうな。そうだろ？」

「そうかもしれないわ」

「卑下するんじゃねえよ。ほかの連中と違うってのを喜べ。たとえ、ときどき少しばかり孤独に思うことがあってもな。あんたが、ここで疎外感を感じる二つ目の理由は、エドウィナさんよ、自分の考えをはっきり言う自立した女だからさ。それに反対するやつなんて放っておけ。そうさ、とどのつまり、それが一番いい方法なんだ。この世で一つだけ望むとしたら何がほしい？」

「何がほしいかしら？」

「こっちが聞いてるんだぜ。俺の故郷にいる、魔法の力を持つ小人の話を聞いたことあるか？　俺がその小人で、ほしい物を何でもすぐに与える能力があるとしよう。さあ、何がほしい？」

「別に。何もほしくないわ」

「ほら、言ってみろ。小さいことでもいいんだ、何かあるだろうが。戦争がすぐに終わって、恋人に無事に帰ってきてもらいてえのか？」

「そんな人は、いないもの。軍隊には誰も入っていないし」

「なら、運がいいってこった。それじゃあ、ほかに何がほしい？　おふくろさんに会いてえか？」

「いいえ」

「そんなら、何だよ？　心にひょいと浮かんだ最初のことを言ってみろ。さあ、どうだ……何か浮かんだか？」

わたしは、うなずいた。

「言ってみろ」

わたしは教えた。

「それが、この世で一番ほしい物なのか？」

「ええ」

「よっしゃ」彼は、真面目くさって言った。「なら、そいつをかなえてやる」

そのとき、ほかの人たちが、朝食を食べに応接間に入ってきたので、マクバーニー伍長との最初の会話の幕は下ろされた。

18　エミリー・スティーヴンソン

マクバーニー伍長の学園でのはじめての朝食が、かなり盛大に祝われた。伍長が代表している旗を思うと、本当のところその考えに心から賛成だったわけではないと言わざるをえない。だが、彼は負傷兵であり、よそ者でもあったので、戦争に勝利したときに、わたしたちがどれほど寛大で温かくいられるかを示したいとマーサ先生がお望みなら、無下に反対もできないと思った。

マッティが、部屋の一方にわたしたちのためのテーブルを用意し、マクバーニー伍長は、ある程度離れた、反対側のソファーにそのまま座った。身体の支えになるように枕を積み重ねてソファーの向きを変え、マリーの言葉を借りるならば、南軍と北軍のあいだに何も遮る物がなく、お互いがよく見えるようにした。会話は禁止されなかった。それどころか、マーサ先生は会話を促したほどだった。それでも最初は、重要なことはほとんど話されず、天気とか、マーサ先生とハリエット先生が若かったころのファーンズワース家の庭や環境などについての、さしさわりのない会話が交わされただけだった。

もちろん、それは、どんな食事の席でも好まれる話題だった――昔はああだったが、今はこうだといった内容。あのかわいそうな人たちは、輝かしい過去の日々の話をして自分を慰めると同時に、もっとかわいそうな生徒たちを感動させる必要があるのだと思う。それに反対はしないが、わたしは、それに気圧《けお》されないし、ほかの子たち、たとえばアメリアとマリーの二人もそうだと思う。

マリーの父親は、ルイジアナに二つか三つお屋敷を持っており、アメリアの家は、ジョージアの北部に、今では確かヤンキーに蹂躙《じゅうりん》されてしまっているとはいえ、最大級の農園を持っているほか、アトランタに大きな新しいお屋敷がある。サウスカロライナにあるわたしの屋敷などは、ファーンズワースの屋敷も土地もそっくり一角に収まるほどで、狩りか何かでたまたま馬で通りかかりでもしないかぎり、こんな小さな学園など目に入らないだろう。

まあ、この屋敷や、ジェームズ河畔かどこかにあったファーンズワースの元の屋敷で行なわれた舞踏会やレセプションなどのさまざまな行事についての話は、わたしたちの訪問者には多少なりとも興味があったのかもしれないが、彼は、それほど熱意を示さなかった。確かに充分礼儀正しくはしていたし、誰かが目をやると、うなずいて愛想よく微笑みはしたものの、自分から会話を始めようとはしなかった。ひたすら食べつづけるだけで、その量は大変なものとなった。

彼を当惑させないように、もちろん、誰もが戦争の話を避けていたが、それはいささかばかげていた。というのも、屋敷の東のほう、昨日よりも近く思われるあたりで、激しい戦闘が再び始まっていることに、みんながついに気づいたからだ。庭側の窓がガタガタ揺れ、コーヒーカップが受け皿の上でひっくり返りそうになっているのに、その原因となっている事柄の話を避けるのはとても難しかった。

「なんてこと！」とうとう、わたしは言った。「どうしても朝に戦争をしなければならないのなら、もっと静かにやったらどうなの」

「そうだよな」マクバーニーが陽気に言った。「矛や槍、刀を使ってた古きよき時代に戻ろうぜ。そうすりゃ、アイルランド人が世界を治めるのが見られるぞ」

「本当にそう思っていらっしゃるの、マクバーニーさん？」ハリエット先生が聞いた。

「ああ、そうですよ、先生、間違いねえ。個人の接近戦じゃ、アイルランドに勝る国はなかった。ブリトン人がみんな洞窟に隠れ、ねぐらについてるときに、アイルランド人はローマ軍を寄せつけなかっただろう。アングル人にサクソン人、ジュート人、ピクト人、ケルト人、古代スカンジナビア人を撃退し、その後、ノルマン人相手に持ちこたえた。そうさ、先生、火薬さえなけりゃ、イギリス諸島の地図は今ごろ、少しばかり違ってただろうな。アイルランド人を没落させたのは、火薬の発明だったのさ」

「面白い理論ですね」わたしは言った。「そして、その理論をさらに進めたいようでしたら、いくつかの面白い結果を予想できるかもしれませんよ。今度の戦争を、ギリシア人やローマ人が使っていた武器だけで戦えたのなら、あなた方北軍は、今、ヴァージニアには絶対にいなかったでしょうね」

「まったく、そのとおりだよ、お嬢さん。何で昨日、そいつを思いつかなかったんだろうな。圧倒的に不利な戦いだってのに、南軍の兵士たちが勇敢に行動してるのを目の当たりにしたときにさ。この道があったんだ、いいか、越えろと命令された——大勢で一斉に——そして、南軍の兵士が少人数で防御してた——ありゃ、ジョージア人だったと思うけど……」

「わたしは、ジョージア出身よ」アメリアが言った。「今はもう、ジョージア連隊に親戚はいないけどね」

「ジョージア第七十一、ジョージア連隊で、それとも第七十四志願兵連隊でしたか？」わたしは聞いた。「その連隊でしたら、父の旅団の一部なのですが、西部戦線でロングストリート将軍とまだ戦っている可能性もあります」

「ジョージア第二十三連隊だったんなら」マリーが言っ

た。「フィリップおじさんを撃っちゃってたかも。メーコンに住んでるんだけど、まだ死んでなきゃ、その連隊にいるはずよ」

「実はさ」マクバーニーは言った。「どの連隊だったのか知らねえんだ。言わなかったからな。ジョージア人は、ヤンキーを通すわけにゃいかねえと叫んだだけで、くそっ――失礼――そうさ、言わなかったんだ。岩や倒木の陰で備えを固めて、俺たちのたび重なる激しい突撃を退けた。それからどうなったかはわかんねえ。背後から砲兵隊が迫ってきてさ、俺たちゃ、隊列にいた別の班の前進を支援するために向かわされたんでね。だから、あのジョージア人たちが、まだ持ちこたえてるかどうか。ある意味、持ちこたえててくれればと多少願ってる」

「北軍の忠実な兵士にあるまじき感情ですね」マーサ先生が、言葉を挟まなければならないと感じたらしい。

「ひどいわ、マーサ先生」アリスが言った。「南軍の兵士に敬意を表しているだけなのに。どっちみち、マクバーニー伍長は、命令できる立場にはなかったでしょうから、南軍の兵士が持ちこたえようがどうなろうが関係なかったはずよ。そうでしょ、伍長?」

「そのとおりさ」彼は、アリスに軽く目配せした。さっそくアリスを選り抜き、分類していたのだろう。マクバーニーのような人にウィンクされたら、大抵の若い淑女なら侮辱されたと思うかもしれないが、アリス・シムズのような人には、こういうことも起きかねないと多少思ってしまう。

「本当にそうなんだってば、みんな。北軍を低く評価するつもりなんてねえよ。北軍にも立派で勇敢なやつは大勢いるからね。機械的な装置が、戦争から楽しみをすべて奪っちまったって言いてえだけさ。千年ぐれえ前にはあったかもしんねえ面白味が今じゃもうねえ。ああ、だいぶ違ってただろうな。眉庇《まびさし》や鎖帷子《くさりかたびら》で身を固めて、馬で戦闘に向かい、腕っぷしの強さと鋭い目だけに頼って身を守れたら。指を数本とか、片耳とかを失うか、兜がへこんで一、二週間頭がガンガンするだけですむ。それに、昼日中に敵の手に落ちても、どこかの服地屋の痩せっぽちのおどおどした店員が、ひょっとしたら二マイル以上も離れたところで引き綱を引いて大砲をぶっ放したんじゃなく、自分よりも強い男にやっつけられたんだってわかりゃ慰めにもなる。ああ、みんな、昨日、南軍の兵士たちが、あの道路のぬかるみを守ってるのを見たときはさ、これぞ昔の英雄たちのもっとも堂々たる最高の伝統だと思ったよ。なあ、火薬が世界の騎士道にしたことを考えてみろよ。外のやつらが、迫撃砲を一、二門と、口径三インチのライフルを一丁も持ってたら、トロイアの木馬に隠れてたやつらは夜明けまで待ったか。世界の歴史も文学も、まったく違ってただろうな。ギリシア人が書いたあの本は何てったっけ？」

「ホメロスの『イリアス』よ」エドウィナ・モロウが、目を輝かせて彼を見つめた。

「そうそう。一晩で街が崩れ落ちちまったら、やつらだって何もたくらみゃしなかっただろうな。まあ、近ごろじゃ、戦争についての詩が書かれなくなったけど、無理もねえよな。機械で破壊されちゃ、詩的要素のへったくれもねえし……」

　ここで彼は言葉を切り、視線を落とした。そして、出すぎたことを言ってしまったとでも思ったのか、また食べはじめた。

「興味深い、実に興味深いお話ですこと」マーサ先生が言った。

「非常に興味深いお話だわ」ハリエット先生が言った。「優れた哲学的なセンスがおありなのね、マクバーニーさん」

「そりゃ、どうも、先生」彼は謙遜した。「日々の経験のなかから、教訓を学ぼうとしてるんでね」そして、あの悪魔は、コーヒーカップ越しにわたしにウィンクした。このゴマすり、と思った。この紛れもない赤毛のゴマすり。

　そう、彼は、こうして言葉巧みに、大麦のおかゆ三杯、トウモロコシパンの糖蜜がけ四盛り、ビートンビスケット〔生地を充分に叩き、折りたたんで作るビスケット〕の肉汁添え約十二個、どんぐりのコーヒー数杯の朝食を平らげながら、同席した全員をすっかり魅了した。そのなかには、ある程度わたしも含まれていた。あれこれ考える猶予を与えずに、あの場で採決されたなら、マクバーニー伍長は、この学園の永住者になっていただろう。

　もちろん、あのはじめての朝食の前でさえ、そういう投票をした生徒もいただろう。浅はかな生徒のなかには、伍長のために自分を美しく見せようなどという極端な行動に走った者もいた。そのような軽薄な振る舞いなどしない人だと思っていたのに、とっておきの紋織りの赤いドレスを着て朝食に来たエドウィナ、どんな種類にせよほとんどドレスなどなく、高級品を何も持っていないにもかかわらず、母親のつまらぬ分捕り品なのだろう、派手な小間物――指輪やブレスレットなどの安物の宝石――で何とか飾り立てたアリス。

　幼いマリーは、どんな華やかな社交行事でも決して仲間外れにされないだろうに、翡翠の耳飾りをつけ、どう見ても街頭にいるちんちくりんな女性か何かにしか見えない格好で堂々と入ってきて、そのままテーブルに留まるつもりだったのだが、ばかばかしいにもほどがあると思ったマーサ先生が、耳飾りを外さないなら部屋から出ていきなさいと命じた。もちろん、マリーは耳飾りを外した、当然ながら無作法に。と、あの子にしかできないぶすっとした顔をしていて、食事のあいだずっとお行儀が悪かった。

「今朝は、みんなが教訓を得たのではないかしら」ハリエット先生が言った。「誰しも、相手について早まった判断を下すべきではないという教訓を得たのでは」

「見かけで人を判断しちゃなんねえ」マクバーニー伍長が、真面目くさって言った。「軍服の色や、ついでに言えば、肌の色でね」そして、話しながら一人ひとりの顔を順に見つめ――このお屋敷では、そのことしかみんなの頭にないとでも言わんばかりに、その質問に対するわたしたちの反応を試そうとしたのだろう――最後に、その探るような視線を、入れたてのどんぐりのコーヒーを持ってちょうど部屋に入ってきたマッティおばあさんに向けた。「今の状況を、あんたはそういうふうに感じてるのかい?」と彼は尋ねた。誓ってもいい、彼は「マッティさん」と言いそうになったのだが、自分が今どこにいるのかを思い出し、言わないほうが賢明だと思ったようだ。

「そんなこと、考えないね」マッティは、自分の基準以下であると判断した白人に対して使うことにしている口調で、ぶっきらぼうに言った。「善良な神さま以外、誰にもあたしらのことはわからないよ。それに、あたしらをちゃんと判断できるのは神さまだけだ。とびきり親しげな顔の裏にも憎しみがいっぱい隠れているのを、神さまはお見通しなんじゃないかと思うよ。絶対笑わない人にも、いっぱい愛があるんじゃないかね」

「同感だわ」驚いたことに、エドウィナだった。マッティが、食事中や機会を与えられたときに、ときおりわたしたちに惜しみなく与えてくれるちょっとした教えに、エドウィナが賛成するなどはじめてだった。つけ加えれば、エドウィナがマッティに快い言葉をかけるのを聞いたこともないが、誰に対してもめったに快い言葉などかけない人だから、それは驚くに値しない。

さて、その後間もなくして、朝食会はお開きになった。マーサ先生が神の祝福を願い、わたしたちの訪問者は、わたしたちと共に頭を垂れ、宗教的な事柄についてなのか、ほかの事柄についてなのかわからないが、指示されたとおりに瞑想した。

「北軍の野営地では、お祈りを大切にしていらっしゃるのですか、マクバーニーさん?」みんなが立ち上がろうとしたときに、ハリエット先生が聞いた。

「ほとんどしてねえよ、先生。トランプ遊びに口汚え言葉、普通の雑談ばかりさ。もちろん、戦闘の前の晩は別で、そんときばかりは、毛布から一歩でも出たら勇敢なキリスト教徒の膝小僧につまずいちまう」

「南軍も同じ状況だと思いますか?」エドウィナが尋ねた。

「そうじゃねえのかな」彼は、考え込んだ様子でエドウィナを見つめた。「違いっつったら、南軍の兵士たちのほとんどが、何のために戦ってるかわかってるみてえだってこと。彼らのほうが、北軍の兵士よりも自分の仕事をしようと思ってるのかもしれねえな」

「あなたは、自分が何のために戦っているのかわかっていらしたの、マクバーニー伍長?」わたしは尋ねた。

「つまりだな、お嬢さん。わかってたんだけども、車両に乗り込んで、メリーランドに向けて出発した日からずっと疑問を抱きつづけてる」

「どうして気持ちが変わっちゃったの?」マリーが知りたがった。

「俺たちが侵略者だからさ」彼は即答した。「ヤンキーがどんな御大層な大義を振りかざそうと、侵略者であることにゃ変わりねえ。そして、俺は、何世紀も侵略者の圧政の下で生きてきた国の出なんで、戦争そのものへの意気がくじけちまった。それが、偽りのねえ真実なのさ、みんな。本気で言ってるんだ」

彼は、どの質問に対しても申し分のない返事をしたように思う。自分の言ったことをすべて本当に信じていたのか、それとも、ここでの楽しい暮らしを確保するために、よく言われるようにおべっかを使っただけなのか。

そう考えたわたしは、みんなが出ていったあとも少し居残り、彼をもっと探ることにした。

幼いマリーも、ぐずぐずしていた。「忠告したいことがあるの」あの子にしてはめずらしく、優しい口調で言った。「ここでいつもしているプロテスタントのお祈りに、あんまり深入りしないほうがいいわよ」

「それを避ける手っ取り早い方法は何かな?」彼は尋ねながら、彼女の肩越しにニヤッとわたしに微笑みかけた。

「あら、完全に避けるなんて無理よ。従うしかないわ。でもね、マーサ先生が、並べ立てるのが大好きな神さまのお恵みをくどくどとお願いしだしたら、羊を数えたり、アベマリアとか何とか言ったりすればいいの。毛嫌いすることはないのよ。ただし、どっぷり浸かっちゃダメ。

自分の信仰を失うといけないからね」

「どうもありがとう、お嬢ちゃん」彼は真面目くさって言った。「興味を持ってくれて礼を言うよ」

「お礼なんていらないわ。二人で協力して、ここの異教徒たちに立ち向かわなくちゃね」こう言うと、彼女は、わたしを無視してさっさと出ていった。

「それで、お嬢さん」彼は、陽気に話しかけてきた。「あんたが、次のようだ。俺に何か忠告でも？　だけどさ、さっきの小娘が言ってた異教徒なら、あんまり近づかねえでくれよな」

「あの子の知恵に従って行動するおつもりなら、今日中に深刻な問題に直面するようになるわよ。マリーは、偉そうに、ああしろこうしろと言いますけどね、自分は、面倒なことに巻き込まれずにいられないんだから」

「なるほど、よくいる、おせっかい焼きのチビ兵士ってことか」彼は笑った。「一目見ただけで、あの子の狙いはわかったよ」

「ここでは、誰も、あなたの宗教的信仰に干渉はしないわ」

「わかってるって。だけど、実を言うと、どっちみち宗教への思い入れはあんまり強くねえんでね」

「何かほかに強い思い入れがおありなの？」

「どういう意味だい？」

「身を捧げている信念や大義があるのですか？　そのためなら死んでもいいと思えるような何かがおありなの？」

「正直なところ」一瞬間を置いてから、彼は答えた。「ねえと思う。人以外はな――おふくろとか、親しかった彼女とか。そういう人を守るためなら、喜んで自分を犠牲にするかもしれねえ。軍服を着てるやつ、みんながみんな、その軍服を自分の血で汚したいと思ってるとはかぎらねえってちゃんと理解しねえとな。それどころか、北軍だろうが南軍だろうがさ、行進しながら死ぬことを考えてる兵士なんてまずいねえと賭けてもいい」

「おっしゃるとおりだと思います。父でさえ、避けられるものなら、命を捨てたくはないと思うでしょうからね。もちろん、必要に迫られても喜んで命を投げ出さないと言っているのではありません。南軍の兵士たちの勇敢さについて、先ほどおっしゃったとおりに感じていらっしゃるのなら、あなたは、加わる側を間違えたようね」

「何度そう思ったことか」マクバーニー伍長は、わたしをじっと見つめた。「この戦争の経緯とか、北軍がどんなふうにこの大騒ぎをおっぱじめたかがわかったら、そう思うようになった。船から降り立ったときはさ、何も知らなかったんだ。ああ、この国で何か戦いがつづいてるっつう噂は聞いてたけど、論争については何も知らなかったんだ。あんときの俺には、あっちのほうが、こっちよりよく思えたし、ニューヨークのブロードウェイ通りにゃ、南軍の徴兵事務所がなかったんでね」

「北軍の冒険的企て、ただそれだけの理由で北軍に入隊したということですか?」

「おおよそのところはな」彼は、たじろがずに言った。「もちろん、あっちに有利な情報しか徴兵係は伝えやしなかった——口のうめえ、へらへらしたやつでさ——そいつが、こっちでは黒人を拷問したり虐待したりしてるって」

「そんなの、悪意に満ちた嘘よ!」わたしは、怒って言った。

「ああ、そうみてえだな。ちょっとした証拠を見せられたし。ここで働いてるマッティって女は、えらく大事にされてるみてえだ」

「もちろんです。ほかの黒人の大半もそうだわ。サウスカロライナのうちの屋敷にいる黒んぼはみんな、家族も同然よ」

「血縁関係にあるってこと?」

「いいえ、もちろん違います。わたしたちと同じくらい大切にされていると言いたいだけです」

「それでも、彼らと結婚は絶対しねえってことだ」

「もちろんですとも」

「だが、どこかではっきり聞いたんだが、南部には混血もいてさ……黒人の血が流れてるって」

「下層階級には、そういうこともある程度はあると思います。南部の人の大半は、白人であれ黒人であれ、ほかの地域の人とまったく同じようにまともです」

「わかってるよ。その点についちゃ、わざわざ言わなくていい。さっきも言ったけど、以前の俺にゃまったくわかってなかった戦争そのもののことを言ってるだけさ。知ってたら、正直なところ、ニューヨークじゃなくチャールストンに向かって船出してた」

「それは無理だったでしょうね。チャールストンは現在、封鎖されていて、船の入港がとても難しいんです。それでも、忠誠の態度を変えたいのであれば、きっと簡単に手続きできます。わたしが父に手紙を出せば、父がすぐに手配してくれるはずです」

「そりゃ、ご親切にどうも、お嬢さん」彼は、心から感謝しているようだった。「すぐにでも、その申し出を受けてえとこだけど……この脚が治ってからでねえと」

「父には、すぐに手紙を書けるでしょうし、返事を待っているあいだに脚は治りますよ」

「そうだな。ううん、じっくり考えさせてくれねえか。人生に一度は単純な間違いを犯しても許されるとは思うけどさ、裏切り者になるのはよくねえだろう。だけども、ご提案を慎重に検討したい気持ちは変わんねえ。わかってくれるね？」

「ええ、よくわかります。そして、それが賢明だと思います。あなたが、『裏切り者』という言葉を口になさったことも嬉しいです。わたしも、裏切り者はあまり好きではありませんが、あなたもおっしゃったとおり、単純な間違いは仕方がないと思います」

「ああ、よかった、これで手打ちだ。でもって、すべてをじっくり考え抜いたと思ったらさ――脚の痛みが和らいで頭がすっきりしたら――すぐに、ペンとインクを手にして親父さんに素敵な手紙を書いてもらうことにするよ、ぜひお役に立ちたいのでよろしくお願いしますとね。それでいいかい？」

「いいわ」

「よし。ところで、さっきの話に戻るけど――白人と黒人の混血についてどう思う？　そういう人は、白人として受け入れられるのか？」

「まさか！」

「絶対？　黒人の血が少ししか混じってねえ場合のことを言ってるんだ。四分の一とか八分の一とか、もっと少ししか」

「それでも、黒人とみなされます」

「でも、虐待はしねえ」

「しませんとも。そういう混血の人たちは、召使い――メイドや執事など――として高く評価されています」

「へえ、なるほどな」

「人を虐待するという罪を犯しているのは、ヤンキーだけです。そのことについて、彼らはきっと何も話さなかったのでしょうけれど。ここヴァージニアで、ウェストモーランド郡やそのほかの場所でも同じように、ヤンキーは、騎兵襲撃で家を燃やし、黒人や牛を盗み、女性や子どもたちを残忍に殺してきました」

「そんなことをしたやつらには、首吊りの刑だけじゃ足りねえな」

「あら、あなたがそんなふうに感じていると知ったら、マーサ先生もハリエット先生もきっと喜ぶわ」

「あんたは、俺について今どう思ってるのさ？」

「前よりはましかしら」

「あのなあ、この屋敷に昨日入ってきたとき思ったんだ。『あのばら色の頬をした子が、ここのリーダーだ。あの子に売り込まなくちゃな』ってね」

「売り込むって、何を？」

「俺自身をさ」

「なぜ自分を売り込もうなんて考える必要があるの？」

「まあ、たぶんマクバーニーのすべてじゃなく、あんたらに危害を加えねえっつう単なる事実を、だろうな」

「昨日は、わたしたちを評価できるほどの意識はないと思ったわ」

「そう、ほとんどなかった。当てずっぽうさ。ずいぶん疑りぶけえんだな、お嬢さん」

「エミリー・スティーヴンソン……アイルランド系の名前だろ？」

「スティーヴンソンよ」

「イギリスよ」

「ああそう……だが、何世代か前は絶対にそうだ」

「わたしの家族は、長いことサウスカロライナに住んできたと言って差し支えないわ。曾祖父は、ワシントン将軍に仕えました」

「でもって、イギリスと戦ったんだろう？　だったら、確実に俺たちには共通点があるんじゃねえのか？」

「イギリスを相手にした戦争に行ったこともないくせに」

「だけど、行きてえと思ってる。そういう戦争が行なわれてたら、それこそ俺が参加したかった戦争だ」

「イギリスは、今では、わたしたちの味方も同じよ。密航船が、イギリスから必需品をたくさん運び込んでくれていますからね」

「そりゃ、いいやつもいる。庶民は、どこに行ってもおんなじさ。ひっきりなしに問題を起こしてるのは王や女王、気まぐれな公爵や貴族どもだ。いったん手に入れた財産は、梃子《てこ》でも離そうとしねえからな。この国を失ってがっかりしたんで、今度はアイルランドを失うんじゃねえかとびくびくしてやがる」

「あなたが身を捧げているのは、それなんじゃないかしら――母国」

「そうだな、たぶん。そう言えると思う」

「ああ、よかった。人は誰でも、何かに身を捧げるべきだと思うの。そうでなければ、その人は、徳があまり高くないことになりますもの」

「あんたに身を捧げる男は、ついてるな」

「ありがとう」

「本気で言ってるんだぜ。率直にものを言う、上品で清廉潔白なお嬢さんだ。だってさ、ほら、世界中の女の多くは根っからの嘘つきだろう。どうしようもねえやつらだよ。本音と建て前が違うんだから。自分の気晴らしのために男を庭の小道に誘っときながら、何とも思いやしねえ。だけど、あんたは、絶対にそんなことはねえ。とても正直な娘さんのように思えるぜ」

「あら、そうだといいけれど。どんなことに対しても、今まで不正直になる理由などありませんでしたもの」

「理由があろうとなかろうと、あんたは不正直でいられねえって。あんたを見て、俺が何を思い出したかわかるか、エミリーさん？　故郷の女たちさ。とてもがっしりしてて、視線が鋭くて……それに、こざっぱりしてて清潔で、健康そうだ」

「なるほど、その言葉をすべて、褒め言葉として受け止めることにするわ」

「褒め言葉に決まってるだろ、エミリーさん。ほかにも大事な話があるんだ。信じてくれるかどうかわかんねえけどさ、この屋敷に信じられる人が一人でもいるとすれば、それはあんただよ」

「まあ、重ね重ねありがとう。お屋敷の全員には、まだ会っていないでしょう？」

「ほとんど全員に会ったよ。そして、比べてみた。そりゃ、みんないい人だ、そう思うよ。だけどさ、あんたほど正直な人はいねえって感じだな。あんたが、男に忠実に尽くすと言ったら、そいつは、その言葉を信じていい」

「本当にそう思わなければ、口になどしませんもの」

「俺が言いてえのは、そこなんだ。まだ、商品を買う気にならねえのか？」

「なりつつあるかもしれないわ」

「もうちょっと考えてみてくれよ、エミリーさん。損な買い物にはならねえと保証する。いい友だちが売りに出てるんだぜ。頼りになるんじゃねえのかい。そこんとこを考えてくれよ。俺は、親父さんに手紙を書いてもらうかどうか考えるからさ」

そのとき、マッティが、お皿を片づけに入ってきた。

「ハリエットさまが、フランス語の授業を受けに書斎に来なさいとさ。それから、マーサさまが、今日はもう誰も、ヤンキーの邪魔をしちゃいけませんと」

「ごめんなさい。わたしのせいでフランス語のレッスンを始められないとは気がつかなかったわ。それから、お邪魔でしたかしら、伍長、申し訳ありませんでした」

「あんたにかぎって、邪魔なわけねえだろう、エミリーさん」彼は、親しい間柄のように優しく言った。そして微笑んだが、今度はウィンクをしなかった。

実は、白状しなければならない。部屋を出た途端、普段なら卑しむべき行為だと思っただろうし、実際にそうだったと今も思うようなことをしてしまった。だが、あのときは、そうするにはそうするだけの理由があると自分に言い聞かせていた。マクバーニー伍長を受け入れていいものかどうかまったくわからず、応接間のドアのすぐ外に立ち、彼が、わたしについてマッティに何か言わないかと聞き耳を立てたのだ。

案の定、「とても素敵なお嬢さんが行っちゃった」と彼は言った。

「ふふーん」

「あの娘《こ》は、いい女房になる。この学園のお嬢さんのなかでは、彼女が一番だ」

「エミリーさまは、ヤンキーなんぞと夫婦《めおと》になる気はさらさらないと思うがね」

「あのな、そんなつもりで言ったんじゃねえよ。彼女は、俺とは階級が月とすっぽんだってわかってるさ。オツムと見てくれはいいんだけどよ、俺にゃ、その手の競争に名乗りを上げるだけの財産がねえ。ふさわしいやつが、ここの娘たちの品定めにきたら、真っ先にエミリーさんを選ぶだろうと言っただけさ」

「ちいとどうかと思うけどもね、エミリーさまと、ほかの嬢ちゃんらをそんなふうに言うのは」

そうよ、どうかしているわ、と思ったが、おかしくてたまらなかった。マクバーニー伍長は、思いつくかぎりの褒め言葉をほとんどすべて言ってくれた――綺麗だとは、もちろん言ってくれなかったが。もし、そんなことを言ったら、もちろん不正直な人だと思っただろう。

それ以上はドアの外で立ち聞きせず、書斎へ急いだ。この学園に来て三年、授業に遅れたのははじめてだったが、不思議なことに、あまり気にならなかった。

19　マチルダ・ファーンズワース

前の晩に死にかけてたにしちゃ、あの男は、やけに元気そうだったね。エミリーさまが部屋を出てったあと、あたしが、朝食の皿の片づけをしてたときだった。あの男は、エミリーさまが、立ち聞きしてないかとやけに心配そうにしてたよ。あの方がまだ廊下にいるんじゃないかと、ソファーの端から身を乗り出して確かめようとしたほどだ。

やれやれ、あの男は、あの方について少しばかりお上手を言ってから、人聞きが悪いことを聞いてきた。ほかの人が相手ならどうってことはなかったのかもしれないけども、あの男――お屋敷に来てまだ一日も経ってないよそ者――に聞かれたからね、あんまり気に入らなかった。

「ここの小娘《ギャル》で、一番の金持ちは誰だ？」あの男は、そう呼んだんだ——若いご婦人でも、お嬢さんでもなく、黒人が使う言葉でね。

「ここの嬢ちゃんらは、どなたも金なんぞ持ってませんよ。ご家族が、学園のために送ってくださる金以外はね。嬢ちゃんらは、自分では金を持ち歩かないね」

「誰の家族が一番の金持ちなんだ？」

「知らないねえ」

「スティーヴンソン家か？」

「そうかもしれないけどね、わからないよ」

「俺をここに連れてきてくれたあのチビ——アメリアとかいったよな——あの子の家族もきっと金持ちだぜ」

あんまり頭に来たんで、つい大声を出しちまった。

「あの方たちのご家族は、ほとんどがお金持ちですよ。でなけりゃ、ここに入れるはずがない！　上流階級の学校なんだからね」

「ここの子がみんな、身分が高いわけじゃねえだろう？」

「無駄にする時間はないんだよ。いっぱい仕事があるんでね」

「ごめんよ、マッティ。別に深い意味はなかったんだ。世間のことが知りたくてしょうがねえんだ。ここの若い子たちを見てて、こっちは考える以外に何もすることもなくここに閉じ込められているもんだからさ、ついあの子たちのことを考えちまう。さあ、俺とあんただけの内緒の話ってことにして、俺が当てずっぽうに言ってみるからさ、当たってるかどうか教えてくれよ。まず、えらい器量よしのブロンドの子——アリス——は、身分が高くねえ。だろ？」

「素性は、知りませんです。マーサさまがご厚意で置いてやりなさってるんで、マーサさまがそれでいいなら、あたしもそれでいい」

「俺もそう思うよ。それから、べっぴんのエドウィナ・モロウさんも、身分は高くねえ、そうだろう、違うか？ほら、さっさと言えよ」

「あの娘さんの父親は、ここにいるほかの子たちよりもたぶんお金持ちでしょうよ」

「そんなこと聞いてねえよ。身分が高いかどうかって聞いてるんだ」

「これ以上は一言も話すもんかね。ほかに知りたいことがおありなら、マーサさまかハリエットさまに聞いておくれ」

「あの二人は、身分が高い」

「当たり前ですよ！　この一族の身分が高くないなんて言ったら許さないよ！」

「そんなこと言わねえよ。怪我人《けがにん》をいたぶるなよ、頼むからさ。あんたをちょっとからかってただけさ、マッティばあちゃん。誰の身分が高かろうが、誰が金持ちだろうが、どうでもいい。ここにいられて、弾丸の雨を浴びずに当面は無事でいられて、ありがてえよ。血統で判断するならさ、俺の身分こそ下の下だもんな。鋳掛屋に放浪者、名もねえやからの子孫。土地もなけりゃ財産もなく、暖炉から一番離れた端っこに座る運命だからさ、活字の一番でけえ祈禱書でねえと読めやしねえし、寒い夜にゃ背中がぞくぞくしっぱなしだ」

「ずいぶんと面白いこと言いなさる、おまえさん」

「俺は、ずいぶんと面白いやつなんだぜ、マッティ。だけど、悪気はねえ。根無し草、放浪者、途方もねえ夢ばかり見るやつ……それからさ、大嘘つきでもあるかな。通りかかっても、めったに気づかれねえし、死んだって誰も寂しがらねえ。でもさ、信じてくれよ、悪気はねえんだ。ちょっとでいいんだけど煙草はあるか、マッティ？」

「裏の畑にまだ植わってますよ」

「収穫はしねえのか？　乾燥させてみたことはねえのかよ？」

「パイプはおありかね？」

「どこかでなくしちまった。あんたのを貸してもらうよ」

「やっぱり身分は高くないねえ」

その途端、あの男は笑った、ばか笑いした。奇妙奇天烈な男だった。

「もしイエス・キリストがここに入ってきて葉巻をくれって頼んだら、なんて答える、マッティ？　きっとこう答えるんだろう、『神さま、あなたは身分が高くねえ！』」

その途端、あの男はまた大笑いした。あんまり大笑いするものだから、こっちまで釣られてしまった。

「もう少ししてから、ハリエットさまに、古いパイプがないか聞いてごらんなさい」呼吸が整ってから、あたしは言った。「旦那さまか、ロバートさまの古いパイプを貸してくださるかもしれない」

「ありがとよ。ロバートさまって誰だ？」

「マーサさまと、ハリエットさまのご兄弟です」

「死んだのか？」

「まあ、マーサさまは、亡くなったとお思いです。去年、そこの森であった戦いでね」

「チャンセラーズヴィルだ」

「ヤンキーが何て呼んでいるかは知らないねえ。あたしらは、そこの森であった戦いとしか言わないからね。でも、きっとこれからは、そこの森であったはじめの戦いと呼ぶんだろうね」

「どうしてマーサ先生は、兄弟が死んだと思い込んでるんだ？　所属してた連隊なら知ってるはずだろう」

「知っているのか知らないのか、あたしにはわからないよ」

「はじめは行方不明と報告されてても、もう丸一年も経ってるんだぜ。南部連合の陸軍省に、何か記録があるはずだ。そろそろ死亡者名簿か、捕虜名簿に載ってるだろう」

「むつかしいのは、ロバートさまが、本名で入隊してないかもしれないってことなんだよ」

「なんでまた、そんなことをする必要があるんだ？」

「マーサさまに、居場所を知られたくなかったのかもしれないねえ」

「そういうことならさ、死んでなんかいねえかもしれねえ。どこかに逃げただけで、そんなら誰にも絶対に見つからねえぜ」

「おまえさんのようにかい？」

「どういう意味だよ、マッティ？」

「逃げたんだろう？　あたしら以外、ここにいることは誰も知らないんだ、きっと誰にも決して見つからないさ」

「実はそうなんだ、とか言っちゃって。そんなら素晴らしいと思わねえか？　残りの人生をここでさ、かわいこちゃんたちに囲まれて過ごせる——どんな要求にも応えてもらえ、どんな希望もかなえてもらえる。身代わりみてえなもんさ。俺がロバートさんになる。マーサ先生に言わねえと」

「何も言わないほうが身のためだろうよ」

「二人のあいだに何があったんだ？」

「知らないねえ」

「俺には教えたくねえってことだな」

「どうでもお好きなように」

「そんなら、一つだけ教えてくれよ。あんなに美人の姉妹がさ、何で結婚しなかったんだ？」

「ちょいと、質問攻めじゃないか」

「話をしてるだけさ」

「他人のことに首を突っ込みすぎだとマーサさまがお思いになるだろうよ、そのドアからさっさと追い出されたいのかい」

「教えてくれよ、マッティ」

「マーサさまは、結婚したいと思ったことがないんだろうねえ。ハリエットさまは、一度はしたいと思ったのかもしれませんがね、心変わりしたんだろうよ」

「どうして？」

「知るもんかい。本人に聞いてみることだね。でもね、あたしから聞けと言われたなんて言わないでおくれよ。何でも人のことを知りたがるなんて、三歳の小僧より悪い。さあ、もうおまえさんと遊んじゃいられない。さっさとしないと昼になっちまう。やることがいっぱいあるってのに」

「ヤンキーがこのあたりを奪ったら、あんたは、もう何もしなくてよくなるぜ」

「その日が来るまで生きちゃいないよ。誰も、それまで生きちゃいない」

「もうすぐその日が来るんだ、マッティ、生まれた以上、その日はやってくる。ヨベルの年〔ユダヤ民族がカナンに入った年から起算して五十年ごとの年〕と呼ばれてるんだ。その日が来たらさ、リンカーンさんが、あんたのために送ってくれた専用の客車に乗って北へ行くんだ。絹のドレスを着て、ダイヤの指輪をはめてさ、金のグラスでシャンパンを飲むんだ。リンカーン老人が、あんたやほかの黒人たちを駅で出迎え、大行列を先導してホワイトハウスへ向かう。だが、名前だけは、ブラックハウスに変えられるだろうな。そして、あんたらはそこに移り住み、好きなだけそこで暮らせる。一人ひとりに、ふかふかの大きいベッドと絹の掛布団のある立派な寝室があてがわれ、白人のメイドと執事があんたの世話をしてくれる。何なら一日中ベッドから出ないで、銀のお盆で食事を運んでこさせてもいいんだぜ。食べたい物を何でも注文できる。メニューに載ってなくても、あんたのためだけに料理してくれる。食べたけりゃ、毎回、グレーヴィーソースのかかったハムとアイスクリーム、チキンを食べてもいいし、ケーキやパイ、チェリータルト、何でもござれだ。そして、毎晩、あんたの部屋の窓の外の芝生でバンド演奏が行なわれてさ、あんたが一声叫べば、バンドが、あんたのリクエストに応えてどんな曲でもすぐに演奏してくれる――ジグだろうが、讃美歌だろうが、あんたが頼んだ曲を何でもね。そんでもって、そろそろ寝ようと窓に背を向けると、ドアを丁寧にノックする音がするんで開けてみたら、リンカーンさんが立っててさ、こう言うんだ。『マッティさん、今日は、すべて満足してもらえましたか？　何か不行き届きはありませんでしたか？　あなた方は、南部諸州《ディキシー》で、長いあいだご苦労なさっていらしたのを存じておりますから、わたくしたちは、その穴埋めをする所存です。ですから、充分お考えになられて、お望みの物がおありでしたら何でも、その机の上にございます純金のペンで紙に書いてください。ペンには〝エイブより謹呈〟と彫られております――特別に作らせました。とにかく、ほしい物がおありでしたら、その紙にお書きください。もし字をお書きになれないようでしたら、大きくXと書いてください――人の心を読める読心術者を寄こします――そして、その紙をドアの下に挟んでくだされば、翌朝、真っ先にそのご要望にお応えします。それでは、おやすみなさい、マッティさん。ぐっすりお眠りください。虫に刺されませんように。明日は、今日よりもさらに素晴らしい日となることをお約束します』いいかい、マッティ。そんな日が必ず来る。ヨベルの年っていいだろう？」

「とことん頭がおかしいお人だよ」

「ヨベルの年が来たらさ、俺も黒人だって言おうっと。そうすりゃ、あんたといっしょに祝典に出られるもんな。だから、違うなんて言わねえでくれよな」

「わかりましたよ。そろそろ横になって、少し休んだほうがよくはないかね。また熱が出てきたようだから」

「マッティ、ハリエットさんの彼氏、結婚すれすれまで行った男は何て名前だったんだ？」

あたしは、答えていた。「ハワード・ウィンスローです」と教えて、五分後に後悔したよ。だけども、あのときは、それがやっかいごとのもとになるとは思えなかったね、実際、それがもとだったのかどうか。とにかく、あんときは、あのヤンキーの男に困ったところがあるとは思えなかった。あんとき、あの男のことをけなすとしたら、古い敷物を気に病んでるどこかのバカな子犬みたいだっていう言葉ぐらいしかなかった。

あの男は、ほんとにそんな感じだったよ。ふざけたり、からかったり、困らせるのをやめようとしなかったのさ。物事をまじめに考えたことがないんじゃないかと思うこともあった。そうかと思えば、ああやってふざけながら、みんなを手玉に取ってるんじゃないかと思えることもあった。あたしが朝食の皿を運び出そうとしたちょうどそのとき、ハリエットさまが入ってらした。

20　ハリエット・ファーンズワース

お客さまをお迎えしてはじめての朝、わたしが、その方と二人きりで話せたのはようやく十時ごろのことだった。午前中の最初の授業として、姉は、フランス語と、生徒さんたちが吸収できる程度のフランス文学――モンテーニュの随想を数作、ラシーヌの戯作を一作、ボルテールとルソーのあまり無神論的でない著作の一部――を教える。そういう時間帯に、マリー・デヴェローを連れ出してほかの教科の個人授業をするのがわたしの役目だ。マリーは、パリジャンと同じくらいフランス語を読んだり話したりでき、わたしたちの持っているフランス語の教科書を、哲学的な内容はほとんど理解していないものの、すべてむさぼるように読んでしまった。わたしは、彼女に英文法を数ページおさらいさせ、彼女がそれに取り組んでいるあいだ、居間にいるマクバーニー伍長の様子を見にいくことにした。彼の幸福をわたしたちが望んでいると安心させ、わたし個人としては、すっかり元気になるまでファーンズワースの屋敷にいてくれてかまわないと言うのが目的だった。

マクバーニー伍長と二人で過ごしたすべての場面を物語るにあたって、できるだけ正確を期したいと思っていると申し上げておきたい。わたしが言ったこと、厳密には彼が言ったことを詳しく述べる際に、その後の出来事がわたしの記憶に影響をおよぼすことのないよう努める。はっきり言うならば、彼が何かを言ったときの言い方をとくに念入りにお話ししたい。なぜなら、わたしもすぐに気づいたのだが、話し方のほうが、実際に使った言葉よりも重要なことがよくあったからだ。

マッティは、わたしたちよりも早く、このことに気づいていたのではなかろうか。

「彼は、どんな様子?」わたしは、朝食のお皿を持って部屋から出てきたマッティに聞いた。

「熱っぽいです。あの人が何を言おうと、あんまり気にしないことですよ。それどころか、あの人と話なんぞ一切しないほうがいいかもしれないねえ」

「自分で判断させてちょうだい、マッティ」わたしは、いささかむっとした。すでに申し上げたとおり、マッティは大切な人だが、わたしに指図していらいらさせるのを面白がっていることもある。マッティの年になり、しかも子どもたちよりも長く一族に身を置いてきたとなれば、この習慣をやめるのはなかなか難しいだろう。とはいえ、姉との関係においては自分の立場を忘れたことがないようだ。

部屋に入っていくと、彼は、目を閉じて仰向けに寝ていたが、口元に微《かす》かな笑みを浮かべていたので、狸寝入りだと思った。わたしは、彼に近づいて額に手を当てた。少し熱っぽかったかもしれないが、それだけのことだった。

「もう一度やってくれよ、お嬢さま。すごく気持ちがいい」

　わたしは、言われたとおりにした。

「病気で家にいたときのことを思い出すよ……冬風邪か何かにかかって寝込んじまって……」

「そして、お母さまが看病してくださったのね？」

「いや、少なくとも昼間はできなかった。広大な屋敷の一角を間借りしてただけでね、親父が死んでから、おふくろは、その大邸宅のメイドとして働きに出てた。俺が病気だと聞きつけて、ある日俺を見舞いにきてくれたお屋敷のご婦人の一人だった。俺にスープを食わせ、優しい言葉をかけてくれ、冷たい手を額に当ててくれた。イギリス人だったけどさ、とてもいい人だった」

「そうでしょうね。その方にもきっと、お子さんがいらしたのね」

「いや、子どもを持つにはまだ若すぎた。屋敷の娘だったんだ。当時、俺は八歳か九歳ぐらいでさ、彼女は俺よりたぶん五、六歳上だったかな。目立つ子だったっけ……かなり小柄で痩せてたけど、鼻筋が通ってて、美しい黒髪で、真っ白い優しそうな顔をしてた。だけどさ、もちろん、俺にとっちゃ高嶺の花だった」

「とにかく、あなたには年上すぎましたね」

「そうかな、あんたはそう思うのかい？　数年の年の差が、そんなに大事なことか？　そんなふうに感じたことねえけどな」

「考え方の違いですね。それにしても、八歳か九歳の男の子が、そんなことを考えるなんて」

「たぶん、ここいらのガキより早熟なのさ」彼は、ニヤニヤしていた。「実のところさ、あの瞬間は、きっとそんなこと思っちゃいなかった。優しさがありがたかっただけで、恋心が芽生えたのは、きっとあとになってからだろうな」

「そのほうが、理屈に合いますね」

「とにかく、彼女の手は、あんたの手とおんなじ感じだった」

　この言葉に、わたしは、彼の額にずっと手を当てたままだったのを思い出して――手を引っ込めた。狼狽していたせいだと思うが、慌てて――彼は笑った。とても楽しそうな優しい笑い声だったので、今でさえ、あれが冷笑だったとは思えない。

「熱がいきなり上がって、手を火傷《やけど》させちまったかな」

「まっ、まさか……そんなことはありません」

「じゃあ、どうしたんだ？　面食らわせちまったかな？　そうだったら、ごめんよ。俺の額に、長いこと優しく手を置いてくれてただけだとしてもね。あんたの手があんまり気持ちよくて、あの若いイギリス人のお嬢さんを思い出しちまったのさ。あんたは、あの子にそっくりだ」

「わたしのような年齢の女性に、そんなおべっかを使わなければ悪いと思うことはありませんよ」

「悪いなんて思っちゃいねえよ、お嬢さま。それに、そんな大それたお世辞でもねえんだ。おべっかを使おうと思ったら、もっとちゃんと考える。それに、あんたをそんな年増だとは思っちゃいねえ」

「そんな、マクバーニー伍長……」

「俺の母親になれる年じゃねえだろ？　そう言うつもりだったのか？」

「いいえ、そのようなことを言うつもりはありませんでした。それに、おそらくそれほどの年齢ではありません
――少なくとも文明社会ではね」

「そいつが、世界の大問題なんだよな、わかるか――文明社会っつうのが。俺たちをがんじがらめにして閉じ込め、息苦しくさせつづける。ちょっとばかり野蛮な思いが芽生えたことはねえのかよ。そいつが心の壁を打ち鳴らしてさ、小さな声で『ここから出して、ハリエット・ファーンズワースさん……ここから出して、息をさせて』と叫んだことが」

「ええ、そう感じたことがあります」

「なのに、その思いを吐き出したことはねえんだ」

「あります、一度だけ」

「でかした！　その話を全部聞かせてくれなくちゃ」

「お話ししたいとは思いません」

「さっきからずっと、両手を握り締めてるじゃねえか、お嬢さま。片手を開いたら、また火傷するんじゃねえかと怖がってるんだろ」

「そんな印象を与えるつもりは、まったくありませんでした」

「わかってるよ。冗談のわかんねえ人だな。なら、いつか別の日に、あんたが思いを吐き出したときのことを教えてくれるよな――いつか、もっと俺と懇《ねんご》ろになったらさ」

「そんな個人的なことをあなたにお話しする筋合いはありません」

「ほら、そんな物の見方をするなって、お嬢さま。あんたの秘密に興味なんてねえよ。そのときのことを聞きてえだけさ――どういう場所や状況でもね――何なら、名前や日付なんか言わなきゃいい――俺が聞きてえのは、どうして警戒心をあっさり捨てて、あらゆる神や逆境や自然の猛威にも勇敢に立ち向かい、声を大にして『わたしは、ハリエット・ファーンズワースよ。わたしは、こ

うしたい。そして、神に誓って、それを成し遂げてみせる』って言ったのか。それだけを教えてくれりゃいい。俺が、どうやって似たようなことをしたのかを教えてやっただろう?」

「聞いた覚えはありません。若くて素敵なお嬢さんが、看病にきてくれたということしかおっしゃらなかったわ」

「おっと、まだつづきがあったんだ。そう、彼女が帰るとき、俺はキスしたんだ」

「本当に?」

「ああ。とてもありがたかったんで、起き上がって――こんなふうにね――彼女を引き寄せて……キスをしたのさ」

彼は、やって見せた。わたしは、後ずさりした――正直なところ、まごついた――しかし、遅すぎた。

「キスしないではいられなかったんだよ、お嬢さま。でも謝らねえよ。最初んとき――あの若い女性としたとき――は後悔しなかったし、今度だって後悔してねえ。そこに立って、何でも好きなように思えばいい――俺のことを紳士らしくねえとか、粗野だとか、ほかに何でもお決まりのようにね。だけど、言っとくよ、ファーンズワースさん、侮辱したつもりはねえ。子どものころにした最初のキスと状況はおんなじだった。だから、前にしたのとおんなじことをしなきゃなんねえと感じたんだ。どう考えても、キスさせてくれと頼んだら、絶対に許してくれなかっただろうからね。だから、頼まなかったのさ。今度は、あんたが好きなようにすりゃいい。何なら、姉さんに告げ口して、外にいる南軍兵士を呼んでもいいんだぜ」

「それよりも悪いことをあなたにできると思うわ」

「どうするつもりだい、お嬢さま?」

「無視するんです。まったく何事もなかったかのようにしていることもできます」

「なんてこった」彼は、嬉しそうに言った。今でも、それがまさに彼の反応だったと確信している。今度は、見せかけではなく、わたしの言葉を心から喜んでいた。

「あんた、樽の栓をまともにぶっ叩いちまったよ。俺の弱みを見つけちまったってことさ。へこんじまうよな、まったく。そんなことされたら、大の字に倒れて動けなくなっちまうだろ――こっちを完全に無視して、ここから出ていっちまったりされたらさ。そんなこと、できると思うのか、お嬢さま?」

「いいえ、できないと思います」

「ほう、そりゃ気の毒だ……あんたにとってはね。でもさ、俺にとっては好都合だ。そんなら、もう一回、挑戦させてやってもいいんだぜ。おんなじことを繰り返してやろうか、たとえば明日の同じ時間に」

「その機会はないと思いますよ」

「姉さんに、俺を追い出させるってことか、それとも、単にあんたが俺に近づかねえってことか？」

「あなたは、まだわたしたちの患者さんです。それに、もしわたしがあなただとしたら、あなたの運命が完全に姉に握られているのかどうか、それほど確信を持てませんし」

「怒ってるんだな」

「下品な人ね……あなたって本当に」

「生まれが下品なもんでね、ファーンズワース先生、隠し立てはしねえよ。さっさと出てって、俺を無視すりゃいい。もう二度としねえと約束する。今日は一度もここに来なかったふりをしろ。あの若いイギリス女もそうだった。ただ優しく微笑《ほほえ》んで、スプーンとボウルを持ってドアから出てったきり、二度と会うことはなかった——一度か二度、野原を馬で駆け抜けてくのを遠くから見かけたし、一度は、馬車に乗って道を通りすぎてったっけ……衛兵の制服を着たハンサムな若いやつといっしょだった」

「お気の毒に」

「いや、気の毒がることたねえ。何も失ったわけじゃなし、プライドをちいと傷つけられただけさ。恥をかくってうのは、強い武器だぜ、お嬢さま。戦争が体に与える傷よりも、心に大きな傷を負わせる」

「そうですね……わかります」

「あんたも、おんなじふうに感じてるって気がしたのさ。さあ、そろそろ出てって、これはなかったことにしようぜ。だけど、しばらく鏡は見るんじゃねえ。あんたも、ちょっと熱っぽいみてえだからさ」

「本当に下品な人ね」

「そうだと言ったろ？　だけどさ、俺とつき合ったら、あんたも角が取れてちいとは丸くなるぜ。わかるか、ファーンズワースさん？　俺たち似た者同士だと思うんだけどな。身分はまったく違うけど、いくつか共通点がある。たとえばプライドかな、それからどっちも、ここにいるほかの連中とはあまり似てねえってこと」

「わたしがそうだと、おわかりに？」わたしは、いささか驚いた。

「ああ。あんたは、繊細なもん——凡人にはちっぽけで役に立たねえ、見かけ倒しにさえ思われるもん——が大好きでさ、あんたにとってそれは、俺たちが毎日対処しなきゃなんねえ普通の現実よりも大事なのさ。不器用な世間のやつらが手に持つと、簡単に砕けちまうようなもろくて壊れやすいもんが好きなんだろう。繊細な陶磁器とかさ、そうだろ、それから古いレース……薄いクリスタルのグラスや磨き上げられた象牙……」

「いくつか持っているわ！　ずっと前から一族に伝わる、中国からもたらされた陶器でできた小さな仏像をいくつか持っています。よろしかったら、お見せしますよ」

「そりゃありがてえ」

「母の物だった、何世紀も前に描かれた東洋の屏風絵もあります……フェリペ二世の王宮にあったとされる古いレースも何枚か。まあ、そういう物に興味がおありだとわかって嬉しいわ」

「正直になろうぜ、お嬢さま。興味があるとは言わなかったぜ。あんたに興味があるんじゃねえかなって言っただけさ。俺は、藁ぶき屋根の家に生まれてさ、人生の大半をそこで暮らした。上流階級のことはほとんど知らねえけど、もっと知りてえと思ってるのは認めるよ」

「それでしたら、教えてさしあげるわ」わたしは、きっぱりと言った。どうやって彼が、わたしの性格についてたった単純に、しかも——つい先ほど起きたばかりの出来事を思えば——短絡的としか思えない評価を下すことで、わたしの気持ちを奮い立たせたのか、今もってまったくわからない。もちろん、彼が立身出世したがっていたのは間違いないようだし、誰が抱いたのであれ、そのような野望にわたしは何よりも興味をそそられる。そして、おそらく彼は、自分を向上させたがっていた。おそらくそれは、偽りではなかった。

「そこのテーブルの上にあるのは詩の本かい？」

それは、ジョン・キーツの詩集で、カバーに大きな字でそう記されていた。

「詩はお好き？」わたしは、その詩集を彼のほうへ持っていった。

「ほとんど知らねえ。どんな詩が好きかもわかんねえ」

「知っている詩を暗唱できる？」

「そうだな、シェイクスピアの詩なら、えっと……こんな感じでいいかい」

やめてくれ、誠実な者同士の出会いに
妨げがあるなんて思わせないでくれ。
相手の心変わりを見つけたから自分も変わる、
相手が移り気だから自分もつられて気移りする、そんなのは愛じゃない。
断じて違う。愛は嵐のただなかにあっても

微動だにせず海を見守る灯台だ。

愛は迷える船の北斗星だ。

たとえ高さは測れても、その恵みの大きさは計り知れない。

愛は時の笑いものではない――バラ色の唇や頬はやがて時の大鎌の餌食になるとしても。

愛は移ろいやすい時とともに変わったりはしない。

最後の審判までどんな苦難も耐えぬくのだ。

これが間違いであり、証明されうるというならわたしは詩を書いたことも、人を愛したこともなかったことになる。〔シェイクスピアの『ソネット』一一六番〕

「とても素晴らしいわ……本当にとても素晴らしいわ、マクバーニーさん」

「ジョンと呼んでくれ」

「完璧よ、ジョン」

「あのな、シェイクスピアのこの古い詩集が家にあったんだ。実は、祈禱書を除けば、家にあったのは、その詩集だけだった。そのシェイクスピアの古い詩を千回は読んだぜ」

「本当かしら？　もっと暗唱していただかないと……戯曲などはいかが」

「やってみてえな。たぶん一日か二日ありゃ、もっとできるようになる。興味を持ってくれてありがとう、お嬢さま。この呼び方は年寄りくせえよな。女の子たちとおんなじように、ハリエット先生って呼ぶことにする。そのキーツの本から、何か読んで聞かせてくれねえか、ハリエット先生？」

彼は、また横になって目を閉じた。わたしは、ページをめくり、『ギリシャの壺に寄す』――この詩人の作品のなかで、おそらくわたしの一番好きな詩――を選び、小さな声で読んでから待った。長い沈黙がつづき、今度こそ本当に眠ってしまったのではないかと思いかけた。

ところが、そのときだった。「美は真、そして真は美……そのとおりだ、まったくそのとおりだ。否定する人間もいるだろうけどね。それどころか、大半の人間は、真実は、外の森から聞こえてくるあの音だと言うに決まってる。真は、雷鳴、火、死、真は美なんて思うやつは頭がおかしいに違いねえ、そう言うだろうな。だけど、俺は、その詩人と同感だ。真は、この静かな部屋……優しい女……そして、外の庭で陽光を浴びてるあの蝶だ」

「善良な心をお持ちなのね、ジョン・マクバーニーさん」わたしは、つい口走っていた。「先ほどおっしゃったように、あなたも角があるかもしれませんが、心はいたって善良ですね」これが、あのときわたしが言った正確な言葉で、カレンダーから一日か二日削除し、出来事を一つか二つ脳裏から消し去ることができれば、今でも、マクバーニー伍長について同じ言葉を発することができるだろう。

「いい考えなんて簡単さ。俺みてえなやつにゃ、簡単に思い浮かぶ。いい詩は、それを伝える……いいワインもそうさ。そうそう、あんたが大好きなもんがほかにもあったな……グラス一杯のうめえ希少なワイン」

「確かに、ときどき少しだけいただいています」

「姉さんが、脚の痛みを和《やわ》らげるために一、二杯持ってきてくれるって言ってたのに、忘れちまったようだ。会ったら、言っといてくれよ」

「本当に姉が約束したのですか？」

「そうさ。何なら聞いてみろよ」

「その必要はありません。あなたに騙されたと思えば満足です。でも、すぐにワインを手に入れるのは難しいかもしれないわ。ほら、この屋敷を女学園に変えたときに、ワイン貯蔵室に鍵をかけたほうがいいと思ったんです。それ以来、貯蔵室にはずっと鍵がかかっていますし、鍵は姉が持っています」

「姉さんが、鍵を持ち歩いてるのか？」

「ええ、常に。ほかの鍵全部といっしょに鍵束につけてあるんです」

「それに、今は授業中だろう。邪魔されるのは嫌がるよな」

「ええ、嫌がるでしょうね。お気の毒ね。とても古いマデイラワインが、下の貯蔵室にあって、きっとお気に召すでしょうに」

「好みは大して問題じゃねえよ。脚の痛みが和らぎさえすればな」

「和らぎますとも。何年も前に一度、ゲームか何かをしていて手首をくじいてしまって、ほら、その手首が今でもときどきとても痛むんです——夜やじめじめした気候のときはなおさら。でも、小さなグラスに一杯ワインを飲むと、いつも和らぎます」

「うめえワインほど骨の痛みに効くもんはねえ、それがおふくろの口癖だった、おふくろに神のお恵みがありますように。あんたが、その合鍵を持ってなくて残念だ」

「戦争が終わったら、たぶん合鍵を作ってもらえると思います。姉に提案してみようかしら」

「やすりと小さい鉄があれば、たぶんあんたのを一つすぐに作ってやれる。その手のことは、すごく器用なんだぜ。長けりゃ、納屋の釘でも間に合う。とにかく、その鍵は、どんな形だい？」

「ごく普通の鍵よ。ほかの鍵と、とてもよく似ています」

「錠を見りゃ、鍵がなくても開けられるかもしんねえ。ナイフの刃でも開けられるんじゃねえかな。牢番だったやつが俺たちの中隊にいてさ、囚人から習ったっつう方法を一、二度見せてくれたんだ」

「あらまあ、いつか見せていただきたいものね」

「それなら俺が……」

「ほら、動いてはいけません、ダメですったら！　縫った傷口が裂けてしまいますよ」

「しばらくしたら動かねえとな、ハリエット先生。脚が治るのに一か月はかかるかもしれねえ。そう寝てばかりもいられねえよ。松葉杖か杖のようなもんがありゃ……」

「その怪我をした脚を動かしてもまったく問題ないようになったらすぐに、何か支えになる物を見つけてあげますよ。それまでは、白状します。鍵がなくても、ワイン貯蔵室の錠は開けられます。わたしも一、二度やってみました……はさみの刃で……手首が痛んだのに、姉がここにいなかったときに」

「本当かよ。うーん、でも姉さんは今ここにいるんだよな。だけど、手を離せねえとなると？」

「ええ、それに、姉の授業の邪魔は絶対にしたくありません。さらに、姉はもう一つ授業があります——イギリス史の授業だったかしら——このあとすぐにつづけて、書斎で行ないます。脚はまだ痛みますか、ジョン？」

「悪魔が、かがり針を突き刺してるみてえにいてえ。それで、あんたの手首は？」

「たまに疼《うず》くわ。あなたに、マデイラを持ってきてあげるわ、ジョン。ですが、言っておかなければならない大切なことがあります。姉は、わたしが鎮痛剤代わりにワインを飲むことにかなり反対しています。痛みは、想像にすぎないと感じているんです。ですから、今日は、あなたといっしょにワインはいただきません……あなたがどうしてもと言わないかぎり……」

「ああ、だけど、いっしょにやろうぜ。うめえマデイラを一人じゃ飲めねえよ」

「わかりました。それでは、小さなグラスに一杯だけいただきます。もう一つ。このことを姉に話すべきだとお思いなら、どうぞご自由に」

「言うこたねえよ」

「お好きなように。ですが、姉に聞かれたら、本当のことを言わなければいけませんよ、ジョン」

「いつだって正直でいようとしてるよ、ハリエット先生」

「そうでしょうとも」

それから、わたしは、裁縫ばさみを取りに二階に行き、そのことに何らやましさを感じることもなくワイン貯蔵室に下りて、マデイラを一本手に入れた。そして、そのワインとグラスを二つ持って居間に戻り、マクバーニー伍長に見つめられながら、二つのグラスになみなみと注いだ。

わたしたちは乾杯し、ワインを飲んだ。もっと詩を聞きたいと頼まれ、キーツの詩集から選んで何篇か読んであげた。ワインが脚の不快感を和らげたのは明らかなようだった。

わたしがまだ詩を読んでいるあいだに、彼は、二杯目を飲み終えずに眠りに落ちた。わたしは立ち上がり、彼の額に手を当てて今度も熱がないのを確認した。それから、ボトルとグラスを持ち――物不足のおり、彼のグラスをわたしが飲み干したと恥ずかしげもなく申し上げる――自分の部屋に上がっていった。

その日、マクバーニー伍長と言葉を交わすことはもうなかった。軽い頭痛がしてきたので、マッティに頼んで、わたしの授業――英文学と英文法――を中止にして夕食まで部屋にいると伝えてもらった。

21　アリシア・シムズ

「遅かったじゃねえか？」彼は言った。

それで、もっと早く会いにきたかったのに、そのチャンスがなかっただけだと説明した。一日中、マーサ先生が、鷹のように見張ってて、午前も午後もずっと忙しかった。

おまけに、ハリエット先生が、午前の途中で気分が悪くなって、マーサ先生が、その代講をしなくちゃならなくなった。まあ、ハリエット先生の目を盗んでしばらく抜け出すのはそれほど難しくないこともあるけどさ、マーサ先生となると、誰も――もしかしたら、アメリア・ダブニーは例外かもしれないけれど――そうはいかない。

「言い訳ばかりしてねえで、さっさとこっちへ来いよ、おてんば娘。時間を無駄にさせるな」彼が席を詰めてくれたんで、いっしょにソファーに座った。あのソファーはほかのソファーほど大きくなくて、充分なスペースがなかったから、怪我をした彼の脚にぶつからないように注意したかった。でも、ジョニーは、そんなことは気にしてないみたいだった。

「さあ、こいつが少しなくなりゃ、もっとゆったりできる」彼は、本を何冊か床に放った。一冊は、枕の下に置いてあった学園のシェイクスピアの分厚い本だった。

「いったい、そんなもんで何をしてたの？」

「古くなって錆びついた頭に磨きをかけて、文化の香りを添えてただけさ」

「まさか読んでたって言ってるんじゃないわよね？」

「少しばかりな。そんなに驚くなよ、おまえ。まんざらでもないぜ」

それから、彼は、あたしをグイと摑んでキスをした。本当に、そんなことをするなんて思ってもみなかった。とにかく、いきなりだった。

「調子はどう？」しばらくしてから、あたしは聞いた。

「絶好調さ、おまえがやっと来てくれたからな。あのおばさんがさ、そんなに目をぎらつかせてたのに、どうやって逃げ出せたんだ？」

「授業はもう終わり。そろそろ夕ご飯の時間だよ。みんなが二階にいる少しのあいだしか、ここにはいられないの」

「もうそんな時間か？　一日中眠ってたのか？」

「そうだと思うよ。お昼ご飯のとき、眠ってるってマッティがマーサ先生に言ってたから。マーサ先生が、起こさないでって言ってたわ」

「あのおばさんにゃ感謝するが、そのせいで今、べらぼうに飢えてる」

「飢えてるって、何に？」

「そうだな、素敵なもんすべてにかな」

まあ、そのあとしばらくは、ほとんど話をしなかった。次に口を開いたのは、あたしだったと思う。「もう、ちょっと息をつかせてくれない？」のような、何かちょっとした言葉だったんじゃないかな。それから、あたしは言い足した。「ちゃんと自己紹介もしてないなんて信じられない。あたしの名前は、アリシア・シムズ」

「ああ、何年も前から、おまえのことは知ってるさ。ガキのころ、よくおまえの夢を見た」

「嘘でしょう？」

「毎晩見た。しばらくは、おまえと早めに始めるために、日が暮れる前からベッドに入ったもんさ」

「この悪党」

「ほんとだってば。長いこと、早くベッドに入って、朝になってもなかなか起きてこなかったんで、おふくろに箒《ほうき》でぶっ叩かれた。夢ばかり見てると、大きくなれねえんだとさ」

「そうは見えないけど。ずいぶん立派に成長したじゃない」

「ありがとよ。おまえもな」

「あら、同じなもんですか。肩や腕のことを言ってるの。筋骨隆々に見えるけど。柔らかいところが全然ないみたい」

「同じように褒めてやれなくて悪いな」

「もう、やめて！　つねったり、つついたりしないでよ。誰かに見られたらどうすんの」

「おまえが、解剖学を教えてくれてるんだって言うさ」

「あんたには、誰も何も教えられないと思うわよ、マクバーニーさん、若い淑女ならなおのこと」

「おまえは、淑女なのかよ、アリス？」

「アリシアよ。淑女に決まってんじゃない。少なくとも、そうありたいって思ってるわ。失礼なこと聞かないで」

「ほんの冗談さ。からかってたのさ」

「あら、冗談にするには、あんまりいいテーマじゃないわね。母さんに言われたことがあんのよ。あたしのことを淑女じゃないとか、ほかの誰かほどよくないとか言うやつがいたら、思い切り横っ面を張ってやんなさいってね。それでも、侮辱するのをやめなかったら、引っかいたり、蹴飛ばしたり、何でもして黙らせろって」

「ひぇー、リングに入れられて、母ちゃんと、最終ラウンドまで戦うのはご免だな」

「あら、母さんは意地悪じゃないんだよ。ほとんどいつも、優しくて寛大なの。どんな娘も、自分の身を守れるようにならなくちゃいけないって感じてるだけ」

「母ちゃん、ずいぶん苦労したんだ、そうだろう？　とにかく、とても凛々《りり》しい娘に育てた。そいつは、評価できる」

「ありがとう」

「いいってことよ。でもって、おまえを淑女じゃねえと誰かが言ってるのを耳にしたら、俺が蹴飛ばしてやる――脚が治ってからな。その金髪は、どっち譲りだい、母ちゃん、それとも父ちゃん？」

「父さんだと思う。母さんの髪は赤いから」

「何で、思うだけなんだ？　父ちゃんの髪の毛の色を知らねえのかよ？」

「あら、もちろん、父さんは金髪よ。ずいぶん長く留守にしてる、ただそれだけ――軍隊に入ってるの――それに、長いこと会ってないと、どんなだったか忘れるようになるでしょう」

「そうだよな。それに、長いあいだ離れてなくたって、そういうことはときどきある。ニューヨークにいたころ、ブロードウェイのかわいこちゃんと懇ろになったんだけどさ、おまえと、こうして数分いっしょにいたあとだと、あそこに戻って、街であの子たちとすれ違っても気づかねえだろうな」

「おべっか使いなんだからもう、ジョニー・マクバーニーったら」

「あれれ、今までそんなふうに責められたことねえぜ。自慢できることが一つあるとすりゃ、常に舌に閂《かんぬき》をかけておけるってことさ。不言実行って古い諺《ことわざ》をずっと固く信じてきた……だから……」

そして、その言葉どおり、彼がある行動に出たので、あたしはかなり腹を立てた。

「やめてったら、だから言ったじゃないの！　みんなが、いつなんどき下りてくるかわからないんだからね！」

「誰にも見つからなきゃ、何をしようが気にしねえ、そうだろう、アリス——ごめん、アリシア。それじゃ、今夜みんなが寝てから下りてこいよ」

「来るもんですか」

「部屋はどこ？　こっちから会いにいく」

「来ないで！　あたしをここから追い出させたいの？」

「そんなの絶対に嫌だよ。おまえのいねえ古いファーンズワースでの暮らしなんて」

「もう、とにかく冗談はいいかげんにして。そんな脚で、どうやって階段を上れるのよ。それにさ、この学園やあたしについてそんなふうに感じてくれてほんとに嬉しいわよ、もちろん。あんたが、ここで楽しく過ごせるように、今まで以上に努力しないとね。みんなで、あんたに親切にしなくちゃなんないし……優しくして……健康を取り戻させて……それから、太らせてあげて……だって、あんたったらこんなに蒼白い顔をして……骨と皮だけに……痩せこけて……」

「やめてくれよ、ずうずうしい女だな！　そうやって胸に触ってるのを見つけたら、マーサ先生が何て言う？」

「どれだけ痩せてるか確かめてただけよ」

「へえぇ、だけどさ、医者の免許がなけりゃ、そんなことさせられねえよ。免許なしでも診察を許されるのはマーサ先生とハリエット先生だけだ……昼間はな。もちろん、日が暮れてからなら、綺麗な子だったら誰でも、自由に俺の胸を見てくれてかまわねえ——もちろん、予約を取ってからだぜ」

「とっくに日は暮れてるわよ」

「ああ、そうだった。そんなら、予約台帳を調べてみよう。個人秘書がいねえから、このごろ面倒でいけねえ。とにかく、おまえの部屋はどこだよ、綺麗な小鳥ちゃん。万一、脚がよくなったらさ、夜ちょっくら歩き回って表敬訪問したいんでね」

「最上階——屋根裏部屋だよ」

「そんなに上なのかよ？　一人か？」

「そう、今はね。生徒がもっといたころは、何人かと相部屋だったけどね」

「黒い髪の子は？　あの子も一人部屋？」

「彼女のことを、どうして知りたがるの？」

「ただ興味があるだけさ——この屋敷の広さがどんぐらいで、いくつ寝室があるのかなあと」

「このお屋敷は、とても広いわ。寝室が六部屋もあって——居間つきの部屋もあるんだよ——二階にね。それに、寝室はどれも、ベッドを何台も置ける広さがあるわ。いっときは、少なくとも二十人の生徒がこの学園にいたんだから」

「ほんとかよ、もっと早く来るんだったな！」

「あらそう、でも、あんまり魅力的じゃない子ももちろんいたわよ」

「おまえに——いや、あの黒髪の子に——勝てる子は、きっといなかっただろうな」

「どうして彼女のことばかり話さなきゃなんないの？」

「ほら、彼女が綺麗だってそろそろ認めろよ」

「ぜんぜん綺麗だとは思わないわ。先住民かメキシコ人とか何かにしか見えないわ」

「何かって？」

「気にしないで。彼女のこと、あたしより綺麗だと思う？」

「比べるのは難しいな。タイプが違うから」

「そんならいいわ」

「だけどさ、あの子も一人で寝てるの？」

「そうよ、これで満足？　前はエミリーとおんなじ部屋だったんだけど、彼女は、誰とも馬が合わないから、マーサ先生に一人部屋にしてくれって頼んだの。エドウィナは、誰かが自分を見張ってて、貴重品がないか調べ、いくらお金を持ってるかばれちゃうんじゃないかと恐れてるの」

「金を持ってるのか？」

「持ってるはずだよ。誰も送ってこないのに、いつも学費をきちんと払ってるからね。マーサ先生ったらさ、いつもそのことをわざわざあたしに言うんだよ。これで、彼女の話はやめてくれる？　やめさせてあげる！」

それから、あたしは、彼の唇を覆った——あたしの唇で——だから、彼は話せなかった……しばらくのあいだ。

「何すんだよ、おまえ……怪我人なんだぜ」

「それほど重傷じゃないわ」

「わかったよ。俺が死んだら、きっと後悔するぜ」

彼は、もちろんニヤッと笑った。そのあと、二人とも何も言わなかった——少なくとも大したことは何も——もうしばらく。あとどれだけそうしていたかな、そして、そのあとどういうことになってたかな。それなのに、見上げると、マリー・デヴェローが戸口に立って、あたしたちを見つめてた。

「短い発表があるんだけど、二人とも聞くお時間はあるかしら。食堂に夕ご飯の用意ができたので、アリス、よかったらいっしょにどうぞ。マクバーニー伍長のご飯は、気分が悪くて食べられないんじゃなかったら、すぐにここにお持ちしますってさ。二人にそう伝えるように言われたわ。だけど、この命令をした人はきっと、二人がいっしょにいるのをわたしが見つけるとは夢にも思わなかったでしょうね。まあ、それが人生《セ・ラ・ヴィー》よね。やってたことをどうぞつづけてちょうだい……何をしてたんだとしてもね」

こう言うと、あの子は不快な笑みを浮かべて軽くハミングしながら出てった。あたしは、そこそこ見苦しくない格好に取り繕ってから、もちろん、急いであの子を追いかけた。

22 マリー・デヴェロー

アリスがこっそり階段を下りてくのが見えたから、あたしは、応接間でアリスを見つけてもびっくりしなかった。マクバーニー伍長と、あんなに早く情事《アモア》をしてたのでちょっとぎょっとしたけど、早くからそういうことを教えられてたんでしょうね。実は、応接間に入ってったら、マクバーニー伍長が、アリスの服を脱がそうとしてるところで、アリスがそれを手伝ってるみたいだった。

そうなの、ご想像どおり、あたしが入っていったものだから二人とも慌ててた。マクバーニー伍長は、あたしに何とか軽く目配せをしたけど、心がこもってなかった。それどころか、頬が真っ赤だったわ——ほんのり火照《ほて》ったアリスの顔よりも、ずっと赤かった。もちろん、彼は、学園ではまだよそ者だったけど、アリスは、あたしがひょっこり出たり入ったりするのに慣れてる。

知りたければ教えてあげるけど、この事件があっても、マクバーニーにはちっとも同情しなかった。だって、正直に言うと、はじめからあんまり頭のいい人じゃないと思ってたから。正気の人が、どうしてアリス・シムズみたいな退屈な人の服を脱がせたがるのか、全然わからない。いったい何を見つけたいのかな――貴重な宝物でも隠されてるのかな？　でも、いろんな好みの人がいるからね。男の人ってみんな、不思議な生き物だと思うし、マクバーニー伍長はきっと、輪をかけてひどいんでしょうね。

それから食堂に戻ると、しばらくしてアリスも入ってきた。彼女は、静かに席に着いたし、マーサ先生もハリエット先生も、彼女が遅刻したことについて何も言わなかったので、あたしが、その話を持ち出すきっかけがなかった。

ときどきこういうことになるから、おかしくなっちゃう。テーブルに着くのが一分遅かっただけで、マーサ先生に、食事中ずっと時間厳守についてお説教されることもある。そうかと思えば、ちっとも気にしてないみたいなときもある。もちろん、そういうことが起きるのはたいてい、先生がお金のやりくりとか、雨漏りとか、ほかのことで頭がいっぱいのときなの。あの夜、先生は、仕事のことを心配してるとは思えないくらい楽しそうに笑ってた。だから、マクバーニー伍長がいるせいで、先生も人間らしくなったんだなって思うしかなかった。

マーサ先生の気分が落ち着いてたもう一つの証拠は、あの夜、ハリエット先生が、とても浮かない、ぶすっとした顔で、腹立たしそうにスープをすくってたのに、マーサ先生は、何だか気づいていないみたいだったこと。ハリエット先生が、こうやってちょっと強がって見せるときは決まって、ワインを飲んでたってことなのにさ、マーサ先生にはばれてなかったみたい。

「ふと思ったんですけれど」マーサ先生が言った。「マクバーニー伍長が、この屋敷にいてくださると、みんなが助かるのではないかしら――もちろん、脚が治るまでですよ。どう思います？」

この質問をしながら、先生がアリスの顔を見たので、運の悪いあの子ったら、今度ばかりは、さっきボタンを留め忘れてた胸元まで本当に真っ赤になった。

「いかが、アリスさん？」

「そうね、先生……きっと助かるわ」

「彼がいてくれると、どんなふうにわたしたちの役に立つと思うのですか、あなた？」

「そのう」アリスは言った――何かの罠でなければいいと、きっと必死で願ってたのよ――「お屋敷にマクバーニー伍長の姿があると、この世の中には教訓のほかにも大切なものがあると思い出させてくれるんじゃないかな」

「あなたの年ごろの若い女性にとっては、教訓こそがすべてだと思います。若いときに、適切な教訓を得ておけば、将来、気を散らすような世の中の邪魔が入っても平穏で幸せな人生を送れますからね。違いますか、ハリエット?」

「答えられません」ハリエット先生は、不機嫌そうに答えた。「そのような世の中の邪魔をほとんど経験したことがありませんから」

「まさに今日、その邪魔の一つに遭遇したではありませんか」マーサ先生は、はじめて妹さんを見つめた。いつもドアにしっかり鍵をかけてるのに、どうやってワイン貯蔵室に入れるのかって、マーサ先生は思ってる。ハリエット先生が、お裁縫ばさみで鍵をこじ開けてるのを先生は知らないし、あたしには何の得にもならないから、告げ口するつもりはない。もちろん、ハリエット先生も、このごろはワイン貯蔵室にちょくちょく行くわけじゃない。そんなことしたら、徹底的に調べられるとわかってるからね。それに、ボトルを持ち出すときは、ほかのボトルを必ず並べ直して、ときには上の棚にあったボトルを、たぶんお水をいっぱい入れたボトルと取り替えてから、念には念を入れて、塵《ちり》についた足跡を箒で掃いて消す。

　こういう手を使ってるから、マーサ先生は、ハリエット先生がどこかにまだブランデーを隠してるんじゃないかと疑ってるし、当然、それがハリエット先生の狙いなの。ハリエット先生が、見るからにほろ酔い気分のときに何度か、マーサ先生が、ブランデーがないかと妹さんの部屋とかを探したのは知ってるけど、もちろん、一本も見つかってない。貯蔵室からボトルを取り出したら、ハリエット先生は、今日やったみたいにすぐ飲み干しちゃう。ほんとに飲むのを楽しんでるのかな、それとも、お姉さんをどぎまぎさせたいだけなのかなって、ときどき思う。

　とにかく、あのときは、マーサ先生はそのことをしつこく聞かないで――あたしたちのいる前なのにさ、そうすることがよくある――エミリーに、敵がお屋敷にいて、あたしたちがどんな得をすると思うかって聞いた。

「戦争がまだつづいていると、常に思い出させてくれます。とはいえ、彼は、北軍の大義に身を捧げていないようですから、わたし個人としては、彼を敵とは思えなくなりそうです。それでも、北軍の軍服を着ていますから、それを見るたびに、わたしたちは、これからも犠牲を払いつづけなければならないこと、わたしたちに栄光の勝利をお与えくださいますようにと、神に祈りを捧げなければならないことを思い出します」

もちろん、エミリーはほかにも言ったけど、今はこれしか思い出せない。エミリーは、この学園で時間を無駄にしてるんじゃないかって思うことがある。荷物をまとめてリッチモンドに行って、何かお役所でも運営したほうがいいんじゃないかな。どんな主題についてもすぐさま演説ができるんだから、素晴らしい政治家になるわよ。それに、たとえあの人にふさわしい、長い演説を自分で考えつかなくても、いい加減に黙ってくれないかなって、こっちがときどき思うくらい延々と誰かの言葉を暗唱して、あたしは頭がおかしくなりそうになる。

このごろ、お屋敷でのこういうことが何もかも嫌になっちゃって、修辞学の授業のあいだは心のなかでロザリオをつまぐってお祈りするようにしてる。ついこないだなんて、エミリーが、ヘンリー・クレイとかいう人のワシントンでの演説を暗唱してるあいだに、ロザリオを五回半もつまぐっちゃった。

そうなの、マーサ先生は、マクバーニーをお屋敷に置いとく価値について一人ずつ順番に質問したの。アメリアは、マクバーニー伍長は、自分とおんなじで自然を学ぶのが好きだとわかったから、ヨーロッパの野生生物についていろいろ教えてもらえると思うって答えた。エドウィナは、アリスとおんなじ意見だって言った——エドウィナが、誰かの意見に賛成するなんて、ほんと事件よ——外の世界の風が吹き込むのはいいことだし、マクバーニー伍長は、四年間いっしょに暮らしてきたあたしたちよりも、彼女のことをわかってくれていると思えるらい、感受性のとても鋭い人なんだってさ。

この言葉を聞いて、ハリエット先生がちょっぴり元気になった。

「わかってくれているとは、どういう意味かしら、あなた?」

「わたしが、ここでは何の価値もない人間だと思われているとわかってくれています」

「そして、あなたを高く評価してくださっているのね?」ハリエット先生は、優しく聞いた。

「はい、そうだと信じています」

自分のことを人がどう思ってるか気になるって、エドウィナが言うのを聞くなんてはじめてだった。確かに、それで彼女の性格に小さなひびが入っちゃったみたいで、嘘じゃないのよ、それが彼女の心を溶かしてね、一粒の涙が頬を伝ってカブのスープに落ちたんだから。それから、エドウィナは、自分の弱さが恥ずかしくなって立ち上がって、許しも求めないで席を離れた。

びっくりしたんだけど、マーサ先生はそれについて大騒ぎしないで、何もなかったことにした。そして、この話題に動揺する人もいるようなので、話し合いは終わりにすると言ってうつむいちゃって、あたしが意見を言う機会もくれないでさっさと夕食後の感謝の祈りを始めた。あたしは、いつ質問されてもいいように、カトリック教徒の人数を増やすために、神さまが、マクバーニーをこの学園に遣わしてくださったんじゃないかと考えて、マクバーニー伍長のことをとびきり善良なカトリック教徒だとも、とても善良なキリスト教徒だとさえ思わないけど、あたしが、彼を向上させてあげられるって言うつもりだった。それなのに、一言も言えないうちに、みんなが席を立ちはじめた。食事の席で意見を聞かれるのはいつも最後なのに、授業中に暗唱しなさいと言われるのはいつも最初なのをほんとにみっともないって、ときどき思う。ほかの学校に入学するようなことがあったら、ちょっとは公平に扱ってもらえるように年をごまかしてやる。

みんなで部屋を出ようとすると、マッティが、マクバーニー伍長も夕ご飯を食べ終えたって伝えた。そして、ハリエット先生の提案に――ハリエット先生の様子からすると、いつになく打ち解けた感じだった――マーサ先生も賛成して、いつもどおり応接間で夕べの祈りをすることに、そしてお祈りの前にお客さまとちょっとだけおしゃべりをすることになった。

みんなで、さっそく応接間に入っていって、彼のソファーの周りに小さく輪を作って立ったら、彼は、あんまりおしゃべりをしたそうじゃなかった。それどころか、さっさと寝たいのに邪魔をされたっていうふりをした。

「あら、たっぷり休んだみたいに見えるけどな、マクバーニー伍長」あたしは、会話を弾ませようとした。「たっぷり休んで元気そうだと思わない、アリス？　このソファーで一人きりの落ち着いた一日を過ごしたあとだものね」

アリスは何も答えずに、食ってかかるような目であたしを睨みつけた。だけど、マクバーニー伍長はすっかり諦めたみたいで、マーサ先生とあたし、どっちの慈悲にすがろうか、慌てて考えてるみたいだった。それなのに、このちょっとした秘密を知らないマーサ先生が邪魔をした。

「マクバーニー伍長は、見るからにお疲れが取れていらっしゃるわ。わたしの忠告に従わず、あなたが一日中くだらないおしゃべりで悩ませた割にはね」先生のこの言葉は、とても不公平だった。

「そんな、とんでもない」彼は、あたしを選んでくれた。

「とてもよくしてくれたよ、おチビさんは。今日、俺に至れり尽くせりしてくれたんだ、その小さな心は親切心で溢れてるんだろうな。いつか、その親切に報いたいと思ってる」

「彼女は、しょっちゅうひどい悪さをするんですよ」エミリーが、自分も加わらなくちゃと思った。「ですが、もちろん、年齢を考えてあげませんとね」

「ああ、それにしても、その子を、ここのほかの生徒より年下だと思ったことはねえよ。えらく分別があるし、真面目だ、マリーさんは」

「ほんとにそう思うの？」アリスは、見るからにびっくり仰天してた。とことんおバカってわけじゃないアリスが、彼のお世辞について念を押したものだから、あたしは、ひょっとしたら彼は、そう思ってないんじゃないかって考えそうになった。

「ほんとにそう思ってる」彼は答えた。あたしは、彼をじっと見てたけど、アリスにウィンクはしなかった。

「同感です」ハリエット先生が言った。「マリーには、いいところがたくさんありますから、そろそろそれに気づいてあげませんとね」

　話を前に進めて、そのいいところをいくつか挙げてくれてもいいのにって思った。それでも、みんなの前であたしのことを認めてくれたのは、ありがたかった。たとえ、それが、どんな話題についてもマーサ先生に反対したい気がしてたせいもあったんだとしてもね。でも、このことがあってからずっと、あたしは、ハリエット先生のことが前よりもだいぶ好きになった。マクバーニーのこともね。彼は、はじめに思ったほど頭が悪くはなさそうだった。

「あの、提案があります」ハリエット先生が言った。「マクバーニー伍長にお休みいただくために、今日は音楽の授業をしませんでしたから、今、少し歌うのはいかが――マクバーニー伍長がご迷惑でなければ」

「迷惑なんてとんでもない。いい考えだ。音楽は大好きだ」

　ハリエット先生は、さっそくハープシコードに近づいた。ルイジアナのおうちでは、百年以上もピアノを弾いてきたのに、ここヴァージニアでは、上流階級でも、祖先が植民地に持ってきた、本国に置いてきたほうがよかったんじゃないかと思うような、古いハープシコードを調子はずれのまんま使わなくちゃならないみたい。

　あたしたちは、あの誰でも知ってる古い歌『ロリーナ』〔南北戦争時、北軍と南軍の両軍の兵士によって歌われたバラード〕を歌いはじめた。ヤンキーが、野営の焚火の周りでいつも歌ってるみたいだから、マクバーニーも、この歌ならよく知ってた。マクバーニーが、この歌は北部の人が作ったと思うと言ったら、エミリーが、たぶん違うって言った。エミリーは、もういらついてた。南軍の軍歌『ボニー・ブルー・フラッグ』を始めたかったのに、そういうことにはマクバーニーが敏感になってるかもしれないって感じたマーサ先生が、認めてくれなかったからよ。正直に言わせてもらうとね、彼は、どっちでもよかったんじゃないかな。だって、あたしたちが、『ロリーナ』、『アフトン川の流れ』〔スコットランドの国民的詩人ロバート・バーンズの詩が用いられた十九世紀アメリカの歌曲〕、『君が眼にて酒を汲めよ』〔イギリスの古い歌曲〕のあと『ボニー・ブルー・フラッグ』を歌うと、マクバーニー伍長も加わって、「我らはこの土地に生まれ育った兄弟の衆」って、あたしたちに負けない大きな声で、何人かよりもずっと上手に歌ったんだもの。

　この曲の二番を歌い終えようとしたとき、玄関のドアを乱暴に叩く音がした。それで、歌がぷっつり止まった。

「ヤンキーだわ」エミリーは身構えた。

「たぶん違うわ」ハリエット先生が言った。声が震えてて、両手を鍵盤に置いたままだった。「きっと南軍の兵士ですよ」

「誰なのか確かめる方法は、一つしかありません」マーサ先生が言った。「マッティ……」

いっしょに歌ってたマッティは、先生を見たけど、あんまり怖くて視線を逸らした。どんな時間でも人が訪ねてくるなんてめったになかったし、ましてこんな夜遅くははじめてだった。

「一人で行かないといけないかね？」かわいそうなマッティが聞いた。

「ええ。でも、わたしもすぐ後ろの玄関の間にいます。相手が誰であろうと、女主人に伝えてくるので、ポーチで待つようにと言いなさい。失礼だとはわかっていますが、相手も失礼なのですから。ハリエット、あなたは、この子たちとここにいなさい。ヤンキーか、わたしたち南軍の乱暴な兵士でしたら、このドアを三回軽く叩きますから、この子たちを連れて庭を抜けて森に逃げ、わたしが迎えにいくまでそこにいなさい。さあ、わかりましたね、みなさん？」

「マクバーニー伍長は、どうするの？」アメリアが知りたがった。

　ソファーに起き上がってたマクバーニー伍長も、マッティやあたしたちみんなとおんなじくらい怖がってるみたいだった。確かに、前の日よりも蒼白い顔をしてた。

「マクバーニー伍長は、そのままそこにいらして結構よ。とにかく、人の手を借りなければ動けない状態ですからね。二階に父の拳銃を取りに行ってきます。玄関のドアの門を開けるのに手こずっているふりをなさい、マッティ。わたしが玄関の間に戻ってくるまでの時間稼ぎにね。ここで静かにしていなさい、みなさん。マッティ、さあ来なさい」

　マーサ先生は出ていき、マッティも、しぶしぶついてった。ドアを叩く音がつづいてた。間違いなく、何人かが拳で叩いてた。

「ここにいなくちゃならないんだとしても、ジョニー」アメリアが、落ち着き払って言った。「そんなに目立ってちゃダメよ。その絨毯《じゅうたん》をかけてあげてもいいですか、ハリエット先生」

「ええ、もちろんよ」ハリエット先生は、何かすることができて嬉しそうだった。「みんなで手伝ってちょうだい」

　あたしたちは、小さなペルシャ絨毯をはがしてマクバーニー伍長もろともソファーにかけ、息ができるように片方の端っこをちょっと開けておいた。

「絶対に音を立てないで、ジョニー」アリスが言った。

「わざわざ言わなくても、わかってると思うわよ」あたしは言った。「自分から進んで音は立てないでしょうけど、歯がカタカタ鳴ってるのをどうにかしないと」

　それから、マーサ先生が玄関の間に戻ってくるまで、あたしたちは、ドアを見つめながら静かに待ってた。先生の顔は青かったけど、得意そうだった。そして、お父さんがメキシコ戦争のときに使ってた古い拳銃を持っていた。あのときは、ベッドサイドの収納箱にしまってあった。

「大丈夫よ」先生は言った。「大尉と軍曹の二人だけですから……味方の南軍の騎兵隊員が二人。マッティが台所で、食べ物をあげているわ」

「どうして来たのかしら？」ハリエット先生が聞いた。

「軍が、このあたりから撤退する前に、援助を申し出るためよ。グラント将軍が明日、ここでの戦闘を中止して南下するかもしれないと考えられているの。大尉の話では、リッチモンドへの道を守るために、南軍は、ヤンキーよりも前にスポットシルヴァニア・コートハウスを手に入れなければならないそうよ。ですから、明日には、ヤンキー陣営の背後にいるかもしれないわ」

「この屋敷にいるわたしたちのことを、どうして騎兵隊員は知ったのかしら？」アメリアが聞いた。

「ポーターさんの店で誰かが、学園のことを教えたんですよ。あの人たちの部隊が、今夜、ターンパイク沿いで偵察をしているので、あの二人は、何か困ったことがないか、馬でここまで見にくることにしたそうよ」

そのとき、マーサ先生は、ソファーにかけてある絨毯に気がついて、あたしたちが何をしたのか感づいた。先生が、しばらく黙って考えているあいだ、みんなで先生を見つめてた。

「あの人たちに、マクバーニー伍長のことはまだ伝えていません」やっと先生が言った。「話そうかと思ったのですが、みなさんに相談してからにしようと考え直しました。ですが、これを見て、どうしてほしいのか、みなさんの気持ちはすでに決まっているとわかりました」

「それで、そのとおりにしてくださるわよね、お姉さま?」ハリエット先生が、優しく聞いた。

「さあ、どうでしょう。ですが、可能性について考えてちょうだい。まず、マクバーニー伍長をいっしょに連れていってくれとお願いすることもできます」

「だけど、馬に乗ったら脚が痛くなるわ」アメリアが言った。「余分な馬を持っていたとしてもね。きっと持っていないでしょうけど」

「彼らの一人の後ろに乗ることもできます」マーサ先生が言った。「ですが、確かに傷口が開いてしまうかもしれません。では、二つ目の可能性について考えましょう。マクバーニー伍長がここにいるのは教えますが、怪我をしているので、後日戻ってきて連れていってはどうかと提案することもできます」

「南軍は撤退すると言ったじゃない」アリスが言った。

「撤退はしますが、間もなくこちらに戻ってくると、あの大尉は思っています」

「希望的観測ですよ」ハリエット先生が言った。「何とか戻ってこられたにせよ、何週間、いいえ何か月も先かもしれない」

「まさか、ハリエット先生、本気でおっしゃっているとは思えません」エミリーが言い切った。「ですが、確かに、反撃を開始するには、時間がかかるかもしれませんから、南軍をこのあたりでまた見かけるようになるのは数週間先かもしれませんね」

「つまり、いるって教えちゃったら、やつら、今すぐジョニーを連れてくって言い張るだろうし、そうしたら、病院に送り届けてもらう前に、きっと死んじゃうわ」アリスが言った。「面倒を見る時間なんてないでしょうから、彼に何が起きてもほったらかしよ」

このときまで、あたしは、会話に参加しなかったけど、何か言わなくちゃって思った。「もし、彼がお荷物だってわかったら、あっさり撃ち殺して、道ばたに置き去りにするんじゃない」とてもはっきり言ったので、絨毯の下がぶるぶる震えるのがわかった。

「三つ目の可能性は、回復するまでマクバーニー伍長をここに置いてあげて、それから、一人で帰っていただくことです」マーサ先生は、また言葉を切ってあたしたちの様子を窺《うかが》った。「おそらく、この件ついては、みなさんにご相談するべきではないのでしょうね。学園長として、みなさんの幸せの責任を負っている者として、どうするべきかを一人で決めるべきなのです」

「では、そうなさって、お姉さま。どうするか、ご自分で決めてくださいい。どのような結論をお出しになっても、非難などいたしませんから」

「もちろん、わたしは、自分が完全無欠ではないとわかっています」マーサ先生は、ハリエット先生の言葉が聞こえなかったみたいに話しつづけた。「しかも、キリスト教徒たるべき寛容の心について考えなければなりません。寛容の心と危険、天秤にかけたらどちらが重いか」

「さっきからずっと、マクバーニー伍長のことを古い旅行かばんみたいに話してる」アメリアは、泣きそうだった。「この部屋にいる優しくていい人じゃなくね。とにかく、考えなきゃならないことがもう一つあるわ。彼は、あなたたちの捕虜なんかじゃないの。だから、彼を兵隊さんに引き渡そうなんて考える権利さえ、誰にもないのよ。誰が彼を捕まえたんでもないし、彼が、自分の意志でここに来たんでもない。わたしが彼を見つけて、来たいのかどうか聞きもしないでこの学園に連れてきたの」

「それに」アリスが言った。「エミリーが、さっき、彼のことを敵だと考えられるかどうか疑問だって言わなかったっけ」

「そのとおりよ」エミリーが、ちょっと自信なさそうだったけど認めた。「いろいろな点で、彼は、確かにわたしたちに共感しているようです」

「もうあまり時間がありません」マーサ先生が言った。「分け与えてやれる少しばかりの食べ物では、あの兵士たちはすぐに平らげてしまいます。それでは、脚が治るまで、マクバーニー伍長がここに留まるのを許可するべきだと全員が思うのでしたら、みなさんの希望に従います。ですが、反対の人がいるようでしたら、手を挙げてちょうだい。彼が留まることに反対する人が一人でもいたら、兵士たちに伝えて、今すぐ連れて行くのか、あとにするのか決めてもらいます」

誰も手を挙げなかった。マーサ先生が、あたしの意見を大切にしてくれてるかどうか知りたくて、一瞬手を挙げようかとも思ったけど、やめにした。あのときは、マクバーニー伍長にそんなに反感を持ってなかったし、どうのこうの言っても、あたしの親切に報いてくれるって約束してくれたばかりだったからね。

マーサ先生は、少し待ってから、かなりホッとしたみたいで、にこにこしながら出ていきかけた。でも咄嗟《とっさ》に、まだ古い拳銃を持ってるのに気がついた。

「これを持っているのを見て、あの人たち、マッティやわたし以上に驚いていたようですよ。実際、一人が言っていましたもの。『なあ、先生、これまで何千人ものヤンキーを相手にしてきたが、全員が束になってかかっても、両手で握り締めた拳銃の引き金に指をかけた、一人ののびくびくした女ほど危険じゃなかったぜ』と。だから言ってやりましたよ。『あら、筋の通った用件で来たのだと証明できたら、この銃の打ち金を下ろさせてあげてもいいですよ。これを上げるのにずいぶんと苦労しましたけれど、引き金を引かずには下ろせないと思いますので』と」

この言葉に、みんな、そしてマーサ先生もどっと大笑いした。あんなに楽しそうなマーサ先生を見たのは、はじめてだった。

「それで、代わりに打ち金を下ろしてくれたんですか、マーサ先生?」アリスが聞いた。

「見ればわかるでしょう。下ろしていなければ、もう一人負傷兵を抱えるか、少なくとも玄関の間の天井に大きな穴が開いていましたよ」

それを聞いて、またみんなで大笑いした。マクバーニー伍長が、絨毯の下でゴホゴホ、ゲホゲホ、咳き込まなければ、ずっと笑いつづけていたんじゃないかな。慌てて絨毯をどかして背中を叩いてあげたら、すぐに普通の息遣いに戻った。ほんとは、同情してほしくて、むせたふりをしただけだったのかもしれない。もちろん、あのときは同情してもらえたけど、その気持ちがいつまでつづくかはまったくわからなかった。

アリスが、勇敢な南軍の兵士に激励の言葉をかけにマーサ先生といっしょに玄関の間に行ってもいいかって聞いたら、エミリーが、そういう使命のためなら自分も喜んでアリスについていくって言った。それを聞いて、あたしも、その騎兵隊の兵隊さん二人をちょっと見てみたいと言ったんだけど、マーサ先生に、すぐにきっぱり拒否されちゃった。大尉も軍曹もよさそうな若者で、ミシシッピの立派な家柄の出だけど——短い時間に、突き止めたのよ——それでも、下手な誘惑をしたり、憧れを抱かせたりしてはいけないって。

マーサ先生がこう言ってくれて、ほんとによかった。だって、アリスは、誘惑する女だと思われてすっかり舞い上がっちゃったし、エミリーにしてみたら、それまで言ってもらったなかで最高の褒め言葉だったはずだもの。エミリーは、並外れてブスじゃないけど、いかず後家になる運命の下に生まれてきた女性だって、パパがよく言ってたようなパッとしない人だから。それに、エミリーは、見てくれの悪さで男の人を退散させなくても、口の悪さで退散させちゃうわ。頭がぜんぜん働かないおバカな男性じゃなきゃ、エミリー・スティーヴンソンに命令されたり、叱られたりして一生を送るなんて嫌でしょうからね。

マーサ先生は、魅力的な女性のなかにあたしを入れるつもりはなかったみたい。だって、そういうことに詳しい人は、あたしを、男の人を誘惑するにはまだ幼すぎるし、小さすぎるって思ったでしょうから。あたしは、そういうことにとても興味があるわけじゃありませんから、おあいにくさま。

まあ、とにかく、マーサ先生が部屋から出ていったので、ほかの人たちはマクバーニーにまた目を向けた。彼は、ゴホゴホ、ゲホゲホの演技をまた始めてた。今度はきっと、みんなの関心がほかの人に向いてたのでひがんだんでしょうね。だから、みんなが、彼の世話を焼いているあいだに、あたしは、マーサ先生のあとについてって、とにかく騎兵隊員をちらっと見てくることにした。何しろミシシッピにたくさん親戚がいるので、兵隊さんの一人が、ひょっとしたら従兄《いとこ》のジェフリーか、ビロクシー出身の従兄のエドモンドかもしれないって思ったんだもの。

だけど、違った。しょぼくれた顔をした、ただの田舎の男性二人で、ビスケットと冷めたカブをまだくちゃくちゃ嚙みながら、マッティに案内されて台所から出てきたところだった。とてもぼろぼろの汚い服を着てたので、自分の家の玄関先に立っても、立派なご家族は気づいてくれなかったでしょうし、おまけにすごい痩せっぽちだったから、上着とシャツを脱がせたら、お腹のなかにあるマッティのカブとビスケットを絶対に数えられたわよ。

あたしは、階段が弧を描いている下のほうの段に立って、兵隊さんたちが、玄関でマーサ先生にお別れの挨拶をしてるのを手摺越しに覗き見してた。すると、脇で音がしたので振り返ったら、エドウィナ・モロウが立ってた。興奮してたので、みんな、彼女のことをすっかり忘れてた。

「あの人たち、マクバーニー伍長を連れていくつもりなの？」

「いいえ」あたしは、小さい声で答えた。「みんなで、置いてあげることにしたの」

「『みんな』ってどういうこと？　わたしは、聞かれていないわよ」

「自分がいけないんじゃないの。あんなにお行儀悪く、さっさと席を離れなければよかったのに」

どうやらマーサ先生が、どちらかの話し声を聞きつけたみたい――あたしの声だったかな――そして、振り返って一人の騎兵の肩越しにあたしたちを睨みつけた。

「こちらでは、本当にすべて大丈夫なんだね、先生？　役に立てることは何もないんだね？」こう言ったのは、大尉だった。というか、少なくともその人が将校だと思った。もう一人の兵隊さんより上着にたくさんボタンがついてて、肘《ひじ》があんまり擦り切れてなかったから。「ヤンキーにみだらな行為をされるんじゃないかと心配だったら、おそらく一晩か二晩なら、兵士を何人か、お宅の納屋に泊まらせるよう手配できるぜ。二人くらいなら、すぐに寄こすが」

「俺が、ご婦人方とここに泊まってもいいですぜ、大尉」軍曹が、名乗りを上げた。「何なら、みんなで先に行ってくだせえ。俺は、数日で追いつきますんで――ここの安全が確保され次第。この玄関の間に、毛布を広げて寝てもいい」

「ご親切にどうも」マーサ先生が言った。「ですが、そんなことはさせられません。戦場でのお務めがありますのに」

「いいや、そのほうが、俺たちにとっては有利かもしれんよ、先生」大尉が言った。「少なくともグラント将軍の心づもりがわかるまで、誰かを将軍の背後に配備して監視できる。むしろ、俺がここに残るべきかもしれねえぞ、軍曹。お前は、ひとっ走り道に戻って、俺がここに残る目的を大佐に伝えてくれ」

「いいえ、困ります」マーサ先生が、きっぱり断った。「許可するわけにはまいりません。一人や二人では、ヤンキー軍全体に対して何の盾にもなりませんし、あなた方がいらしたのでは、かえってヤンキーの関心を引くだけで、屋敷に火を放たれてしまうかもしれません。ご配慮には感謝いたします。では、おやすみなさい」

「お宅の生徒さんたちに、挨拶できたら自慢になる」大尉が言った。

「ありがとうございます。お気持ちだけで結構です」

「さっき歌声が聞こえたようだけんど」軍曹が、物ほしそうに言った。「うまい歌は好きだ」

「そうでしょうとも。気が回りませんで申し訳ありませんでした。おやすみなさい。神のご加護がありますように。おやすみなさい」そして、先生は、二人を外へ押し出すように、ドアをバタンと閉めた。

「どうして、あんなことをなさったんです？」マッティが聞いた。「あのヤンキーのことを言いたくなかったとしてもですよ、一人か二人、納屋に泊めてやっても害はなかったんじゃないですかね」

「あのヤンキーが、今は自分ではほとんど何もできないほど無力なのに、あの人たちはそうではないのを忘れているようね。それに、彼のことをすぐに言わなかった以上、今になって、あの人たちに彼を見つけさせるのは得策ではないと思います。ここは、ワシントンからそれほど遠くないでしょう。この地域には、よく知られている奴隷廃止論者やヤンキー支持者がいて、北軍のグラント将軍の部隊ばかりか、南軍のリー将軍の部隊が屋敷を焼き払うなど、略奪行為をする可能性もあるのですよ」

「あたしが、あの人らに、あなた方は奴隷廃止論者じゃねえと言ってやれたでしょうに」

「生意気を言うのはおやめ！」

「あとで大きな間違いをしたと思うかもしれませんよ」

「そうなったら、責任はわたしが取ります。何年も前に、南におまえを売ってしまわなかったのは、大きな間違いでしたね。そうしていれば、少しはお金になったものを！」

それから、先生はもう一度、玄関のドアを開けて兵隊さんのあとをつけてった。兵隊さんたちが、ポニーと牛を連れずに、敷地から出てくのを確かめにいくって。こういうことは年中あるので、マーサ先生のあの言葉にも、マッティはあまり動揺しなかったみたい。

「あのかわいそうな方は、誰のことも信用できないんだ」マッティが、きっぱり言った。

「一人だけ例外がいるわ」エドウィナが言った。「マクバーニー伍長のことは、信用できると判断なさったみたいじゃないの」

「さっき、わたしたちといっしょにいたら、彼をここに置いてあげるのに賛成した、エドウィナ？」あたしは聞いた。

「どうかしらね」エドウィナは、考えながら言った。「彼のことは好きよ、たぶん……ここにいるのが、彼にとっていいことなのかどうか……いいえ、わたしたちにとって」

そうなのよね、学園のほかのみんなが何かに賛成したら、エドウィナは絶対に反対するんだから。だけど、彼女が、誰かとか、何かを好きだって言うのを聞いたのははじめてだった。それまでに、彼女のそういう言葉を聞いた覚えがまったくないし、あたしの知るかぎり、マクバーニーについてだって、二度とそういうことは言わなかった。

　それから二人で応接間に戻ったら、言いつけに従わなかったあたしは、まずハリエット先生に、あとで外から戻ったマーサ先生に叱られた。これは、自立するために払わなくちゃならない代償で、あたしは、それを我慢できるようになってきた。ギロチンの刃が落ちてくる最中でも首切り役人と議論してた歴史があるんだよって、パパが言ってたような家族の人間に、ほかに何を期待できるのよ。あたしは、何でも自分で決めるのに慣れっこになった人間なの——正直に言わなくちゃいけないんだとしたら、ママとあたしは、これについては意見が合わないことが多くて、それが、たまたまこの人里離れたプロテスタントの学園に入れられた一つの大きな理由でもあるの——そして、自分のやり方にこだわりすぎて、絶対にそれを変えられなくなってるの。

　あたしは、このことを、マクバーニー伍長に口の端っこでブツブツ漏らしちゃった。マーサ先生がお説教を終えて、ハリエット先生が、ハープシコードに戻ってからよ。あたしの親切にどうやって報いてくれるつもりなのかも、聞いてみたわ。

「えっ、何だって、おチビさん？」

「さっき、いつかあたしの親切に報いたいって言ったでしょう」

「ああ、そうだった。それなら、誕生日はいつ？」

「七月十八日よ」

「俺とおんなじ月だ。俺は、七月三日。よし、それなら、優しくしてくれたお礼に、誕生日に素敵なプレゼントをあげよう」

「どんなプレゼント？」

「内緒だよ。びっくりさせたいから」

　まあ、リッチモンドまで行かないと、どんな種類にしてもいいお店はないから、その素晴らしいプレゼントをどこで買うのか想像もできなかったし、何か価値のある物を持っているようにも思えなかった。でも、それ以上聞くのは失礼だと思ったし、歌がまた始まりそうだったので、すぐに質問する機会もなかった。

　中断したあとの最初の曲は、エミリー・スティーヴンソンさんが、頼まれてもいないのに『誰かの最愛の人』をソロで歌った。知らない人がいるといけないので教えてあげると、これは、かなり最近作られた歌で、病院で死にそうな、青い目をした巻き毛の兵隊さんについて歌われている。言っとくけど、エミリーは、どんな歌でも熱意を込めて歌う。でも、この曲はとても悲しい歌だから、カラスの群れが歌っても涙を誘ったでしょうね。

あたしたちが、エミリーの歌からまだ立ち直ってないときに、マクバーニー伍長が、似たような歌を歌ってくれると言った。北軍で人気があるらしい、『戦いの直前に、母よ』という歌で、どうやら生きて帰れる見込みのない戦いに行く準備をしてる若者が、今自分がいる場所よりもお母さんといっしょに家にいたいと思ってるって内容で、そんな状況に置かれたら、当然そう思うわよ。

マクバーニー伍長は、ほんとにびっくりするほど美しいテノールの声をしてて、悲しい歌をとてもドラマチックに歌い上げたので、最後の合唱の部分に来るまでに、マーサ・ファーンズワース先生も、エドウィナ・モロウも、そして——信じてもらえるかな——あたしまでもが、みんな泣き崩れそうだった。それまで、夜の独唱会で涙を流した覚えはなかったけど、あのときは、あたしも大声で泣いてた一人だったって認めなくちゃ。

それで、歌い終えたマクバーニーは、一瞬黙ったまま、自分が招いちゃった大変な有様を見回して、とても快活で楽しい歌を歌いはじめた。ハリエット先生の目に涙が溢れてとても鍵盤が見える状態じゃなかったから、今度は伴奏なしだった。ところで、驚いたことに、この二番目の歌は、とてもおかしくて、歌ってるマクバーニー自身もおどけて、いろんな大げさな表情を作って、一度なんか、酔っぱらったアイルランド人の真似をしてソファーの背もたれから危なっかしく身を乗り出したものだから、みんなは、さっきまで泣いてたのもどこへやら、大笑いした。あの歌は、ほんとはあんまり気の利いた歌じゃなかった——それどころか、いつだったかハリエット先生が、かなりはしたない歌だと思ったと言ってた。でも、あの夜は、もちろん例外で、先生も、『母よ』の曲で流した涙を拭きながら、ほかのみんなとおんなじぐらい大笑いしてた——だけど、マクバーニーは、ミュージックホールのベテラン歌手みたいに演技しただけだった。

思い出せるかやってみると、こんな感じの歌だった——もちろん、マクバーニーのアイルランド訛《なま》りでね。

おい、おめえの寄宿学校じゃ、
みんな気づいてるんだぜ
おめえのかわいい、哀れな女
おいらに、びくびくしてるって
キューピッドやら、幸せやら
ぺらぺらしゃべっちゃいるけんど
そいつが何かも知らねえくせに

おいらは、ちっともときめかねえ
恋愛なんて、どうでもいい
それより、おいらにくれねえか
ふっくら優しく、陽気で若い
喪服に帽子の未亡人

ああ、小娘みてえに震えてねえで
恋が花咲き、実を結び
そして、彼女の初恋眠る
クローバーの若草の下
おいらは、そいつに欲情の根を下ろす
わかってほんとに嬉しいよ
死んだ恋人、最期まで
手厚く看病されたとね
彼女だって死ぬときにゃ
めそめそ泣いちゃいねえって
おいらも、さっさとポックリいけば

まだまだつづきがあったけど、今はこれしか思い出せない。

　このあと、門のところを年中うろついてるから進軍歌なら何でも知ってるアリスが、『テキサスの黄色いバラ』と『グーバー・ピーズ』〔どちらもアメリカ南部に伝わる古い民謡〕を歌って行進し、みんなもわかるところは歌いながらあとにつづいた。それから、綺麗に澄んだ小さな声をしてるとわかったけど、それまで歌の集まりではあまり披露したことがなかったエドウィナが、『ヴァージニア、ヴァージニア、自由の地』のソロ・ヴァージョンを歌って、歌い終わったら顔が真っ赤だったので、彼女のことがとてもかわいそうになった。

　次に、マクバーニー伍長が、自分についてだけ言わせてもらえば、最高の軍歌は南軍の『ディキシー』だって言って、彼のあとについて、あたしたちは聞く人の気持ちを奮い立たせるような合唱を何度かした。その歌声は、ずっと遠くのオレンジ・パイクの道までもう行ってたとしても、あのかわいそうな騎兵隊の軍曹の耳に鳴り響いたんじゃないかな。それから、応接間でのあたしたちのあの騎兵行進で何よりも珍しいと思えたのは、次に歌った『ジョン・ブラウンの亡骸《なきがら》』〔北軍の行進曲〕なの。北も南もない友好の輪のなかでのエミリーの提案だったんだけど、みんな、自分が歌いたい歌をそっちのけで、喜んでその提案に乗った。

　それから、あたしたちのお客さまが、『ボニー・ブルー・フラッグ』をもう一度歌ってくれと言ったので、あたしたちは、本当に家を揺るがすくらいの大声で歌い、最後に『埴生の宿』を歌って夜の集まりはお開きになった。この歌で、またみんなが涙を流したけど、今度は泣き笑いだった。何が言いたいかわかってくれるかな。

あとにも先にも、あの夜ほど、たくさん歌ったことも、たくさん泣いたことも、幸せな気分を味わったこともないんじゃないかな。正直に言うと、この学園の人たちは、個人的にも全体としても、今まで聞いたなかでとびきり歌が上手なわけじゃないけど、あの夜のあたしたちは、ニューオーリンズのオペラハウスが壊れるほど大きな拍手喝采をもらったでしょうね。

それに、学園のみんなが、あの夜ほどお互いに好意を持ち、親切にしあい、親しみを感じたことはないって言い切れると思う。みんなが、キスしあい、抱き合い、美しい声を褒め合い、相手のどこがとびきり綺麗かを言い合った。どれもこれも、みんながはじめて気がついた相手の長所だったんじゃないかな――こういうことはどれも、いつものあたしなら吐き気を催したでしょうけど、あたしもその真ん中で、誰でもいいから、とにかく優しくしてあげたい一心で小躍りしてた。

そして、もちろん、マクバーニー伍長が、その親交の輪の中心だった。まるで、その場にいたみんなが一列に並んで、彼に、あなたは歌が抜群にうまくて、善良なキリスト教徒で、勇敢な青年だとか言葉をかけたくて立ってるみたいだった。そして、たとえ思い切ってそれを言えなくても、きっとみんなおんなじ気持ちだった。だって、あの特別な夜、たぶん誰もマクバーニー伍長を悪い人だと思えなかったから。みんなが、彼にお金も美徳も――持ってる人はね――命も預ける覚悟だった。

それに、彼も楽しんでた。きっと彼は、この学園に来てたった一日半でなれたような関心の的になったのは生まれてはじめてだったんでしょうね。あのときは、怪我が治っても、南軍だろうと、彼の味方の北軍だろうと、彼を引き渡そうなんて誰も思ってなかったのは確かよ。あの数時間で、あたしたちの小さな音楽隊の一員になれたんだから、うまく立ち回って、あたしたちをあの夜の気持ちのままでいさせられたら、マクバーニー伍長は、ずっとあたしたちと暮らせたはずだった。

でもね、この話にはつづきがあるの。その集まりの締めくくりはお祈りで、珍しくとてもスムーズに進んで、マクバーニーは、生まれも育ちもプロテスタントみたいにすんなりとお祈りに加わった。マーサ先生に神さまのお恵みを求めるように言われたら、すぐに、とても親切にしてくれた学園のみなさんへの神のご加護と、ちょっと脚色をして、南北両軍の罪深き人々全員への神のお赦《ゆる》しを請うて、南軍よりも北軍のほうがずっと罪人は多いなんて愛想よく言ったのよ。まあ、自分がそうだから人のこともそう思うんだって、パパなら言ったでしょうね。

マーサ先生は、このお願いに寛大に応えて、神は南北両軍の勇敢な兵士全員を見守り、とりわけ家から遠く離れた地に身を置くあたしたちのお客さまを守り、危険がおよばないようにしてくださると言った。これに対して、あたしたちは、みんなで——今思うと、とても奇妙だったけど——大きな声でアーメンと言った。

そのあと、マーサ先生とマッティが、マクバーニー伍長の脚の状態を調べて寝る支度をしてあげるために、あたしたちは出ていかされた。誰も、あんな楽しい集まりをお開きになんかしたくなかったけど、みんなの前では偉い人にめったに反対しない抜け目のないマクバーニーが、とても疲れたって言い出したから、明るく彼にさよならをした。

「とにかく、あなたが森で拾ってきた大切な標本は、このみんなの心を掴んだみたいね」あたしは、階段を上りながらルームメイトのアメリア・ダブニーに言った。「もう、彼のことを心配しなくていいんじゃない。あの人、友だちには不足してないもの」

「そうは、思えないけどな。だけど、まあ、愛想よくしない個人的な理由がなければ、人に愛想よくするのは簡単だって忘れないことね。それを肝に銘じて、油断しないで、マクバーニー伍長が助けを必要としたらいつでも助けてあげられるようにしておかないと」

「マクバーニー伍長なら、一人でちゃんと切り抜けられるわよ。人のことに口出ししないで、嫌われるような理由をわざわざ作らなければね」

そう言って、あたしはベッドに入った。そして今思うと、眠る前に最後に考えたのは、マーサ先生はお部屋に戻るとき、お父さんの古い拳銃を忘れずに持ってったかしらということだった。歌いはじめたとき、応接間のテーブルに置いてたのを思い出したから。あそこに置いたのを先生が忘れてたらどうしよう。だけど、マーサ先生は、あんまり物忘れをするような人じゃない。たぶん、マクバーニー伍長を信用してるって証拠に、わざとあそこに置きっぱなしにするだろうな。それとも、彼を試すために、ひょっとしたら弾を抜いて置いとくかもしれない。弾薬をこっそり抜き取って、少しだけ開けたドアの陰に隠れて、彼が拳銃を手に取って隠さないかと窺っているかもしれない。だけど、マクバーニー伍長のほうが、マーサ先生よりいろいろと賢くて、拳銃があそこにあっても、わざと置いてあるんだと感づいて、手を出さないだろうって思った。

　こんなことをあれこれ考えながら、あたしは眠っちゃって、次の日には、拳銃のことなんかすっかり忘れてた。

23　アメリア・ダブニー

　マクバーニー伍長の大怪我と貧血は、どんどんよくなっているようだった。日に日に元気になって、一週間もしないうちに、立って歩いてみたいと言いだした。

　マーサ先生は、骨が折れたところがくっついて、傷がちゃんと塞《ふさ》がるにはまだ早いと反対した。でも、六日ぐらいすると、許してもらえなくても、彼がとにかく試してみるつもりのようだったので、マーサ先生は、ハリエット先生がお屋敷に古くからあった古い杖を取りにいくのを許した。それから、みんなでソファーの周りに立って、先生とマッティが彼を立たせてあげるのを息を殺して見つめていた。

「さあ、その杖といいほうの脚に縋《すが》りなさい」マーサ先生が教えた。「悪いほうの脚に体重をかけてはいけませんよ」

「その脚を、絶対に動かしちゃなんねえよ」マッティがぼやいた。「ちょっと振っただけでも、脚によかないし、何かにぶつけでもしてごらん、縫った傷口が、ぱっくり開いちまうからね」

　マーサ先生は、自分もマッティに賛成だし、みんなも、やめておいたほうがいいと思っているようだと言った。妹もそうだが、学園の生徒たちはみんな、自然に治るのを急かさず、成り行きに任せるのが得策だということを学んできた。とにかく、マクバーニー伍長が、脚をまた怪我する危険を冒したいのなら好きにしたらいいけれど、どうなろうと自分は責任を負わないということを、みんなにわかっておいてほしいと。

　こう言いながらも、三人は、お庭側のドアに向かって応接間をそろそろと横切った。杖を頼りに、いいほうの脚でぴょんぴょん跳ぶような感じのマクバーニーを、マーサ先生とマッティが両脇から守るようにして。いきなり彼が滑り、二人が捕まえてあげないと転ぶところだった。

「わざとよ」ルームメイトのマリー・デヴェローが、耳元で言った。「なかなか歩けないみたいに見せたくて、わざと滑ったふりをしただけよ」

「そんなことするもんですか」わたしは、小声で言い返した。「マーサ先生とマッティが、すぐ傍にいなかったら、大怪我をするところだったのよ」

「だけど、二人はいたんだし、彼にはそれがわかってたわ」マリーが言った。ほかにどんな長所があったとしても、年に関係なく、マリーほどひねくれた人をわたしは知らない。「あれは、曲芸師とか軽業師が、下に網が張ってあるって知っていつもやってることよ。ニューオーリンズのオペラハウスで開かれたクリスマスの余興で、綱渡りの綱や空中ブランコから何度もわざと落っこちるのを見たことがあるもの。あら、やめて、またおんなじ悪戯《いたずら》をする気なの！」

悪戯だったとしても、彼はもうそんなことはしなかったし、悪戯だったとは、今でも思っていない。今度は自分でバランスを取り戻してお庭側のドアまでたどり着き、そこで少し立ち止まって呼吸を整えてからお庭を眺めた。

「バラの剪定をしねえと」しばらくしてから、彼は言った。「それに、あの生垣もひでえ形になってる。花園全体の点検がいるな。明日か明後日、やってやるよ」

「そんなことは、なさらなくて結構です」マーサ先生が断った。「お気持ちはありがたいですけれど、庭のお手入れはしばらくしていませんでしたから、もうしばらく放置しておいても大丈夫です」

「本当にお気持ちだけで結構です、マクバーニーさん」

ハリエット先生が言った。「園芸のご経験は、たくさんおありなのですか？」

「ああ、あるよ。故郷で世話になってたお屋敷で、かなりやってた。留まる気があるなら、いずれ庭師の棟梁にしてやるって言われたんだけど、もっとでけえことをどうしてもやりたくてね――アメリカでの戦争でぶっ飛ばされるとかさ」

「園芸について本当にご存じなのでしたら、傷がもっとよくなってからぜひやっていただきたいわ。あのイギリスツゲの生垣は、三年以上もきちんと刈り込みをしていません。できる人が、このあたりにはいないものですからね」

「それに、わたしが、あのバラのあずまやを整えようと何度もやってみたのですが」ハリエット先生が言った。「苦労のかいもなく、指を怪我しただけで少しもよくなりませんでした」

「ああいう花園には、確かに男手がいるんだ」マッティが言い張った。「あたしじゃ、絶対に無理だね。とにかく、あたしは、家のなかで働くように育てられたから、庭なんてとんでもねえ」

「マッティは、家庭菜園でしたら上手なんですよ」マーサ先生が言った。「でも、花については、わたしたちみんなと同じようにお手上げなんです」

今度も、善良なマクバーニー伍長が、お屋敷のみんなにとても強い影響を与えていることが証明された。だって、マーサ先生が、菜園でのマッティの仕事ぶりはもちろん、どこでの仕事ぶりについても褒めたのははじめてで、かわいそうなおばあさんは、インゲン豆やエンドウ豆、ほかの野菜を育てるのに悪戦苦闘している。こんなのは、あたしの仕事じゃねえと、ときどき文句を言わずにいられないにしてもね。

だけど、マリーが言うには、マッティは、外での仕事を楽しんでいるので、それを取り上げてしまったらがっかりするんですって。マリーは、家庭菜園は、マッティに与えられた特別な仕事なのだから、学園のみんなを取り仕切る大きなチャンスだと思っている。マーサ先生も例外ではなく、わたしたちといっしょに、毎日、自分に割り当てられた分を耕している。マリーの推理によれば、マッティが、庭や畑での仕事に自分は向かないと不平をこぼすのは、その仕事の分担を自分が喜んでいるのを見たらマーサ先生が満足するだろうから、そうさせないためなんですって。正直に言うと、わたしはめったに、人の行動の裏にある理由についてルームメイトほど深く考えない。


「よし、みんなは、もう花のことは心配しなくていい。世話をする専門家がいるからさ」

この言葉が本当だったと、すぐにわかった。次の日、彼は、何をしなくちゃならないかお庭に出て調べてみると言って聞かなかった。わたしを連れて、杖を頼りにいいほうの脚でぴょんぴょん飛び跳ねながら進み、バラのあずまやとそれを取り囲む、マーサ先生がイギリスツゲの生垣と呼んでいる木を調べた。それは、本当はイギリスツゲなんかじゃなくて、ゲイルセイシア・ブラキイーラ、つまりハックルベリーという、アラバマや、ひょっとするとカロライナ以北では普通は育たない種類の庭木だ。

そう、それからハックルベリーの内側のレンギョウ、英語名はフォーセシア、ウィリアム・フォーサイスという有名な植物学者にちなんで名づけられたんだけど、その生垣と最後にバラのあずまやそのものを見た。あずまやのあと、小道沿いに植えられたラヴェンダーやライラック、椿を調べながら、ハリエット先生が〈エロスの小さな神殿〉と呼んでいる場所まで行った。今では、蔓《つる》の絡《から》まったジャスミン、ギンバイカ、セイヨウスイカズラ、それにわたしでもちゃんとした名前のわからない、丈の高い雑草の寄せ集めでしかない。

ジョニーは、芝生も調べたし、わたしに花壇をまたいであちこちの草の葉の標本を採ってこさせ、それを手に取って眺めたり、手の上で転がしたりした。専門家らしいやり方だと思えた。そして、どんな手入れが必要なのかが味でわかるみたいで、一度か二度、葉っぱを噛んで考えた。

「おい、妙な味がするぞ」

「たぶん、ルシンダとドリーが、ここに出たことがあるのよ」

「誰だって？」

「わたしたちの雌牛とウェールズ種のポニーよ。マーサ先生が、ここで草を食べさせてるの」

「何てこった」彼は、草を吐き出した。「何で教えてくれなかったんだよ？」

「聞かなかったじゃない。そうやって、芝を短く保っているのよ。もちろん、ルシンダとドリーが、木や花を食べちゃわないように、誰かがここで見張られているわ」

「それにしたって、こんないい芝生を、牧草地代わりに使う手はねえぜ」

「そうよね。芝生を短くしておく価値があるのかしら。小さな動物や小鳥のための植物をみんな奪っちゃうだけじゃないの。それに忘れないでね、クローバーやタンポポを切り取っちゃったら、蜜蜂から花粉の元を奪うことになるのよ。そのことを、しっかり考えたことある？」

「恐れ入りやした。だけど、今日中に、頭のなかでそのことを何度かこねくり回してみる。さてと、あの開放倉庫の周りをやるんでも、一週間はかかるぞ。花じゃなくて、雑草を栽培してるみてえだな」

「ハリエット先生が、何度か、雑草を刈り取ろうと思ったんだけど、お庭のあの部分は、マーサ先生個人の所有地なの。だから結局、いつも草を伸び放題にさせとくしかないの」

「あの小さい家は、何のつもりだ？」

「エロスの神殿よ――ギリシア神話の愛の神」

「すげえな！　それじゃ、ここの人たちは、昔は異教徒だったのか？」

「あら、違うわよ。マーサ先生と弟のロバートさんが、若いころの夏に建てただけ。何かを建てたときにレンガが残ったんで、あの柱を作って、古い板で屋根をつけて、今見えてるように全体を白く塗ったんだと思うわ。アテネのアクロポリスに似せたつもりなんでしょうけど、あんまり似てないわよね。それから、どちらかが――どっちなのかわからないけど――リッチモンドのお店であの古いエロスの大理石像を買ってきて、あの家の真ん中に据えて、外側に蔦《つた》を植えたんじゃないの」

「あの裸の小僧が、エロスかい?」

「そうよ、ローマ人はキューピッドと呼んだわ」

「すげえよ。マーサ先生が、あんなもんに興味を持つとはな。そんなタイプとは思えねえ。それに、弟も、その紳士にそれ相応の敬意を表してもだぜ、変わったやつだったにちげえねえ」

「まあ、わたしは、会ったことがないからね。それに、わたしがあなたなら、あの神殿についてマーサ先生には絶対に何も言わないわ」

「そうか、でもさ、俺となら話したがるんじゃねえのかな。みんな、とびきり個人的なことを俺とはちょくちょく話したがるようだから。まあ、俺といると心の鎧《よろい》を脱ぎたくなるんだろうな」

「みんなの個人的なことを、どうしてそんなに知りたがるの?」

「好奇心が半分、自己防衛が半分かな、アメリア。残酷な世界に生きてるんだからさ、男は用心しねえと」

「チャールズ・ダーウィンさんの本を読んだことある?自然はすべて残酷だって、ダーウィンさんが言ってるわよ」

「そうかい、ここじゃ文明人に囲まれててよかった」

ジョニーは、お庭の下調べを終えると、わたしに煙草乾燥小屋まで必要な道具を取りにいかせた——彼は、いろんな鋤《すき》、植木ばさみ、移植ごてを要求した——だけど、どれもこれも錆びついていたので、研ぐ必要があった。だから、外に出た最初の朝は、二人でその仕事にかかりきりで、わたしが小屋で見つけてきた小さな花崗岩《かこうがん》の板の上で道具をせっせと研いだ。

「こりゃ、いい石だ」ジョニーは、花崗岩に唾を吐いて剪定ナイフの刃先を当てた。二人であずまやのベンチに座り、わたしは、お屋敷を見つめながら、みんなが朝寝坊して、もう少しだけジョニーと二人きりで朝を過ごせたらいいと祈っていたように思う。もちろん、マーサ先生が、いつもどおり八時十五分前に出てくるだろうし、ハリエット先生も、ほかの子たちを連れてあとからすぐに出てくるとわかっていたけれど、あの朝だけは、いつもと違いますようにと祈らないではいられなかった。

マッティが、家庭菜園で膝をついてゾウムシ——サイラス・フォーミカリウス——をサツマイモから駆除していたけれど、わたしたちの邪魔はしないとわかっていた。マクバーニー伍長が、彼女の野菜にまで手出しをするんじゃないかと、もう心配していたから。その件については、マッティを安心させるために言っておいた。できるようになったら家庭菜園の仕事を手伝うと言ったとしても、マクバーニー伍長は、喜んでマッティの監督の下でやってくれるはずだから大丈夫よと。

「その石は、ニューイングランド花崗岩と呼ばれているのよ。国のこのあたりには、もともとなかったから、マーサ先生とハリエット先生のお父さんが、昔、北部から荷車にいっぱい積んで運ばせたんだと思うわ」

「何に使いたかったんだ?」

「大部分は、お屋敷の前を舗装するのに使って、残った板は、森の墓地の墓標に使うために取っておいたの。この石以外の板は、もうみんな使われてしまったわ」

「つまり、ファーンズワース家はみんな、森に埋葬されてるってこと?」

「一族じゃないの。一族は、みんな聖アンデレ聖公会の墓地に埋葬されているわ。わたしが話しているのは、黒んぼのお墓のこと。ファーンズワースさんが、この花崗岩を買うまでは、黒んぼのお墓には厚板でしるしがつけられるか、何もつけられていなかった。今では、ファーンズワースさんが、名前と死んだ日を思い出せた黒んぼのお墓にはどれも、石の墓標が立っているわ」

「死んでからも、塀の外ってことだな? まあ、墓標はあと一つしかいらねえけどな。マッティばあさんの、そうだろう?」

「そうね。マッティも、あそこに埋められるのをきっと期待しているわ。わたしと同じで、森が割と好きだから――少なくとも昼間はね――それに、マッティの旦那さんもあそこに埋葬されていることだし。近くの農家が所有していたんだけど、死んだら、マッティに送り返してくれたの。マーサ先生が、親切のお礼にその農家に十ドル払ったって、確かマッティが言っていたわ」

「まあ、俺は、どこに埋められたっていいけど、もし選べるんなら、教会の墓地よりゃ森のほうがましだな。何となく、森はあんまり寂しくねえような気がする」

「天国って、あると思う、ジョニー?」

「ほんとのところ、あんまり考えたことねえな。天国はあるのかもしれねえし、ないのかもしれねえけどさ、今はどうでもいい。考える必要もなかったし、考えたいとも思わなかった。いつか自分も死ぬってことが、まだ信じらんねえからかもな。不思議に思うかもしれねえけど、俺はそういうやつなのさ。死ぬことについて、じっくり考えたこともねえ――戦闘で最悪の状態にあるときでも、今思えば、考えなかったな。どういうわけだか、死ぬのがまったく気にならなかった――周りで、大勢が死んでいってる最中もな――大怪我をしたり、障害を負ったりしないかとだけ心配してた。戦闘中、一番恐れてたのは失明すること、次が片脚や片腕を失うことだったたっけ。秘密を教えてやろうか、アメリア。知らねえだろうけど、ここに来た最初の夜、俺は、五十回も目を覚ましたに違いねえんだぜ――ほとんどの人たちが思ってたように、完全に意識を失ってなんかいなかった。ただ、霧のなかにいる感じで、だいたい、その霧を通してぼうっと見えてたし、聞こえてたんだけど、話せなかった。とにかく、何度もパニックになってさ、そのたんびに束の間だが正気を取り戻してた……森のなかでの恐怖を思い出して……火や煙や悲鳴……そして、心のなかで『俺の脚はなくなっちまったのか？　もう歩けねえのか？　もう走ることも、飛び跳ねることも、踊ることもできねえのか？』と問いかけた。すると、いきなり激痛が走ってさ、わかるか、俺は感謝したんだ――その痛みに感謝した――そして、しばらくして霧のなかで、また滑り落ちてった」

「でも、もう大丈夫なんでしょう、ジョニー？　脚のことは、もう心配していないんでしょう？」

「もちろんさ。もう何も心配しちゃいねえよ。脚も調子がいいし、体の調子もいいし、元の一人前の元気な男に戻りつつある。すぐに戦闘でも、格闘でも、あんたにゃ早すぎるかな、ごめんよ、ベッドの上でのお遊びでも、来る者拒まず引き受けられるくれえ健康になれる。それが俺の天国なのさ、アメリア。俺は、それしかいらねえ。そっちこそ、天国があると思ってるのか？」

「そうね、お兄ちゃまたちがどこかに行っちゃって、いつか、またどこかで会えると思ったら、そりゃ慰めになるけど、そうはならないだろうって思うこともあるわ。でも、天国があるとしても、一人で行きたくないなとも思う。だって、ルームメイトのマリー・デヴェローがね、いつも言っているんですもの。クリスチャンの最善の神学によると、動物には魂がないから、きっと天国に行けないんですって」

「まあまあ、俺なら、その子の言うことなんかあまり気にしねえな」

「あら、マリーは、まだ小さいけど、とても頭がいいのよ。本当はとても頭がいいって先生たちに思われないように、わざとしているんじゃないかと思うこともあるわ。とにかく、マーサ先生とハリエット先生にも、動物が天国に入れてもらえると思うかって聞いてみたら、二人とも、入れないと思うって。ハリエット先生が、天国には、永遠に死なない動物が何種類かもういるはずだから、地上にいる普通の動物は入れてもらえそうもないって言ってたわ」

「まあ、聞けって、マーサ先生とハリエット先生にだって知らねえことはあるはずだ。あの人たちが、この広い世界のどこにいたってんだ、教えてくれよ。あの人たちは動物学の専門家か？　人間が馬で乗りつけたのに、馬だけ外に置き去りにしなきゃなんねえ天国ってのは、どういう場所なんだ？　聖書に書いてあるロバはどうなんだ？　神さまが、ガリラヤ湖の周りを乗り回したと授業で習ったように思うけどな。それに、クリスマスの夜、ベツレヘムの馬屋にいた山羊や牛なんかはどうなんだ？　それだけじゃねえ、手を動かしながらでいいから、ノア老人と四十日四十夜、箱舟で航海した鳥や獣のことを考えてみろよ。こういう聖書に出てくる有名な動物たちに天国でのご褒美を少しもやらねえのは、神さまたちは、恩知らずもいいところだと思わねえか」

「そりゃ、そうよね。今まで、そんなふうに考えてみたことなかったわ」

「そうか、それならこれから考えるこったな。この世の次に別の世があるとしたら、そこは、時を刻みはじめたしょっぱなからこの地上にいた動物が全部入る広さがあるってのが、理にかなってる。全部だぞ……いいやつも悪いやつも……恐竜も一角獣も龍もみんな……ヨナを飲み込んだ大魚も……ダニエルを食うチャンスを逃したライオンも……それから、ローマ皇帝ネロの時代にキリスト教徒を食ったライオンもたぶん何頭か。聖人を食っちまったライオンは、きっとちいとばかし聖人ぽく見えるんじゃねえか、どうだ、アメリア？」

「そうね」わたしは、ちょっと笑ってしまった。「実はね、このことが少し心配なのには理由があるの、ジョニー。ペットのカミツキガメさんの調子がとても悪くて」

「心配いらねえよ。亀はえらく長生きだから」

「知ってるわ。というか、長生きする種もあるってことは、まあ知ってる。でも、カミツキガメについては、よくわからないの。とにかく、カミツキガメみたいなペットに愛着を覚えるようになると、そのペットが死んだらどうなるんだろうって思うようになるものなのよ」

「まあ、あんたの亀が天国の門にたどり着くのは、まだまだ先だと請け合うよ。それに、まだちゃんと健康診断もしてやってねえんだろう。あんたのカミツキガメは、俺たちより長生きする——少なくとも俺よりはな——それに、言っただろう、俺は、絶対に死なねえって」

　外に出た最初の朝にしたわたしとジョニー・マクバーニーとの会話は、これで終わろうとしていた。マーサ先生とほかの人たちが、家庭菜園での仕事に出てきはじめたからだ。あれが、本当に、ジョニーとしたなかで一番ためになる、いい会話だった。もちろん、そのあとも朝、何度も話はしたけれど、最初の朝が一番だった。それに、ジョニーが元気になってどんどん仕事に挑戦できるようになるにつれて、二人で話をする機会が減っていったので、あれが彼とした一番長い会話だったとも思う。たとえば、一日か二日すると、彼は、誰かが脇に立っていなくても安心して歩けるようになって、数日すると、午前中ずっとお庭で働けるようになった。

　彼はまず、バラの剪定やお屋敷の裏の枯れた蔦を切り払う、立ったままでもできる仕事から始めた。それから、花壇や低木の手入れのような、しゃがんだり、かがみこんだりしてする仕事へと進んだ。もちろん、怪我をしたほうの脚をまだかばってはいたけれど、日に日に、気にしなくなっていった。彼の脚もお庭も、めきめきよくなっていって、ハリエット先生が、先生やマーサ先生が若かったころのように綺麗になってきたと言った。

　マーサ先生は、妹さんほどジョニーの仕事に熱心ではなかったけれど、内心では、とても喜んでいたのじゃないかしら。だけど最初は、彼がエロスの神殿の周りの草を刈るのを許してくれなかった。ジョニーは、外で仕事をしだして三日目か四日目の朝、マーサ先生が家庭菜園からこちらにわたしたちの仕事ぶりを見にきたときに、その話を藪から棒に持ち出した。

「一日か二日で、この小道の仕上げに取りかかるんで、下のあのギリシア風の家を、ホメロス老人が昼下がりにぶらりと立ち寄ったらかくまってやれるようにしねえとな」

「ご心配にはおよびません。いずれそのうちに、あの建物は取り壊してもらうつもりです。それまでは、雑草なり何なり、生やしておけばいいですよ」

「何でまた。あれは、この種の庭にはあつらえ向きのいかす別棟だ。草を刈り払い、蔦の手入れをし、建物全体に水漆喰《みずしっくい》を少し塗って仕上げるだけでいい」

「心配ご無用と言ったはずです」マーサ先生は、きっぱり断った。

　ジョニーは、黙って先生の顔を見つめ、抜け目なく無理強いしないことにした。

「わかったよ、先生」彼は微笑んで、自分の意見を引っ込めるときにいつもする、あの軽いおじぎをした。あとになって、そのおじぎを嘲《あざけ》っている証拠だと思うようになった人もいたけれど、彼は、嘲るつもりなんて全然なかったんだと思う。いつだって、礼儀正しくしようとしていただけじゃないかしら。

わたしは、替わりの提案をすることにした。「あの小さい建物を完全に壊すんじゃなく、像だけなくして、小鳥やリス、ウサギとかが餌を食べたり休んだりできる場所にすることもできるわ。どうでしょうか、マーサ先生?」

マーサ先生は、わたしの提案を無視することにしたらしい。「アメリアさん」先生は、冷ややかに言った。「今日はもう、ここであなたに手伝ってもらうことがマクバーニー伍長にないようでしたら、あちらの庭のあなたの畝《うね》に戻るか、なかに入って授業のおさらいをしなさい」

「あら、マクバーニー伍長は、わたしにしてほしい仕事がたくさんあります、マーサ先生。わたしにやってほしいことを全部、先生にお話しして、ジョニー」

「そうだな、この子のもっとも重要な仕事は」ジョニーは、ニヤニヤしていた。「俺が、足で鳥の巣をうっかり踏んづけたり、人懐っこい虫の首を鋤でちょん切っちまったりしねえように注意してくれることだな。それから、俺とつき合ってくれて、優しくしてくれること」

「わたしたち全員が、あなたに優しくしていないとでも、マクバーニーさん?」

「もちろん、優しくしてくれてますよ、先生。ここで受けてきたような優しくて、真心のこもったもてなしを受けたことはねえ。戦列の背後で看護してもらってたら、これほど手厚い面倒は見てもらえなかった」

マーサ先生は、この返事に満足して、家庭菜園での自分の仕事に戻った。声が届かないくらい先生が遠くへ行ってしまってから、ジョニーが言った。「先生には言わなかったけどさ、あんたにここで手伝っていてほしい一番大きな理由は、あんたのことを、この屋敷での最高の友だちだと思ってるからさ」

そうなの、この言葉がとても嬉しくて、わたしは一瞬返事ができなかった。「本気で言ってるの?」というのが、ようやく何とか口にできた言葉だった。

「本気だとも」彼は笑った。「俺が、口から出まかせを言ったことがあるか? ああ、もちろんある……何百回もな……俺はそういうやつなのさ。だけど、あんたに対してだけは言わねえよ、アメリア。そいつを忘れねえでくれ、いいな。あんたにだけは、これからも絶対に正直でいる。あんたは、俺の命の恩人なんだからさ、正直でいることが、せめてもの恩返しだ。さてと、お礼をあれこれ言って時間を無駄にするのはほどほどにして、この生垣をさっさとやっちまおう」

わたしたちは、生垣に取りかかった。ここで言っておくべきね。わたしが、しばらくは家庭菜園でではなくジョニーといっしょに働くのを、マーサ先生は、とてもご親切に許可してくださった。それから、このこともつけ加えておかないとね。学園のほかの生徒たちもみんな、わたしと同じようにしたいとすぐさまマーサ先生にせがんだけれど、家庭菜園から花園への異動を許してもらえた子はいなかった。そのせいで、わたしに嫌悪感を抱いた人がいたのも確かだ。マーサ先生がお給金をくれたって、マクバーニー伍長なんかといっしょに、誰が好きこのんで働くものですか、と偉そうに言っていたルームメイトのマリーもそうだった。それなのに、驚くほどのことじゃないけれど、マリーは、わたしの異動が発表された次の日の朝、誰よりも先に花園でわたしたちに加わろうとした。

それればかりか、鍬《くわ》を持って自分の畝に戻りなさいとマーサ先生に言われると、マリーは、いつものようにものすごい癇癪《かんしやく》を起こして鍬を激しく振り回し、トウモロコシの茎を二本、根こそぎちょん切ってしまった。そして、それをハリエット先生にいさめられたら、今度は鍬を投げ捨て、いくつもの畝を行きつ戻りつ、トウモロコシやらエンドウ豆やら、サツマイモの蔓やらを蹴飛ばしたり叩いたりしたので、とうとうマッティが、耳たぶをつかんで家のなかに連れていった。後ろからついていったマーサ先生が、午前中ずっと、マリーを部屋に閉じこめ、あと三日間、夕食は抜きですと言い渡した。もちろん、それは、マリー・デヴェローにとっては、実際、よくあることだ。

とにかく、わたしの新しい割り当て仕事に嫉妬したのはマリーだけではなかった。だけど、ほかの子たちは、マリーほど乱暴には抗議しなかった——そうじゃなくて、少なくとも人前ではね。アリスもエミリーも、廊下や階段でわたしを捕まえては、つねったり、髪の毛を引っ張ったりしたし、エドウィナは、誰にも聞こえないように、わたしのことをありきたりの告げ口っ子だと思っていると言った。彼女について嘘八百を言うだけのために、マクバーニー伍長がはじめて外で仕事をした朝、早起きしたんだろうですって。本当に、わたしは、そんなことを何もしていない。それどころか、ジョニーに聞かれなければ、エドウィナについて彼と話したことはほとんどなかったし、聞かれても、できるだけ手短に答えようとした。

実は、彼は、はじめからエドウィナにとても興味があったみたいで、彼女のことをちょくちょく聞いてきた。質問していないときも、菜園の自分の畝で仕事をしている彼女をいつも見つめていた。

エドウィナは、たいてい気づいていないふりをしていたけれど、ちゃんと気づいていた。彼女は、彼に見つめられているのがいつもわかっていた。だって、ときどき彼を横目でちらっと見ていたもの。アリス・シムズが絶えずやっていたみたいに、微笑みかけたり手を振ったりはしなかったけれどね。それに、不思議でたまらないんだけど、ジョニーの関心が強くなればなるほど、エドウィナは、ますますあからさまに彼を無視するようになった。彼がお屋敷に来て間もないころは、エドウィナも、わたしたちと同じように一日に何度も応接間の彼に会いにいっていたのに、彼が自分に気があると気づいた途端――少なくとも、みんなの前では――まるで彼がいないように振る舞うようになった。これは、わたしが思うには、動物界では類を見ないとても不思議な人間の反応よ。

もちろん、昼間ジョニーと二人きりで会う時間は、誰にもまだあまりなかった。授業がいつも、園芸の時間のすぐあとに始まって、いったん本を開いたら、その日は一分もさぼれないような感じだった。たとえ、ほんの少し学業から解放されたとしても、みんなが一斉に解放されるので、そういうときに誰もが真っ先に考えるのは、ジョニー・マクバーニーの様子を見にいくことだった。

ジョニー自身はどうかと言うと、片脚で歩き回れるようになると、わたしの知るかぎり行動を制限されていなかった。マーサ先生は、彼を信頼できると思ったので、お屋敷を、というか一階部分を自由に使っていいと言ったみたいだ。

そのころには、戦闘は、お屋敷から離れたスポットシルヴァニアあたりか、その向こうに移動していて、北軍がまだ近くにいたとしても、近くの道は避けていたに違いない。学園の近くでは、どんな種類の兵隊さんももう見かけなくって、状況をじっくり考えたうえで、エミリー・スティーヴンソンが言うには、もう二度と見かけないだろうですって。彼女の説明によると、この近所には軍事的に重要な物はないそうだから。

そうなの、わたしたちは、その説を受け入れて大満足だった。戦争が去ってしまって、もう近づきそうもないのだから、ジョニー・マクバーニーを戦争と結びつける理由が日に日に少なくなった。彼が、わたしたちの敵だったことを忘れるのが、とても簡単になっていった。今わたしは、はじめは彼を敵だと思っていたかもしれない人たちのことを話しているの。前にも言ったとおり、わたしは、最初から彼のことを友だちだと思っていた。

それに、わたしのことを、この学園で最高の友だちだと言ってもらって、彼がエドウィナ・モロウに関心があるとわかっていても、わたしは彼を心から信用した。だって、彼女に対する彼の感じ方と、わたしに対する感じ方とはまったく別だとわかっていたから。

男の子が、ある年齢に達すると、女性に生物学的関心を持つようになるのはわかっていた。それは、すべての動物の交尾への関心ととてもよく似ている。ジョニー・マクバーニーが、そういう種類の生物学的感情をエドウィナ・モロウに抱いても仕方がないことだと、わたしにはわかっていた。科学的な観点からすれば、それはごく当たり前で、その方向に走った彼はまともだったのかもしれない。

だから、そのことに嫉妬する理由なんてなかった。彼にそれと同じ感情を抱かせるには、わたしはまだ子どもで、綺麗でもなかった。それに、わたしは、彼とは友だちで、信頼してもらえたんだから、そのほうがわたしにとっては普通の交尾本能よりもずっと価値があった。

もちろん、彼の生物学的衝動よりも大きなわたしの悩みは、いつか彼の脚が完全に治って、ここから出ていかなければならない日が来るんじゃないかという不安だった。そして、この不安はジョニーの心にもあったんだと思う。

脚がずいぶんよくなったのに、彼はまだ応接間暮らしだった。二階に部屋を用意することもできたのでしょうけれど、マーサ先生が、彼を一階に置いておきたがっているとわかっていたので、彼は、どうこう提案はしなかった。それに、元の寝場所にいるかぎり、わたしたちの患者さんだと思ってもらえるかもしれないと感じていたのではないかしら。二階であれ、どこであれ、移ってしまったら、治ったものとして退院させられ、学園に留まっている理由がなくなってしまうと。

それどころか、その少し前にわたしは、マーサ先生を見て、ジョニーが学園に来てから三週目のなかごろじゃなかったかしら、先生が彼とした短い会話のことを思い出した。午後遅く、最後の授業が終わってから、わたしは、奇跡みたいに、彼と二人きりになれた。わたしたちは、次の日、お庭で何をしようかと話し合っていた。だけど、本当のことを言うと、もうすることはあまり残っていなかった。朝は、何日も二人でせっせと働いてきて、もちろん、午後、わたしがお勉強で手が離せないあいだも彼が一人で仕事をつづけていた。

それなのに、一日か二日、とくに午後になると彼が何だかのらりくらりしているのに、わたしは気がついた。脚が痛かったせいかもしれないけど、むしろ、仕事を長引かせようとしているせいだと思った。どうやら、マーサ先生も同じことに気づいていたみたいで、その日の午後、応接間に入ってくるなり、わたしたちが座っていたソファーに近づいて、いつものように単刀直入に聞いた。

「よろしいかしら」先生の聞き方は、ちっとも不親切じゃなかった。「今日の午後、あずまやのベンチで本を読んでいたようですね」

「このシェイクスピアさ」ジョニーは、本を見せた。「かまわねえかい?」

「もちろん、かまいませんよ。本がお好きなのはとても嬉しいですよ。書斎で自由に流し読みしていいですし、気に入った本を持ち出してもいいですよ。心配なのは、あなたの脚です。午後、ベンチで休んでいたのは、ひょっとして脚が痛んだからではないかと思いましてね」

「たまに少し疼くんだ」

「こうなると思っていましたよ。治ったばかりだから、歩くにはまだ早いと反対したはずです」マーサ先生は身をかがめ、話しながら脚の包帯を解きはじめた。「ですが、動きたいという気持ちはよくわかります。わたしが、あなたの年齢なら、寝たきりでいなければならないと思っただけで抵抗したでしょうからね。いずれにせよ、包帯の外側がとても汚れていますが、とくに悪いところはなさそうです。見たところ、新しい傷は作っていないようですね。縫い目も裂けていませんし、傷もよく治ってきています。たぶん、あと二日ほどで、抜糸できますよ」

「いつになったら、すっかり回復すると思う?」

「意見の分かれるところですね。出血のせいで、きっとまだ体力がないとはいえ、その脚で一時間以上も歩いたり立ったりしていられるのですから、もう完治したと言う人もいるかもしれません」

「ああ、だけど、かばってるんだぜ。体重をかけねえようにしてる。まだ長時間は行進できねえ、少なくとも前みてえな早足ではな。ああ、ゆっくりと百ヤード程度なら歩けるかもしれねえけど、この脚で一マイルは絶対に無理だ」

「それにしても、北軍の軍医に診てもらっていたら、任務復帰に問題なしと宣告されるでしょうね。抜糸するまでは一歩たりとも歩くのを許可しなかった可能性は大きいですが、立って歩き回れるようになったら、長くは入院させてくれなかったでしょう」

「つまり、出ていけってことか?」

「そうは言っていません」

「言っちゃいねえさ。上品なご婦人でいらっしゃるから、率直に言えねえんだろうよ」

「必要なことは率直に言いますよ、マクバーニーさん。そろそろ、わかっていらっしゃるでしょう。そちらが持ち出したので申し上げますが、脚が充分回復したのですから、今週末までに出ていけると思います。そうですね、土曜日までには」

「あと四日じゃねえかよ」

「ええ、そのとおりです」

「どこへ行けってんだ？」

「どこへ行くかは、そちらの問題でしょう。ですが、ご参考までに、ブロックロードに行けば、北軍の隊列が見つかると思います。リッチモンドへの本道に通じていますからね」

「そのブロックロードまで歩いて行けるかどうかもわかんねえ」

「ポニーの馬車で送って差し上げます」

「そんな迷惑はかけられねえよ、マーサ先生。あと一週間かそこらすれば大丈夫だ。自分でその気になったら、歩いてくのは何ともねえ。それに、花園での仕事もあるしさ。終えるにはまだまだかかる」

「もう充分ですよ。あとは生徒たちにもできます」

「あの庭は、常に世話をしねえとな。ここには、専任の庭師が必要だ」

「たぶん、一人は必要なのでしょうが、当面は、いなくても何とかなります」

「あと一週間だけ、置いてくれよ」ジョニーは頼んだ。とても惨めな顔をして唇も震えていたので、突然泣きだすんじゃないかと思って、正直に言うと、もう少しで彼に味方してあげそうになった。

「申し訳ありませんが、その理由が本当に見つかりません。無慈悲だと思われるかもしれませんが、あなたにして差し上げられることは本当にもう何もなさそうです」

「あるかもしれねえ。だけど、慈悲とか看護とかの部類に入らねえだけさ。恩知らずに聞こえるんだろうな。もっと置いてくれなんて頼まねえで、こんなに長く置いてくれたことに感謝するべきなんだよな」

「感謝する必要などありません。無力な見知らぬ人がいたら、誰に対しても同じことをして差し上げましたよ」

「それが難しいところなんだよな、違うかい。俺が、ずっと無力なままでいられなくて残念だったな」

　マーサ先生は、これには答えず、ほんの少しのあいだだけ彼を見つめてから、スカートの裾をつまんで出ていった。それで問題なのが、ジョニー・マクバーニーのこの最後の言葉がどういう意味だったのかってこと。マーサ先生も、わたしと同じくらいはっきりとあの会話を全部覚えているけれど、先生は、あのときのジョニーの最後の言葉を、彼がもう無力じゃないのを本当に残念に思っていると言いたかったのだと、今も思っている。一方、わたしは、このお屋敷の誰よりもジョニー・マクバーニーについてよく知っていたと思う。あの日の午後、ソファーで彼のすぐ隣に座っていたので、彼があの言葉を言ったときの悲痛な口調を覚えている。あれは、不幸な人が、「ああ、死んでしまいたい」とか「生まれてこなければよかった」と言うのと同じ口調だった。そういう人たちは、本当にそう思っているのではないから、ジョニーの言葉も本心からのものではなかったと思う。好きなように歩いたり、走ったり、動き回ったりできることが、ジョニーの人生で一番大切なことだと、わたしは断言できる。

そうなの、わたしは、マーサ先生が出ていってからもしばらく、彼の隣で何か元気づける言葉がないかと考えていた。でも、彼が出ていかなければならないという事実を、わたしも彼と同じくらい恨めしく思っていたので、大して慰めにならなかったと思う。

「週末には、マーサ先生の気持ちが変わってるってこともあるわよ」というのが、彼にかけた言葉の一つだ。

「そんなことねえよ。それに、この件に関しちゃ、きっと先生の言うとおりだ。俺は、ここでは浮いてるのさ。学園にはふさわしくねえから、このままいたら、問題を起こしかねねえ」

「どんな問題？」

「俺みてえなやつを、かわいこちゃんたちの群れのなかに野放しにしておいたら想像できる類の問題さ」

「みんなが綺麗なわけじゃないわ」

「あんたは綺麗だよ」彼は、いきなり笑った。「頭のてっぺんからつま先まで。みんなのなかで、あんたが一番綺麗だ、なあ、俺のアメリア」

まあ、たとえジョニー・マクバーニーが言ったにしても、大げさすぎる言葉だったけれど、嬉しい言葉でもあった。もちろん、わたしと同じように、彼もそれを本当だとは思っていないってわかっていた。だけど、彼はわたしに何も求めていない——わたしの友情は別だったでしょうけれど、わざわざ求めなくてももう手に入れていた——だから、それが何よりも親切で寛大な言葉だともわかっていた。それでも、あのときは意地になって感謝できなかった。

「ここで問題を起こすかもしれないと本当に思うんだったら、たぶん、数日中に出ていったほうがいいわね」心と裏腹な言葉が、口を衝《つ》いて出た。

「気に喰わねえんだよな」彼は、わたしの言葉が聞こえなかったみたいにつづけた。「人から出てってくれと頼まれるなんてさ。出てくんなら、自分の好きなときに好きなようにおさらばするほうがいい」

「それなら、たぶん週末にならないうちに出ていくべきね」こんなことも思ってもいなかったのに、意地悪を言わずにいられなかった。

　すると、その言葉を真に受けて、ジョニーが答えた。

「あんたの言うとおりだと思うよ、アメリア。明日か明後日、あのおばさんの立ち退き通知の期限が来る前に立ち去るべきだ。ただ帽子をかぶってさ、ドアを出て道に向かう。みんなの親切に感謝してなかったと思ってほしくはねえけど、とどのつまり、そうするのが一番いいのかもしれねえな」

　こう決断しないわけにいかないのはわかっていたけれど、突然決めてしまったことにちょっぴり腹が立ったのを、今は否定できない。きっと彼は、あのとき、わたしたちと別れるのを少しも望んでいなかったのでしょうけれど、自分の置かれた状況に対する腹立たしさをさっさと乗り越えてしまっていたようだった。ちょうどそのとき、エドウィナ・モロウが入ってきたので、あの日の午後は、彼とそのことを話す機会はもうなくて、もちろん、ジョニー・マクバーニーには、わたしと話をつづける気はまったくなかった。

「あら、ごめんなさい」エドウィナは、部屋に誰もいないと思っていたふりをしたみたい。「シェイクスピアの本を探していただけなんです」と、柄にもなく恥ずかしそうに言った。「書斎になかったので、ここに置き忘れたのではないかと思って」

「確かにここにあるよ」ジョニーが、熱意満々で言った。

「読んでいらしたのなら、取り上げたりしません。読み終えるまでお待ちします」

「いいんだ。持ってってくれ。勉強にいるんだろう」

「一日か二日でしたら待てます」

「もう、バカみたい！」わたしは、怒って言った。「もうこれ以上待てないんでしょう、エドウィナ。ジョニーとソファーに座って、そのおバカな本を肩を並べて満足するまで読んだらいいじゃない！」

　こう言うなり、わたしは部屋を出て階段を駆け上った。あの午後ほど頭に来たのは、生まれてはじめてだったと思う――エドウィナとジョニー、そして世の中すべてに腹を立てていたのでしょうけど、それと同時に、腹を立てた自分が嫌で堪《たま》らなかった。自分の部屋に行ってはじめて、ジョニーがわたしを呼び戻そうともしなかったことに気づいて、もちろん、そのせいでますます頭に来た。

わたしは、ベッドに寝そべって、ひとしきり泣いた。罰か何かを受けてベッドに寄りかかって座っていたルームメイトが、そんなわたしを黙って見つめながら、野生のリンゴを食べていた。リンゴを食べ終えると、彼女は窓から芯を投げ捨てた。証拠隠しをするいつもの手だった。

「めそめそする価値のあることなんて、人生にはほとんどないわよ」彼女は、ようやく言った。「泣く目的があるんなら別だけど。あたしは、何かを手に入れるため以外には絶対に泣かない」

「不幸だから泣いてるんじゃないわ」しばらくしてから、わたしは説明した。「どっちかと言ったら、頭にきて泣いてるの」

「どっちも、時間の無駄ね」マリーは、ベッドの上にたくさんあるリンゴを選んでいた。今回は、長い禁固生活をする覚悟がすっかりできていたようだ。

わたしは、ジョニーが出ていかなければならず、ジョニーが抗議もしないでそれを受け入れる気でいること、エドウィナのこと、そして頭に浮かんだことをあれこれ話した。話し終えるまで、マリーは何も言わず、二つ目のリンゴをがつがつ食べ終えた。

「あなたが、彼を引き止めたいんなら、いっしょに方法を考えましょう」彼女は、ようやく言った。「正直に言わせてもらえば、彼がいてもいなくても、あたしにはあまり変わりはないけどね。このところ、部屋に閉じ込められっぱなしで、どっちみちマクバーニーには全然会ってないから。二人で請願書みたいな物を作って、みんなにサインしてもらうこともできると思うけど、それでマーサ先生の気が変わるかな。だけど、彼の脚の状態を見て、もう出てって大丈夫だって決めたんなら、ぶり返したか何かのふりをするように彼を説得したらどうかな」

「ジョニーは、絶対に賛成しないわ。人を騙すような人じゃないから」

「そうかな？　どうも、自分で思ってるほど、彼のことわかってないみたいね。とにかく、ほんとのぶり返しじゃなくちゃダメよ。マーサ先生が、念入りに調べるでしょうからね。縫い目をいくつか解くとか、感染症にかかるとかしないと――大事を取って、軽い敗血症になるのはどうかな」

「そんなの、絶対に反対だわ」わたしは、きっぱり断った。「どんなに軽くても、ジョニーがまた脚に怪我をするなんて嫌よ」

そのとき、夕食に下りていこうとしていたエミリー・スティーヴンソンが、ドアを開けたままのわたしたちの部屋の前を通り過ぎ、何を話していたのか確かめようと戻ってきた。マリーとわたしだけじゃなく、彼女にも関係することだと思ったので、彼女にも問題を説明した。説明しおえようとしていたら、アリス・シムズが通りかかったので、また同じ話を繰り返した。

「克服できない問題なんて、ここにはないわ」アリスが言った。「出てくべきじゃないって、マクバーニー伍長を説得するだけの話じゃない」

「その件を最終的に決めるのは、マーサ先生よ」エミリーが言った。

「決めさせればいいんだよ」アリスが言った。「好きなように、何でも言わせたらいい。ジョニーが出てくのを拒否すれば、先生にできることはあまりないわ。あたしたち全員が、ジョニーの味方につけばなおさらよ。どうのこうの言っても、彼は男でしょう——あたしは、そう教えられてきたわ」

「マクバーニー伍長が、マーサ先生からの直接的な指示に従わないのは正しくないと思うわ」エミリーが言った。

「立派な行為ではないように思えますけど」

「いったい何でよ?」アリスが迫った。「あの人は、彼の部隊長じゃないでしょうよ? 自分の先生の直接的な指示に生徒が従わないのは、いけないかもしれないけどさ、ジョニーが、厳密には自分の敵に従う義務があるなんて、全然わかんない。どこかの老いぼれ猫じゃあるまいし、あんたが、立派な行為を持ち出さなきゃならないんなら——それに、ジョニーが、そういう古臭い考え方に心を揺さぶられるような人なら、まあ、彼はお宅の大農園の一流の紳士じゃないから、そんなことはないと思うけど——そしたら、常に彼に説明できるはずよ、少人数の淑女よりも、過半数の淑女の意志に従うほうが立派だって」

「大農園の紳士についての意見は差し控えたほうがよろしいんじゃなくて。そういう方には一度もお目にかかったことがないでしょうからね」エミリーが、ムッとして言った。「それに、教えてほしいものね。マクバーニーが逆らおうとしたら、マーサ先生が、騒ぎ立てて外からの助けを呼びにいかせるかもしれないのに、それをどうやって防ぐの?」

「言っておきますけど、あたしと母さんは、南部連合国に所属するすべての州の最高の大農園の紳士たちと、それはそれは親しくしているのよ」アリスが、大声で言った。「それに、オツムがとことん弱い人にはわかりっこないでしょうけど、マクバーニーに対抗するためにマーサ先生が助けを呼びにいかせるところはどこにもないのよ。この周りには、南軍の兵士はもういないんだし、先生は、北軍の兵士を呼んで助けてもらうのは、きっと気が進まないでしょうからね。そんなことをしたら、一人どころか百人もヤンキーの客を招き入れる羽目になるわ！」

「そうなったら、あなたはさぞ嬉しいでしょうね。とにかく、何から何まで、わたしには反逆行為のように聞こえますから、それに関わりたいのかどうか、よくわからないわ」

「マクバーニーとマーサ先生が、あからさまに対立することにはならないかもしれないじゃない」リンゴを食べながら、半ば面白がって、半ばいらいらしながら話し合いを聞いていたマリーが言った。マリーは、自分が言いだしっぺじゃない計画に賛成するのをいつだってとても嫌がる。だけど、今回は——自分では、これ以上いいことを思いつかないので——計画を修正するだけで満足するしかなかった。

「マーサ先生の言いつけをはっきり拒絶する代わりに、マクバーニーにできることは、出てくのをもう少し先延ばしにすることだけよ。今すぐじゃなく、来週か再来週がいいって言って、そのためのいい口実を与えるの。たとえば、こう言ったらどうかな。彼の連隊は、あと一か月かそこらしないとこの近くを通らないだろうから、そのときに連隊に戻ったほうが簡単だって」

「今は、旅をするべきじゃないと思ったと言うのもいいんじゃない」アリスが提案した。「悪い夢を見たとかさ、どこかで凶兆を見た——森のなかにフクロウかヒキガエルとかを見た——ことにしたらどう」

「フクロウもヒキガエルも、不吉じゃないわ」わたしは、教えてあげた。「そういうことを信じてるのは、迷信深い人たちだけよ」

「だけど、アイルランド人ほど迷信を信じる人がどこにいる？」アリスが聞いた。「あたしの母さんは、アイルランド人の血が混じってるんだけどさ、いつもお茶の葉で恐ろしいことが起きないか占ってるわ」

「まあ、ここにお茶はありませんけどね」エミリーが言った。「そう言えば、マッティが、凶兆についていろいろと知っているわね。あの人なら、マクバーニーにどういう凶兆を探したらいいか教えてくれるかもしれない」

「だけど、肝心の問題をまだ解決していないわ」わたしは言った。「ジョニーが、もう出ていく決心をしちゃったってことを、みんな忘れてる」

「それなら」アリスが言った。「彼の気持ちを変えさせるしかないわね。ここが楽しくて仕方なくて、あたしたちと別れるなんてとても考えられないって思わせないと。もちろん、そろそろ出ていってもらおうと、あたしたちが思うまでの話だけどさ」

「その点について、何かはっきりした提案はあるの、アリス？」マリーが聞いた。

アリスは、一瞬マリーを見つめていたけれど、からかわれているわけでもなさそうだと思ったようだ。「すぐには思いつかないわ。じっくり考えてみないと」

「すぐにできることが、一つあると思うの」エミリーが言った。「マーサ先生とハリエット先生に、マクバーニー伍長といっしょに夕食を食べられたら素敵でしょうね、と言ってみるの。応接間で、一人きりでお食事するなんてとても寂しいに違いありませんもの」

「いい考えじゃない」アリスが、エミリーとの言い争いを忘れて言った。「とびきりの幕開けね」

わたしは賛成したし、マリーも、自分で思いついたのではないので、しぶしぶみたいだったけれど賛成した。

ちょうどそのとき、エドウィナが寝室のドアの前に立って、マーサ先生とハリエット先生が、食堂でわたしたちを待っていると伝えた。そして、もちろん、わたしたちは気がついた——少なくとも、わたしは気がついた——マクバーニー伍長が一番興味を持っているらしい人に相談もしないで、計画を練っていたことに。彼女に、ついさっきあんなに腹を立てたのに、わたしは、これはほかの誰よりも彼女にとって大切な問題だと感じたので、エミリーとアリスは、慌てて下に行ったけれど——マリーは、もちろん部屋から出られなかった——わたしは、廊下に立ち止まって、わたしたちが決めたことをエドウィナに手短に教えた。

「あなたは、マクバーニー伍長にずっとここにいてほしいの？」彼女は聞いた。

「ええ、いてほしいわ。あなたは？」

彼女は、わたしを壁際に押しやって答えた。「いろいろな意味で、それをとても強く望んでいるわ——あなたや、このお屋敷のほかの誰よりもずっと、ずっと強く……そして、いろいろな意味で、彼がここになど来なければよかったのにと思っている」

「どうして、エドウィナ？」

「怖くて……」

「彼に何かが起こるんじゃないかって？」

「彼とはかぎらないわ。わたしにかもしれないし……ほかの誰かにかもしれない。どうして、あんたたちおバカな子たちは、他人のことに首を突っ込まずにいられないの！」

　間違いなく、エドウィナ・モロウは、わたしの知っているなかで一番変な人だ。わたしたちが、何をしていたのかを知って大喜びするとばかり思っていたのに、いつものように批判的で意地悪だったんですもの。でも、言い争いなんてしたくなかった。だから、みんなに関心があるのはマクバーニー伍長の幸せなので、あなたは気にしないでほしいとだけ言った。

「彼の幸せ、なるほど。でも、それが一番の関心ごとなのかしら？　彼にずっとここにいてほしいのは、楽しませてもらうためでしょう——あんたにかぎって言えば、庭で毎朝、魅力的な自然の話をしてもらうため——お屋敷の人について片っ端から噂話をする合間にね！」

「それは違うわ、エドウィナ」わたしは、できるだけ礼儀正しく抗議した。「わたしは、誰の噂話もしていないって断言できるもの」今度は、癇癪を起こさないと決めていた。

「ジョニーを夕食の席に加えてほしいとマーサ先生にお願いするつもりなら、とにかく遅すぎたわね」

「まさかマーサ先生、今晩、ジョニーを追い出したりしないわよね？」

「このバカ……おバカなチビウサギ」

「しないよね？」

「彼なら、もう食堂にいるわよ。どうやらマーサ先生は、少し前に彼の気持ちを傷つけてしまったのではないかと心配なさっているようで、ご自分から、夕食に招待なさったの」

　こう言うと、エドウィナは、わたしを残して自分の部屋に行ってしまった——この特別な機会のために、ちょっとおめかしするためだったのだろう。でも、今度も公平な立場で言うなら、エドウィナはいつも、このお屋敷のなかでほかの誰よりも身だしなみに注意してきたと認めなければならない。エミリーは、ほとんどいつも一番清潔な人で、エドウィナは、そうね、いつもきちんとした、ふさわしい服装をしている賞をもらえそう。違う意見の人もいるけれど、わたしは、ほかの人たちがきちんと、清潔な服装をしていると褒めたくなる。わたし自身は、みだしなみを忘れがちだけど。

　とにかく、あのときのわたしは、身だしなみなんか頭になくて、ジョニーがいっしょに食事をすることだけを考えていた。ところが、わたしが階段の途中まで下りると、ルームメイトが大急ぎで駆けてきてわたしに追いついた。「エドウィナの話が聞こえたんだけど」マリーは、息を切らして言った。「だから、いちかばちか下りてみようと思って。ひょっとしたら、みんな興奮してて、気づかれずにすむんじゃないかな」

そうなの、気づいたとしても、マリーがいることに誰も反対しなかった。みんなが、とても素敵な時を過ごしていたし、みんなが上機嫌で、陽気で、うきうきしていたから、マリーが、危険を承知で自分から進んで下りてこなかったとしても、絶対にマーサ先生が、仮出所させてくれて、とにかくいっしょに食事をしようと言ってくれたでしょうね。

だって、あれは、そういう華やかな夕食会だったんですもの。生徒一人ひとりが、先生たちも、マクバーニー伍長といっしょにいられるのが嬉しくて、自然に意気投合し、誰一人、仲のいいふりをしようとする必要なんて全然なかった。学園全体が、本当に楽しい雰囲気になった、ただそれだけのこと。そして、いつもの夕食の様子を知っている人にとっては驚きでしょうけれど、マーサ先生に指示されたわけでもなく、生徒の誰かが、わざとそうしようとしたのでもなかった。

敬愛すべきマッティが、わざわざ面倒を背負い込んで、急なお願いなのに、あの夕食会のためにとびきりのご馳走を用意してくれた。そのころには、ジョニーの好物だとみんなが知るようになっていたお料理がみんな含まれていた――サツマイモのパイだったかな、それからササゲにビートンビスケット、そして彼に特別の敬意を表して、アイルランドのジャガイモも。このお芋は、学園の菜園ではうまく育ったためしがなかったけれど、どうやらマーサ先生が、ポターさんのお店で手に入れられたみたいだった。

ジョニーは、とても満足した様子で、アメリカに来てからこんなに素晴らしい夕食会にお呼ばれしたのははじめてだと褒めてくれた。「料理といい、会食者といい」彼が言い添えたこの言葉に、みんなは喜んだ。

実際、この学園で彼のために用意できた精一杯のお料理だったと思う。いいえ、少なくとも、この夕食会ではもっといいことがいくつかあったけれど、今は、そのことには触れないでおこう。とにかく、マクバーニー伍長がはじめて夕食をいっしょに食べた夜、テーブルを取り巻いていた真心のこもった雰囲気からは、彼が、出ていきたがっているとか、反対に、出ていくように頼まれているなんていう問題があるとは、誰も夢にも思わなかったでしょうね。実を言うと、あのはじめての夕食会の夜からしばらくして、ふと思ったの。あの夜、誰かが立ち上がって言っていたらどうなっただろうって。「マーサ先生、今夜、食事の席でみんなが素敵なひとときを過ごしたのは明らかです。素晴らしいご馳走をいただいて、マクバーニー伍長が、旅や経験についてとても魅力的で機知に富んだお話をたくさんしてくださいました。今夜は、言い争いも意見の食い違いもまったくありませんでした。今夜、先生は、一度もマリー・デヴェローさんをお叱りになる必要がありませんでした。それは、非常に珍しいことだと、先生ご自身もお認めになるでしょう。今夜、このように楽しいひとときを過ごせたのは、明らかにマクバーニー伍長がここにいらしたからですので、ご提案したいと思います。マクバーニー伍長に、ここを出ていっていただいてはならない、少なくとも当分はいていただかなければならないと、今ここで決心すれば、この学園で、これからも何度もこのような夜を過ごすことができるのです。この提案に賛成の人は、どうぞわたしといっしょに起立して賛成の意を示してください」

わたしか誰かが、この言葉を言っていたら、テーブルにいた全員が、ハリエット先生もほぼ間違いなく、そして、マーサ先生もたぶん、すぐさま立ち上がっただろうと、ふと思ったことがある。そして、たとえ、その場でわたしたちに加わらなかったとしても、マーサ先生は、わたしたちの姿を見てとても感動なさったのだから、マクバーニー伍長に出ていってもらうという件は当分持ち出したがらなかっただろう。

みんなが、いてもらいたがっていると、マクバーニー伍長にわかってもらえていたら、事態はまったく違う方向に進んでいたはずだ。ここに留まるように満場一致で望まれていると、彼が気づいていたなら、そのあとしばらくの彼の行動も、まったく違っていたはずだ。そして、同じくらい大切なことは、今お話ししたような友情をみんなが抱いているという素振りを少しでも見せていたら、あとで学園の誰かが、ジョニー・マクバーニーに自分の個人的な優しさを示さなければならないなんて思うこともなかったんじゃないかしら。

まあ、今さら、そんなことを言っても仕方がない。あの夕食会で、わたしは立ち上がってジョニーを擁護しなかった。それどころか、あの夜は、そんなことを思いつきもしなかったし、ほかのみんなだって、きっとそうだった。ひょっとすると、不道徳な結果に照らしてしか、自分がしたかもしれない善行について簡単には思い出せないのね。とにかく、それからみんなで応接間に行って何曲か歌って、お祈りをして、そのあとすぐにみんなベッドに入った。ほかのことも、あの夜には起きたけれど、わたしの出る幕はなかった。あの夜は、アリス・シムズとエドウィナ・モロウが、ジョニー・マクバーニー伍長の物語の主役だった。

24 エドウィナ・モロウ

彼がわたしに惹かれているのは、察していた。どのようにその好意を詳しく分析したのかと聞かれても、答えられない。今でも、好かれていたという自信はまったくないし、一度など、好かれていないと確信したほどだ。天井にいる蜘蛛や頬にできたイボのように、嫌いな物にも人が惹かれることがあるのは誰でも知っている。彼がわたしに興味を持っているとわかったのは、些細な、そしてたぶん一部の人にとってはくだらないことのように思われる事柄の積み重ねだった。庭などで、わたしを見つめる彼の視線、毎晩、お祈りのときにわたしの隣に立とうとしたこと、この学園の誰彼かまわず、情報を喜んで提供してくれる人からわたしについて聞き出そうとしていたこと。ここのみんながそうじゃないか、そう人は言うだろう。

それが嬉しかったのは否めない。わたしが彼に惹かれていたことも。わたしは、彼を気に入った——一目で——だからこそ、彼に近づかないようにしていた。ごく稀な例外はあったが、わたしは、よく知るようになった人と、相思相愛の仲が長つづきしたためしがない。相手がすぐにわたしの悪いところを見つけ、わたしも相手の悪いところを見つけてしまう。そして、今では、相手に幻想を抱かないことで自分が幻滅するのを避けているのだろう。

それにもかかわらず、マクバーニー伍長とのはじめての会話を楽しみ、彼によく思われたいと切に願い、はじめて長い会話を交わした直後にはその望みがかなったと思った。ところが、あとになって、それに疑いを抱くようになった。その種の疑念は、わたしには珍しいことではないと、言い添えておくべきだろう。

最初は、彼が、わたしのことを悩みの多い人間、そしておそらく厄介な人間だと理解してくれたと思った。学園のほかの人たちは、一度もわかってくれなかった。わたしは、必ずしもうまくやっていきやすい人間ではないが、マクバーニー伍長なら、わたしが苦しんでいる理由をすべて知っているわけではなくても、愛情を注げばよくなるのではないかと期待し、あるがままのわたしを受け入れてくれるのではないかと思った。ご存じのとおり、よくなったのかもしれない。本当によくなったのかもしれない。

いずれにせよ、彼が学園に来て二日ほどして、わたしはふと、彼は、「理解」という言葉を、わたしへの評価を表現するのに使うだろうかと思った。愚かな感情に任せ、わたしは、ほかの子たちに彼への思いを口にしてしまっていた。そのせいで、そのうちの一人、おそらくエミリーかアリスが、マクバーニーのところへ戻り、その事件のことを歪《ゆが》め、あるいは悪くすると正確に伝え、マクバーニーとわたしのクラスメイトであるその子が、正しく理解してもらえない浅はかなエドウィナを大笑いしたのではないかと絶えず恐れていた。彼は、「理解」という表現を絶対に使わないだろう、そうわたしは思うようになった。「本性を見破る」のほうが、彼の使いそうな表現だと思った——友情ほしさにはなはだ個人的な質問にも耐え、自分自身についての不真面目かつ直接的な意見を受け入れるばかりか、すべてをお世辞だと思い込むような、浅薄で節操のない人間だと見破るだろうと。

だから、彼を避けた。ずっと離れていようとは決めていなかったが、当面は、こちらが求めているほど強く、わたしといっしょにいるのを求めていない人の気を惹こうとするわけにはいかないと感じていた。この屋敷の誰もが彼におもねっていたので、彼の関心を少しでも惹けたらと期待してその列に並ぶのはよそうと心に決めていた。

妙な話だが、無視されることで、彼がわたしへの興味をそそられたのだと思えるようになった。最初の会話のあと、彼とは長い会話をまったくしなかったのに、ふと気づけば、ことあるごとに彼はわたしを見つめ、近づいてきた。そんなとき、彼を無視もしなければ、意地悪な態度も取らなかった。いや、少なくとも、そのような態度を取ったつもりはない。だが、その気にさせるようなこともしなかった。話しかけられれば手短に礼儀正しく答え、見つめられれば微笑み返した。だが、あのとき、わたしは彼を信頼することに尻込みし、彼との距離を置いていた。

その後、彼がはじめてわたしたちと夕食を共にした日の午後、書斎で授業の復習をしていると、シェイクスピア全集がいつもの棚にないのに気がついた。あのとき、授業ではシェイクスピアを勉強していなかったが、わたしは、戯曲がとても好きなので、暇を見つけては拾い読みしていた。

わたしは、しばらく前に——実は、マクバーニー伍長が学園にやってきた日だった——応接間にその本を忘れてきたのを思い出し、まだそこにあるだろうと思った。ハリエット先生を除けば、わたしのようにこのエイヴォンの詩人に興味のある人は学園にいない。だから、廊下を横切って応接間に向かったのだが、ドアに手をかけた途端、なかにいる可能性の高い人のことを思い出した。とにかく入ってみると、彼は、学園の自然児アメリア・ダブニーとソファーで話し込んでいた。

　要件を伝えると、アメリアがすぐさま、本はマクバーニーに会いにくるための口実だと気を回した。確かに、おそらくそれもあったと思う。彼のことが、寝ても覚めても常に心に引っかかっていた——おそらく、彼の傍にいたいという強い思いが大半を占めていたのだろう。

　そして、その心が、想いを受け入れた。アメリアが、ムッと涙ぐんで部屋から逃げ出したあと、わたしは、本をわたしの手に握らせようとする彼のすぐ近くにしばらく立っていた。長いこと、どちらも無言のまま見つめ合っていた。しばらくして、わたしたちは本を落とし、彼がわたしにキスをした。とても優しく。

「会いたかったよ」

「本当に？　心の底から？」

「神に誓って。命にかけて」

「わたしも会いたかったわ、ジョニー。とても会いたかったわ」

　そして、彼がまたキスをした。いっそう優しく、さっきよりもずっと長く。それから、二人でソファーに座り、また何も言わなかった。

「すぐに、ここを出てくつもりだ」これが、彼が次に口にした言葉だった。「決めたんだ。もう旅ができるほど元気になったって、あのおばさんに言われたけど、きっとそのとおりだ。おまえと離れたくねえし、しぶとく食い下がれば、おばさんも追い出しゃしねえとは思うけど、プライドが高いもんだから、歓迎されてもねえのに居座るなんてできねえ」

「出ていってほしくないわ、ジョニー。でも、あなたを責めたりしないわ。わたしも、ついていきます」

「どこへ？　俺と、連隊に戻るわけにゃいかねえんだぜ。連れて戻ったら、ポトマック軍のやつらの羨望の的だろうけどな。だが、おまえを非戦闘従軍者にするわけにゃいかねえ。やつらは、おまえをそう呼ぶだろうし、俺はそれを防げねえ」

「今までも後ろ指を指されてきたのだから、どういう烙印を押されようとかまうものですか。あなたさえ、よく思っていてくだされば」

「思うに決まってるだろ、エドウィナ・モロウ。死ぬときまで、何を置いてもまずおまえのことを思うよ。だけどさ、ほかのやつらが、おまえを悪く思うのはやっぱりつれえし、その件についてグラント将軍の全軍を相手に戦うわけにもいかねえしな」

「そうでしょうね」わたしは、これを聞いて笑った。

「あなたに、そんなことはさせないわ。壊れた壺で水を運ぼうとするようなものよ、前に自分でもやってみたのでわかります。この屋敷の誰もが、わたしを悪く思っていますから、戦ってもみましたけれど、やめさせられたためしがありません。もっといい方法があるのかもしれないとは思いますけれど。とにかく、なぜ軍隊に戻る必要があるの？　いっしょに、どこかほかの場所に行けない？」

「俺を脱走兵名簿に載せる気か？」

「たぶんもう載っているわ。軍は、捕虜名簿を交換しあうのでしょう？　それでしたら、北軍の方たちは、今ごろ、あなたが殺されても捕虜になってもいないとわかっているのではないかしら」

「名簿に載るにゃまだ早いかもしれねえ。ロバート・ファーンズワース閣下のように、まだ長期行方不明者扱いかもな。そこの森であった最初の戦闘以降、ずっと音信不通みてえじゃねえか。とにかく、あそこ一帯は、今ごろすっかり焼き尽くされてて、両方の戦闘で死んだ何千人ものやつらの死体が転がってるはずなんで、まず身元の確認はされねえだろうな」

「それなら、永遠に行方不明者でいられるわ。見つけ出される心配もない。世界中どこでも好きなところへ行ける。あなたの連隊に戻る必要なんて、本当にまったくないわ」

「おまえが、そんなふうに言わなきゃならねえんだとしても、俺は絶対言わねえよ」

「一度も、そう思ったことがないなんて言わないで、ジョニー。そう思っても不名誉なことではないのよ。それどころか、エミリー・スティーヴンソンが言っていましたけれど、南軍に寝返ってもいいと言ったそうね」

「言ったかもしれねえな。人当たりよくしようと努めてるんでね」

「わたしには、そういうごまかしはやめてね。何事に関しても常に、思っているとおりのことを言ってちょうだい……とくに、わたしについては」

「わかってるくせに」

「言ってみて」

「愛してる」

「いいのよ……その言葉を取り消したければ取り消しても。聞かなかったことにしますから。お願い、ジョニー、そのつもりがないのなら、二度と口にしないで」

「本気だよ、誰よりも愛してる。誓ってもいい。おまえに嘘なんてつくかよ、エドウィナ。はじめて話した日から、おまえへの気持ちはちゃんとわかってたんだけど、怖くて何も言い出せなかった。言ったら俺を避けて、二度と近づかせてくれなくなるんじゃねえかと怖かった。やっと言えたのは、ここを出ていかなきゃなんねえからで、もう二度とそのチャンスがねえかもしんねえからさ。身の程知らずだとわかってる」

「それは、違うわ。思い違いをしているのが、わからないの」

「まあ、卑下してるわけじゃねえけどな。もちろん、世界中どこを探したって俺ほどいいやつはいねえけど、おまえが、家族関係とか過去に囚われる人間ならさ、過去百年かそこらの俺の先祖は、あの土地の王族じゃねえ。きっと追いはぎや強盗もいて、絞首台や排水溝で一生を終えたやつもいるだろう。それでも、千年遡ってみれば、王も何人かいたかもしれねえぜ。もちろん、世界中に知れ渡ってるように、アイルランド人はみんな、王の末裔なんだからさ」

「冗談はいいかげんにして。あなたは、本当に過去が気にならないの？」

「まったく興味ないね、かわいいやつだな、エドウィナ。正直に言うよ。おまえと離れたくねえし、北軍であろうと、どこであろうと戻りたかねえ。戦争は、もううんざりだ。俺の喧嘩じゃねえんだから、もういい加減にしてほしいよ。見下げ果てたやつだと思うか？」

「正直に言ってくれたのだから、ますます大事に思うわ。もし、それが可能ならばね。戦争なんかに戻ってほしくない。何から何まで正気とは思えないし、今となってはどちらが勝ってもかまわない。それに、これ以上あなたの身に何か起こったら、わたしは死にます。お願いよ、もう一度言って、ジョニー」

「愛してるよ、エドウィナ」

「わたしもよ。こちらから進んで、自分について包み隠さずお話しする気にはまだなれないけれど、どんな質問にも答えるわ。この前お会いしたときは、わたしの過去についてお話しするのは気が進まなかったけれど、聞かれれば答える覚悟はできたわ。何か聞きたいことはありますか、ジョニー？」

「いいや。言っただろう、過去には興味ねえって。俺に関心があるのは、将来だけ……俺たちの将来だけさ」

「わかったわ」わたしは受け入れた。「それなら、連隊に戻ってはいけないわ。禁止します。あなたは、自分自身で掲げたのでもない大義のために、もう充分すぎるほど尽くしてきたのよ。これから、あなたがしなければならないのは、リッチモンドへ行くこと。父に紹介状を書くわ。そうすれば、あなたの出国を手伝ってくれる……イギリスでも、アイルランドでも、どこへでも」

「で、おまえはどうするんだ？」

「いつか、あなたのあとを追います。あなたが、まだそれを望んでいたらね」

「望んでるに決まってるだろ。それにしても、どうやってリッチモンドにたどり着けるってんだ……一人で、しかも軍服姿で？」

「軍服を着ることはないわ。マーサ先生は、弟さんのあの洋服を返せとはおっしゃらないはずよ」マーサ先生は、彼が来て数日後、ロバートさんの古いスーツを彼にあげていた。

「それに、リッチモンドまでの金は？」

「それも、わたしが工面するわ……何とか」

「親父さんが、海の向こうまでの船旅を都合してくれるって言うけど、どうしてそんなことができるんだ？　密輸でもしてるのか？」

「ええ……残念ながらそうなの」

「残念がるこたねえよ。まともな仕事だ——必要なのに、ほかの手段では手に入らねえもんを、この国に供給してるんだから」

「そして、少しばかりお金儲けをして……それを海外の銀行に預けていても？」

「それでも、やっぱり納得できる窃盗なんだから、頑張ってほしいよな。でも、親父さんが俺を助けてくれるって、どうしてわかるんだ？　見ず知らずの俺を」

「わたしを知っているわ。そして、いつかわたしもあとを追って海を渡ることに、父は興味を持つのじゃないかしら」

「親父さんは、おまえとそんなにおさらばしたがってるのか？」

「おそらく」

「それなら、親父さんは大バカ者だぜ、おまえにゃ悪いけどさ」

「いいのよ。父は、あなたよりもずっと、わたしのことをよく知っているのよ」

「知ってるもんか。知ってたら、この世で何よりもおまえを大事にするはずだ」

「ありがとう。嬉しがらせることをこれ以上言わないでくださると、本当に助かるわ」

「これから一生、昼も夜も嬉しがらせることをうんと言ってやる。おまえは、俺の響き渡る声で頭が変になって、どうして単調さを打ち破ろうとしないんだと叱ってくれ、罵《のの》ってくれと、頼むようになるさ」

「ジョニー……あなた、まさか……わたしと結婚したいと言っているのじゃないわよね？」

「そうさ。善良なクリスチャンになるように育てられたんだぜ。同棲しようなんて言うと思うか？」

「抱いて、ジョニー」わたしは、恥も外聞もなく言った。

「抱いて」

「だけど、一つだけ」しばらくして、彼が言った。「故郷に帰りたいのかどうか、よくわかんねえんだ。むしろ、どこか、まったく知らねえとこに行きてえな――男が、自分の力でまともな家庭を持てるちょっとした機会があるようなところにな。この国の西部を試してみるのもいい。西へ流れる川の向こうに何があるのか、見てみたい。自由に自分のもんにできる土地がたくさんあるそうじゃねえか。俺といっしょに、そういうのをちょっくら見にいく気はあるか、エドウィナ？」

「あなたとなら、どこへでも行くわ。あなたが、わたしを必要としてくれさえすればね。自由な土地に行きたいのなら、父が、それも手配してくれるはずよ」

「もちろん、慎重に考えてみる。即断するつもりはねえ。どうするのがおまえに一番いいか、しばらくじっくり調べてみる。それが肝心だ」

「二人にとって、どうするのが一番いいかでしょう」

「わかったよ。好きにしろ」

　これで、あの日の午後、二人の会話はほぼ終わろうとしていた。とにかく、すぐに別れはしなかったが、二人ともしばらく何も言わなかった。別れたのは、十分か十五分して、マッティおばあさんが、「マクバーニー伍長も、今夜は、嬢ちゃんらといっしょにお食事をどうぞですとさ」と発表してからだった。マッティは、マーサ先生のその決定に必ずしも賛成ではなさそうだった。

　それどころか、ファーンズワース学園の者が、マクバーニー伍長と必要以上に関係を持つのにはずっと反対していた。マッティが屋敷を取り仕切っていたならば、ジョニーは、ごく短い期間しかここで回復期を過ごせず、その期間も、応接間にしっかり鍵をかけられ、許可がなければ誰も入れなかっただろう。

　もちろん、マッティの好きなようにさせておいたら、きっと同様の方針がわたしにも適用されただろう。マッティが運営する学園では、ほかの子たちとは別の部屋で授業も食事もすることになっていたはずだ。誰の目にも明らかなように、マッティは、わたしのことも必ずしも認めてはいないが、余談はこのくらいにしておこう。

さて、マッティは、こう言うなり部屋を出ていったが、この束の間のプライヴァシーの侵害でさえ、わたしを険悪な気分――いつものわたしの気分と言う人もいるだろう――にさせた。とにかく、わたしの人生、これからいいことなんか何も起きるはずがない、といつものように疑念を抱きはじめた。

「言ったことを何もかも撤回していいわよ。もう一度だけ、チャンスをあげるわ」

「撤回なんかするもんか、おまえ。命にかけて、すべて本気で言ったんだ。信じられねえのかよ、エドウィナ？」

「いいえ……もちろん、信じているわ。あなたは特別よ、ジョニー・マクバーニー。長いあいだ、わたしは誰のことも信じられなかったから」

「信じてるのに、そのふくれっ面はねえだろ？　口をへの字に結んで、眉間に皺を寄せて、目を細めてたら、かわいい顔が台無しだぞ。それじゃ、まるで、少しでも自分のことを悪く思ってやしねえかと、俺の心の暗い隅々を見つめてるみてえじゃねえか」

「そんなふうに思っていないとわかっているわ、ジョニー。今は、そんなふうに思っていないでしょうね。でも、そのうちに思うようになるわ……わたしのことが、わかってきたら」

「もう充分わかってるし、おまえへの気持ちは永遠に変わんねえ」

「すべてわかっているわけでは……」

「やめろよ、ほかに何があるってんだ？　俺とそっくりで癇癪持ちだろう。口が悪いのも、俺とそっくり。いっしょになって一週間もしたら、殺し合ってるかもな。なあ、頼むよ、その話はおしまいにしようぜ。おまえについて知る必要のあること、知りてえことは何もかも知ってるんだからさ」

「そう断言できるのなら、ジョニー」わたしは、小声で言った。

「自信を持って断言できるよ、俺のかわいいエドウィナ」

そして、それが――あの出来事を独立した瞬間として捉えることができるのだとしたら――わたしの人生で、もっとも幸せな瞬間だったと思う。あまり長い時間ではなかったが、つづいているあいだは素敵な瞬間だった。

もちろん、わたしの苦悩の多くは自ら招いたのだとわかっている。わたしは、周りの人たちみんなを常に疑い、相手にほとんど悪気がないこともあるのに、すぐに腹を立ててばかりいる。だが、あの午後、応接間を出るとき、それを改めようと決心していた。無だったわたしの運命が、これ以上望めないほど素晴らしいものに変わっていた。もう何もわたしを傷つけられない、そう思った。あの瞬間は、常に苛《さいな》まれてきた恐怖心がなくなり、二度と蘇ることはあるまいと信じていた。

だから、これからは周りの人たちにも優しくするように精一杯努力しよう。拒絶されて当然だとは思うが、たとえ拒絶されても、気にするのはよそう。わたしには、ジョニー・マクバーニーがいるのだから、もうわたしを不幸にするものは何もない、そう自分に言い聞かせた。

その決心が持ちこたえたのは、階段の途中までだった。階段で、下りてきたアリスとエミリーに会い、二人の発したほんの一言か二言に、いつもの精神状態に引き戻された。

「いい知らせよ」エミリーが呼びかけた。「マクバーニー伍長に、そろそろわたしたちと仲よくしてもらうことにしたの」

「そして、あたしたちも、マクバーニー伍長と仲よくするのよ」こう叫んで、アリスは通り過ぎた。

「どういうこと？　何をするつもりなの？」

だが、二人は質問には答えず、そのまま階段を下りて食堂に入っていった。階段を上りきると、アメリアがいた。彼女は、さっきの癇癪もどこへやら、マクバーニー伍長をここに引き止めるためにみんなで考えた計画を意気揚々と話して聞かせた。彼に親切にしてあげ、精一杯もてなしてあげれば、その件についてマーサ先生に何を言われようと、彼は絶対にわたしたちを置いていったりしないという結論に達したという。

くだらないと、わかっていた。マーサ先生が、ジョニーを追い出そうと本当に決心したのなら、おバカな子たちが結束して策を弄したところで頑として譲らないだろう。先生がそれを望むのであれば、彼にとっても、わたしたちにとっても不快な状況に持っていき、マクバーニーは、日の暮れる前に出ていってしまっていたはずだ。あとになって自分勝手だったと認めるかもしれないが、わたしは、学園のほかの人たちと競い合って、彼の愛情を失ってしまう危険を冒すくらいなら、その結果のほうを好んでいただろう。

もちろん、わたしは今、あの日の午後の状況について話している。あの午後、状況は一転し、自分で出ていく覚悟ができるまで、学園の誰が何と言おうが、何をしようが、自分は出ていかない、とマクバーニー自身が言うときが来た。それが真実だったのかどうかは、議論の余地があると思う。

とにかく、わたしは、おバカな人たちみんなで、人のことに口出しをするのはやめておいたほうがいいと言った。そして、夕食のために身だしなみを整えようと自分の部屋に行き、支度をしながら、応接間で自分の身に起こったばかりのこと、ジョニーが言ってくれたことを考えているうちに、恐怖心も険悪な気分もまたすぐに消えてなくなった。食堂に入っていくころには、上機嫌に近い気分だったので、みんなが席に着いて十分としないうちに、あまりに陽気でおしゃべりなわたしについて、口にした人もいた。

「こんなに生き生きとしたあなたを見たのははじめてではないかしら、エドウィナ」マーサ先生が言った。

「そうですよね」とハリエット先生。「それに、このほうが彼女に似合いますよね、そう思いませんか、マクバーニー伍長?」

「そのとおりです。その黒いヴェルヴェットのドレス、そんなふうにピンで留めた髪、象牙のような頬を赤く染めた彼女は、昔のスペインの王さまの宮殿にいたどこかの貴婦人みてえだ」

「そうね、エドウィナは確かにカスティーリャ人に見えるんじゃありませんか」エミリーが言った。わたしは、彼女を見つめていたが、単に話のついでに言っただけだと思った。

ところが、アリスは、このような話の展開に満足せず、昔のヨーロッパの宮殿には、たいてい悪名高い淑女もいたそうだと言わずにはいられなかった。そして、もちろん、その言葉を発した途端、悪名高い淑女についての話は、自分にとって都合のいい展開にはなりそうもないと気がついた。そこで、作戦を変え、色黒の女性は、獣脂蠟燭の明かりだとよく見えるものだと批評したうえで、世界には魅力的な肩をした女性がいるので、女学園で肩をあらわにするようなドレスが許されるなら、そういう学校は、生徒全員に同じようなドレスを提供し、不公平にならないようにするべきだとまで言い切った。

悲しい当てこすりだったので、わたしは、怒りを覚えるどころか、とても気の毒に思った。彼女が、しきりにマクバーニーの気を惹こうとしているのは、よくわかっていた——その気持ちがどれほど強いかには、気づいていなかった——そして、彼女の勝ち目はほとんどないと思っていた——あの瞬間、彼がテーブル越しにこちらを見てウィンクしたことを思えばなおさらだった——だから、寛大にも、アリスでもほかの誰でも、必要なら、喜んでわたしのドレスを貸してあげると言った。

「いつか、夜、貸してもらうかもしれないわ」マリーが言うと、周りで陽気な笑い声が上がったが、マリーは、その意味がわかっていなかった。

「スカートにつまずかないように、竹馬がいるわね」エミリーが言った。「それから、ずり落ちないように、上のほうにたっぷり糊を塗らないと」

「否定はできないわ」マリーは、苛立《いらだ》たしげに言った。「エドウィナは、わたしより少し背が高いし、成長しきってるからね。だけど、ほかの理由で、エドウィナのドレスが合わない人もいると思うけど。とくにある人なんて、そうなんじゃないのかな。エドウィナのドレスを無理やり着ようとしても窮屈で、かわいそうに、レース飾りをつける羽目になっちゃう人。名前は言わないけれど、その人のイニシャルだけ教えてあげると、A・Sよ」

「ほらほら」アリスが、これに答える前に、マーサ先生が、スプーンでグラスを軽く叩いた。「若い淑女にはふさわしくない会話ですね。そして、ふさわしいか否かについてつけ加えるならば、エドウィナの服装は、女学園にとってはまったくそぐわないと思います。とはいえ、いエドウィナは、ドレスについての異なる考えが普及しているる都会での社交に慣れていますからね。彼女が、ファーンズワースにそのようなドレスを何着か持ってきて、今回にかぎらず、何度も夕食のときに着たことも、みんなが知っています。ですから、この件について今さらこれ以上何も言いません。ただし、エドウィナ、肩にショールを羽織って、もうあれこれ言われないようにしてはいかが」

わたしは、顔から火が出る思いで言われたとおりにしたが、褒められたのだ、と自分に言い聞かせて腹を立てないようにした。ジョニーも、ニコッとまたウィンクしてくれたので、もうすぐ、ファーンズワースでの田舎臭い態度を心配しなくてよくなるかもしれないと思った。

ファーンズワースでのわたしの服装は、ヴァージニアでも最高の紳士たちとリッチモンドで会食したときの服装と同じだった。そのような集まりは、若い淑女が一人で出るのに最高の集まりとはいえないと考えるリッチモンドの人たちもいたが、父は違う意見だったので、わたしは、幼いころからそのような席にいつも招かれた。その同じリッチモンドの人たちは、父が、わたしに幼少期を楽しませず、大人扱いするには早すぎるという意見だった。だが、ジョニーが学園に来てから、わたしがどのようなドレスを着ようと、どのような集まりに出ようと許してくれたとはいえ、父は、わたしを子どもとしてしか扱っていなかったとわかるようになった。そして、わたしが、聞き分けのない、思いやりのない幼気《いたいけ》な娘ではもうなくなってしまったと気づいてはじめて、わたしをこの学園へ追い払ったのだと。

もちろん、すべてが父のせいだったのではない。わたしは、ここへ来るまで、一つ屋根の下で召使い以外の女性と暮らしたことがなかった。その結果、父は、わたしに女らしい――大人っぽい、というのでなければ――服装をさせた――父が、わたしにそれがふさわしいと思ったときに。そして、父がそれを判断する唯一の方法は、容貌によるものだった。その点に関しては、わたしは、とても早い時期に女性になったが、ジョニーが来るまでは、それを嬉しいと思ったことは一度もなかった。

とはいえ、あの夜は、このようなことを考えてはいなかった。ジョニーに悪い印象を与えないように、口を慎まなければということしか頭になかった。わたしが、年配の人たちからのお小言を素直に聞くことができ、淑女とみなされるに値する女であると、彼に証明しなければならないと思った。そして、自分に言い聞かせた。たかが軽い非難じゃないの、確かにマーサ先生には、自分の生徒の服装について意見を言う資格があるのだからと。先生の立場だったら、きっとわたしも、まったく同じことを言っただろう、としばらくして思った。

わたしが騒ぎ立てるのを期待していたらしい――状況が違っていたら、そうしていたかもしれない――学園生たちは、わたしのこの自制心にあっけに取られ、わたしを盗み見ていた。それでも、わたしは、お皿を見つめて何も言わなかった。すると、しばらくして、この我慢に報いるようなことを、アメリア・ダブニーが言ってくれた「べつに、けちをつけることは何もないと思うけど。何を着ていても、エドウィナ・モロウは、学園一の美人だもの。ときどき、あなたのこと嫌だなあって思うこともあるけど、それだけは認めてあげないとね、エドウィナ」

「ありがとう」わたしは、また困惑したが、今度はとても嬉しくもあった。

「その点について、みんなが賛成できないとしても」マーサ先生が、抜かりなく言った。「エドウィナさんと大接戦を繰り広げる人が、ここに一人か二人いると思いますよ。見た目が美しくても、必ずしも心や精神が完璧だということにはなりませんけれど。とはいえ、もう少し勤勉に努力すれば、エドウィナさんは、学園でもっとも優秀な生徒になれると断言できます」

「ありがとうございます、マーサ先生。ご忠告に従うよう努力します」わたしは、また顔が火照るのを感じた。

最後の褒め言葉が、ほかの子ではなくわたしに向けられていたからだ。

「ええーっ！」マリーが言った。「このテーブルにいるのはエドウィナ・モロウなの、それとも偽物？」

「今夜のエドウィナは、ほかでもない本当の自分を見せているのだと思います。今までそれを隠していたのは不幸なことですが、これからは、それをもっと見せてもらえるかもしれません。一方、マリー・デヴェローさんの偽者がこのテーブルにいるようですね。マリー・デヴェローさん本人は、部屋から出てはならないはずですから」

この言葉に、テーブルが愉快に盛り上がった。みんなが、そして——美しさの競い合いについてのマーサ先生の言葉に気をよくした——アリスまでもが、爆笑の渦に巻き込まれたが、マーサ先生が、またグラスを叩いたので静かになった。

「あなたは、どうやら強壮剤の働きがあるようですね、マクバーニーさん。会話に直接加わっていらっしゃらないというのに。夕食でこれほど浮かれ騒いだのは久しぶりですよ。そろそろ、みんなで少しのあいだ真面目になってはいかがかしら。マクバーニーさんは、今日の午後、お読みになられて楽しかったですか？」

「ああ、先生、楽しかった……とても」明らかに、彼がぜひ話したい話題ではなかった。

「マクバーニー伍長は、シェイクスピアの戯曲にとてもお詳しいのよ」ハリエット先生が、口を挟んだ。「家でいつも読んでいらしたそうですから」

「だったら、何か暗唱していただきません」エミリーが提案した。「戯曲のどの幕が一番お好きなの、ジョニー？」

「うーん、たくさんあるからなあ。一つだけ挙げるのは難しい。たとえば、今日は、あの古い戯曲を読み直してたんだ……男についての戯曲で……何て名前だったかな……俺と似た名前だったと思うんだけど」

「『ジョン王』かしら？」ハリエット先生が尋ねた。

「いや、苗字のほうだ。マク何とか」

「『マクベス』」みんなが、一斉に大声で言った。

「そいつだ。そう、その古い戯曲をおさらいしてたのさ。だが、みんなもういやというほど読んだんじゃねえのかな」

「一度もないわ」とマリー。「英語の詩が多すぎるんだもの」

「それに、読みはじめても、読み終えたことがないんだよね」とアリス。「その古い本の活字は、小さすぎて」

「わたしも、読んだことないわ」とアメリア。「どんな内容か教えて、ジョニー」

「ぜひお願いします」マーサ先生が言った。「わたしのように、その戯曲をよく知っている者も、あなたの解釈を聞いたらためになるはずです、マクバーニー伍長」

「そうかもしれねえな」ジョニーは認めた。彼が言ったことを、今、再現してみよう。

「男だからだろうけど、俺は、あんたたちとは少し違う捉え方をするかもしれねえ。さて、始めるとするか。年取ったスコットランド王の軍隊に、勇猛果敢な若い将校のマクベスっつう若い男がいる。こいつの階級は確か書いてなかったけど、佐官級じゃねえかな。少佐ってところか、あるいはせいぜい中佐だろうが、ある日、荒地でそいつの身に起きた一連の奇怪な出来事がなけりゃ、それが、そいつが昇り詰められる最高位だっただろう。軍は、侵略と反逆の組み合わせのようなもんを鎮圧しようとしてた——言葉は大目に見てくれよ、みんな——王は、言うことを聞かねえ領主を討伐するため、小規模な散兵とともにマクベスを派遣してた。そして、マクベスと親友のバンクォーが、荒地を探し回ってると、奇怪極まりねえもんに出くわした。すげえ形相の婆さん三人が、くせえ肉のスープをかき混ぜながら、甲高い、上ずった声で歌ってたんだ。それを見た途端、スコットランド人たちは、婆さんたちのことを、この世の生きもんじゃねえと思った。

『万歳、マクベス！　あんたをずっと待ってたんだよ』と一人の婆さんが言った。『いったいなぜだ？　おまえのことなんか知らねえぞ』とマクベス。すると、別の婆さんが、『ただ挨拶がしたかっただけさ。あんたが、もうじきスコットランド王になると知ったら、興味を持つんじゃないかと思ってね』、『頭がどうかしてる』、『そうかね？』婆さんたちが言った。『わたしらが、正しいことを言ってる証拠があるよ。一時間としないうちに、あんたは、王位に一歩近づき、その日のうちに、もう一歩。そうやって、年老いた王は、あんたの戦場での武勲を讃えて昇進させるのさ』、『そうだな、俺もそれなりの手柄は立てた』マクベスは言った。やつは、ずば抜けて謙虚な男ってわけじゃなかった。『だがな、王は年寄りだが、まだぴんぴんしてるぜ』、『それなら、鍋のなかをちょいと覗いてごらん、マクベス』、『鍋の中身は、否定できないよ』

そこで、その古くて汚らしい鍋を覗いてみたが、魔女が、夕飯にいつも食ってるコウモリやヒキガエルなんかのご馳走のごった煮しか入ってねえ。その三人の婆さんは、間違いなく魔女だったんだ。その証拠に、身の毛もよだつ悲鳴を上げてさ、それ以上何も言わずに箒に乗って飛び去った。

そして、しばらくのあいだマクベスと友だちは、たった今目にしたことが信じられずにいた。ひょっとすると、すべて太陽の光の悪戯だったのかもしれねえ、それとも、ゆうべ飲み過ぎたせいかもしれねえとな。ところが、間もなくして二人が本陣へ戻ると、マクベスは王から、武勲を讃えて領主に取り立てると知らされる。そして、それから一時間としねえうちに、領主では不充分だと判断した王は、マクベスをセインに任命する。セインは、公爵より身分が上だと思う。

こうして、マクベスは家に帰り、アホだよな、女房に何もかも話しちまう。男はこの褒美だけで満足し、勝負から手を引いただろうにさ、女房が言うことを聞かなかったんだろうな。この女房、氷のように冷てえ心と、オークの厚板でもすんなり割っちまうほどの舌を持った、スコットランドでもとびきりの因業女だった。『ほら、ここまでのし上がったんだよ』女房は、マクベスに言った。『ごっそり頂戴しなよ。老いぼれ王が今夜、ここにお泊まりになる。よく切れるナイフと狂いのない腕さえありゃ、明日の朝には、王位はあんたのもんさ』、『ああ、何てこった！　俺にゃ、できねえ』マクベスが言った。『できるだろう？　あんたも、おんなじことを考えてたくせに』

もちろん、女房の言うとおりだった。だけどさ、俺たちは誰でも、ときには恐ろしいことを考えたりもするが、裏で糸を引くマクベス夫人のような人間がいなけりゃ、決して行動には移さねえもんさ。ところがマクベスは、女房にせっつかれて王を殺し、自ら王位を手に入れる。こんな恐ろしいことをしでかしたマクベスは、とどのつまり、その報いを受けることになるんだ。一つ罪を犯すと、同じ罪を重ねるって言われてるようなことが、男が悪い人生に鈍感になるとよく起きるもんだ。王の死体が冷たくなる前から、マクベス夫妻は、勝ち取った王位を守るためにゃ、ほかにも数人を排除しなきゃならねえと気づく。旧友のバンクォーさえもな。

もちろん、そのあいだにもマクベスは、醜い婆さんたちが慰めてくれるんじゃねえかと、荒地に駆けてく。婆さんたちは、マクベスにその国の最高位を約束してくれてたけど、マクベスは、今度はその地位にいつまで留まれるのかを知りたがる。『森の木が全部、街に動いて来るまでさ』と鬼婆は答える。マクベスは、そんなことがどうして起きるのかわからねえが、それでもやっぱり気が気じゃねえ。そして、女房が、殺した王の血がまだ手についてて、スコットランドのどの石鹸を使っても落ちねえって言うもんだから、状況はますます悪くなってく。女房の手に、本当にまだ血がついてたのか、それとも単に気がふれそうだったのか、正直なところ俺にゃわからねえ。どっちにしても、それは、俺のおふくろがいつも言ってたことが本当だっつうのが、また証明されただけさ――どんなに速く走っても、自分の過去からは逃げられねえとね。自分の影のようなもんだって、おふくろは言ってたっけ。自分の影は、闇のなかでは消えると思いたがるやつらもいるが、おふくろは、そういうときこそ、悪魔が仕事に取りかかり、影がおまえに追いついちまうんだと言い張った。『いい子にしてたらね、ジョニー、怖いもんなんて何もないんだよ。でも、悪い子だったときは、気をつけな。邪悪な行ないは、おまえの影の襞《ひだ》のなかに包まれて、おまえの後ろに吊るされ、いつの日か夜になると、悪魔がおまえのベッドに這い上がり、おまえを捕まえるかもしれない』ってね。

そうさ、マクベスと女房にも、まったくおんなじことが起きた。悪行に追いつかれたんだ。マクベス夫人は、とうとう完全に頭がいかれちまって発作的に死んだみたいだし、マクベスがそのあとを追うのもすぐだった。木が、ほんとに城を目がけて動き、それぞれの木の後ろに隠れてた敵兵が、哀れなマクベスを攻撃して、首を切り落とす。これが、話の終わりだ」

「その話には、教訓が含まれていると思いますか、マクバーニーさん?」ハリエット先生が聞いた。

「もちろんさ」彼は、ニタッとした。「教訓は――女にゃ気をつけろ。死ぬべき運命の、弱い男ならなおさらだ。さっきも言ったけど、マクベスは、生き延びられたはずだ――大した儲けも財産もねえかもしれねえが、きっと大して悪いこともなかっただろうよ。マクベスは、髪が白くなるまで生きたかもしれねえ。一年に一、二度、日曜日のミサをさぼったとか、たまに土曜日の夜、一パイントかそこら酒を飲み過ぎて、ときたま女房を黙らせようとビンタを喰らわす羽目になったとかの、小さなことに良心の呵責《かしゃく》を感じることはあってもね。しかも、女房がいつもガミガミうるせえからだと、神さまはちゃんとご存じだ。そうなんだ、みんな――すまねえが言わせてもらう――かわいそうなあのマクベスを破滅させたのは女たち――女房と三人の婆さんなのさ」

「なるほどね、マクベスの奥さんが、そうしたにはそれなりの動機があったんでしょうけど、年とった魔女たちに何の得があったのかわからないわ」マリーが言った。

「第一、魔女たちは、どうしてマクベスのことなんか気にしたの？」

「魔女たちにゃ、悪事を働くための理由なんていらねえのさ」ジョニーが言った。「単なる気晴らしだったのかもしれねえ」

「それとも、そんなに大変なことになるとは気づいていなかったのかもしれないわ」アメリアが口を出した。

「マクベスが、王さまになる運命にあるのを魔女たちは予言できたけど、どうやって王さまになるのかまでは正確に知らなかったってこともあるんじゃない」

「でも、彼女たちは、誘惑しようとたくらんだのですから、それはとてもいけないことですよ」ハリエット先生が言った。

「それでも、マクベスが王になる運命にあったのが明確な事実だったとしたら」アリスが言った。「情報をもらってももらわなくても、ほとんど違いはなかったんじゃないの」

「それによって、彼の身の処し方が違ったのかもしれないわ」エミリーが主張した。「マクベスは、主君のダンカンが自然に死ぬのを少しだけ待つ必要しかなく、自分では何の努力もせずに、人々から次の王さまに選ばれたかもしれない。どうのこうの言っても、マクベスは、とても人気のある武将だったのだから」

「将来がわかったところで、何の役にも立ちませんですよ」どんぐりのコーヒーのお代わりを持って入ってきたマッティおばあさんが言った。「だから、善良な神さまが、あたしらにわからないようになさってるんです。人生の途中で、その角を曲がったら何が待ってるのかわかったら、おっかなくてベッドから出られないと思いますけどもね」

「まったく同感だわ」わたしは言った。「将来を知りたいなんて、絶対に思わない。明日について常に確信していて、明日という日が、自分が思っているより少しもよくならないとわかっていたら、怖いでしょうね」

「あした、あした、そしてあしたと」ハリエット先生が言った。「この一節を覚えていらっしゃいますか、マクバーニーさん？　人生は、ただ歩き回る影法師……無駄にした日々の束の間の記録」

「経験から言っているの、あなた？」マーサ先生が尋ねた。「教訓を教えられ、学べば、一日たりとも無駄にはなりません。マクバーニー伍長がこの戯曲から賢明にも学ばれたとおり、わたしたちの身に起こる恐ろしい事柄の大半は、わたしたち自身の悪い行ないの結果なのですよ」

「恐ろしいことは、間違いの結果としても起こるんじゃありませんか、マーサ先生？」マリーが、無邪気に聞いた。「誰かを傷つけるつもりなんて全然なかったのに、罰を受けることだってあります」

「そういう人たちには、世の習いが対処すると信じています」マーサ先生が、冷ややかに答えた。「不当に罰せられたと感じる人は、以前に犯したにもかかわらず見つからなかった悪行にその処罰を適用することで、慰めを見出すべきです」

「あるいは、将来の悪行だろう？」ジョニーが陽気に言った。「もちろん、死刑なら別だけどね」

そして、その明るい話題で、その夜の食卓での会話はお開きとなった。わたしたちは、感謝のお祈りをし、すでに習慣となっていた歌を歌い、夕べの祈りを捧げるため、一団となって応接間に移動した。

そのときの気持ちを思い出せるとしたら、また幸せな気分――ことによると、前と同じくらい幸せな気分――だったに違いない。二人で肩を並べて食堂から出ようとすると、ジョニーがわたしの手を取って引き戻した。テーブルの片づけを始めていたマッティおばあさん以外は、誰もこの行動に気づかず、マッティは顔をしかめただけで何も言わなかった。彼女が非難していたのが、わたしだったのか、ジョニーだったのか、二人ともだったのか、いまだによくわからないが、どの可能性も多少あったのかもしれない。

いずれにしても、あの夜、わたしはマッティの意見などまったく気にしていなかった。ジョニーの愛情さえ信じていられれば、屋敷の誰にどう思われようと気にならなかった。わたしは、まったく心配していなかった――それどころか、ずいぶん寛容になったものだと、人は思ったかもしれない。ジョニーが、わたしたちから離れて、応接間の向こうの端でアリスとこそこそ話しているのに気づいていても、わたしは、笑いながらハリエット先生と取り留めのない会話をつづけていたのだから。あのときは、ジョニーが、好きなように誰と二人きりで話をしようと、それをとやかく言う理由はないように思え、それを嫉妬するのは恥だと自分に言い聞かせていた。

それでも、たぶん少しだけ嫉妬していて、それを顔に出したのかもしれない。歌が始まると、ジョニーは、わたしの脇に戻ってきて励ますように腕をギュッと握った。部屋を横切るとき、彼はまだ杖を使っていたように記憶しているが、いつもほど足を引きずってはいなかった。マーサ先生にとっては好都合かしら、そう思うと苦々しかった。あのときの彼の威張った歩き方といい、そのあとのわたしとのことといい、すべて、もう自分はマーサ先生に依存していないと示すためだったのではないかと、あのときも、あのあとも、わたしは思った。だが、彼がわたしの近くに立ったとき、まともに顔を向けたわけではないが、横目でチラッと見ただけで、憔悴し、やつれているのがわかった。口元の玉の汗は、痛みのせいだったに違いない。部屋は、あの夜、あまり暑くはなかったのだから。

こうして、わたしたちが、お気に入りの古い曲を何曲か——古きよき『ボニー・ブルー・フラッグ』などを——歌うと、ジョニーが、炉端と母親を恋しがっているかわいそうな移民の男性についてのアイルランドの歌を歌い、その悲しい雰囲気からみんなを抜け出させようと、ハリエット先生が、ハープシコードで軽快なポルカを弾きだした途端、ジョニーがわたしをリードして、部屋中を踊り回った。

「脚に注意して。注意しないと」

「心配するなって、エドウィナ」彼は笑った。「気持ちいい踊りは、脚の凝《こ》りをほぐすのにもってこいだし、おまえは、最高のパートナーだ」

「どうしてわかるの？　まだ、ほかの誰とも踊っていないじゃないの」

「踊らなくてもわかる。おまえほど優雅に、足取りも軽く踊れるやつはいねえ」

彼が言ってくれたもう一つのお世辞だったが、小さい声だったので、音楽にかき消されてほかの人には聞こえなかった。みんなが、こちらを見つめていた。マーサ先生も例外ではなかったが、わたしと同じようにジョニーに一言忠告しただけで、とくに苛立っているようには見受けられなかった。脚の傷口が開いてしまう大きな危険があったので、すぐにやめさせるべきだとわかっていたが、やめさせなかった。楽しくて仕方がなかった。女の子たちがみんな、我慢できないほど羨《うらや》ましがっているのはわかったが、それも気にならなかった。

「秘密を教えてあげるわ」わたしは、少し息を切らしながらジョニーに言った。「今まで、男の人と踊ったことはないの——父とだけよ。それ以外は、学園の授業でだけで、本当にあまり踊ったことがないし、その授業も、あなたの脚が治るまでは中止になってしまって」

「そうか、すぐ授業を再開しねえとな」自信満々のパートナーは言った。「そしたら、俺が、知ってることをみんな教えてやる」彼は、笑顔を絶やさずにはいたが、わたしよりもかなり息切れしていた。顔もとても蒼白かったので、脚がものすごく痛いに違いなかった。

「何もかも教えるなんて無理でしょう?」わたしは、踊るテンポを少し落とさせようとした。「もうじき、ここから出ていくつもりだと思っていたけれど」

「ああ、そうだった――うっかりしてた。でも、教えとかなきゃなんねえとても大切な授業がある。おまえが決して俺のことを忘れねえように、俺がどれだけおまえを愛してるのか教えとかねえとな」

これが、ジョニーが口にした正確な言葉で、それをはっきり覚えているのは、彼がわたしに言ってくれた嬉しい言葉は、ほぼこれで最後だったからだ。とにかく、そのとき、彼が疲れていると察したのだろう、ハリエット先生が、テンポの遅いワルツに曲を変えた。彼は、ポルカと同じくらいワルツもうまかった。だから、彼にそう言った。

「今度は、俺が秘密を教えてやるよ。こんなふうにワルツを誰かと踊ったのははじめてなんだ。故郷のお屋敷の窓の外から、何度か見て知ってるだけだ。もちろん、絹の上着や赤い軍服姿のやつらよりうまく踊れるのは最初からわかってた。ああ、縁日とかで、ジグやリールなら踊ったことがあるけど、磨き上げた床の上で、おまえみてえなべっぴんさんを腕に抱いてワルツを踊ったのは、これがはじめてだ」

わたしたちは、ハープシコードの周りの集団からいくぶん離れた、応接間の奥に移動したが、アリスとエミリーがいっしょに踊りだすと、アメリアとマリーもぎこちなく踊りだした。そのうちの誰か、さしずめアリスが、わたしたちの邪魔をしてくるだろうとわかっていたので、わたしは、ジョニーをできるだけ彼女たちから遠ざけようとした。このころには、彼は、わたしに喜んで踊りのリードを任せていた。上着の背中が汗で湿っていたが、彼はまだ冷ややかに微笑みながら、滑らかに動くというよりは、悪くないほうの脚で跳ねていた。

「やめたほうがいいと思うけれど」

「まだまだ」彼は言い張った。

「ほかの子たちも、あなたと少しは踊りたいんじゃないかしら――アリス・シムズとか」

「そうみてえだな。紳士的に接するべきだと思う?」

「あなた次第よ。わたしには関係ないわ」

「いや、関係あるだろう、おまえ。告白しただろう?理解しあってるんじゃねえのか?」

「あなたがそう言うのなら、ジョニー」

「言うよ。ああ、これが、俺の人生なんだ。踊りしか、したいことは思いつかねえ……この屋敷のほかの誰よりもおまえと踊ってたい……いや、世界中の誰よりもだ。

一生過ごしてたい……踊って……おまえと寝て、エドウィナ」彼は、息が上がってしまい、話すのもやっとだった。

「言葉に気をつけたほうがいいわよ、マクバーニー伍長。そうでないと、本気にしてしまうかもしれないわ」

彼は、ニコッと笑ってウィンクし、腕をギュッと摑みはしたが、それ以上は言わなかった。疲労困憊し、わたしにもたれかかっているような状態だった。案の定、アリスとエミリーが、さっそく近づいてきた。

「パートナーを変わってもらえる？」アリスが、甘ったるい声で言った。

「いいわよ。彼を運べるならね」

マーサ先生が、彼の様子に気づいて演奏をやめさせた。わたしが椅子まで連れていってあげると、彼は、ありがたそうに、悪いほうの脚を投げ出して倒れ込んだ。痛くて気絶しかかっていたが、まだ歯を見せて笑っていた。達成感に酔いしれていた。まるで幼い少年が座っているようだった――駆けっこや硬貨投げのゲームで、遊び仲間を全員打ち負かした幼い少年が。

「わかってたんだ。生まれ変わったみてえによくなるって」

マーサ先生が、脚を見ようと近づいてきたが、彼は払いのけた。

「大丈夫。まだ、あんたが上手に手当てしたまますさ、先生。少しひりひりするし、凝っちゃいるけど、放っといても朝までには治るって。そうそう、朝になったら、ここを出てくつもりだ。だからさ、すまねえけど、先生、朝になったら脚の糸を抜いてくれねえかな。そしたら、出てく」

「心境が変わったのですか？　もうしばらく、ここで休息なさると思っていましたが」

「休息が必要なら、道端でもできる。踊れたんだから、歩けるってこったろう、違うか、先生？」

「そう思いますが、五分と踊れなかったのですから、それ以上長く歩けるとは思いません」

「このまいろって言ってるのかい？」彼は、知りたがった。

「好きなようになさいと言っているんです」マーサ先生は、腹立たしそうに言うと、お祈りを始めるために部屋の奥に行った。

そう、ご想像のとおり、あっという間に部屋に恐ろしいほどの憂鬱が垂れ込めた。マーサ先生は腹を立て、ハリエット先生やほかの子たちは、たった一人の友だちに別れを告げたばかりのような顔をし、自分の決断を伝えてしまった以上、ジョニー自身もあまり陽気ではなかった。彼の出立が迫っていると知ってもまったく動揺していなかったのは、屋敷のなかでわたしだけだったのではなかろうか。もちろん、マッティは数に入れていない。マッティは、あの知らせに気分を害していなかったと思う。

わたし自身の気持ちは、安堵感だった。あとになってどのように思われようとも、それが、あのときの気持ちそのものだった。確かに、普通の人間なら、相思相愛の人と別れたいとは思わない——しかも、わたしは、ジョニー・マクバーニーに深く、強く惹かれていた——それでも、いずれにしても彼がいつかは出ていかなければならないとわかっていたので、それを先延ばしにしないことに満足していた。ジョニーが、ここから遠く離れたどこかで、できるだけ早く元の暮らしに戻れたほうが、お互いのためになると思われた。あの時点でわたしが信じていたとおりの気持ちを、彼が本当にわたしに対して抱いてくれたのなら、この屋敷で時間を無駄にしていても意味がなかった。彼がここから出ていくのが早ければ早いほど、わたしを呼び寄せ、いっしょに暮らす日も早くなる。

夕べの祈りは、通常よりも速く進み、普通なら生徒何人かがする、お決まりの個人への神の執り成しの請願は行なわれなかった。マーサ先生が、学園と、南軍の勇敢な兵士への神のご加護をごく手短に求めてから、あとから思いついたかのように、北部であれ南部であれ、すべての旅人を神がお守りくださることを、生徒、そしてファーンズワース学園のみなからお願いしますと言い足した。

この言葉に勇気づけられたハリエット先生が、マクバーニー伍長への神のご慈悲を、とても優しい表情で求めた。数週間の滞在中に、みんながよく知るようになり、今では友だちとして大切に思っている人だと、先生は言った。そして、マクバーニー伍長が、末永く生き甲斐のある生活を送ることを神がお赦しになり、彼が何を試みようとも、それがよいことであれば成功させていただきたいとお願いし、最後に、わたしたちは絶対にマクバーニー伍長を忘れないので、彼もわたしたちを忘れないようにお取り計らいくださいとお願いした。

この言葉に、当然ながら、みんなは——マーサ先生もジョニーも、そしてたぶんわたしも——目に涙を浮かべた。マーサ先生は、ご自身も、マクバーニー伍長の幸福を願っており、彼が学園にいてくれたことは、わたしたちにとって非常に有益だったので、わたしたちに恩義など感じる必要はないと言った。「マクバーニー伍長が、ここにいらしてくださったおかげで」マーサ先生は言った。「誰もが、とても重要な教訓を学びました——敵であろうとも、個人としては必ずしも邪悪な人間ではないと」

この言葉も、わたしは正確に記憶している。マーサ先生は、この言葉を実際に使い、このあと、わたしたちの夕べの祈りをいつも締めくくっている、お決まりの黙想を呼びかけた。しばらくして、就寝のため解散となった。

わたしは、ほかの子たちのようにジョニーの周りでぐずぐずせず、マッティから火をつけた蠟燭を受け取り、そのまま階段に向かった。早起きして、階下へ下り、彼が学園を出ていく前に一人で部屋を訪れようと思っていた。ひょっとするとアメリアは例外かもしれないが、ほかの誰も、相手が恋人であろうと、わざわざ夜明け前に起きて別れを告げることはできないとわかっていた。

それに、あの夜のわたしは、ジョニーが微笑んでくれ、もう一度腕をギュッと握ってくれ、耳元で甘い言葉——「俺のただ一人の恋人」、「俺だけのおまえ」といった言葉——を囁《ささや》いてくれたので満足していた。彼は、応接間のドアまでわたしを送り、こうした仕草と言葉をごく短い時間にやってのけたので、ほかの誰にも見られていなかったと、あとになって思った。いずれにしても、明日の朝会いにくると言うと、彼が、愛情たっぷりの、ありがたそうで謙虚な微笑みを浮かべたので、わたしは上階の自分の部屋に戻った——わたし自身も、愛情に満たされ、ありがたく思い、これで最後となる幸せな気分で。

わたしの部屋は、この屋敷の奥、屋根裏部屋につづく階段の近くにある。以前は、エミリー・スティーヴンソンと相部屋だったが、あまりうまくいかず、エミリーがわたしを追い出したがっているのがわかっていたし、いずれにしても屋敷には使っていない部屋がたくさんあったので、わたしからマーサ先生に、個室を提供してくださいとお願いした。

もちろん、あの夜は、エミリーや屋敷のほかのみんなについて、いいことしか思い浮かばなかった。いつもどおりベッドに入る前に、わたしは、冷たい水で全身を拭いた。この屋敷のほかの人たちは——このようなごく初歩的な衛生面でのお手入れを怠らない人たちでも——顔と手しか拭かない。だが、わたしは常に、体を清潔に保つことに異常なほど神経質だ。リッチモンドの屋敷にいたころ、一日に何度もお風呂に入って体を洗ったものだから、父に、注意しないとそのうち肌まで洗い流してしまうと言われたほどだ。

まあ、そういうことにはならなかったが、少なくとも外面的には清潔だと常々確信している。そしてまた、この点に関して言うならば、マクバーニー伍長の清潔さが、わたしが彼に惹かれる最大の長所の一つだったと言える。あのときまで——泥だらけの状態でアメリアが森から連れてきた最初の日は別として——彼はいつも、洗ったばかりの髪をきちんと梳《と》かしていた。服については、マーサ先生が、弟さんやお父さまが屋敷に遺していった服のなかから下着の替えを提供しており、ジョニーは、それをできるだけ清潔に保っていた。動き回れるようになると、毎日一度は洗濯場で長靴下やシャツ、下着を洗っているジョニーを見かけた。わたしたちにしてくれているのと同じように、マッティが、そういう雑用はきっとやってくれただろう。だが、わたしも、マッティに肌着はめったに洗ってもらいたくないので、ジョニーもきっと同じように感じたのだと思う。もちろん、ここでもう一度繰り返すが、わたしが、彼のこざっぱりした外観について話すとき、それは、この特別な夜以前の彼について言っているのだ。

さて、こうして全身を拭いてから、わたしは、歯を磨いて髪にブラシをかけ、パリ製のレースのネグリジェを着た。父からのもう一つのお別れのプレゼントであるこのネグリジェを、父がどのように手に入れたのかと聞かれてもわからない。だが、わたしのためにわざわざ買ったのではなく、誰かへのプレゼントだったのに受け取ってもらえなかったか、ひょっとすると、父の部屋に置き忘れられていただけなのかもしれない。わたしは、そんな物はほしくなかったし、自分自身を苦しめる物を何かほかにも持ってきたかったのでなければ、なぜファーンズワースに持ってきたのかわからない。とにかく、あとにも先にも、あのネグリジェを着たのはあの夜だけだった。

あの夜、なぜわたしはあれを着たのだろう？ そして、いつものように五十回ではなく二百回も髪をブラッシングしたのはなぜだったのだろう？ そのおかげで、髪は眩《まばゆ》いほど艶《つや》やかにはなったが、少しも軽くはならなかった。そして、なぜフランスの香水——これも父のおこぼれだった——を何か所にも塗り、ドアを少しだけ開けておいたのだろう？

彼が、会いにくるかもしれないと思ったからだ。そんなのは考えるだけでもとてもいけないことで、ましてや望むなどもってのほかだとはわかっていたが、それがわたしの気持ちだったし、謝るつもりはない。来てくれと頼むようなことは絶対にしなかっただろうが、心の底から来てほしいと思っていた。

だから、眠らなかった。ヘッドボードに背を預け、すぐ脇のナイトテーブルに蠟燭を置き、ウィリアム・ブレークの詩集を膝に乗せて耳を澄ました。屋敷のほかの人たちが床につく音が聞こえた――窓際でエミリーが、肌にいいとかいう呼吸運動をし、アメリアとマリーが、おしゃべりをしながらクスクス笑い、ハリエット先生がすすり泣き、マーサ先生がそれを叱っていた――それから、闇に包まれた外の音――古い煙草乾燥小屋のフクロウ、裏の月桂樹のナイチンゲール、生垣のバッタ、森のカエル、軒を優しく吹き抜ける風、わたしの部屋の屋根の端をこするオークの木の枝――そして、もう一度室内の音に耳を澄ます――応接間の時計の音、ハリエット先生のすすり泣き、いくつかのベッドの軋《きし》み、窓がガタガタいう音――すると、ジョニーがやって来た。

彼は、靴を履いていなかったが、それでも階段の一番下にいるのが聞こえた。踏板が一枚緩んでおり、彼がそれを踏み、自分が何段目にいるのかを確認してから、どうやらびっくりしてしばらく立ち止まった。そして、わたしは震えながら待った。胸の鼓動が聞こえてしまうのではないかと怖かった。それから、わたしが百以上も数えてから、彼はまた歩みを進めた。今度はもっとゆっくりと、だが着実に階段を上り、廊下をわたしの部屋に向かった。

わたしは、ベッドに身を沈めて目を閉じ、息を殺し、唇を噛んで震えないようにした。だが、もう聞いてはいなかった。聞く必要などなかった。彼がそこにいて、すぐにわたしの布団をめくり、わたしに身を寄せてキスし、前に言ってくれたのと同じように「俺のかわいいエドウィナ……」と言ってくれるとわかっていた。

ところが、言ってくれなかった。彼の息遣いが絶対に聞こえたと思ったのに、わたしの頭のなかで血がどくどく脈打っていただけだったに違いない。目を開けても、彼はそこにいなかった。入ってきたけれど、怖くなって出ていったの？　ドアからなかを覗いただけで、わたしが眠っていると思って下に戻ってしまったの？　それとも、暗い廊下でまだ待っているの――ひょっとしたら、わたしが呼ぶのを待っているの？

「ジョニー……」わたしは、とても優しく囁いてから黙った。返事はなかった。再び息を殺して耳を澄ました。廊下からは、誰の息遣いも聞こえなかった。彼はもう、わたしの部屋の外にはいない、少なくともドアの傍にはいないと思いかけた。

ところが、その瞬間に別の音がした――屋根裏部屋につづく階段の踏板が軋む音だった。彼が上っていこうとしていて下りてこない。上にあるのは、古い家具とわたしたちの旅行かばん、使わずに保管されている物だけ――そして、アリス・シムズの寝室。

わたしは、蠟燭を吹き消して布団をすっぽりかぶり、音が聞こえないように耳を塞いで、何も考えないようにひたすら努めて寝ようとしたが、できなかった。どれだけの時間そうしていたのかわからないが、できなかった。それから、アリスが、何かにかこつけて彼を上に招いたのだと自分に言い聞かせた――彼に何かを見せるため、あるいはただお別れを言うためかもしれない――そして、アリスには、彼に言うべき重要なことは何もないとわかって、彼はすぐに下りてくるだろう。ことによると、外の廊下にいるジョニーを、彼女は見ただけかもしれない。ことによると、三階から下りてきたアリスが、わたしのドアの近くにいる彼を見つけ、脅して上に連れていったのかもしれない――彼女のことだ、さしずめ何も言わずに指で招き寄せ、来なければ、大声でマーサ先生を起こしてやると態度で示したのではないか。

あるいは、上ってきたのは、そもそもジョニーではなかったのかもしれなかった。ほかの誰かだったことも、簡単に想像できた。アリス自身だった可能性さえあって、ほかの人たちを起こさないように忍び足で歩き、わたしのドアの前を通り過ぎて自分の部屋に上がっていったのかもしれない。それにしても、みんなが部屋に引き上げてから、アリスは、下で何をしていたの？　答えは容易に想像がついた――ジョニーにしつこく迫っていたに違いない。だが、マーサ先生が許しただろうか？　マーサ先生が、そんなことを許可するはずはなかったが、とはいえ、先生がそのことを知っていたとはかぎらなかった。

この時点で、わたしは判断を下した。アリスは、食堂から書斎に行き、みんなが確実に部屋に引き上げるのを待ってから、ジョニーと二人きりで話をするために応接間に忍び込んだ可能性が高い。まあ、そういうことだったにせよ――そして、そのときには、そうに違いないと思われた――彼女が、彼と二人きりで長いあいだそこにいることなどできなかったはずだ。

でも、少し前に、アリスが上に行くのが聞こえなかった？　エミリーとアリス、あるいはアメリアとアリスが、お休みの挨拶を交わさなかった？　必死に考えたが、思い出せなかった。それに、もちろん、アリスが寝るふりをしたとしても、ほかの人たちが自分の部屋に引き上げてからまた応接間にこっそり戻れたはずだ。

きっと、そうだったのだ。自虐を強く望む傾向があるわたしでも、それしか想像できなかった。そして、ほかのみんなが寝てしまってからも下にいたのであれ、あとで下に戻ったのであれ、とにかくアリスが今上にいるのは確かだった――しかも、一人でいるのはほぼ間違いない――だから、ほかの可能性について考えるのはもうよそうと決心した。

わたしは、またベッドに起き上がり、月明かりでウィリアム・ブレークの詩を読もうとしたが、無駄だった。間もなく月に雲がかかり、とにかく詩に専念できなかった。それから、この学園からずっと離れたところで――わたしが惨めな思いをしたことのあるどんな場所からもずっと離れたところで――ジョニーとすぐに再会できたら、どんなに素晴らしいだろうと考えようとした。ジョニーとわたしが、どこかの素敵な家で夫婦として暮らしているのを想像しようとした――ニューヨークかフィラデルフィアかもしれず、職業や出身よりも、人柄や能力によって人が評価されると、わたしが信じている北部のどこかの都市で――いろいろな意味で、わたしは、南部が日に日に嫌いになっている。わたしたち南部が戦争に負け、ヤンキーに完全に滅ぼされるのを期待することもある――彼らの足で粉々に踏み潰されれば、わたしたちの痕跡も、わたしたちの母親や子どもの痕跡もなくなる。リッチモンドもサヴァナも、この学園も、何もかも大嫌いだ。今でも大嫌いだが、あの夜のほうがその気持ちは強かった。何かもっといいことがわたしを待っていると期待する以外、この嫌悪感を抑えることはできなかった。あの夜は、ジョニーのほかは、世の中が何もかも嫌で堪らなかった。そして、彼を愛していると、やっとわかった。あの日の午後、彼にもそう言い、そのつもりだったが、あのときになって、愛しているのは彼だけだと実感した。

そして、愛しているのだから、彼を信じなければならない。そう感じているのだから、これ以上この学園にいるなど愚かしいと思った。一人でここに留まり、彼の姿が見えなくなった途端、それを後悔するよりも、朝になったらいっしょに出ていったほうがいいのかもしれない。下では、ファーンズワースから出ていくことが彼にとって得策だと信じ込もうとしたが、今度は、異議を挟まずいっしょに出ていくことが、二人のたどるべき最善の道だと思われた。二人でリッチモンドに行き、父に会って結婚するつもりだと言いさえすれば、父は、その知らせに大喜びし、イギリスでも、カリフォルニアでも、わたしたちの好きなところへ行けるように手配してくれるだろう。パズルの欠けていたピースが埋められさえすれば

──わたしが、マクバーニーにすべてを捧げさえすれば──何もかも明らかになった。

何も難しく考えることはない。必要な物をいくつかハンドバッグに詰め込むだけでよく、ほかの物は、みんなで分けられるように置いていけばいい。アリスにも、服を何着かあげよう。それどころか、さっきの夕食で物議を醸《かも》したあの黒いヴェルヴェットのドレスさえ、アリスにあげようと思った。あの赤い絹の紋織りのドレスも、アリスが気に入ったらあげよう。アフタヌーンドレスは、エミリーのほうが似合うから、みんな彼女にあげよう。香水と石鹸、絹のハンカチは、マリーとアメリアで分けてもらおう。それから、ショールやスカーフも何枚か置いていけば、ひょっとしたらマーサ先生とハリエット先生が使ってくださるかもしれない。もちろん、マーサ先生にもハリエット先生にも、お好きな物を選んでいただくが、差し上げるときにお気に障らないように注意して、礼儀正しくしよう。

お金については、金貨はもう使い果たしていたが、ヤンキーの一ドル硬貨が五枚と、紙幣があと十ドルあったので、それだけあれば、リッチモンド・フレデリックスバーグ・アンド・ポトマック鉄道の切符を買ってもおつりが来る。問題はここととフレデリックスバーグとのあいだにいるヤンキー軍で、最後に聞いた噂ではスポットシルヴァニア・コートハウスにいたが、そこから南東に進軍し、今はノースアンナ川近辺のどこかに露営していると思われた。線路を完全に引き剝がしていないとすれば、リッチモンドまでの道は、きっとヤンキーが完全に掌握していた。だが、ここから南西に二十マイルほどのゴードンズヴィルに停車するヴァージニア・セントラル鉄道がまだあった。確か、ヴァージニア・セントラルは、東のハノーヴァー連絡駅まで行き、そこでリッチモンドに向けて南に曲がるが、ヤンキーがハノーヴァー連絡駅にまだ到達しておらず、鉄道が運行している可能性は充分あった。

したがって、計画は単純だった。ロバート・ファーンズワースの古いスーツを着たジョニーと、茶色い繻子《しゅす》の旅行用ドレスを着て青いボンネットをかぶったわたしは、朝、ゴードンズヴィルまで歩いていき、ヴァージニア・セントラル鉄道のリッチモンド行きに乗る。マーサ先生なら、ヤンキーの十五ドルで二人分の切符が買えるとわかっているだろうし、足りなければ、必要な差額を貸してくれるはずだ。そうでなくても、アメリアとエミリーとマリーに余分な物をすべてあげれば、誰か一人が喜んでお金をくれるに違いない。みんな裕福な家の出だし、とても寛大な子たちでもある――そのときは、そう思った――たとえ欠点はあっても。

そうなると、残るは、ジョニーにそれを伝えることだけだった。ジョニーの承諾は簡単に得られると思っていた。わたしを愛しているとジョニーが信じさせてくれ、そのほかのことについても充分話し合った。ジョニーだって、きっとすぐにわかってくれる。いっしょに出発したほうが二人にとって都合がいいと。お互いの気持ちを別にしても、わたしは、とにかく学園を離れたかったのだし、異性といっしょならジョニーも邪魔をされずに旅ができる公算が大きかった。

そこで、こうした思いを胸に、わたしはベッドから出て、パリ製のネグリジェの上に青い絹のガウンを羽織ってドアに向かった。その途端、上の部屋――アリスの部屋――の音に気づいた。今思えば、その音はしばらくつづいていたに違いないが、何とかその音に心を閉ざしていた。人が動き、家具がぶつかる音がして、廊下に出てみると人の声が聞こえた――アリスがクスクス笑っている声に間違いなかった――でも、まだ一人の声しかしなかった。自分の部屋のドアの脇で待ったが、誰もアリスの浮かれ騒ぎには加わっていなかった。

一人で笑っていたのかしら――ひょっとしたら、本でも読んで笑っていたの？　活字の嫌いなアリスにかぎって、そんなはずはなかった。何か一人でふざけていたということもあるのでは？　あるいは、きっと――わたしは、まともに向き合おうとした――誰かが上にいっしょにいるのかもしれない――アメリアか、いやマリーの可能性が高い。実のところ、アリスとマリーはとくに仲がいいわけではなかったが、マリーは、夜になると屋敷を歩き回る習慣があり、部屋から出てはならないと命じられたときはなおさらだった。まさにこの日、彼女はそのような罰を受けていたのを思い出し、ジョニーとの夕食のおかげで、どうやら一時的にその罰を免除されたようだが、その罰にまだ反抗心を抱いていて、屋敷を徘徊することで権力者に対する無視を誇示しているのかもしれなかった。

もしアリスが、上で誰かといっしょにいるとしたら、マリーに違いない、そう確信していた――その自信があったので別の階段のほうへ行こうとすると、アリスの笑い声がまた聞こえ、不意に、わたしのことを笑っているのではないかと思った。結局、ジョニーが上にいて――わたしのことを彼女に話し――午後、わたしが彼に言った愚かなことを何もかも伝えているの？　アリスが、わたしについての学園での噂を告げ口し――わたしの口真似をし——わたしをバカにして——嘲笑っているの？

アリスならどんなことでもありそうだったが、わたしは、まだ自分の命を懸けようとしていた。ジョニーが上にいたとしても、わたしが、すぐさま疑問を抱かずに受け入れられるような、まったく正当な弁解をしてくれるだろうと。それに、たとえ彼が上にいたとしても、わたしのことをアリスと話しているはずがない、そう自分に言い聞かせた。わたしは、人を見る目のある人間ではないかもしれないが、ジョニーのことはちゃんとわかっていた。ジョニーであれ、ほかの誰であれ、言葉と眼差しの不一致、眉を吊り上げ背を向けられること、微笑みの裏に隠された嘲りのみを生まれてからずっと予期し、それに身構えてきた女を欺《あざむ》くことなどできるだろうか？

それでも、自分を安心させるため、応接間に下りていく前にアリスの部屋のドアまで忍び足で近づいて、少し立ち聞きしてもいいかもしれないと思った。彼がそこにいてもいなくても、わかったほうがいい。彼がアリスの部屋にいなければ、そのまま応接間に行って、わたしの明日の計画を伝えよう。たとえ彼が部屋にいても、絶対に惨めな気分になどならず、彼にはアリスと何か個人的な用事があったのだと受け止め、さっさと自分の部屋に戻って朝まで待ち、わたしも彼といっしょに出ていくと伝えよう。

こんなことを考えながら、階段を上っていった。だが途中で、忍び足はやめようと思った。そこまでこそこそする必要はないように思われた。そこで、アリスの部屋のなかから彼の声が聞こえたら、ドアをノックして言おうと心に決めた。「お邪魔してごめんなさい、ジョニー。大事なお話があるので、下へ戻るついでにわたしの部屋に寄ってくださらない」、あるいは、「お二人の会話のお邪魔をしても、アリスが気にしないようでしたら、あなたが興味のある、大切なことをお話ししたいので、ちょっとでいいですから廊下に出てきてくださらない」と。

ドアの下から一条の光が漏れてはいたが、なかから話し声はしなかった。結局、アリスは一人だったに違いない。きっと、さっきは眠りながら笑っていたのだ——それとも、あれは泣き声に近かったかもしれない。どうやら、わたしも、一、二度眠りながら泣いていたらしい——エミリーにそう言われて否定はしたが——それに、ハリエット先生も、夜になるとよくすすり泣いている。確かに、あのアリスでも、わたしたちと同じように不安な夢を見ることもあるはずだ。蠟燭を灯したままなのは、暗がりが怖いからかもしれない。三階で独りで寝なければならなかったら、わたしだって、蠟燭を消す気にはならなかっただろう。

この説明に縋ることで満足し、自分の部屋に戻ろうと背を向けたが遅すぎた。アリスがまた笑ったかと思うと、ジョニーも笑った。それから彼が言った……とてもはっきりと……「愛してるよ」

わたしは、ドアを開けた。彼が、彼女とベッドにいた。わたしは叫んだ……悲鳴を上げた……いや、何かを大声で言った。彼が飛び起き……椅子からズボンを取り……そうしているあいだも、何でもないよ、すべて説明するから、とでも言っているようにわたしに微笑み、うなずいていた。そして、わたしに近づき……手を差し伸べた。わたしは、後ずさりし……まだ悲鳴を上げていたと思う。彼が「かわいいエドウィナ」と言い……わたしは、彼を押しのけた。彼を殴った……彼の顔を……そして、突き飛ばした。彼が転んだ……仰向けに……階段の下へ……

25 エミリー・スティーヴンソン

そう、ご想像のとおり、あの夜、エドウィナ・モロウの悲鳴と叫び声で屋敷中の人たちが起こされたあと、学園は驚愕の渦に巻き込まれた――しかも、彼女は、はなはだしく下品な言葉を使ったと言わざるをえない。あのようなおぞましい単語を――わたし自身、意味すらわからないものもあった――どこで学んだのだろう。とてもおませな――あえて言うならば悪い意味で――マリー・デヴェローが、エドウィナが使ったのは、ニューオーリンズの川船乗りや奴隷商人といったくず同然の人たちのあいだで、頻繁に使われている単語や表現だと請け合った。とにかく、あんな衝撃的なことをしておきながら、エドウィナが、これ以上学園で気取り、リッチモンドの淑女を演じようとしても無駄だと誰しも思った。

マクバーニーの意識はなかった――階段に頭をぶつけたせいだろう――そればかりか、傷口も開いてしまい、床が血の海だった。最初は死んでしまったのではないかと思ったが、マッティが台所から明かりを持ってきて、マーサ先生がすぐに調べ、まだ心臓は動いているが、出血を止めないかぎり、長くはないと判断した。

マーサ先生に命じられ、エドウィナは悲鳴を上げるのをやめたが、階段の最上段に立ったまま無表情で眼下の光景を見つめていた。アリスについては、わたしの知るかぎり、部屋からまだ出てきていなかった。だが、一瞬、自分の部屋のドアの陰から覗き見し、なかに戻ってしまったのかもしれない。そのため、エドウィナの長い非難の言葉から想像する以外、何が起きていたのか、そのときはほとんどわからなかった。しかも、マーサ先生が説明を求めても、エドウィナは答えるのを拒否した。

「さあ、あなた、これでご満足、それともこの人が高潔な若者だとまだ思っているの？」マーサ先生は、怒りの矛先を転じた。

「彼に落ち度があったのかどうか、わかりません」ハリエット先生が答えた。

「ここにいる彼を見ても、まだそんなことを？」

「床に倒れているのはわかります。でも、悪事を働いたという証拠はありません。出血多量で死なせるおつもりですか、お姉さま、本人に確かめてもみないうちに？」

「おどきなさい、みなさん、まったく」マーサ先生が、ぴしゃりと言った。「ボケッと突っ立っているんじゃありません。ハリエット、誰でもいいわ、何か長い布切れを持ってきなさい――何でもいいから！」

ようやくエドウィナが、行動に出た。「待って」と、ガウンの裾を押さえながら、ゆっくり下りてきたのだ。そして、わたしたちのところまで来ると、そのガウンを脱ぎ、見たこともないみだらなネグリジェを見せた。レースとこれ以上ないほど薄い素材でできており、幼いマリーが、窓ガラスに使えそうだと言った。だが、念入りに調べる機会は得られなかった。エドウィナが、すぐさまネグリジェを肩から落として下から脱ぎ、裸になってしまったからだ。そして、ネグリジェを床から拾い上げ、無残に引き裂いた。

「どうぞ」彼女は、マーサ先生に引き裂いた布切れを渡した。「当面は間に合うかもしれません」

「何か着なさい。廊下は寒いですよ」こう言っただけで、マーサ先生は、エドウィナにそれ以上目も向けず、マクバーニーの脚に布切れを巻きはじめた。

エドウィナが、その寄付への感謝を期待していたのかどうかわからないが、期待していたのだとすれば、がっかりしたことだろう。彼女は、ガウンをもう一度着て、しっかり紐を結んで皺を伸ばすと、わたしたちに一言も言わず、自分の部屋に入ってドアを閉めた。

ようやくマッティが、たらいに水を入れて戻ってきて、マクバーニーの後頭部にできた瘤《こぶ》を洗い、ハリエット先生も、気つけ薬で意識を回復させようとした。それでも、彼は昏睡状態で、何をしようと意識はもう戻らないのではないかと思った――運命の天使の銀のラッパをもってしても。だが、あとになってわたしが思ったように、マクバーニーが、厄介な説明を避けるためにずっと気を失ったふりをしていた可能性もあった。もちろん、そうだったとすれば、わたしが思っていたよりも芸達者だった。

マーサ先生が、止血帯を巻いても痛みを感じている素振りすら見せなかったのだから。

「もっと優しく巻いてあげられませんか、マーサ先生？」アメリアが、心配そうに聞いた。

「するからには、さっさとしなければなりません」マーサ先生は、アメリアを叱りつけようともしなかった。

「あなたの大切な人は、とにかく今は何も感じていないわ」わたしは、アメリアに言った。「でも、身から出た錆なのですから、少しぐらい痛い思いをしたほうがいいでしょう、そうではありませんか、マーサ先生？」

返事はしなかったが、マーサ先生もまったく同感だったのだろう。最初のときほど慎重には、脚の手当てをしていなかったのは確かだ。いいえ、先生は手抜きなどしていなかったと思う。自らが決めた仕事に取り組むときは、いつもそうなさっている。だが、わたしなら、たとえ意識を失っていても、あんなに乱暴に手当てをしてほしくはない。とにかく、マーサ先生は、止血を終えるとマクバーニーのズボンの脚を切り裂いた。

「これでジョニー・マクバーニーが台無しにしたズボンは二本目ね」マリーが言った。「最初は自分ので、今度は、マーサ先生があげたズボン」

「このズボンは、あとで直せるかもしれないわ」ハリエット先生が言った。

「その必要はないかもしれません。あなたのマクバーニーさんは、ズボンの脚が一本しかいらなくなる可能性がとても高いですからね」

脚の状態からすると、控えめな表現だった。傷口が開いているばかりか、膝の下で曲がっているところを見ると、以前は細片に分離していた骨が、今度はぽっきり折れてしまっているように思われた。

「ここでは、もう何もしてあげられません。もう一度、下に運ばなくては」

「二階の寝室のどこかに運べないかしら？」ハリエット先生が尋ねた。「エドウィナの向かいの部屋が空いていますし」

「今夜の事件の再発を期待しているの？」マーサ先生が問い詰めた。

「お願いよ、マーサ！」ハリエット先生は、ほとんど叫んでいるに近かった。「この人は、無力なのですよ」

「おそらく、今はね」学園長先生は言い返した。「ですが、まだ死んではいませんからね。下に運びたいのには、もう一つ理由があります。その脚の手当てをするために、食堂のテーブルに乗せる必要があるかもしれないからよ。さあ、みんなで協力しましょう。腕を持って、ハリエット。エミリー、あなたはもう片方の腕を。マッティは、いいほうの脚を摑んでいなさい。わたしは、怪我をしたほうの脚を持ち上げます。アメリアとマリー、肩を後ろから支えなさい」

みんなで、何とか彼を床から持ち上げ、苦労して廊下を抜けて、一階へとつづく階段を目指した。後ろ向きで歩いていたわたしたちは、いつなんどき自分のガウンの裾を踏んでしまうかわからず、気が気ではなかった。そう、ちょうどそのとき、アリス・シムズが、恥ずかしそうに三階の踊り場に出てきた。

「あたしにも何かお手伝いできることありますか?」

マーサ先生もわたしたちも、無視した。彼の重さに息も絶え絶えで、手伝ってほしかったとしても、答えてなどいられなかったと思う。今度は勇気を出して、アリスは、階段を下りて後ろからついてきた。

「あんまりびっくりして、体が震えちゃって、部屋から出てこられなかったんです」

「そうなのですか?」マーサ先生が、喘《あえ》ぎながら言った。

「眠ってたら、そのう、彼が上に来て」

「本当ですか?」

「もちろん、ほんとです」アリスは、目を丸くした。

「押し入ってきたときの彼の怖かったのなんのって。彼を見て死ぬかと思ったら、今度はエドウィナが上がってきて、彼と喧嘩を始めて、エドウィナが階段から突き落としたんです」

「彼が飛び降りたとは、誰も思っていませんよ」

「ジョニーが、上のあなたの部屋にいったい何の用事があったっていうのよ、アリス?」マリーが聞いた。

「知るもんですか」おめでたい女が言った。

「彼は、ちゃんと理由を言ったんじゃないのかな。彼が、あなたの部屋に押し入って、そんなふうにあなたをびっくりさせてから、エドウィナが、あなたの部屋に上がってって、あなたのために彼を追い出してあげようとするまでに、少し時間があったんじゃないの」

「静かになさい、みなさん。自分の仕事に専念しなさい」

わたしたちは、ようやく大切な荷を抱えて一階へとつづく踊り場にたどり着き、彼を床に降ろして、自分の力で勝ち得た束の間の休息を味わった。

「この階段を下まで運び切れそうもないわ、お姉さま」

「難しいわね。投げて落とすわけにもいきませんしね。あなたのお友だちは、もう転落はこりごりでしょうから」

「抱いて運ぶ必要はないのではありませんか? ロープ

か何かで下ろしてはどうでしょう？」わたしは提案した。

「そうね、エミリーの考えも悪くないわ」マリーが言った。「ロープで縛って、仰向けのままゆっくり下ろしたらどうかな。慎重にやれば、あんまり痛くさせなくてすむんじゃない」

「ロープは、あったかしら？」ハリエット先生が聞いた。

「納屋に古いロープがあったようだよ」マッティが言った。「古い馬具もいっぱいある。馬の引き具のほうが、使い勝手がいいんじゃねえですかね」

「取りにいって」マーサ先生が指示した。「急ぐのよ」

――さもないと、それすらいらなくなります」

「それでも、彼がほんとに死んだとしても、とにかく下には運ばなくちゃダメよね」アリスが考え込んでいるあいだにも、年老いたマッティは、裸足《はだし》でできるだけ足早に駆けていった。

「そんな、彼は死なないもの」アメリアが泣き叫んだ。

「アリスったら、よくもそんなことが言えるわね。アリスとエドウィナは、彼にべたべたして困らせて、その気にさせたくせに。神さまは、何もかもお見通しなんだから！」

「アメリアの言うとおりよ」ルームメイトのマリーも叫んだ。「ここで問題を起こしてるのは、いつだってアリスとエドウィナなのに、そのせいでほかの人が責められてる。アリスとエドウィナは、二人とも一か月夕ご飯抜きでお部屋に閉じ込めるべきよ」

「お黙りなさい、みなさん。今から、罰を言い渡します。いいですか、マクバーニーさんの身に何が起きようと、今夜のような出来事の再発は断じて許しません。そして、できるだけ速やかに真実を追求します」

「何も起きなかったのに」アリスが泣きじゃくった。

「神さまに誓ってもいい、大したことは何も起きなかったんです、マーサ先生、とにかく悪いことは何も。さっきも言ったでしょ、彼があたしの部屋に来て、そのすぐあとでエドウィナが彼を階段から突き落としたんです」

「いずれにしても、マクバーニーの申し開きを聞いたら面白いかもしれないわ」わたしは言った。「もちろん、彼が死んでしまったら、アリスとエドウィナの言葉を信じるしかありませんよね？」

「でも、死んでなんかほしくない」アリスが、涙ながらに訴えた。「マーサ先生、この人たちに、ジョニーが死ぬのを望んでるなんて言わせないで！」

「静かになさい……静かにできないなら、みなさん、部屋に戻りなさい。これでは、まるで精神病院です！」

だが、みんなの涙は収まらなかった。そこにいた誰もが泣いていたと思う。泣いていなかったのは、マーサ先生とわたし、泣きじゃくるというより喚き散らしていたマリー、そして、当然ながら、ぼろ雑巾のようにぐったりと、羊皮紙のように蒼白い顔をして横たわっているだけで身動き一つしないマクバーニーだけだった。今思えば、結局彼は、お芝居などしていなかったに違いない。意識を失ってでもいなければ、どんなに熟達したペテン師でも、あの大騒ぎのさなかにじっと横たわっていることなどできなかっただろう。

しばらくすると、マッティが、馬の引き具をいっぱい抱えて戻ってきたので、わたしたちは、そのなかで一番長い物をマクバーニーの脇の下と腰にしっかり巻きつけてから、マリーにランプを持たせ、荷を誘導できるように先に下に行かせて、アメリアに彼の脚をしっかり支えさせた。そして、残りのみんなは、上で紐をしっかり摑み、仰向けの状態のまま、慎重にマクバーニーを一階の床までゆっくりと下ろした。

「ありがとう、エミリー」息が正常に戻ってから、マーサ先生が言った。「とてもいい思いつきだったわ」

「単純な兵站《へいたん》の問題でした。腕のいい兵站係なら、誰でも同じ答えをご提供できたはずです」

それから、わたしたちは、引き具をつけたままマクバーニーを応接間まで引っ張っていき、ソファーの上に持ち上げた。

「こら、ジョニーのわんぱく坊主」マリーが言った。「今夜、ここで今みたいにいい子にしてたら、みんながこんなに苦労しなくてすんだのよ」

マッティが、彼の頭に冷たい水をかけ、ハリエット先生が鼻の下で気つけ薬をまだ揺すっていた。この手当てが効いたのか、移動中にぐらぐら揺さぶられたせいなのか、とにかく、しばらくすると彼は目を開き、明らかにうろたえた様子でみんなを見つめた。自分がどこにいるのか、忘れてしまったようだった。だがすぐに、状況が呑み込めたようで、力なく笑った。

「ご機嫌いかが、みなの衆」彼は言ったが、誰も笑っていないのに気づいたようで、その陽気な表情をすぐに曇らせた。そして、起き上がろうとしたが、まったくできなかった。

「じっとしていなさい、あなた」脚を調べていたマーサ先生が言った。

「古傷をまた痛めちまったかな？」彼は心配そうに聞いた。

「ええ、そうよ、ジョニー」アメリアが答えた。「だけど、心配いらないわ。マーサ先生が、また治してくださるから」

「そうだよな。マーサ先生さまほど、脚の傷を治すのがうめえ人はいねえもんな」彼は目をつぶり、しばらく黙っていた。それから、言った。「今夜は、迷惑をかけちまってすまなかった。だけど、もう迷惑はかけねえ。泥が入らねえように軽く覆ってさえくれれば、予定どおり、朝には出てくよ」

「骨が折れています――今度は、ひどいわ。わたしの手には負えません」

「この前みてえに、押してくっつけてさ、ぼろ切れを巻いてくれよ。それで充分だ。前より痛むわけじゃねえ」彼は、脚が実際にはどの程度悪いのかを見ようと、肘をついて体を起こそうとした。

「あとで、つらくなるかもしれませんよ、マクバーニーさん」ハリエット先生が、言葉を挟んだ。「今はまだ、ショック状態ですが、心配することはありません。みんなで最善を尽くしますから」

「その最善に何が含まれると言うの、あなた？　その傷を治すために、わたしにできることは何もありませんよ。外科医ではないんです――外科医でも治せるかどうか。ですが、あなたが、そうするべきだと思うのでしたら、誰か有資格者を探してみます。朝になったら、ブロックの四つ辻に行って、北軍の将校に医者を派遣してくれるようにお願いしてもいいですよ」

「お姉さまは、これ以上、ヤンキーを屋敷に連れ込みたくはないのだとばかり思っていたわ」

「そうですよ。でもね、今ふと思ったのですが、それしか道はないのではないかしら。あの最初の夜に、南軍の連隊に通報しておくべきでした。そのほうが、彼にとっても、わたしたちにとってもよかったでしょうに」

「でも、ここにいたいと言ったのは彼です」わたしは言った。「ご自分を責めないでください、マーサ先生」

「とにかく、ここに医者を連れてくる必要はありませんね」マッティが突っぱねた。「この人を馬車に乗せて、四つ辻に連れていけばいいんだ。神さまにそのご意思がおありなら、面倒を見てくださる」

「わかったわ。ハリエット先生が賛成してくれるのなら、そうしましょう。彼女の好きなようにしましょう」

「なぜわたしに聞くんですか、お姉さま？　どうして、わたしに判断をゆだねるの？」ハリエット先生は、両手を揉み合わせた。

彼は、何とか脚をちらりと見ることができ、その捻《ね》じれ具合、傷の深さがわかって、「軍医なら、この脚をどうすると思う？」と小声で聞いた。

「切断するでしょうね」マーサ先生が、きっぱりと言った。

「そんなこったろうよ。時間を無駄にしたくねえのさ、やつらときたら。あんたらご婦人と違ってこらえ性がねえ」彼は、また寝そべって目を閉じた。「あんたらもおんなじ考えなら、誰にも知らせねえでくれ。片脚の俺なんて想像できねえよ。踊りが様にならなくなっちまう」

「それに、きっと脱走の罪を問われるでしょうね」わたしは言った。

「そのとおりかもしれねえな。その可能性もたけえ……」

だが、あの瞬間、彼はそのことについてあまり心配してはいなかったようだ。声がだんだん小さくなり、また意識を失ってしまったかに見えた。マーサ先生は、一瞬彼を見つめてから、毛布を引き上げてやった。

「いいわ。みなさん、ベッドに戻りなさい」

「縫ってみようともなさらないの？」ハリエット先生が聞いた。

「骨を矯正できなければ、その上の肉を縫えないでしょう」

「少しだけでしたら、真っ直ぐにできるのではありませんか？」ハリエット先生は食い下がった。「前のように添え木をしてくださいな。とても器用だったわ……傍で見ていましたから」

「それなら、今度は自分でなさい」マーサ先生が、怒って言い返した。「不可能だと言いましたが、それでもやってみたいと思うのなら許可します！」

「わたしが、やってみる」ハリエット先生がためらっていると、アメリアが言った。

「そのようなことは許しません」マーサ先生が言い渡した。「言われたとおり、さっさと自分の部屋に戻りなさい」

「マクバーニー伍長なら大丈夫ですよ、いい子ね」ハリエット先生は、自分に言い聞かせるかのように言った。「出血も止まりましたから、差し当たって危険はありません。明日の朝、明るくなってから、マーサ先生がもう一度脚を診てくださいますよ……そうでしょう、お姉さま？」

「ええ」マーサ先生が、曖昧な返事をした。「診てみようとは思います。さあ、みなさん……」

先生がランプを掲げてドアに近づいたので、わたしたちは、先生の前を通って階段を上った。アメリアが最後尾で、彼女は立ち止まってマクバーニーの足元に毛布をたくし込んであげてから、挑むような鋭い目つきでマーサ先生を睨みつけながら通り過ぎ、わたしたちのあとからついてきた。当然ながら、マーサ先生は、いたって適切に無視した。アメリアは、とてもかわいいおチビさんだったのに、最近では少しばかりこの屋敷の問題児になってきているが、その問題の根源は、同室の子との関係にあるのだと思う。マリー・デヴェローなら、アメリアのような子どもたちの一個連隊でも、きっと堕落させてしまうだろう。

さて、ベッドには戻ったものの、あれほど興奮する出来事のあとでは、なかなか眠れなかった。ひそひそ声やつぶやき声だけどころか、まったく耳の聞こえない人でも眠らせずにおけるほど、屋敷はまだかなり騒々しかった。廊下を挟んでわたしの向かいの部屋にいたアメリアとマリーが、二羽の仲よしカササギのように、あのときのことをペチャクチャおしゃべりしていたので、とうとうマーサ先生も我慢できなくなり、二人の部屋の前に立って、すぐに口を閉じなければもっとも悲惨な結果を招くことになると警告せざるをえなかった。先生は、もう少しお上品な表現を使ったのかもしれないが、これが、まさしく先生の言いたかったことなのだ。とにかく、これでマリーとアメリアはおとなしくなったが、今度は、エドウィナに眠りを妨げられた。彼女は、ドアを閉ざした部屋のなかですすり泣いていた。いや、おそらくずっと泣いていたのだが、あのときになって気づいただけだったのかもしれない。

ついに——そして、これが、あの夜についてわたしが思い出せる最後の混乱だった——ハリエット先生が、そっと階段を下りていくのが聞こえた。ハリエット先生は、神経質そうにちょこちょこ足早に歩くので、すぐにわかる。ほとんどすぐあとから、もっと決然とした足取りで、マーサ先生が階段を下りていくのが聞こえた。妹さんをつけているのだと思ったが、正直なところ、とても疲れていたので、何の騒動が起きているのかを想像する気にはほとんどなれなかった。ところが、この学園には、どんなに夜遅くても、何か起きると、つぶさに知りたがるおチビさんたちがいる。

「ハリエット先生が、ワイン貯蔵室に行ったわ」マリーが、わたしの部屋のドアを開けて告げ口した。「そしたら、マーサ先生が追っかけてった!」

「どうしてわかるの?」わたしは、どうにか尋ねた。

「見当はつくわ。それにね、きっとワインは、本当は自分のためなのに、脚が痛くて眠れないといけないから、マクバーニー伍長に持ってくって言うのよ」

「ベッドに戻りなさい……眠れないじゃないの」

「マーサ先生は、ヤンキー軍に、マクバーニーがここにいるってほんとに知らせると思う？」

「知らないわよ……ベッドに戻りなさい」

「知らせないと思うんだけど」わたしの小さな訪問者は言った。いや、少なくともそう言ったと思った。「マーサ先生は、脱走兵をかくまってるせいで、みんなが撃ち殺されるのが怖いのよ」

「お願い……お願いだから寝なさい！」

「すっごく面白いと思わない？　次に何が起きると思う？」

「いい加減にして！」わたしは、靴を投げつけた。彼女がひょいとかわしたので、靴は廊下の壁に当たった。

「もう、エミリーったら」彼女は、嬉しそうに笑い、「大砲撃ちには、絶対になれないわね」とスキップしながら行ってしまった。

追いかけていって耳をひっぱたいてやろうかと半分本気で思ったが、考えているうちに眠り込んでしまった――そして、幸いにも朝までぐっすり眠った。あの夜、屋敷でほかに何か騒動があったのだとしても、わたしには聞こえなかった。

翌朝、わたしたちは、応接間に入るのを禁止された。追って通知があるまで、緊急の用事がある者以外、その周囲に来ることも禁止すると、マーサ先生に言い渡された。それでも、行きたいと思った生徒は、先生から特別の許可など受けなくても行ったことだろう。

朝食のときに、この発表があり、わたし個人としては、とてもいい考えだと思った。確かに、声高の反対があった――おもにアメリアとマリーからだった。アメリアは、常に、大好きなマクバーニーに性格の欠点があるのを認めようとせず、マリーは、理由の如何《いかん》にかかわらず、行動を制限されることについては当たり前のように不平を言う。マリーが、どんな理由であれ、それまで応接間に入ろうとすら思っていなかったとしても、入るのを禁じられたら、当然のように応接間でずっと過ごしたがるはずだ。

しかし、マクバーニーの脚の損傷の治療を試みようとしないことについて、マーサ先生はどうやら気が変わったようだった。わたしたちが、朝食の席から立った途端、生徒全員を書斎で自習させ、ご自分とハリエット先生、マッティは応接間に入っていった。ハリエット先生のお裁縫箱と、添え木代わりにするのだろう樹皮を数枚、そしてハリエット先生がご自分のベッドで使っていた物を犠牲にしたに違いない、シーツを細長く切った布切れを数枚持っていた。

「マーサ先生が、治療のためにワインをもう一本寄付したわよ」マリーが、書斎のドアから報告した。「ハリエット先生が、ゆうべジョニーにあげたボトルは、最後の一滴まで、ジョニーかハリエット先生が飲んじゃったはずだもの」

「ジョニーは、あたしのこと怒ってるかな」アリスが言った。

「でも、どうして彼が、あなたのことを怒らなくちゃならないの？」マリーが、真顔で聞いた。「話が逆だと思うけどな。彼が、あなたの部屋に押し入って、力ずくであなたを押し倒してひどいことをしたんだから」

「正確には、そういう言葉を使った覚えはないけど」アリスは、慎重に全員の顔を窺った。

「じゃあ、今、正確な言葉を使ったらどうなのよ、アリス。実際に起きた恐ろしいことを教えて。十分か十五分、とっても恐ろしい思いをしたはずよ、それとももっと長かった？　大声で助けを求めたの、それとも体が麻痺しちゃって口も開けられなかったの？　ひどい仕打ちででき た傷跡か痣《あざ》はある？」

「ひどい仕打ちを受けたなんて言わなかったわよ」アリスは、いらいらして叫んだ。「びっくりしたって言ったのよ」

「どうして、びっくりしたの？」アメリアが問い詰めた。「あなたが、彼を上に呼んだんだって、さっきジョニーが言っていたわ」

「彼が、そう言ったの？　ああ、そうそう、何もすることがないんなら、いつかあたしの部屋においでって言ったかもしれない。女の陰口をきくなんて、紳士じゃないわね」

「彼は、陰口なんてきいてないわ」アメリアが、怒って言い返した。「わたしに聞かれて、答えただけよ。あなたが、お部屋に地図があるから、ここを出ていくときに持っていっていいって言ったんだって。彼は、それしか言わなかったわ」

「それに、マーサ先生が、さっきの朝ごはんの前に、同じ質問をしたとき、あたしは、たまたま応接間のドアの脇に立ってたんだけど」マリーが言った。「そのときも、彼、ほとんど同じ返事をしてたわ。そしたら、マーサ先生が、彼のためにあなたが一人で下に持ってきてあげられなかったのなら、さぞかし重い地図なんでしょうねって。今日中に、その地図を先生も見せてもらうってさ」

「どこにあるのか教えてくれるのなら、大歓迎だわ。丸一週間ずっと探してたんだけど、見つからなかったのよね。この地域のとてもいい地図なんだから。ここへの旅の途中で、ミシシッピ連隊の大尉が母さんにくれたんだけど、どこへやったのか思い出せなくてさ」

「それじゃ、よく探すことね」マリーが突き放した。

「このお屋敷のなかには、そんな地図、もともとなかったんだって言う人もいるかもしれないわよ」

「二人とも、喧嘩はやめて、英文法に専念しなさい」わたしは命じた。わたしが、この学園の最年長なので——エドウィナのほうが上だが、朝食だからとドアをそっとノックしても、強く叩いても、大声で呼んでも無視して部屋にこもったままだった——マーサ先生とハリエット先生がいらっしゃらないときは、通常わたしがすべてを任されている。もちろん、エドウィナは、感情の起伏が激しく、自分のことに夢中なので、まったく指導者には向かないが、来年収穫した綿花を全部賭けてもいい、わたしが責任を負わされているのを見たら、彼女はきっと嫌がるだろう。

さて、昼食の時間が近づくと、ハリエット先生が、とても憔悴した、いつもにも増して沈んだ面持ちで書斎に入ってきた。だが、口調は陽気で、マーサ先生が、マクバーニーの脚の骨を元に戻し、今、もう一度縫っているところだと伝えた。ハリエット先生はさらに、マーサ先生はまだ状況を楽観視してはいないが、先生ご自身は、すぐにまた彼の脚がよくなると思うと言い添えた。そして、また元気になれば、わたしたちのお客様は別人のようになっているだろうと推測した。

「今回の事故で、彼は、本当に必要な教訓を学んだかもしれません」ハリエット先生は言った。「これからは、以前よりずっと自分が信頼できる若者であることを証明できると思います」

「彼はほんとのことを言ってるのかも、ハリエット先生」アリスが言った。「地図を探しにあたしの部屋に来たのかも。どうしよう……そうならそうと、さっさと言ってくれてたら……」

「あれれ、あなたたち二人が応接間のソファーにいるのをわたしに見られたときのことを忘れたの、アリス?」マリーが聞いた。「あのとき、マクバーニーは、その地図を探してたんでしょう? あなたが体のどこかに隠してるって思ってたのよね?」

「およしなさい、あなたたち……」ハリエット先生が、マリーと、殺してやると言わんばかりのアリスのあいだに割って入った。「言い争いをする時間ではありませんよ。マーサ先生は、今日は、みなさんが自習に励んでくれることを期待なさっています。わたしは、この学園にはおしとやかで、勉強家のお嬢さんたちしかいないと申し上げたんですよ」

「それなのに、先生が何度そう言っても」マリーが言った。「マーサ先生は、信じてくれないんでしょ、違う、ハリエット先生？」

「ハリエット先生、ジョニーはまだ痛がっているの？」アメリアが聞いた。

「以前ほどではないと思いますよ。少しワインをあげましたから、それで痛みが弱まっています」

「わたしたちは、彼に近づかせてもらえないんだって伝えてください」アメリアが、しつこく迫った。「わたしが、もう会いにいきたくないんだって思われたくないの」

「いいですよ、伝えておきます。それから、ひょっとすると、一日か二日したらその言いつけを変更していただけるかもしれませんよ──みんなが、マーサ先生にわかっていただけたらね──もちろん、マクバーニー伍長もです──マーサ先生が期待なさっているとおりの、善良な人間だと」

「そんなの絶対に無理」マリーが主張した。

「それでも、完璧を目指してみんなで励みましょう」わたしたちの学園長代理は、優しくつづけた。同じことをマーサ先生に言っていたら、当然ながら、マリーは夕食抜きで一週間部屋に閉じ込められただろうが、ハリエット先生はたびたび、この屋敷で起きていることが耳に入っていないかのように振る舞う。そして、先生はつづけて、応接間に戻ってマーサ先生を手伝わなければならないので、誰か、エドウィナに食べ物を持っていってあげてくれないだろうかと言った。わたしが、立候補した。驚いたことに、ほかのみんなも立候補した。

「エドウィナさんは、わたしたちが思っていた以上に人気があるようですね」ハリエット先生は、小さな笑みを浮かべた。

「人気じゃないわ」マリーが訂正した。「好奇心。そして、それを認めるほど正直なのは、わたしだけ」

わたしの場合は、少し違った。当然ながら、前の晩の出来事について、エドウィナがどう申し開きをするのだろうとも多少は思ったが、彼女に同情する気持ちもあった。わたしは常に、エドウィナを気の毒だと思ってきたし、誰に対してもそう認めることをいとわない。

とにかく、ハリエット先生は、わたしの本当の動機を察したに違いない──いや、今度も、わたしが一番信頼できると思っただけかもしれない──即座に、わたしを善きサマリア人に選んだ。その後、先生は応接間に戻り、わたしは、台所へ食事を取りにいこうと、お勉強グループを一時的にアリスに任せた。だが、何の足しにもならなかった。アメリアとマリーに目を光らせておく権限は、賢くなくとも、もっと年上の人間に移譲しなければならない。

「エミリー……ねえ、エミリーったら」問題児が、後ろから大声で呼んだ。「あなたと交代するとき、アリスが挨拶するのを忘れたわよ」

当然、わたしはこれを無視して、そのまま台所へ行った。まあ、わたしがエドウィナのためにお盆に載せた食事は、エクスチェンジホテルやオリエンタルサロンの客にはあまり食欲をそそらないように思われたかもしれないが、それでも栄養満点だった。大麦粥が鍋に少し残っていたので、たくさんボウルに盛った——だが、もう一度火をつけなければならないので、温め直しはしなかった。ヤンキーがまだ共用区域にいるあいだは、調理用の火をできるだけ焚かないようにしていたのだ。わたしたちの存在を隠そうとしていたわけではなく、日中に不要な煙を立てて存在を目立たせることを避けていたからだ。

こうして、お粥と残っていたトウモロコシパン、どんぐりのコーヒー——これも、冷めていたと認めざるをえないが、まだ香りはあった——を持って、エドウィナの部屋に上がっていった。一時期、二人で同じ部屋を使っていたが、反りが合わなかった。彼女は、個人的なことに首を突っ込まないでくれと常にわたしを責め、自分の行動を探り、持ち物を調べているとさえ言った。最初は確かに根掘り葉掘り聞いたのは認めるが、お互いに何か共通点——好き嫌いなど——があれば、少なくとも一時的には友情が築けるかもしれないと思ったからだった。もちろん、時間の無駄だった。彼女が、自分について喜んで話してくれていたとしても——話してはくれなかったが——それは、友だちになるためではなかった。エドウィナ・モロウは、友だちを必要としていなかった。

案の定、ドアをノックしても応えてはくれなかった。だが、朝食を届けるよう指示されたとき、食べたいかどうか聞くようにとは言われていなかったので、ドアを開けて入っていっても指示の範囲を超えないだろうと思った。だから、そうした。マーサ先生は、寝室の施錠を決して許してはくださらない——それどころか、わたしたちは鍵を持っていない——こういう事態を予期してのことなのだろう。

エドウィナは、昨夜の青い絹のガウンを着たまま、森と庭の一部を見渡す窓辺に座っていた。開いた本を膝に乗せてはいたが、読んではいなかった。もっとはっきり言えば、起きてはいるが、周囲のことに何も気づいていないような恍惚状態だった。

「朝食を持ってきたわ。今日は、司令部待遇よ」瞼《まぶた》をピクリともさせなかったので、もう一度声をかけた。「マクバーニー伍長の脚は大丈夫かもしれないと、ハリエット先生がおっしゃっていたわ。一生治らない傷ではなかったのかもしれないわね」返事はなかったが、明らかに呼吸が速まったので、この方向にもう一押ししてみた。

「みんなは、ゆうべ起きたことは、不幸な事故だったのだから、できるだけ早く忘れたほうがいいと思っているようよ」

「誰がそう思っているの?」エドウィナは、こちらを見ずに低い声で尋ねた。

「そうねえ、ハリエット先生がその一人。そして、マクバーニー自身もおそらく。わたし自身はどうかと言えば、わざわざ彼を傷つけるほどマクバーニーに強い興味を抱いている人がいるなんて想像できないわ。もちろん、みんな、昨日のあなたのかなり激しい言葉から、あなたとマクバーニーのあいだに何らかのいさかいがあったのだとは思っていますけれど」

「わたしが押したの」エドウィナの声は、依然として小さかった。「わたしが、彼を階段から突き落としたの」

「なぜ?」わたしは、すぐに聞き返した。

「彼が、大嫌いだから」

「軍服のせい? それとも、アリスの部屋に行っていたから? アリスは、彼女の地図を借りにきただけだと言っているわよ。もちろん、わたしたちは信じてはいないけれど、実際のところ、彼女は今、彼のことをあまり心配していないわ」

「彼はいつ出ていくの?」

「歩けるようになり次第だと思うわ」

「もう顔も見たくない」

「見なくてもすみそうよ。応接間に閉じ込められていて、わたしたちは入室を禁じられているから」

わたしは、お盆を彼女の近くのテーブルに置いた。彼女がまた泣きだし、本が床に落ちた。涙が頬を伝い、彼女はそれを止めようともせず、拭うことすらしなかった。こういう場面――いいえ、弱さをさらけ出すみっともない行為すべて――を見ると、わたしはいつも腹が立つ。あのときも、本当にいらいらしたので、彼女に背を向け、清潔なハンカチを探そうと箪笥に近づいた。

絶対に、ハンカチを見つけることだけが、あのときの目的だった。探るつもりなどさらさらなく、探し物が入っていそうな一番上の引き出しを開けるまでは、ほとんど好奇心をそそられていなかったと確信している。

期待したとおり、ハンカチはそこに入っていた——色も種類も豊富で、ここの生徒たち全員のハンカチを足してもおよばないだろう。そして、ハンカチの上に、象牙の取っ手のついた小さな化粧鏡があり、その隣にはポケットに入る大きさの、安っぽいブリキの額縁に入った写真があった。少し曲がり、色あせていた。

それは、皮膚の色が白い、若い黒人女性だった。フリルのサマードレスを着て、手には日傘を持っていた——ドレスも日傘も、この日のために情け深い女主人か、あるいはカメラマンから借りたのだと思った。額縁のラベルから、カメラマンの事業所はサヴァナだとわかった。その女性は、少なくとも白人の血が半分は入った混血で、ひときわ美しく、わたしは、エドウィナが子どものころに慕うようになった子守りか看護婦だと思った。とはいえ、エドウィナが誰かを慕うなど想像しにくかった。しかし、わたしは、関心を写真からそらし、鏡を調べていた——取っ手にもフレームにも、キューピッドとバラの蕾《つぼみ》などが彫られた、少しごてごてしているとはいえ、手のこんだデザインの品だった——そのとき、ちょっと不愉快な小さな出来事があった。

言っておくが、わたしは、鏡を手に取らなかった——写真もそうだ——引き出しのなかにあったのを見ていただけなので、エドウィナには、わたしが、彼女の秘密の宝物のどちらを見つけたのかまったくわからなかったはずだ。とにかく、ハンカチを手にして振り返ると、恐怖の極みに達した顔で彼女がこちらを見ていた。

「あなたの金貨も宝石も無事よ。一つも取っていないわ」

「取らなかった……?」

「ほかの物には触っていないわ」わたしは、とても頭にきて言った。「あなたの持ち物になんて、少しも興味がないわ!」

「ごめんなさい、エミリー。そんなつもりじゃなかったのよ」

「謝って当然よ。とても下品な態度だもの。さあ、涙を拭いて、冷静になって。ひどい顔をしているわよ」

実は、ハンカチを渡したとき、彼女の涙はもう乾いていた。どうやら貪欲さが、もっと価値のある感情に勝ることもあるらしい。ともあれ、腹を立てながらも、わたしは慈善行為をつづけ、ガウンを整えてやった。前がはだけて、体がかなり見えていたからだ。前の晩、わたしたちの前から去ったときとまったく同じ服装で、明らかに一睡もしていなかった。そう、ずっと眠れずにいるほど彼女が苦しんでいたのがわかって、わたしの怒りも少しは収まった。

「夕食までここで休んでいても、きっとマーサ先生もハリエット先生もわかってくださると思うわ。マクバーニーがあの状態では、どちらにしても今日の授業はないでしょうからね」

もう一つ善意のしるしに、わたしは、落ちていた本を拾ってあげた。『ウィリアム・ブレーク詩集』で、短いが、非常に感傷的な詩のページが開いてあった。

「決して愛を語ってはならない」わたしは、声に出して読んだ。「愛とは語られることのできないもの。優しい風がそよぐときも……静かに、見えないように、そよぐように」

「お願い、エミリー」かつてのルームメイトは、ハンカチを噛んだ。

「それなのに、わたしは愛を語った。わたしは愛を語った。心のうちをあの人に語った……震えながら、慄《おのの》きながら——でも彼女は去ってしまった」

「お願いよ、エミリー……それ以上は読まないで！」

「すごくくだらない作品だと思わない？」

「そうね、エミリー。エミリー……？」

「えっ、何？　大きい声で言って」

「わたしのこと好き？」

「別に、今にかぎって言えば、好きではないわ。でも、普通のときならば、度胸のある人なら誰でも好きと胸を張って言えるわ。それを肝に銘じて、そのように振る舞うことね。さあ、冷静になって、大人の淑女らしくなさい」

「わかったわ」

「こんなちっぽけなことで誰かが恥を晒《さら》さなくても、今、世の中にはいやというほど問題があるのよ。マクバーニー伍長に気分を害したのかもしれないけれど、あなたは南部の女でしょう。涙を流さなくてはならないなら、もっと価値のあることに流したら」

「そうね」

「わかったわね。それなら朝ご飯を食べて、こんなくだらないことはもうおしまいにしましょう」

「はい、エミリー」エドウィナは、従順にスプーンを手にしてお粥を食べはじめた。

ちょっとした手柄を立てたような気分で、わたしは部屋を出て下へ戻った。「女なんて！」むかついたのを覚えている。「マクバーニーのようなろくでなしのために自制心も尊厳も失える、バカな女ばかり」わたしは、心のなかで、彼とヤンキーとの関係を断ち切りつつあった。

彼が敵兵だという事実のせいで、戦争そのものの高潔さが損なわれたし、ましてヤンキーなど、わたしたちの敵になる価値もないように思われたからだ。実は、うんざりして、自分を女性全体から切り離して考えようとすらしていたように思う。

さて、書斎に戻ると、勉強どころか、口角泡を飛ばす議論が繰り広げられていた。傍で見張っていないと、この幼い生徒たちは、命令されたことを五分とつづけていられない。

「あきれたわ、これはどういうこと?」

「かわいそうなジョニーの脚のことよ。あなたが、そのことにとってても興味があるだろうと言ってるんじゃないけどさ」アリスが、生意気な態度で言った。

「実際、今は、それよりも人生で大切なことがあるでしょう。とにかく、ハリエット先生が、マクバーニーの脚はよくなっているとおっしゃったはずよ」

「ハリエット先生は、たくさん間違いをするけど、今度も間違ってたの」マリーが、相変わらず失礼なことを言った。「マーサ先生が、マクバーニーについてのある正式で正確な知らせを持って、ついさっきここに来たのよ。それでね、エミリー、あなたにはお気の毒だけど、あなたがここにいるかどうかも聞かずに発表したの」

「今日中に、横っ面をひっぱたいてやるから覚えてらっしゃい。さあ、誰か一人、マーサ先生が何とおっしゃったかわたしに伝えるか、そうでなければ、全員さっさと勉強に戻りなさい。どちらを選ぼうと、まったくかまいませんけれど」

もちろん、少しは気になった。わたしも、ほかのみんなと同じように、この屋敷で起きていることには何でも関心があった。そこで、立場を利用して、みんなに厳しい罰を与えようとした。すると、案の定、それが功を奏した。

「ひどいのよ」アメリアが言った。気づけば、彼女は、ほかの子たちのように興奮してはいないどころか、涙を流していた。もちろん、これを予期しているべきだった。最近では、ほとんどいつも、屋敷の誰かが泣いているのだから。

「何がひどいの、かわいそうに?」

「ジョニーの脚よ」我らの自然児が言った。「マーサ先生が、ジョニーの脚をちょん切っちゃうつもりなの!」

26 マーサ・ファーンズワース

二次的な責任が生徒の誰かにあろうとも、悪いのは彼だとわかっていた。あの夜、三階で実際に何が起きたにせよ、彼がどう反論しようと、彼が何を考えていたのかはわかっていた。だから、妹に押し留められなければ、わたしのもてなしに対するこの裏切りに激怒し、彼をブロックの道へ引きずっていって置き去りにしていただろう。だが、あとになってふと思ったのだ。そのような行動に出れば、マクバーニーの意図をまったく知らないと思われる幼い生徒たちの名誉を傷つけるのではないかと。

　いずれにせよ、彼の罪が確実だとはいえ、できるかぎりの慰めを早急に与えてやらないわけにはいかなかった。だから、止血して一階のソファーに運び、翌朝には、屋敷のみんなにけしかけられて、マクバーニーが、自業自得で負った損傷を治してやろうと長時間試みた。

「魔法使いでもなければ、この脚を以前のように使える状態にはできませんね」わたしは、二度目となる縫合作業をしていた。

「つまり、あんたは、古い魔法の杖を持ったご婦人っつうこった」わたしの患者は、陽気に言った。「ほら、否定しなくてもいいんだぜ。ここにゃ、あんたの話を信じるやつはいねえんだからさ」

「前と同じようにきちんと縫えたようですね、お姉さま」ハリエットが都合のいいことを言った。つい先ほど、気絶しそうになっていたので、生徒の様子を見に書斎に行かせたばかりだった。だが、そのあと廊下でぐずぐずしていたらしく、戻ってきたときには、もう手当はほぼ終わっていた。

「きちんと縫えているように見えても、健康そうに見えないのは確かですよ。ふくらはぎ《カーフ》が、腫れて変色しているでしょう」

「ええっ！　子牛《カーフ》が変色してたら、母ちゃん牛はどうなるんだよ。ああ、ふくらはぎにそうやって体をすり寄せて、脚を愛撫するんじゃねえ、ばかたれ。ごめんよ、だけどさ、そのポンコツ脚にゃ、冷てえ布を当てて、マーサ・ファーンズワース先生がユリのように白い手でマッサージしてくれるだけでいい。そうすりゃ、外に歩いて出る日にゃ、その脚も強くて丈夫になってるって。これが俺の考えで、ローマ法王だろうが、リンカーン大統領や善良なヴィクトリア女王だろうが、変えることはできねえんだよ！」

「ほら、まったく感覚がなくなっていますよ」

「言ってくれるよな、おい、よくもそんな！　いいか、その脚は、俺の身体で一番敏感なんだ。悪いやつといると、骨の髄まで真っ赤になっちまう。俺はな、何年もその脚を気圧計みてえに使って、神の恵みを受けてきたんだ！」

「間違いなく、痛みは多少感じていると思いますけれど」ハリエットは主張した。「針で刺しても縮みあがらないのは、ワインのせいで、彼が大ぼらを吹いているだけです」

ワインが――その鎮痛効果の有無は別として――まったく痛くないと装う勇気を与えているのは確かだった。しかも、妹がたっぷり飲ませたワインのせいでかなり饒舌になっていた。はなはだしく下品な言葉を使いだしていたし、罵りの言葉や野卑な言葉を吐いては、妹やわたしにふざけ半分に詫びた。

「神は、金持ちに鞭打つんだ――ごめんよ」今度はこんなことを言った。彼の使った正確な言葉をお教えしているのだ。「あったけえ春の朝にゃ、南部の上品な淑女二人に脚を弄《もてあそ》んでもらうにかぎる。やらねえか、ハリエットさんよ。一、二度、そこを優しく叩いてくれよ。恥ずかしがるなって、おまえ。姉さんの仕事っぷりを見たか……？　姉さんは、男の脚を、前にも一、二度膝に抱いたことがあるんだぜ――一目見りゃわかる。俺の脚を懐かしのヴァージニアへ！　そんでもって、かわいい小娘を二人くれよ、脚を磨いて……つねって……こっそり、ちょこっと揉んでもらうんだ。ああ、三拍子揃ったかわいこちゃん。生まれも、育ちも、胸の形もいい、そうだろう？　どう見ても、そこいらの居酒屋や、田舎娘の胸じゃねえ。本物の、登録済み、第一級品の堂々たる胸だ。ほんとの地主階級さんよ、勇気があるなら俺に触ってみろ。小せえが、大したもんなんだぜ。使うより見て楽しんでくれ。優美で、気高く、しとやかな、元気なめんこい……」

「しゃきっとしていられないのなら、出ていきなさい」わたしは、ハリエットに言った。

「出てけよ、ハリエット先生。あんたのドレスは、手術室で着るにゃ襟ぐりが深すぎる」

「相手にするんじゃありません、ハリエット、聞こえているの？」

「わかっています、お姉さま、わかっています」だが、ハリエットは熟したリンゴのように真っ赤で、微かな笑みすら浮かべていたので、彼を増長させただけだった。

「ひがむなよ、マーサ先生。さっきの言葉は、二人のことを言ってたんだぜ」

「あと一言でも口にしてごらんなさい、いいですか、冷たい布を噛ませますよ。わかりましたか？」

「わかったよ、先生。口答えはしねえって。俺みてえな田舎のでくの坊が、べっぴん姉妹の気を逆なでできるかよ……背が高くて堂々としてて、落ち着きがあって非の打ちどころがなく、めったにニコリともしねえし、絶対に声を出しては笑わねえ、普段は優しいが、ときに残酷で……いつも夢を見てるが、思い切ってできなく……」

「いい加減にしなさい！」

「ごもっともです、先生。ちょっと顔を寄せてみろ。唇をそっと噛んでやるからさ」

その言葉に業を煮やし、わたしは、警告してあったとおりのことをした——冷たい布を彼の顔にかけた。彼は、布の下でまだ楽しそうに笑っていたが、払いのけようとはしなかった。

「教えてちょうだい。夢を見ているのに、思い切ってできないのは、どちらのことかしら」妹が、優しく言った。

「そして、それはどんな夢なの」

「耳を貸してはいけません」わたしは、きっぱり言った。

「下品なたわ言は、もうたくさんです」そして、結び目を作って糸を切ってから、そこにしばらく立ち、出来栄えを調べた。

「包帯を巻きますかね、マーサさま？」近くで控えていたマッティが聞いた。

「巻きたいならどうぞ。率直に言って、巻いても違いはないと思いますよ」

「どういうこと、お姉さま？」

「優しかろうと残酷であろうと、真実を告げなければならないときがあります。この男の脚は、病変しています。いずれ、切除しなければならないでしょう」

そう、布の下のクスクス笑いが、この途端に止まったとお思いだろうが、そうではなかった。聞き手が、わたしの言葉を非常に滑稽だと思ってでもいるかのように、浮かれた声はつづいていた。

ハリエットのほうが、動揺していた。「冗談でしょう、お姉さま！」

「冗談？」

「そんな、彼の脚にもう一度治る猶予も与えずに」

「二度と治りません。手の施しようがないとわかりました。あなたを満足させておくために試してみただけです」

「午前中ずっと彼のために費やしたのに、今になってヤンキーの軍医に引き渡すということですか？　四つ辻まで連れていくか、彼らに引き取りにきてもらうのですか？」

布の下は静かだった。明らかに、マクバーニーは、わたしが彼にするかもしれない処置よりも、味方に発見されたあとのことを心配していた。

「どちらも、いたしません。この不測の事態に対処するため、一晩中、寝ずに考えました。これ以上、兵士を屋敷に招き入れるのは分別がないという結論に達しました。マクバーニー伍長も、味方の軍医には会いたくないそうですしね。したがって、ほかのすべての可能性を排除すると、わたしたちで脚を切断するしかないように思います」

その途端、客人がどっと笑いだした。布を払いのけて大喜びで高笑いした。

「やってくれ、マーサ先生、ちょん切ってくれ。許可する！」

「わかりました」わたしは、静かに言った。「これで、やりやすくなります——とはいえ、いずれにしてもあなたの気持ちを確かめるつもりでした」

「許可するよ、喜んで。のこぎりで切っちまってくれ、一思いに。優しいハリエット先生が、手を握って慰めてくれてるあいだにさ」

「準備にしばらく時間がかかります。今日の遅くまで、取りかかれないかもしれません。ですが、日が暮れるまでには行なうべきですね。ランプの明かりで行なうのはためらわれますから」

「彼は、冗談だと思っているんですよ、マーサ」

「そうかしら？」

「お姉さまが、怖がらせようとしていると思っているんです」

「なぜ、わたしがそんなことをしたがるんです？」

「俺を罰するためさ、かわいい人だ。そして、そうされて当然だって、神さまはご存じなのさ——大切なあんたら二人に恥知らずな態度を取ってさ、あんたらのもてなしをとことん裏切ったんだもんな。だけどよ、悪いとこはすぐに直すって約束する。出てく前に、優しくしてくれた二人を強く抱きしめてキスする。してやるって、絶対に、ワインの臭いが消えたらすぐにな……酒くせえ息で不愉快にしなくなってから……」クスクス笑いながら彼は横になり、目を閉じた。

「だいぶ酔っていますね、マーサ」

「そうでしょうとも。話せるのさえ、驚きですよ。あなたが、男二人をご酩酊にさせるほどの量を飲ませたんですから」

「でも、彼は、お姉さまの言っていることを認識していないのよ！」

「彼は、外科手術を行なう許可をくれたでしょう？」

「ゲームをしていると思っているからだわ、わかるでしょう、マーサ。それに、お姉さまの言ったことを認識していたとしても、とにかく彼の許可を鵜呑みになどできません。酔っ払いの判断に頼ってはいけないわ！」

「わたしが頼っているのは彼の判断ではなく、自分自身の判断です。しらふなら、手術を拒否した可能性が非常に高いでしょうが、わたしの状況評価のほうを、彼の評価より信頼すべきだと思いますよ。極端と認めざるをえないこの措置が、彼の命を救うためには必要なのだと思ったまでの話です」

「彼の命なのよ、マーサ」

「彼だけの命ではありません。みんなが、お互いに責任があるのです。一人ひとりが、彼の同胞であり……神に属するのです」

この最後の言葉が聞こえた素振りを見せなかったので、マクバーニーは、眠りに落ちたのだと思った。口をぽかんと開けたまま、まだニヤッとしていた。手を額に当ててみたが、反応はなかった。

「熱がありますよ、間違いない」盛んに議論されている脚に布を巻きながら、マッティが言った。その布――エドウィナ・モロウが寄付した最後の一枚――は、わたしの意見では、あとあとのために取っておくべきだったが、口にはしなかった。「ええ、お嬢さま、この人の身体のどこかが病気なんで、熱が上がってきてるんですよ」

「おまえも、脚が感染症にかかったと思うのね？」

「あたしに、お尋ねなんですか？　この人の脚は、前より悪くなっているでしょうよ、はい。お嬢さまのおっしゃるとおり、ずいぶん黒くなって、腫れあがってるねえ。もちろん、そこまで血が流れてないせいもあるかもしれないよ。血を止める紐を強く結びすぎたんじゃないかね」

「止血帯をそろそろ外すことはできませんか、お姉さま？　ひょっとしたら、もっと早く緩めてあげるべきだったのではないかしら」

「夜のうちに出血多量で死なないように、下のほうの血管を締めつけておく必要があったんですよ」わたしは、ぴしゃりと言った。「こういうことについて、わたしよりも専門的な知識があると思うのでしたら、ここを引き継いで、少し休憩させてほしいものだわ」

ハリエットは、これには何も答えず、いつものきまり悪そうな小さな笑みを浮かべて目を伏せた。マッティに目を向けたが、彼女も肩をすくめただけで何も言わなかった。それから――かなり不機嫌だったと思うが――わたしは、はさみを手にして止血帯を切り、二人を満足させた。脚が痙攣《けいれん》し、マクバーニーが顔をしかめて小さな呻《うめ》き声を漏らした。だが、ありがたいことに、縫った傷口は開かず、脚から再び出血することもなかった。

「これで、きっと彼も何か感じますよ」頑固な妹が言った。

「ときおり激痛が走る可能性はあります」わたしも認めた。「壊疽《えそ》があっても、必ずしもその罹患部分がまったく何も感じないわけではないと思います。だから、あなたがきっと喜ぶ仕事をしてもらうわ。下の貯蔵室からワインをもう一本持ってきてちょうだい――いっそのこと、二本でもいいわ。そして、これから数時間、彼にそれを与えつづけなさい。さきほど話したことを始めるまでに、感覚を完全に麻痺させてほしいのです」

「正気に戻ってから話し合おうともなさらないの?」ハリエットは食い下がった。

「話したところで、変わりはありません」わたしは、ぐっと堪《こら》えた。「彼が何と言おうとね。それに、もうあまり時間がないんですよ」

「ほんとにそんなに悪いとお思いなのかね、マーサお嬢さま?」

「ええ、確信しています」

わたしは、信じて疑わなかった。そこで、廊下の向かいの部屋にいる生徒たちに、わたしの下した結論を伝えにいった。彼女たちに考える時間を充分に与え、心の準備をさせるためだった。マクバーニーに、とても愛着を覚えるようになっていた子もいたからだ。わたしは、彼の命を守るためには絶対に必要な措置であり、軍の衛生部に任せていたら、確実にもっと早い段階で手術が行なわれていただろうと説明した。

「彼に関わっている時間がないからよ」アメリアが、少々生意気に言った。

「もう充分関わってきたではありませんか、あなた。そして、それが最善だと思えば、今後も労を惜しまないと断言できます」

「誰にとって最善なの、マーサ先生?」マリーが聞いた。

「マクバーニー伍長にとって最善なので、しなければならないのです。わたしたちが行ないます――そして、どの軍医にも引けを取らないほど立派に――それが、わたしたちにとって最善だからです」

それから、二階の自室に行き、このあとも数時間は自信を持っていられますようにと祈った。手が震えずにしっかり動きますように、正しいことを行なったのだと毅然としていられますようにと。

そして、窓辺の椅子に座り、あの青年が、わたしの子どものころのような秩序と美しさを取り戻してくれたあずまやを眺めた。彼には、紛れもなく庭造りの才覚があった。庭の向こう端の円形の小区画、神殿を摸した小さな建物が立っていたところさえ、ふと気づけば、綺麗になっていた。あの一画には手をつけるなと釘をさしておいたのに。

マクバーニーは、小さな建物の周りの下生えを一掃してから、どうやら外壁に水漆喰を塗ったようで、真昼の太陽の下、弟とわたしがはじめて建てた、ずっと昔のあの夏の日と同じように汚れがなく新しそうに見えた。彼は、その作業をすべて前日の午後にやったのだろう。あの騒ぎで、今朝は菜園でのいつもの作業がなかったので、誰もこのことに気づいていなかった。

そうだわ、治ったらすぐに必ず彼にこの話をしなければと思った。追い出す前に、あの小さな建物を解体させてもいいかもしれない。どうせいつか解体してもらおうと思っていたのだから、マクバーニーにやらせるのも、いい教訓になる。そのとき、自分がこれから何をしようとしているのかを思い出し、彼が、そのようなきつい仕事に取り組めることがあるとしても、ずっと先のことだろうと思い直した。

まあ、そんなことはどうでもよかった。小さな神殿は急を要さず、誰かほかの人に取り壊してもらうこともできた。あるいは、見事に修復された状態のままでもいいかもしれない——計画どおりにいかなかったすべての事柄の記念碑として。

とにかく、午後の冒険的企てはうまくいくと確信していた。マクバーニーが、めきめき回復して出ていけば、庭と同じように学園にも秩序が戻る。そうしたら、どこへでも好きなところへ行けばいい。さっさと出ていってもらうためなら、リッチモンドであれ、チャールストンであれ、行きたいところまでの鉄道運賃を出してやってもいい。北部に戻る気がないのは明らかで、もはや兵役には不適格になろうとしているのだから、北軍当局も今後は彼に関心を寄せそうもなかった。その意味では、わたしたちは、彼に尽くしてさえいたのかもしれない。ことが終われば、彼にもわかるはずだ。必要性を認識し、それに順応し、最大限努力するだろう。生まれてきた以上、誰しも、そうしなければならないのだから。

彼の命を救うために不要なことは何もしなかったと、わかってくれるだろう。彼の行動を制限しようと、故意に罰しているのでも、脚を不自由にしているのでもなく、助けようとしているだけだった。彼は、ほかのことはともかく——賢い青年だ。だから、屋敷の誰にとっても何から何まで楽しいことではなく、まして肉体作業そのものの重荷ばかりか、その全責任を負わねばならないわたしはなおさらだと理解してくれるだろう。

その後、一時間ほど眠って目を覚ますと、マッティが、ミントティーを持ってきてくれた。ミントティーだけは、この屋敷で不足していなかった。年少のアメリア・ダブニーが、森に行くのを許可されるたびにミントの葉やありとあらゆるハーブを——残念ながら、大部分が消化に悪い——持ち帰ってくれるので貯えは充分ある。

「嬢ちゃんらは、昼食をすましましたですよ。それから、ハリエットさまが、ヤンキーは、とことん麻痺してると。今度は、何をすればいいですかね？」

「たくさんあります。どれも、慎重に、ただし時間を無駄にせずに行なわなければなりません。まず、おまえは、屋敷にある鋭いナイフをかき集めてちょうだい。どれが必要になるかわかりませんから、全部用意してね。砥石で研いで刃を鋭くしてから煮沸して」

わたしは、弟と父の遺品を入れてある大きな簞笥に近づき、引き出しからシェフィールド産鋼の最高級の剃刀《かみそり》を二本取り出した。柄が象牙でできており、昔父がイギリスで買ってきた。

「汚れていないとは思いますが、ほかの物といっしょに鍋で煮てちょうだい。燻製小屋から肉切りのこぎりも持ってきて、できるだけきれいに洗ってね。それから、食堂の絨毯を剝がして、テーブルをゴシゴシ洗ってちょうだい」

「あの立派な木のテーブルを台無しにする気かね？」

「仕方がないわ。大きなテーブルは、あれしかありませんからね。それに、今洗わなくても、いずれは洗わなければならなかったでしょうから。いつかまたニスを塗れるかもしれませんが、今、その話をしている暇はありません。次に、屋敷中のきれいな布を片っ端から集めてもらわないと。シーツやテーブルクロス、余っている枕カバーとか……」

「戦争が始まった年から、余分な枕カバーなんてあるもんですか。それに、お嬢さまのベッドにも、ハリエットさまのベッドにも、もうシーツはかかってません。お屋敷中探したって、四枚か五枚しかないですよ」

「それを持ってきて、必要な分だけ使いましょう。枕カバーも全部持ってきて。生徒たちが、喜んで寄付してくれるはずよ。それから、生徒たちに聞いてちょうだい。エドウィナさんの例に倣《なら》って、いらないシフトドレスやネグリジェ——なくても困らないようなら、できればリネンがいいわね——をいただけないかと。充分な量を準備しておきたいのでね。そうすれば、必要に応じて引き裂けるでしょう。さあ、おまえが手を貸してほしいと思う生徒に声をかけて、わたしがその許可を与えたと言いなさい」

「ちいとは役に立つのは、たった一人、かわいそうなおチビさんのアメリアさましかいないけども、あの子は、何もかもにがっくりしちまって、人の手伝いなどとてもとても。このお屋敷で何にでも役に立つのは、アメリアさまだけなんだ。エミリーさまは威張ってばかりだし、マリーさまは悪戯が過ぎる。アリスさまは、鏡の前に立って一晩でどんくらい胸が大きくなったか見る以外に何の役にも立たないよ。それに、部屋にこもったきりのもう一人は……あの方についてはお手上げだね。たった一つのこと、自分の面倒すら見れねえんだから」

「確かに、エドウィナさんは、とても厄介なお嬢さんです。環境に馴染《なじ》もうとすらしたことがありませんもの。マクバーニー伍長の件が片づいたら、お父さまに手紙を書いて連れ帰っていただいたほうがいいでしょう」

「一か月の食事を賭けてもいいですがね、父親からは絶対に返事なんか来ませんよ。父親は、お嬢さまとおんなじくらいあの人のことが邪魔なんだから」

「とにかく、彼女には出ていってもらわないと。父親が望もうと望むまいと、家に送り返さなければなりません」

「あの人の金が尽きたとお思いなんだね？」

「いい加減になさい！」

「どうしてもっと早いうちに送り返さなかったのかと思っただけだ」

「ひょっとしたら、わたしに何かできるのではないかと思ったからです。ある意味、彼女は、わたしにとって一つの挑戦でしたから。生徒について、失敗を認めたことはありませんが、ことによると今度は認めざるをえないかもしれません。そして、ことによると、こうしているあいだにも、二つ目の失敗を認めることになるでしょう。そうですよ、夏の終わりには、エドウィナさん、それからアリスさんにも、出ていってもらわなければならないかもしれませんね。そのころには戦争も終わっているだろうし――どちらが勝とうとも――そうしたら、学園はまた、もっと裕福な生徒さんでいっぱいになるわ」

「二人とも気の毒だよ。あの人たちには、どうすることもできないんだから。アリスさまは、母親があんなふうに育てちまったんでどうしようもない。もう一人もおんなじだ」

「気の毒だとは思っていますよ。でも、哀れみ――あるいは、もう少し別の感情――に動かされていたのでは、このような組織を運営できない。感情に左右されていたのでは、マクバーニー伍長の脚を切断するという決断を下せなかったのとまったく同じことよ」

「ほんとにそうだと言えるんだね？」

言ったことに相違はないと繰り返した。このことに関して、卑しむべき動機があったとそしりを受けるようなことがあろうとも、また、不必要な手術を行なうべきではないと警告されたと言われるようなことがあろうとも、マーサ・ファーンズワースは、その件について忌憚なく、とことん話し合うことを拒否した覚えはなく、その話し合いの一部たりとも隠し立てはしなかったと認めてもらえる自信がある。わたしには、今でもやましいところは何もなく、あのときもなかった。部外者の問題に丸一日費やすことで、生徒たちに不利益をもたらしたという事実はあったかもしれないが。

そして、召使いに対するわたしの返事は次のとおりだった。「思い上がりもいいところの、無作法な見下げ果てた人ね。日増しに、途轍もなく苛立たしい人間になっていくわ。おまえをここに置いてやっているから、神さまがお怒りになってわたしを困らせていらっしゃるんだと思うこともあるわ！」

「質問しただけでしょうが」マッティが、臆さずに言い返した。

「不適切極まりない質問だったと、おまえもよくわかっているはずよ。答える必要などありませんが、ほかの人のいる前でおまえが憶測することのないよう、言っておきますが、わたしの決断は、いたって客観的なもの。常識や冷徹な論理以外の、恐怖心や怒り、哀れみなどの感情に駆られてヤンキーの脚を切り落としたりいたしません。それが、唯一妥当な措置だと判断したから行なうまでです」

「あの男にとって妥当なんだね？」

「もちろん！」叫び声に近かった。「彼にとってですとも！」

「わかりました」マッティは、恥ずかしそうに言った。

「怒ることないでしょうが。お嬢さまが本気かどうか確かめたかった、ただそれだけのことだよ。冷めないうちに、お茶をどうぞ。おいしいカブのスープと、サラダ、それから残ってるベーコンを少しお持ちしましょうかね」

「けっこう、何も食べたくない」

「あの男に取りかかる前に、何か胃袋に入れとかないといけないですよ。強くしっかりとして、ちいとでもくらくらしちゃならないんだ。あんまし愉快なことじゃないからね、今朝のハリエットさまみたいに、途中で気絶しそうになりたかないでしょう。下りてらっしゃるまでにスープを用意しとくかねえ。お嬢さまが飲み干すまで脇に立って見張ってるよ」

こうしてマッティは、あからさまな反抗と傲慢さから、もっとも説得力があり――彼女を知らない人なら――愛情のこもったとも取れる心遣いへと態度を豹変させる賢い能力をまたしても見せつけて部屋を出ていった。まあ、わたしは、彼女をよく知っているので、そのような変わり身の速さには騙されない。だが、そのときまでには、怒りも下火になっていた。マッティの問題は今に始まったことではなく、戦前と同じやり方で対処しようとしても解決できないと認識したからだ。買い手がいなければ、悩みの種を安く売り飛ばすこともできない。我慢し、時代がよくなるまで――これ以上悪くなりようがないので、必ずよくなるだろう――諺のひき臼のように首に吊るしているしかない〔新約聖書「マタイ福音書」十八章より。ひき臼は、「心の重荷、悩み事」の意〕。

こんなことを考えながら、ハーブティーを飲み終えて、古いが清潔なギンガムのワンピースに着替え、髪が解けて邪魔にならないようにしっかりピンで留め、最後に石鹸と水、硬いブラシで手と腕をよく洗い、これで自分自身の準備は万端だと確信してから、わたしの病院の開設準備の進み具合を見に一階へ下りていった。

わたしが入っていったときには、食堂はまさに簡易病院さながらの様相を呈していた。マッティと生徒たちが、すでに絨毯を剝がし、椅子をどかしていた。エミリーが、獣脂石鹸とお湯をわたしの大好きなクルミ材のテーブルにかけているところだった。アリスとマリーが意気込んで屋敷中を走り回って、頼んでおいた布をかき集め、感心にも、テーブル近くの台に積み重ねていた。熱の入れすぎだとは思ったが、作業員の一人が、屋敷中の薬という薬をすべて集めることにしたらしく、その瓶が別の台に載っていた。胃薬やリウマチ用の軟膏、妹の頭痛薬などいりそうもなかったが、せっかくのやる気を削ぎたくなかったので、心のなかで笑うに留めておいた。

マッティを台所で見つけたが、頼んでおいたとおり刃物を研いで煮沸していた。このころには、わたしの機嫌もほぼ戻り、準備が滞りなく進んでいることに満足していた。だから、宿敵が黙っておたまですくってくれたカブのスープを受け取り、座ってスプーンで何口か飲んだ。

「ハリエットはどこ？」

「廊下の向こうでヤンキーを見張られてますよ。お嬢さまが仕事に取りかかられても、大して役には立たないでしょうよ」

「ハリエットのことは、あまり当てにしていません」わたしは丁寧に言った。「アメリアさんは、どこです？」

「どこかへ、ぷいと出ていってしまったよ。あの子も、お嬢さまがなさろうとしていることには反対だからね」

「お生憎《あいにく》さまだこと」わたしは、「あの子も」という言葉は無視した。「古代アテネのような民主主義国家をここで運営できないのは気の毒です。そうすれば、アメリア・ダブニーやほかの誰かが、わたしたちの指導者になれるでしょうに。アメリアさんが、マリー・デヴェローのように強情になっていくのが心配です。マリーとの繋がりが強すぎる結果の可能性が高いですね。二人の部屋を分けたほうが賢明かもしれない」

「心が優しいいっつうだけで罰するのは、どうかと思いますけどね」

「三つのことをよく考えなさい、マッティ」わたしは、またいらいらした。「一つ、わたしは、あの子を罰しようとは思ってない。二つ、心の優しさは必ずしも美徳ではない――それどころか、状況によっては愚かさでもあります。三つ、おまえの助言が必要ならば、こちらから言います」

「冷めないうちに、スープを飲んでおしまいなさい」マッティは、泰然としていた。

わたしは、言われたとおりにしたが、もう味わってはいなかった。そして、向かいの部屋の患者の様子を見にいった。マッティの報告どおり、彼はすでにまったく意識がなかった。妹が、脇に座ってワインを飲んでいた。

「最後の一杯なんです。飲み干したほうがいいと思って」

「そのボトルの最後の貴重な一杯なのですよ。つまり、手術中に万一彼が目を覚ましたら、もう一本開けることになるわ」

「そのほうがいいかもしれませんわ、お姉さま。安全を期して、新しいボトルを用意しておいたほうが賢明なのではありませんか？」

これもまた、わたしにとってはもう一つの永遠の苦痛の種で、これは――戦争中であろうとなかろうと――わたしには、お手上げだった。

「コルクなら、すぐに抜けます。それにマデイラは、空気に触れるとすぐに悪くなってしまうのよ」

「ええ、そうですね」ハリエットは、ため息をついた。

「マリーのお父さまが送ってくださったプラムブランデーがもうないのが、残念ではありませんか？　ブランデーのほうが、ワインよりも麻酔効果があるでしょうに」

「ええ、そうでしょうね。もうブランデーがないのが非常に残念ですし、貯えを節約しなかったのも非常に残念です」

妹は、これには答えず、またため息をついただけだった――いや、げっぷだったのかもしれない。だが、わざわざ確かめることはせず、戸口に戻って廊下の向こうのマッティと生徒たちを呼び寄せた。

「これからマクバーニー伍長を食堂に運びますから、みんなに手を貸してもらわなければなりません」

「わたしが提案した方法をまたお使いになるのですか?」エミリーが聞いた。「ゆうべ、彼を下ろしたときと同じように、引っ張っていきましょうか?」

「それはやめておきましょう。一つには、できることなら、彼の目を覚まさせたくないからです。それに、テーブルの上に彼を乗せるという問題もあります。テーブルは、ソファーよりずっと高いですよ」

「担架のような物を作ってはどうかしら」妹が提案した。「シーツを畳んで、二本の箒の柄に縫いつけるの。それより、蔓用の支柱のほうがいいかもしれない。いずれにしても、彼を移動するのにそういう物がいると思うので……お姉さまが、終わられてから……」

「妙案だわ、あなた。ちゃんと使えば、まだ頭が働くじゃないの。蔓用の支柱がいいでしょう――そのほうが丈夫です。納屋へ行って、丈夫なのを二本選んできてちょうだい、エミリー。それから、台所に集めたシーツを一枚取ってきて、アリス。マリー、あなたは、わたしの部屋からお裁縫箱を持ってきて」

「いいえ、わたしのお裁縫箱を持ってきてちょうだい。わたしにやらせて、マーサ……わたしの思いつきなのだから」

「わかったわ」わたしは、あっさり承知した。「あなたにも、少しは役に立ってもらわないと。でも、急いでちょうだい。午後の一番明るい陽射しのなかで仕事をしたいのでね。そのあいだに、残ったみんなは、ほかの準備をつづけましょう。みなさんとマッティは、台所と食堂での作業に戻ってちょうだい。わたしは、書斎で医学書の拾い読みをします。担架ができたらすぐに呼ぶのよ、ハリエット」

妹は、言われたとおりにした。しかも、割と短時間しかかからなかった。わずか十五分ほどで、二本の支柱に布をしっかりと縫いつけた――神経過敏な状態だったにもかかわらず、縫い目も真っ直ぐできちんとしていた。時間を惜しまず、仕事ぶりを褒めてやると、ハリエットは、まだ唇を嚙みながらも微かな笑みを浮かべた。

「マクバーニー伍長がまた転落して、これ以上ひどい怪我をしないように丈夫な物にしたかったんです。お姉さまの必要を満たしていますか？　四人で支柱を持てるように、四隅を充分残して布を縫いつけたんですよ」

「上出来よ、ハリエット。あなた、裁縫が上手ね。誰にも否定できないでしょう。さあ、マクバーニーさんを廊下の向こうに運ぶのさえ手伝ってくれたら、もうそれ以上は手術に参加しろとは言わないわ。あなたが、非常に弱い性質なのはわかっていますから、しぶしぶ手伝ってもらって、途中で失神の発作や不穏な行動を起こされるくらいなら、まったく引き込まないほうがいいと思います。ですから、仕事をわたしたちに任せても責めたりしませんよ、部屋に戻って成功を祈ってちょうだい」

「わかっていらっしゃるの……わたしもいたいと思っているわ。おっしゃるとおり、ほとんどお役に立てないかもしれませんが、迷惑はかけないと約束します。お姉さまが、おっしゃっているんです……それが必要なことで……今日やらなければならないと……でしたら、わたしたちしかいないのに……」

の務めです……お姉さま一人を残さないのが……子どもたちしかいないのに……」

「ブラボー、ハリエット先生」エミリーが言った。「そうでなくては。これぞ、南部の勇敢な男たちが、出陣前に必ず心のなかで言う言葉ですよ。彼らも、そんなことはしたくなくても、文句を言わずにとにかく前進する。この戦争に勝つには、それしか方法がないのですもの」

「ばっかみたい」マリーが言った。「前に進むのは、将軍たちの大きな戦列が後ろにいて、前に進まないと剣や銃剣で刺されるからよ」

「マーサ先生、あなたの学園でこのような反逆的な発言をお許しになるんですか？」

「これ以上は、どのような発言も許しません――内容の如何にかかわらず。しなければならない仕事があるのですよ。さあ、ハリエット、あなたとマッティは、それぞれ担架の両端を持っていて。そのあいだに、エミリーとわたしで、彼の肩を担架に載せます。そうしたら、エミリーがあなたといっしょに前を持ちますからね、ハリエット。そして、わたしが彼の脚を反対側に乗せます。最後に、わたしはマッティといっしょに、後ろ側の支柱を持ちます。みなさん、わかりましたか？」

「よくわかりましたけど、あたしにも何か手伝えることはありますか？」アリスが聞いた。

「あなたは、脇を歩きながら、体があまりぶつからないように体をしっかり押さえてあげてちょうだい」

「あたしは？」マリーが、いきりたった。「あたしだけのけ者なの？」

「あなたは、反対側を歩いて、彼が落ちないようにしてちょうだい。それから、この解剖学の本とハリエット先生のお裁縫箱を持ってきて。さあ、みなさん、準備はいいですか？」

「これは、彼のため」妹がつぶやいた。「わたしは、これが最善だとわかっています。わたしは、決して眠りません、もし、わたしがそこにおらず……万一、彼の身に何か起きたら……」

「さあ、エミリー、いっしょに持ち上げましょう」

そして、わたしたちはそのとおりに行なった。彼を持ち上げ、わたしが予期していたよりも素早く滑らかに担架に移した。みんなが、てきぱき動いたので、マクバーニー伍長は、目をあけて瞬きすることも、口を開けたままいびきを止めることもなかった。

そして、木箱に入った新鮮な玉子を持ってでもいるように、優しく、慎重に廊下を抜けて食堂まで彼を運び、一致団結して——今度は、担架の下にもぐって下から押し上げるのに好都合な、小柄なマリー・デヴェローも手伝って——きれいに洗われて、汚れ一つない食堂のテーブルの上に患者を持ち上げ、担架をそっと抜き取った。

「終わりましたよ。荷は、無事に損傷もなく包装され、配達されました。みなさん、よくできましたね」

「そろそろ彼を起こそうとお考えだったのではありませんか、お姉さま？」ハリエットが、小声で聞いた。

「起こすですって！　とんでもない、眠らせるためにワインを三本も空けたんですよ」

「わかっていますが、聞きたいのではないかと思っていました……そのう……彼が本当にこんなことを望んでいるのかと。ワインでしたら、まだありますから……また眠らせられるのではないかしら」

「ハリエット」わたしは、苛立ちを抑えながら言った。「わたしたちが最善のことをしようとしているとわかっていると言っていたじゃないの。これが最善の結果をもたらすと、わたしにはわかっています。マッティや生徒たちもそうです。彼自身よりも、わたしたちのほうが、彼の脚の状態を診てきちんと判断できます。今ここで彼を起こして、もう一度彼の許可を求めて何になります？彼は、一度許可しているんです——あのときも多少酔っていたと認識しています。今、起こしたところで、まだ酔っているでしょうから、改めて彼の許可を得られようが、得られまいが、わたしはことを進めます。この件について、何が正しく、適切で、正当かについて、みなさんを絶えず納得させなければならないことに、いささかうんざりしてきました。責任の重さに押しつぶされそうになることもあるのは、わかるでしょう。ですから、一人で負っているこの重荷を、誰かそれに持ちこたえられる人にそろそろ任せようと思います。さあ、どう思いますか、ハリエット？　彼を起こして、痛い思いをさせてみましょうか？」

「いいえ……やめて」

「わたしが、急ぎすぎたのかもしれません。あなたに判断を委ねましょうか。どうします、ハリエット？　今、彼の脚を切断しますか、それとも脚に毒が回って死んだほうがいい？」

「お願い、マーサ！」

「答えなさい、ハリエット」

　わたしは待った。ハリエットは、話そうと口を開いたが声にはならなかった。わたしは腕組みし、ほかのみんなと同じように彼女を見つめた。ずいぶんして、ようやくハリエットは答えた。「お姉さまが正しいと思うようになさって、マーサ。わたしも責任を共有しますが、全責任を負わせないで」

「では、進めていいのね？」

「いいわよ、この鬼、進めなさいよ」ハリエットは叫んだ。「両脚とも切り落としたら、さぞご満足でしょうね！」

「ハリエット」わたしは、静かに言った。「あなたは、まともな精神状態ではないわ」

「酔ってなんかいないわ」ハリエットは、食ってかかるような目で見つめた。「そうおっしゃりたいのならね」

「あなたがどうであれ、生徒たちがいるのですよ。退室するようお願いせざるをえないわね」

「それなら、こちらも、拒否すると言わざるをえないわ！　責任の半分を受け入れ、この件に関わったのですから、ここに留まって、ほかのことはともかくとして、見とどけさせてもらいます。心配なさらないで、マーサ。これ以上かき乱したりしませんから。お姉さまを動揺させて、手を震えさせたら困りますものね……罪の半分をわたしも負うことになるのでしたら……」

　ハリエットは血の気がなく、今にも倒れそうだった。だから、もうその件について議論しないほうがいいと思った——何しろ、生徒たちが周りに集まり、目を丸くして、わたしたちのいさかいを明らかに楽しんでいるようだったから。今は、すべきことをできるだけ速やかにしてしまうのが、唯一の分別ある振る舞いだと判断した。ハリエットとの意見の食い違いは、あとでも対処できる。

「そうさせてもらいます。マリー、部屋から出なさい」

「何でよ？」おチビさんは叫んだ。「あたしだって、アリスやエミリーとおんなじくらいきっと役に立つわ！」

「アリスもエミリーも、あなたよりずっと年上です。手伝いたいという気持ちには感謝しますが、ここであなたにできることはありません」

「アメリアを探しにいってちょうだい」ハリエットが、表情とは裏腹に穏やかな声で言った。「ルームメイトを探して、慰めてあげて。そうしてくれたら、マーサ先生もわたしも、とても嬉しいわ」

幼いマリーのラテン系の気性は、そうやすやすとは鎮まらなかったが、とにかくわたしの言いつけに従った――部屋を出て、屋敷中の窓が震えるほど乱暴にドアを閉めた。わたしは、心のなかで、今後解決しなければならない問題のリストにマリーを加えた。

彼女のけしからぬ態度について差し当たっては何も言わず、テーブルの端で目を閉じ、ドタドタと階段を上っていくマリーの足音がしなくなるのを待った。それから、言った。「みなさん、すべての正しいことを始めるときと同じ方法――お祈り――で今回も仕事を始めましょう。頭《こうべ》を垂れ、わたしたちの努力に神の祝福があらんことを、そして成功にお導きくださるよう、全能の神にお祈りしましょう。マクバーニーさんが、一刻も早く活力を取り戻し、元気になられますように。そして最後に、マクバーニーさんに、理解する能力をお与えくださいますように。最初は、不当な困難と思われようとも、それが必要だったとわかるための能力を。そして、彼がその困難を乗り越えられるようになるまで、神さまが彼のために立ててくださった神聖な計画の一部なのだと、彼がそれを甘受しますように」

全員で、しばらく黙想してから、わたしは言った。「さて、みなさん――始めましょう。台所から刃物を持ってきなさい、マッティ。そして、わたしの近くの台に置いて。エミリー、その布の一枚を帯状に裂いて、止血帯が必要な場合に備えて脇で待機してちょうだい。アリス、ハリエット先生のお裁縫箱からはさみを取って」

「わたしにも、何かしてほしいことはありますか?」最後に名前の出た人物が、今度はやけに従順に言った。

「ありません」

「何でもお望みのことをします」

わたしは振り返り、彼女をさっと窺った。どうしても居座るつもりならば、忙しくさせておくに越したことはなかった。

「わかったわ、ハリエット、それなら読んでもらうことにします。その本を手に取って、しるしをつけておいたところを開いて。チェックのあるページを流し読みして。アンダーラインを引いた文章を、すぐに読んでもらいますから」

その本は、『グレイ解剖学』で、実用科学の教科書に使おうと何年か前にリッチモンドで買っておいた。正課授業として実用科学を設定したことがないので、その本は、あのときまでほとんど使われていなかった――男性生理学についてこっそり知りたいと思ったある子が、ときおりそわそわと親指でめくる程度だった。

わたしは、はさみを手にし、マクバーニーのズボンの右脚を膝のすぐ上で切り離した。弟の古い正装用のズボンで、少し前に包帯を巻いたときに、巻き上げておいたようにも思うのだが、ずり落ちて作業の邪魔になりそうだった。いずれにしても、マクバーニーには、ズボンの右脚はもう必要ない。

「こんな真っ蒼な顔をして――ロバートに、本当によく似ているわ」わたしは思った。この屋敷にマクバーニーが来た二日目に、そのことに気づいていた。そのときは、似ているがゆえに、彼をとても気の毒に思った。そして今度は、似ているがゆえに、つい先ほど丁寧に巻いて縛ってあげたばかりの包帯を切るのが一瞬ためらわれた。

あらわになった脚を見ると、縫い目は、まだ持ちこたえてはいたが、もちろん張りはなかった。ふくらはぎは、まだ変色していたが、最後に調べたときよりも腫れは若干引いているようだった。

「ちいとはよくなってるんじゃないですか？」マッティが言った。

「いいえ、そんなことはありません。まだ病変したままです。それに、表面しか見ていないのを忘れてはいけません。内側の、折れた骨のことを考えてすらいません。さあ、これが最後の警告ですよ。見ている自信がない人は、出ていっていいですよ。アリス？　エミリー？」

今度は、妹には目もやらなかった。アリスもエミリーも、出ていく気配はなかった。

「よろしい、それでは」わたしは、マッティが、刃物を置いておいた台を振り返り、慎重に吟味して、最終的に取っ手が象牙でできた父の剃刀の一本を、最初に使う道具に選んだ。その剃刀を開き、父が何度もしていたように親指の上で鋭い刃先を調べた。「さて……膝の上にするか、下にするか……それが問題ですね」

「膝下の状態がどうであれ、膝よりも上はまったく悪いところはありません」妹がきっぱりと言った。「わたしには、明らかのように思えます」

「明らかに思われるのは、今度も表面しか見ていないからよ。皮膚の下のどの程度まで感染が広がっているか知るすべがないわ」

「それなら、お尻のところから切ったら何も問題ないじゃないの」

「ハリエット」わたしは、つっけんどんに言った。「もう我慢できないわ」

ハリエットは、一瞬わたしを見つめた。その表情たるや、わたしたちの関係を知らない人が見たら、完全な憎悪としか解釈できなかっただろう。それから、彼女は視線を落とした。「ごめんなさい。謝ります。もう何も言いません」

「よろしい。それでしたら、わたしも認めます。膝の上で切断するのを正当化するに足るだけの感染症の広がりの証拠がないというあなたの意見にわたしも傾いています。外傷は、どうやら膝頭の約三インチ下の脚の側面から始まっていますし、変色は、膝頭の約二インチ下の脚の正面と裏側から始まっています。ですから、変色箇所のすぐ上で切断しましょう。さあ、ハリエット、下腿の骨についてその本には何と書いてありますか？」

ハリエットは、本に目を凝らした。「下肢の骨は、脛《けい》骨《こつ》と腓骨《ひこつ》である。脛骨は、脚の内側前面にあり、大腿骨に次いで二番目に長い。腓骨は、脛骨の側面にあり、脛骨と共に上下に繋がっている」

「脛骨が内側にあって、腓骨が外側にあるはずです——間違っているかしら？　そして、軟骨——あるいは、そのような物——で分断されていると思うのだけれど。そこに図は載っている？」

ハリエットが見つけてくれたので、さっと目を通してからマクバーニーの脚と比較し、切断しなければならない骨の部位を確認した。

「男性の場合は」ハリエットはつづけた。「腓骨の方向は垂直で、反対側の骨と並行だが、女性の場合は、若干斜め下あるいは横の方向で、大腿骨の大きなゆがみを補っている」

「すごーい！」アリスが驚いた。

「大腿骨は、腿の骨よ」エミリーが教えた。

「その情報は、まったく重要ではないし、骨の方向もわたしにはどうでもいいことよ。さあ、筋肉についてどう書いてあるのか、先へ行ってちょうだい。いくつの筋肉を切断しなければならないの？」

「おもな筋肉は、腓腹筋とヒラメ筋のようで、それが結合してかかとで腱を形成しているわ。それから、ふくらはぎの前にある前脛骨筋と長趾《ちょうし》伸筋《しんきん》、ふくらはぎの側面にある長腓骨筋と短腓骨筋、それと膝の裏にある大腿二頭筋で、図を見ると、上のもっと大きいいくつかの筋肉と繋がっているようだわ」

「それが知りたかったのよ。ちょっと図を見せてちょうだい。これらの筋肉の正確な場所を見つけることの重要性が、これでわかったでしょう？　太腿の筋肉を傷つけたり、膝関節拘縮を起こさせたりしないように、ことによると、最初にしるしをつけたところより少し下を切断する危険を冒さなければならないかもしれないわね」

「膝がどこにもくっついてないんだから、どこを切ってもおんなじじゃないの？」アリスが聞いた。

「軍の手術について、そんなことも知らないのね」エミリーが言った。「彼のために木製の義足を作ってあげたとき、膝があれば、その義足を操るのがずっと簡単になるのよ」

「静かにしなさい、二人とも。さあ、ハリエット、静脈と動脈については何と？」

「ええと、ふくらはぎの後ろ側の大動脈は、膝窩《しっか》動脈のようよ。胴体のどこかから出ている大腿動脈の延長よ」

「それに興味はないわ」

「それから、膝窩動脈は――見たところ、膝のすぐ下で――前脛骨動脈と後脛骨動脈に分かれているわ」

「どの程度下？」

「書いてないけれど、図からすると、それほど離れていないわ」

「それについては、もっと正確でないと。図を見せて。膝窩動脈の分岐点の下よりも上で切断したほうがよさそうね。そのほうが、対処しなければならない動脈の数が少なくてすみそうだから」

「静脈について聞きたい？　下肢の静脈は、二組に細分されている――浅静脈と深静脈よ。それから、膝窩動脈から別れた枝があるわ。つまり、内側上膝動脈、外側上膝動脈、中膝動脈、腓腹動脈、内側下膝動脈、外側下膝動脈……」

「もういいわ。頭のなかがゴチャゴチャだわ」

「どこを切っても、相手にしなければならない血管がたくさんありそうね。いらぬおせっかいかもしれませんけれど、もう一度太腿に止血帯を巻いて、本のことは忘れたほうがいいのではないかしら。動脈が見つかったら、その都度、糸か何かで縛るの」

「わたしも、まったく同じことをするつもりでいたんですよ、あなた。でもね、とにかくご忠告には感謝するわ」わたしは、エミリーから細長い布を何枚か受け取り、彼の膝上にできるだけきつく縛った。「それから、本については、わたしたちにとって、とても役に立ったと思います。とにかく、わたしたちが何に備えるべきかわかりましたから。わたしたちの仕事が、非常に複雑なものになりそうだとわかりました」

「『わたしたち』と言うのは、やめてくださらない。責任を共にすることに賛成したとはいえ、作業をしているのはお姉さまなのですから」

「ご要望にお応えするわ、あなた。では、『わたし』と言うことにします。わたしの用意はできました。ほかのみなさんは、いかが？」

「十五分も前からできてますよ」マッティが言った。

「おだまり！」わたしの声は、叫び声に近かった。

「はい。足が痛くなってきただけですよ、ずっと立ってたもんでね」

「足よりも背中のほうが痛くなるでしょうね、請け合うわ」

「お願いよ、マーサ、始めてちょうだい」妹が叫んだ。

「やるつもりなら、さっさとやって」

「わかったわ」わたしは、人差し指で脚の新たな場所に目星をつけ、そこに剃刀の刃を当てた。それから――不覚にも――意識がまだないのを確認しようと、もう一度見上げた。意識はなかったが、その一瞥《いちべつ》が、かろうじて保っていた超然とした態度を揺るがせた。いきなりマクバーニーが、解決しなくてはならない問題としてではなく、一人の人間として、わたしの目に映った。わたしが何らかの感情を抱いている――必ずしも好意ではなかっただろうし、ある場合にはきっと嫌悪でさえあっただろうが、常に何らかの感情、何かとても個人的な関心を抱いている――一人の人間として。人としての彼を、もはや無視することはできなかった――ほかの誰かの面影を見てしまった今となっては、なおさらのことだった。

「その布を一枚取って、マッティ。彼にかけて」

「彼は寒がってはいませんよ」

「言ったとおりになさい。膝上まで布で覆いなさい。顔にもかけるの。でも、頭のあたりで少し畳んで、空気が入るようにして」

「やはり、お姉さまにも弱いところがおありなのね」妹が言い、マッティは、シーツを彼にかけた。

「それを否定したことなどありませんよ。自分の弱さに負ける快楽は自制していますけれどね。布をかけさせたのは、自分のためではなく、気が散って危険を招かないようにするためです」そして、わたしは、マクバーニー伍長の脚を切りはじめた。

その後の三十分については、わたしの人生で最悪の三十分だったと言うに留め、詳しくは説明しない。この屋敷では、のちに不幸で不愉快な出来事が起き、それに関与した者にとっては、マクバーニーの脚を切断するのに要した三十分ほどよりも悪い時間のように思われたかもしれない。だが、わたしにとっては、あれは、それまで経験したなかでもっとも苦渋に満ちた時間だった。

とはいえ、それは、あとから考えてそう思われるにすぎない。あのときのことを、わたしは鮮明に覚えており、絶えず夢に見る――だが、実際そのあいだは、切迫した状況のなかで肉体的努力を強いられていたため、仕事を遂行することしか考えられなかった。彼が目を覚まして悲鳴を上げても、仕事そのものに集中していられた。あの瞬間に自分が何を考えていたのかさえ覚えている。それは……「マッティが、彼を押さえていられる……面倒なことになったわ……止血帯は効いているのかしら……マッティが、もっとましなのこぎりを見つけられなかったのが残念だわ」

アリスが床にくずおれたが、そのまま放置した。エミリーは、ぎくしゃくした足取りで台所に出ていったきり戻ってこなかった。マッティは、あのような緊急事態ではいつもそうだが、あの日もよく働いてくれた。妹は、あの厳しい試練の全般を通して実に立派に振る舞った。たとえば、マクバーニーが目を覚ますと、もう一本ワインのコルクを抜き、彼の頭を後ろから支え、優しい慰めの言葉を囁きながらボトルの半分を口に注ぎ込んでやった。

ありがたいことに、彼は、長くは起きていなかった。ワインのせいなのか、ショックあるいは失血のせいなのか、また意識を失った。すると、妹は、自分もラッパ飲みしてから、ボトルをわたしに差し出した。わたしは目を上げてうなずき、妹が口に当ててくれたボトルからたっぷり飲んだ。それから、妹がマッティにボトルを渡すと、マッティはそれを飲み干した。

マッティは、手術中のある時点で台所に出ていき、園芸用の籠を持って戻ってきた。そして、その籠を持ったまま待ち、刃がテーブルまで到達すると、マクバーニーの切り離された部分を取って、籠に入れてから布で覆った――そういえば、優しく、きちんとしていた。さらに二つ、不適切な事柄が、脳裏をよぎった。一つは……「クルミ材のテーブルに深い疵《きず》をつけてしまった」……そして、もう一つは……「長靴下を脱がせることにまで気が回らなかった」

わたし自身の仕事も、充分にきちんとしていた。外科医が検査していたら、なかなかいい出来栄えだと認めただろう。おもな血管をすべて、ハリエットの絹糸で結んでから、断端《だんたん》のあたりに皮膚のたるみを充分残しておいた。そして、骨を覆う形にそのたるみを重ね、太鼓のようにしっかり縫合した。

「さあ」わたしは後ろへ下がった。「終わったわ」

「ええ、終わったわね」と妹が言った。

「これをどうしてほしいですかね？」マッティが尋ねた。

「どこかに埋めてちょうだい。ふさわしい場所に鋤で穴を掘って。でも、その前に、アリスさんの面倒を見てあげたほうがいいわ」

「彼のことは、どうなさるおつもり？」ハリエットが聞いた。

「一息ついてから、ソファーにまた運びましょう」

「つまり、あとで……もし彼の命が助かったら」

「助かりますとも」

「軍隊では、この種の外科手術から回復する人は滅多にいないと聞いています」

「前には言いませんでしたね」

「知っていらっしゃると思ったの」

「なるほど、それはどうでもいいわ。彼の命は助かります――助かるとわかっています。そのときは、彼が望むならば、ここに置いてやります。彼が好きなだけずっと、ここを自分の家だと思ってもらいます」

　なぜ、そう言ったのかわからないが、そう言っていた。あのときは、緊張のあまり頭がどうかしてしまい、何を口走ってもおかしくなかったのだと思う。今思えば、歓喜に近い状態だった。勝利の気分を味わっていた――圧倒的に不利な状況にもかかわらず、大勝利を収めたという。あの三十分がわたしの人生で最悪の三十分だったと、今ならわかると申し上げたが、あのときはそうは感じていなかった。もしあのとき尋ねられれば、手術後のこの瞬間を、人生最良のときと呼んでいたかもしれない。

「いいわ。ソファーに運びましょう。そっと持ち上げて……そうよ……担架を体の下に滑り込ませて。さあ、ハリエットとマッティ、頭のほうの支柱を持ってちょうだい。わたしは、脚のほうを持ちます」

「お嬢さま一人では、重たすぎますよ」

「ばかおっしゃい。いざとなったら、この二倍の重さでも運べます」

　廊下に出ると、マリー・デヴェローが、むくれ顔で階段の一番下の段に座っていた。ハリエットが声をかけると、マリーは立ち上がり、わたしから支柱を一本受け取った。そして、わたしたちは、そのまま向かいの居間に入り、マクバーニーをソファーに戻した。

27　マリー・デヴェロー

マクバーニーの脚をちょん切った日の午後について考えるとき、マーサ先生は、あたしに、ひどい扱いをしたことを思い出すのかな。手術の邪魔をしたり、少しでも女医さんの気を散らすようなことをしたりする気はないって説明する機会も与えてくれなくて、ハンセン病患者か瘡瘡《とうそう》ができてる人みたいに、部屋から追い出されたことを言ってるの。まだ七歳だったときに、家で、ボナール先生がジョルジュおじちゃまの胸から鉄砲の弾を取り出そうとしているのを午後のあいだずっと見てたって教えるのも許してくれなかったのよ。おじちゃまは、いつもはとても優秀な決闘者だったの。でも、朝早かったから、運悪く草にすべっちゃって。確かに、あたしは、カーテンの陰に隠れようとしてたけど、ボナール先生は、あたしがそこにいるってわかってた。だって、一息ついてブランデーを飲みに窓辺に来たとき、目配せしたんだもの。それに、今度のことに話を戻すと、いつも不思議でならない。マクバーニーの脚の治療を見ていられるほど大人で分別のあるあたしが、ちょん切る作業に立ち会うのをどうして許してもらえなかったの。

まあ、別に恨んではいないけどね。マクバーニーの脚は、もう過去のこと。あのときから、冷たい扱いをこれでもかとされたけど、我慢できるようになったもん。自分がどうしたいのかを決めて、その望みをかなえるために必要な、ちょっとした調整をするだけのことよ。あの日は、マクバーニーの脚を切るのをとても見たかったから、もちろん見たわ。鍵穴から。いいえ、最初は鍵穴からだったけど、あとは聞こえないようにそっと開けたドアの陰からね。

それに、自慢するつもりはないけど、正確に言うと、はじめから終わりまで全部ちゃんと見てた生徒はあたしだけだった。エミリー・スティーヴンソンは、吐き気がして逃げ出したし、アリス・シムズは、あのご立派な胸を大きく膨らませたかと思うと気を失っちゃったんだから。もちろん、エドウィナ・モロウとアメリア・ダブニーは、手術中ぜんぜん姿を見せなかった。

それから、彼を応接間に運ぶのを手伝ったこともつけ足してもいいよね。マーサ先生は、あたしに手術の手伝いをしてほしくなかったくせに、美と知性の模範生二人が使いものにならないってわかった途端、ハリエット先生が大喜びで、従順な召使いにジョニーをまたソファーに寝かせる手伝いをしてくれって頼んだ。

さて、彼をソファーに降ろしてから、マーサ先生は、彼のおでこに手を当て、脈を取り、胸に耳を当てて呼吸を調べた――どれもこれも、立派な医療行為だったと請け合うわ。あとでルームメイトにも言ったんだけど、部屋にしばらくいるあいだに、この手術のことが有名になりすぎて、人の脚をちょん切るのが流行になったらどうしようかと、とても怖くなった。「これからは、正座して寝たほうがいいかもね」あたしは、しばらくしてアメリアに冗談を言った。「そうしないと、朝目を覚ましたら、脚が、マーサ先生の熱狂の餌食になってたってことになりかねないわよ」もちろん、アメリアは、この話をあんまり面白がらなかった。彼女は、ジョニーの手術に個人的に大反対したし、手術のあとずいぶん長いことひどく動揺してたから。

マーサ先生もそうだったのよ、絶対に。食堂では感情を少しも見せなかったけど、マクバーニーに毛布をかけてあげた途端、半狂乱になって喚き散らし、みんなを部屋から追い出しそうな勢いだったの。

マーサ先生が爆発したのは、ハリエット先生が、ジョニーは、これでもう先生やマーサ先生の兄弟にあまり似ていないとか何とか素直に言ったせいだと思う。確か、ハリエット先生は、亡くなったお兄さんにジョニーがそっくりだと前は思ってたけど、その面影がなくなっちゃったみたいだと言った。

「彼の外見を変えるために、わざと脚を切断したと思っているのね」マーサ先生は、金切り声を上げた。

「いいえ、そんな……とんでもない」ハリエット先生が、落ち着かせようとした。「脚のことなど言っていないわ。顔が変わってしまったと言いたかっただけよ。以前よりやつれて、老けて見えるから。でも、ショックなどに対する自然な反応だと思うわ」

「もちろんですとも。あなたも同じ反応をしているわ、ハリエット。今朝よりもずっと老けて見える」

「そうでしょうね。確かに、そういう気分ですもの」

「それで、わたしはどうなの？」マーサ先生は、しつこかった。「厳しい試練のあとでも、何も変わっていないかしら。わたしにとっては、いつもと変わらぬ仕事だったとでも思っているの――いいえ、わたしが楽しみのためにやったという印象を持っているんでしょう」

「楽しみのためとは思っていないわ、マーサ。でも、きっと何かほかのため……自己満足というか」

「もちろん、満足しているわ」マーサ先生は叫んだ。「認めるわ。一人の男の命を救うために最善を尽くしたと満足しているわよ！　その何がいけないの？」

「何も、お姉さま。本当にこの偉業を誇りに思っているのでしたら、羨ましいわ。平静でいられるお姉さまが羨ましい」

「そうかしらね？　わたしが自責の念に駆られていると思えたら、あなた、少しは幸せなんじゃないの？」

「ばかげた話はよしましょうよ、マーサ。お互いがどう感じていようと、何も違いはないでしょう。ことはもう終わったのよ。お姉さまが、それをやましいと思おうと、嬉しいと思おうと、何も変わらない。お姉さまが自責の念に駆られても、この人の脚が元に戻らないのは、お姉さまがロバートを追い出したあとで連れ戻せないのと同じこと」

　まあ、この言葉がどういう意味だったかはわからないけど、どうもマーサ先生には重大なことだったみたい。だって、その途端、ハリエット先生に暴力をふるいそうになったみたいだから——脳卒中で倒れはしなかったけどね——いきなりさっと向きを変えたかと思ったら、鉤《かぎ》爪《づめ》みたいに両手を上げて、ハリエット先生に近づいたの。今にも、ハリエット先生の目を引っかくか、髪の毛を引っ張るかしそうだった。それなのに、ハリエット先生は、立ったまま身を守る構えもしなかった。ずっと前から予期してた猛攻撃が、とうとう近づいてると思ってでもいるみたいに落ち着き払って、むしろ歓迎してた。というか、あとになってあのときのことを考えると、少なくともそんな感じだった。

　とにかく、優しいマッティおばあさんが、すかさず歩み寄ってマーサ先生の腰をぎゅっと抱きしめたの。マーサ先生は、夢中で引き離そうとしたけど、マッティの力にはかなわなかった。それから、三十秒かそこらで、マーサ先生はもがくのをやめて、炎のように真っ赤だった顔が、マクバーニーとおんなじ、いいえ、それよりも蒼白いかもしれない色に変わり、ため息をついてマッティの腕のなかでぐったりした。そしたら、マッティが、とても優しく先生を床に寝かせて、服のボタンを外してコルセットを緩めたの。

「ハリエットさま、あたしのここに少し水をかけてください。マリーさま、台所から大きい玉ねぎを持ってきてください」

　そうなの、本当に面白い事件だったから、あたしは、現場から出ていきたくなかった。だから、水だけでも学園長先生に効くかもしれないと思って少しだけ待ったけど、よくならなくて、マッティが玉ねぎ、玉ねぎって叫ぶから部屋を出たの。でも、ハリエット先生が、マッティに何か言うんじゃないかと期待して、廊下でちょっとだけ立ち止まった。あの日のハリエット先生の態度は、見ていてほんとに面白かった。あんなに自信たっぷりに話すのも行動するのも見たことがなかったし、お屋敷のみんなも、そんなの記憶になかったと思う。

「意地悪でしたよ、ハリエットさま」マッティが、先生に言っているのが聞こえた。「あんなことを言うなんて、まったく恥ずかしいったらない」

「わかっているわ」ハリエット先生は言ったけど、ちっとも恥ずかしそうな声じゃなかった。「それでも、言わなければならなかったの。そろそろ、自分の思いどおりに世の中を動かすなんてできないと、マーサにもわかってもらわないと。さあ、心配いらないわ。マーサも、これでおしまいよ。この人に最低なことをしたんですものね。ロバートにしたのと同じ扱いを、この人にはしないでしょう。お姉さまは神さまではないのだと、そろそろ自覚すべきだわ」

「お嬢さまも、神さまではありませんよ、ハリエットさま」

「なる気もないわ。彼を変えたいとは思わない。何かになってもらいたいとも思わない。ただ幸せになってほしいだけ」

「この人のことですか、それともロバートさまのことですか？」

「両方よ」

これは、話のつじつまが合わなかった。だって、ロバート・ファーンズワースは、死んで埋められたっていうか、生徒たちはみんな、そう信じさせられてたんだもの。この会話のつづきがあったとしても、聞くことはできなかった。ちょうどそのとき、マッティが、ドアの陰にいたあたしを見つけて、玉ねぎをさっさと取りにいかないとお尻をひっぱたくと言ったから。もちろん、そんなこと言われてもへっちゃらよ。マッティなんて、どこにでもいる黒んぼのお手伝いとおんなじで、実際にするつもりなんかまったくないくせに、思いつくかぎり一番怖い罰を与えると脅すだけだもの。それは、ああいうかわいそうな人たちが、白人の世の中への不満を表現する数少ない方法なんだと思う。とにかく、あたしは、七つか八つ、ひょっとするともっと小さいころから、そんな脅しには驚かなくなってたけど、マッティを少しは喜ばせてあげたくて調子を合わせてた。

あのときは、目を真ん丸くして、ぴしゃりと口に手を当ててちょっと身震いしてから、「はーい、マッティ……わかったわ……怒らないでよ、マッティ」とか何とか言いながら、台所へ一目散に駆けてった。このおびえた子どもの演技は、やるたんびに上手になってるみたい。家に帰って、ベッツィとかクリーオとか、うちのお屋敷の人たちに試してみるのが待ち遠しいわ。ママにもやってみようかな。ただし、演技が、とびきり上手になってからね。だって、たぶんママは、この世の中で一番騙されにくい人なんだもん――パパが、いつも思い知らされて残念がってるわ。

あの日、台所へ急いだのには、マッティを担ぐだけじゃなく、ほかにも大事な理由があった。アリスが、まだ気絶したままかもしれないから、マーサ先生に持ってく前に玉ねぎの臭いをたっぷりお見舞いしてやってもいいかなってふと思ったの。マクバーニーをソファーに運んでからアリスの面倒を見るようにって、マッティが言われてたのは知ってたけど、先生が気絶しちゃって、マッティは生徒の心配をしてる暇がなかったから、学園のブロンドの誘惑女が、食堂の床にまだひっくり返ってるんじゃないかって胸が膨らんだわ。

残念ながら、期待は裏切られちゃった。どうやらアリスは、誰の助けもなく意識を取り戻したみたいで、あたしが食堂に行ったときには姿は見当たらなくて、台所にもいなかった。だけど、食料貯蔵庫から玉ねぎを取り出してから、お庭を少しだけ見てみようと裏口から出ると、アリスが、あずまやのベンチに座ってた。もう一人の脱落者のエミリー・スティーヴンソンも隣にいた。

しめしめ、ここまで来たからには、もう少しここで仲間の生徒たちの気持ちを探ってみてもいいかなって思った。

「ねえ、吐き気が収まったんなら、そろそろなかに戻ったら」と、近づきながら声をかけた。「手術は終わっちゃったわよ。食堂はまだ、ちょっと見せられたもんじゃないけどね。そういうのは、あなたたちには苦痛でしょうから」

見るからに、苦しそうだった。二人とも、シーツのように真っ白い顔をして、案山子《かかし》みたいにかちかちになってそこに座ってた。一言、いいえ一息でも口から出したら、過ぎ去った時間が戻ってきて、きっと悪い夢でしかなかったはずのことが、ほんとに起きた出来事になっちゃうとでも思ってるみたいだった。

元気づけようと思って、あたしは言い足した。「マッティが、すぐに夕ご飯の用意をしてくれると思うわ――食堂をちょっと片づけたらすぐにね」

「どこかへ行きなさいよ、このチビモンスター」アリスが追っ払おうとした。

「居座ったりしないわよ。マーサ先生の意識を回復させにいくとこなんだから。先生、気絶しちゃったけど、あなたよりずっとお上品だったわよ、アリス」

「それなら、さっさとなさい」エミリーが言った。「二人きりにして」

「ねえ、エミリー」あたしは、なだめるように話しかけた。「アリスは、どう見ても繊細な女の子だから、うろたえるんじゃないかと思ってたわ。でも、軍事に詳しくて、経験もたくさんあるあなたのような人が、こんなちっぽけなことに負けちゃうなんて思ってもみなかった」

「手術に気圧《けお》されたんじゃないわ。食堂が、とても暑苦しくなったからよ。それに、とにかく今朝からずっと頭が痛かったの」

「そんなことだろうと思ってたわ」

「ジョニーはどうしてる?」アリスが、ためらいがちに聞いた。

「思ってたよりいいんじゃないのかな。まだ眠ってるけどね」

「彼に、あんな恐ろしいことをするなんて」アリスが言った。

「前には言わなかったじゃない」

「慣れていない人なら、確かに多少は動揺するわね」エミリーも認めた。「でも、兵士なら慣れて、我慢しなければならないことよ。マクバーニー伍長は、それを甘受できるだけ長く軍にいたんじゃないかしら。この件の本当に不幸なことは、これが、彼の軍歴の終わりを意味するという事実よ。あの哀れな人は、父の連隊に入れるように手紙を書いてくれと、何週間もわたしにつきまとっていたというのに」

「まあ、ジョニーが本気でそう思ってたのなら、落ち込んだとしても、乗り越えられるかもね」あたしは言った。

「これからは、彼にもっと親切にしてあげないと」アリスが言った。

「あら、あなたは、その方針をもう採用してたんじゃなかったっけ。あなたに親切にされたせいで、誰かがまた彼を階段から突き落とすようなことになっちゃうんだったら、ジョニー自身のために考え直したほうがいいと思うけどな」

「ロマンチックな親切のことを言ってるんじゃないのよ」アリスは言ったけど、そういう種類のことを除外するとは言わなかった。「あたしが思ったのは、彼にもっと優しく、思いやりを持つべきかもしれないってこと。彼をほんとに歓迎してるって示すように努力するべきだとね」

「何が言いたいのかわかるような気がするわ、アリス」

エミリーが力づけた。「わたしたちがすべきことは、できるだけ彼の傍にいて、この苦痛を忘れる手助けをしてあげること。本を読むとか、話をする、家や家族についてさりげなく話すとか、戦争の動向にいつも通じていられるようにしてあげるとかいった、慰めになることをいろいろとしてあげられるわ。それに、そうすることで、彼の教養や人格を大いに向上させられるかもしれない」

「それで、それをあなたが知る前に、マクバーニー伍長は向上しすぎちゃって、脚をちょん切られたことをあたしたちに感謝するのよね」

「どっかへ行っておしまい、このチビ！」エミリーが叫んだ。

もちろん、そんなこと言われたってちっとも気にならなかったけど、ちょうどそのときハリエット先生が応接間のドアから芝生に出てきたものだから、持ってくことになってた玉ねぎと、応接間の床に突っ伏してるかわいそうなマーサ先生を思い出して、大急ぎで駆けてった。

「ずいぶん時間がかかっちゃって、ごめんなさい」あたしは、ハリエット先生に玉ねぎを渡しながら説明した。

「ちょっと寄り道して、アリスとエミリーに何かしてあげられないか確かめたほうがいいと思ったものだから。あの二人、とっても気分が悪そうで。マーサ先生は、いくらかよくなったんでしょう」

「マーサ先生は意識を回復して、ご自分の部屋に戻られましたよ」ハリエット先生は、かなり不機嫌そうに答えた。「あのような発作を起こして、あなたに手伝ってもらうことが二度とないようにしたいものね。さあ、ほかにもあなたにできること、前回よりもさっさと取りかかってほしいことがあります。探してちょうだいとお願いしてあったアメリアは、もう見つかったの？」

「見つけ出す時間はなかったけど、今までの経験から、どこにいるかちゃんとわかってます。あの子が森で見つけた特別の隠れ家のはずよ。物事が自分の思いどおりにいかないと、ときどきそこで一人になりたがるから」

「それなら、あとを追って連れ戻してほしいわ。暗くなってきたので、森のなかで一人にしておきたくありませんからね。それに、あの子なら、マクバーニー伍長に何かしてあげられるかもしれない」

「何を？」

「なだめてあげられるのではないかと。少し前に目を開けて、何かを言ったのよ。水をくれと言っているように聞こえたので持っていってあげると、わたしをギョッとして見つめ……そして、身を縮めたの。それで、わたしが離れると、彼はまた眠りに落ちて……でも、ずっと小さな呻き声をあげているわ」

ハリエット先生が、そんなふうに打ち明けてくれて、かなりびっくりしたけど嬉しかった。「そのことなら、心配いらないわ。先生を怖がる理由なんてないもの。意識が朦朧としているか何かで、マーサ先生と間違えたのよ」

「それでも、アメリアちゃんは、いつも彼に誰よりも親身に尽くしていましたし、彼にもそれがわかっているから、彼女のことなら信頼するのではないかしら。またお水をほしがったら、アメリアがここでお水をあげてくれたらと」

だから、もしアメリアが戻ってこなかったとしても、あたしは、ちっとも彼女を責めたりしないと思いながら森へ向かった。マクバーニーの身に起こったことは、ある意味、あたしたち全員にとって不快なことだったけど、そもそも彼を見つけて、ここに連れてきたあのかわいそうな子にとってはとくにつらいことだった。

芝生を横切りながら、ふと思った。手術に立ち会わなかった人が、この屋敷にはもう一人いた――エドウィナ・モロウだった。彼女は、一日中、部屋にこもりっきりだったでしょうから、きっと何が起きたのかまったく知らなかったはずだ。

エドウィナのことを考えながら、振り返って彼女の部屋を見上げたら、彼女が窓辺に立ってて、こっちを見返した。その視線に背筋が寒くなって、あたしがお庭にいるあいだ、ずっとあそこであたしを見つめていたのかもしれないって思った――ただあそこに立って、冷たい目であたしを見つめて、あたしがどんな意地悪なことを考えてるのか、主はご存じだと思ってたのかもしれないってね。

でも、彼女にお屋敷での出来事についての最新情報を教えてあげるくらいの親切をしてもいいかなと思った。大声で知らせて、ハリエット先生や、ひょっとしたらマーサ先生にまた大目玉を食らいたくなかったので、身振り手振りで伝えようとした。エドウィナが、マクバーニーのことを言ってるとわかってくれると思って、応接間を示してからあたしの脚を指さして、最後に指をはさみにしてちょん切る仕草をした。そして演技を盛り上げるために、すごく痛そうに顔をしかめてから、握った両手に頬を下ろしていって意識を失ったことを表した。それなのに、エドウィナは、とってもつまらなそうにしてるだけで、あたしの演技で何か伝わったんだとしても、その素振りは見せなかった。

それどころか、あたしの後ろのほうに顔を向けた。その視線を追ったら、マッティが、マクバーニー伍長の脚の入った籠を持って台所から出てきていた。籠は、さっきとは別の、趣味のいい清潔なアイリッシュリネンでちゃんと覆ってあって、マッティは、それを恭《うやうや》しく持ち、鋤とか穴を掘る道具を入れてある小屋にゆっくりと歩いていった。ベンチにずっと座ったままのエミリーとアリスも、マッティを見つめてた。

そうなの、あたしは、ハッと気がついた。埋葬式に間に合うように帰ってくるつもりなら、さっさと森へアメリアを探しにいったほうがよかった。だから、一目散に駆けだし、芝とトウモロコシ畑を横切って古い伐採道路を渡り、深い溝の上を跳び越え、森に入っていった。ここまで来ると、低木が生い茂ってて、地面もでこぼこしてたので、スピードが少し落ちた。

何週間か前の戦闘による火のくすぶりは、そのときまでには消えてたけど、風が吹くと、東側の焼け野原から嫌な臭いがした。とにかく、あの捜索で気が気じゃなかったのは、もう終わった戦闘の臭いなんかじゃなく、ずばり森の自然災害だった——道を塞いでる地面を這う蔓や捻じれた根っこ、蜂の群れや六月の蠅とかの昆虫、小川の支流を渡るのにどうしても歩かなくちゃならないつるつる滑る丸太、それから最悪なのは、もちろん、どの森でもそうだけど、見えてる物じゃなくて目に見えない危険——蛇や蜘蛛が、次の小枝からぶら下がってるかもしれないし、狼や山猫が向こうの木の陰からいきなり出てくるかもしれないし、葉に覆われた沼地が実は流砂の穴で、一歩間違えたらずぶずぶ下に引きずり込まれて、お墓の目印になる泡一つ表面に残らないかもしれない。そう、あのアメリア捜索のとき、そういう恐ろしいことで頭のなかはいっぱいだった。

だけど、目的の場所も、そこへの一番の近道もちゃんとわかってた。ついこのあいだまで、あたしは、アメリアの隠れ家に行ってもいいことになってるたった一人の生徒だった——アメリアをよく知ってる人なら、それがどんなに栄誉なことかわかってる。だって、秘密を分かち合ってもいいと思えるほど、信用してくれてるってことだから。とにかく、アメリアのその隠れ家は小さな丸い空き地で、周りにオークの木々が生い茂り、その木々の幹も下生えや絡み合った蔓で覆われている。空地に通じる道は一本しかない——低木の茂みのなかのとても細くて低いトンネルで、ほとんど四つん這いになって進むしかない。そのトンネルの奥にやっとこさ行き着くと——たぶん顔も腕も脚も引っかき傷だらけで、服も棘《とげ》でボロボロに引き裂かれてる——とっても狭いけど、壁が高いお部屋があって、絨毯は苔、薄緑色の天井の真ん中に青くて小さな穴がぽっかり開いてる。真昼以外、このお部屋はとても涼しくて薄暗い――ほんとに、とっても快適な場所で、仰向けに寝そべって、壁のなかで小鳥がカサカサ音を立ててるのを聞いたり、天窓の上を流れる雲を見つめたりしていられる。

あたしがトンネルを抜けると、アメリアはまさにそうしてた――思ってたとおり、そこに寝そべって、脇に置いたあたしのチーク材の宝石箱のなかで亀――あのころ、いつもアメリアが片時も手放さずにいたあの臭い、病気のカミツキガメ――がうとうとしてた。

「こんな不快な思いをしてまで来る価値があるのか、ほんとわかんないわ」あたしは、彼女の脇に腰を下ろし、髪の毛についた葉っぱや小枝を取ろうとした。「ほんとに、あなたはいつも、ボロボロにならずにあのトンネルをすいすいと通り抜けられるみたいだけど」

「あなたは、入ってくるとき、植物をかき乱してるからよ」アメリアは、やんわりと言ったけど、まだ空を見つめてた。「それが問題なの。がむしゃらに進むだけじゃダメよ。植物が、どうぞと通してくれるように、そっと脇へ押しやるの。動物は、そうやっているから、めったに引っかき傷なんか作らないの。動き方に注意して通ってね、お願いだから」

「それで、あなたのペットの調子はどう？」ほんとに心配してたわけじゃないけど、おつき合いで言った。

「まあまあよ。今日はずいぶん調子がいいわ」

「マクバーニー伍長は、調子があんまりよくないみたい」

「その人のことは話したくないわ」アメリアは、まだこっちを見なかった。「そんな名前の人は知らないもの」

「あなたが見つけた人じゃない」

「見つけてなんかいない。生まれてから一度も、そんな人と会ったこともない」

こういう行動に出たアメリアとは、議論しても始まらない。自分を悩ますものは何もかも心から締め出しちゃって、神さまが鉄のドリルを使って穴を開けても、真実を彼女の心に戻すことなんてできない。

「なら、好きにすれば。でもね、あなたが彼のことを知らなくても、ぐずぐずしてたら、とっても珍しいお葬式を見逃しちゃうわよ。みんなで、ちょっと集まって、マクバーニー伍長の脚を埋葬するの」

こう言ったら興味を持つと思ったのに、あんまり効果はなかったみたい。あたしは、アメリアを正気に戻すにはどうしようかと必死に考えた。だって、日暮れが迫ってたし、このままだと、あたしまで埋葬を見逃しかねなかったんだもの。だけど、ハリエット先生のところへ一人で帰って、負けを認めるのも嫌だった。船に乗った以上は、途中で降りるなんて嫌だもの――それでも、別に急いでやらなくてもいいことだってある。

「マクバーニー伍長を知らないんだとしても、会ったら楽しいんじゃないかな。彼が目を覚ましたら、あたしが喜んで紹介してあげる」

「知り合いになりたいと思わないもの」

「あら、あんなに面白い人なのに。いっしょにいたら、きっと楽しいわよ。それに、夕ご飯の用意がもうじきできるわ」

「食べる物は、ここにたくさんあるわ。ナッツにベリーに、キノコもあるもの」

「そのうち、毒キノコを食べて、アメリア・ダブニーも一巻の終わりになっちゃうわよ」

「それも、いいかもね――だけど、そんなことにはならないと思うわ。食べられないキノコは、簡単に見分けがつくから」

「いつになったら、懐かしい母校、ファーンズワース学園に戻ってやってもいいっていう気になるかな?」

「たぶん、ならない――もう二度と帰らないかも」

「あの人たちのことも知らないの――マーサ先生やハリエット先生や生徒たちのことも?」

「知らないんじゃないかと、思いかけてるわ」

「でも、あたしのことは知ってるでしょ、お願いよ!」

「ええ、あなたのことは忘れないと思うわ、マリー」

そのあとしばらく、あたしは何も言わなかった。ほんとのことを言うと、アメリアが、あたしについてあんなに優しい言葉を言ってくれたあとで――彼女を怒鳴りつけたのに――何と言っていいのかわからなかった。やっと、あたしは言った。「きっと、あたしも、あなたのことは忘れないわ、アメリア。学園で、あなたが一番いい人だと思う。一番変わった人でもあるけどね。それなら、この隠れ家に好きなだけいれば。あたしは、学園に戻ってハリエット先生に、あなたは、みんなと夕ご飯を食べないし、たぶん学園にはもう戻ってこないだろうって伝えるわ。それから、マクバーニー伍長が、またあなたのことを聞いたら、彼にもそう言ったほうがいいとも伝える」

「彼が、わたしのことを聞いたの?」

「彼がそう言ったって、ハリエット先生が話してたと思うわ。そっちが知らなくても、どうやらマクバーニーは知ってるみたいよ。だから、ハリエット先生は、あたしにあなたを探させたのよ。ジョニー・マクバーニーは、とても傷ついて怖がってるから、彼を助けられるのはあなただけだと思ってるの」

「嘘をついたりしないわよね、マリー?」

「重要なことについてはね」

彼女は起き上がって、亀の入っているあたしの宝石箱を閉めた。

「スカートをたくし上げて、わたしのすぐ後ろについてトンネルを抜けるのよ。そしたら、もう引っかき傷を作ることもないわ」

そのとおりだった。アメリアの先導で、あのトンネルを滑るように抜け、途中枝や棘にほとんど触れることもなく日の光のなかに出た。あの子は、森の生き物すべての扱い方をほんとに心得てるみたい。普通の人なら、文明世界から一歩足を踏み出したら、噛まれたり、刺されたり、引っかかれたりするでしょうに、アメリアは違う。棘も彼女を引っかかないし、ブヨも彼女を噛まないし、彼女なら、ツタウルシのお料理を食べても舌がかぶれないんじゃないかな。

「あなたは、絶対に、魔法使いに人間の姿に変えられた森に住む動物よ」あたしは、小走りした。先住民が昔、ここを放浪するときにその歩調を使ってたって、アメリアが言ってた。「絶対に間違いないわ。ある朝目を覚ましたら、向かいのベッドにオオトカゲか巨大なヒキガエルがいて、そしたら、あなたが、そのキラキラした目に涙をいっぱい浮かべて言うの。『これで永遠のお別れよ、マリー。意地悪してごめんね』って。そして、ぴょんぴょん跳ねるなり、ちょこちょこ走るなり、あなたの姿でできるやり方で窓から出てって、見えなくなっちゃうの」

「わたしのどこが意地悪なの?」彼女は聞きたがったけど、魔力のせいだというのは否定しなかった。それどころか、もしほんとにそうなら、とても喜んだんじゃないかと思う。人間以外の何かのほうが、アメリアにぴったりでしょうから。

「実際は、意地悪ってこともないと思うわ。ていうより、よくよく考えれば、知り合いのなかで一番意地悪じゃない人よ」

あたしのそのとても誠実な言葉のすぐあと、あたしたちは森を抜け、野原へ通じる道を渡った。何人かが、お庭に集まってるのが見えたので、あたしたちが戻るまで、せめて埋葬式の一部でも残っていますようにと祈ってた。

そして、ありがたいことに、まだ始まってなかったけど、ぎりぎりだった。マッティが、あずまやの下に小さなお墓をちょうど掘り終え、穴の脇に籠を抱えて立ってた。マッティの隣で、アリスとエミリーがとても神妙な顔で、遠慮がちに両手を組んで頭を垂れてた。

アメリアは、足を止めず、亀の入った箱を胸にしっかり抱きしめて、そのまま大股で応接間に向かった。あたしは、あずまやのグループに加わった。

「主よ」マッティが始めた。「あの哀れな男の脚といっしょに、あの男の問題もすべて葬らせてくだせえ。このことさえなければ、あの男にお与えになろうと思われてた将来のすべての痛み、苦しみ、悲しみも葬らせてくだせえ。あの男に、残された片脚で長く幸せな生活を送らせてくだせえ。そして、最後の審判の日にあの男を天にお召しになるときは、どうぞ右脚がある場所を思い出して、永遠の世界での日々を五体満足な、見栄えのする男として送れるように、その脚をくっつけてやってくだせえ。あの男がここにいるあいだ、ここにいるあたしらが、あの男に優しく親切にし、あの男がちいとばかし不平不満を漏らしても、我慢できますように。あの男には、山ほど不平があるんですから。あの男が健康を取り戻し、すぐに出ていく準備ができますように。そして、あの男が、覚えていてくれますように、あたしらみんなを……いいえ、とにかくあたしらのほとんどを友だちとして。神に栄光あれ……あたしらを救いたまえ……アーメン」

「アーメン」みんなで言った。

それから、マッティが、ナプキンで覆われた園芸用の籠を穴に入れて土の塊《かたまり》をかけ、みんなも同じように一握りずつかけた。

「さあ、嬢ちゃんらは、なかに入って手を洗い、夕ご飯の身支度をしてくだせえ」マッティが言い、鋤を手にして穴を埋めはじめた。「埋葬式は終わったんだ。ここに、あんたらの仕事はもうありゃしません」

「お墓に少し花を供えたほうがよくない」アリスが言った。「バラがいいわ、それともヒヤシンスかな」

「タチアオイかアイリスのほうが、男らしい花だわ」エミリーが言った。「どちらも、あずまやの雰囲気によく合うわ」

「マクバーニーへの親切運動を始めるつもりなら」あたしは言った。「花を選ぶのは彼に任せたほうが、気持ちが伝わるんじゃないの。彼の脚なんだからさ」

みんなはうなずいたけど、賛成だったのか、あたしの言葉が聞こえたっていう意味だったのかはわからない。とにかく、あたしたちはあずまやを出て、台所のドアからなかに入り、夕食の支度をしにいった。

28 アメリア・ダブニー

マクバーニー伍長が片脚になった日、わたしは森に出かけてずっとそこにいた。そしたら、四時少し過ぎにマリー・デヴェローが来て、ジョニーがわたしを呼んでいると言った。だから、できることは何でもしてあげようと学園へ戻った。

最初は、会うのが怖かった。あんなことが起きて、彼がすっかり変わってしまったんじゃないか、彼を見てもわからない——そういうことになるんじゃないかと、一日中、自分に言い聞かせていた——と思っていた。とうとう、臆病な自分を責めながらちらっと盗み見たら、実際は前と少しも変わっていなかった。もちろん、一番変わってしまった下半身には毛布がかけてあったけれど、顔は同じだった——少しやつれていたかもしれないけれど、お屋敷に来た日より蒼白くないのは確かだった。

ハリエット先生も、ジョニーと同じように眠っていた。先生は、半分ワインの入ったグラスを持ったまま、彼の近くの椅子に座っていた。悪い夢でも見たのか、ぴくっと震えたので、ワインが洋服にこぼれてしまった。だから、グラスをそっと取って、テーブルの上のボトルの脇に置いた。それから、別の椅子をソファーに引き寄せて座り、ジョニーが目を覚まして、何をしてほしいのか言ってくれるのを待った。

あのときなら、頼まれれば何でもしていただろう。わたしは、とても後悔していた。だって、わたしが、彼をここへ連れてきて、ここなら安全で幸せだと言ったのに、こんなひどいことになってしまったんだもの。あんなことをする必要があったのかどうかわからなかったけれど、あれほど慌ててやらなくてもよかったのにと思っていた。それに、どんな必要があったとしても、もちろん、責任の大半はわたしにあると感じていた。森に置き去りにしていたら、北軍の人たちが見つけてくれて、わたしたちがしてあげたよりもずっといい治療を受けられたかもしれないのに。葉っぱの上に寝かせたまま置いてきていたら、手負いの動物がときどきするように、彼も自分で治せたかもしれないし、あるいは、動物はそうだと思うのだけれど、痛みを恐れることもなく、もっと早く死んでいたかもしれない。

そうなの、あのときのわたしは、不幸のどん底にいるような気分だった。チカモーガの戦いでお兄ちゃまたちが死んだと知らされた日よりも、きっと落ち込んでいた。だからって、ディックやビリーよりもジョニーのことを思っていたわけじゃない――そうだった可能性もあるけれど――でも、わたしが言おうとしているのは、死について考えるより苦痛について考えるほうがいつもつらいってこと。死は自然な生物学的事象だけれど、苦痛を求める法則なんてまったくない。これは、宗教的なものなのかもしれない――ルームメイトが、わたしに教えようとしたことがある――でも、自然界にはそんなものは絶対に存在しない。

もちろん、ディックとビリーの死が、苦痛を伴わなかったかどうかはわからないけれど、ジョニー・マクバーニーの苦痛ははっきりしていた。それは、否定できなかった。森にいることで、わたしは自分を慰めていただけなんだと、そのときになってわかった。彼の痛みがなくなるようにしていたのではなかった。

こんなことを考えていると、彼が目を開けてわたしに囁《ささや》いた。「母さん……」

わたしは、彼に近づいた。「何て言ったの、ジョニー？」

「母さん……母さんはどこ？」

「アメリアよ。ここには、ほかに誰もいないわ、アメリア……それからハリエット先生しか」

「アメリア？」

「そうよ……あなたの友だちの」

「脚がいてえ、アメリア」

「ごめんなさい、ジョニー」ほかに言葉が浮かばなかった。しばらくして、彼がまた目を開けて水をほしがった。グラスに注いで、口元に当ててあげると、少しだけ飲み込んだ。

それから、わたしを真っ直ぐに見つめた。「あいつら、切っちまったのか？」彼は、とてもはっきり聞いた。

嘘をつこうかとも思ったけれど、そんなことをしても一時的な慰めにしかならない。「うん、切っちゃった」やんわり言いようがなかったので、ずばりと言った。

「ぶっ殺してやる」彼は、はっきり言った。「あいつら、ぶっ殺してやる」

それから、彼の唇がまた震えだして目に涙が溢れた。「俺は、故郷では一番走るのが速かったんだ。それに、一番高く跳べたし……」

「これからだってそうよ、ジョニー。木で義足を作ってあげるから、少し練習したら、前と同じように駆けっこも、高跳びも、幅跳びもできるようになるわ」

もちろん、自信たっぷりだったわけではないけれど、絶対に無理だとも思わなかった。それどころか、考えれば考えるほど、ちゃんとした木の義足を作れて、それがあれば、ゆっくりでも上手に歩けるようになると思えてならなかった。

それは、わたしの心を満たす大きなもので、彼が必要としていることでもあった。だから、彼に作ってあげるつもりの、立派な新しい脚のことを話しはじめた。「自分の好きな木を選んでいいのよ、ジョニー。新しくていい木のある場所なら知ってるから……オークでも、ヒマラヤスギでも、ブナでも……砲撃でなぎ倒された木があるわ。もちろん、松が一番加工しやすいけど、酷使するにはヴァージニア松より頑丈な木がほしいんじゃない。そうね、クルミの木は信頼できて、倒木なら見つけられると思うけれど、かなり長期間使うには、ヒッコリーが最良の選択でしょうね。切るのは確かに難しいけど、じっくりやれば、きっと一生使える義足ができるわよ。明日からさっそく取りかかるわね。このあたりで一番いいヒッコリーを見つけるわ。その木を見つけるためなら、ラピダン川までだって行って……そして、もし、砲弾でなぎ倒されていなかったら、いっしょに、斧で切り倒しましょう。この計画をどう思う、ジョニー？」

「わかったよ。何でも言うとおりにする……」

「何もかもうまくいくわよ、ジョニー。そう信じなくちゃダメよ」

「信じてるよ、アメリア。頼りにしてる……」

「信じてくれて嬉しいわ……ずっと頼りにしていてね。それから、今の痛みが治まったら、このお屋敷の誰にも、あなたを痛がらせるようなことはもうさせないって約束する。そのためなら、ここからあなたを連れ出してあげる。聞いてる、ジョニー？」

「ああ、聞いてるよ。脚が、すごくいてえんだ、アメリア。ほんとに、もう脚はねえのか？」

「ええ、本当よ」

「ちょっと見てくれねえか。まさか、あいつら担ぎやがったな！」

そこで、深呼吸して、恐る恐る毛布をめくった。担がれてなんかいなかった。

「きれいさっぱりなくなってるわ。だから、もう少ししたら、絶対に痛くなくなる。すぐに痛みは治まって、二度と痛まなくなるわ」

「あいつら、ぶっ殺してやる」彼は、またつぶやいた。

「必ずぶっ殺してやる……」

「そんなふうに言ったらいけないわ、ジョニー。お行儀のいい話し方じゃないもの。それに、ぶっ殺すって誰を？　きっと、マーサ先生もほかの人たちも、正しいことをしていると思っていたはずよ。今は、ひどすぎるって思っているでしょうけど、少なくとも、これ以上悪いことは起きようがないわ。あの人たちは、もうこれ以上あなたにひどいことはできない。それどころか、ここの人たちはみんな、できるかぎりの方法で、あなたに償いをしようとするに違いないわ。これからあなたは、このあたりの荘園の領主さまでしょうね。注目の的だから、なくなった脚のことなんてすぐに忘れちゃうわ」

それから、わたしは、たまたま持っていた箱を開けて中身を見せた。「この箱のなかのかわいいカミツキガメが見える、ジョニー？　何週間か前、この亀さんは、とっても調子が悪そうで参っちゃってたから、生きようが死のうがどうだっていいと思っていたはずよ。でも、ちょっと見て。この子、もうすっかりよくなって、事故にさえ遭わなければ、きっと百歳まで生きるわよ。だけど、どうしてだかわかる、ジョニー？　何がこの亀さんの病気を治したかわかる？」

「何かな？」

「愛よ。愛と思いやりのあるお世話。それをあなたもこれから受けるの。わたしからだけじゃないわ。わたしの最後の一ドルを賭けてもいい。あなたは、ほかのみんなからもそれを受けるの」

「あいつらにゃ、何もしてほしくねえ。あいつら、俺にてねえのによ」

最悪のことをしやがった……こっちは、何も悪いことし

そう、こういう話は、もちろん、わたしにはとてもつらかった。でも、彼が、その話から慰めに近いものを得ているように思えたとき、彼は、得られるすべての慰めを得て当然だと思った。そんな、復讐に燃えた考えに縋《すが》れなかったら、見境もなく、その場で命を絶っていたかもしれない。

「ねえ」わたしは、話題を変えようとした。「ジョニー、さっき、わたしが森で何を見たと思う？　ここへ来た次の日の朝、あなたが話していた鳥――ほとんどいつも飛んでいて、本当の家がない鳥――のことを覚えてる？今日、その鳥を見たの。とても小さくて、鮮やかな色で――ハチドリに似てるけど、ちょっと違う。一つには、嘴《くちばし》がそれほど長くないし、羽ばたき方がハチドリとは違って、カモメなんかの海鳥みたいにすいすい、とても優雅に空中を舞っていたの。わたしのほうへ降下してきて、また上昇して飛び去ったけど、何度も戻ってきた。まるで、何か言おうとしているみたいだった。何を伝えたいのか想像もできなかったけれど、不意に思ったの。あの小鳥が言おうとしてるのは、『アメリア、ぼくを見て。日陰から日向《ひなた》へ、どんなに速く飛び出せるか見て。

ぼくの真似をしてみないかい？　きみも問題を抱えているかもしれないけど、それは、ぼくの問題よりは小さいはずさ。あのね、たまたまぼくは、ぼくの種の最後の一羽になってしまったから、種を引き継いでいくための相手を見つけられないだろう。でも、ぼくは、そんなことは心配していない。夏が来て、太陽が輝いていて、飛び回る大空があるってことだけを考えつづけてる。きみも、そんなふうに考えたらどうかな、アメリア？　憂鬱なことを考えるのはやめて、ぼくといっしょに輝く大空に舞い上がろうよ』って。

そして、その途端、小鳥は、あなたが言っていた猛スピードで飛び去ったのよ、ジョニー――太陽を真っ直ぐ目指して。わたしは、ずっとその小鳥を見つめていて、小鳥が光のなかのちっちゃな斑点くらい小さくなったときに、両手で目を覆って想像したの。わたしは、問題をすべて置き去りにして、小鳥といっしょに明るい世界に舞い上がっているって。そしたら、本当に効いたのよ、ジョニー。だから、あなたも同じようにして。あなただって、問題をすべて忘れて、陽射しのなかへ舞い上がれるわ。マーサ先生やほかの人のことを忘れて、これから訪れる楽しい日々のことだけを考えて。苦しみも恐れも……心配事も憂鬱なことも全部……考えないようにしてみて。これからは、自分にとってどんなに素晴らしいことが起きるんだろうとだけ考えて。たとえば、もう戦争に戻らなくてもいいのよ。北軍の人たちが、あなたの居場所を突き止めたとしても、もう戻らせることはできない。あなたに名誉除隊を与えなければならないでしょうし、そのときに表彰状のような物もくれるかもね……あなたが負った傷を記念して……ディックとビリーが死んだときも、ブラッグ将軍〔南軍の将軍。チカモーガの戦いでローズクランスに勝ったが、チャタヌーガの戦いで破れた〕がお母さまに送ってきたわ。わたしは、そういう物をあんまり重視してないけれど、お母さまは重視しているし、あなたが故郷にその表彰状を送ったら、きっとあなたのお母さんも大切にするわ」

彼は、また目をつぶっていた。「ぶっ殺してやる……ぶっ殺してやる」と、まだ小さくつぶやいていた。

「わかったわ、ジョニー。あの人たちを殺しなさい。あの人たちが、この世に存在したのを忘れることで、殺しちゃって」

それから、わたしは、椅子を少し後ろに引いた。お庭側のドアにかかっているカーテンを優しく揺らす午後のそよ風が、ジョニーによく当たるようにしたかったの。そのせいで、椅子が、部屋の暗い部分に入ってしまって、しかも高い背もたれがソファーに背を向ける形になったので、誰かが入ってきても、わたしがいるのに気づきにくくなった。入ってきた人をこっそり見張るつもりも、その人の言葉を盗み聞きするつもりもなかったけれど、いることをわざわざ教えはしなかった。ジョニーの傍から追い出されたくなかったし、生徒の誰かとの彼についての無駄話に引きずり込まれたくもなかった。ジョニーの状態について話すのも、マリーからもう聞いていることと以外、手術について聞くのも嫌だった。全然興味はなかった――いいえ、ほんの少ししか興味はなかった――入ってきた人が何を言おうと。静かに眠っているように見えるジョニーを、誰も起こさないでほしいとだけ思っていた。

彼は、しばらくして目を覚ましたけれど、最初の訪問者に起こされたのではなかった。最初に入ってきたのは、マーサ先生で、とても静かに入ってきた。つま先歩きで部屋を横切り、彼と同じようにまだ眠っているハリエット先生をチラッと見てから、ジョニーの傍にしばらく立ったまま、彼の様子を静かに窺っていた。

それから、先生はそっと言った。「あなたは、まったく似ていない。今も、そして以前も」そして、しばらく沈黙したあとで、「ごめんなさい。あなたを傷つけるつもりはなかったんですよ」

先生は、もうしばらく彼を見つめてから、おでこに手を当て、手首で脈を取り、そして戻りがけに、ハリエット先生の脇のテーブルにあったワインボトルを持って部屋から出ていった。

二人目の訪問者はマッティで、数分してから入ってくると、ジョニーに近づき、様子を見てから、おでこに手を当てた。

「かわいそうに。どこかの国からはるばるやってきて、こんな目に遭うなんてね」

それから、マッティは振り返り、わたしがいるのに気づいた。あの日の午後、ジョニーの様子を見に入ってきた人のなかで、わたしに気づいたのは彼女だけだった。

「出ておいきなさい、アメリア嬢ちゃん。外の井戸に行ってご自分で水を汲んでから、さっさと部屋に戻って、夕食の身支度をなさい。そのままでは、マリー嬢ちゃんと同じくらいだらしなくなってしまいだ――まだまだ、ましですけどね」

「トカゲのしっぽは、切ってもときどき生えてくるけど、人間の手足はもう生えないの、マッティ？」

「そんな話、聞いたこともありませんよ」

「わたしもよ。ありっこないってわかっているけれど、ひょっとしたら、アフリカとか、おまえの種族の出身地で、そんな話を聞いたことがあるんじゃないかと思って」

「父さんは、ここヴァージニアの出身だし、ここがあたしの出身地です」

「お父さんのお父さんはどうかな？」

「会ったこともないからねえ。爺さんは、どこかの外国から来たのかもしれないけどもね、そうだったとしても、聞かされたことはないよ」

「でも、ずっと昔におまえの種族の誰かが、ここでは絶対に不可能な素晴らしいことを成し遂げられる、魔法の治療法とかお薬のある不思議な土地から来たってことはない？　マッティ、うちのお屋敷で、黒人たちがそういう話をしているのを聞いた覚えがあるもの」

「お父さまの黒人たちが話しているのを聞いたことがあったとしてもね、あたしはそんな話をしたことはないですし、これからも絶対にしませんよ！　そんなのは悪魔の話ですよ、キリスト教徒の小さい子どもが口にするようなことじゃないねえ」

「マッティ、悪魔ならジョニーの脚を元どおりにできる？」

「できるだろうね。悪魔は、心に決めたことはほとんど何でもできるんだから――天国に行くこと以外はね」

「ジョニーのために、そういう手配をするにはどうすればいいの？」

「どうかしちまったのかい？」

「ちょっと思っただけよ」

「それなら、思うのをおやめなさい。あれこれ想像するようなことじゃないからね。まして、嬢ちゃんのような小さな子どもが。この人が望めば、悪魔が、きっと脚を元どおりにできるだろうとは言ったけどね、見返りなしではしませんよ。悪魔は、そういう仕事の仕方をしないね。悪魔っつうのは、頼みを聞いてくれたら、その代償に自分の頼みも聞いてもらおうとする。それに、今度の場合――途轍もなく難儀だろうよ、人の脚を元どおりにくっつけるのは容易なこっちゃないからね、ほとんど土ばっかりの庭に埋められたあととくればなおさらだよ――悪魔は、一流の人間の魂を代わりにもらえる保証がなければ、まず仕事を請け負わないだろうね。つまり、嬢ちゃんは、このヤンキーの脚を治してもらう見返りに、悪魔に魂を売らなきゃならんてことだよ。さあ、どうです、南部の嬢ちゃんの純真な魂を、まったく取るに足りないヤンキー一人の脚と取り替えんのは公正かねえ？」

「でも、彼はまったく取るに足りなくなんかないわ、マッティ」

「まあ、それなら……多少取るに足りないとしますかね。それに、お偉いさんだとしても……ヤンキーの将軍やフランス国王……ニューオーリンズ市長とかだったとしても……得な取り引きじゃ絶対ありません。人の魂は貴重なんですよ、嬢ちゃん、嬢ちゃんのように汚れのない、まだほとんど使われていない幼い子の魂はね」

「だけど、ジョニーの脚の見返りに、どうしてわたしの魂をあげなくちゃいけないの？　ジョニーが自分の魂と交換できないの？」

「それほど愚かじゃないからですよ。この男は、死んだときに、魂がなければ天国に行けないとわかってる。それに、二つ目のもっともな理由は、嬢ちゃんの魂とこのヤンキーの魂じゃ比べ物にならない。この男は、大人になってからずっとあちこちを放浪し、どんな悪さをしてきたかは神さましかご存じない。嬢ちゃんの魂は、この男の魂の百倍も貴重だし、悪魔もバカじゃないからね、あたしとおんなじようにそれをお見通しなんだよ。代わりに嬢ちゃんの魂を手に入れられるんなら、マクバーニーの魂なんぞに興味を持つもんですか。さあ、この話はおしまい、おしまい。言ったとおり、夕食の支度をなさいまし。そして、そんなバカなことを考えるのはおよしなさい」

「あんまり食べる気がしないわ」

「気持ちなんてどうでもいいですよ。強くなって、いろんな問題があっても押しつぶされずにいられるようになんねえといけませんですよ。生まれてきた以上、誰だって一生のうちに何かしら不幸な目に遭うんです。今日、重い荷を背負っても、文句を言わずに運んでいたら、善良な神さまが、きっと明日は軽い荷を送ってくださる。少なくとも、あたしは、いっつも物事をそういうふうに見ようとしてるね」

「わたしが悩んでいるのは、わたしの不幸のことじゃない。ジョニーの不幸なのよ。そして、彼には、その不幸に耐える気がないみたい」

「まあ、二日もすれば、元どおり元気になるでしょうよ。脚が一本なくなったって、この世の終わりじゃあるまいし。この戦争のせいで、脚を一本、いやなかには二本ともなくす人はこれからも大勢いるでしょうけども、ほかの人とおんなじように長生きして、金持ちになって、ご近所さんにむかっ腹を立てることでしょうよ。さあ、もうしばらくここにいなさるんでしたら、静かにしててくださいよ。かわいそうなハリエットさまにも、ここで、もう一休みしてもらうつもりですからね」

マッティが部屋から出ていってすぐ、ハリエット先生が、目を覚ましそうになった。先生は軽く伸びをしてため息をつき、寝ぼけまなこでテーブルに目をやり、ぼうっとした頭でもワインボトルがないのに気づいたのだと思う。ビクッと飛び起きて身を乗り出し、テーブルを念入りに調べたけれど、もちろんなかった。それから、もう一度、今度はさっきより大きくため息をついて、椅子にもたれてまた目をつぶり、現実には少しもワインを飲まなかったのだとしても、ワインの夢でも見ていたのかもしれない。それから、もうしばらくすると、先生はどうやらジョニーのことを思い出したらしく、腹を立てているようにも取れる身震いをして、背筋を伸ばして座った。そして、目をこすってから前かがみになって、彼を見つめた。

「マクバーニーさん？」先生は、ずいぶんとためらいがちに聞いた。「起きていらっしゃる？」

ハリエット先生も、ほかのほとんどの人と同じように、周囲を見回さなかった。それに、ジョニーにまだ意識がないのかどうか、最初はよくわからなかった。奥の暗がりにいるわたしのことは絶対に見えなかったので、少ししてからわたしは、ここにいると自分から言えたらいいのにと思いはじめたのだけれど、そのときには、先生に恥ずかしい思いをさせずには出ていけなくなっていた。

だって、ハリエット先生が話しはじめたことは、とても個人的な内容だったので、声が聞こえる場所に意識のある人がいるとわかっていたら、絶対に口に出しはしないだろうと思った。先生は、ジョニーがソファーに眠っているのを幸いに、長いあいだ胸にしまっておいたことを話しはじめたようだった。たぶん、話しかける相手はいてほしかったけれど、その人に聞く能力があってはいけなかったの。何が言いたいのかわかるかしら。まあ、そういうふうに独り言を言うのは恥ずかしいことじゃないとは思う。わたしも、森でいつも同じことをしている。わたしの話を理解できない鳥や動物に話しかけている——でも、耳を傾けているのは確かで、とても注意深く聞いていることもある。

今考えると、ハリエット先生は、この機会をずっと待っていて、それを利用したんだと思う。消えたワインを引き合いに出して、目が覚めたらなくなっていたと言った。

「マーサは、機会を窺《うかが》っていたのよ。そのドアの前を何度も通って、わたしが目をつぶるのをひたすら待ち、こっそり部屋に入ってきてワインを持ち去ったの。あなたの痛みが激しくなってワインが必要になっても、ここにないのはお気の毒ですけれど、そうなっても、姉のせいよ。あなたのために取っておいたのに、マーサは、当然信じてくれないでしょうね。あなたは、わたしのほうが姉より弱いと、ずっと思っていらしたかもしれませんけれど、違うんですよ。わたしのほうが、マーサよりずっと強くて、ずっと自立しているし……これからも、常にそれは変わらないわ。わたしには、この屋敷での自分の立場を保証する圧倒的な強さがあるんです。今までは、自分の力を使うのは気が進みませんでしたけれど、いざとなったらいつでも使える。わたしは、あることを知っているんですよ、マクバーニーさん。だからこそ、姉はわたしを恐れているの。まあ、生徒たちの前でわたしを嘲笑《あざわら》い、食事の席でわたしを無視し、わたしが、寒さや腰痛を和《やわ》らげるのに使いたいのにワイン貯蔵室の鍵を隠すといったような、些細な侮辱を何度でもしたらいい。でもね、マクバーニーさん、それには限度があるの。わたしが、姉を絶対に大目に見られない限度がね。わたしが眠るまで廊下で待っていて、泥棒のように部屋に忍び込み、空っぽに近いボトルを何度もくすねておきながら、姉は、わたしが実行したいと思わない命令を面と向かって突きつけようとはしない。出ていけとも、ここにいろとも、座れとも、立てとも指図できない……わたしの意思に反することをしろとは言えない……わたしには、この強みがあるからなのよ、マクバーニーさん……わたしには、姉を破滅させる力があるからなの。

あなたに何ということをしてしまったのだろうと悟り、姉は、本当に愕然としているはずです」ハリエット先生はつづけた。「自分がロバートにしてしまったことを悟ったときも、精神的にすっかり参ってしまいましたから。もちろん、彼への嘆き悲しみを、姉はすぐに乗り越えました――ですから、不必要な切断を行なってしまったと知った衝撃からも、一両日中に立ち直るかもしれませんね」

ハリエット先生は、穏やかに話していたけれど、普段よりもずっとしつこくて、たぶん悪意がこもっていたと思う。それどころか、先生の態度はすべて、エドウィナやエミリー、ときにはマリーのような生徒とでさえ意見が食い違ってもいつもは引き下がってしまう、おとなしくて弱気な人にはとても思えなかった。

「もっと早くいらしてくださらなかったのが残念だわ、マクバーニーさん」というのが、次に先生が言った言葉だった。「そうしたら、ファーンズワースで楽しんでいただけたでしょうに。昔、まだ父が生きていたころは、立派なお屋敷でした……そして、素敵な家庭だったんです。何もかも、今とは違っていた。いつも、いいえ、たいていお客さまがいらしていたわ。ありとあらゆるパーティーを開いていたんですよ……バーベキューパーティーとか、ダンスパーティーとか、祝賀会とか……まあ、リッチモンドで開かれるような盛大なパーティーではなかったでしょうけれど、それでもとても楽しい集まりだったんです。ファーンズワース家のパーティーは、郡のこの地域きってのパーティーだったと言っても差し支えないと思います。あちこちから人が集まってきた。フレデリックスバーグやカルペッパー、ウォレントンからお客さまがみえて……それに、コートハウスやリッチモンドからも、たびたび……ときには、昔馴染《むかしなじ》みの方々……以前住んでいたジェームズ河畔のお屋敷のご近所さんたちもいらした。もちろん、大学に入った年の休暇には、ロバートが大勢お友だちを連れてきた。そのお友だちの出身地もさまざまだった。あの年のクリスマスには確か、オーガスタやビロクシ出身の男性がいて、一人は首都――ヤンキーの首都のことですよ――そしてもう一人、ニューヨーク出身のとても蒼白い顔をした恥ずかしがり屋の人がいて、わたしと親しくなった――ほかの誰とでもなく――わたしとだけ。もちろん、ハワード・ウィンスローもいた……当時、彼は屋敷に入り浸っていた。そう、わたしたちは、丸一週間、昼も夜も、何かしらパーティーや余興をしていたわ。マーサとわたしも、当時は、フレデリックスバーグのモンロー女学校に行っていて、そこの女学生三人もクリスマス休暇に屋敷に来ていた……メアリー・ブラッドリーとエリザベス・コウルビー、それから名前はどうしても思い出せませんけれど、ボストン出身ののろまな子、モンロー女学校で一番不器量だったと思うわ。もちろん、エリザベスもメアリーも、美しさを自慢できるような子たちではなくて、だからこそ、マーサは彼女たちを招待したの。マーサは、ロバートを過度の誘惑に絶対に晒《さら》したがらなかった。

そうなの、マーサとわたしはあの年、家を離れて学校に入っていたんです。それまでは、中年の貧しい移民が、入れ替わり立ち替わり教えてくれていた。ドイツ人やオーストリア人が多かったんですが、どなたも、こんな奥地の屋敷ではあまり幸せではありませんでしたし、マーサがいつも偉そうに接するので不満を募らせてしまって。そんなわけで当時、家庭教師がいませんでしたし、ロバートも家を出て大学に行くので、マーサが、モンロー女学校に行かせてくれるように父を説得したんです。確か姉は、女性を受け入れてくれているらしいフランスの大学に、ロバートと二人で入学したがっていましたが、父は、どのような種類のものにせよ、女性に対する教育にはあまり熱心だったことはなくて、マーサの場合は、そのような経験をすれば、そうでなくても堪え性がないのに、ますますひどくなるだけだと――いみじくも――悟ったんでしょうね。

もちろん、マーサが聡明でないと言っているのではないんですよ。その点では、いつもロバートやわたしよりも勝っていました。男に生まれていたら、きっと教育者か政治家、ひょっとしたらお医者さまとして出世していたでしょうね。あなたも、もう気づいていらっしゃるでしょう、マクバーニーさん、医業を営みたいという姉の熱意に。とにかく、きっと姉は、パリに行かせてくれるよう父を説得し、ほかのやりたいことについてもすべて説得したのでしょうが、ロバート自身がヨーロッパ行きに前向きでなかったので、言うまでもなく、マーサの関心も薄れてしまいました。ロバートは、マーサの影響力から逃れようと必死で、だからこそヴァージニア大学に行くことにしたのでしょう。

そうなんです、マーサは変わった女性でね。一番近い親族なのに、親近感をまったく感じないことがあります。ときどき、自然の愛情を抱けないばかりか、愛されるための精神的な魅力が欠如している人だと思うこともあります。曲がりなりにも尊敬は得られるでしょうが、愛は得られない。自分の周りの物や人を支配し、所有せずにはいられないようで、そういう人柄では、明らかに人から好かれないし、愛されない。

ですから、正直なところ、きっと兄も、彼女を愛したことは一度もないと思います。それどころか、兄の態度からすると、最後は姉を憎んでさえいたのかもしれません。姉弟ではまったくない――いいえ、血縁でさえないしら、――ような感じで、何が言いたいかわかってくださるかしら、姉はそれをつづけていました。屋敷の誰もそのことに気づいていないと姉は思っていたのかもしれませんが、わたしの目はごまかせませんでした。姉は、兄をかわいがり、愛撫し、兄が屋敷のどこへ行くんでもついて回りました。馬小屋であれ、畑であれ、森であれ十歩と行かないうちにそのあとを追いました。そして、マクバーニーさん、姉が夜、兄の部屋までついていくこともあったんです。たいていはドアに鍵がかかっていましたが、姉は、とても辛抱強かった。一人で笑いながら廊下で待ち、軽くドアをノックして声をかけました。『ちょっとだけよ、ロビー』と姉は言いました。そして、しばらくすると兄を口説き落としました。最後には、いつも姉が勝った。兄はドアを開け、姉の持った蠟燭の火に照らされて青い顔で震えながら立ち、それから兄が脇に寄り、姉が入っていった……にこやかに……微笑《ほほえ》みながら。そして、ドアが閉まっていた、何時間も、ひょっとすると夜明けまで。そして、部屋のなかで、とんでもないことが起きていた。もし、お聞きになりたいようでしたら、そうした夜に起きたことを、いつか洗いざらい教えてあげますね、マクバーニーさん。

そして翌日、姉は、何事もなかったかのように振る舞った。姉の素振りに変わったところがあったとすれば、いいふうに変わっていたし、幸せそうで、前の日には、ファーンズワースでの味気ない生活と言っていたくせに、それにも満足している様子だった。一方、ロバートは、翌日は一日中部屋にこもりっきりで、食事にも出てこなかった……暗くなるまで待ってから馬小屋へこっそり行き、馬に鞍をつけて、コートハウスまで駆けていった……あるいは、ひょっとするとフレデリックスバーグまでだったのかもしれませんが、そしてどこかの居酒屋かもっといかがわしい場所で、一週間の大半を飲んだくれて過ごした。

もちろん、父は、二階で何が起きていたのかを知らなかった。放蕩息子の側から見た結果はわかっていましたが、その原因である罪悪感を知ることはなかった。かなり自分の殻に閉じこもっていましたからね、晩年の父は。お客さまがいらっしゃらないときは、ポーチか書斎で過ごすのが好きでした。子どもたちとの共通の話題を見つけられずにいたのでしょう。痛風に悩まされていると、書斎のソファーで寝ることもよくあり、もちろんマーサには好都合でした。

でも、マーサは、ついにつけを払うことになったんです、マクバーニーさん。ロバートが、出ていったきり戻ってこなくなった。姉は絶望したはずです、絶対に。何か月も、兄は姉から逃れようとしていましたが、姉は、父が必要としているという口実で、何とか兄をここに繋ぎとめていたんです。ところが父が亡くなり、その口実がなくなりました。兄は、とうとう逃げ出し、姉が兄に会うことは二度となかった。ええ、姉は、必死に探そうとしました。何マイルも離れたところまで探しにいき、何百通もの手紙を書いて、兄がいた、あるいは来るかもしれないと噂で聞いた場所に出しました。宛先の住所を知らない場合も、手紙を書きつづけました。考えていることがあり、その思いのたけを書き記したかったからで、期待していたんでしょうね、すぐに……明日か明後日、遅くとも来週には……兄から連絡がある……あるいは、兄に会ったことがあり、姉に兄の居場所を教えてくれる人からの連絡があると。その手紙を何通か確保して、わたしの部屋にしまってあるんですよ、マクバーニーさん。いつか……興味がおありでしたら……お見せするわ。とても意味深な手紙なんですよ、本当に。読んだら、姉に対するあなたのお考えもがらっと変わるでしょうね。何通かのなかで、姉は、兄に対する自分の扱いや、兄への感情を詫びています。今では、あんな気持ちを抱いたのはいけないことだったと思うときもあると。ある手紙に、姉は書いています。帰ってきてさえくれたら、もう近づかないし、兄が望まなければ話しかけもしないと約束するので、もう怖がらなくていいと。一つとして、信じられないでしょうけれど。ロバートが明日戻ってきたとしても、姉に関するかぎり、二人のことは変わらないでしょう。もちろん、兄は死んでしまった、そう姉は言い張っていますけれど、それも信じてはいけません。ある夜、姉は、何かを森に埋めました。姉は、兄だと言っていましたが、違ったんですよ、マクバーニーさん、そんなことを信じてはいけないわ。あれは、ほかのいくつもの束のなかから姉が選び出したぼろ切れの束でしかなかった。あれがロバートでなかったのは、あなたが、ロバートでないのと同じ。

姉は、自分が何をしたのかわかっているんですよ、だからこそ苦しんでいるの。そして、あなたも、姉を苦しませることになるかもしれない、マクバーニーさん、姉があなたにしてしまったことのせいでね。あなたを見るたび、あなたの痛みは、姉の痛みとなるでしょう……あなたが、悲しくて眠れない夜は、姉もまんじりともせずに過ごすでしょう。そして、このせいであなたが死んでも、姉はあなたを忘れない。自分がしてしまったことを思い出すの。この日のことを忘れないと、わたしにはわかっています」

ハリエット先生は、ここでまた言葉を切ってため息をつき、もう一度テーブルに目をやって、ひょっとしたらワインボトルを間違えて置いたのではないかと、テーブルの下の床を見た。でも、確かになくなっていたので、何かをぼそっとつぶやいた。よく聞き取れなかったけれど、マーサ先生の名前と、ハリエット先生が使うのなんて聞いたことがない、いくつかの口汚い言葉が含まれていた。それから、先生は立ち上がり、もうジョニーには目をやらず、そろそろと、家具にぶつかって少しよろめきながら部屋を出ていった。すぐに、同じおぼつかない足取りで、先生が階段を上っていくのが聞こえた。

ハリエット先生の言葉に、当然、わたしは少し戸惑ったけれど、いつもの先生と全然違ったので、ワインをちょっと飲み過ぎただけだと思った。周りの人とのどんなやり取りのときも、その人が、いつもは親切で優しくて、穏やかな話し方をするとしたら、ハリエット先生は確かにそうだけれど、それなら、普通じゃない状況での言葉や行動でその人を判断するなんて、不公平もいいところだ。実は、そのあと、ジョニー・マクバーニーの行動にその原則を当てはめようとする日が来たのだけれど、できなかった。そのことを説明するとしたら、ジョニーの行動が、わたしに深く影響したからで、ファーンズワース家の出来事は今も、そして今までも影響していない。あの日のハリエット先生の言葉について、実は、わたしほどは悪くないと最後に思った。わたしだって、森で一人になると、人のことをひどい言葉で言うことがよくあるし、あの日の午後、誰もいないとハリエット先生が思っていた応接間にわたしがいたのは、先生のせいではなかったのだから。

そのあと、もうしばらくジョニーと二人きりだった。マーサ先生とマッティが、夕食に使うハーブと野菜を摘みながら、菜園でおしゃべりをしているのが聞こえた。エミリーとマリーが、階段を下りながら大声で罵《ののし》り合っているのも聞こえた。マリーが、石鹸を盗んだ――香料入りの石鹸でもなければ、マリーが石鹸をほしがるなんて珍しい――と、エミリーが責めているようだった。すると、マーサ先生が廊下に入ってきて、マクバーニー伍長の邪魔になるといけないので静かにしなさいと言い、念のため、台所に行ってマッティの手伝いをするようにと命じた。

そういえば、あのときこう思った。この学園で石鹸がなくなったら、真っ先に疑われるのは普通アリス・シムズだと。アリスは、牛乳のような白い顔を自慢していたからで、ほかの部分を清潔に保とうとはしていないようだったけれど、洗顔だけは念入りにしていた。わたしの気持ちとしては、土は、空や空気と同じように自然の一部で、ときと場合によっては、こざっぱりしているほうがいいのは認めるけれど、常に洗っていなくちゃならないってこと自体、すごく面倒になることもある。この学園のような、現代風の学校ならなおさらだ。ここで、ルームメイトの意見をつけ足しておこう。マリーは、この戦争がもたらした数少ない恩恵の一つは、全般的な石鹸不足で、最悪の状況のなかでも常に何かしらいいことはあるものだと証明されたと言っていた。

ちょうどそのとき、問題となっている人物の一人が部屋に入ってきた――アリス・シムズだ。彼女は、ドアから入るなり立ち止まって、じっくりあたりを見回した――ジョニーの訪問者が、ほかにいないのを確かめるためだったのだろう。さっきのハリエット先生と同じで、わたしには気づかず、ソファーに近づいた。

何着か持っている鮮やかな色のドレスの一着を着ていた。たぶん、お母さんのお古で、流行が変わったか、お母さんの趣味がよくなったかして、アリスにくれたのだろう。あの日、彼女が着ていたのは、胴の部分に黒い絹のリボンがついた、ピンクのタフタのドレスだった。残念ながら、かなり小柄なアリスには大きすぎた。肉づきがいいのは、疑いようがないのに。もちろん、丈を簡単に詰められるのでしょうけれど、アリスはお裁縫があまり上手じゃないから、寸法直しをして台無しにするより、どの服もぴったりになるくらい自分が大きくなるほうがいいと言っていた。

「ジョニー」アリスは、ドレスをグイッと引き上げながら言った。「気分はよくなった？　眠ってるなら、あたしのために目を覚まさなくてもいいよ。休めるだけ休んどかないとね。たくさん食べて、しっかり休んだら、すぐにまた起きて動き回れるようになるからさ。そのう、もうあんたのことを憎んでないと言いにきただけなの。でも、ほんとに眠ってるなら、また今度にするわ。こんなことになって、お気の毒ねと言いたいの――エドウィナが階段から突き落としたこととか。もちろん、あんたが、あいつのことをすごく心配して、説明しようと廊下に飛び出したとき、とても頭に来たわ。だって、あたしよりもあいつのことが大切みたいだったからさ。でも、あとになって、あんたのことが心配になりだしたの……大怪我《おおけが》をしたんじゃないかと思って……ジョニー、一晩中、一睡もできなかったんだから。今朝、あんたが、ここで一人で死んじゃってて、もうあんたと話をする機会もなくなっちゃったんじゃないかと怖くて、ますます心配になったの。だって、あんたのことを、ほんとに大切に思ってんのよ。あんたは、正直、今まで会ったなかで一番刺激的な男だし、あたしは、こんなにあんたのことが好きなんだから……ときどき、あんたのことを愛してるって思うこともあるくらい。さあ、この言葉を包み込んで、お気に召すまま枕の下に入れたまえ、ジョニー卿。ああ、あたしを抱きしめて、キスして、最高の気分にさせて、愛しい、愛しい、ジョニー。悪い人ね、それでもいい人よ……あんたがここに来たときから、毎日待ち焦がれてた。ほら、あんたにはわかんないの。あんたが、あたしの目の前で突然死んじゃったら、どれだけあたしが惨めな気持ちになると思ってんの。まだ仲よくなったばっかりなのに」

そうなの、こんな話がまだつづいたんだけれど、大筋はこんなところだった。もちろん、こういうのは、とてもくだらないと思う。アリスとジョニーの仲がどうのこうのというのは、だいたいが、アリスの独りよがりだったに違いない。だって、二人きりになる機会はほとんどなかったんだもの——それが、「仲よしになる」第一歩、そうわたしは教えられている。前の晩は別として、二人が長い時間、二人きりでいたことは一度もなかったのは確かだった。ほら、アリスみたいな子に彼が利用されるといけないから、あのころ、わたしがジョニーに目を光らせていたでしょう。そして、不安的中、ああいうことになっちゃった。

ところで、前の晩、アリスの部屋で何があったのか、わたしは正確には知らなかったし、知りたくもなかった。どういうことになっていたにしても、みんなアリスのせいだった。ところが、アリスは、過去のことを詳しく話すのではなくて、これからジョニーと二人でどうやっていこうかと思いを巡らしはじめた。「片脚がなくなったからって、恋愛の妨げにはならないと思うのよね。片脚の男でも、両脚のない男だって、絶対に恋愛を楽しめるし、もし望むなら、きっとたくさんの子どもの父親になれるよ、ほかの男とおんなじようにね。それに、切断された状態でも、若い女をおんなじように楽しませられるわ。このことをじっくり考えてみたんだよ、ジョニー。そして、片脚がなくったって、恋愛に関するかぎり、あたしにとっては何の違いもないってほとんど確信したの——慣れてしまえばね。そりゃ、最初は少しまごつくかもしれないけどさ、そういう気持ち悪さはすぐにまったく感じなくなると思うの。

それどころか、正直に言うとね、片脚を失ったら、男としてのあんたがどう変わっちゃうのかと思うと、お昼過ぎに食堂にいて、何よりも動揺したわ。気絶した大きな理由はそれだったと思う——あたしが気絶するのに、たまたま気がついてたんだとしたらね——でも、あんたは意識を失ってたから、もちろん見えなかったはず。ところで、あんたの脚が切断されてるあいだに、そもそも何であたしが食堂にいたのか説明しておかないと——血も涙もない人間だと思われるといけないからさ。そんなふうに思われるとは思いもよらなかったのに、さっきマリーに、それこそ彼女が思ったことだと言われたの。自分の部屋であんたをもてなしてから二十四時間としないうちに、あんたの脚の切断にあんなに興味を持てるなんて、鬼のような心の人だと思うんですってさ。まあ、知ってのとおり、すごい剣幕でエドウィナが乱入したから、そのおもてなしは、ほとんど始まってなかったけど、ふと、マリーの言うのももっともかなと思ったの。

だから、いろいろ考えた末、マーサ先生があんたの脚を切断するのを見ながら、あたしがどんな気持ちだったかを説明することにしたの――さっきも言った、あんたが男ではなくなっちゃうんじゃないかって心配したほかに。食堂に行って、あのおぞましい出来事を見た大きな理由は、あたしたち二人についてのマーサ先生の疑いを晴らすため。きっとマーサ先生は、それにたぶんハリエット先生も、マリーが、情事《アムール》と呼んでることをしてたんじゃないかと思ってただろうからさ、手術台のすぐ脇にあたしがいることが、二人を安心させる手っ取り早い方法だと気がついたんだ。だって、ジョニー、考えてもみて、ここの責任者が、常にあたしたちに目を光らせてたら、恋愛どころじゃなくなるんじゃない、そうでしょう？　だから」お優しいアリスさんは言った。「これから丸一週間、胸がむかむかすることになっても、あの血《ち》腥《なまぐさ》い作業をその場で見届けようと決心したの。あんたのことを、ほとんど知らないように振る舞う覚悟だったんだよ、ジョニー。それでマーサ先生とハリエット先生を騙せないなら、何をやっても無駄って自分に言い聞かせたんだ。もちろん、思ってたよりもおぞましいことになっちゃったのは認めるよ。もう二度とあんな経験はしたくない。一度で充分だよ、まったくもう。でも、愛すべき先生方を誤った方向へ導く計画はうまくいったと思ってるんだ。どこかの見知らぬ人が、今、この学園に入ってきて、アリシア・シムズさんが、ジョニー・マクバーニーさんに強い愛着を抱いているかと尋ねたら、先生たちは断固として否定するに決まってる。だけど、それがまるで見当違いだって、あたしたちにはわかってるもんね、あんた？　少なくとも、あたしにはわかってるし、あんたもそうだと、ほんとにいいんだけど。ああ、あんたができるようになったらすぐに、二人してとびきり熱々のときを過ごすのよね。もちろん、今、あんたは弱り切ってるし、力を取り戻すにはしばらく時間がかかるってわかってる。焦らなくていいよ、あんた、かわいそうな傷口をちゃんと治して。そして、恋ができるくらい強くなれたと感じたときに呼んでくれたら、あたしはいつでも応じるわ。それまでは少し、先生たちにおんなじようなふりをつづけるかもね――あとあと、そのほうがやりやすいでしょう、ジョニー。だからさ、これから数日間、あんたを無視しているように見えたり、ほかの人のいる前であんたに冷たいことを言ったりしても、がっかりしないで。あたしのほんとの気持ちを、あんたもあたしもわかってる、そうでしょう、そしてそれだけが大切なことなのよ」

アリスは、それから彼に身をかがめて、おでこにそっとキスをした。「そろそろ夕食に行かないと、ジョニー。あたしの言ったこと、ちっとも聞こえてなかったよね？まあ、いいわ。明日か明後日、隙を狙ってここに来て、また最初からおんなじ話をするからさ」彼女は、クスッと笑い声を漏らした。「覚えてたらね」

そして、もう一度キスして後ずさりし、恥ずかしそうに小さくお別れの手を振った。それは、彼女の言葉よりもバカらしかった。彼女が言った内容の少しは、ひょっとしたら彼の頭にしみ込んでいたかもしれない。彼の意識が、どの程度なかったのか知る方法はなかったから。でも、アリスがいっしょにいるあいだずっと彼が目をつぶったままだったのだけは確かなのだから、お別れに手を振ったって、見えるはずがない。

まあ、何人かの子のやり方は不思議だったけど、アリス・シムズがその最たる例じゃなかったとしたら、たぶんエドウィナ・モロウがぴったりかもしれない。アリスが、応接間を出て廊下を横切ったかと思ったら、エドウィナが入ってきた。アリスが出ていくのを、階段の一番上で待っていた――あるいは、たぶん書斎から窺っていた――に違いない。エドウィナは、応接間にそそくさと入ってきて、彼に駆け寄った。さっさとしなければ、もう二度とできないだろうと思ってでもいるようだった。

そして、しばらく立ったまま、荒い息遣いで彼を見つめていた。好意的とはとても言えない目つきだったけれど、どんな場合でもエドウィナの気分は捉えにくい。だって、普段からあまり温かい態度を取らないんですもの。とにかく、一言もしゃべらずに長いこと立っていたので、もう何も言わないのかと思った。でも、そこに立っているうちに、ジョニーとアリスが、ジョニーへの気持ちが変化した感じだった。ジョニーとアリスが、ここで仲睦まじく話していたのだと思って入ってきたのかもしれないけれど、彼を見て加減の悪さに気づき、怒りも薄れて、少しかわいそうにさえなったのではないかしら。

だって、とうとう彼女は、とても優しく囁いたんですもの。「こんなことになってしまって、ごめんなさい。こんなことになってほしいとは決して思っていなかったのよ……自分のしたことを後悔はしていませんけれど。あんなことがまた起きたら、きっと同じようにするでしょうね……またあると言っているのではないのよ。ゆうべまで抱いていたのと同じ気持ちをあなたに抱くことはもうできない。でも、もう、そんなことはどうでもいいの……あなたにとっても、わたしにとっても。大切なのは、よくなろうと思うあなたの意志で、あなたにはそれがあると思うのよ、ジョニー。こうと決めたら、ほとんど何でもする大きな決意が、あなたにはある……ほかの人なら諦めて死んでしまうようなときにも、踏ん張れる強い力が。最初の怪我を生き延びて、ほぼ回復したんですもの、もう一度それができるはずよ……そうしたいと思いさえすればね。そして、あなたはそうしたいと思っているのじゃないかしら。大勢の女や娘に負けたりするものかと、わたしたちに示すだけだとしても。

心からあなたによくなってほしいと思っているのよ、ジョニー。回復して、ここから永遠に立ち去ってほしい……ええ、まったく私利私欲なくそう望んでいるのではないと認めるわ。あなたに、わたしの目が届かないところに行ってほしいのは、そうすれば、いずれはあなたを心から追い出せて、わたし自身があなたから立ち直れるようになると期待しているからなの。あなたに恋心をもう抱いていないのは確かなの、わかるかしら、ジョニー……でも、あなたに心が乱れるし、あなたがここにいるかぎり、心を乱されつづけると思うの。

だから、喜んで、ここを出ていくお手伝いをするわ。あなたが言っていた、わたしたち二人のための計画をそのまま進めていいわ。リッチモンドで再出発したいのなら、父に手紙を書いて、世界中どこであろうと行きたいところへ送り出す手配をしてくれるようにお願いする……それとも、お望みなら、どこかに職を見つけてくれるようにと。父には、わたしからの特別のお願いで、かなえてくれたら、もう父には近づかないと約束すると書きます……そして、二度と願い事はしないと。このお願いは、わたしの特別な友だち……とても親しい人のためで……」

エドウィナは急に言葉を切り、顔を背けて手で口を覆った。でも、しばらくすると、また彼を見られるほど自制心を取り戻した。

「このことだけを言いたかったの、ジョニー」彼女の声は、少し震えていた。「あなたに聞こえるかもしれないと思ったの。聞こえていなくてもいい。とにかく、父に手紙を書いて、あなたを助けてくれるように頼みます」

それから、彼女は彼から離れ、ゆっくりとドアに向かいはじめた。ところが、彼女が最後の言葉を言っているあいだに、わたしがふと見ると、ジョニーの唇が微《かす》かに動いた。口の両端がほんの少し上がり、まるで微笑んでいるようだった。

それから、彼は目を開け、声は小さかったけれど、はっきりと言った。「エドウィナ……」

彼女は、ためらいがちに戻ってきた。「気分はどう、ジョニー？」

「最高さ……この状況にしては」

「起こしてしまった？」

「そうだとしたら、感謝するよ。おまえがいるのに気づかないまま、おまえをいさせるなんて絶対に嫌だっただろうから」

「さっきの話、聞こえていたの？」

「いや、何のこと？」

「いずれ話すわ」

「あんなことになって謝るよ、エドウィナ……最後に会ったときのこと。ところで、いつだったたっけ？」

「ゆうべよ」

「ゆうべのことなのか？　一年も前のように思える。まあ、とにかく、傷つけちまってすまなかった、エドウィナ。俺の意思じゃなかったんだ。おまえを傷つけたりするもんか……アリスなんかのためにさ……」

「ジョニー、あなたが眠っているあいだに、わたしも謝ったのよ……あなたの脚をこんな目に遭わせてしまったことを。今だから言わせてね。ゆうべ、追いかけてごめんなさい、ジョニー……そして突き飛ばしてしまって。でも信じてね、階段から落とすつもりなんてなかったの」

「わかってるよ、おまえ。これっぽっちも疑ってねえよ。あれは事故だったんだ、それだけさ」

「ジョニー……でも、いい気味だと思ったの……階段から落ちて」

「それも、気にするなって。受けて当然の報いだもんな、エドウィナ……」

「大怪我をしてあんな目に遭わなければならないほど……今日起きたことよ……ひどいことを、あなたはしていないわ。それを、喜んだことは一度もないのよ……そして、今、何もかも申し訳なかったと思っている。不当なことをしてしまったわ。あなたには、アリスに会いにいくそれなりの理由があったのよ。きっと、彼女にさよならを言うためだったんでしょうね」

「そうかもしれねえな」

「そして、階段を上るのに疲れ切って、彼女のベッドでちょっと休んでいただけなのよね」

「そう……そうなんだ」

「ああ、ジョニー、そういうふうに考えなくてごめんなさい。ひどく痛む？」

「ずきずきする」

「しばらくしたら、痛みは弱まるわ」

「たぶん、多少はな」

「どうして彼女の部屋に行ったの、ジョニー？」

「さっき、言っただろ。さよならを言いたかったのさ」

「下でも言えたでしょう」

「うっかり忘れたんだろうよ」

「わかったわ、そういうことにしましょう」

「どうやって、彼女に別れを告げたかに興味はねえのか？　どうやって、取りかかったか聞きたくねえのかよ？」

「やめて、ジョニー……」

「キスして……抱きしめて……その手のことをいろいろと」

「やめて……お願い……」

「とにかく、見ただろう。ただ休んでただけじゃねえってわかっただろうが」

「ひどいわ、ジョニー……お願いだから、やめて……」

「お願いなんかするなよ、おまえ。お願いしたって、何も出やしねえぜ」

「このろくでなし……不潔なろくでなし……死んじゃえばいい！」

ジョニーが、クスクス笑った。「ほらほら、心にもねえことを、おまえ」

「こんなことを言うつもりはなかったのに」エドウィナは、爪で手のひらが切れてしまうんじゃないかと思うほど強く、両手を握り締めていた。

「からかってただけさ、エドウィナ」ジョニーは、歯を見せて力なく笑った。「からかって、おまえを試してたんだ。そもそも、おまえは正しかったんだ。おまえは何も見ちゃいねえ。見るものがなかったんだからさ。こんなことをアリスに言ったら、あいつは笑い飛ばしたと思わねえか？　違うか？　ぽっちゃり膨れた腹を抱えて、大喜びして笑い転げ、俺のことを、呆れるほど汚らわしいやつだと言いつづけただろうな。それなのに、おまえは笑わなかった。絶対に笑わねえと、俺にゃわかってた……淑女だもんな……どうして俺がズボンを脱いだか知りたくねえか、エドウィナ？」

「地獄に堕ちろ……地獄に堕ちろ」エドウィナが呻いた。

「皺にならねえようにするためだけだったのさ……彼女のベッドで休んだりしてるあいだに」

エドウィナは遠ざかろうとしたのに、ジョニーが手を摑んで、彼女がそれを振りほどこうとすると、ギュッと握り締めた。「おまえの部屋には行かなかっただろうな。行かせてくれと頼みさえしなかっただろう……いい娘だから……そして愛してるから……」

「嘘つき……嘘つき」エドウィナは、小さく叫んだ。

「信じさせてやる。嘘じゃねえと信じさせてやる。明日……いや、明後日……また歩き回れるようになったらすぐに……待ってろ、エドウィナ、おまえが俺にとってどれだけ大切か……どうやって、おまえに償えばいいか……俺に尽くしてくれたのに……」

彼は握っていた手を緩め、目をつぶった。

「ジョニー」エドウィナは囁いた。「ジョニー、あなたを信じるように努力する。これからは、もっと信頼するようにするわ」

でも、彼はもう眠っていた。彼女は、今度は自分から彼の両手を握って、しばらくそのままでいた。それから、そっと手を離し、毛布を引き上げた。部屋が、少し寒くなりだしていた。そして最後に、指先で彼の髪を撫で、おでこと上唇の汗をハンカチで拭いてあげた。それから、その湿ったハンカチで自分の涙を拭いて、部屋から出ていった。

そうか、このお屋敷には思いもよらない問題がたくさんあるのは間違いなさそうだと、わたしは思った。ジョニー・マクバーニー、本当にあなたったら、ここに来てからのたった数週間で、この学園に精神的な動揺と狼狽をたっぷり引き起こしてくれたわね。

それでも、あの日の午後、いろいろなことを耳にしたけれど、ジョニーに対するわたしの気持ちは少しも変わっていなかった。もっと最近の事柄に思いを巡らしてみると、アリスやハリエット先生の言葉ほど、エドウィナの言葉には動揺しなかった。それより大切なことは、ジョニーがエドウィナに言った言葉に、わたしがほとんど驚かなかったということ。

彼の言葉は、かなり下品だったんでしょうけれど、そういうことにはあたふたしない。そんな言葉は、もうみんな聞いたことがあった。故郷のうちのお屋敷で、ジョニーの言葉よりもがさつな言葉が盛りだくさんの、農園監督と作男との会話を、いやというほど聞いたことがある。

それから、それ以外の内容については、ジョニーのエドウィナへの気持ちが本当だったのかどうかわからなかったし、あまり気にもならなかった。彼が、わたしに何か言うときは、誠実そのものだったとほとんどいつも信じていたから、大切なのはそれだけだった。ほかの人たちは、自分で用心すればいいと思った。

どんどん暗くなっていく部屋で、こういうことをあれこれ考えていると、マッティが戸口に立っていた。

「まだそこにいたんですか、嬢ちゃん？」

「ええ、まだいたの」

「みなさんは、もうテーブルにお着きですよ。ここにお食事を運ばせるおつもりかね？　マーサさまもハリエットさまも、子どもたちにどんどん甘くなってきなさる。こんなバカな真似に我慢しちゃいけねえんだ。あたしの仕事が増えちまう」

「今夜は、どのテーブルですか、マッティ？」

「台所のテーブルですよ！　そんなことを気にしてなさるんですか？」

「エドウィナもいるの……それからアリスも？」

「ええ、嬢ちゃん以外は全員いますよ……それから、ハリエットさまはまた調子が悪いとかで。ほかのみなさんは、嬢ちゃんほどおバカじゃない。みんな、決められた時間に、決められた場所で食事をすると心得ていなさる、ヤンキーが全員、脚をちょん切られることになってもね」

「わかったわ」わたしは、立ち上がった。「みんなのところへ行くわ。まだあまりお腹は空いてないけど、ジョニーが、少なくとも今のところは大丈夫だってわかったから」

「じゃあ、ちいとはよくなったと思うのかね？」マッティは、彼に近づいて様子を窺った。

「肉体的によくなったかどうかは、わからないけど、ちょっと前よりは元気が出てきたと思うの。生き甲斐を見つけたんじゃないのかな」

「それで、その生き甲斐っつうのは？」

「やっと目標ができたのかもしれないわ。自分の扱い方を間違ってるって、ここの誰かさんたちにわからせるつもりなんじゃないのかな」

「じゃあ、もっと力をつけないと。ここには、天狗の鼻をへし折ってやらんといけない人が何人かいるからね」

こう言うと、マッティは応接間を出ていったので、わたしも、そのあとについていって台所のテーブルに着いているみんなに加わった。

29　アリシア・シムズ

手術のあとのジョニー・マクバーニーについて知ってることを話す前に、一から十までおぞましかったってきっぱり言っときたい。人間の脚を切り落とすなんて、誰にとってもすごく残酷なことで、ましてその人が死にかけてるとか、まともに話したり考えたりできないなら別だけど、その人の許可も得ないなんて。そういう手術の餌食になった人がさ、そのあとやけに意地悪で扱いにくくなったからって、その人のことは責められないんじゃないの。まあ、ジョニーはそんな感じで、だからって彼を恨んだことはほとんどない——だけど、意地悪する相手が確かにかなり不公平だとは思ったよ。だって、お門違いな相手にも見境なく意地悪してたからね。あたしも、たまたまその一人だった。

とにかく、やっと彼と二人きりで話ができたのは何日かしてからの朝だった。それは、なかなかのお手柄だった。あのころは朝目を覚ますと、みんなが必ず、「ジョニー・マクバーニーは、まだ生きてるかしら？　それとも、まだ死んでないなら、片脚だってことを受け入れられるようになったかしら？」と思ってたからね。そう思いながら、生徒がみんな、いつも階段を駆け下りて応接間のドアに詰めかけたのに、生徒が部屋に入る前に、そこに張りついてるマーサ先生かハリエット先生に必ず入室を断られた。だけどさ、あの日の朝、あたしは、ほかの子たちといっしょには階段を下りなかった。ここのっとずる賢い誰かさんたちの手を取り入れた——マリーやアメリアのような子たちは、そうとは知らずにそれをやってのけてるんだからびっくりだよね——そして、マーサ先生が、生徒たちを食堂での朝食に追い立ててから、階段をそっと下りてそのまま応接間に入った。

驚いたことに、彼は、枕を背もたれにしてソファーに座ってた。でも「驚いたことに」は、きっとあの状況で使う表現としては弱すぎる。脚を切断する大手術を受けた人間なら、そのあと何日も死にかかってるか、危ない状態だろうと誰だって思って当然なのに、まだ三日も経ってないのに、枕にもたれてゆったりと座ってさ、女の子が部屋に入ってくるのをじっと見つめてたんだから。

そう、聞いてよ、手術の日、ちょっと彼の様子を見にきたあと、もう二度と生きてる彼には会えないと思い込んでたのに、うっとりするくらい素敵な彼がそこにいて、マッティお手製のビートンビスケットをかじり、どんぐりのコーヒーを飲んでた。だけど、まだすごく蒼白くてやつれた顔をしてたんで、ずいぶん痛い思いをしてたんだと思う。でも、そんなことを認める気は、彼にはさらさらなかった。そのころには、女軍団になんて負けるもんかと心に決めてたんだろうね。ほかに理由が一つもなかったとしてもさ、腹いせだけのために、手術から絶対に回復してみせると思ってたんだろう。

「爽快さ、気分爽快」あたしの問いかけに、彼はそう答えた。「俺がしてもらったことを、みんなに勧めるつもりさ。体質改善にはもってこいだもんな」

「もうだいぶ調子がよさそうだから、あと何日かしたら、きっと歩き回れるよ」

「そうだな、約束する。たぶん、そんなにかからねえ。ここでやることがたくさんあるから、さっさと取りかからねえと」

「取りかかるって、いったい何によ?」

「いろいろとな」彼は、ニタッと不快な笑みを浮かべた。そして、そう言いながらコーヒーカップを置き、手を伸ばして——すごく強く、それに絶対に悪意がこもってた——あたしの背中の柔らかい部分をつねった。ほんとに卑劣なやり方だったんで、あたしは目に涙を浮かべたけど、あいつ、ジョニーは、ニタニタしてるだけだった。

「大したことねえって。俺に用心してねえと、もっとひでえ目に遭うぞ。これからは、俺に言われたとおりにするこったな。さもないと、生まれてこなきゃよかったと思う羽目になる」

「だけど、どうしたっての、ジョニー?」あたしは、びっくり仰天して聞いた。「あんたの気に障るようなこと何かした?」

「俺が指を鳴らしたってのに、さっさと跳び上がらなかっただろうが、おまえ、そもそもそいつが問題だ。俺に対してやけに元気よく、てきぱきと行動することもあったじゃねえか。だから、俺に完全に逆らう気になったのかと思ってさ。もちろん、そんなことはさせねえ。おまえにやってもらう仕事が二つばかりある。それも、さっさとやってもらわねえと」

「あんたのためなら何でもするわ、ジョニー。信じて」

「信じてえところだが。おまえは、簡単にやらせてくれる女だし、自分の過ちを指摘されたんだからちいとはましになるかもしれねえと、心では思ってるんだぜ。ましになれば褒美がもらえるし、ましにならなきゃ、罰を受ける。うまくやれば、こうしてもらえる」そして、彼は、さっきとおんなじ場所を優しく叩いた。「けどよ、下手くそなら、こうしてやる」そして、またつねった、一度目よりも容赦なく。彼に引き寄せられてさ、口を手で塞《ふさ》がれなければ、痛くて叫んでたよ。

「ほらほら、泣くなって、俺の勇敢な女。おまえに必要なもう一つの教訓を与えてやっただけだ。いい子にしてたら、もうこういう目には遭わねえ。さあ、最初の指示を受ける覚悟はできたか?」

うなずくしかなかった。大きな手で口を塞がれて息が詰まりそうで、話すこともできなかった。あの瞬間に彼を引き離し、部屋からさっさと出て、ジョニー・マクバーニーともう関係しなければよかったと思うけど、怖くてできなかった。もちろん、あの瞬間は、彼には跳び上がってあたしを捕まえることなんてできなかっただろうけど、先々のことを考えたに違いない——あの瞬間、彼なら絶対にそうするだろうと思われたように、健康と力を取り戻したときのことをさ。

そして、確かに、前は彼を好きだったんだから、いずれまた好きになれるかもしれないと期待もしてた。あたしは、いくつかの理由で彼にとても惹かれてたけど、その一つが、あたしに対してとても親切に優しく接してくれたからで、ジョニーのその不可解な意地悪も一時的なもので、また前みたいに素敵な人になるだろうと思いはじめてたのを否定はしないよ。

「なら、いいか、おまえ、最初にやってもらいてえ仕事がある。えらく大切な仕事だから、慎重にやれよ。できると思うか?」

「できる、できるよ」もう痛い思いはしたくなかった。

「よし。してもらわなきゃならねえ仕事だが、マーサ先生の鍵束を持ってこい」

「でも、先生は、あたしになんか渡してくれないよ」冗談かと思った。

「頼めなんて言ってねえよ」

「盗めってこと?」

「おい、そいつはまずいぜ、そんな言葉を使うんじゃねえ。それに、ふさわしい言葉でもねえ。何かを盗むときゃ、普通はそれを取っておきてえってこったろう、あるいは売りてえってこった、違うか。俺は、その鍵束を取っておきたかねえ。少しのあいだ借りてえだけで、あとで愛すべきマーサのおばさんにお返しする」

そう、ご想像のとおり、あたしはとてもショックを受けた。彼が言ってたその鍵束は、マーサ先生が普段は飾り帯に通して腰につけてる物で、最終的に返すつもりがあったって、マーサ先生の許可なくそれを取るのは、大それたこと——マーサ先生が重大犯罪とみなすこと——のように思えた。そんな罪を犯した人間は、この学園から追放されて当然だもの。

それよりも、そんなことは不可能だったんで、彼にもそう言った。「鍵束は、マーサ先生が肌身離さず持ち歩いているんだよ」

「いつもってわけじゃねえ。身に着けてねえのを見た覚えがある。夕食んときは身に着けてなかったはずだ」

認めないわけにはいかなかった。マーサ先生は、本棚や、この屋敷にたくさんある鍵のかかった簞笥《たんす》や戸棚を開けるためにほとんど一日中、鍵を手元に置いてる。だけど、夕食のテーブルに着くとき——とくに、上等の黒のヴェルヴェットのドレスに着替えたときは——鍵束をめったに身に着けていない。

「だからさ、今夜、夕食のあいだにマーサ先生の部屋に忍び込んでくれねえか。それから、誰にも気づかれねえように、その鍵束を俺のところへすぐ持ってくるんだ。俺のためにしてくれるよな、おまえ?」そして、またつねろうとするような仕草をした。

「できると思うけど、きっとばれちゃうよ。鍵束がなくなって、マーサ先生が食堂に来てからほんの一瞬でもあたしが席を離れたらさ、きっとあたしが責められる。この学園の規則をまだ知らないんだね、マクバーニーさん。マーサ先生が食堂に入ってくるときには、生徒が全員テーブルに着いてて、先生が部屋を出るまではテーブルを離れちゃいけないことになってるんだよ」

「それにしたって、鍵束を持ち歩かねえことがほかにもあるだろう?」

「あるだろうけど、めったにないよ。とにかく、その鍵束をどうするの?」

「別に、別に大したこっちゃねえ。マーサ先生に悪ふざけをしたいだけさ」

「先生は、あまり面白がらないだろうね。鍵束がなくなってるのに気づいたら大騒ぎするよ」

「だろうな」彼は、ニタッとした。「それが、悪ふざけなのさ。だが、心配するな。先生は鍵を取ったとおまえを責めやしねえ、失敬したのは妹だと責める。キス十回を賭けてもいいぜ、ハリエット先生が、地下のワインを手に入れるために鍵を引っさらったと思うだろうよ」

「ハリエット先生は、ワインがほしければいつだって、鍵なんかなくても手に入れられるんじゃないの。でも、たとえマーサ先生を騙せたってさ、ハリエット先生は、いつもあたしに一番優しくしてくれるんだから、先生に面倒をかけるなんて嫌だよ」

「おい、そんな大ごとじゃねえんだ。姉さんなんだから、妹を屋敷から追い出せっこねえだろう? それどころか、この悪ふざけは、きっとハリエット先生のためになる。こういうことで濡れ衣を着せられたらさ、毅然として自分の権利を主張し、生まれてはじめてあのうるせえばあを叱りつけるかもしんねえ」

そんなことにはなりそうもなかったけど、絶対にないとも言い切れなかった。「だけどさ、その悪ふざけが終わったら、どうやってマーサ先生に鍵束を返すつもり?」

「どこかに放り投げて、自分で見つけさせるだけさ。この椅子の向こう、でなけりゃ窓際に放ってもいい。そうすりゃ、先生が入ってきて、そこに落として、ずっとそこにあったんだと思うだろう。なあ、おまえ、何もかも単純そのものだと思わねえか？」

　まあ、あたしは、まだそんなことはしたくなかった。だから、もし悪ふざけを始める気なら、そういうことが好きな相手——たとえば、マリー・デヴェローみたいな子——と組んだほうがうまくいくと言った。

「子どもに用はねえ。自分が何をしてるのかわかる、おまえみてえに頭の回転が速い賢い女がいいのさ。マリー・デヴェローは、鍵束を失敬するのには賛成するかもしれねえが、悪ふざけをエスカレートさせて、鍵束を井戸に投げ捨てかねねえだろう。そんなことされたら、どうなる？　なあ、おまえ、マリーよりおまえのほうが決められたとおりにやってくれると思うんだよな」

「あんたに痛くされたってどうってことないわ」あたしは、意外なほど大胆に言った。「いつだって、あんたから離れていられるもん」

「いや、できねえよ。この哀れな片脚だろうが、いずれ捕まえてやる。それに、俺の手は避けられてもさ、声からは逃げられねえ——この声量豊かなテノールの声で、ずっと歌いつづけて、責めてやる。あの黒髪のあまが、俺を階段から突き落としたあの夜、おまえが部屋で俺に仕かけた手練手管を洗いざらいな」

　彼の言葉をそのまま繰り返しているだけで、あたしなら、そういう言葉は絶対に使わない。それに、あの夜、あたしはほんとに何も悪いことをしてなかったんだけど、当然すぐさま、してもいないことを彼が言いふらすのを止められないと気がついた。それに、もちろん、あたしは、とても危うい立場にいる。だって母さんが、あたしの学費と食事代をマーサ先生に一度も送ってくれたこともなければ、その件については、いつかゆとりができたらいくらかでも送金するつもりだと、たまに手紙を書くことすらしてないとか、あたしに多少嫉妬してる子もいる——つまり、あたしの容姿、とくに髪の毛のこと——それが、ここである問題を引き起こすことがあってさ、そのせいで、マーサ先生が、戦争が終わってもあたしをここから追い出す気にならなければいいけど、と思うことがある。

　あのとき、もう一つ心に浮かんだ小さいことがあって、真っ正直でいるために、それを今伝えとくね。彼女を表現するのに彼が使った言葉は、すごく悪質で汚らわしかったけど、エドウィナ・モロウの本性にジョニーがやっと気づいたとわかって、いくらかほっとしたのね。

　とにかく、とうとうあたしは、ジョニーのためにマーサ先生の鍵束を手に入れることに同意した。今まで、あたしが疑うようなことを彼は一度もしたためしがない、それが自分への言い訳だった。だから、ただの悪ふざけだと言い張るんなら、少なくとも彼を信じようとしない正当な理由はなかった。もちろん、決め手となったのは、あのとき、マーサ先生や学園の誰よりもジョニーが怖かったからだ。

まあ、受け入れてしまえば、彼は態度をがらりと変え、元のジョニーに戻った。前のように優しくしてくれて、話し方も穏やかだったから、別れ際に一度だけキスさせてあげた。とびきり優しいキスだった。別れようとすると、彼は、また朝食を食べはじめ、心配事なんか何もなく、ほかの男とおんなじように健康で五体満足みたいに鼻歌を歌ってた。もちろん、ふりをしてたんだと思う。だって、まだすごく蒼白い顔をしてたし、口に食べ物を入れてるだけでほんとに味わってなかったし、もっと元気だったときに歌ってたときより歌も下手くそだった。だから、もうちょっと試してみようと、別れぎわにわざと右脚に――と言うか、右脚の残りに――ぶつかってみると、絶対に彼は、痛くて下唇を噛んだ。

どっちみち、彼が希望したことを実行する機会は数日なかった。見かけるたびに、マーサ先生は鍵束を飾り帯に通して身に着けてるみたいで、帯から外しても、すぐにハリエット先生とかマッティとかに渡してさ、用事がすんだらすぐに返してもらうようにしてた。ジョニーにも言ったけど、マーサ先生は、長いこと鍵束を持たずにいるのをとても嫌がる。

そうこうするうちに、みんなが驚いたことに、マクバーニー伍長はめきめき回復した。手術をして五日くらいすると、ソファーに上半身を起こし、いいほうの脚をソファーから出してぶらぶらしようとした。それどころか、マリーによると、ジョニーは、左足を床につけ、体のバランスを取ろうとしているみたいだったそうだ。マリーが、一目散にマーサ先生のところへ飛んでって知らせると、マーサ先生は、すぐさま応接間に行き、あなた自身のために、もうしばらくは横になってなさいと厳しく言い渡した。

もちろん、マーサ先生も、ほかのみんなといっしょに彼の早い回復をとても喜んでたし、自分の偉業を少し誇りにも思ってたんだろう。さっきも言ったけど、あたしは、ジョニーがよくなるとは思ってなかったたし、マーサ先生もきっと期待してなかったに違いない。だから、彼が、すぐに普通の人とほとんど変わらないように見せて驚かせると、どうやら先生は、全力でその手助けをしてあげようと心に決めたようだった。あの午後、外科医として成功したんだから、その栄光を奪い取られるつもりはさらさらなかったんだろうね。

まあ、片脚を失ってから、あいつが、以前の自分自身やほかの誰よりもこの屋敷のなかでいい食事をしてたのは間違いない。ほとんどの食事で、肉にスープ、ありとあらゆる新鮮な野菜を食べてた。豚肉の塩漬け、ベーコン、干し牛肉のシチューも出してもらった――そして、そのせいで、マーサ先生が食料貯蔵室に干し牛肉をしまい込んでいたのに気づいてなかった生徒たちの多くが、眉を吊り上げて驚いたのは間違いないね。

マリーが、あたしたち全員の気持ちを代弁した。「メニューがこんなによくなるなら、ここの何人かも、そのうち片脚ぐらい犠牲にしてもいいと思うかもしれないわ」

手術から一週間くらいしたある日、マッティが、彼にとって――そして、アメリア・ダブニー以外のみんなにとっても――本当のご馳走に出くわした。マッティおばあさんは、ずっと向こうの伐採道路の近くの煙草畑を、たまたま見て回ってた――ハーブやタンポポを探してたんだと思う――すると、いきなり何かが森から出てきて、その森と道を隔ててる溝にパタパタ入るのを見かけた。畑から出て調べてみると、嬉しいことに、野生の七面鳥の雛だった。

その雄の七面鳥は、どうやら翼のどこかが折れてたんで、捕まえて近くにあった石で殺すのはマッティでも朝飯前だった。それから、勝ち誇った顔で、それを頭の上で振り回し、奇声を発しながら持ち帰った。その姿を見たエミリーは、凱旋してきたアフリカのどこかの勇猛果敢な老女戦士のようだと思ったらしい。

というわけで、その夜のうちにマッティがローストした七面鳥の大部分は、当然ジョニーがもらった。あたしたちは、ほんの少しだけで満足するしかなかった。あたしが手に入れたのは、確か首と砂肝の部分で、ほかの生徒が何とか手に入れたのとおんなじくらいの量だった。不思議なことに、ジョニーが一番おいしい部分をもらったのに誰も妬まなかった。あのころは、みんな、心からジョニーによくなってほしいと思っていたんだよね。だけど、そのうちに、その件については考えを変える人が出てきた。

ご想像のとおり、その七面鳥を食べるのを断固拒否した子がいた。それは、アメリア・ダブニーで、七面鳥の毛をむしり、洗ってるあいだも猛烈に反対しつづけ、串を刺す段になるとツカツカと階段を上って部屋に閉じこもり、あの夜はみんなと食事をするのを拒んだ。もちろん、あれだけ騒ぎ立てたんだから、どっちみち蟄居《ちっきょ》処分になってただろうけど。あの不思議な子は、どうやら、森のなかを歩いたり、飛んだり、這ったりしてる生き物は何でも自分の個人財産だと思い込んでるみたいで、たとえあの七面鳥が、森の外に迷い出てきたのが明らかでも――ハリエット先生も、優しくそれを彼女に説明しようとしたのに――アメリアはマッティに、その雛を母鳥の巣に戻させるか、でなきゃ折れた翼を治してやるために自分のところへ連れてくるべきだったと言った。

とにかく、マクバーニー伍長は、あのころ配慮不足に困ってなんかいなかったと思ってくれてていいわ。どの生徒も、エドウィナさえも、しつこいくらい彼に親切にしようと躍起になってたし、マーサ先生も、あたしたちが好きなだけ会いにいくのを徐々に許してくれるようになって、この点では多少協力的になりだした。

まあ、ほかの人がいれば、彼は、紳士面をしてたけど、二人きりになると、またあたしをつねったり、思い切り強く手を握ったりする行為に逆戻りしたし、一度なんか、そんなことを考えているとは思わずに、求められるままに優しくキスをしてあげようと身をかがめた途端、髪を乱暴に引っ張られて痛くて悲鳴を上げそうになった。

「鍵束だよ、おまえ」彼は、シーッとあたしを黙らせて言った。「約束した鍵束を持ってこねえと、このかわいい頭から髪の毛を一本残らず引っこ抜いてやるからな」

もちろん、この脅しは、さっき話したもう一つの脅しほど気にならなかった。引っ張られる痛さも、髪の毛――あたしに生まれながら備わってる魅力の一つだと、誰もが認めてると思う――をごっそり抜かれるかもしれないことも覚悟できたけど、ありもしない関係についての悪い噂を広められると思うとほんとにつらかった。だから、その日の午後、家庭菜園で野菜の虫取りをしてるマーサ先生が、鍵束を身に着けてないようだったのは、とてもありがたかった。先生は、マッティに呼ばれて部屋から下りてきて、マッティが見つけた新しい種類のゾウムシを夢中でいっしょに退治してた。

その日の授業はもう終わり、夕食までにまだ一時間あった。ハリエット先生は、マーサ先生の部屋の隣の自分の部屋で休んでたし、ほかの生徒たちは、たぶん一階か庭でそれぞれの活動をしてた。こっそり二階へ行って、マーサ先生が、めずらしく鍵を部屋に置いたままにしてないか確かめるには絶好のチャンスのように思われたの。

二階の廊下には誰もいなかったし、先生たちの部屋のドアは閉まってた。ちょっと立ち止まって、ハリエット先生の部屋の前で耳を澄ますといびきが聞こえた。先生は、どうやら掛け布団をすっぽりかぶって寝ているようだった。普通なら、ハリエット先生のいびきは正門まで聞こえるからね。

あのかわいそうな人は、これまで出会った人のなかで一番眠りが浅い。一息、一息、まるでこれが最後とばかりに吸うだけならまだしも、まだ生きてることをすごく恐れてるみたいだ。そうなの、あたしは、夜ぐっすり眠れない人を気の毒だと思う。あたしは楽しい夢しか見ないし、祖先も、善悪についてあたしとおんなじ考え方をしてたんだと思うの。とにかく、母さんから、女性のベッドは問題を持ち込むところじゃないといつも教えられてきたし、母さん自身も、石化した丸太のようにぐっすり眠ってこの原則を貫いてる。というか、少なくとも最後に同じベッドで寝たときは、そうする習慣だった。

それはさておき、ハリエット先生に見つかることはないと安心して、そのままマーサ先生の部屋に近づいた。そっとドアノブを回してみたら、部屋には鍵がかかってなくて、鍵束がなかにある充分な証拠だった。

ドアを開けると少し軋《きし》んだので、ハリエット先生のいびきがもう一度聞こえるまで一瞬待った。それから、忍び足で部屋に入って探しはじめた。

今思うと、あのときまで、この計画についてあんまり深く考えてなかった。マクバーニーを満足させるために、機会を狙って達成しなければならないことでしかなくて、そのあとは、さっさとすべて忘れてしまうつもりだったの。それに、もう二度と、こんな危険な企てに手を貸すものかと自分に誓ってたのね。何を隠そう、このことが終わったら、マクバーニーを完全に避けようと真剣に考えてたから。

ところが、あのとき、敵陣の真ん中に立ってさ、これがほんとにどれほど危険な企てなのかと不意に悟ったんだよね。マーサ先生が入ってきて捕まったら、さっさと荷物をまとめたほうがいいと気づいた。朝までに出ていけと命じられるに決まっていたんだから。ただの悪戯《いたずら》だと説明しようとしても、マーサ先生は信じてくれないだろうし、一瞬たりとも耳も貸してくれないだろうって、わかりすぎるほどわかってたの。そうでしょうとも、どうもありがとう。許可もなく先生の部屋に入り込んだんだから、それだけでも、アリス・シムズはくず同然の盗っ人だと先生が信じるのに必要な証拠になるもんね。

そう、あたしは、ぶるぶる震えながらそこに一、二分立ち尽くしてから、落ち着きを取り戻して、さっさと仕事を片づけるのが一番だと思った。問題は、マーサ先生が鍵を置いたところをどうやって急いで突き止めるかだった。ナイトテーブルや化粧台の上のような見える場所には見当たらなかったし、それ以上動かなくても、隣のマーサ先生のお裁縫室のテーブルや簞笥の上にもないのがわかった。

そうか、家具の上にあの厄介な鍵がないってことは、家具のなかか下ってことね——ただし、一階に置き忘れたか、誰かに預けたんでなければ——そう思った。あの鍵をほんの数分で見つけられなけりゃ、この部屋にはないと判断するべきで、そうなったらこの仕事をそっくり断念するつもりだし、マクバーニー伍長さんは首でも吊ればいい。あたしは、彼を助けようと、とても誠実に努力したんだから、彼が多少なりとも礼儀をわきまえてるんなら、失敗したってきっと責めたりなんかできないだろう。

そこで、化粧台とナイトテーブルの引出しを探してみた。マーサ先生は、大慌てで下に行ったらしくて、どの引出しにも鍵がかかってなかった。それは、ある意味では運がよかったけど、いろいろと気が散ったんで別の意味では運が悪かったわね。

たとえば、ナイトテーブルの一番上の引出しにとても立派な宝石箱——鍵がかかってた——が、ここの家屋敷やヴァージニアのどこかにあるファーンズワース家の財産に関すると思われる多くの法的文書といっしょに入ってた。法的文書の大部分は土地売却の受領書で、その一族が下り坂だっていう明らかな証拠だって、母さんがいつも言ってたっけ。

それから、化粧台の右側の真ん中の引出しには、マーサ先生のお父さんの拳銃の弾丸の予備と——拳銃そのものはなかった——赤いリボンで括《くく》った古い手紙の束も入ってた。一番上の手紙——それから、残りの手紙も全部そうだったと思う——は、ファーンズワース家の息子のロバートからで、ヴァージニア大学の住所といっしょに彼のサインがしてあった。どの手紙も、明らかに何年も前に書かれた物で、あの瞬間は読んでる時間も、読むつもりもなかった。一つには、リボンを解いたら、元通りに結べないんじゃないかと思ったからだ。

とにかく、化粧台の左側の一番下の引出しに、すごい物を見つけた。さあ、百年知恵を絞っても、その引出しのなか、レースのショールと何枚ものハンカチの下に何が隠されていたかは想像もできないだろうね。それどころか、あたしは口が堅いし、淑女だからさ、外部のマーサ先生の知り合いにこの秘密を明かすことはできないと思うし、それに関するかぎり、この学園の二人にしか暴露しなかった。一人はマクバーニーで、彼にはついでに口にしただけで、その暴露は、今となっては確かに問題じゃない。それから、もう一人は生徒で、その子には——いずれ明らかになるけど——そのことについて考える暇もまったくないままに話してしまった。

さて、その秘密を明かさせてもらうのに、一つ聞きたいんだけど、マーサ先生の一番の魅力はどこ？　まあ、あたしたちの学園長が、世界一の美女じゃないってことには、誰もが賛成すると思うの。背が高くてスタイルもいいし、身のこなしも優雅だけど、顔がかなり不器量なのは疑いようがないし、先生にはどことなく女っぽくないところがある。何が言いたいかわかってくれるかな。農民的すぎるし、畑とか馬小屋の雰囲気が強すぎてあたしの好みに合わないし、だからこそ、あの発見の驚きも大きかった。それは、マーサ先生と結びつけて考えようとは夢にも思わなかった代物だった。

マーサ先生には、それさえあれば、恥ずかしがることはないとあたしが思ってた財産があったのに。ワシントンやリッチモンドなんかの、すごく文明化された社会に追いやられたとしても、先生には、少なくとも一つだけ欠点を補えるだけの満足な特徴があると思ってたのね。それは、髪の毛だった。今の先生を見てもわかるように、マーサ・ファーンズワース先生は、漆黒のとても素敵な髪をしてる。それなのに、地毛じゃなかったなんて！　それが、化粧台の引出しであたしが見つけた物だった——あのとき、庭で着けてたのとまったく同じもう一つのかつらだった！

そうなの、あたしは度肝を抜かれ、自分が危険な状態に置かれてるんだってことも忘れて引出しの脇にしばらく膝をついていたんだろうね。そして、後ろから勝ち誇ったような声で「ははあ、現行犯逮捕したわ！」と言われて、はっと我に返った。

ご想像のとおり、ショックのあまり天井を突き破りそうなくらい跳び上がって、恐る恐るゆっくりと振り返ると、エドウィナ・モロウが、腕組みして戸口に立って笑ってた。階段の足音が聞こえるように、ドアを少し開けておいたのに、この屋敷には猫のように動き回れる人がいるのを忘れてて、エドウィナはその一人だった。

「あら、エドウィナ」あたしは、礼儀正しく接しようとした。「下の書斎にいるとばかり」

「おあいにくさま。たまたま、自分の部屋にいたものですから、わたしにとっては、とても運がよかったようね——そうでなければ、あなたが、ずっと﹅そ﹅こ﹅で何かを盗もうとしていたかもしれませんもの」

「違うのよ」あたしは、泣きだしそうだった。「そんな目的でここに入ったんじゃないんだったら」

「それなら、あなたの目的が何だったのか教えてもらおうじゃないの。どうしてこの部屋で、マーサ先生の持ち物を嗅ぎ回っていたの?」

「嗅ぎ回ってなんかないわ」あたしは、ほとんど叫んでた。「マクバーニー伍長がマーサ先生から貸してほしいと思ってる物を探してただけよ」

「マーサ先生が、そのためにあなたをここへ寄こしたと信じてほしいの?」

「まさか! 実は、ちょっとした悪戯で――ジョニーが、マーサ先生にしようとしてる悪戯で、ただそれだけのこと」

「ふーん。それなら、ジョニーは、ずいぶんと快活な気分だということね、大手術の直後だというのに。彼が、陽気さを取り戻したとわかって嬉しいわ」

「あんたには格別嬉しいでしょうよ」あたしは、気が大きくなって言い返した。「ホッとしたでしょう、手術の原因を作ったのはあんたなんだから」

「蒸し返すのは、もうやめない?」エドウィナの顔から笑顔が消え、冷ややかにあたしを見つめてるだけで、あたしは生まれてはじめて彼女のことをほんとに怖いと思った。

「それで、あなたが探しているその秘密の物って何なの?」しばらくして、エドウィナは聞いた。「マーサ先生の宝石箱に入っている物?」

「先生の鍵束よ」エドウィナのことが怖くなければ、絶対に言わなかっただろう。

「想像してもよさそうなことだったわね。ジョニーは、ワイン貯蔵室や屋敷中の戸棚や食器棚で悪戯をするつもりなのね」

「えっと、鍵がどうして必要なのかは聞かなかったから。でも、今の体で、どうやって屋敷を駆けずり回って食器棚を開けられるのかわかんないわ」

「あら、すぐに動き回れるようになるわよ。エミリーとアメリアが、たった今、松葉杖を作っているところだから。さあ、その引出しでどんな魅力的な物を見つけたの?」

「別に」あたしは、さり気なく引出しを閉めようとした。正直なところ、かつらのことを彼女に言いたくはなかった。そういう情報を明かしてもいい類の人間だとは思ってなかった。

「そこをどいて、見せなさいよ」

「別に大したもんじゃないわよ。誰かの古いヘアピースでしかないわ」かつらについての情報が、学園中に広められるんだったら、エドウィナじゃなく、自分がその情報源になろうって決めた。ここでは、あたしになんか誰も関心がないからさ、あたしが広めようとしたって、どうせ誰も聞いちゃくれないだろうから。

それなのにさ、エドウィナ・モロウが、無作法にもあたしを押しのけて引出しをいきなり開けたんだ。そして、中身をさっと見てからがっかりしたらしくて、後ずさりした。「ドレスアップ用のはずよ。もう一つのより光沢があると思うから」

「前から知ってたとでも言うつもり、エドウィナ？」

「当たり前でしょう。目の見えない人だって、マーサ先生の髪が地毛じゃないのはわかるわよ」

「それなのに、ここの誰にも言わなかったの？」

「誰に言うのよ——あなたにでも？」

「まあ、言わないだろうね」あたしも認めた。エドウィナには、そういう秘密をありのままに明かせる友だちがここにはいない。もちろん、それに関しては、あたしもおんなじだけどさ。

「マーサ先生は、完全に禿《は》げてると思う？」

「知らないし、知りたくもない」というのが、彼女の野暮な返事だった。「嗅ぎ回っているあいだに、マーサ先生の宝石箱には気がつかなかったみたいね？」

そうなんだよね、気がつかなかったときっと答えてたんでしょうに、彼女が、一瞬間を置いてつづけた。「宝石箱がどこにあるか教えてくれたら、鍵束のありかを突き止めてやってもいいわよ」

「どこにあるの？」

「あそこよ、とんまね」エドウィナは、マーサ先生の衣裳部屋を指さした。すると、半開きのドアから、フックにかけてある鍵束がはっきり見えた。エドウィナは、衣裳部屋に近づき鍵束を取ってあたしに放った。「さあ、宝石箱はどこ？」

「二つ目の引出しだよ」答えないわけにはいかないと思った。「でも、鍵がかかってるわ」

「試してみたのね？」エドウィナは、引出しを開けて宝石箱を取り出した。「さてと、宝石箱の鍵は、きっとその十数本のどれかだわ」

エドウィナは、鍵束をあたしからひったくってさ、宝石箱を膝に載せて床に座ると、鍵を試しはじめたんだ。そして、十本目の鍵を鍵穴に入れた途端、やっと蓋が勢いよく開いた。それから、なかのトレーを中身ごと持ち上げて取り出した。入ってたのは、ほんの少しの宝石類——ちっちゃい石のついた指輪がいくつか、安そうな珊瑚のネックレスが一本、変色したピンとブローチ数個

――と金貨がどっさりだった。

「思ったとおりだわ」エドウィナは、満足そうに言った。

「わたしのお金があったわ」

「どういう意味――あんたのお金って？」

「先生にあげてきたのよ、これを全部ね、学園に来てから何年間も。あなたたちが寄付した分も、箱の底に入っているかもしれないわ」エドウィナは、紳士用の時計と一組の金のカフスといっしょに二つ目のしきりに入ってた、かなり小さいヤンキー紙幣の札束を示した。

「ここには、大してお金は入っていないみたいだね。もっと持ってると思ってたわ。ひょっとしたら、どっかに隠してるんじゃないかな。お屋敷のどっかに、リッチモンドの紙幣をどっさり貯め込んでるに違いないわよ」

「きっとそうね。でも、マーサ先生のことだから、リッチモンドの紙幣なんて隠しておく価値がないとわかっているのではないかしら。とにかく、興味があるのはこういう金貨だから、少し返してもらうことにするわ」

「それって泥棒じゃないのよ。それは、ほんとに泥棒だよ！」

「そうは思わないわ。ここでは、実際にかかる費用よりもずいぶん多く請求されてきましたもの。これまでに、ほかのどの生徒よりも多くマーサ先生に支払ってきたのよ――きっとあなたが支払った金額より、ずいぶんと多くね。いずれにしても、全額を取り返すつもりはないのよ、ほんのちょっとだけ」彼女は、トレーに載っていた双頭のワシ模様金貨《ダブル・イーグル》五十枚と少しのなかから、一番光ってる金貨を十枚くらい取った。

「取る図太さがあるならさ、ごっそりいただいちゃうけどな」

「あら、全部はいらないわ。ずっとは持っていられないもの。どうせマーサ先生に取り戻されてしまうでしょうからね。この何枚かを、予防対策のようなものとして、もうしばらく大事に持っていたいだけなのよ。お金さえあれば、ここから追い出されないと思わない？」

まあ、あたしには、その答えを知る方法がなかった。だから、マーサ先生が、本当に誰かを排除したければ、お金に邪魔はさせないんじゃないのとだけ言った。先生は、お金に強い影響を受けるかもしれないけど、先生に興味のあるのはお金だけだというここの人たちの考えには賛成しないな。

それはさておき、この会話のあいだに、あたしは、トレーから金とエナメルの小さなロケットを取り出していじっていた。開けると小さな肖像画が出てくるタイプのロケットで、なかに入ってたのは、書斎にかかってるフアーンズワース家の三人の子どもの肖像画に描かれたロバートの縮小版だった。まあ、それは大して重要なことじゃなかったけど、あたしがそのロケットをまだ調べてる最中に、エドウィナがトレーを元に戻して宝石箱を閉めて、引出しに戻しちゃった。あたしがまだ持ってると気づかなかったのか、ひょっとすると、気づいてたのに、あたしが宝石箱をもう一度開けさせるかどうか試したかったのかもしれない。

まあ、大騒ぎするほどのことでもないと思ったんで、ジョニーに見せてあげてから返すつもりで胸の谷間にロケットを滑り込ませた。これがないことに、マーサ先生がすぐに気づくとは、ほんとに思ってもいなかった。

「はい、あなたの鍵よ」エドウィナは、鍵束をあたしに差し出した。「鍵のことは何も言わないわ。ただし、あなたも、金貨のことを誰にも言わなければね」

「わかったわ。どっちみち、あたしたち二人とも、何も盗んでないもんね?」

「わたしについては、間違いないわ」

「マーサ先生のかつらについても、黙ってるつもりだよ」

「その件については、どうぞご自由に」そして、二人で廊下に出ると彼女は言い足した。「先生が作ったかつらだけれど、わたしの地毛とかなり似ているわよね?」

「うん、そんな感じだね」

「色といい、きめといい、ほとんど同じだわ。わたしの髪は、マーサ先生が選んだ髪と同じように、とても真っ直ぐなのがわかる?」

わかったんで、そう言った。エドウィナを満足させておくためなら、何でもござれだった。そして、驚いたことに、笑ってもらえた――今度は、親しげな笑顔だった。

「これから鍵をジョニーに渡しにいくの?」

「早いほうがいいと思うんだ」

「正直に言ってね、アリシア。あなたは、彼のことが大好きなの?」

「前ほどじゃないけどね」あたしは認めた。はじめて、正しい名前で呼んでくれたのがありがたかった。「あんたは今、彼のことどう思ってんの?」

「何とも思っていないわ」エドウィナの笑顔は消えてた。「マクバーニーのことよりも、あなたのことを大切に、ずっと大切に思っているわ。わたしたちには、共通点がたくさんあるのよ、アリシア。そのことを忘れないで」

エドウィナは、あたしの首筋にそっと手を置いて、巻き毛を一房、商品でも見定めるように何度か指先で引っ張った。どうやらあの人は、髪の毛に強い執着心があるみたい。だけど、正直なところ、あたしの髪の毛は、とても自然な感じのブロンドで絹糸みたいだから、人に褒められるのは珍しいことじゃない。とにかく、エドウィナが何も言わなかったので、あたしも何も言わずにいると、エドウィナはまた笑顔を浮かべてさ、手のなかで金貨をじゃらじゃらさせながら自分の部屋に戻ってった。

まあ、もちろん、エドウィナ・モロウの親友になんてなりたくなかった。この学園とのつき合いも長いから、見たところ友だちをすごく必要としてるエドウィナみたいな人と関わりを持つくらいなら、友だちなんていないほうがましだってわかってる。エドウィナは、どうも喉から手が出るほど友だちを必要としてるみたい。彼女が、あたしたちと距離を置いてるのは、誰も近づいてこないからじゃなくて、そうしたいからなんだよ。とにかく、あたしは、ここでの交際には困ってないし、もっと長づきすることについては、必要とするときに愛情を与えてくれる異性が、きっと常にいるだろうからね。このバカらしい戦争が終わって、ここから逃げ出せる日が来たときのことを言っているんだけどさ。

こうして、あたしは、マクバーニーへの贈り物を手に下の応接間に戻った。部屋に入ってくと、彼は眠ってたけど、残ってるほうの足の裏をくすぐって起こそうとした。

「母さん」彼は、夢うつつで言った。「やめてくれよ、母さん、すぐ起きるからさ……そしたら……」

「母さんじゃないったら、あたしよ。さあ、ご要望の鍵束だよ」あたしは、彼の胸に鍵束を放った。「さあ、この件についてはもう話したくもない」

すると、彼が目を開けて、青い目であたしをかなり長いこと見つめた。「かわいい女だ」やっと、彼が言った。「かわいくて愛らしい女だから、ご褒美に結婚してやってもいいぜ」

「お断りよ」

「結婚のどこがいけねえんだよ？　片脚がねえからか？」

「お金がないからよ。結婚するんなら、裕福な人を選ぶわ」

「もう決めちまったのか、お嬢ちゃん？」ジョニーは、まだ機嫌よくニタッとした。「なるほど、ついさっきと態度が違うけどよ、それは責められねえな。つらくて惨めな生活になるって、やっとわかったんだろうよ。運の悪いやつは放っておけってか。とにかく、いつか金持ちになるつもりなんでね、おまえ、そうしたら俺にもっと優しくしとけばよかったと思うかもしれねえぜ」

「いつだって優しくするつもりだよ、ジョニー。あんたが、優しくしてくれればね」

「それでこそ俺の女だ。お互いに優しくしような？」

「そうだね」

それで、あたしは、しばらくソファーで彼といっしょに過ごした。そして、彼の気分が一日で――ううん、一時間で――完全に変わってしまうのをわかってもらいたいのだけど、ジョニーは、あの日の午後、前よりもあたしに優しく穏やかに接してくれたし、二度とそういうことはなかったと思う。

彼の身体がそんな状態じゃなかったから、もちろん、ロマンチックな意味でどうこうなったわけじゃない。冗談を言って笑い、思い出話をしてさ、二人がこれからどうなるかを想像したんだよね。たとえば、ジョニーは、片脚を失ったことを、もうちっとも気にしてないと言った。というのも、片脚の男が享受できるありとあらゆる利点を足し合わせてきたからなんだって。魚の目や外反母趾の問題が減ったのはもちろんのこと、長靴下と靴の革を節約できるだけじゃなく、足の爪を切る手間が大幅に少なくなる。その話に二人で大笑いしてから、あたしは、エドウィナの金貨や、ほかに二人で見つけた物、そしてマーサ先生のかつらのことまで話した。あのときは、彼に隠し立てする理由が見つからなかった。

それから、胸の谷間に隠してあった小さなロケットを見せた。彼は、それには大して興味を持たなかったみたい――一瞬チラッと見ただけで、元の隠し場所にそれを入れたがったけど、当然、そんなことはさせなかった。

真昼間の応接間だってのに。とうとう彼が、ロケットと鍵束をソファークッションの後ろに突っ込んで、あたしたちは、話をつづけて何度かキスもしたと思う。ところが、夕食近くになって、アメリア・ダブニーの邪魔が入った。あの子は、部屋に入ってくるなり、すっごく失礼なことを言ったんだ。

「あなたは、上で夕食の身支度をすることになっているのよ、アリスさん」アメリアは、激しい口調で言った。「ほかの人たちは、もうとっくにお部屋に上がっていったわ。汚れたままテーブルに着くつもりでも、わたしには、まったくどうでもいいことよ。だけど、マクバーニー伍長は知りたいかもしれないわよね。マッティが、彼の夕ご飯をここに運んでこようとしているって。それに、そのかなり狭いソファーに一人じゃなく二人が横になっているのを見つけたら、マッティがちょっとびっくりするかもしれないわ」

「一休みしてただけよ」あたしは、大声で言い返した。

「それに、あんたよりもちょくちょく汚い手でテーブルに着く人なんているのかしらね、あたしは聞いたこともないけど。おせっかいはやめなさいよ！」

「おせっかいなんかしたことないわ」アメリアは、あたしを怒らせたので意気揚々とした。「マクバーニー伍長に、もう一つご報告があるの。エミリーといっしょに、松葉杖を完成させたわ。リッチモンドやニューヨークで買える物とは違うかもしれないけれど、手に入る材料で作れる一番いい松葉杖よ」

「きっととても素敵だろうな、いい子だ。それから、アリスは、ほんとにここで一休みしてただけなんだ。ここにちょっと腰かけて俺と話してたら、いきなりうつらうつらしだして、倒れ込んできた。松葉杖はどこだ、アメリア？」

「今夜、もらえるわ。エミリーが『松葉杖贈呈式』と呼ぶことにした式を、夕ご飯のあとすぐに開くことになっているの。本当よ、ジョニー。あなたの生物学的営みは全然気にならないけど、あなたのお相手は、礼儀として少なくともそのとっても淑女らしくない姿勢から起き上がるくらいのことはしたほうがいいかもしれないわね、それについて指摘されたあとならなおのこと」

「何さまだと思ってるの、あんた何さま？」部屋から出ていくアメリアに、あたしは罵声を飛ばした。「服のポケットに虫けらを入れて持ち歩いてるアメリア・ダブニーが、淑女らしい振る舞いをうんぬんするなんて聞いてあきれるわ！」ああ、あのときの頭に来たの何のって、並大抵のことじゃなかった。どっちみちソファーから起き上がろうとしてたってのに、あの憎らしいチビが、少しもそのチャンスをくれなかったんだから。それに、ジョニーの態度も、気分を少しも和らげてくれなかった。

「ああ、主なる神」彼は、大声で笑った。「おまえら女のせいで、いずれ俺は死ぬんだろうな！」

「何がそんなにおかしいのよ」あたしは、さっと立ち上がった。

「おい、気をつけろよ、くそっ……その脚にぶつかりやがった！」

「あっ、ジョニー、ごめん」ほんとは悪いと思ってなかった。「どこか怪我させちゃった？」

「知るか。悪魔のようにいてえ」

「見てみて」

「できるかよ……」

「まだ一度も見てないの？」

「ああ。一級品の木の義足をつけるまでは、見るつもりもねえ」

「それは、まだずっと先かもしれないわよ」

「それほど先のこっちゃねえさ。アメリアが、松葉杖で歩けるようになったら、何か頑丈ないい木があるところへ案内してくれるそうだから。そしたら、自分で新しい義足を彫りにかかる」

「マーサ先生が、包帯を替えにきたときに、どうやって切断面を見ないようにしてるの？」

「目をつぶったまま開けずにいる。それから、マッティが、排泄の手伝いに来てくれたときもおんなじようにしてる。次にそれを聞くつもりだったんだろう、この恥知らずめ。まあ、包帯ももうじきいらなくなるそうだ。ほとんど治ってると、あのおばさんが言ってたんでね。そうなりゃ、マッティの助けもいらなくなる、ありがてえこった。松葉杖さえ手に入れりゃ、何でも自分でやれるんだもんな」

「もう全身の調子がよくなってきてるみたいだね」

「たぶんな。失ったのは足とその少し上だけじゃねえかって、ずっと思ってる。そいつを、いい木に取り替えるのは大したこっちゃねえし、そうすりゃ、一か月かそこらで、生まれ変わったみてえにぴょんぴょん跳び回ってやる。信じられねえのか、アリス？」

「あら、信じてるわ」ほんとは、信じられなかった。彼の脚は、膝のすぐ近くで切断されてたし、エミリー・スティーヴンソンが数日前に言ってた、こういうことについてお父さんとしたという会話によると、骨が斜めに切断されてるから、義足がマクバーニーにぴったり合うかどうかは疑問なんだって。


まあ、ゆくゆくジョニーにもそれがわかるだろう。わざわざ彼の気分を台無しにするようなことを言っても意味がなかった。それから、彼に、妹がするようにとても優しくキスをした――彼の状態がそうさせた――そして、彼から離れた。正直なところ、二人でとても楽しいひとときを過ごしたと認めなくちゃならないし、階段を上りながら、彼をとても気の毒に思った。彼は、ほんの少し前にはあたしにとても意地悪だったし、わかってもよさそうなもんだったけど、すぐにまた極端に意地悪になった。でも、あの午後は、彼の嫌なところは忘れてもかまわなかった。それどころか、あの午後、あたしは、もう少しで彼に愛情を抱きそうだった。

30 エミリー・スティーヴンソン

アメリアは、わたしを森に行かせ、マクバーニーの支えになる物を作るための木を切り倒させようとしていたのだろう——あるいは、あの森の生物を殺すことをとても嫌がるので、彼女が、のこぎりでひいて板にさせたかったのは、ひょっとすると倒木だったかもしれない。だが、そういう力仕事をする時間も素養もわたしにはなかったので、手元にある板と棒で間に合わせなければならないと、この助手を説得した。

マーサ先生は、マクバーニーの回復の速さを目の当たりにして、わたしにその仕事を割り当て、急いでくれと言った。松葉杖を作るのは自分の発案だと、アメリアは言うだろう。それは本当のことだが、それでもその仕事を任されたのはわたしだった。きっと、マーサ先生は、ある程度責任能力のある人間が舵取りをする必要があると感じたのだろう。

そこで、屋敷にある木材を手当たり次第一か所に集めてから吟味した。わたしは、自分の立場を利用して、この準備段階でほかの生徒の協力を得ようとしたが、誰も手伝いたがらなかった——アメリアだけが例外で、マクバーニーのことが大好きな彼女は、もちろん参加してくれた。そのうえ、ほかの何人かは——とくにマリー・デヴェローは——仕事にいそしんでいるわたしの脇で、不愉快なことを言って喜んでいた。

「その松葉杖は、これまで作られた物のなかでは極上品じゃないかもね」というのが、確かマリー・デヴェローの最初の意見だった。「その松葉杖は、世界一素晴らしい物じゃないかもしれないけど、世界一面白い物になるのだけは確かね。それをもらった人は、テーブルの脚やベッドの支柱でできた別のを探しに、はるばる旅に出なきゃならなくなるわよ」

「どいてなさい、この小悪魔。この松葉杖は飾りじゃなくて、使うための物なのよ!」わたしは、腹立たしさのあまり金槌で親指を叩いてしまい、憎まれっ子に投げつける木切れを見つけようと手を伸ばした拍子に突き出た釘でスカートを引き裂いてしまった。

「アメリア」マリーが、安全な距離から呼びかけた。「エミリーの松葉杖を作る準備をしたほうがいいわよ。その大工仕事を終える前に、必要になるんじゃないかな」

「あの子のことは無視するにかぎるわ」アメリアに忠告されたが、もちろん、そんなことはわかっていた。相手を怒らせられるとわかったら、それをつづけるために、マリーは、丸一週間食事も休息も抜きでいられる。

さっきも言ったように、あの松葉杖は芸術作品ではなかったが、目的にかなってくれればと心から思っていた。マリーの指摘どおり、古いダイニングテーブルの脚を垂直方向の基部として使い、その基部の上に、ベッドの支柱や細長い薄板、それからファーンズワースの屋敷を建てたときの残りと思《おぼ》しき階段の手すり用の丸い棒を釘で打ちつけていた。ちょっと奇妙な松葉杖に見えたかもしれないが、とても丈夫にも思われた。とにかく、マクバーニーにも言ったのだが、このような時代に兵士は選り好みなどしているゆとりはない。

彼は、かなり力なくではあったが承知した。松葉杖の大きさを決めようと寸法を測りに彼のところへ行き、脇の下から残っているほうの足の裏まで、糸を使って測ろうとしていた。マクバーニーは、まったく協力的でなかったばかりか、下半身にかけてあった毛布をわたしが持ち上げると、目をギュッとつぶってソファーの背もたれのほうに寝返りを打ってしまった。つまり、いいほうの脚を下にして横になってしまったので、採寸がとても難しくなった。

包帯をぐるぐる巻きにしてあっても、彼が断端《だんたん》を怖くて見られなかったのがおわかりだろう。ロバート・ファーンズワースの形見で、まだ意識がなかったときにマッティが着せておいた古いシャツ型の寝間着をまだ着ていたので、毛布をめくるのは、まったく無作法ではなかったと言い添えておく。

「こんな振る舞いをつづけるつもりなら、父の旅団には絶対に入れてもらえないわね。南軍兵士は、めそめそしないで不幸に耐えるようにならないと」

「入れてもらえる可能性が、まだあるのか?」彼は、背もたれのほうを向いたまま言った。

もちろん、可能性があるとは思わなかったが、がっかりさせたくなかったので言わなかった。身体的な障害を乗り越えられたとしても、彼には、南軍の大義に貢献するだけの勇気がないのではないかと、重大な懸念を抱くようになっていた。

「一つだけ言えるのは、ジョセフ・ジョンストン将軍は、セヴンパインズの戦いで二度負傷したけれど、生き延びてまた戦ったということよ。それに、ジュバル・アーリー将軍は、二年前のウィリアムズバーグの戦いで重傷を負ったけれど、回復して戦闘に復帰したわ」

それから、父の旅団で起きたいくつかの同様の出来事も話した。父の旅団の将校や部下の多くが、三年間の兵役中に重傷を負っていたし、右腕をつけ根から失った勇敢な男性もいたが、回復すると直ちに任務に復帰した。

「何てこった、大義に右腕を捧げたってのに、放免してやらねえのかよ」マクバーニーは、くぐもった声で言った。

「今はまだね。現時点では、経験を積んだ人の協力が何としても必要ですもの。それに、さっき話した人は将校なの。モビール出身のスチュワート・メドウズ中尉という方で、シャープスバーグの戦いで右腕を肩から吹き飛ばされたのですけれど、とにかく動き回れるかぎり、今現在、将校を休ませておくことなんてできませんからね」

「親父さんの旅団の話を聞けば聞くほど、入る前にじっくり考えたほうがよさそうに思えてくる」

「そういう考えの人は、いずれにしても歓迎はされないでしょうね」というのが、わたしの短い返事だった。

「おい、おい」彼は、ようやくこちらを向いてニタッとした。マクバーニーのこういうところは、マリーにそっくりだ。誰かをいらつかせていると思うと、決まって活気づくようだ。「ちょいとふざけてただけさ、おいエミリー。あのなあ、親父さんの軍じゃ、負傷者の交代要員は見つけられねえのか?」

「最近は、とても難しいわ。父の連隊は、ゲティスバーグの戦い前の半分以下の規模しかありませんもの」こう言った途端、後悔した。これは、マクバーニーのような人間を信用して話す類の情報ではなかった。しかしその一方で、だからといって何の違いがあるのだろうとも思った。南軍の兵士は、数の不足など常に精神力で補うだろう。それに、いずれにしてもマクバーニーが、すぐにここから出ていくわけではないとも思った――あのときは、そう思われた――そして、出ていくときが来ても、自分の軍隊への復帰に乗り気ではないだろう。そのころまでに、戦闘の流れが、南軍に有利な方向に転じている可能性も大いにあった。

だから、愚かにも、それ以上話してしまった。彼自身の苦しみを忘れさせてあげるためもあったのだと思うし、自分の問題をとことん現実的に捉え、真っ向からそれに取り組んで克服すれば、問題があろうとも必ず勝てると、彼に示したかったためもあった。

去年のクリスマスに帰省したとき、父が、全体的な戦況を説明してくれた。兄たちが亡くなってから、戦争の話をすると母が動揺するので、父は、自分が直面している問題を話し合う相手が家におらず、わたしは、父の話にことのほか熱心に耳を傾けたので、去年のクリスマスは南軍の軍事情勢について本当に多くを学んだ。

たとえば、父は、南軍が無傷のまま、機動性を維持することの重要性をわたしに理解させた。ヤンキーは、数では南軍を凌《しの》ぐが、父によれば、南軍の機動性を奪わないかぎり、北軍が南軍に勝つことは決してない。そして、南軍が、もうしばらく持ちこたえれば、ヤンキーは体力を消耗するのだそうだ。また、北軍内部に多くの不和が生じているのはよく知られている。北部の人々は、正気とは思えないリンカーン氏に押しつけられたこの戦争にうんざりし、精神的に参っている。ヤンキーの部隊は毛嫌いされるようになってきてさえおり、食糧も武器も充分与えられているとはいえ、毎日のように何百人もの兵士が脱走している。したがって、父によれば、南軍に必要なのは一致団結し、窮地に追い込まれるようなことを北軍にさせず、力を温存し、機を窺うことだけだ。そして、ドカン！　メリーランドとペンシルヴァニアを抜けて北へ進軍する。そうなったら、北軍は南軍を阻止できない。

「親父さんは、いつそうなると思ってるんだ？」わたしが説明しおえると、ジョニーが聞いた。

「すぐよ、もうすぐ。それどころか、父には、そういう企てのために立てた計画があって、間もなくリー将軍にそれを提示するかもしれないわ。まだ提示していないとしたらね」

「ポトマック川からハドソン川まで、トンネルでも掘る気かよ？」

それで、父の計画について知っていることを話して聞かせた。とても軽率だったと今ならわかる。ジョニーが、あんなに嘲笑うような皮肉な態度を取らなければ、あの時点で彼に話しても害にはならないと思われたとしても、あそこまで踏み込んだ話はしなかっただろう。

その計画の成功の鍵は、グラント将軍をリッチモンドの直前で食い止めておけるかどうかで、その間に父、スティーヴンソン准将率いる小規模な突撃部隊が、背後に秘《ひそ》かに回り込んでポトマック川を迅速に渡り――敵の拠点を避け――メリーランドを抜けて北部のヤンキーの首都へ急行し、敵が攻撃を阻止しようと態勢を整える前に焼き払うというものだった。ヤンキーの一般市民はその大混乱に士気を喪失し、全国民が立ち上がって、北が始めたこの戦争の即時終結を求めるだろうと、父は感じていた。

話せば話すほど、情報を暴露していった。ほかに自慢することがなかったせいかもしれないが、どんどん話を進め、父が教えてくれたことをすべてマクバーニーに伝えていた……父が示唆した進軍経路、ラッパハノック川とポトマック川を安全に渡れる場所、進軍途中で、父が情報並びに、ひょっとすると部隊のための食糧や保護の提供を頼ることができると思われる信頼できる人物の身元や所在までも。もちろん、父は、たとえわたしでもそういう人物の正確な住所までは教えてくれなかった。それは、こんな感じだった……父が聞いたところによると、ラッパハノック要塞付近に住む農民で、マルヴァーンヒルの戦いで二人の息子をヤンキーに殺された……あるいは、アレクサンドリアの男で、兄がスパイのかどでヤンキーに吊るし首にされた。そういう人物たちの正確な名前も人相も教えてくれなかったが、おわかりでしょう、それでもこれだけの情報があれば、敵はその人物を確実に突き止められた。

まあ、マクバーニーは、熱中する様子をほとんど見せずに話を最後まで聞いたと言わざるをえない。「そんなことは、新しい案でも何でもねえ」わたしが話しおえると、彼は言った。「一シリング賭けてもいい、賊軍の少佐より位が上の将校なら、ワシントンを焼き討ちして自分の名を世間に広めようと、一度や二度は夢見たことがあるはずだ」

「父は、個人的な名誉など求めていません」わたしは、カッとなって答えた。

「ああ、そうだろうとも。親父さんのことを言ったんじゃねえ。賊軍将校の普通のやつらのことさ。まあ、親父さんなら、ポトマック川からハドソン川まで焼き尽くせるだろうよ。親父さんに、できれば、俺が家に帰れるように、ニューヨーク湾に船を一隻残しといてくれるように頼んでくれ」

「父の計画とほかの計画の違いは——ほかの計画があるとしたらですけれど——父の計画が、慎重に練られたものだということよ。父には、さっき言ったような橋渡し役、つまり北の銃後で父に協力する覚悟のある人たちがいる」

「そういうやつらのことをどうやって知ったんだ?」

「わからないわ。きっと、父が捕まえた、不満を抱いている捕虜たちの一部が情報を提供したんでしょう——あなたのように、北軍の状況に強い不満を抱いている兵士たちがね」

「そういうやつらは、必ずしも信頼できねえぜ」ジョニーは、またわたしから目を逸らした。これが、ここにいるあいだに彼が言ったもっとも正直な意見で、ことによるとこれだけが正直な意見だったのではないかと、このごろよく思う。

とにかく、そのあとわたしは部屋を出たが、あの時点では、彼に明かしてしまった潜在的な危険性を孕んだ情報についてはそれ以上考えなかった。そして、測定結果を持って馬小屋に戻り、松葉杖の製作をつづけた。彼が使えるようになる——というより、マーサ先生が、彼に松葉杖を使う危険を冒させる覚悟ができる――ときまでに完成させたかった。

そして、のこぎりと釘の引っかき傷がどんどん増え、指に数えきれないほどの痣《あざ》をこさえながらも、その期限に何とか間に合わせることができた。痣の多くは、アメリアのたっての願いに屈して金槌を使わせてあげたためにできてしまった。彼女の打ち損ねの何回か、そしてことによるとすべては偶然ではなかったと思っている――だが、残念ながら証明はできない。アメリアは、とてもすばしっこいおチビさんのように思えるので、意図せず打ち損じるなどありそうもなかった。

ともあれ、松葉杖が完成したので、マーサ先生に見せにいった。マーサ先生は、杖の出来をかなり疑っていたと認めざるをえないが、わたしは、その不安を鎮めようとした。

「見た目よりもずっと頑丈だと証明できると思いますよ、マーサ先生。ちょっと見てください」そして、その松葉杖を使って部屋中を跳ね回って見せた。わたしには大きすぎたので、当然、かなりぎこちなかった。

「まあ、マクバーニーさんがご満足なら、わたしに異存はありません。お気に召さなければ、ご自分でいつでも改良できるでしょうしね」

わたしは心のなかで、こんな素敵な贈り物をもらってマクバーニーはとても感謝するはずだと思い、彼に松葉杖を贈呈するためにわたしが発案したささやかな計画を黙々と進めた。

学園の一部の人たちが、おちょくって、その行事を松葉杖贈呈大祝賀会と銘打っていたと今ではわかっているが、実際には、正式な儀式のようなものはほとんどなかった。要するに、夕食後に生徒全員をちょっと招集して指示を与え――わたしと同じEで始まる名前の誰かさんは、とくに嫌そうに参加したといえる――そして、先生方とマッティおばあさんといっしょに応接間へ進み、マクバーニー伍長のソファーの前に整列した――いや、わたしを除いて全員が整列した。ほかのみんなを、先に入場させたのがおわかりだろう――マッティを先頭に、生徒が年齢の上の人から順番に、そして先生二人が位の上の人からつづいた――一方わたしは、全員が整列するまで最後尾で待ってから松葉杖を持って入場し、マクバーニー伍長と一同のあいだに進んだ。

わたしが入っていくと、列のなかから子どもっぽい失礼な忍び笑いが聞こえたので、横目でちらっと見ると、列の端にマッティと並んで立っていたマリー・デヴェローが、右脚を少し後ろに引いていた――準備万端の姿勢。

通り過ぎざまにその脚を前に振り出して、わたしを転ばせるつもりなのが見て取れた。だが、その卑劣な計画にはお気の毒だが、マリーのところに到達する前にわたしは立ち止まって向きを変え、しばらく無言のまま立ち、まずまずの関心――この学園で、何とか集めることのできる最大限の関心――を集めてから、準備していた言葉を述べはじめた。

まあ、その言葉について詳しくは言わない――いずれにせよ、今では半分も覚えていない――愛国心と自己犠牲という一般的なテーマで、歴史上の偉大な軍事的英雄、とくに戦闘で負傷した人物について、何人かさり気なく言及したと言うに留めておく。だが、後ろにいた集団の忍び笑いで、何もかも台無しにされた。

「松葉杖の贈呈」マリーが囁いた。「右の松葉杖――左の松葉杖！」そして、そういうむかつく迷惑な発言をつづけた。マーサ先生とハリエット先生が、シッと黙らせようとしたが、もちろん先生方のその言葉も、マリーの汚い言葉と同じくらい邪魔になった。

「スピーチは終わりにしたほうがよさそうですね、エミリーさん」マーサ先生が言った。まだ本題に入っていなかったが、秩序がますます保てなくなってきたからだった。「マクバーニーさんに松葉杖を差し上げて、よろしければ試していただきましょう」

「ああ、ぜひ試させてください、先生」マクバーニーは、膝に毛布をかけて座り、とても厳粛に見つめて話を聞いていた。マッティが、別のシャツとズボンに着替えさせていた。ロバート・ファーンズワースさんの遺品だが、マッティがきちんとアイロンをかけ、歩こうとしたときにぶらぶらして邪魔にならないように、ズボンの右脚はまくり上げてピンで留めてあった。

「ありがとう、みんな、若い人たちもそうでない人たちも、親切にしてくれて」わたしが、毛布のかかった膝の上に松葉杖を置くと、彼が言った。「試すのは、もう少ししてからにするよ」

「よろしければ、今試してくださらない。今でしたら、みんなでお手伝いできますから」

「手伝いなんかいらねえよ」

「それでも、今試してくださったら、みんなが安心しますわ、マクバーニーさん」ハリエット先生が言った。

「そうすれば、松葉杖がちょうどいいかどうか、わかりますから」

「それに」わたしは、彼の頑固さにとてもがっかりしていた。「わたしたちの列の前を歩いていただくのが、わたしの計画の一部でもあったんです。わたしも列に加わってから、あなたがわたしたちの前を通り過ぎ、そしてあなたのあとからみんなで食堂へ行って、マッティが用意してくれたささやかなご馳走をいただくつもりだったんです」

「そうなのよ、お願い、ジョニー」マリーが言った。「エミリーが計画したとおり、ここで閲兵してちょうだい。そうでないと、エミリーにずっと気をつけのままここで立たされて、優しい大好きなマッティが作ってくれた、ブラックベリーのジャムを塗ったコーンケーキにありつけないもの」

「一つだけですよ。優しい大好きななんぞと、何度言ってくださってもね」

「そのケーキをここに運んでもらったらいい」マクバーニーは言い張った。

「いけません、あなた」マーサ先生が、きっぱり断った。「わたしの応接間を、食べかすやジャムだらけにはさせませんよ。さあ、立ち上がって試してみてくださらないと……それとも、怖くてできないの?」

「まさか、先生」彼は、顔面蒼白になっていた。「怖がってなんかいるもんか、よしてくれ」そして、彼は一本脚で立ち上がり、ズボンの腰に毛布の端をたくし込もうとした。

「まさか、これからスカートをはいて過ごすつもり?」アリスが笑った。「からっきし似合わないわよ」

「ひょっとしたら、ズボンに穴が開いてて隠したいのかもよ」とマリー。

いずれにせよ、松葉杖に手を伸ばした拍子に毛布が床に落ちた。彼は、ピンで留めてあるズボンの脚を決して見ようとはせず、額に玉の汗を浮かべ、唇を震わせながらまっすぐ前を見つめていたので、アメリアとわたしが、彼の脇の下に松葉杖をあてがった。

「さあ、いざ」わたしは、後ろに下がった。「出陣、伍長」

「前へ進んで、ジョニー」マリーが叫んだ。「カトリック教徒のやり方を見せてやって」

そう、あれは大失敗だった。彼の恐怖心と疑念がその原因だったのか、床が磨き上げられていたせいなのか、許可なく松葉杖に手が加えられていたのか――そう思うと言っているのではなく、一つの可能性として挙げているにすぎない。なぜなら、彼がきちんと使いこなしさえすれば、あの松葉杖は頑丈だったと心から思っているからだ――理由が何だったにせよ、左足でおずおずと二、三歩前に進むか進まないかのうちに、松葉杖が宙に舞い、マクバーニーは、応接間の床にドスンとすごい音を立てて転んでしまった。

「怪我をしてない、ジョニー?」アメリアが、叫び声もろとも駆け寄った。みんなが駆け寄ったと思う。その一人、マーサ先生がすぐに調べたところ、ありがたいことに怪我はなく、転んだ拍子に借り物のズボンのお尻の部分が裂けただけだった。右脚の断端に損傷はなく、包帯も破れていなかった。

ところが、彼はそこに座ったまま、わたしたちの顔を窺っていた——最初は、とても哀れっぽかった——それから、信じられないだろうが、たった一人残された友だちを失いでもしたかのように涙を流しはじめた。

「寄ってたかってバカにしやがって。笑い者にするために来たんだろうが!」

「いいえ、まさか、あなた」ハリエット先生が言った。「誰も、笑い者になどしていないわ」

「使ってる最中にぶっ壊れるように、そのみすぼらしい、ぼろ杖を作りやがったんだ!」

「とんでもない」その言葉にいささかムッとして、わたしは言葉を挟んだ。「それは事実に反するし、公正でないわ、マクバーニー伍長。第一、壊れたのは片方の杖だけで、しかもあなたが上に倒れ込んだから折れたんでしょう」

「倒れ込んじゃいねえ」彼は、涙ながらに叫んだ。「こんちくしょう、体重をかけたらパキッと折れやがったんだ!」

「言葉遣いに気をつけてください、マクバーニーさん」マーサ先生が求めた。

「言葉遣いなんかくそ喰らえ!」彼は、床を両手で押しながら後ろ向きのまま喰らえだ。おまえらなんか、くそソファーに戻り、自力でソファーに腰かけようとした。ソファーは相当の高さがあり、彼の態勢もかなりぎこちなかったので自力ではとても難しく、その結果、彼はますますいきり立って猛然と体を引き上げようとした。そのため、ズボンの裂け目を何かの拍子に摑んでしまい、それが広がって、ついには右側面がすっかり裂け、マーサ先生が慎重に巻いた包帯まで破れると、その下の痣のできた、まだ完治していない断端があらわになった。

「くそったれ、くそっ」どうやら、彼ははじめて断端を目の当たりにしたようだ。

「まあ、まあ、あなた」ハリエット先生も泣いていた。

「何もかもうまくいくわ」先生は彼に近づき、ほかのみんなも近づいた——エドウィナとマッティも含まれていたと思うが、わたし自身は、彼の振る舞いが何もかも腹立たしくてならず、近づけなかった——そして、立ち上がるのを手伝おうとしたが、彼はそれを拒否した。

「出ていけ。俺に近づくな、どいつもこいつも！　血に飢えた鬼婆が雁首揃えやがって！　こんな目に遭わせやがって……神さま、俺を見てくれ！」

そして、彼は松葉杖を手にして、わたしたちに投げつけた。折れたほうの残骸も、折れていないほうもすべて。あんなに凶暴に投げつけたのに、狙いが定まらず、誰にも命中しなかったので、ひどい怪我をした人がいなかったのはまったく驚きだった。

「もう出ていけ」彼はまた叫んだ。「もうたくさんだ、どいつもこいつも……とっとと失せろ」

「みんななの、ジョニー？」アメリアは、いくぶんショックを受けていた。

「言っただろうが……みんなだ！」

「みなさん」マーサ先生が、驚くほど冷静に言った。「すぐに、自分の部屋に戻りなさい」

そこで、わたしたちは部屋に戻った、しかも何のためらいもなく。もちろん、アメリアとマリーは、マクバーニーのけしからぬ行為にマーサ先生がどのような厳しい罰を課すのかを見届けようと少しだけ居残りたがったが、ハリエット先生に急きたてられた。彼の激昂ぶりに唖然とした生徒もいたが、わたし個人としては、彼が本当に女々しい男であることを思えば、もっと早い時期にそうならなかったのがむしろ意外だった。

彼は、それまで何日ものあいだ、あのソファーに横たわり、みんなで彼をからかっているだけで、本当はまだ脚があると思い込もうとしていた可能性もある。できるだけ長く、そうやって自分を騙そうとしていたのかもしれない――気づけば床に倒れ、膝下の虚空を見つめていたあの瞬間まで。

いずれにせよ、ハリエット先生にみんなを先導してもらい、わたしは一番後ろについた――いわば、一行の後衛を務めたわけだ。逆上したマクバーニーが、何をするかわからなかったからだ。最後尾からだと、マーサ先生が、この上なく冷ややかな命令口調で、まだ泣いているわたしたちの客に言っているのが聞こえた。「あなたね、ここはまだ、わたしの屋敷ですし、わたしはまだ、その責任者なんです。いいですか、一瞬たりとも、わたしをこの部屋から立ち退かせようなどと思うんじゃありませんよ。あなたの下品な癇癪《かんしゃく》で嫌な思いをさせないために、生徒たちを部屋から出しました。同じ理由で、わたしももう失礼します」

「とっとと出ていきやがれ、とっととな、この禿げた老いぼれ山羊めが」そうマクバーニーが叫ぶのが聞こえた気がした。いや、マクバーニーは、「化けた」とか「ぼけた」といった説明的な言葉と山羊を組み合わせたのかもしれなかった。「禿げた」という形容詞は、ここのみんなと同じように髪のふさふさしたマーサ先生には、どうもしっくりいかないように思われた。

ともあれ、一瞬の沈黙ののち、マーサ先生が先ほどと同じように、しかも同じ口調でつづけた。「マクバーニーさん、あなたの現状では、ここから歩いて出ていってくれとは言えませんが、ここから連れ去ってもらうことはできるのですよ。明日の朝、最初に見つけた北軍の兵士に、屋敷に脱走兵がいると通報することにします」

この言葉に、大きな笑い声が応えた。狂気に近かった。その笑い声のさなか、銃剣のようにぴたっと静止し、死人のように蒼ざめたマーサ先生が、どこかの軍艦の船首さながら両手でスカートの前を持ち上げて応接間から飛び出した。

「もしほかに用がないのでしたら、エミリーさん」先生は、駆け抜けながら言った。「言いつけに従いなさい」

「すぐに参ります」階段を駆け上がる先生の後ろから呼びかけた。「マリーが戻ってこないので、どうしたのかと思ったものですから」

そして、それは本当だった。マリー・デヴェローは、一行から抜け出して食堂に駆け込み、ブラックベリーを塗ったコーンケーキを試食していた。マリーがやっと、無残な状態のケーキをかじりながら、もう二、三切れを反対の手に持って戻ってきた。

「さっさと歩いたらどうなの、あなた？　ぐずぐずしてるから、マーサ先生に大目玉を喰らったじゃないの」

マリーは、わたしに目配せしただけで、ケーキを頬張ったまま階段を上りだし、一段ごとに食べかすやジャムをばらまいていった。彼女の強情さには非常に手を焼いていたので、懲らしめてやらねばと、スカートを摑んで引き戻し、ケーキを一切れ半奪い取った。体当たりされて蹴飛ばされ、想像できるかぎりもっとも淑女らしくないやり方で食べかすを顔に吐きかけられなければ、全部奪い取っていただろう。そして、彼女に、階段を上りながら、下品な脅し文句——マリーにしか口にできないような文句——をぶつけたいだけぶつけさせ、わたしは、奪ったケーキを平らげた。

それから、マクバーニーの様子をもう一度ちらっとでも見ようと、応接間に戻った。彼は、ソファーに背を預けて床に座ったまま、もう笑ってはおらず、また泣いていた。今度は、胸が張り裂けそうな様子だった。彼に気づかれる前に、わたしはそっと立ち去り、自分の部屋へ上がっていった。

「だめよ、あなた」こう思ったのを覚えている。「父の旅団には、ジョニー・マクバーニーのような人が入れる場所などないわ。ジョニー・マクバーニーも何かの役には立つのかもしれないけれど、それは、南軍の大義のために兵役に就くことではありえない」

そして、ファーンズワース学園は、一晩でうんざりするほどの騒ぎを経験したと思いながらベッドに潜り込み、すぐに眠れるようにと願った。

ところが、かの有名な眠りの神を理解しようと、深い眠りに落ちる前に邪魔をされた。毛布を引き上げて十分としないうちに、マーサ先生の部屋のあたりから恐ろしい喚き声がしたのだ。マーサ先生が叫び、ハリエット先生が金切り声を上げており、一瞬、ヤンキーが大挙して押し寄せ、学園を包囲しているのかと思った。

確かめようと廊下に出てみると、ほかの生徒たちの姿もあった。マリーもみんなといっしょにいた――そのため、コーンケーキをもっとくすねようと食堂に押し入ったマリーが捕まえられたのではないかという期待は外れた。マクバーニーが問題を引き起こしたのかもしれないとは、思いもしなかった。見たところ何もできそうにない彼を、つい先ほど置き去りにしてきたばかりだったのだから。

ところが、それがそもそも間違いだった。マクバーニーが、あの夜の二度目の騒ぎの背後にもいたのが、あとで明らかになった。とはいえ、彼の共謀は、すぐには見破られなかった。最初は、ハリエット先生が犯人のように思われた。マーサ先生は、ハリエット先生が部屋に押し入って貴重品を盗んだと、あからさまに責めていた。たぶんお金がなくなったんだわ、マーサ先生の鍵束と、きっとほかの物も、そうわたしは推測した。

「どうして何でもハリエット先生のせいにするの、かわいそうだわ」アメリアが、自分の部屋の戸口で言った。明らかに、自分とは関係のないことに首を突っ込んでいた。「たぶん、お屋敷の外から泥棒が入り込んで盗んだのよ」

「どうせ、どうってことない物がなくなったんでしょうよ」屋根裏部屋から下りてきたアリスが言った。「自分でどこかに置き忘れただけなのに、喚き散らしてるんじゃないの」

「それもありえないわね」エドウィナが、いつもの意地悪な笑みを浮かべた。「マーサ先生は、置き忘れたりしないわ。物をいつも適切な場所に置いておくことにかけては、鑑《かがみ》のような人ですもの」

「それなら、残る可能性は二つしかないわ」マリーが言った。「ハリエット先生が、ワインがほしくて鍵を取ったんじゃなければ——マーサ先生は、そう言いたいんだと思うわよ——わたしたちの誰かが容疑者に違いないし……そうじゃなければ、あのマクバーニー伍長ってことに」

「ひどいことを言うんじゃないの」アリスが、ぴしゃりと言った。

「わたしたちの誰かについてはどうなの?」エドウィナが尋ねた。

「歩くこともできないジョニーのことを疑うなんて、あんまりよ」アメリアが大声で言った。

これが、ルームメイト二人の個人的な言い争いの引き金になり、ほかの生徒たちも廊下で大声を張り上げだしたので、マーサ先生とハリエット先生も口論を中断し、新たに巻き起こった騒動の原因を突き止めようと、マーサ先生の部屋から出てきた。

そして、騒動の原因を知ったマーサ先生は、若いわたしたちが、先生が言うところの非常に個人的な意見の衝突を立ち聞きしていたことにとても腹を立てた。けれども、マクバーニーの名前が出ると、言葉を切り、先生の部屋の盗難にマクバーニーが関与している可能性について考えはじめた。どうやら、それまではそのことを考えていなかったらしく、今にして思えば、先生の部屋が無防備なときに、男性が、片脚と全身を引きずるようにして階段を上るのはできないことでもないと認識するようになった。

そして、次に起きた出来事によって、マーサ先生もわたしたちも、マクバーニーが犯人に違いないと確信した。さて、一時はかなり上流とされた女学園だった——そして、今でも国で最悪の学園ではない——ところで、とても大きな騒動が一晩に二度も起きれば充分だとお思いだろう。それなのに、その夜、またしても混乱が起きたと知ったら、さぞ驚かれるだろうが、その三つ目の騒動は、すでに起きた二つよりも騒々しく、恐怖を抱かせるものだった。

それは、階下のガシャーンという大音響で始まり、二階での言い争いは一瞬にして終わりを告げ、生徒も先生もその場に凍りついた。雷が落ちたようなその音——木が裂け、ガラスが割れる音が含まれていたように思う——にドスン、バタンという音がつづき、またガシャーンという音がした。

「神さま」ハリエット先生が、小声で言った。「彼が、屋敷の家具を片っ端から壊しているのではありません?」

「陶磁器やクリスタルガラスも、みんな割っているに違いないわ」マーサ先生は、顔面蒼白だった。

「また転んじゃったんじゃないかしら」自分の見つけた英雄にとことん忠実なアメリアが、不安そうに言った。

「窓ガラスか何かに突っ込んで、どこか切っちゃってたらどうしよう」

誰かが、「いい気味」と答えただろうか? その言葉を実際に聞いた覚えはないが、みんなの表情から、一人か二人は、そう思っていたのは確かだった。その一人はエドウィナ・モロウで、もう一人はアリス・シムズだったかもしれない。あのとき、マクバーニーの健康について大して心配していないように思われた三人目の人物は、ほかならぬマーサ・ファーンズワース先生だった。

「彼が何をしているか、はっきりしたわ」階段の上で耳をそばだてながら、先生は言った。「ワイン貯蔵室のドアを開けたところですよ。あのドアは、屋敷のほかのドアとは違う独特の軋みを立てるんです」

「マッティが下にいるはずです」わたしは言った。「どうして止めないのかしら?」

「自分が止めにいけばいいじゃないの」マリーが、皮肉たっぷりに言い返した。「マッティおばあさんは、何が自分の得かちゃんとわかってるわよ。暴れ回ってる白人の男を追いかけ回したりするもんですか。ジョニーが騒ぎだした途端、きっと台所から飛び出して、元いた囲い地の小屋に逃げてっちゃったわよ」

「とにかく、これで、お金は別として、わたしの鍵の所在が明らかになったわ。それにしても、誰にも見られも聞かれもせず、どうやってここまで上がってこられたのかしら」

「ひょっとして、先生が一階で落とした鍵を見つけたんじゃないの」アリスが言った。

「いいえ、それはありません。クローゼットのフックにかけたのを覚えていますし、もし下に置き忘れたにせよ、それではお金がなくなった説明にはなりません」

「お金を全部盗まれてしまわれたんですか、先生?」

「いいえ、エドウィナさん、ですがかなりの金額を」

「計算違いをなさったのかもしれませんよ。もう一度、きちんと数え直されたらいかがですか。そうすれば、結局、全額あったということになるのではありませんか」

「何とでもおっしゃい」マーサ先生が、ムッとして言った。「何が起きたのかは、わかっています。部屋が荒らされ、鍵とお金のほかにも宝石がなくなっています」

「それにしたって、男の人がするような泥棒だとは思えないけどな」アメリアは、まだ彼を擁護していた。「ジョニーが、先生の物を盗みたかったんなら、どうしてお金と宝石を全部じゃなく、一部しか盗まなかったの？」

「そろそろお黙りなさい」マーサ先生が、また階下に耳を傾けた。「多くのみなさんのご意見、ご忠告はもうたくさんです。お部屋に戻りなさい、みなさん、そして出てはいけません」

「これから、彼をどうにかしなければならないのではありませんか？」わたしは、キツネにつままれたような気分だった。「みんなで下へ行って彼をおとなしくさせ、縛り上げるか何かするべきだと思いますが」

「そう思うのですか、あなたは？　あなたが、どこかの女学園の学園長になったら、そのような行動に出て、お預かりしている生徒さんたちの心身を危険にさらす機会をどうぞご活用なさい。ですが、この学園では、そのようなことは絶対にさせません。さあ、今回は、従わなければわたしの厳しい罰を受けることになる言いつけを下します。あの男がこの屋敷にいるあいだ、以後、当学園の生徒は、あの男と如何《いか》なる会話も接触もしてはなりません。ただし、それは長期間にはならないと約束します」

「上にいれば大丈夫ですからね、みなさん」ハリエット先生は震えていた。「マーサ先生が、お部屋に弾を装塡したお父さまの拳銃をお持ちですから」

「わたしは、弾を装塡したお父さまの拳銃など持っていません」お姉さんが、きつくやり返した。「拳銃は、書斎のキャビネットのなかで、キャビネットの鍵は、ほかの鍵といっしょに鍵束につけてあります」

「まあ、たぶんジョニーは、そのことを知らないわよ」マリーが言った。「だから、みんなで一斉に駆け下りて、キャビネットを叩き壊して拳銃を取り出して、彼を捕まえるだけのことだわ」

「そんなことしなくていいわ」アメリアが言葉を挟んだ。「わたしが、一人で下に行って、彼に鍵のことを聞いてみる。そして、もし持っていたら――そんなこと絶対にないと思うけど――でも、万一持っていたら、きっとわたしに渡してくれるから」

「言われたとおり、部屋に戻りなさい」マーサ先生は、みんなを追い払った。おもに年少の生徒たちに対してだったとは思うが、すでに怒り心頭に発していた。

「立ち止まらないで、立ち止まらないで」わたしは、廊下からの人払いに一役買った。「ここには見るものは何もないわよ。年長者に従って、ここから立ち退きなさい」

わたしは、アメリアとマリーを、さほどは苦労せずに部屋へ追い返した。とはいえ、後者のほうのおチビさんに、また蹴りを入れられたが、運よく大して痛くなかった。エドウィナとアリスのほうが問題だった。エドウィナは、わたしが命じてもまったく動こうとせず、立ったまま睨みつけているだけで、アリスは、わたしが小突くと、拳を握りしめ、それ以上やったらただじゃおかないと態度で示した。だが、事態の悪化を避けようとマーサ先生が割って入り、全員を――えこひいきしていると思われないように、わたしも含めた――押したので、アリスは屋根裏部屋へ戻り、エドウィナとわたしも、それぞれ自分の部屋へ戻った。

部屋から抜け出そうとする生徒がいたらすぐに聞こえるように、わたしは、ドアを少しだけ開けておいた。それから、ふと、眠っているあいだに、マクバーニーが二階に侵入してきた場合に備えて何か措置を講じておいたほうがよいと思った。彼のことなどまったく恐れていなかったが、マクバーニーとの小競り合いで怪我をしたり、動けなくなったりしたら、生徒たちのリーダーとしての学園にとっての価値が大幅に減じるだろうと気づいた。そこで、そのような事態を多少なりとも回避できるよう、家具をドアの前に移動することにした。つまり、開いた聖書をストッパー代わりにドアをしっかり固定してから、開口部の前に整理ダンスと椅子を二脚押しやっておいたのだ。そして、ベッドに入った。

やれやれ、わたしの知るかぎり、あの夜はそれ以上の騒ぎは起きなかった。わたしがベッドに入って十五分ほどしてから、マーサ先生が、また部屋から出て階段を下りかける音がしたので、わたしは体を起こして呼びかけた。「マーサ先生、わたしに何かできることはありますか？」だが、どうやら聞こえなかったようだ。そのすぐあと、ハリエット先生が部屋から出てきて、わたしのドアの前で言った。「ありがとう、エミリーさん。でも、マーサ先生とわたしで、すべて対処しますから大丈夫ですよ」そして、先生もお姉さんのあとから階段を下りていった。

それで、わたしは、やるべきことは精一杯やったと思いつつ、また毛布に潜り込んだ。まどろむ前には、いつもこういう気持ちでいようと心がけている。こちらから協力を申し出たのに受け入れてもらえなかったのだからと、大満足して眠りに落ちた。

31　ハリエット・ファーンズワース

あの夜、マクバーニー伍長がはじめて激昂したとき、わたしはとくに驚かなかった。この屋敷でひどい扱いを受けたことについての、あの青年の気持ちは理解できた。マクバーニー伍長のように、猶予も与えられず、しかも傍目からは無謀と思われるやり方で片脚を切断されたら、わたしも同じように感じていただろう。手術のあと何日間も、姉は、自分の行動が正当だったとわたしを納得させようとしたが、もしマクバーニーの立場《シューズ》に身を置いていたら、わたしも非常に反抗的になっていただろうと今でも思う。いや、彼の場合は、片方の靴《シュー》だ——面白くない冗談を言わせていただけば。

　何にせよ、あの夜遅く、彼はまたしても騒動を起こし、生徒たちをおびえさせ、姉が下へ様子を見にいった。姉が下りていってからしばらくして、あのように気がかりな精神状態のマクバーニーを、姉一人では静かにさせられないだろうと思った。もちろん、身体の拘束など考えてはいなかった。わたしは、この屋敷でそのようなことをもっとも思いつきそうもない人間ではなかろうか。慰めの言葉をかけてあげることしか考えていなかった。それが、彼をなだめるのに必要な唯一の治療薬だと確信していた。

　だが、不幸にも彼は、そのような鎮静剤が効く状態ではなかった。父が、わずかばかりのワインを貯蔵していた貯蔵室の隅に姉といたマクバーニーは、開け放ったワインキャビネットの前の床に座り、割れたボトルからそのままワインを飲んでいた。首が砕けた、空のボトルが何本も周りに転がっていた。彼は、ただそこに座り、姉が手にした蠟燭の明かりのなかで彼女を睨《ね》めつけ、あの上等のマデイラワインをどれだけ速く飲み干せるかに挑戦していた。

　すでに申し上げたとおり、わたしも、ときおりワインを多少たしなむ。だから、マクバーニーの飲酒の楽しみに確かに反対ではなかった。腹立たしくてならなかったのは、飲み方と量だった。あのペースでは、残り少ないワインの貯えが、朝までに底をついてしまうのは明らかだった。

　姉にもマクバーニーにも、いると気取られないように、わたしは、階段の暗がりで立ち止まった。彼は、お尻で一段ずつ階段を下りて貯蔵室に到達したのだろう。壊れていないほうの松葉杖を持っており、それを槍のように空いている手に握って、姉を寄せつけないようにしていた。ぐでんぐでんに酔ってはいたが、目には恐怖の色も窺えた。それは、マクバーニーについて覚えておくべき大切なことだ。しばらくのあいだ、彼はこの屋敷で優勢になったかに思われたとはいえ――確かに、優勢だった――姉への恐怖心を本当に失ったことは一度もなかった。

ボトルが空になると、彼は奥の壁に放り投げた。それが、頰すれすれをかすめて後ろで割れても、姉は、たじろいで彼を喜ばせるようなことはしなかった。とうとう視線を落としたのは彼のほうで、手の甲で口を拭い、貴重なボトルをもう一本取ろうと、背後のキャビネットに手を伸ばした。

「せめてコルクぐらい抜いたらいかが」姉は、落ち着き払っていた。

「めんどくせえ」彼が、キャビネットのドアにボトルを乱暴にぶつけて首の部分を割ると、中身が半分も床に飛び散った。

「ガラスで、大怪我をしますよ」

「ああ、それも運命じゃねえのか、おまえさん？　喉でも切ればいいいと思ってるんだろう、おばさん？　そうなりゃ万事解決だろう？　ほら、年寄りはとっとと布団に入って、お祈りでもしろ。夜が明けて戻ってきてみたら、俺はここで出血多量で死んでるかもしれねえからさ……そしたら、俺が散らかしたゴミといっしょに、掃いて捨てりゃいい。ワインよりも困るのはゴミなんだろう、違うか、マーサ先生よ？　ほら、それがあんたの妹なら、話が逆かもしれねえぜ、だろう？」

彼が何を言いたかったのか、まったくわからない――もう論理的に考えられなくなっていたのだろう。わたしの家事を批判していたのだとすれば、言いがかりもいいところだ。わたしは、姉に劣らずきれい好きなのだから。

「もう一度お尋ねします」というのが、姉が次にマクバーニーに言った言葉だった。「その鍵をどうやって手に入れたのですか？」

「じゃあ、俺ももう一度答えてやるよ、おまえ」彼は薄ら笑いを浮かべた。「小鳥が持ってきてくれたのさ……白い小鳥が、嘴にくわえて応接間の窓から飛び込んできたんだ。部屋のなかを何度か旋回してさ、俺の膝の上に鍵束を落として、また飛んでっちまった」

「今日の午後、二階のわたしの部屋へ行きましたか？」

「たぶんな。今夜、あんたのワイン貯蔵室に下りてきただろう？」

「わたしの部屋から鍵を盗んだと認めるのでしたら、お金を盗んだことも認めるのでしょうね」

「金？　金もなくなったのか？」

「恥の上塗りはおよしなさい。いいですか、わたしの宝石箱に入れてあった連邦政府の金貨が二百ドルと、高価な宝石も一つなくなっているんです」

「これか?」彼は、ニタッとしてシャツから何かを取り出して姉に見せた。

「そう、それです」姉は、動揺していると言えなくもない口調で答えた。

もう一、二段下りると、明かりに照らされたその品が見えた。母の形見の小さな金のロケットだった。

「さっき開けてみたら、写真が入ってた。恋人か?」

「弟です。そのロケットを返してちょうだい」

「そうはいかねえ」姉が近づこうとすると、彼は松葉杖を持ち上げた。「俺が盗んだんなら、返したがると思うか?」

「あなたには、何の価値もない物でしょう。交換条件があります。取ったお金を持っていていいですし、お酒も好きなだけ飲んでかまいません……ただし、そのロケットを返して……朝になったらここから出ていくことに同意しさえすれば」

「よく言うように、荷物をまとめてか?」

「持ってきた物は何でも……わたしたちが差し上げた物は何でも……持っていっていいです」

「持ってきたもんは何でもか?」

「ええ、もちろん」

「俺の右脚はどうなんだ? 右脚も持ってっていいのか? それとも置いてかなきゃなんねえのか?」

「そんな話をしても意味がありません」

「そっちにゃねえかもしれねえよな、お嬢さまよ」彼は、まだ半分入っているボトルを投げつけた。今度は、ボトルが壁にぶつかって割れるときに、ワインのしぶきが姉にかかった。

「あなたにもありません」マーサは、できるだけ冷静に言った。「もう終わったことですから」

「ことは終わったが、結果はまだなんだよ。結果は一生、俺とあんたについて回るんだ」

「どうやって、わたしに?」

「そのうちわかるさ、お嬢さま。そのうちはっきりする。だが、最初の条件に話を戻そう。ダメだ、ロケットは返さねえ――少なくとも、今は返すもんか。あんたの本性を忘れねえように、もうしばらくは大事に取っておきたいんでね」

「どういう意味です?」

「あんたは、異常な女だと思うんだ」マクバーニーは、別のボトルを手に取って、同じ方法で開けた。「弟に異常な感情を抱いてたと思うんだよな」

　彼は、さらに何か言おうとしたが、気が変わったようだった。ことによると、酔った勢いで口走った自分の言葉に、衝撃を受けたのかもしれない。姉は、間違いなく衝撃を受けていた。前にも見たことがあるように、今にも気絶しそうだった。もちろん、あの瞬間は、わたし自身もしゃきっと立っていられる状態ではなかった。

「このけだもの……」マーサが、とうとう低い声で言った。手に持った蠟燭の火が揺れていた。

「ごめんよ」マクバーニーが、今度は歯を見せて笑おうとした。「動揺させるつもりはなかったんだ。ただちょっと、ロケットのなかの写真のこととかがさ」

「そのロケットは、母の形見です」

「だが、あんたの引出しに入ってた……彼からの何通もの手紙といっしょに……」

「手紙に何が書いてあったか言ってみなさい」

「つまり、その……なっ、あんたら二人のことが何もかも」

　彼は、たっぷりワインを喉に流し込んで、ギザギザになったガラスの縁で唇を切り、ワインと血を袖で拭った。この時点で彼は、かなり酩酊状態だったので、何を口走ろうと本当の意味では責任がなかったと思う。マーサにもそれがわかり、彼の言葉に耳を貸さないでくれればとひたすら願っていた。そして、そのことを声に出して言いそうにさえなったが、マクバーニーが浴びせたひどい非難の言葉を立ち聞きされていたとわかったら、姉が戸惑うかもしれないと思い留まった。

「手紙に何が書いてあったのか言いなさい。あの手紙は、大学での弟の経験についてのたわいない説明です。もし、ほかにも何か書いてあったのでしたら、それが何なのかさっさとおっしゃい」

「気にするなって」彼は、今度はあからさまにニヤニヤしていた。「全部取り消す。みんな冗談、からかってただけさ。ほら、あんたのロケットを返してやる」

　彼は、ロケットを姉に向かって投げた。姉はそれを取ろうともせず、ロケットは姉の足元に落ちた。

「持ってさえいれば、金も返してやるんだが。ほら、ほかの大事なもんを返してやる。こいつがほしいんだろう？」

　彼は、暗がりのなかで後ろを探り、父の大きな軍用銃を取り出した。「こいつも返す」彼は、拳銃を差し出した――だが、向けていたのが銃身だったのか、銃把《グリップ》だったのか、今となっては覚えていない。それどころか、一目見るなり怖くて思わず目をつぶってしまった。

「持っていなさい。必要になるかもしれませんから」

　姉がそう言ったのだと今は思うが、今度もまた、わたしは注意力が散漫になっていたように思う。けれども、姉の次の行動とそのあとの言葉は鮮明に覚えている。足を上げ、靴のかかとでロケットを踏みつけて砕き、貯蔵室の床の上で磨り潰したのだ。

「それも、持っていなさい」姉は、右手で蠟燭を掲げ、左手でスカートを後ろに引き、悠然と階段に、そしてわたしが隠れている場所へと近づいた。

　貯蔵室に入っていったらすぐに、自分がいることを明らかにするべきだったと、今なら思う。だが、それができなかった以上、あの段階になってから姿を見せて、姉を当惑させるなど思いもよらなかった。いや、それについて言うならば、マクバーニーを当惑させるなど。彼についてて、まだ確信が持てずにいたのはおわかりだろう。まだ多少、彼のあのような行動を、傷ついた孤独な青年の当然の怒りのせいにしたかった。

　とにかく、マーサが、階段の一番下まで来る前に、わたしはそそくさと貯蔵室から出た。あの夜、マーサが、彼にそれ以上何かを言ったとは思わない。

　姉への彼の別れの言葉――いや、少なくともわたしに聞こえた最後の言葉は、「お願いだよ、先生、俺のことを怒らないでくれ。あんたは、ここで一流の扱いをしてくれた……ほとんどいつも……だから、怒らせるつもりなんかなかったんだ」

　姉が返事をしないと、彼の口調はまた険しくなり、酩酊状態だったにせよ、まったくもって許しがたいことを叫んだ。彼は、こう叫んだのだ。「ようし、このおせっかいばばあ、出ていきやがれ！　だが、すっ転んで髪をなくさねえように気をつけるこったな！」

　この件については、とくに学園の生徒たちに対しては、常に口外しないように努めてきたが、彼のこの言葉について説明するべきだろう。明白な事実は、だいぶ以前に高熱を出した結果として、マーサは髪をすべて失い、その後はかつらを着けているということだ。

　姉の人生にとって、それは大きな悲劇だった。確かまだ二十歳のときで、隠遁者のような暮らしをするようになったのも、きっとそれが大きく影響している。その線に沿って話をつづければ、それがおもな原因で、姉は独身なのだろうし、ひいてはわたしが独身でいる理由でもある。だが、それをすべて適切に説明するには、いくら時間があっても足りないし、本題とは無関係だと思う。

　とにかく、マーサの熱が下がると、父は、マーサにターバンを巻かせ、ヴェールをかぶらせ、リッチモンドの閑静な民間の施設――腕がいいと評判のフランス人かつら職人の事業所――へ連れていき、数週間して戻ってきたときには、マーサは、今もご覧になれるかつらをかぶっていた。

姉は、一、二個予備を持ち帰ったのだと思うが、それについて話をしたことはない。それどころか、わたしは、その件について触れたこともない。ロバートとわたしは、彼女が病気にかかった夏、うつるといけないのでロアノークのいとこのところへ行かされており、ここにはいなかった。その年のクリスマスに帰ってくると、わたしたちは、父に呼ばれ、マーサの髪の毛のことは決して口にするなと釘を刺された。

今でも、マーサの髪が、わたしの髪のように地毛ではないのを忘れてしまうことがある。確かに、非常によくできたかつらで、艶《つや》を保ちたければブラッシングするなり、常にお手入れをしなければならない、わたしの髪のような地毛よりも便利なのは間違いない。かつらも、ある程度のお手入れ――クリーニングや修理など――は必要だと思うが、おそらくマーサは、部屋で一人きりのときにしているのだろう。

マクバーニーが、姉の不幸な状況をどうして知るにいたったのかはわからなかったが、朝になって酔いが醒めたら、そのことを胸にしまっておくだけの紳士であってくれることを祈るばかりだった。実は、あなたが姉を見つめているのに気づいており、だから姉の秘密を見破ったのではないかと思ったとでも言って、できるだけ早いうちに、口外しないと彼に誓わせようと固く心に決めていた。

誰が見ても明らかなように、わたしは、確かに姉に苦労しているし、非常に腹を立てることもあるが、この件に関しては心から同情しており、姉に対して怒り心頭に発しているときでさえ、このことを持ち出して対抗しようとするような残酷な真似は絶対にしない。

あの日、父も、ロバートとわたしに言ったが、「容姿は、女性の唯一の武器なのだから、その武器に刃がないとわかっているなどと、絶対に告げてはならない」もちろん、姉には自由に使える剣がほかにもあると今なら知っているが、父の言うことも、実にもっともだった。

いずれにせよ、マクバーニーをこれ以上ここに置いておくわけにはいかないというマーサの意見に、わたしも傾いていた。だが、あの夜、わたしが解決しようとしていた問題は、彼の脚が完全に治って松葉杖で上手に動き回れるようになるまで、あと数日だけ置いてやるよう、どうやって姉を説得するかについてだった。マーサが、そうすると宣言したとおり、彼がここにいると北軍にすぐに通報するようなことをしなければいいがと思っていた。怒りが和らげば、本来の寛大な性格が勝り、マクバーニーにあと数日の猶予を与えてもいいと思ってくれると信じていた。

そして、翌朝、姉がまさにそう決心したに違いないと最初は思われた。生徒たちとわたしが下りていくと――生徒は一人も遅刻せず、マクバーニーの出来事があってからというもの、朝食には誰も一度も遅刻したことがなく、少なくともそれは、マクバーニーのおかげだと認めてもいいかもしれないとつけ加えよう――姉は、食堂のテーブルに着き、マッティが入れたおいしいどんぐりのコーヒーを飲んでおり、静穏とはほど遠い一夜を過ごしたという素振りは微塵も見せなかった。

その前に、居間を覗いてみたが、マクバーニーの姿はなかった。部屋は、ひっくり返ったり壊れたりした家具が散乱し、そのいくつかは――わたしは思った――あれだけのワインを飲み干したあと、よろめきながら歩いたために、意図せずそうなった可能性もあった。だが、もう一度見てみると、椅子数脚と小さなテーブル一つは、普段の場所から持ち上げられ、少し離れたところへ力いっぱい投げつけられたようだった。へこみや疵《きず》が、今でも家具に鮮明に残っており、すべて、マクバーニーの前夜の仕業だった。

先ほども言ったが、あの青年と接触を持ってはならないという姉の言いつけに従い、わたしは、覗いただけで部屋には入らず、生徒たちがなかに入りたがっても許可しなかった。彼の姿はどこにも見当たらないと言って聞かせたにもかかわらず、当然ながら、年少のマリーとアメリアはとても入りたがった。

「ひょっとしたら、隅っこの棚の陰にいるんじゃない」マリーちゃんが言った。「それとも、ハープシコードと壁のあいだで丸くなってるのかもよ」

「あそこは、狭いから無理よ」とアメリアちゃん。「でも、カーテンの陰にいるのかもしれないわ。彼は、わたしからは、そんなふうに絶対隠れたりしないとは思うけど」

「どこにいようと、あなたたちには関係ありませんよ。彼と話してはいけないと言われているのですからね」わたしは、二人を食堂へ追い立てた。すると、先ほども言ったように、姉が朝のコーヒーを飲んでいた。

「生徒のみなさんは、庭での作業をなさい」マーサが言った。「わたしたちの日課の邪魔をする理由はありませんよ」

「マクバーニーさんはどちらに？」わたしは聞いた。

「さあ」姉は、表情一つ変えずに言った。

「応接間には、いなかったわ」

「それでも、どこかにはいるはずでしょう？」

「ことによると、まだワイン貯蔵室では？」

「『まだ』とは、どういう意味です？」

「そのう、彼はゆうべあそこにいたのでしょう？」

「いたんですか？」

「そのう、彼が大きな音を立てているのが聞こえましたよね、それでお姉さまが、彼は貯蔵室に行ったに違いないとおっしゃったので」わたしは、非常に苦しい状況に陥った。二人が地下の貯蔵室にいるのを見たとは認めたくなかった。

「ゆうべ下りていらしたとき、彼は、貯蔵室にいましたか、マーサ？」わたしは、思い切って聞いてみた。

「わたしが下りてきたと、どうしてわかるんです？」

「聞こえましたもの、お姉さま。聞こえたらいけませんでしたか？」

「こんな会話は、本当にいい加減にしてちょうだい」姉は、顔を背けた。

そう、わたしは、しばらく反発しなかった。生徒たちは、指示どおり庭に出てしまい、わたしも、マーサといっしょにテーブルに着いて、しばらく無言のまま二人で座っていた。やがてマッティが、わたしにもどんぐりのコーヒーを持ってきてくれたので、そこに静かに座ったまま、喧嘩を売るようなことはせず、ひたすらコーヒーを飲んでいた。

マッティも、あの朝はいつもより静かで、もちろん、それにはそれなりの理由があった。マクバーニーの問題の兆候が見えるやいなや、屋敷を抜け出して、おそらく一晩中、台所の簡易ベッドではなく、囲い地にある以前使っていた小屋で過ごしたのだろう。彼女は、その小屋にまだベッドを置いており、姉ともめるたびに行っている。とにかく、前の晩の騒動は何も知らなかったと弁解するつもりなのだと思った。

「マッティ、マクバーニーさんが、どこにいらっしゃるか知らない？」

マッティは何も言わなかったが、一段とおびえた顔をした。

「マクバーニーさんはどこにいるんです、マッティ？」

わたしは、もっと厳しい口調で聞いた。

それでも、マッティは何も答えなかったが、台所の戸口を肩越しに振り返った。視線を追うと、彼がいた。手作りの二本の松葉杖を支えに、恥ずかしそうに笑っていた。きちんとひげも剃り、かなりぼさぼさの長い髪を水で撫でつけてあった。

「おはよう、お二人さん。この晴れた夏の朝、ご機嫌はいかがですか？」

「とてもいいわ。そちらはいかが？」

「元気だよ、ありがとう。このフェンスの支柱を頼りに、うまく動き回れるようになったのが見えるかい？」彼は、部屋のなかにもう少し進んで見せた。

「お上手だわ」もちろん、あのときはまだ、完全に許す気にはなれなかったが、礼儀正しく接するくらいはいいと思った。

「今朝は早起きして」彼は、いつものように彼ならではの子どもっぽい口調で報告した。「納屋に行って、壊れたほうの松葉杖を修理してからさ、もう一方も少し手直ししたんだ。でも、手直しが必要なところは大してなかったんだぜ。エミリーさんが、上手に作ってくれたんでね。彼女に、それからみんなにもとても感謝してる」

彼は、こう言いながらマーサを横目で見たが、姉は、無視してコーヒーを飲みつづけていた。

「お二人さん、ゆうべのことを謝りたい。謝っても取り返しのつかねえことをしちまったとわかってるし、取り返せるとは思っちゃいねえけど、俺の人生最悪の日だったと思ってくれねえかな――それも、もう終わった、ありがてえことに――これからは、毎日やってくる幸運だろうが不運だろうが、つべこべ言わずに受け入れる。何もかもそんなふうに見てくれさえすれば、一生恩に着る」

それでも姉の反応はまったくなく、彼がいるのを認めてさえいなかった。

そう、わたしは、ふいに自分の気持ちに正直になろうと思い立ち、きっぱりと言った。「喜んであなたの説明と謝罪を受け入れるわ」

「ああ、神の祝福がありますように、ハリエット先生。ありがとう、先生」彼もわたしも、マーサを見たが、反対側の壁を見つめたままだった。

「あのさあ、この杖に慣れるまであと二日ばかりくれたら、困らせるようなことはもうしねえで出てくよ」

「妥当な要求のように思われますね。とはいえ、公正を期して言うならば、例外はあったにせよ、あなたは、ほとんど困らせはしませんでしたよ。そう思いませんか、マーサ？」

それでも、姉は、彼ばかりかわたしにも返事をしようとしなかった。

「そんなふうに思ってくれて、ありがとよ、先生。あちらさんは、ダメみてえだな」彼は、敵にさっと視線を向けた。「とにかく、ここのみんなに、あんたらにも若い子たちにも、すっかり迷惑をかけちまった。みんなにも謝らねえと。今朝は、みんなと関わらねえようにしてたんだ……まずは、あんたらに敬意を表さねえとまずいからさ……だけど、許可をもらったんで、ちょっと外の生徒たちに会いにいってくる」

「許可などしていません」姉が、壁を見つめたまま素っ気なく言った。「生徒たちには、あなたと話してはならないと申し渡してあります」

彼は、一瞬沈黙して姉を見つめてから答えた。「わかったよ、先生。そういうことなら、あの子たちに、俺が謝ってたと伝えてくれ」

「どんな事柄についてもあなたからの伝言などいたしません」

「わかったよ」彼は、悲しそうに笑った。「勝手にしてくれ」

「さらに、妹は、わたしの言いつけを無視しています。妹も、指示の相手に含めたつもりでした。今後、妹は、あなたにお話しすることは何もありません」

「あんたが喜ぶんなら、何でもするよ」彼は、にこりともしないで言った。「それなら、話しかけられても、聞かねえようにする」

「それから、今日の正午までに、ここから出ていっていただきます。今八時です。その松葉杖を使う練習をするのに、四時間あります」

「それで、正午までに出てかなかったら？」

「その場合は、外に出て最初に見つけた人を連れてきます――ヤンキーだろうが、南軍兵だろうが。どちらの兵士にも、一つか二つの罪について教えることで、あなたを銃殺するよう説得できると思います」

「ああ、そうだろうよ。俺についてあんたが言ったことを鵜呑みにするだろうな、あんたは、淑女だもんな。よし、松葉杖の練習に四時間も無駄にしねえほうがいいかもしれねえな。練習は一、二時間に短縮したほうがよさそうだ。そうすりゃ、ポニーの馬車に乗ったあんたよりも先に出発できる。そんじゃ、その集中的な訓練に備えて力をつけるためにさ、朝飯でも食わしてくれねえか？」

「マッティに、台所に何か用意させましょう」

「ここのほうがいいな」彼は、また笑ってはいたが、茶目っ気はなかった。「あんたら淑女二人といっしょに、ぜひともここで給仕してもらいてえ」

「いいですか、台所で食べるか、何も食べないか、二つに一つです」

「そりゃねえぜ、マーサ先生」彼は、表情を変えずに悲しそうな声で言った。「そいつは、あんまり温けえもてなしじゃねえ……滞在最後の朝に、哀れな若造をそんなふうに扱うなんてさ」

「もう申し上げることはありません、マクバーニーさん」姉は、また壁を見つめたまま、どんぐりのコーヒーの入ったカップを持った。

その瞬間、ぎこちない笑みを浮かべたまま、彼が右手の松葉杖を宙に放り投げ、下の端を摑んだ。それから、その杖を高く持ち上げて力いっぱい振り下ろし、姉が持っていたリモージュ陶器のカップを叩き割った。コーヒーが、姉の服とテーブルクロスに飛び散った。

「どうだ、先生」彼は、やんわりと言った。「これでも、まだ俺に話すことは何もねえのか？　それとも、しゃべりたくなるには、もう一発お見舞いしねえとダメかな。さてと、気が変わった、台所に行って黒んぼといっしょに食おうかな。考えてみりゃ、あんたらとより、あいつといっしょにいるほうがいいかもしれねえ。ハリエット先生、もちろん、あんたは別だぜ。あんたと俺は、まだ友だちだ」

彼は、松葉杖を頼りに向きを変え、台所のドアに向かった。そして、ドアに行き着くと、立ち止まってこちらに向き直った。「もう一つだけ言っとくが、今日の正午までにはここを出ていかねえからな。いや、こっちの準備ができるまでは出ていかねえ。それから、そいつがいつになるかは、まだわからねえ。ずっと先かもしれねえぞ」そして、さっきと同じ茶目っ気のない笑みを浮かべて軽くおじぎをし、台所に入っていった。

脇に立っていたマッティが――彼の激昂に石のように固まっていた――ナプキンを持って前に出て、震える手でテーブルを拭きだした。「マーサさま、あの人に何をすればいいんです？」震え声だった。

「朝食を出してやりなさい。それから、もう一杯コーヒーをちょうだい」姉は、まだ握っていた、壊れたカップの取っ手をマッティに渡した。

「じきに、みんなして納屋で暮らし、おんなじ一つの鍋から食べることになるだろうねえ。このまま、あの男がこのお屋敷を壊しまくるのを許しなさってたら」マッティは、こうつぶやきながら出ていった。

まあ、姉の落ち着きようには目を見張るばかりだった。わたしなどは、どんな暴力も、とくに予期せず奮われた暴力は、心臓が止まりそうなほど恐い。だが、天井がそっくりそのまま食堂のテーブルに落ちてきても、姉の朝食の平静さは乱されないだろう――もちろん、動揺しているように見せたくないだけかもしれない。姉ほど自分の感情を抑えられる人は見たことがなく、そのせいで、微塵の情緒もないと傍目には映るのかもしれないが、言うまでもなく、そんなことはまったくない。それどころか、このときも、内心はズタズタだった可能性が高いのに、それを表に出そうとはせず、テーブルに置いた手を微かに震わせ、口元を普段よりもわずかに緊張させたに留まった。

「あの人は、健康が優れないんですよ」何とかものが言えるようになってから、わたしは口を開いた。「あの癇癪は、常軌を逸していますもの」

「彼が、異常だとでも？　そうは思いませんよ。わたしたちと同じように、自分の行動には責任を持ってもらわないと。あんな言い訳では、逃げられませんよ」

「おっしゃったとおり、兵士を探しに出かけるおつもり？」

「今はまだ。あの人といっしょに、あなたたちだけを置いておくのは不安です。父の拳銃を持っているはずですし、屋敷中のナイフもね」

前の晩に見たので、父の拳銃のことはよくわかっていたが、言わなかった。

わたしが言ったのは、「放ってさえおけば、迷惑をかけるとは思いませんけれど」だけだった。

「さっきの行動をどう説明するんです？　わたしの指目がけて杖を振り下ろしたのは、わたしたちを困らせるためではなかったとでも言うつもり？　それに、こちらが無視していれば、あの人が穏便に出ていってくれるにしても、わたしたちは、その方針をどれだけつづけられると思うんです？　あんな男がのさばっている状態で、どうやってこの学園を安全にうまく運営していけるんです？」

「いいえ、そんなふうになど考えてはいません。でしたら、どうなさるおつもり？」

「わからないわ。考えなければ……じっくりと考えなければ」

「数日待ったら、南軍兵士の分隊が通りかかるのではないかしら。数週間前にも、ここに立ち寄った一行がいたでしょう」

「その可能性は低いわ。ポターさんによれば、この近くには、南軍の兵士はもういません。一週間以上、騎兵隊すら見ていないと言っていましたもの」

「ポターさんに、マクバーニーのことを話していませんよね、お姉さま？」

「ええ、でも、話しておけばよかったわ。外部の人間が、彼がここにいると知っていれば、捜査が開始されるかもしれませんからね。何日もわたしたちから音沙汰がなければなおさらのこと」

「なんてこと！　事態はそれほど深刻ではないかもしれないわ、マーサ。この屋敷に閉じ込められているわけではないでしょう？　マクバーニーは、まだ出ていかないと言っただけで、わたしたちを出ていかせないとは言っていません」

「でも、わたしが助けを求めにいくと脅したあと、あの反抗的な態度に出たでしょう？　あれは、わたしが脅しどおりに行動するのを、彼が阻止するつもりだということですよ」

「なるほど、お姉さま。でも、やってみなければわかりませんよ。お店に行くときの服に着替えてください。わたしは、ドリーを馬車に繋ぎます。それから、二人で小道の端まで行って、彼がわたしたちを引き止めるかどうか確かめましょう」

「いいえ、今日は、絶対に行きません」

「それでしたら、わたしがここに残って、お姉さまがお留守のあいだに彼を説得してみます。友だちのように、理性を持って接します――怖くはありません――そうすれば、お姉さまが出かけたことには、きっと気づきませんよ」

そう、わたしは、あのとき本当に彼を恐れてはいなかった。それどころか、彼のおぞましい行動を残念に思いつつも、あのとき、わたしが意図していたのは――マーサを屋敷から出すことさえできれば――直ちに屋敷から出ていくよう彼を説得することだった。マーサが、どのような兵士を追っ手として差し向けようとも、それを回避できるよう、彼がいた森へ送り返そうとしただろう。そして、追跡が終われば、彼は北部へ向かえるだろうと。だが、その解決策が実現されることはなかった。

「いけません、生徒たちをあなただけに任せて出かけるという危険を冒すわけにはいきませんよ、とにかく今は」

「まさか彼が、わたしたちに危害を加えるなんて思えないわ、マーサ」

「そうかもしれませんが、危険が大きすぎます。あなたのこともわかりすぎるほどわかっています、ハリエット。危機的な状況に陥ったら、あなたは、彼に立ち向かえない。彼が暴力に訴えても、いつものように頭が痛くなって部屋にこもるのが落ちでしょうから、どういうことになるやら」

「お願いよ、マーサ……今度だけは信じてくださって大丈夫よ」

「『いけません』と言ったでしょう」姉は、ほとんど叫んだに近く、一瞬間を置いて言い足した。「ひょっとしたら、自分がすぐに屋敷を出て、助けを求めにいきたいのではないの。それなら、大賛成ですよ。馬車に乗り込んで、手綱で数回ドリーをピシャリとやれば、マクバーニーがあなたに一発お見舞いする前に道に行き着けるわ。お父さまの拳銃では、あまり狙いが定まらないでしょうからね、少なくとも距離が離れていると。さあ、ハリエット、助けを求めにいきたい？　許可しますよ」

わたしが行かないだろうと、姉にはもちろんわかっていた。北軍であれ、南軍であれ、彼を告発するという考えそのものに、わたしが——とにかく、あの時点では——反対なのがわかっていた。しかし、当然ながらマーサは、わたしの拒絶をそのようには解釈しなかった。わたしの弱さのもう一つの表れとしてしか見ていなかった。

「何もかもうまくいくと本当に思うんです、マーサ。冷静さを失わず、理性的に接しようとさえすれば」

「愚かな人ね」敬愛すべき姉は言い放った。「日増しに愚かさが増していくようだわ」

「おっしゃるとおりかもしれない。愚かにしているほうが、賢くしているより簡単なこともありますからね。お姉さまが、ご自分の意見に固執なさるなら、この件について、わたしは喜んですべての責任を放棄します」

「あなたには、放棄すべき責任など何もありませんよ」

「何とでもおっしゃって。こうして手をこまぬいて待つだけにしようと決心なさるのが、お姉さまの勇気の証なのかもしれないわね。しばらく座って考えていたら、状況が好転するのかもしれませんもの」

「やかましい、お黙り！」姉が金切り声を上げて拳を思い切り振り下ろしたので、マッティが持ってきたばかりの二つ目のリモージュ陶器が割れた。

「わかったわ、お姉さま」わたしは、ぐっと堪《こら》えた。

「いつもどおり、お姉さまのおっしゃるとおりにします」

正直に言えば、事態を悪化させるようなことを何もしなければ、状況はよくなるものと期待していた。マクバーニーと姉が二人とも、感情を抑えることさえできれば、また上辺だけでも落ち着きを取り戻せるかもしれないと。あの時点では、マクバーニーを悪人とは思っていなかった。本当に思っていなかったのだ。ひどく不機嫌で直情的な人だとは思ったが、そうした性格的な欠点のせいで誰もが天罰を下されるのだとしたら、姉など、とうの昔に劫火に焼かれていただろう。

いずれにせよ、しばらくして、重荷を一人で背負わねばならないと思っているような姉のことが、少し気の毒になったのは事実だ。「お姉さま、わたしが、彼の味方をしてお姉さまに楯突いていると思わないでくださいね。彼とわたしが友だちだと、彼が最後に言ったからって、お姉さまに、そんな印象を持っていただきたくないわ」

「あの人が、あなたをどう思っていようと、重要ではありません。大切なのは、あなたがあの人をどう思っているかです」

「そうねえ、あんなことをしたばかりなのですから、当然あまり尊敬はできないわ」

「しかも、もっと悪くなりかねないんですよ」姉の口調は、いくらか和らいでいた。「いずれわかるわ、あなた、いずれ」

そして、姉の言ったとおりだった。あれは、誰かがわたしたちの「恐怖時代」と表現したことの始まりだった。そう名づけたのが誰だったのか覚えていない――きっとエミリーかエドウィナ、あるいはマーサ自身だったかもしれないが、その一人として、あの期間、わたしほど恐怖に慄《おのの》きはしなかった。奇妙なことに、マーサが、あのあと言っていたように、当時屋敷に外部者が入ってきたとしても、マクバーニーの行為は――いや、ことによるとわたしたちの行為さえも――少なくとも人前では、そして彼がわたしたちへの宣戦布告をした直後の数日間は、常軌を逸していると思われなかったかもしれない。

その戦争における彼の最初の猛攻は、生徒たちの彼との交流についての姉の言いつけを、何としても破らせることだった。彼は、機会あるごとに生徒を捜し出しては、会話に誘い込んだ。何人かは、確かに最初のうちは――強硬にではなかったにせよ――彼を避けようとしたが、屋敷というかなり閉ざされた場所では、それも不可能だとすぐにわかった。

当初は通常どおり授業を行ない、彼もその邪魔をしようとはしなかった。初日の大半は、松葉杖の修理と改良に費やしていたのだと思うが、お昼近くになって、授業の合間に、菜園から生徒といっしょにいる彼の笑い声や冗談が聞こえてきた。一度はアリスとで、あとになってマリーとアメリアと。午後、マーサが、生徒を呼び集めて叱りつけたが、そのころには姉も、言っても無駄だと気づいていたはずだ。若い子たちの生まれながらの性向――好意と好奇心――を規制しようとしても、不可能というもの。マクバーニーが、あの子たちとふざけたいと言い張れば、あの子たちは笑うだろうし、彼がからかえば、あの子たちもやり返すだろうから、マーサが規則で防ごうとしても詮なきこと。

マクバーニーの次なる戦術は、その同じ日に、以後、わたしたちと食事を共にすると決心したことで、またしてもそれを阻止する術《すべ》はなさそうだった。その夜、全員が着席するのを待ってから、朝と同じようにきれいに洗顔、整髪をすませた彼は、松葉杖で部屋に入ってきて椅子を引き寄せ、にこやかに微笑んで会釈しながら着席した。これからもみんなで一堂に会して食事をするつもりならば、俺も入れないわけにはいかないぞ、俺を締め出すようなことはさせない、そう言っているように思われた。

マーサは、いち速くそれに気づいたが、当然ながら認めるつもりはなかった。まして彼の前でなど。さらに、生徒のいる前で自分に楯突く機会を与えるつもりもなかった。したがって、彼が、マッティに――非常に礼儀正しく――食器を並べてくれるように頼んでも、マーサは、自分の皿に視線を落としたままで、指示を仰ごうと自分のほうを見たマッティを見ようともしなかった。

「いいわ、お給仕をしてあげて、マッティ」とうとう、わたしが言った。絶望的な状況ならば、せめてできるだけ奥ゆかしくその状況を受け入れたほうがいいように思われたが、姉が、激怒して立ち上がるものと覚悟していた。ところが、そうはならなかった。自分の食事に専念し、その後の会話には一切加わらなかった。

一方のマクバーニーも、その夜はとても口数が少なかった。すでに申し上げたとおり、あのとき、みんなの前では、わたしたちに対して非常に礼儀正しかった――少々度を越しており、滑稽なほどだった。とにかく、あの夜の彼は、あまり押しが強くなく、ありがたいことに生徒たちも、うららかな天気がどうのこうの（あの日は、ときどき雨が降っていた）、料理がうまいとか何とか（あの夜は、確か、マッティがビスケットを焼いてくれた）といった彼のさり気ない語りかけに、あまりやすやすと乗せられなかった。

だが、それ以後ずっと、個人的なやり取りでは、紳士のふりをほとんどしなかった。すぐにお話しするが、わたしには、そのような彼の行為を告発するためのわたし自身の充分な証拠があり、ほかの人たちにも――生徒も大人も――同じような証言ができる。先ほどお話しした、ワイン貯蔵室で起きた事件――酔っぱらって、姉に暴言を吐いたときのこと――を言っているのではない。あの種の行ないは、彼の状況を思えば言い訳ができるかもしれないが、すぐにおわかりになるように、彼は、完全にしらふのときにも数々のひどい言葉を吐いた。

そのうえ、のちに一、二度、学園の敷地外へは誰も出さないと、みんなの前で言いさえした。わたしたちへの抵抗の初日には、そのようなことを口にしなかったのは認めるが、あとになって間違いなく言った。一度は、アリスとエミリーのいる前で、もう一度はエミリーとマリーのいる前で。

けれども、そのようなときに、肉体的な危害を加えると言って実際に脅したのかどうか、今となっては思い出せない。そのような脅迫があったのなら、わたしたちが二週間前に行なった簡単な調査で間違いなく報告され、わたしがその事態の推移について取った記録に記載されている。いずれにせよ、正確な時期を特定できなくとも、暴力を奮うという言葉による脅迫が、ある時点で行なわれたものと確信している。

また、わたしのいる前で二度、彼は、父の拳銃を実際に振り回しまではしなかったにせよ、ちらつかせて紛れもなく無言の脅迫をした。一度は夕食の席で、もう一度は、わたしが行なっていたフランス語の授業中に起きた。

一度目のときは、拳銃を腰に着けて食堂に入ってきて謝るふりをし、バラのあずまやで拳銃の掃除をしていたのだが、夜露で錆びるといけないので外に放置したくなかったのだと説明した。「それに、あなたの敵が、拳銃を見つけるかもしれないものね」マリー・デヴェローが悪賢く言ったが、彼はニタッとしただけで、それ以上何も言わなかった。

それから二日ほどした二度目のときは、松葉杖といっしょに右手に拳銃を握り、書斎の前を通った。そして、ドアの前で立ち止まって叫んだ。「ウィ、ウィ、俺のかわいいマドモアゼル……しっかり勉強しろよ、フランス《パーリヴ》語《ウー》を。でも、虐《しいた》げられたアイルランド人のことを忘れるな」それから、拳銃の掃除が終わったとか何とか言ったようだったが、わたしが書斎のドアを閉めたので全部は聞き取れなかった。

いずれの場合も、冗談のつもりで拳銃を持っていただけで、危害を加えるつもりなどなかったと言えるかもしれず、おそらく実際にそうなのだろう。わたしは常に、誰よりもマクバーニーの断固たる擁護者だったし、あのときも、わたしたちをからかっていたのかもしれないと信じるのをいとわない。そして、いずれの場合も弾は装填されておらず、彼は酔っていただけだと、ここでも言えるかもしれない。そして、この意見が正しかったのかもしれないと重ねて申し上げる。だが、こうした擁護をもってしても、拳銃をちらつかせたことによって居合わせた者たちに与えた衝撃と恐怖を和らげることはできない。どう擁護したところで、そうした事件そのものが引き起こした、あるいはもっと深刻な事件がいつ起こるかわからないという不安によって引き起こされた、学園でのわたしたちの生活のたび重なる崩壊と混乱の言い訳にはならない。

いずれにせよ、マクバーニーは深酒をつづけ、最初のうちは、わたしもこの点についてはある程度同情していたが、しばらくすると、その我慢も限界に近づいていった。最初は、これではワインの貯えがすぐに底をついてしまうと思っていらいらしたものの、それによってマクバーニーの問題が減るのではないか、ことによるとすっかり解決するのではないかと、少なくとも期待していた。彼の頑《かたく》なな態度の原因がワインにあるのなら、最後のボトルを飲み干せばそれも消えてなくなるだろうと。ところが、わたしが知っているよりも多くのワインが地下にあるのか、マクバーニーが、非常にお酒に不慣れなのかのどちらかだということがわかってきた。

だが、ここで、わたし自身のマクバーニーとの問題、わたしが彼に対する同情を完全に失うこととなった問題について話を進めよう。

最初の問題が発生したのは、マーサに対して彼がはじめて反抗的な態度に出てから三、四日後だった。その間、姉は、自分の権限を押しつけようとはしなかったが、部外者の助けを求めるのに要するそれなりの時間、彼のいる屋敷にわたしたちだけを残しておくのは不安だと、わたしだけには言いつづけていた。わたしとしては、まだ危険を最小限にしたいと思っており、彼にうまく対処する自信があると姉を説得しようとした。だが、わたしの勇気の真価がすぐに問われることとなり、わたしたちの客人についてのわたしの気持ちはがらりと変わった。

さて、その事件の起きた午後、わたしは、二階の寝室に一人でいた。マーサは、書斎でイギリス史についての授業をしていた――あるいは、応接間にいたのかもしれない。その授業は通常そこに招集されていたし、いずれにせよマクバーニーが屋敷中を歩き回っていたので、授業の多くをまた本来の場所で行なうようになっていた。とにかく、軽い頭痛がしたので、部屋に退いてベッドに横になっていると、ゆっくりと階段を上ってくる松葉杖のゴツンゴツンという規則的な音がした。わたしは起き上がった。誰が上がってくるのか、誰のところへ向かっているのかはすぐにわかった。二階には、わたししかいなかった。わたしは、心臓が止まりそうなほど驚き、彼がドアの前にくるのを待った。

最初のノックに応える気にはなれなかった。彼はもう一度ノックし、やさしく言った。「ハリエット先生、いるかい？　ちょっと話せねえかな？」

わたしといるときの、いつもの優しい口調だった。懇願であって、要求ではなさそうだったし、呼べばすぐに聞こえるところにほかの人たちがいた。それで、勇気を奮い起こしてベッドから出ると、ドアに向かった。部屋に入るときに鍵をかけ忘れていたせいもあり、行動を起こさざるをえなかったのだ。

「何のご用ですか？」わたしは、できるだけ落ち着いて聞いた。

「ちょっと頼みがあるんだ」彼が、ドアの向こう側で囁いた。「聞いてくれねえか？　手伝ってくれるのは、あんたしかいねえんだ。ここでの俺の友だちは、あんただけなんだ、ハリエット先生」

もちろん、そんな言葉は受け入れられなかった――わたしは、彼のただ一人の友だちでもなければ、はっきり言わせてもらえば、友だちですらなかった――しかし、いずれにせよ、暴力に訴えようと決意している人間の口調ではなさそうだったので、ドアをほんの少しだけ開けた。

「ここは、わたしの寝室ですよ」

「そうさ、わかってるよ。だけど、そこに居間もあるんじゃねえの？」

「それは隣のお部屋です。そちらのドアにいらして」

わたしは、寝室を横切って居間に行き、ドアを開けて、彼が廊下をこちらに向かうのを待った。そして、松葉杖でドアまで来ると、脇へよけて通した。

「ありがとう、ハリエット先生」彼は微笑んだ。「あんたは頼りになると信じてた」

「さあ、どうでしょう。ご用件しだいです」

「あんたの善意さ、それだけだ。頼まなけりゃ、それすら俺には施してくれねえって言ってるんじゃねえけどさ」

彼は言葉を切った。座るのをどうやら待っていたようだが、会話をできるだけ早く切り上げたかったので、あちらの思いどおりにするのは気が進まなかった。

「世間のどなたに対しても、善意を施しますよ。どんな人間に対しても、たとえわたしの敵と思われている人間であっても憎しみは――いいえ、強い嫌悪さえも――抱きません。誰の前でも、それをはっきりと口にする勇気がないのは認めますが」

「いや、あんたは勇気がすげえあるぜ、先生。その小さくて華奢な体んなかの心臓は、きっと丈夫で毛が生えてるんだろうな」

「よろしければ、わたしの身体的な特徴――いいえ、ついでに言わせていただけば精神的な特徴――について話し合いたくはないのですが」

「ああ、話し合うつもりなんてなかったんだ」彼は微笑んだ。「ちょいと言ったまでの話さ。あんたは、こうと決めたら何でも実行する強い意志をうちに秘めてると思うと言いたいのさ。臆病そうな顔つきに騙されるやつもいるかもしれねえけどさ、俺は騙されねえ。俺は、あんたがどういう人間かちゃんとわかってる、ハリエット先生、惚れ惚れする。手伝ってくれよ」

「何のお手伝いをするんです？」

「ここにいるためのさ。それだけだ。もうしばらく、ここにいたいんだ」

「手伝わなくても、そうなさっているように思いますけれど」

「だけどさ、こんなふうにしてたって長つづきしねえとわかってる。妃殿下の許可がなけりゃ――悪気はねえんだ――あまり長くはここにいられねえ。あんたには、それを認めてもいい、ハリエット先生。どこであろうと、必要とされてもいねえのに留まるような人間だったことはねえ。とにかく、俺についての姉さんの気持ちが変わるように、姉さんにちょいと口添えしてくれるだけでいいんだよ、先生。根は、ほんとに悪いやつじゃねえんだぜ」

「それは、わかっているわ。姉にもわかっていると信じていますが、それでも、あなたに腹を立てていますから、なかなか許してはくれないと思いますよ」

「だけどさ、頼んでみてくれよ。姉さんにしつこく迫れば、俺がほんとにすまねえと思ってて、姉さんにも、ほかの連中にも、これからは危害を加えるつもりがねえと説得できるかもしれねえだろう。そうすりゃ、また前みてえにやってけるようになるかもしれねえ。俺がいりゃ、ここじゃあ百人力だぜ。食った分以上の仕事を、屋敷であれこれするからさ。自由に使える腕が二本と、頑丈な背中があるし、この頼れる杖で上手に動き回れるようになった。やる気になりゃ、覚えは速いんだぜ、ハリエット先生。一度教えるか、やって見せてくれさえすれば、忘れていいんだ、どんな仕事もな――薪割りだろうが、生垣の刈り込みや、トウモロコシの植えつけ、塀のペンキ塗りだろうが――俺は何でもやれる、何でも。がたつく板に釘を打とうか？　時計を修理しようか？　井戸を掘ろうか？　あんたらのためなら、その手の仕事を何でもこなしてみせる。いいかい、ずっと置いてほしいなんて言わねえよ――一年かそこらかな、それぐらいすりゃ、状況を見直せる、うまいこと収まって、みんなが期待したことを俺がすべてやったかどうか、俺が食い扶持分の仕事をしたかどうかわかるだろう。戦争が終わるまで置いてくれたら、もう一度見直せる、どうかな、ハリエット先生？　手伝ってくれよ、置いてくれるように姉さんに頼んでくれよ」

「姉は、すでにそうしていると思いますよ」

「歓迎すると、口に出して言ってもらいてえのさ。あの人に、また親しくして、話しかけてほしいし、女の子たちにも俺と話させてほしいんだ。そうしてくれって頼んでくれねえか、ハリエット先生？」

「姉は、そのような要求には耳を貸さないと思いますよ、わたしからであれ、誰からであれ」

「あんたが、そうしてほしいと思ってるって言ったら……あんたが、俺にいてほしいんだと」

「それは真実ではありません、少なくとも今となっては」わたしは、たじろがずに言った。

「ええっ」彼は、とても驚いた表情を装った。「嘘だろう。ずっと当てにしてたんだぜ。あんただけは、どんなことがあっても味方をしてくれるって信じてたのによ」

「いったいどうして、そんなふうに？」

「そりゃ、似た者同士だからさ。自分でも、一度そう言ってたじゃねえか」

「言ったかしら？　いつそんなことを言いました？」

「まあ、言ったのは俺だったかもしれねえけどさ、あんたも確かに同意した。同じもんが好きだから似てる、そう思った、覚えてねえかな……いい詩とか、うめえワインとかいう、いろんないいもんが好きだから」

「わたしがワイン好きだと、誰がそんなことを、マクバーニーさん？」

「ええっ、あんただろう……自分で言わなかったか？」

「言ったとしたら、一時的に頭がどうかしていたに違いありません。淑女が口にする言葉とは、とても思えませんもの――ワインがほしくて堪《たま》らなかったなんて」

「おい、そりゃねえぜ、ハリエット先生。そんなことが言いたいんじゃねえ。あんたは、うめえワインがわかる、いいもんと悪いもんを見分けるこつを心得てるって言いたかったんだ」

「そして、それを大量に飲んで、その道の専門家になったのだと、わたしが思うとでも？」

「いや、そうじゃなくて……」

「強く否定しないのね、マクバーニーさん。ところで、二人に共通するもう一つの興味についてですけれど、詩がそんなにお好きなの？」

「ああ、大好きさ、前に言っただろう……シェイクスピアとかさ」

「そうだったわね、やっと思い出したわ。ソネット一一六番を暗唱してくれて、子どものころ、シェイクスピアの作品を何度も読んだと教えてくれた。それから、ある夜、夕食の席で、『マクベス』の話をしてくれた、それもとても面白おかしく」

「ありがとよ、ハリエット先生。俺のお気に入りの作品の一つなんだ」

「ほかには何が、マクバーニーさん?」

「ほかって、何のこと?」

「一つと言ったでしょう。ほかにはどのシェイクスピアの戯曲がお好きなの?」

「ああ、全部好きだと思う。選ぶのが難しいってこともあるだろう?」

「『マクベス』以外に一作だけ挙げてみて」

「うーん……いっぱいありすぎて……」

「『ヴォルポーネ』かしら……それとも『フォースタス博士』?」

「そうだな、どっちもいい作品だ」

「最初の作品は、ベン・ジョンソンが書きましたし、二つ目はクリストファー・マーロウの作品ですよ。いいわ、シェイクスピアの戯曲をもう一作挙げられないのでしたら、もう一つソネットを暗唱してくださらない」

「覚えてるのは、あれだけなんだ」

「それでしたら、あのソネットをもう一度暗唱してくださいな」

「それじゃ、ええっと……どうだったっけ?」

「わたしが以前に書いた詩は大嘘だ……今ほど、きみを愛することはないだろうと言い切ったあの詩は」

「そうそう」

「だが、あのときはどう考えても、激しく燃える愛の炎が、のちにもっと激しく燃えようとは思いもよらなかった」

「つづけてくれよ、先生、いい調子だ」

「ありがとう。あいにく、これはソネット一一五番で、一一六番ではないわ。大ぼら吹きですこと、マクバーニーさん。応接間にあったシェイクスピア作品集を見つけたのでしょう。書斎の本棚からいっときなくなっていたと、生徒の一人から聞いています――さては、マクベスを読み、ソネットを一篇暗記して二日ほどは頭に残っていたけれど、もうすっかり忘れてしまったのでしょう」

「だけど、何で俺がそんなことをしなくちゃならねえんだよ?」

「知りたいのはこちらのほうよ、マクバーニーさん。理由は、あなたにしかわかりませんもの。わたしたち、とくにわたしにとって魅力的だと思えるような人間を、演じるためだったのではないかしら」

「何で、とくにあんたにとってなんだよ、先生?」彼は、ばつが悪そうな様子はまったく見せず、にこにこしながら立っているだけだった。それどころか、戸惑いだしたのはこちらのほうだった。

「そのう、あのときあなたは、わたしのことも味方につけようとしていたのでしょうね、ほかの人たちを味方につけようとしていたのと同じように」

「ばれたか、実はそうなんだ、ハリエット先生。何もかも、あんたのために特別にやったのさ。あんたの言ったとおりさ。ここの応接間に運び込まれる前に、シェイクスピアは何者だって聞かれてたら、臆病な先住民だと答えてただろうよ。イギリス人だったってだけで、アイルランドの炉端じゃ読まれなかっただろうし、アイルランドにはもっといい詩人がいるからな。だけど、とにかく、俺にちいとは学があるとあんたに思わせようとしたのは確かさ。その本を見つけて、あの戯曲と詩を何篇か読んで、一つだけ選んで勉強した。あんたに気に入ってもらいたかったんだよ」

「騙そうなどとしなければ、あなたのことをもっと好きになっていたかもしれないのに」

「今になってわかったよ」彼は真面目くさって言った。「だから、そんなことは二度としねえと約束する。それだけじゃねえ、これからは、シェイクスピアの戯曲と詩を全部、それからこの屋敷にあるほかのいい本も全部読むからさ。ほんの一、二か月くれたら、洗練された男になってみせるって。これから毎日一時間かそこら時間を割いて、傍でちいとばかし手伝ってくれるってのはどうかな、そうすりゃ、どの本をしゃかりきに勉強すりゃいいかわかるだろう。俺はさ、もちろん何でも覚えられるんだけど、いつも理解してるわけでもねえんだよな。そういう点で、あんたが手伝ってくれたら大助かりだ、全部説明してもらえるから。なあ、あんたのとびきりの生徒になる。俺のことで、鼻高々になるぜ」

「わたしに気に入られて、誇りに思ってもらうことが、どうしてそんなに重要なのかしら?」

「そりゃ、あんたに恋してるからさ。あんたに惚れてるって、言うべきなんだろうな」

彼は、瞬き一つせずに臆面もなくわたしを見つめながら、天候や庭の状態について話してでもいるかのように、こともなげにこう言った。言うまでもなく、わたしの反応は、彼の言葉ほど冷静ではなかった。

「そろそろ、下へ戻られたほうがよろしいようね、マクバーニーさん」というのが、何とか口にできた最初の言葉だった。

「怒らせちまったかな？」彼は尋ねた。

「とても戸惑っています」

「そうか、それならまずまずってこった」彼は、自信たっぷりだった。「知ったらあんたがちょっとびっくりするだろうとは思ってた。今までずっと近くにいたのに、一度も言ったことがなかったからな。あんたが、ちょっと神経質になるのは気にしねえよ。侮辱されたと思われさえしなけりゃな」

「侮辱されたとは思いませんが、一人にしてください」

「俺とおんなじ気持ちにはならねえんだろうな。たとえおんなじ気持ちだとしても、認めたくねえんだろうよ――こんな急に言われてもな」

「マクバーニーさん」わたしは、先程よりも口調を荒らげた。「わたしは、あなたより一回りも上なんですよ」

「そうは見えねえけどな。それに、どっちみち、そんなの関係ねえよ。ここの子たちの誰よりも心はわけえし、全員が束になってもあんたの魅力にゃかなわねえ」

「マクバーニーさん」わたしは、爆発寸前だった。「このような会話につき合ってはいられません」

「自分の気持ちを認めようとしねえのは、俺が属してる側のせいだろう、違うか？　敵とつき合ってると思われるかもしれねえもんな。ほんとの気持ちを、今ここで打ち明けるのを少しびびってる」

「マクバーニーさん、いいかげんにして」わたしは、叫びそうだった。

彼は、今度は歯を見せて笑っていた。「それが、ここで待ちたいもう一つの真っ当な理由なのさ。戦争が終わりゃ、世間の目をはばからず、何もかも大っぴらにできるだろう、なっ？」

「なぜそれにこだわるの？」わたしは叫んでいた。「わたしは、何も言った覚えは……」

「一度も何も言わなかったってわけじゃねえぜ、先生。俺についてあんたが、何かを言ったなんて誰にも言いやしねえ。二人だけの秘密にしよう、それがお望みならさ」

「やめて、マクバーニーさん、お願いですから……」

「座ってくれよ、先生。ちょいとそこに座ればいいじゃねえか」

彼が松葉杖でわたしに近づいてきたので、わたしは、後ろの小さなソファーのほうに後ずさりした。「出ていって……二人で下へ行きましょう」言われるがまま腰をかけつつも、わたしはそう言った。ひどくおびえていたように思うが、催眠術でもかけられたように行動していた。すぐに大声を出して助けを呼ぶのがもっとも賢明だったと思うが、二つの事柄から思い留まったのだと思う——一つは、彼への恐怖心、もう一つは、彼が、愚かな子どもじみたやり方でお世辞を言っているだけで、それ以上悪いことを現実には何もしていないという思いだった。ばかげたやり方ではあったが、今、それについての警告を発すれば、それが一層ばかげたことに思われるだけでなく、姉の目から見た、ただでさえ悪い彼の立場がさらに悪くなるのではないかと考えていたのだ。

「さてと」彼は、松葉杖を重ねてわたしの脇に座った。「このほうが、ずっといい。震えるのはよしてくれよ、ハリエット先生。傷つけやしねえって。さっきも言っただろ、俺はあんたに好意を持ってほしいだけなんだからさ。まず、そこから始めりゃ、そのうち何かきっといいことが起きる」

「マクバーニーさん、あなたは、とてもお若い——まだ少年に近いんですよ。わたしは、中年になろうとしています。そんな男女に、いったい何が起きるとおっしゃるの?」

「気にしてるのは、それだけかい? 俺の年?」

「いいえ、それだけではないわ」わたしは、できるだけ優しく言った。「たとえ同い年だったとしても、まだ問題はあるでしょうね。最大の問題は、あなたが、どうやらわたしに抱いているのと同じ気持ちを、わたしが、あなたに対して抱いていないということです」

「そのうち変わるって」彼は、自信たっぷりだった。「時間をくれよ。あんたが手厚くもてなしてくれた礼は、きちんとするからさ。なあ、ハリエット先生、どんなにありがたかったか。ここに連れてこられた翌朝、俺んところに来て、あんたらしいやり方で額に手を当ててさ、あんたらしい優しい小さな声で話しかけてくれただろう。あの日のことをみんな忘れちまったのか、俺に言ったこともみんな? あのときに、言ったじゃねえか——少なくとも、俺はそう思ってる——二人の共通点について。もちろん、あんたにそういう言葉を言ってほしいと思ってるし、自分がひでえ状況に置かれてるもんで、あんたが言ってくれたと夢を見てるだけかもしれねえ。たとえばさ、あんたが持ってる中国の仏像や、古いスペインのレースの話をしてくれなかったかな。その話をしてくれたのは、あの最初の朝だったっけ、ほかのときだったっけ、それともみんな俺の想像かい? そういうもんを持ってねえかな、ハリエット先生？　持ってるなら見せてくれねえか？」

「ええ、持っていますよ。でも、お見せするのは、またいつか別の機会にさせてくださらない」

「いいよ、先生、二人の会話について、俺が完全に夢を見てたんじゃねえってわかったから。そんなら、今日の二人の時間を別のことに使わねえか——つまり、俺とあんたのことにさ、いいだろう？」

　それから、彼は、わたしの手を取って握り締めた——乱暴にではなかったように思うが、あのときは怖くて神経が麻痺していたので、手を押しつぶされていたとしても痛みは感じなかったに違いない。

「あの朝に起きたもう一つ別のことを覚えてるかな、ハリエット先生？　俺がガキのころ、病気で家にいたら、地主の娘が来て、あんたとおんなじように世話をしてくれて、俺が彼女にキスしたって話したのを覚えてねえか？　それでさ、どうやってキスしたのか教えてやった。そのことを思い出さねえか？」

　片時も忘れたことはなかったが、そうは言わなかった。彼が両腕をわたしに回し、また同じことをしても、動くことさえできなかった。とても優しかった——上手だったと思う——そして、こちらが体を引く前に終わった。

「マクバーニーさん」ようやく話せるようになると、わたしは言った。「二度とこんな真似はなさらないで」

「あんときも、そう言ったよな」彼はニタッとした。「傷つけやしなかっただろう……痛くなかっただろう？なあ、あんた、からっきしうぶなんだな。あんたが二十五だろうが五十だろうがかまやしねえが、ちょいと訓練が必要だな。言ってみろよ、ハリエット先生、こんなふうにキスして、こんなふうに感じさせてくれた男が今までいたか？」

「一人だけいたかもしれないわ」わたしは認めた。彼を追い払えるなら、何でも認めていただろう。

「そいつは誰だ？　今、どこにいるんだ？」

「知らないわ」

「死んじまったのか？　戦死したのか？」

「出ていったんです。どこにいるかは、わかりません。さあ、お願いですから……一人にしてちょうだい、マクバーニーさん」

「ちょっと待てよ。まだ説明しなきゃなんねえ大事なことがあるんだ。そもそも俺がどうしてここに来たと思う、ハリエット先生？」

「道に迷ったからでしょう、そして、アメリア・ダブニーが見つけてくれた」興味はなかったが、そう答えた。

「あの子もほかのみんなも、そう思ってる。だけど、ほんとは道に迷っちゃいなかったのさ。まあ、戦闘で負傷して、横になって休んでたらアメリアが来たってのは事実だけど、あの子の助けなんてなくても、すぐにまた元気になって向かってただろうよ……どこへだと思う？」

「さあ」

「ここさ、ここ。ここが、俺が目指してたところなのさ——この屋敷が」彼は、勝ち誇ったように言った。「なぜだかわかるか？　なぜここに来ようとしてたか想像がつくか？」

「いいえ」わたしは、ぐったりして言った。

「あんたに会うためさ。ほかでもねえ、あんたに会うためにここ、ファーンズワースに来ようとしてたんだ」

「でも、なぜなの？　わたしのことを知りもせずに」

「まあな、だけど、噂に聞いてたのさ。あんたの見てくれがどんなか、あんたが、優しくてかわいい女だと知ってたから、会う前から首ったけだった」

「誰がわたしのことをあなたに？　誰が、わたしのことをそんなに詳しくあなたに話したんです？」

「それが、度肝を抜くような部分でねえ。あんたを、すげえよく知ってる人物——今の俺とおんなじぐれえあんたに親しみを感じてた人物。あんたのいいなずけ以外にいねえよな」

「いいなずけ？」

「そうさ。あんたが結婚しようとしてたやつ。えーと、何て名乗ってたっけ？　ハリー・ウィルソンだったかな？　いや、ハワード・ウィルソンだ。いや、ちょっと違うな。ハワード・ウィンスローだった……そうそう、その名前に間違いねえ」

「それで、そのハワード・ウィンスローという人にどこで会ったんです？」

「戦場さ」彼は、わたしをじっと見つめた。「ラピダン川とかいうそこの川を渡った翌朝、裏手の森の向こうの戦場だった。戦闘が始まったばっかで、俺は、仲間のやつらと、茂みのなかを進んでた。もうもうとした煙に包まれてさ、銃剣の先も見えねえし、自分の膝下も見えなかった。そんでよ、隣のやつに腕が届くか届かねえくれえ離れただけで、たった一人、窒息しそうな炎のなかに取り残されちまう。もちろん、煙の外にゃまだ文明があるってわかってるっつう慰めはあった。ぶどう弾や散弾、ミニエ式銃弾がずっと飛んできてたし、そこいらじゅうで発砲の音や、叫び声、悲鳴が上がってたけどな。まあ、俺たちゃ、そんなふうにたぶん五分ぐれえ前進してた——五年に思えるほど長く感じられた——そしたら、ふと、自分の足でまだ立ってるのは、この中隊で俺だけなんじゃねえかと思えてきた。五十ヤードも手前でみんなくたばったか、倒れてるってことはねえかなって思えてきたんだ。そして、この哀れなアイルランドの若造が、たった一人で彷徨《さまよ》い歩いてて、二十歩も行かねえうちに、リー将軍が朝飯を食ってるところにぶち当たるかもしれねえって。『おはようごぜえます、将軍』そう言ってやろうと決めた。『母国からご挨拶を携えてまいりやした。この晴れた夏の朝、そちらの戦況はいかがですか？　こちらにとっちゃ散々でしてね。だから、お許しいただければ、わたくしめも椅子を引き寄せて、そのベーコンの薄切り料理をご相伴にあずかりてえ』とね。

それで、俺は、こうやって前に進んだのさ、独り言を言いながら。わかんねえかなあ、あの鉄の塊《かたまり》が飛んできて耳をかすめるたびに死ぬほど怖くて、歯がガタガタ鳴って砕けちまうといけねえからさ。そしたら、いきなりよろめいた。一瞬、やられたと思ったけど、地面の何かにつまずいただけだった。煙のなかへつんのめっちまって、地面に頭をぶつけたに違いねえ。それか、木の腹だったかもしれねえけど、一瞬ボーっとしただけなのに、ほかの仲間は——いや、まだ残ってたやつらは——俺を置いてけぼりにして行っちまった。

それから、後ろですさまじい呻《うめ》き声がしたんで這って戻ると、俺の足をすくったもんがわかった。南軍兵——将校——で、大の字にぶっ倒れて、水をくれと呻いてた。それで、俺の水筒を外して口にあてがって飲ませてやりながら、ちらっとそいつを窺った。もうなげえことねえってわかった。散弾で胸にひでえ怪我を負ってたからな。水筒にゃ、もうほんの数滴しか残ってなかったけど、全部くれてやった。『親切にありがとう』そいつは、弱々しい声で言った。『恩返しできればいいのだが』『心配いらねえですよ』俺は言ってやった。『地面で少しばかり休むぐれえ、どうってことねえ。頭の上すれすれを飛んでくあの鉄の弾に当たらずにいられる』

そしたら、そいつが目をつぶったんで、お陀仏かと思ったら、まだ死んじゃいなくてさ、しばらくしたらまた話しだした。蚊の鳴くような声だったんで、身をかがめて口元に耳を寄せねえと聞き取れなかった。『きみが、困ったことになって、どこからも助けが得られなかったら、どこで助けが見つけられるか教えてあげよう。きみが向かっていた方向に、そのまま森を進むと小川がある。その小川を渡ったら、向こう岸を左へ曲がれば、すぐに白い大きな屋敷のある農園に行き着く。その屋敷にいる美しい女性が、助けてくれる。その人の名前は、ハリエット・ファーンズワースさんといってね、その人に会ったら、きみに一つお願いがあるんだ。彼女にキスをして、ハワード・ウィンスロー大尉が、彼女の元へ戻らなかったことを本当に申し訳ながっていたと伝えてくれ』」

マクバーニーは、このとても悲しい話を中断し、わたしの手をもう一度握り締めて、情熱的な目で見つめた。正直に言うと、一瞬、わたしは彼への恐怖心を忘れ、面と向かって笑い飛ばしたくなった。

「その方は、大尉だったのね?」

「ああ、先生、俺の知るかぎりはね。血や泥で上着が汚れてたけど、大尉の徽章《きしょう》をつけてたと思う」

「わたしの星回りなのね。ハワード・ウィンスローは、死ぬまでには将軍か、少なくとも大佐になると思っていました。彼は、亡くなったのですね?」

「ああ、先生……あんとき、俺がいっしょにいるあいだにね。あれが、そいつの臨終の言葉だった」

「考えてもみてください……かわいそうなハワード・ウィンスロー。彼が、あなたの腕のなかで死んだとは」

「そうさ、先生」

「どんな方だったのか教えてくださいませんか、マクバーニーさん? あなたの言葉を信じていないのではありませんよ、もちろん。ですが、誰かが、自分の不謹慎な目的のためにハワードの身分を利用して、ハワード・ウィンスローになりすましている可能性もあるのではありませんか? そのお気の毒な方が、どんなご様子だったのか簡単に教えてくださいませんか?」

「ええと」マクバーニーは、ここでいくぶん落ち着きを失ったようだった。「濃い煙が立ち込めてたし、その男も汚くて血だらけだったことを忘れてもらっちゃ困るぜ。あんな状況で出くわしてたら、親父のことだって説明するのが難しいだろうからさ。とにかく、まず、かなり背の高そうなやつだった」

「あら、ごめんなさい」わたしは、笑いを隠そうとした。「わたしの知っているハワード・ウィンスローは、小柄で——わたしより少し高い程度でした」

「だから言っただろう。痩せてたし、あんなふうに大の字になってたんで見間違えたのさ」

「痩せ形だったと言いましたか? わたしの知っている方は、肩幅が広く、ずんぐりしていました」

「だけど、何か月か軍用食しか食ってなけりゃ、どんな男も体重が減るのを忘れねえでくれよな」マクバーニーは、さらりと言った。「そういや、そいつは肩幅が広かった。顔が痩せこけてたせいだろうな」

「髪は何色でした?」

「ええと……茶色っぽかったと思う」

「それから眼は？」

「青……いやグレー……そんなんだった」

「何か傷痕《きずあと》はありましたか？」

「そうだなあ……見たところなかった」

「髪の毛は、直毛でしたか、それとも巻き毛でしたか？」

「ええと……巻き毛かな……俺みてえな」

「マクバーニーさん、あなたは、世界一の大嘘つきね。この屋敷によくいらしていたハワード・ウィンスローという人は、眼は茶色くて、髪の毛は先住民のような黒い直毛でした」

「なあ、言っただろう」マクバーニーは、即座に言い返した。「そいつは帽子をかぶってたんで、髪の毛は少ししか見えなかったんだ……それに、そういや、目は茶色だったはずだ。あたり一面、灰色の煙が立ち込めてたんで……」

「さらに」わたしは、彼の言葉を遮った。「ハワード・ウィンスローには、額に目立った白い傷痕があります――乗馬中の事故によるものです――そして、あなたが本当に彼に会ったのでしたら、その傷痕に最初に気づいたはずです」

「頼むよ、ハリエット先生、嘘つきだなんて言わねえでくれ。あんたの言うとおりだったのかもしれねえ。ひょっとして、あいつがハワード・ウィンスローじゃなかったんなら、誰かがそいつになりすましてたのかもよ。ひょっとすると、ハワード・ウィンスローは、そいつと同じ軍にいたんだけど、もう死んじまってて、えっと、そいつにゃ、それなりの理由があってハワード・ウィンスローを名乗ることにしたのかもしれねえ。とにかく、あいつが誰だったにしてもさ、あいつは、あんたとハワード・ウィンスローが婚約してたのを知ってたんだし、だから、俺をここに来させて大丈夫だとわかってたのさ」

「その理屈には、一つだけ間違いがあります。あなたの話のほかの部分と同じように、事実に基づいていません。兄に会うためにときどき屋敷を訪れていたハワード・ウィンスローは、わたしのフィアンセでも恋人でもなく、友だちでさえありませんでした。身寄りのない怠け者の浪費家で、ロバートにつきまとってばかりで、ロバートのためにはまったくならなかったと、ついでに申し上げておきましょう。わたしの知るかぎり、ウィンスローさんには財力がほとんどなく、いかなる種類のものであれ、才能もまったくありませんでした。傷痕が証明しているように、乗馬もろくにできず、仮に入隊していたのだとすれば、それが、いかなる種類のものにせよ、人生はじめての採用だったに違いありません。ハンサムでもなければ、賢くも魅力的でもなく……要するに、ハワード・ウィンスローには、自らを職に推せる長所は皆無でした、ましてや結婚などとんでもない」

「だってさ」マクバーニーは、目を丸くした。「聞いたところじゃ……」

「そのとおりです。あなたは聞いたのです——ですが絶対に、あなたもきっと認めるでしょうが、ハワード・ウィンスローから聞いたはずはなく——彼は、わたしのことなど何とも思っていませんでしたし、わたしもそうだったと申し上げておきます。あなたは、確かに何かを聞かされたのでしょう、マクバーニーさん。あなたの話で信じられるのは、その部分だけです。あなたは、姉から何かを聞かされた——姉でしたら、わたしについて何でも言いかねません——あるいは、マッティかしら——彼女は、結婚生活こそ女性の唯一の幸せで、わたしも是が非でも結婚したがっていると決めつけていますからね。そして、ハワード・ウィンスローは、弟を除けばどんな青年よりも長くこの屋敷で余暇を過ごしたのだから、わたしが、ハワード・ウィンスローと結婚したがっていたし、そうするつもりだったに違いないと。それとも、生徒の誰かから情報を仕入れたのかしら。この屋敷を訪れたことのある男性としてウィンスローさんの名前を聞いた生徒が、意地悪なのか、無知なのか、その両方なのか、彼の名前とわたしの名前を結びつけたのでしょう！」

　わたしは、非難の演説を終えた——まさにそうだったと認める——そして、座ったまま彼を睨みつけた。

「ああ、そういうあんたを見るのは大好きだ」彼は、またニタニタしていた。「頬をほんのり赤らめ、ヘアピンが外れて、雪のように真っ白な小さな胸を、おびえた鳩のようにドキドキさせてる」

　彼は、またしてもわたしを抱きしめ、唇を重ねようとしたが、今度は乱暴にだった。わたしは、身を振りほどいて悲鳴を上げた。

「お願いだ、やめてくれ」彼は、まだ愚かにも笑っていた。「愛してる、愛してるんだ、ハリエット先生」

　彼は、左手でわたしの首筋を摑み、右手でわたしの口を塞いだ。わたしは息ができず、部屋が暗くなりだした。

「お願いよ、マクバーニーさん、暴力はやめてください」と思ったのを覚えてはいるが、気絶する前にその言葉を何とか叫ぶことができたのかどうかはわからない。

　意識が戻ると、彼の姿はなく、屋敷のみんなが集まっていた。わたしは床に横たわり、マッティがわたしのコルセットを緩め、姉が手首をマッサージし、アリスが玉ねぎをわたしの鼻の下に持ち、エミリーが額に濡れた布を当ててくれていた。そして、ほかの子たちは、覆いかぶさるようにしてわたしを見つめ、もろもろの興奮に喜々としていた――そして、ことによると、わたしのかなり早い回復を残念がっていたのかもしれない。

というのも、マッティがあとで言ったように、受けた衝撃の大きさを考えると本当に早かったからだ。もちろん、マッティは常に、以前いたタイドウォーターの社会での、女性が気絶したら十五分以内に回復することはない、という標準に照らして何事も判断する。ただし、マッティが、「全速力の気絶」と呼んでいる発作を起こした場合は、短時間ごとに意識を回復するが、その後――小さな悲鳴を上げるのが望ましい――また意識が朦朧《もうろう》とするのだそうだ。

いずれにせよ、たった今お話しした出来事を考えるとかなり暢気《のんき》に思われるかもしれないが、目を覚ましたとき、わたしはそれほど落ち込んでおらず、不愉快な事件がすぐにまた起きる可能性はなさそうだったので、すべてを忘れる覚悟でいたと説明しておかなければならない。

だが、姉は、事態をそれほど軽く見る気はなかった。

「あなたを殺そうとしたんですよ」

「まさか、そんな、誤解ですよ」

「本当です、ハリエット先生」エミリーが言った。「彼のことも見ました。両手を先生の喉に当てて、絞め殺そうとしていたんですよ。そして、みんなが入ってきた途端、逃げ出したんです」

「逃げたわけじゃないわ」アメリアは、いつも真っ先に彼を弁護する。「わたしたちが入ってきたら、後ずさりしただけよ。それに、わたしが見たときは、ハリエット先生の首を絞めてなんかいなかったわ。床の上で身をかがめて、先生の頭を持ち上げて、大丈夫かって聞いていたんじゃないの」

「最初に駆けつけたのは、エドウィナだったはずよ」マッティが、「全速力の気絶」――を――ではなく

「最初に駆けつけたのは、エドウィナだったはずよ」マリー・デヴェローが言った。「少なくとも、あたしが来たら、彼女がドアのところで何もかも見てたわ。それから、ハリエット先生が叫びだして、階段を最初に上りはじめたのはあたしだったと思う。それなのに、あたしよりも先にここに来ようとして、アリスが洋服を摑んだんで、後ろが裂けちゃったじゃないの。とにかく、あたしが来たときには、エドウィナはもうここにいたわ。自分の部屋から真っ直ぐここに来たんじゃないのかな、そうでしょう、エドウィナ?」

「ここで、あんたの尋問に答える筋合いはないと思う

わ」エドウィナは、立ち去ろうとした。

「マリーに答える義務はないかもしれませんが」姉が言った。「学園に対する義務は確かにありますよ。あの男、マクバーニーが、ハリエット先生を傷つけようとしているのを見たのでしたら、当然ながらその旨を述べなければなりません」

「危害を加えてはいませんでした」エドウィナは、ふくれっ面をした。「先生は、危害を加えられなかったでしょう？」

「ですが、危害を加えるつもりだったのですよ」

「どういうつもりだったのか、わたしにわかるはずがないでしょう」

「はぐらかすのはおよしなさい、あなた」マーサが、ぴしゃりと言った。「見たままをおっしゃい」

「ハリエット先生を黙らせようとしているのを見ました」

「窒息させて？」

「先生の口を手で塞いでいました。窒息させる、その言葉でおっしゃりたいのでしたらね。先生が悲鳴を上げるのをやめさせようとしていただけだという印象を受けました――そして、それはあまりうまくいかなかった、とつけ加えておきます――軍隊が、スポットシルヴェニアとか、どこにいてもハリエット先生の声は聞こえたでしょうからね」

「ごめんなさい」わたしの声は、かなり弱々しかったと思う。部屋がまだグルグル回って見え、息が正常に戻っていなかった。「あなたを驚かせてしまって、本当にごめんなさい」

「みっともないわ、みっともないわよ、エドウィナ」何人かの子が叫んでいたと思う。

「この学園の二番目の責任者が、敵に攻撃されても口頭で抗議するのも許されないなんて、確かにとてもお気の毒ですね」エミリーが言った。

「バカなこと言わないでよ」アメリアが叫んだ。「ハリエット先生は、攻撃なんかされてないわ、あなたとおんなじで」

「あら、わたしは攻撃されているわ。それが肝心なのよ。ここのみんなが攻撃されている。そろそろ、気づいてもいいころじゃないのかしら」

「ほらほら」わたしは言った。「このことは忘れるようにしてくださいな。アメリアの言うとおりかもしれない。マクバーニーさんは、危害など加えるつもりはなかったのかもしれません」

「そうかもしれませんね」姉が言った。「ですが、確信が持てません。今度のことが、みなさんにとっての教訓になったものと期待します。いっときたりとも、マクバーニーと二人きりになってはなりませんよ。ここでは誰も、マクバーニーと話をしてはなりません。妹がその言いつけを忘れずに従ってさえいれば、今日の午後のような危険を回避できたかもしれません」

「危険だったって思ってるの？」アメリアが生意気に叫んだ。

「お黙りなさい、あなた、いい加減にしないと、部屋に戻ってもらいますよ」

わたしは、ようやく床から立ち上がれるようになっており、マッティが椅子に座らせてくれた。「話もせずに、その人と同じ屋根の下でどうやって暮らせるのかわかりませんわ」わたしは、ようやくまともに話せた。「みんなに説明していただけません、お姉さま」

「あの人と、もうここで暮らしつづけることはできません。エミリーが言ったように、そこが肝心です。マクバーニーについて、何か早急に手を打たなければなりません。次に何が起こるかと、本当にとても心配しています」

「すぐに助けを求めにいらっしゃるおつもり？」

「わかりません。ここをあなたに任せて留守にすることは、今となってはもっと心配です。いずれにせよ、あの人について早急に何らかの決断を下さなければならないことはわかっています」

「先生が、そんなに追い出したがってるって本当に納得したら、彼だってきっと、もう口答えしないで出ていくわ」アメリアが言った。「もしよかったら、わたしが彼に話してもいいです。この学園のある人たちには、もう歓迎されていないって」

「そのようなことは一切許しません。彼と関わってはならないと強く釘を刺したはずですよ。無礼な言動を慎まないと、マクバーニーさんといっしょに学園を出ていってもらうことになりますよ」

「アメリア・ダブニーは、間抜けもいいところね。マクバーニーが、あんたなんかの提案を聞くもんですか」エミリーが言った。「あの人は、わたしたちの誰の意見も聞く耳を持たないし、あんたの意見だって同じよ。マクバーニーは、わたしたちの許すべからざる敵で、そろそろみんながそれを認識するべきなんです。あの人を無視する方法を見つけるのではなく、彼からどう身を守るかについて考えるべきです、差し出がましいとは思いますが、マーサ先生」

「差し出がましいですよ、あなた」

「どの寝室にも閂《かんぬき》か錠があれば、夜、もっと安心できるかもしれない」アリスは、もちろん慈善給費生なのだが、自分の立場を忘れることがある。

「そうね、アリスは、自分の部屋のドアに錠をつけるべきかも」マリーらしい意見だった。「ジョニー・マクバーニーが入れないように、最初からアリスが錠をつけてたら――自分でできたら、つけてたんでしょうけどね――みんなが今、こんなに大変な思いをしなくてもすんだのに。そういえば、ジョニーは、あの不幸な事故が起きた夜、誰に勧められなくても自力でここから出てく覚悟だったのよ――それなのに、これではっきりしたでしょう、アリスが、ドアに閂をつけられなかったからこんなことになっちゃって」

その途端、アリスがマリーの巻き毛を摑んで思い切り引っ張り、みんなは、わたしが気絶したことも忘れ、怒ったアリスと、喚きながら蹴飛ばしているマリーを引き離そうと大わらわだった。ついにマーサが、二人の横っ面を何度も叩いて解決した。エミリーも勝手に協力したが――当然ながら、それは事態を悪化させただけだった。アメリアが、ルームメイトのマリーを守ろうと、エミリーに嚙みついたり引っかいたりしたからだ。

事態はなかなか収集がつかず、ついに年老いたマッティも姉に加担し、わたしも立ち上がって――まだ頭がくらくらしたが――精一杯いさめようと、取っ組み合っている四人の子たちを三人で何とか引き離して、四人全員が、さっさと自分の部屋に戻るよう命じられた。

「見下げ果てた子たちね！　四人とも夕食、それからたぶん朝食も抜きです！」

「ですが、マーサ先生、わたしはご協力しようとしただけです」エミリーが抗議した。

「お黙りなさい、あなた。ずいぶん偉くなったものですね。誰も協力など求めませんでしたよ。アリスさんとマリーさんを叱りつけるくらい、わたし一人でもできます。さあ、みなさん、部屋に戻りなさい。出てきてよいと許可されるまで、部屋で本を読んでいなさい」

それ以上議論することなく、全員がわたしの部屋から出ていった。とはいえ、エミリーは、見たこともないほど赤い顔をして怒っていた。騒動に加わらなかったエドウィナ・モロウは、会心の笑みを浮かべてドアのところに立っていた。

「あなたもですよ」姉が言うと、エドウィナは、いつものように嘲るような会釈をして立ち去ろうとした。

「ちょっと、エドウィナ」わたしは言った。「本当のことを教えてくださらない？　マクバーニーが、わたしに危害を加えるつもりがなかったと、本当に思っているの？」

「本人に聞いたらいかがですか？　先生が聞いたら、きっと教えてくれるでしょう。いつも彼とはとても親しそうでいらっしゃるから」

その言葉に腹を立てたわたしは、あとでとても後悔することとなる言葉を口にした。

「わたしが聞けば、おそらく彼も答えてくれるでしょうね。彼は、常にほかの情報も自由に口にできますから。たとえば、あなたについてもいろいろと教えてくださったのよ、エドウィナ」

その途端、彼女は蒼ざめた――いや、灰色になったと言ったほうが適言かもしれない。彼女はとても色黒だから。

「どんなことを聞いたんですか？」

「あら、いろいろですよ。あなたのことについて、随分と話しましたから。わたしを責めておきながら、あなたも同じ規則違反の罪を犯しているようですね――マクバーニーと親しくしすぎているという」

「出ておいきなさい、あなた。あなたにもハリエット先生にも、警告しておきます。マクバーニーと今後は親しくすることのないように」

エドウィナが顔面蒼白のまま出ていくと、姉がこちらに向き直った。「マクバーニーが、エドウィナについて話したって、いったい何のことです？」

「そのう、一度だけですけれど、彼女のことがとても好きだと。彼がお庭で作業をしているときに、エドウィナについて短い会話をしたんです。エドウィナを、この学園で一番誠実な娘さんだと思うと言っていました」

「彼女について、ほかに何と？」

「どんなところが誠実かについて」

「それでは、彼女についての長い会話にはとてもなりませんね」

「長い会話と言いましたか？　言ったのでしたら、本当は長くはなかったのですよ。どうもエドウィナを動揺させてしまったようですが、そんなつもりはまったくありませんでしたのに」

それは本当だった。あの子を悲しませたいと思ったことなど一度もない。何度も言ったとおり、彼女は非常に厄介な子ではあるが、とても気の毒だと思っている。あの哀れな子の幸せだけを祈ってきた。

そのとき、頭がまたズキズキ痛みだしたので、わたしは、姉とマッティに一人にしてくれるように頼んだ。そして、二人が出ていくとベッドに潜り込み、かなり長いこと悶々としてからようやく何とか眠りに落ちて、マッティに夕食の時間だと起こされるまで寝ていた。

そういえば、恐ろしい夢を見た。つまり、不快な夢だったのを覚えているということだ。わたしの過去の思い出が歪《ゆが》んだ形で繰り広げられたという以外、あまり詳しく説明できない。ある時点で、わたしが父と結婚し、マクバーニーがわたしたちの息子なのに、兄のロバートにもとてもよく似ている夢を見たように思う。そうかと思うと、彼はロバートの顔で夢に出てくることもあったが、自分のぼろぼろの青い軍服を着ていて、もちろん片脚しかなかった。

それなのに、彼はまだ子ども、とても幼い子ども、ほんの乳飲み子だった。書斎の床に座り、あの大きな青い目でわたしを見つめ、ベビーベッドに寝かそうとしてわたしが近づこうとすると、すべてお見通しだという目でニタッと笑い、そのいやらしい笑いに激昂しつつも、わたしは怖くて彼に手を触れられない。子どもが、そんな目で母親を見るものではありません、そうわたしは彼に言った。わたしが、目をつぶってくれ、そうでなければ顔を背けてくれとどんなに訴え、頼んでも、彼は聞こうとしなかった。ひたすらわたしを見つめ、笑っていた。とうとう、我慢できなくなったわたしが、暖炉の火かき棒を手にし、本気ではないもののそれで脅しても、彼が笑うのをやめないので、わたしは叩いてしまった。彼を長いこと殴り、叩きつづけ、ついに彼は消えてしまった。つけ足すべきかもしれない、わたしは、彼を叩きながらずっと泣きつづけていた……

32 エドウィナ・モロウ

マクバーニーが、ハリエット先生を襲ったと言われているあの日、その後、不快なことはもう起きなかった――いや、少なくとも、日中そのような事件が起こったのだとしてもわたしは知らない。知るかぎり、彼はハリエット先生の部屋を出ると、応接間に戻ったきり姿を見せなかった。

わたしたちが、テーブルに着いているあいだに、マッティが、応接間に夕食を持っていったのは知っている。このことをとくに覚えているのは、彼が、何日間か――もちろん、誰が招いたのでもないが――わたしたちと夕食を共にしており、あの夜、彼が同席していないことを、何人かの生徒が指摘したからだ。

食事の途中で、マーサ先生が、彼の食事を盛りつけるようマッティに指示した。食堂から彼を締め出したかったからかもしれない。大変な思いをしたにもかかわらず、何とかテーブルまでたどり着き、わたしたちと同じように料理を口に運んでいたハリエット先生が、今晩は、お客さまに何かを少し余分に差し上げてはどうかと提案した。

「彼の行ないのご褒美としてですか?」マーサ先生が、ちょっと頭でもおかしくなったんではないかという目で妹を見た。

「いいえ、まさか、違いますとも。心にわだかまりがないとわかってもらうためです――こちらが、キリスト教徒にふさわしい姿勢でいると」

「このような状況でのキリスト教徒の姿勢とは、どういう種類のキリスト教徒のことを言っているかによりけりだと思いますが」エミリーが言った。「たとえば、ローマカトリック教徒は、スペインの異端審問のあいだ、敵にひどい拷問をしたそうですよ」

「それに、ニューイングランドかどこか知らないけど、北部のプロテスタントの信者たちは、悪魔崇拝をめぐる意見の違いか何かのせいで、たくさんのおばあさんたちを火あぶりの刑にしたんじゃなかったっけ」マリーが口を挟んだ。自分の宗教が攻撃されると、あの子はいつもすぐ反撃に出る。

「そんなの、生まれがどこでも、キリスト教徒であろうとなかろうと、北部の人間ならやりそうなことじゃないの」アリスは、それまで持ち合わせていたとは思われていなかった愛国心をむき出しにした。刻一刻と迫っているように思われる学園からの追放を免れたくて、遅ればせながら権力者たちにゴマをすっていたのだろう。マーサ先生が、まだ方法を見つけかねてはいるが、マクバーニーの事件の代償をいずれわたしにも払わせようとするのはわかっている。

ともあれ、ハリエット先生は、今夜、マクバーニーに豚ばら肉の塩漬けを出してあげるためなら、次にそのご馳走が出たときに自分は食べなくてもいいと申し出た。マーサ先生は、冷ややかな目で見つめてから、これを認めて、マッティに用意するよう指示した。

「将来の食べ物を今あげちゃうんなら、あたしも今すぐほしい」マリーが言った。

「それでは、来週かいつか知りませんが、ほかの生徒さんたちがお肉を食べているときに、あなたはひもじい思いをしますし、みなさんがおいしそうに食べるのを見ていたら、その苦しみもひとしおでしょうね」ハリエット先生が言った。

「いっしょに苦しみましょう、ハリエット先生」あの子は冷たく言った。「それに、わかんないじゃない……マーサ先生が今度、ちょっとばかしのお肉を配ってくれることにする前に、戦争が終わってるかもしれないでしょう。つまりさ、みんな死んじゃうかもしれなくて、そうなったら、先生とあたしは勝つことになるわね、ハリエット先生」

「静かになさい、あなた。お肉や、乏しい食料を、軽々しく生徒に分け与えたりするものですか。ハリエット先生が、自分の分をあんな人に与えるほど愚かだとしても――まあ、先生は大人です、おそらくね。わたしは、彼女の責任を負うのはうんざりです」

お姉さんのこの言葉に、ハリエット先生は席を離れて部屋に戻ってしまった。それが、マーサ先生のそもそもの狙いだった。学園長先生は、わざと不愉快にさせている――そうすることを楽しんでいる――ように思われることがあり、わたし自身、先生の意地悪の犠牲になることがよくあるので、それを証言する資格は充分のはずだ。

いずれにせよ、ハリエット先生が席を離れてからは中断されることもなく食事は進み、食事が終わると解散となって、部屋に戻らされた。いつもなら就寝前に一時間かそこら、応接間か書斎で過ごしたのだろうが、マクバーニーが、応接間を常設の本部として占拠してしまい、書斎にときどき足をひきずりながら入ってきた――そして、そういう顔をすれば学者っぽく見えるとでも思ったのだろう、しかめっ面で書棚の前に立ち、本のタイトルを読みながら、声に出さずに口を動かしている――ので、先生方の監視の下でないかぎり、どうやらどちらの部屋も、そしてたぶん一階全体をも使うのを禁止されることになるようだった。

わたしは、何もかもにすっかり腹が立ち、怒りが収まらぬまま自分の部屋で何時間も過ごした。しばらく聖書の歴史を自習しようとしてから、フランス語の動詞に取り組もうとしたが、すべて無駄だった。勉強に集中できなかった。

筋が通らないからやきもきしたのは、おわかりだろう。マクバーニーに提供するために、なぜこの学園の生徒が冷遇されなければならないのか、まったくわからなかった。わたしのように優秀な生徒、参考資料がたくさんある書斎で勉強するのを許されて然るべき生徒が、なぜあんな人のために不便を強いられるのか、理解できなかった。

しばらくあれこれと考えているうちに我慢できなくなり、ベッドから立ち上がって部屋を出た。あんまり腹が立って、服を着たまま、靴だけを脱いでベッドに入っていたのだが、その靴を履かずにこっそりと廊下に出た。

当然、この学園では、長持ちさせるためにできるだけ靴を履かない。こういう時代なので、買い替えることはおろか、修理することさえできないからだ。マクバーニーがここに滞在しはじめた当初は、もちろん、彼の前では靴を履いているようにマーサ先生に命じられた。裸足《はだし》の、しばしば汚れたままのつま先を見せたら、彼の感情が高ぶると信じていたようだ。ともあれ、その命令は、生徒たちの不満をほとんど引き起こさなかった。ほとんどみんな、傷つきやすい足をしているので、釘、木のささくれ、棘《とげ》などのことをいつもこぼしているからだ。そういう物にわたしは悩まされないようで、何日でも裸足でいられる。ただ、汚れるのだけは悩みの種なのだが、この学園の大半の人たちは、残念ながらその問題は無視している。もちろん、アメリア・ダブニーも、あの子は小さな未開人なので、靴を履かないほうが快適でいられるようだとつけ加えるべきだろう。そして、マッティおばあさんも、おんぼろの革のスリッパを一足だけ持ってはいるが、それを履いて足を引きずって歩き回られるとパタパタうるさくて堪らない——だが、ありがたいことに、それも雨降りのときだけだ。

さて、あのときの話に戻ると、わたしは、蠟燭と本を手に足早に忍び足で階段を下りて、書斎へ向かった。もう一度だけ脱線を許していただけるのなら、物不足の折《おり》柄《から》、自分の蠟燭を持っていたのは、ひとえに先見の明があり、倹約していたからだ。ほかの生徒たちが、くだらないことで夜更かしして蠟燭を無駄にしていても、節約して、窓から射し込む月明かりで勉強するほどだった。

とにかく、学業のことしか頭にないまま、書斎にたどり着いた。通り過ぎたドアはどれも閉まっていて、十時を回っていたはずなのでみんな寝てしまったのだろうと思った。通りかかると応接間のドアも閉まっていたし、そのことについて何か考えたにせよ、マクバーニーも部屋に戻ったのだろうと推測するためだった——どちらにせよ、大して気にしていなかったのは確かだ。

さて、わたしは、蠟燭を棚に置き、書斎にたくさんある聖書に関する本を探していた——もっと現代的で、価値のあるテーマに関する本に比べると、多すぎるのではないかと思う——そのとき、向かいの応接間から、言い争っているらしい大声がした。一方は、明らかにマクバーニーの声だったので、しばらくは無視していた。彼に関係することには——いや、彼と関わりを持つほどおバカな人には——まったく興味がなかった。

それから、不意に、彼とあそこにいるのは年少の子たち――ひょっとして、アメリアかマリー――かもしれず、そうだとすれば何とかしなくてはと思った。ここで説明しておいたほうがいいだろう。わたしは、相手が誰であれ、彼が傷つけるのを恐れてはいなかった。いや、マクバーニーがわたしたちの道徳心を腐敗させたと、あとになってここの何人かが提起した考え方を受け入れたいのであれば、少なくとも、彼がその人を肉体的に傷つけるのを恐れてはいなかった。正直に言えば、あのとき恐れていたのは、誰かはわからないが、その子がマクバーニーに、わたしについて嘘をつくことだった――彼にどう思われようとあまり気にならなかったが、マクバーニーのような人間に、その嘘を吹聴されるのは許せない。そして、それとはまったく逆に、マクバーニーのほうが、わたしについての嘘を言う可能性もあった。

　そこで、蠟燭を持って廊下を横切り、応接間のドアの前まで行った。鍵穴から盗み聞きするなど、好きではないと自信を持って言えるが、あの場合はそうするしかないように思われた。だが、なかでの会話の話題を知るのに必用なだけに留めようと決めていた。わたしに関係のない内容だったら、すぐに書斎に戻って勉強しようと。

　まあ、わたしには関係のない内容だった、いや、少なくとも聞こえたかぎりではそうだった。実は、ドアの前に立って数分間は、ほとんど話は聞こえなかった。聞こえたのは何やらつぶやく声だけで、そのあとに忍び笑いのようなものが聞こえたが、聞いているうちに、すすり泣いているのかもしれないと察した。

　どうしていいのかわからなかった――部屋に飛び込むべきなのかどうか。つぶやき声は、マクバーニーだと思った――すぐにお話しするが、そうではなかった――でも、すすり泣く声は、アメリアでもマリーでもなさそうだった。あのとき、マクバーニーの部屋をもっとも訪れそうな人物が脳裏に浮かんだが、その人物は――黄色い髪をなびかせて――わたしの脇に現れたのですぐに除外された。

「部屋に戻りなさい、アリス」わたしは、小声でぴしゃりと言った。「ぐずぐずしてないで」

「彼といるのは誰？」

「知らないわよ。それに、あまり興味もないわ」

「あたしだってないわ。今度は誰のスカートをめくり上げてるのか知って、好奇心を満たしたいだけだよ」

「あなたにそんなことをしたの？」

「彼のことは話したくないな。みんなが、あの悪魔に恥ずかしい扱いを受けてきたと思うんだよね」

「エミリーもそのなかに入るの？」

「まさか。今の彼なら誰が相手でも我慢するでしょうけど、引きずり込みでもしないかぎり、どうやって彼女を部屋に連れ込めたかわかんないし、そんなことしてたら聞こえたはずだもん。両脚があったにしたってさ、ジョニーが、あんなじゃじゃ馬を力ずくでどうにかするなんて想像できないけどね。エミリーなら、一発で彼を叩きのめせるわよ」

「それなら、マーサ先生かハリエット先生に違いないわ。絶対に年少の子たちではないと思いますもの」

「マーサ先生でもないよ。部屋の前を通ったら、咳が聞こえたから」

「それなら、ハリエット先生ということよね」

「図星だと思うよ。すっごく楽しんでるんじゃないの。二人して、目が見えなくなるくらいぐでんぐでんなんでしょうよ」

「すごく楽しんでいるようには聞こえないけれど。それから、声を潜めないと、二人に聞こえてしまうわよ」

「まあ、聞こえたところで、飛び出してはこないよ。マーサ先生が叱りにきたんじゃないかと思って怖がるでしょうから。とにかく、なかにいるのが哀れなおばさん、ハリエット先生なんだから、気にならないね。あんたじゃないかと思って心配したんだよ」

「お気持ちに感謝するわ」わたしは、冷たく言った。「でも、その気持ちには応えられないわ。なかにいるのがあなたでも、わたしは心配しなかったでしょうからね」

あのとき、このような論争めいた会話をそれ以上交わしたかどうかは覚えていない。正直なところ、部屋に彼といるのがハリエット先生だけだと知って、ホッとしてもいた。欠点はあるけれど、この屋敷で、わたしのことを誹謗中傷しないと信じられるのはハリエット先生だけだった。それで、アリスとわたしは、すぐにでも廊下を離れ、上のベッドに戻るつもりだったように思う。わたしは、あの夜の勉強をもう諦めていた。

応接間で繰り広げられているのは、酔っ払いの議論にすぎない、そうわたしが感じた理由をここで説明しておくべきだろう。それは、同じ日の午後、ハリエット先生が気絶したことについて考えた説明と同じだった。気絶したのは、マクバーニーに首を絞められたからではなく、触られたからに違いなかった。嘘ではない。彼に近づかれるたびに、先生が後ずさりするのを何度も目にしていた。たとえば、一度は廊下でのこと——切断手術の前で、みんなが彼ととても親しくしていた——彼が庭から入ってくるときに、たまたま先生が階段を下りてきたので、彼は、自分ではそれが上品な作法だとでも思っていたらしい仕草で先生を引き止めた。そして、「これは、お嬢さま」とあのみっともない訛《なま》り言葉で言って深々と頭を下げ、先生の手にキスをした。すると先生は、熱い物にでも触れたようにさっと手を引っ込めた。それから、顔を真っ赤にして、びっくりしてしまって、とか何とか説明しようとした。

また、別のときにも食卓で、先生は同じことをした。遅れて入ってきた先生のために椅子を引いてあげようと、彼が立ち上がって腕を取り、椅子に案内しようとすると、ハリエット先生は、おびえた顔で腕を引き離したが、「あら、マクバーニーさん、随分冷たい手をしていらっしゃる」と慌てて取り繕った。その夜は、普段より暖かかったのに、先生はいつもの長袖の服を着ていた。

先生が、手術後に彼の世話をしたのは知っているし、そのことで先生を高く評価もしている。先生にとっては、さぞかしつらい経験だったことだろう。だが、あのとき、彼の容体が非常に深刻で、わたしたちの大半が一日もたないだろうと思っていたことを忘れてはならない。だとすれば、動けない彼は危険な存在ではなく、意識のない彼は、先生が額に手を当ててくれたことに気づいていなかっただろうし、あのまま死んでいたら、それを知ることさえなかっただろう。

さて、その後の出来事によって、学園での事態の成り行きが完全に変わったわけではないとしても、少なくとも山場を迎えたと言って差し支えないだろう。二つの出来事があった。一つ目は、応接間のドアを開けてみようというわたしたちの決断だった。

言いだしたのがアリスだったのか、わたしだったのか、今となっては思い出せない。とにかく、わたしたちは、階段を上りかけたのだが、戻ってちょっと覗いてみることにした。「本当に大丈夫なのを確認するだけよ」わたしはこう言ったように思う。「なかにいるのがほんとにハリエット先生で、チビたちのどちらかじゃないって確かめるだけ」アリスがそう言ったはずだ。

そう、間違いなくハリエット先生で、ひどく酔っ払っていて、全裸だった。彼も、ほとんど同じ状態だった。二人は、ソファーの上だった。

不思議なことに、泣いていたのはマクバーニーで、涙ながらに誰か、あるいは何かを罵っていた。ハリエット先生は、ワインでご酩酊だったようだ。空瓶が床に散乱していたことから、二人とも、かなり飲んだのは明らかだった。いずれにしても、こんな状態で――そして、ほかのことに夢中だったので――二人とも、わたしたちには気づかなかったから、ドアを閉めて立ち去った。

わたしはアリスに話しかけなかったし、アリスもそうだった。彼女が蒼白い顔をして、唇を嚙みしめていたのを覚えている。二階の廊下に着くと、わたしは真っ直ぐ自分の部屋へ向かったが、アリスは、三階の自分の部屋にそのまま上っていくのではなく、マーサ先生のドアの前に立ってノックした。そして、ここからが、先ほど申し上げた二つ目の出来事だった。

わたしは、ベッドの縁に腰かけた。そして、聞き耳を立てていたわけではないが、マーサ先生がドアを開け、苛立《いらだ》たしげにアリスに用件を尋ねているのを何となく聞いていた。

「下へ行って、応接間をちょっと覗いてみてはいかがですか。先生にとって興味深いものを見つけられるでしょうから」

そこまでしか聞こえなかった。胸元に血がついているのに気づいたのだ。無意識のうちにアリスの真似をして、わたしも唇を嚙みしめていた。そして、ハンカチを取ろうと立ち上がり、ついでにドアを閉めた。だから、アリスがマーサ先生にほかにも何か言ったのか、マーサ先生がすぐに下りていったのかは、わからない。

33 マリー・デヴェロー

えっと、ジョニーから、ずいぶん不安になる、とんでもない話を聞かされたの。この近くの森でパパが倒れているのを見たって言うのよ。ひどい怪我をしてて、出血多量で死にそうだったんだって。パパがね、彼に言ったんだって。「死にそうな男の願い事を聞いてくれねえか、北軍兵《ヤンク》？　ファーンズワース・ホールへ行って、娘の様子を見てきてくれよ。そこには、プロテスタントの黒人がやけにいっぱいいるんでね」って。ジョニーが言うには、パパは話をつづけたんですって。「でもって、あんたが、敬虔なローマカトリック教徒なら、きっとそうだと思うけど、そこに立ち寄って、娘が何か困ってねえか見てきてくれ。娘が信仰を貫いてるか、淑女らしく振舞ってるかわからねえまんまじゃ、ヤンク、おちおち墓にも入れやしねえ」

もちろん作り話だって、はじめから気づくべきだった。だって、パパは、あんなアイルランド訛りでは絶対に話さなかったでしょうし、自分が信仰を立派に貫いてもいないくせして、人の信仰をどうのこうの言える立場じゃないんだから。だけど、あのときは、信じそうになった。

だって、ちょっとしたことで少しびくびくしてたから……知りたいなら教えてあげるけど、金曜日なのにお肉の塩漬けを食べちゃったこと……ジョニーが、そのことを知ってて、わたしを注意して、ながいこと金曜日でもちょくちょくお肉を食べてるのを知ってるって言ったの。

まあ、それはほんとだった。ちょくちょくをどう取るかにもよるけどね。でも、彼は、ほんとはそのことを全然知らなくて、当てずっぽうで言ったんだって今は思う。とにかく、金曜日にお肉を食べたらいけないってわかってるし、それについて良心と何度も戦ってきたんだから。残念ながら、良心と食欲との争いになると、ほとんどいつも食欲が勝っちゃうのよね。

ところで、マーサ先生は、絶対にそうだとは言わないでしょうけど、カトリックの教義に心のなかで反対してると思うの。その先生のせいで、あたしは、ますます大変になる。だって、丸一週間、ひょっとしたらもっと長いことお肉を一口も食べてないのに、マッティに、金曜日にお肉を出させるんだもの。実はね、ジョニーに一度このことを話したら、彼もおんなじ意見だった。自分は、ここにいるあいだ金曜日の戒律をちっとも気にしてなかったくせに。だけど、金曜日の戒律を無視してるのは、ローマ法王が、北軍のすべてのアイルランド人兵士に与えたって彼が主張してる、特別な許可があるからだって説明した。

もちろん、そんなこと信じなかった。ローマ法王が、この戦争で誰かをえこひいきするとしたら、ヤンキーじゃなく南軍の兵隊さんたちでしょうよ。どうのこうの言ったって、この国の南部には、ファーンズワース姉妹みたいな監督教会員と、マッティみたいなバプテスト教会員、異端者のプロテスタントは二種類ぐらいしかいない。北部には、多神教徒やユダヤ教徒はもちろんのこと、何百種類もの異端者がいて、ほかにどんな異教徒がいるのか誰にもわからない。

そうよね、ジョニーとのいざこざの始まりに話を戻したほうがいいわよね。あたしたちのいざこざは――アリスとエミリーがさっきも話したけど――マーサ先生が、ハリエット先生とベッドにいる彼を捕まえた次の日に始まった。実は、応接間にはベッドなんかなくて、古いソファーがあるだけ。ちょっと考えると、そのソファーが、この話のなかで大事な役割を果たしているのは確かなの。

運悪く、あたしは、あの夜起きてたことを何も見られなかった。いくつかの話は聞いたけど、何も見なかった。だって、叫び声がしたので階段を下りかけたら、マーサ先生の早いのなんのって。こうなのよ、応接間から飛び出してきて叫んだの。「今夜、この階段を下りた人は、学園から追放しますからね！」「火事になったときはいいでしょう、お願いです」あたしは言い返したけど、聞こえなかったみたい。だって先生、さっさと応接間に戻って、ドアをバタンと閉めちゃったんだもん。

まあ、それでもとにかく鍵穴からちょっと話し声を聞いてみようと、一か八か階段を駆け下りようとしたのにさ、あたしたちのなかにもスパイがいてね、エミリー・スティーヴンソンが、あたしの腕を摑んで――ギュッとねじり上げたと言ってもいいわ――引き戻したので、階段を一段も下りられなかった。

その件はそれでは終わらなかったの、ほんとよ。だけど、ちょうどそのとき、マーサ先生の部屋のドアが開いてたので、なかにいるアリス・シムズに気がついたの。マーサ先生のベッドに座って、少なくとも十九か所も心に穴が開いちゃったみたいに泣いてた。だから、もちろん、エミリーもあたしもお互いの意見の食い違いを忘れて、アリスにどうしたのか聞いてみようと思って部屋に入っていった。

そしたら、泣きじゃくりながら、下で何があったのか教えてくれた。アリスが、何でたまたま目を覚まして、一階に下りていったのか今でもわからないけどね。ハリエット先生とおんなじような気持ちがあったのに、先生に先を越されたんでがっくりしたんじゃないのかな。あたしは当然、アリスの説明を信じる気にはなれなかった。大きな音がしたんで心配になって下りてったら、エドウィナが応接間のドアのところで立ち聞きしてたって言ったのよ。

まあ、あたしが、この説明を心のなかで嘲笑ってた理由は、このお屋敷の人のなかでは一番眠りが浅いこのあたしに、マーサ先生が下りてって叫び声を上げるまで何も聞こえてなかったからなの。それに、アリスの説明を疑うのは、アリスの部屋は三階だから、ずっと離れた一階の会話が聞こえるにはとびきりいい耳をしてないといけないから。

アリスが下へ行った理由にはけちをつけられたとしても、そこで見ちゃったものについてほんとに悲しんでたのは、もちろん疑えなかった。どう見てもほんとに、あの子は、ジョニーにすごいお熱だったのに、それを粉々に踏みにじられちゃったみたい。それどころか、泣きじゃくってばかりだったから、全部話を聞き出すこともできなかった。

そのとき、下からまた喚き声がしたので、アリスへの質問はおしまいにしなくちゃならなくて、エミリーと部屋の外へ出てみたら、マーサ先生が、ぐでんぐでんに酔っぱらった妹さんを引きずるようにして階段を上ってくるところで、マクバーニーが、どこかのかわいそうなみすぼらしい先住民のように毛布にくるまって、片脚で応接間のドアのところに立って叫んでた。「ちくしょう、俺が誘ったんじゃねえからな！　キリストの苦難だ、そいつを呼びになんてやってねえ！　出てってくれって何度も頼んだのによ、言うこと聞かなかったんだろうが、くそったれ！」そして、もっとお下品な言葉がつづいた。

マーサ先生は相手にしないで、ハリエット先生の腰に片腕を回して重い足取りで階段を上りつづけ、もう片方の手で、ときどきハリエット先生の髪の毛を軽く引っ張ってた。ハリエット先生の垂れ下がった頭を引っ張り上げて、学園長先生の足元が見えるようにするためだったと思うかもしれない。でも、見る人が見れば、ちょっとした上手なお仕置きだとわかったはずよ。ハリエット先生が、ネグリジェとガウンをもう着てたってつけ加えておくわね。あたしたちが話してる合間に、絶対にマーサ先生がまた着せたのよ。ハリエット先生が、自分のしたことを全然後悔してなかったのは確かで、これ以上ないほどおバカな、締まりのない笑顔を浮かべてた。

もちろん、この場面にあたしが立ち会ったのは、とても短かった。だって、エミリーとあたしを見つけるなり、マーサ先生が、さっさと部屋に戻らないと、厳しい罰を受けることになるって叫んだんだもん。当然、でしゃばりなエミリーは、その命令は自分には関係ないって勝手に思って、マーサ先生がお荷物を運ぶ手伝いをしようとしたけど、その努力もむなしく厳しく叱りつけられたので、胸がすっとした。エミリーが、そうやって部屋に戻らされたのが聞こえて大満足したあたしは、もう不平を言わず、言いつけどおり部屋に戻ってドアを閉めた。

もちろん、ルームメイトは目を覚ましてた――彼女は、めずらしい騒ぎには、あたしよりもすぐに飛びつく――それなのに、わざわざ起き上がってどうなってるのか調べてみようともしてなかった。

「ねえ、あなたのお友だちが、また困ったことになってるわよ」あたしは、ベッドに戻りながら言った。「今度は、かなり深刻な問題みたい」

「人間に関するかぎり、生物学的な状況には興味がないって言ったでしょう」アメリアは、やんわりと言った。「それに、わたし自身、かなり心配な問題があってね。亀さんが、また病気なの」

「今度は、ほんとに深刻なの？」あたしは、期待して聞いた。正直に言うと、ある朝目を覚ましたら、あのいかれた亀に足の指を半分嚙み切られてるんじゃないかと心配してたから。

「夕ご飯を食べなかったの。だって、気分がよければ、そんなことはないんだもの」

「古くて汚い葉っぱと、干からびた虫しか出してもらえなかったら、あたしだって、あんまり夕ご飯を食べる気にならないと思うわ」

あのころのアメリアは、定期的に出没する小さなハイエナみたいだったのよ。だって、お屋敷のなかや納屋や畑で、あのおバカな亀にやる死んだ昆虫を探し回ってたんだもの。野生の生き物を殺すのには大反対だから、もちろん、まだ死んでない虫を集めたことはないって信じてもらいたかったんでしょうね。でも、あたしは、いつも秘かに思ってたの。死んだ虫があんまり見つからない日には、生きてる虫を一匹か二匹踏み潰して、これは事故だったんだって自分に言い聞かせてたんじゃないかって。

「ジョニーが、このお屋敷ですごくまずいことになって、何かされるんじゃないかって心配になったら、わたしが、ここから連れ出してあげるわ」アメリアは、やっと言った。

「二人でどこに連れてこうか?」彼女と同じくらいあたしにも責任があると思ったから、「二人で」を強調した。彼を見つけたのは、アメリアかもしれないけど、彼とあたしは、宗教がおんなじなんだもの。

「森のわたしの隠れ家に連れていけばいいわ。あなたとわたししか、あの場所を知らないから」

「悪い考えじゃないかもね」あたしは、その奇抜な考えがかなり気に入った。「夜遅くなってから台所の食料をちょうだいして、彼のところへ持ってけばいいわ」

「それから、わたしたちのベッドから毛布もね。そういう快適な物が必要になるかもしれないから」

「そんな物は、あたしとおんなじでいらないと思うわよ」あたしは、いらっとして言った。「とにかく、マーサ先生が、彼のことをどうするつもりなのかわかるまでは心配しなくてもいいわ」

「また追い出そうとするだけじゃないのかな」アメリアが、うとうとしながら言った。

あたしは、そうは思わなかった。「出ていくチャンスがあったのに、彼はそれを利用しなかったのよ。今さら静かに出ていこうとしても、マーサ先生は満足しないんじゃない。今度は、厳しく罰したがるでしょうね」

もちろん、先生がどうするつもりなのか、あたしにわかるはずなかった。だけど、その罰に何が含まれたとしても、あたしは、絶対にそれに賛成しなかったでしょうね。だって、あのときまでは、ジョニーに何も不満を持ってなかったんだもの。

それどころか、次の日の朝、あたしはとても早起きして、彼とそのことを話し合おうと思ってアメリアと下へ行った――そして、前の晩、彼とハリエット先生のあいだに何があったのか、もっと詳しく聞けたらと思ってた。

お日さまが出たばかりで、お屋敷のほかの人たちはまだ起きてなかった。あたしは、いつもはルームメイトほど早起きじゃないけど、あの朝は、彼女とほとんど同時に目を覚まし、ベッドから飛び出して、すぐに彼女のあとについていった。そのあいだ、二人とも話はしなかった。二人とも何をしたらいいかはわかってたので、話をする必要なんてなかった。

でも、忍び足で階段を下りながら、あたしは一言だけ言った。出し抜こうとしてもそう簡単じゃないと、わかってもらうためだった。「目が覚めて、ほんとに運がよかったわ。あたしを起こすつもりは全然なかったでしょうから」

「そうね、起こさなかったわ」アメリアは冷たく認めた。「気をつけなさいって彼に言うのに、二人もいらないもの。わたしが、彼をここに連れてきたんだし、あなたに手伝ってもらわなくても一人で連れて出られるわ」

「そんな自分勝手にしないでよ」

「自分勝手なんかじゃない。あなたがいたら、騒ぎを起こして、何もかも台無しにしそうだからよ。彼は、わたしと二人きりのほうが安全なの」

「ばかげてるわ」

「そうかな？　もう大声を出してるじゃないの。口をつぐまないと、みんなが目を覚ましちゃうわ」

「そっちだって、話してるじゃない」あたしは、やり返した。

「お願いだから、ベッドに戻って。わたし一人で、彼を今すぐそっと森に連れていける。そしたら、今日のうちに、あなたも会いにくればいいじゃない」

「絶対にいや。行くなら、二人とも行くのよ」

こんな言い争いをしながら、応接間に入っていった。そしたら、びっくりしちゃった。ジョニーは、ぱっちり目が覚めてて、服も着てたし、すっかりしらふだった。松葉杖を膝の上に載せてソファーに座り、森じゃなく教会にでも行くみたいに、きちんとひげを剃って、髪も梳《と》かしてあった。きちんとした身なりを無視したとしても、彼の見た目にはいつもと違うところが一つだけあった。

それは、落ち着きのなさだった。彼は、ソファーに座ってぶるぶる震えてた。

「あれれ」あたしは、機嫌を取ろうとした。「ゆうべここで開かれたっていう、有名なパーティーの形跡は見当たらないわね。たとえば、床一面に散らばってたはずの、何百本もの空っぽのワインボトルもないわ。アリス・シムズさんが、ここから慌てて逃げ出そうとして、つまずいて転びそうになったはずなのに」

「あったのは、三本だけだ」彼は、低い声で答えた。「全部、ハリエット先生が持ち込んだんだ。見たけりゃ、台所にある」

「いいえ、あなたの言うことを信じるわ。アリスが、大げさに言ったってわかってるもの。それで、そのときハリエット先生はどうだったの?」

「来いなんて言っちゃいねえ。二階へ追い返そうとしたんだ。嘘じゃねえ、そうしたんだ。あいつが、ワインをここに持ち込んで、ほとんど自分で飲んだ、嘘じゃねえ、あいつが飲んで、服を脱ぎだした。やめてくれって頼んだのにさ、やめようとしなかった。けたけた笑って、狂ったようにどんどん脱いで、それから俺のシャツとズボンを剝ぎ取りにかかった……いいか、ほんとなんだ、暗かったし、俺が何にも関わらなかったって言ってるんじゃねえが、あんなおばさんとちちくりあうほどバカじゃねえ」

「そう、そうよね、ジョニー。アメリアも、そう思ってるはずよ。でも、ほかの人はどうかな。マーサ先生にかぎって言えば、たとえそれを証明できても、きっと信じたがらないでしょうね……一族の名誉とか、ねっ、いろいろあるでしょ」

「ハリエット先生が、本当のことを言わなかったのかなあ?」アメリアが不思議がった。

「まさか。実際に起きたことを覚えてても――あれだけ酔っぱらってたんだから、それはないと思うけどね――マーサ先生が、絶対に認めさせせないわよ」

「そろそろ潮時だと思ってたんだ。こんないかれた場所はうんざりだ」

「まあ、それほど悪いことばっかりじゃないのよ、いつもは」あたしは、学園を少しは弁護するべきだと思った。

「何もわかっちゃねえ。ここであいつを見て、あいつの話を聞いてたわけじゃねえからな……あいつは、俺を誰かほかのやつだと思ってたみてえだった。いや、そう思ってるふりをしてただけかもしれねえけど……」

「本当に出ていきたいなら、わたしたちは、そのために来たの」アメリアが言った。「森のなかの素晴らしい場所に連れていってあげる覚悟はできてるの」

「そこへ行って、俺はどうするんだ?」

「隠れるの。隠れるには、もってこいの場所なんだから」

「どのくれえのあいだ?」

「数週間かな」あたしが答えた。「数か月かもしれない。雨季が始まるまでか、危険がなくなるまで」

「今、どんな危険があるのさ?」

「マーサ先生の怒り。マーサ先生の怒りが収まるまでは、たぶんそこにいたほうがいいし、それにはずいぶんかかるかもしれないわ」あたしは言った。

「これからはずっと、そこにいたほうがいいと思うの」アメリアが言った。「ここには、絶対に戻ってきちゃダメ。そこが本当に気に入るわよ、ジョニー。丸太のうろがあって、夜寝られるし、昼間は、見ていて飽きない物がたくさんあるのよ。植物もあるし、木も鳥も。自然の営みをいろいろと目にできる。リスたちが食べ物をため込んでるし、いろんな昆虫が求愛をしているし、キツネが子どもの世話をしてる……それに、食べ物だってたくさんあるんだから……ナッツやベリーや天然の蜂蜜や……いつまでもいられるわよ、ジョニー」

「バカ言え、俺を何だと思ってんだ……何かの動物かよ?」彼が叫んだ。

「そうよ、そのとおりだわ」アメリアは、冷たくあしらった。「ほかの動物よりお利口じゃないことがときどきあるけどね。だけど、あなたを見つけたのはわたしだから、面倒を見る責任があるの。さあ、森へ行きたいの、行きたくないの?」

「行きたくねえ……少なくとも、今はまだ、いい子だ」

「それなら、いつにするか勝手に決めたらいいわ。だけど、わたしがあなただったら、ぐずぐずしてないけど」こう言うと、アメリアは部屋からつかつかと出てった。

「彼女の気持ちを傷つけちゃったんじゃないの」

「かまうもんか。ここのほかの連中とおんなじで狂ってやがる。誰が、ミミズやイモムシみてえなしみったれた虫けらと、じめじめした泥に横になりてえと思うかよ」

まあ、あたしなら、自分の生活のことなんかあまり心配しなかったでしょうけど、ルームメイトの肩を持たなくちゃと思った。「アメリアは、あなたのいい友だちよ。そのことは忘れないで」

「ここでの俺の親友は、あんただよ、お嬢ちゃん、知らなかったのか? あんたと俺は、物の見方がおんなじだ。ここの見栄っ張りなバカどもに騙されねえ。俺たちゃ、信仰も同じだろ? なら、俺が頼りにしなきゃなんねえのはあんただ」

「わたしに何をしてほしいの？」

「ここから逃げるのを手伝ってくれ。それだけじゃなく、いっしょに逃げてくれ。片脚で金もないし、残ってるヤンキーの軍服を着てたんじゃ、一人では遠くへ逃げられやしねえ。南軍の兵士に捕まりゃ、アンダーソンヴィルかもっとひでえところへ送られちまうし、このあたりをうろついてるのを北軍の連中に見られたら、脱走兵としてすぐさま射殺されちまう。いっしょに来てくれねえか、マリー？」

「返事をする前に、ハリエット先生が、ゆうべ何をしたのかちょっとだけ教えて」

「教えられっこねえだろうが、この悪童め！」

「それなら、マーサ先生が下りてきて、何が起きたの？」

「妹をここから引きずり出しただけさ、いいかげんにしろ！　この小悪魔、これだけ聞きゃ充分だろうが！　なあ、俺といっしょに来てくれねえのかよ、マリー。あんたは、このあたりの道を知ってる、少なくともある程度はな。それに、俺の娘だと嘘をつける、わかるだろう、妹でもいいかもな。そうやって、たっぷり同情してもらえる」

「アリスかエドウィナを連れてって、奥さんだって言ったら」

「来るもんか、ゆうべのことがあったんだから、どっちもな！」

「あたしは、三番目の選択肢ってこと？」

「いや、違う、一番目の選択肢で、アメリアが二番目だろうな。だけど、あの子は、ひでえ森のなか以外のところへ連れてくのは断るだろうな。ずっと遠くへ逃げてえんだ。ちくしょうめ、家に帰りてえんだよ！」

「まあ、当然、それには同情できるわ。あたしたち全員が、この退屈な場所から逃げ出したいと思ってるからね。ううん、パパが連れ戻しにきてくれたら、すぐに家に帰るつもりよ。だから、今は、あなたといっしょにどこへも行けないの、ジョニー」

「だけど、そんなに長いこっちゃねえ。川を渡って、どっちの軍からも遠く離れたところまででいいんだ。一日か二日、長くても一週間とかからねえ。そこまで行きゃ、俺も安全で、一人で何とかなるだろうからさ、あんたを汽車で送り返せる」

「今、この近くにはあんまり汽車が通ってないと思うわよ」

「そんなら、馬車か何かで帰ってくりゃいい。帰ってこれる手っ取り早い方法を、俺が見つける」

「無一文なのに、どうやってそのお金を手に入れるの?」

「どこかで調達する。片脚しかねえ哀れな男が、かわいい顔した女の子を連れてりゃ、難なく金を調達できるだろうよ」

「物乞いをしなきゃならないってこと?」

「違う、違うよ。俺たちが金にえらく困ってるように見えりゃ、こっちから頼まなくても、金をくれるやつがごまんといるだろう」

「物乞いと変わらないように聞こえるけど。それに、何だか面白そうだから、一日か二日、試してみるのはいいとしてもよ、パパが、ひょっこり訪ねてきて、あたしがそんなことをしてると知ったら何て言うかなあ」

「なあ、大事な話があるんだ。もっと早く話すべきだったのに、言いだす勇気がなかった。それを今になって何とか話そうとしてるのは、俺が逃げて、あんたをあの二人の口やかましいおばさんの意のままにさせたくねえからさ」

彼が、戦闘のあとで死にそうなパパに会って、あたしを捜し出すように頼まれたっていう、あの突拍子もない話を始めたのはそのときだった。そうなの、さっきも言ったように、今ならくだらない話だと思うけど、あのときは、とてもショックだった。

信じちゃった大きな理由は、もちろん、ジョニーの話し方だった。あの人なら、どんなことでももっともらしく話して聞かせられるはずよ。あのときだって、とてもやんわりした話し方で、あたしの手をぎゅっと握って顔をしかめてね、話してるうちに自分もとても悲しくなっちゃったって感じで、あたしが泣きだしたのを見たら、あたしに合わせてほんとに一滴か二滴、涙まで流したんだから。

今、彼のことを公平に言うなら、あの知らせにあたしがあんなに泣きわめくとは予想してなかったんじゃないのかな。あたしが、パパのことを大好きだって気づいてなかったんだと思う。人を愛せない人間だって思われるような何かが、どうもあたしの性格にはあるみたいなのよね。たぶんジョニーは、話を聞いて、あたしが一瞬動揺してもすぐに立ち直って、彼についていくと思ったんでしょうね。だって、それもあの嘘の一部だったんですもの、わかるでしょう。それが、あたしの「死にそうな」パパが、あたしにさせたがってたことだったそうだから。

とにかく、あたしが、びっくり仰天して大きな声を上げたものだから、ジョニーはすごく心配になった。そして、彼がもっと悪い嘘をついたのはそのときで……あたしを静かにさせるまで、部屋から出さないようにするためだったんだと思う。

あたしは大泣きしてたんじゃないのかな。そして、ドアのところまで行ってた。そしたら、ジョニーがさっと立ち上がって、できるかぎり急いでよろよろと歩いてきて邪魔をした。どうも彼は、パパについての話を、ほかの人にさせないほうがいいと思ってたみたい。マーサ先生とハリエット先生が、そんな話は嘘だとあたしを納得させるだろうし、そうなれば、あたしが、恨んでも恨みきれない敵になるって彼にはわかってたのよ。

だからジョニーは、パパが死にそうなのはあたしのせいだなんて、もっと動揺させる嘘をついた。金曜日にお肉を食べたので、神さまがあたしに腹を立てたんだって言ったの。それから、ますます悪いことになっちゃった。あたしが、家に帰ってママに会わせてくれるように、マーサ先生にお願いしてみるって言ったら、彼がね、あたしがしたことをママが知ったら、家に置いてくれないだろうから、この話を誰にもしないで彼といっしょに逃げるしかないんだって。

それから、彼は手を離したけど、廊下までついてきた。「何もかもうまくいくからさ、愛してるよ」階段を上ってくあたしに、彼が優しく言ったのを覚えてる。

「何も心配いらねえって。俺が全部引き受けるからさ」

あんなひどい嘘をついた途端、彼が後悔しだしたんだって、ほんとに思ってるの。あたしが、すぐさま泣きわめくってわかってたら、嘘なんて絶対につかなかったわ。それに、もちろん、そのせいであたしの態度がどう変わるかわかってたら、決して嘘なんかつかなかったはず。あの場合、あたしを怒らせるか、おびえさせるか、一か八かに賭けてみるなんて、頭が完全にいかれてなければできなかったでしょうね。

だって、ほら、あたしはあのとき、ジョニーとおんなじようにママがとても恋しかったし、すごく家に帰りたかったんだもの。そんな気持ちだったなんて、少し驚くかもしれないわね。ママは、パパほどあたしのことを気に入ってなかったし、あたしは、パパにとってよりママにとってかなり厄介者だったと思うから。

だけど、片親を亡くしたと思ったら、もう一人の親に思いが向くのは当たり前だし、その残ってるほうの親が、自分のことを前よりも少しは理解してくれて、寛大になってくれるのを期待するものよ。もちろん、ママが、ジョニーからあたしについてのひどい話を聞かされたら、理解してもらおうなんて無理だってちゃんとわかってた。ママは、人生の半分をお祈りに捧げるほど信心深い人だから、あたしは確信してたの。パパが死んだ原因があたしにあるってことを、ママは、言うことを聞かない自分の娘の最後の悪魔的所業としてしか受け取らないだろうって。

だから、あたしが家に帰ることになっても、あたしがそんな罪深い人間だなんてママの耳に絶対に入れさせちゃダメだってことははっきりしてた。それに、あたしが、彼についていって、彼の道案内や物乞いや、ひょっとしたら召使いにでもならないかぎり、ジョニー・マクバーニーが、ママに話さないと言いきれないのもはっきりしてるように思えた。そうしたとしても——たとえ、彼といっしょに出てって、言いなりになったとしても——いつかそのうち、彼がママに話すんじゃないかって、まだ信用できなかった。だって、彼は、その場の思いつきで動く衝動的な人だから、いつかあたしに嫌気がさして、とにかく行動に出る——ママに手紙を書いて、あたしをとことん傷つける——かもしれなかった。

おんなじ理由で、ジョニーから聞いた話について、マーサ先生にもハリエット先生にも話すつもりはなかった。どっちかが、学園のちょっとしたことで、あたしに腹を立てて、ママに何もかも伝えちゃわないともかぎらなかったでしょう。もちろん、何もかも嘘っぱちだったってわかったから、今なら、誰に知られてもいい。

だけど、結局、マクバーニーはとことんついてなかった——あたしが、先生たちに言わなかったってこと——だって、先生たちにすぐ話してたら、マーサ先生が——ひょっとしたら、ハリエット先生も——ばかげた話だと感づいて、応接間に乗り込んで、彼からほんとのことを聞き出したでしょう。そうなったら、もちろん、彼に対するあたしの態度も変わってたわ。つまり、ああやってあたしに嘘をついた彼に腹を立てるだけじゃなく、ママに告げ口されるんじゃないかって、もうびくびくしなくてすんだでしょう。

そうなの、あたしは部屋に戻って、長いことベッドに寝そべってた。アメリアは、森かどこかへ出かけちゃってたから、あたしは、ひとりで問題をかかえてた。

三十分かそこらすると、ほかの人たちが起きて朝食に下りてくのが聞こえたけど、あたしは、しばらくして寝ちゃって、何時間も眠ってて、あたしがいないのに気がついたんだとしても、誰も何もしてくれなかった。

目を覚ましたら、お日さまの高さからお昼だってわかって、ちょっとお腹もすいてきた。それより、朝ご飯にも、午前中の授業にも、誰も起こしにきてくれなかった――もちろん、別にどうでもよかったけど――それに、あたしの知ってるかぎり、生きてるのか死んでるのか覗きにきてもくれなかったのが、ちょっぴり頭にきだした。

それで、ベッドに横になったまま、頭にきたことを考えて自分を慰めたり、どうしたらジョニーがママに告げ口しないかなと考えたりしてたら、エミリー・スティーヴンソンが、ドアを押し開けて部屋につかつか入ってきた――ノックなんかするもんですか。生徒会長は、そういう細かいことにはこだわらない。

「何を泣いているのよ?」

「泣いてなんかないわよ」あたしは、怒鳴り返した。泣いてたと思うけど、そんなことを認めたらつけ込まれただろう。

「絶対に泣いているし、そのひどい顔からすると、しばらく泣いていたってことね。目が腫れてて、鼻も真っ赤だし、涙が泥を洗い流した跡がほっぺたに縞《しま》になってるわよ」

それで、あたしはカッとなった。「どんな顔をしてても、あなたに関係ないでしょう。それにね、人の部屋に勝手に入ってきて、授業に出なさいなんて言うことありませんからね。出るつもりなんてないんだから! すっごく気分が悪いのよ」そして、ちょっとはしたない捨て台詞《ぜりふ》を言った。パパもちょくちょく使ってたから、ほんとはそれほどひどい言葉でもないんでしょうけど、ここで繰り返すような言葉じゃないとは思う。

「減らず口を叩いていると、その汚い口を石鹸で洗ってやるから、あんた。全身じゃないにしても、その舌を洗ってやる」

「絶対に無理よ。このごろは石鹸不足だから、マーサ先生だって、そんな脅しはもう使わないもん」

「それなら、何かほかの薬を飲ませるように先生にお勧めするわ。気分が悪いなら、ヒマシ油をスプーンに二杯ほどさしあげましょうか。それを飲んだら、明日はさぞかし気分がよくなるでしょうよ」

「できるもんならやってみなさいよ。でも、去年の冬、あたしに無理やりヒマシ油を飲ませようとして、ハリエット先生の指がどうなったか忘れないことね。指を嚙まれたのを覚えてるかしら。それに、あたしの脚を押さえつけようとして、アリス・シムズは、膝小僧を思い切り蹴飛ばされたのよ」

それで、エミリーもちょっとためらったみたいで、立ったままあたしの顔を窺ってたけど、やっと言った。

「本当にむかつく子ね。どうしてこんな大事なことにあんたを入れるべきなのかわからないけれど、マーサ先生がどうしてもとおっしゃるものだから。あと数分したら、全員で書斎に集まるので、来なさい」

「今日は、どの授業にも出ないって言ったでしょう」

「授業じゃないわ。マクバーニーについての会議なの」

「これからずっと、ジョニー・マクバーニーとは関わりたくないわ」

「それが会議の目的なのよ。誰も、彼とこれ以上関わりたくないから、彼をどうするか決めなければならないの。無視しただけでは、うまくいかないようだからね」

「彼は、あなたには何にも悪いことをしてないじゃないの」こう言ったのは、ジョニーを弁護したかったわけじゃなくて、エミリーと言い合いをつづけたかっただけよ。

「今のところは、でしょう？　彼は、南軍が戦争全体に負けることになりかねない情報をヤンキーに提供する恐れがあるのよ、まったくもう。そうするつもりだとわたしに言ってから、まだ二時間も経っていないんですからね」

「だけど、その情報をどこで手に入れるつもりなの？」

「わたしから得ているの、別にあんたに言う必要はありませんけどね。わたしが、愚かにも彼にいろいろとしゃべってしまったのよ、南軍の計画と戦略についての機密事項をね。友だちだと思ったし、彼自身の問題を忘れさせてあげようとしていたものだから。いい、彼は恩をあだで返す気なのよ。ここから出ていくことになったり、あるいは彼がここにいると北軍か南軍の耳に入るようなことになったりしたら、その情報をばらして、わたしたちを……とりわけ、わたしと父を……裏切るつもりなのよ」

そうなの、彼女がお父さんのことを言ったので——軍の情報を自分の娘に話すようなおバカなんだから、裏切られたって当たり前じゃないって言ってやりたいけど——あたしは、パパのことをまた思い出して、また火がついたように泣きだした。

「ねえ、あんたったら、もう」どうやらエミリーは、南部が戦争に負けるのをあたしが心配してると思ったみたい。「何もかもうまくいくわよ。マクバーニーに、勝手なことはさせないから」

それで、あたしは、すがって泣ける誰かの肩がほしくてずっとそこにいたからだと思うけど、エミリーの肩にすがって泣いた。それほど、切羽詰まってたの。そして、そういう気持ちだったから、彼女がベッドから立ち上がらせてくれて、手を引いて階段を下り、書斎まで連れてってくれるままにしてた。書斎では、ほとんど全員が着席して、あの会議が始まるのを待ってた。

全員がいたと思うけど、一人だけ――アメリア――は、一日中、ジョニーのために森の隠れ家をきれいにしてたんだって、あとでわかった。もちろん、彼も最初はいなかったけど、あとで入ってきた。とにかく、アメリアがいなくてちょっと嬉しかった。だって、どうして彼女が二階に様子を見にきてくれなかったのか、説明がついたから。少なくとも、このお屋敷のほかの人たちが、誰もあたしの幸せに興味がなくても、アメリアが近くにいたら、彼女だけは興味を持ってくれたかもしれないって思えた。

34 ハリエット・ファーンズワース

注一、これは、当日のわたしの大まかなメモを清書した文書ではあるが、以下に示す会話ならびに証言の大半は、七月三日の午後に行なわれた内容を正確に再現している。

注二、当該文書の目的のため、七月三日に行なわれた会議の適切な呼称に関し、マーサ・ヘイル・ファーンズワース先生とのあいだで協議を行なってきた。わたしは、これまで「調査記録」という呼称が状況にもっとも合致するという姿勢だった。なぜなら、姉が提案した「裁判」では、何らかの既得の法的権限を前提としているように思われるが、わたしたちはそのような権限を持っておらず、過去に持ったこともない。しかし、当時の状況とわたしたちの孤立した状態から、わたしたちは一時的な法的権限を与えられて然るべきだったというのが姉の主張である。姉は、あの時点で結論に達し、判断が下されたのであるから、裁判は実際に行なわれたのだと信じている。少なくともこの単語を小文字でつづる意味においては、おそらく姉の言うとおりなのだろう。しかし、この記録がわたしの手元にある以上、自らの良心に従って命名するのがわたしの特権だと考える。いずれにせよ、これは些細な事柄であり、姉もわたしも、正義は言葉の定義に依存しないと認識している。

調査の準備

七月三日、正午三十分過ぎごろ、マーサ・ファーンズワース先生が、会議を始める準備が整ったと述べた。当学園の書斎の時計は、過去一年間に二度止まり、その期間、正確な時刻を教えてくれる訪問者もなかったため、太陽をもとに針を合わせるしかなく、時刻は不正確に違いない。

書斎に集まった人物は以下のとおりである。マーサ・ファーンズワース先生、ハリエット・ファーンズワース、エミリー・スティーヴンソンさん、エドウィナ・モロウさん、アリス・シムズさん、マリー・デヴェローさん、マチルダ・ファーンズワースである。うち一名、マリー・デヴェローさんが遅れて入室したため、会議の開始が遅れた。一名は出席しなかった。それはアメリア・ダブニーさんで、屋敷には不在で、報告されたところによれば、その所在を出席者は誰も知らなかった。

出席者は、書斎のテーブルを囲んで着席した。マーサが、上座の父の古い椅子に座り、わたしがその左に、マッティが一番下座、ほかの生徒たちがそのあいだに座った。わたしの前に、この記録――父の古い煙草の帳簿を代用――と当日の朝、マッティが作ってくれたブラックベリーのインクの入ったカップ、そして同じくマッティからもらった、先を尖らせた羽根ペンがあった。この羽根は、マクバーニー伍長のために数週間前に彼女が料理した野生の七面鳥から取った最後の一本だった。

エミリーとアリスに関係する多少軽薄な言動があったが、実際には、わたしが心配したほどのことではなかった。


もちろん、授業開始が遅れるとの発表がなされても、比較的穏やかに受け止められたのは、一つには、最年少の生徒二人であるアメリアさんとマリーさんがいなかったからだ。あの二人は、ほとんどどんな場合もそうだが、予期せぬ出来事を知らされた場合にはとくに、何らかの騒動を起こすと見て間違いない。奇妙なことに、この会議に出席したマリーは、とても静かで遠慮がちに見え、両手を握り締めて座っているだけで、ほかの人に興味を示していなかった。かなり蒼白い顔をしているので、日暮れまでによくならないようなら、何か病気にかかっているかもしれず、ヒマシ油かマッティの薬草を飲ませることにした。

とても座り心地のいいもう一つの椅子――いつもは、書斎の暖炉を挟んで父の椅子の向かい側に置いてある大きな袖つき安楽椅子《ウィングチェア》――が、テーブルからある程度離して置かれた。これは、マクバーニー伍長が会議に出席すると決めた場合に使用することになっていた。マーサ・ファーンズワース先生の提案で、マリーさんの椅子にクッションを二枚置き、テーブルに着いたほかの出席者と同じ高さになるようにした。

［マーサ先生］（会議の開始を呼びかけるため、ティースプーンでカップを軽く叩き）会議を始めましょう。ハリエット先生、出席を取ってください。

［ハリエット］（出席を取る）

［マーサ先生］（冒頭陳述）手短に冒頭陳述をさせていただきます。まず、これからしようとしていることの重大さを、みなさん全員に理解していただきたい。わたしたちは事実上、ここファーンズワース学園に小さな裁判所を設置しているも同然なのです。わたしたちが今必要としていることをしてもらえる裁判所がほかにないため、そうするしかないと思っています。みなさんで、特定の事柄についての真実を究明し、その知識に基づき、わたしたちにとって最善と思われる決定を下すことになります。ご存じのように、当学園にいるある人物に、いくつかの非常に重大な罪の嫌疑がかかっています。ほかにもいくつかの重大な罪の嫌疑もかかっています。わたしたちは、これらの事柄において、彼に過失責任がどの程度あるのかを糾明《きゅうめい》しなければなりません。そして、もっとも大切なことは、これらの犯罪が繰り返される、悪くすればそれが犯される可能性が高い、ことによると非常に高いかどうかを見極めなければなりません。

［マリーさん］先生は、ジョニーを罰するつもりなの？

［マーサ先生］裁判官は先生一人ではなく、みなさん全員です。そして、わたしたちは、誰かを罰するために集まったのではありません。わたしたちを守る方法を見つけるためにここにいるのです。教会で神と対峙するとき、あるいは夜お祈りを捧げるときと同じ、熱意と厳粛の精神でこの会議を行なわなければならないと、前もって強調しておきます。真実を求めることは、神を求めることなのです。

［マッティ］アーメン。

［マーサ先生］この事柄に、意識を集中しなさい。忍び笑いや落ち着きのなさはお断りです。背筋を伸ばして椅子に座りなさい。質問に答えるよう求められた場合、あるいは議長席に向かって陳述したい場合を除いて話をしてはなりません。

［マリーさん］議長席って何？

［マーサ先生］先生が座っている席のことです。先生が、この会議の議長と言えるかもしれません。

［エドウィナさん］これが裁判所なら、先生を判事と呼ぶべきではありませんか？

［マーサ先生］皮肉のつもりでしたら、あなた、場違いですよ。この会議に判事を置くとすれば、それはみなさ

ん全員です。

［アリスさん］ジョニーは出席するんですか？

［マーサ先生］本人が望むようでしたら、出席してもらいます。彼の存在は重要ではありません。彼の証言に頼るつもりはありませんからね。

［ハリエット］どうしてですの、お姉さま？

［マーサ先生］彼を信用できないからに決まっているでしょう。

［マリーさん］あたしのカトリックの祈禱書に手を載せて宣誓してもらえばいいわ。

［マーサ先生］どんな誓いを立てようと、きっと躊躇せずに自分の悪行に偽証を加えるでしょうね。ですが、彼もわたしたちに加わりたいようなら、会議中、自由に妥当な陳述をしてもらい、わたしたちもそれに耳を傾けます。ところで、彼が出席しても、笑いかけてもいけませんし、彼が激怒しても、それを笑ってはなりません。それによってこの会議を中断させようとしているのかもしれませんからね。わたしたちには、彼に騙された経験があります。もう騙されないようにしましょう。

［エドウィナさん］彼の被告人代理を務める人はいるのですか？　裁判では、それが慣例だと思いますが。

［マーサ先生］あなたでも、ここにいるほかの誰でも、彼を弁護したければ、いつでも自由に弁護してかまいません。

［エミリーさん］軍法会議では通常、法務官が検事の役割を担いますけれど。

［マーサ先生］これは軍法会議ではありません。全員が判事なのですし、お望みならば被告側弁護人なのですから、全員が検察官でもあります。さあ、ほかに何か意見はありますか？　マクバーニーさんを召喚する前に、議事進行について何か質問はありませんか？

［ハリエット］（一瞬間を置いてから）もう質問はないようですよ、お姉さま。

［マーサ先生］よろしい、では、原則としてこの会議を授業と同じように行ないます。発言を求められたら、さっさと手短に真実を答えなさい。求められていないときに発言したい場合、あるいはちょっと部屋を離れたい場合は、手を上げなさい。質問や意見は、適切であること。被告人に直接話しかけてはいけません。彼に質問されたら、先生に答えなさい。よろしい、さて、被告人はどこにいますか？

［マッティ］彼なら、応接間ですよ。今朝、朝食を持ってったときにはそこにいましたし、そのあと動き回ってるのは見てませんですから。

［アリスさん］朝食のあと、少なくとも一度は応接間から出たわよ。ボトルを三本脇に抱えて、ワイン貯蔵室の階段を上がってくるのを見たもの。

［マーサ先生］あのワインが全部なくなってしまえば、みんなが救われますね。

［ハリエット］それで全部かもしれませんわ、お姉さま。彼が三本持っていたのでしたら、それがほとんど最後だったかもしれません。

［マーサ先生］全能の神に感謝するわ。マッティ、応接間のマクバーニーさんに、わたしたちに加わるよう伝えにいってちょうだい。

［ハリエット］待って、お姉さま。ここで話し合われる事柄のなかには、とても個人的な内容もありますのに、マクバーニーさんに出席していただくのは賢明なことだと思いますか？

［マーサ先生］その事柄は、彼に関係しているのですよ、あなた。わたしたちは、彼に関係すること以外話すつもりはありません。

［ハリエット］そうだとしても、若いお嬢さんたちのなかには、彼の前でそのような事柄を話したら戸惑う方もいるのではないかしら。

［マーサ先生］戸惑おうがどうしようが、かまうものですか、自業自得です。誰か、彼のいるところで話すのを拒否するほど嫌な人がいるのでしたら、ぜひ教えてほしいわ。これは、あなた方の誰かの事件なのですか？

［ハリエット］（一瞬間を置いてから）どうやら、誰も話すのを拒否しないようですよ、お姉さま。

［マーサ先生］あなた自身はどうなんです？

［ハリエット］わたしは、拒否いたしません。

［マーサ先生］よろしい、では、彼を呼んできなさい、マッティ。

（この間に、いくつかの偶発的な言葉が交わされたが、会議が正式に進行中だったことから、それもこの記録に含めることにした。）

［マーサ先生］何をしているんです、あなた？

［マリーさん］ハエがぶんぶんうるさいから、捕まえようとしてるんです。

［マーサ先生］静かに座っていれば、どこかへ飛んでいきます。あなた、何の絵を描いているんです？

［アリスさん］（ペンを置いて）別に。

［マリーさん］短剣が心臓に突き刺さってる絵よ。

［マーサ先生］あなたに質問しているのではありません。余分なインクと筆記帳があるのでしたら、アリスさん、掛け算表やフランス語の動詞の練習に使ったらいかが。

［エミリーさん］彼は、自分から進んでは来ないかもしれません。縛り上げて引きずってこなければならないかもしれませんよ。

［マーサ先生］そのようなことは、絶対にいたしません。自分への嫌疑内容を聞きたくないのでしたら、それは彼の権利です。

［マリーさん］ちゃんと来るって。今日は、たまたま彼の誕生日だから、彼のためにパーティーみたいなものを用意してくれたんだって思うかもしれないわ。

（ちょうどこのとき、ジョン・マクバーニーさんがマッティを従えて、松葉杖で部屋に入ってきた。自分の軍服を着ていた。マッティが繕い、アイロンをかけておいたのは明らかだった。きれいにひげを剃って、髪を梳かしており、ほとんどしらふだった。）

［マクバーニー伍長］やあ、こんちは、みなさん。今日は、食堂じゃなく、ここで昼食を出してくれるのかと思った。

［マーサ先生］マクバーニーさん、わたしたちは、あなたにかかっている嫌疑を検討するためにこの会議を招集しました。ここで、それを聞いてくださいますか？

［マクバーニー伍長］もちろんだよ、マーサ先生。俺のことを話すんなら、何を言われるのかちゃんと聞かねえとな。若造にはなかなかねえだろう、若いお嬢さん方が、自分に対する胸のうちを打ち明けるのを聞く機会なんてさ。だけど、間違ったことを言ったら、もちろん直させてもらうからな。

［マーサ先生］ここでは、真実しか話すつもりはありませんし、あなたにその能力がおありなら、あなたも同じようにしていただきます。わかりましたか？

［マクバーニー伍長］よくわかりましたよ、先生。

［マーサ先生］その椅子に座ってください。

［マクバーニー伍長］（座り）御意。

［マーサ先生］よろしい、ではつづけましょう。ジョン・マクバーニー、わたしたちが、今日ここに集まったのは……

［マクバーニー伍長］俺とマッティを正式に結婚させるため。

［マーサ先生］（ティーカップを叩き）静粛に！　行儀よくしていられないのでしたら、退席していただきますよ！　もう一度言います。わたしたちが、今日ここに集まったのは、あなたの側の重大かつ犯罪的な違反行為に関するいくつかの嫌疑ならびに軽度の犯罪に関連するいくつかの嫌疑の信憑性を調査するためです。（自身の聖公会祈禱書の白紙ページに列挙された嫌疑内容を見なが

ら）軽度の犯罪には、話の不誠実さ、婦人や子どもへの面罵および下品な言葉の使用、過度の飲酒、酩酊状態で婦人や子どもの前に現れることが含まれます。

［マクバーニー伍長］それらの事柄については、心からお詫びしますよ、みなさん。

［マーサ先生］あなたに嫌疑がかかっている大きな犯罪には、学園の財産の破壊および損傷、金銭および貴重品の窃盗、当世帯の一名に対する重大な肉体的暴力、他の世帯員に対する脅迫的な暴力、ならびに現在のところ列挙はしないものの、性的ないくつかの犯罪行為が含まれます。

［マクバーニー伍長］おい、何で列挙しねえんだよ、先生？　ここでは、みんな友だちだろう。

［マーサ先生］それらは、いずれ時期が来たら確認します。

［マクバーニー伍長］みんな嘘っぱちだ。何も盗んじゃねえし、冗談のつもり以外では脅したこともねえ。過って椅子を一つか二つ壊しちまった。仕事が見つかったらすぐに弁償する。

［マーサ先生］これらの嫌疑に対する返答として、ほかに言いたいことはありますか？

［マクバーニー伍長］ねえよ、先生。まだほかに言いてえことがあるなら、言ったらいい。

［マーサ先生］軽度の犯罪については、すべて罪状を認めるのですか？

［マクバーニー伍長］はい、はい。

［マーサ先生］それでは、もしよろしければ、軽度の嫌疑の討議に時間を無駄にせず、以後、重大な嫌疑に注意を向けましょう。

［マクバーニー伍長］みんな嘘だって言ってるだろうが。何も盗んじゃねえ。

［マーサ先生］よろしい、それでは、二つ目のグループの最初の嫌疑を取り上げましょう……学園の財産の破壊および損傷です。

［マクバーニー伍長］それについても罪状を認めるよ。

［マーサ先生］対象となる財産の列挙をお望みですか？

［マクバーニー伍長］いや、その必要はねえ。あんたの言うことを信じてやるよ、マーサ先生。そこに皿を何枚か、それともワイングラスを一個か二個つけ加えたって、かまやしねえ。ここで過ごさせてもらった素敵で楽しい時間のお礼に、少しぐれえ余分に払ったって気にしねえよ。

［マーサ先生］よろしい、では、次の項目に進みましょう……金銭および貴重品の窃盗ですが、これは、わたし

個人に関わる問題です、マクバーニーさん。連邦政府の金貨で二百ドル、鍵束につけた鍵、金のチェーンに通した貴重な金の装飾品を盗んだ罪で告発します。

［マクバーニー伍長］頭がおかしいんじゃねえのか。

［マーサ先生］金銭と品物についてすべて知らないとおっしゃるのですか？

［マクバーニー伍長］俺がロケットを持ってたのは知ってるだろうが。ワイン貯蔵室で、何日か前の夜に返しただろう。あんなふうに踏み潰したんだから、あんたにとって大して価値があるはずはねえよな。

［マーサ先生］鍵束を持っていることは否定なさるのですか？

［マクバーニー伍長］いや、鍵束を持ってると認めるし、護身用なんで返すわけにゃいかないねえ。片脚しかねえんで速く動き回れねえってのに、火事とか地震とか、万一のときに、屋敷のどこかに閉じ込められたくないんでね。

［マーサ先生］閉じ込めると、誰かに脅されたのですか？

［マクバーニー伍長］脅せっこねえさ、俺が鍵を持ってるかぎりはな。大事に取っといて、ここを出てくときに返してやるよ。

［マーサ先生］それまでは、その鍵を使って屋敷中の部屋や戸棚を略奪するつもりなのですね。

［マクバーニー伍長］そりゃねえぜ、先生。許可なくこの屋敷のどの部屋にも、まだ入っちゃいねえよ。入ったのは、鍵のかかってねえ下の部屋とワイン貯蔵室だけだ。

［マーサ先生］あなたは、鍵を持ち出し、お金と宝石を盗むためにわたしの部屋に入りました。

［マクバーニー伍長］違う！　金なんか盗んじゃねえし、鍵束とロケットはもらったんだ。

［マーサ先生］誰にです？

［マクバーニー伍長］ここの誰かにだよ。

［マーサ先生］あなたは嘘をついています、マクバーニーさん。

［マクバーニー伍長］嘘なんかついてねえってば、くそったれ！　あんたの部屋には一度も入ってねえ！　鍵を持ってるのは認めるが、ワイン貯蔵室と、あんたがあの拳銃を隠しといたあのキャビネット以外にゃ使ってねえ。くそ、そんなに大事なら返してやるから、どこにでも俺を閉じ込めたらいい。あんたがそんな手に出たら、ドアなんてすぐにぶっ壊してやる。

［マーサ先生］そしてお金ですが、お金も返してくださるのですか？

［マクバーニー伍長］あんたのくそ金なんか持っちゃいねえ！

［マーサ先生］では、いったい誰が持っているのですか？

［マクバーニー伍長］知るか！

［マーサ先生］よろしい、マクバーニーさん。この件については行き詰まってしまったようですので、次の嫌疑に進みましょう。今朝、アリス・シムズに直接問い質《ただ》したところ、マクバーニーさん、彼女は、あなたと不適切な関係を持ったことを認め……

［マクバーニー伍長］認めたのか？

［マーサ先生］強要されたと言っています。

［マクバーニー伍長］嘘だ！

［マーサ先生］従わなければ、身体的危害を加えると脅されたと主張しています。

［マクバーニー伍長］嘘っぱちだ、自分でもわかってるんだろうが、アリス！　なぜそんなことを言ったんだ？　答えろ、アリス、なぜ嘘をついた！

［アリスさん］あたしの名前は、アリシアです……それから、あんたとは話しちゃいけないことになってるんで……

［マクバーニー伍長］そいつは嘘をついてるんだ、マーサ先生。ほかにも大事なことを教えてやる……あんたの部屋から鍵束とロケット、それからたぶん金も盗んだのはそいつだ。

［アリスさん］取ってません、マーサ先生。ほんとよ！

［マーサ先生］静粛に、アリスさん。マクバーニーさん、あなたには、この十五歳の少女と肉体関係を持ったという嫌疑がかかっています。

［マクバーニー伍長］彼女は、十七か十八だ、冗談じゃねえよ！　よく見てみろ！　自分で、十八だと言ったんだ！

［マーサ先生］嫌疑を否認なさるのですか？

［マクバーニー伍長］ここから追い出されねえように、年を偽ってるのがわかんねえのか？

［マーサ先生］夜遅くなってからこの少女の寝室に行ったことを否認なさるのですか？

［マクバーニー伍長］しやしねえけど……

［マーサ先生］彼女の部屋に押し入ったことを否認なさるのですか？　従うよう彼女に強要したことを否認なさるのですか？

［マクバーニー伍長］無理強いした覚えはねえ、いいかげんにしろ！

［アリスさん］したんです、マーサ先生！　先生が言っ

たことを、全部無理強いしたのよ。あたしに、悪いことをさせて……先生の鍵とロケットを盗んで……お金だってそうだよ！

［マクバーニー伍長］嘘だ、嘘八百だ！　なあ、鍵について本当のことを教えてやる。そいつに鍵を手に入れてくれと俺が頼んだ、鍵だけをな！　ほかのもんを取れなんて頼んじゃねえ！

［マーサ先生］マクバーニーさん、この十五歳の少女と性的関係を持ったことを否認なさるのですか？

［マクバーニー伍長］十五じゃねえと言ってんだろうが、くそったれ！

［マーサ先生］嫌疑を否認なさるのですか？

［マクバーニー伍長］いや、しねえ、否認なんかするか！

［マーサ先生］よろしい、では次の嫌疑に移りましょう。あなたは、エドウィナ・モロウさんと不適切な関係を持った罪にも問われています。

［マクバーニー伍長］誰が、その件で俺を告発してるんだ？　エドウィナが、そう言ったのか？

［エドウィナさん］（筆記帳に絵を描きながら）言った覚えはないわ。

［マーサ先生］エドウィナさん、あなたとマクバーニーさんのあいだにそのようなことが起きたのを否認なさるのですか？

［エドウィナさん］（まだ絵を描きながら）そのようなことが起きたのを否認などしていません。そのようなことが起きたと言ったのを否認しているんです。

［マクバーニー伍長］（立ち上がり、松葉杖で前に身を乗り出し）おまえと俺とのあいだには何もなかった。あったとおまえは言ったな、思い知らせてやる、おまえ。思い知らせてやるからな、覚えとけ！

［マーサ先生］彼のことを気にしてはなりません、エドウィナさん。彼の脅しに耳を貸してはいけません。さて、マクバーニーさんが、アリスさんにしたのと同じように、あなたにも強要したと申し立てられています。

［マクバーニー伍長］彼女が言ったのか？　エドウィナがそう言ったのか？

［マーサ先生］アリスさんが言いました。エドウィナさんからそう聞いたと、アリスさんが申し立てています。

［マクバーニー伍長］くそっ、エドウィナさんについていいことを教えてやる！

［エドウィナさん］言っていません、言ってなんかいないわ！　ジョニー、わたしは、何も誰にも話していないわ！

［ハリエット］お姉さま、伝聞証拠ばかりを問題にしすぎているように思いますけれど。

［マーサ先生］静粛に、あなた。伝聞証拠になど頼ってはいません。さあ、エドウィナさん、この男の脅しにおびえてはなりません。あなたの名声もほかの人の名声も、彼が傷つけるようなことにはなりません。彼がここで働いた悪事を、わたしたち全員が忘れます。そして、それが二度と起こらないと、わたしが約束します。

［エドウィナさん］本当に、アリスには何も言っていません……

［アリスさん］そうだと思ったのよ、エドウィナ。彼に襲われたんでしょう、あたしとおんなじように？

［マクバーニー伍長］しちゃいねえ！　彼女にはほとんど触ってもいねえんだ。それに、俺が何をしようと、彼女は従ったんだ！

［マーサ先生］それが、あなたの弁解ですか、マクバーニーさん？　アリスさんが、恐怖心からどのようにあなたの要求に従ったのかは、すでに聞いていますし、このうら若い淑女、エドウィナ・モロウさんも、あなた怖さゆえに同じようにしたのは明らかです。

［マクバーニー伍長］淑女？　淑女だ？

［マーサ先生］彼の言うことなど気にしてはいけません、エドウィナさん。これ以上、あなたを傷つけるようなことはさせませんから。さて、次の嫌疑に移ってもよさそうですね。わたしの妹とマクバーニーさんの行為について。

［ハリエット］お願い、マーサ……！

［マクバーニー伍長］彼女も襲ったと告発するつもりか？

［マーサ先生］わたしには、その資格があると思います。この目で見ましたからね、マクバーニーさん。

［マクバーニー伍長］でもって、それも彼女の同意なしだったってか？　俺が二階へ上ってって、そのおばさんをベッドから引きずり出し、髪の毛を引っ張って階段を下り、がりがりの身体からネグリジェを剝ぎ取ったってか？

［ハリエット］おっ、お願いです……わたしは、記録しようとしているんです。どんどん進むので、ついていけません。

［マーサ先生］次の項目に移ろうと思います……昨日の午後、ハリエットさんの寝室で起きた彼女に対する身体的暴行です。それを否認なさりたいですか、マクバーニーさん？

［マクバーニー伍長］いいや、ほかは何も否認しねえ。

（書き起こし不能！）かきやがれ、先生よ！

［マーサ先生］ハリエット、その暴行について何か言いたいことはありますか？

［ハリエット］彼は、わたしを殺そうとしたのよ！

［マクバーニー伍長］あんたも（書き起こし不能！）かくんだな、ハリエット先生。

［マーサ先生］マクバーニーさん、若い淑女たちの面前で、この件をこれ以上お話しするのは耐えられません。もう一点だけここにあります、マクバーニーさん。この子、マリー・デヴェローに今朝何をしたのですか？

［マクバーニー伍長］何もしちゃいねえよ、おばさん。

［マーサ先生］マクバーニーさん、今朝六時ごろ、彼女が居間から二階へ上がってくるのを見ました。あなたが階段までついてきて、声をかけるのを見ました。彼女は、ネグリジェで、とても蒼白い顔をして泣いていました。彼女に何をしたのですか？

［マクバーニー伍長］このスケベばばあ！

［マーサ先生］彼女は、一日中部屋にこもっていました。そんなことは、彼女がこの学園に来てはじめてです。彼女が食事に来なかったのも、はじめてのことです。彼女にいったい何をしたのですか、マクバーニーさん？

［マクバーニー伍長］本人に聞けばいいだろう、この禿げのくそばばあ！

［マーサ先生］彼は、あなたに何をしたのですか、マリーさん？

［マリーさん］（泣きながら）別に、何もしなかったわ。

［マーサ先生］彼を怖がらなくていいのですよ、いい子ね。この屋敷の誰も、二度と彼を怖がる必要はありません。

［マクバーニー伍長］（出ていこうとしながら）そういうことか、マーサ先生よ。そういう魂胆なんだな？いいか、片脚でもな、おまえらが束になってかかっても俺にゃかなわねえ。それに、こっちにゃ拳銃があるのを忘れるなよ。大事なことを教えてやる。俺は、今日、ここを出てくつもりだったんだ。俺がほしいのは、出てく前にあんたらの善意を見せてもらうことだけだったのさ。だけど、出てく準備ができるまでは置いてもらうことにする。そちらさんは、俺に嫌疑があると思ってるようだが、俺が、この屋敷中で何かほんとに騒動を起こすまで待つこったな。（この時点で、マクバーニー伍長は退室した。）

［マーサ先生］さて、彼をどうしますか？

［マチルダ］出ていかせなさい。荷造りさせなさいまし。箒《ほうき》で掃き出してやりなさいまし。言ってやればいい、

「ヤンキー、とっとと失せろ！　ここからとっとと失せろ！」とね。

［マーサ先生］もう言いましたよ、マッティ、でも何の効果もなかった。

［マチルダ］直接言ってやったわけじゃないでしょう？　はっきり言葉で言ったわけじゃない。お嬢さまは、あいつが出てくことについて優しすぎたのかもしれないね。そろそろ、意地悪になって、「ヤンキー、これが、今あんたがしなきゃなんないことだ。たった今、ぐずぐずするな！」と言ってやってもいいかもしれねえ。

［マーサ先生］いいかげんになさい、マッティ。おまえも、みんなと同じように、意見を言う権利がありますが、おまえの意見はいらないと言われても頑なに提案をつづけてはいけませんよ。

［マチルダ］じゃあ、あいつを追い出せないなら、正門に行って大声で喚いてくだせえ。みんなして正門に行って喚くんです。「この屋敷には役立たずのヤンキーがいて、お願いだから出てってくれと言っても聞き入れてくれない。誰か屋敷に入ってきて、頼むからその役立たずのヤンキーを放り出しとくれ」とね。

［マーサ先生］マッティ……

［ハリエット］説明させてちょうだい、マッティ。この近くには、もう南軍の兵士はいないの。今、その辺の道にいる部隊は北軍の兵士だけで、その人たちに助けを求めたりしたら、マクバーニー伍長に対処するよりも大変なことになるかもしれないのよ。ましてや、彼が、ここで虐待されたなどと言ったら大変でしょう。

［エミリーさん］（強硬に）虐待なんてとんでもないわ！　虐待されたと、あっちが思っているのは知っています。片脚を失ったからだと思いますが、ほかにも見当違いの理由があるのかもしれません。戦いで脚を失っても、マクバーニーがここで受けたような手厚い治療の半分も受けていない、南軍の兵士たちのことを考えようともしないで。

［ハリエット］出ていっても、わたしたちについて人聞きの悪いことは言わないと思いますが、それでも、彼がここで被ったと思っている不当な扱いを償うためにお金をあげたいですね。

［エミリーさん］優しすぎますよ、ハリエット先生。彼はお金を盗み、とにかくわたしたちを裏切ったんです。マーサ先生は、彼に対するもっとも重大な嫌疑だとわたしには思える件を口にすらなさらなかった。発言を求められていたら、南軍の軍事情報を探り、敵に提供しようとしていると非難してやったのに。

［マーサ先生］本題から逸れないように、みなさん。彼をどうしましょう？

［アリスさん］元いた森に連れてって、置き去りにしたらどうかな。

［エドウィナさん］彼が、道へ出ていくよりも速く森へたどり着けると思えるなんて、どういう頭をしているの？

［アリスさん］眠ってるか意識を失ってるかしたら、みんなで作ったあの担架に乗せて連れてけるんじゃないの。

［ハリエット］あいにく意識を失わせる手段はないと思いますよ。アヘン剤か麻酔薬でもあれば、マーサ先生が使っていたでしょうからね。

［マリーさん］手術の前に彼を眠らせるために、たくさんワインを飲ませたわ。今度もおんなじ手を使ったら？

［ハリエット］ワインは、もうほとんどないと思いますよ。マクバーニーさんが、貯蔵室からほとんど持ち出してしまったようですから。

［エドウィナさん］みんな忘れているようですけれど、強いお酒か何かほかの方法で意識を失わせても、永久にそのままでいるわけではないのよ。

［アリスさん］そうだよ。それに、彼が森から戻ってくるようなことになったらさ、もっとずっとひどいことになるかもしれない。

［エミリーさん］紐でしっかり縛ってはどうかしら。そうすれば、戻ってこられないでしょう。

［エドウィナさん］森に置き去りにして、飢えや喉の渇きで死ぬのを待つって言っているの？　きっとね、エミリー、それはあまり楽しい死に方ではないわ。

［アリスさん］もちろん、彼が本当に死んだとしてもさ、この三年間に、ここにいるみんなの多くの近い親戚もそうだったけど、ほかの大勢の兵士に起きたこととあんまり変わんないんじゃないの。

［エミリーさん］まったくそのとおりよ、アリス。その言葉を聞いてどんなに嬉しいか。

［マリーさん］それより、アリスの近い親戚の誰が殺されたのか聞きたいわ。

［アリスさん］喜んで大勢の名前を教えてやるわよ。だけど、その前に、この意地悪な子の親戚で命を犠牲にした人がいるなら、一人でも教えてほしいもんだよ。

［マリーさん］できないと思ってるんでしょ、アリス？　ちょっと賭けでもしない？　たとえば、夕ご飯にたまたまお肉が出たら、自分の分をあげるってのはどうかな。

［マーサ先生］（ティーカップを強く叩きながら）ほらほら……個人的な言い争いをしている場合ではありませ

んよ……それに、どのような場合であれ、それは議論するにふさわしい内容ではありません。

［アリスさん］そもそもあんたのルームメイトが、彼を森から連れてきたりしなければ、こんな会議をわざわざ開くこともなかったのにさ。彼は、ずっと前に死んでただろうからね。

［マリーさん］いいじゃない！　それでこそ、あなたのいつもの卑怯なやり方だわ。自分を擁護するために、ここにいない人を攻撃するのがね。

［ハリエット］ほらほら、いい加減にしなさい！　それから、アリスさん、アメリアさんの慈善行為を責めてはいけません。結局のところ、彼が二度、重篤な状態のときにマーサ先生が治療しなければ間違いなく死んでいたんですよ。だから、落ち着いてよく考えなくてはね、そうでしょう、みなさん？

［マーサ先生］何を考えるんです、ハリエット？

［ハリエット］神さまが、二度も天国の門へ彼を召されたのに、わたしたちが、彼を連れ戻すのをお許しにならなかった。そのことのどこかに、わたしたちへのしるしがあるのかもしれません。

［マーサ先生］何が言いたいんです、ハリエット？

［ハリエット］別に、お姉さま。独り言です。

［マリーさん］興味があるなら、ジョニーを森へ連れてく方法を考えられるかもしれないけど、彼をそこから出さないようにする方法は誰かほかの人が考えてね。

［ハリエット］どうやって彼を連れていくの？

［マリーさん］えっと、森にアメリアの秘密の隠れ家があるの。正確な場所は教えないけど、森のずっと奥。あの子が、そこへ行こうってもうジョニーに提案したんだけど、今のところは嫌だって。だけど、そこへ行く何かいい理由でもあれば、行くって言うと思うんだよね。

［マーサ先生］それで、そのいい理由を思いついたのですか？

［マリーさん］はい、マーサ先生。あたしたちのことをすごく怖がってれば、行くんじゃないかな。

［ハリエット］でも、怖がってはいませんよ。まるで逆でしょう。わたしたちのほうが、彼を怖がっているわ。

［マリーさん］だけど、それを変えられるわ。あたしたちが、彼にひどいことをしようとしていると思わせたら、怖がるんじゃないの。

［エミリーさん］それで、どんなひどいことを考えているの？

［マリーさん］えっと、誰か一人が、ほかの人たちが彼を殺すことにしたって、彼に言いつけるとか。

［ハリエット］　マリーさん、そんなことを言ってはいけません！
［マーサ先生］　ハリエット、場合が場合です、誰のどんな計画にも耳を貸さなければなりません。わたしたち大人では、マクバーニーに太刀打ちできそうもありませんからね。ことによると、若い人たちのほうが、いい考えを思いつくかもしれません。つづけなさい、マリーさん。
［マリーさん］　そのう、思いついたのは、ほんとにそれだけ、採決したら、彼を死刑にすることになったってあたしが言うことだけ。
［エミリーさん］　わたしは、大賛成！　いい考えだわ！
［エドウィナさん］　どうやってその死刑を執行するつもりなの？　万一彼に聞かれたら？
［エミリーさん］　銃殺隊。
［エドウィナさん］　ばかばかしい。何の銃殺隊よ？
［アリスさん］　吊るし首。エドウィナが書き方帳に描いている絵みたいにさ、彼を吊るし首にするつもりだって言えばいいんじゃない。
［エドウィナさん］（絵を線で消しながら）ただのいたずら書きで、マクバーニーとは関係ありません。
［マリーさん］　どっちでもいいけど、悪い考えじゃないわ。ジョニーが聞いたら、相当おっかないよ。
［ハリエット］　信じると思いますか？
［エミリーさん］　もちろんですよ。戦時中にはごく当たり前のことです。密偵や裏切り者に対する通常の処罰だと、彼も知っています。
［エドウィナさん］　その刑をどこで執行するつもり？
［ハリエット］　庭の木はどうかしら？　納屋の近くのリンゴの木なら、おそらく大丈夫です。
［マーサ先生］　今、その話に集中するつもりなの、ハリエット？
［ハリエット］　おびえさせるためだけでしたら……追い出すため……
［アリスさん］　彼にそれを知らせる役に、誰を指名するんですか？
［マリーさん］　あたしがいいと思う。ほかの誰かさんより、あたしのことを信じそうよ。宗教も同じとかいろいろあるからね。
［ハリエット］　マリーさんは、ほかの何人かと違って、彼と問題も起こしていませんしね。
［アリスさん］　マッティのほうがいいかもしれないよ。彼女も彼と問題を起こしてないしさ、マリーのように誇張しそうもないから。
［エドウィナさん］　吊るし首を誇張できる人がいるとし

たら、マリーでしょうね。

［マリーさん］いいじゃない、お願いだから。そういう話は大げさなほうがいいのよ。それにさ、きっとマッティは、何もかも混ぜこぜにしちゃうわ、そうでしょう、マッティ、お願い？

［マチルダ］まあそうでしょうね、マリーさま。十中八九そうでしょうとも。

［エドウィナさん］アメリアはどうかしら？　ジョニーが、彼女のことを信頼しているのは確かよ。

［マリーさん］嫌だって言うわ。それは、絶対に確かだからね。

［マーサ先生］そうですね、マリーさん、あなたにお願いしようかしら。ところで、彼にこの知らせをどのように伝えるつもりなのですか？

［マリーさん］えっと、もう少ししたら彼を探しにいって、すぐにあたしといっしょにお屋敷から出なきゃダメだって言うの。いっしょにアメリアを探しにいって、彼女にその秘密の隠れ家に案内してもらおうって言うの。判決が下されて、みんながそれを実行する準備をしてるって。

［アリスさん］それからさ、たった今、あたしたちが彼を吊るす縄を作ってるって言うのよ。

［エドウィナさん］どの縄？

［エミリーさん］担架に使った引き具があるわ。でも、ほかの縄はどうするの？

［アリスさん］シーツだよ。シーツやほかの布を切り裂いて、編めばいいんじゃない。

［ハリエット］あら、そのような物を作るのに充分なシーツはもうないと思いますよ。彼の包帯のために、たくさん使ってしまいましたからね。

［エドウィナさん］実際にはシーツなんていらないでしょう？　彼の首吊り縄を作っていると言うだけなんですもの。

［ハリエット］そうですよ、そうですとも……それだけのことです。

［マリーさん］あのさ、ほんとに作業に取りかかったほうが説得力があるんじゃないのかな。みんなでシーツを切り裂いてるのをジョニーが見るように仕向けたらどう。そしたら、ほんとにギョッとするわ。それに、そうすれば、あたしは嘘つきにならないですむし。

［アリスさん］確かに、それが重要ね。そうすれば、マリーに嘘をつかせなくてすむよ。

［マリーさん］（血色のよさと元気を取り戻した様子で）このお屋敷は、アリスみたいな正直な人ばっかりなんだ

し。

［マーサ先生］もう充分です！　マクバーニーのところへ行きなさい、マリーさん。

［マリーさん］それで、死刑を宣告されたって言ってもいいの？

［マーサ先生］ええ。（この時点で、マリー・デヴェローさんは退室した。）

［ハリエット］信じると思いますか、お姉さま？

［マーサ先生］信じてくれるといいのですが。

［ハリエット］それで、その間、わたしたちはどういたしましょう？

［マーサ先生］そのことについて考えなさい。座って、そのことについて考えましょう。

［エドウィナさん］閉会する前に、ハリエット先生に一つだけお尋ねしたいことがあります。ゆうべ実際に何があったのか詳しく知りたいんです。たとえば、なぜ先生は下に来たんですか？

［マーサ先生］答える必要はありません、ハリエット。わたしたちは、ここでマクバーニーを裁いているのであって、あなたを裁いているのではありません。

［ハリエット］とはいえ、答えなければなりませんわ、お姉さま。お話しできるすべてをあなた方が知って当然です。ただ、大してないんですよ。

［マーサ先生］では、話せることを話しなさい、ハリエット先生。

［ハリエット］そのう、まるで夢のようでした。いいえ、最初は夢だったんです。

［エミリーさん］夢遊病者のように歩いていたとおっしゃりたいんですか？

［ハリエット］ええ……おそらくそうだったのだと。あのね、とても近しい人の夢を見ていたんです……そして、どういうわけか、その人がマクバーニーさんだと思いはじめたんです。彼が、わたしを呼びつづけ……呼びつづけ……目を覚ますと……本当に目を覚ましたのでしたらね……今となってはわかりません……でも、目を覚ましたように思いましたら、ワイングラスを手にして、彼と応接間のソファーに座っていたんです。あの夏……あの夏が戻ってきたのだと、わたしは思いつづけました。でも、彼は、わたしを見てはいなかった、ずっとそっぽを向いていた。そして、ああ、わたしは、彼にこちらをどうしても見てほしかった、そして美しいと言ってほしかった……

（調査記録に記載できるのはこれだけだ。あの時点で、わたしは非常に神経質になって動揺し、いつもの激しい頭痛に襲われた。しかも、大泣きしすぎたのかもしれず、姉がそれに不快を覚えた。姉とマッティが、わたしを二階に連れてきてから書斎に戻り、その直後に姉が閉会を宣言したものと理解している。）

35　アメリア・ダブニー

わたしは、会議のことを本当に何も知らなかったけれど、知っていてもきっと欠席しただろう。午前中から午後の途中まで、森にいた。森にはあの静かな狭い場所があって、ちょくちょく行く——たぶん、もう話したと思うけれど。とにかく、あの日の朝、マクバーニー伍長をここに連れてきたらどうかと、ルームメイトと話し合っていた。

古い落ちた枝を全部片づけてから、彼が嫌がるかもしれない物を一つか二つ取り除いた。たとえば、狩蜂が木の幹に泥で巣を作りはじめていたので、そうっと取って、少し離れた別の場所を見つけてあげた。それから、蜘蛛と甲虫《かぶとむし》を何匹かと、猛毒のガーターヘビ一匹もほかに移した。それから、枯葉をかき集めて山にして、ジョニーが眠れるように大枝で作ったベッドの上に置いた。

そうなの、急がなかったから、終わったのはお昼過ぎだった。そして、帰る道々、立ち止まってはキノコを摘んだ。ジョニーが好きだとわかっていたからね。そして、お屋敷に入ると書斎から声がしたので覗いてみたら、みんなでテーブルを囲んで、先を争って話そうとしていたから、関わらないことにした。

それから、廊下の向かいの応接間をちらっと見た。ジョニーが、ソファーに座って、ワインをラッパ飲みしてニタニタ笑っていた。間の抜けた顔だったけれど、ちょっとピリピリしていると思った。

「行きたくなったらいつでも行けるように、あなたのために素敵なところをきれいに片づけておいたわ」

「ここより素敵なところなんかあるもんか」彼は、ボトルを振った。「うめえワイン、いい女、それに、俺がきわどいのを思いつきさえすりゃ、すぐにみんなで楽しい歌も歌えるときてる。こんなのはどうだ?」そして、彼は小さな声で優しく歌った。「ペチコートの下から出ておいで、俺のかわいいメアリーアン。夜は長く、草はあったけえ、何も怖がるこたあねえ」

すると、彼がいきなり歌うのをやめた。「おっと、こんな歌をあんたの前で歌っちゃいけねえよな。あんたは、この屋敷で一番優しいし、この手の歌を聞かされる筋合いはねえ」

「書斎でみんなで何を話しているの？」

「俺のこと！　俺に復讐する方法を考えてるのさ」

「あの人たち、あなたをどうすると思う？」

「何ができる？　女二人に小娘が五人、それと黒んぼしかいねえんだ。小娘は四人だな、あんたは数に入れねえ」

「マリーも入れないで。彼女は、あなたの味方よ」

「どうかな。マリーのことは、よくわかんねえ。ここでほんとに信用できるのは、あんただけだ」

「ありがとう。信じてくれて嬉しいわ。わたしも、信じてるから」

「どうしてかな？　どうして、俺たちは、こんなに信じ合えるんだろう？　こっちにしてみりゃ、そもそもあんたが助けてくれたんだし、そのあとも、ほかの連中みてえに俺に特別何も求めなかったように思えるからかな」

「わたしについて言うとね、あなたが、心は優しい人だってわかってるから。あなたは絶対に傷つけないって信じてる、誰のことも……どんな動物も……わざとは」

「そんなら」彼は、またボトルを持ち上げた。「二人は一生の友だちだ、なっ？」彼は、ゴクリとワインを飲んでから歌った。「おまえに乾杯、かわいいアメリア。もし俺が泥棒なら、おまえを盗んじまう。おまえは、ワインをちびちびやるにゃ、ちと早い。だから、俺が、おまえの分も乾杯するよ」そして、彼は実際にそうした。

「本当にまだ、わたしと森には行きたくないのね？」

「やだね。行けば、怖がってると思われちまう。たとえ怖くても、あいつらがそれを知って満足するようなことにはさせるもんか」

「それなら、いっしょに二階に行ったほうがいいわ。下に一人で置いておきたくないの」

「上のほうが、俺を守れるのか？」

「上のほうが、あなたをしっかり見守っていられる。それに、あなたが、あの人たちの目につかないわ。あの人たちの傍をうろつかなければ、問題を起こしているなんて言えないもの」

「そんなら、いっしょに上に行く。もちろん、守ってもらう必要があるからじゃねえぞ。だけど、仲間がいるのは嬉しい。話し相手が四方の壁だけじゃ、気が狂いそうだ」

　彼は松葉杖で立ち上がると、ワインボトルをわたしに持たせ、わたしのあとから部屋を出て階段を上った。このころには、上手に動き回れるようになっていて、杖を支えにしてかなり静かに、速く歩けた。静かにしてとは頼まなかった。彼が上にいるのをマーサ先生やほかの人たちに知られたとしても、あのときは別に気にしなかった。でも、みんなに知られないほうがいいと、彼が自分で判断したのだと思う。

　マリーといっしょに使っている部屋に着くと、彼は入ってきてマリーのベッドに座った。乱れていたので、彼女は一日中、ベッドで過ごしていたんだと気づいた。わたしは、彼の近くのテーブルにワインと、まだ仕分けしていないキノコがいっぱい入ったハンカチを置いた。

「やることがあるの。よかったら、わたしが忙しくしてるあいだ、そこでお昼寝してて」

「疲れてねえ。するって何を？」

「病気の亀さんの世話をするの」わたしは、ベッドの下に手を伸ばし、亀を入れてある宝石箱を取った。そして森から持ってきた干からびた虫をあげた。

「そいつを、素手で拾ったのか？」ジョニーは、少し顔を歪めた。

「ほかにどうやって拾うのよ？」

「ほら、むくれるなって。女の子がやりそうもねえことだと思っただけさ。その亀、病気にゃ見えねえけどな」

「どんどんよくなっているの。前よりだいぶいいわ」

「その亀が大好きなんだな？」ジョニーは、ワインを少し飲んだ。

「何よりの宝物なの。動物はみんな大好きだけど、この亀さんが一番好き」

「そんなら、そいつが、すっかりよくなるのを心から祈ってる」

「ありがとう、ジョニー。心からの言葉だってわかってるわ。ほかにも大事な話があるの。もしわたしが、ここを出ていかなくちゃならなくて、この亀さんを誰かに預けていくことになったら、その誰かはあなたよ。あなたなら、わたしと同じようにこの子をかわいがってくれるってわかってるから」

「もちろんさ。そいつは、偉大なる爺さん亀だもんな」ジョニーは、ワインをもう一口飲んでから、キノコを選んでかじりだした。

「気をつけて。一つか二つ、食べられないのが混ざってるからね」

「見分けはつくよ」ジョニーは、自信たっぷりだった。

「アイルランドのあちこちにキノコは生えてるんだ。好物なんだぜ。どっさり摘んできて、夕食にマッティに料理してもらえばいいのに」

「ここの人たちは、あんまり好きじゃないのよ。女の子たちの多くは、森に自生している物を食べるのに反対だから。ほら、それは食べられないわよ、注意して、ジョニー」

「見分けはつくと言っただろう。それに、このなかには毒キノコはなさそうだぜ。それにしても、何で食べらんねえキノコまで持って帰ったんだ?」

「コレクションに加えられるし、ほかのといっしょに生えてたのに、それだけ置き去りにするのは嫌だったから」

彼は笑った。「ああ、神さま、変わった子だ。けど、とにかく大好きだよ。あんたは俺の正真正銘のお気に入りだ、アメリア。さてと、ちょっくら居眠りでもすっかな。誰か意地悪なやつが、こそこそ覗きにきたら起こしてくれ」

「わかった、起こすわ」

彼は、ベッドの上で伸びをしたけれど、切断した脚の断面を見て一瞬黙ってしまった。「あいつら、俺をどうするつもりだと思う?」しばらくして、彼は聞いた。

「わからないわ。でも、悪いことだったら、わたしが、絶対にさせないから」

「ありがとよ」こう言うなり、彼は眠り込んだ。あのとき、彼が本気で怖がっていたのか、それとも、本当に彼を助けているんだとわたしに思わせるために怖がっているふりをしていたのか、今でもわからない。

そして、しばらくするとマリーが入ってきたので、この話をした。わたしは、まだ亀の世話をしていたから、最初は彼女のことをあまり気にかけなかった。

「有名なジョン・マクバーニーは眠ってるみたいね」彼女は、わたしの脇の床に座った。

「観察が鋭くなってきたわね」

「偉そうなこと言わないでよ。お使いでここに来たんだから。ジョニーに、大事なことを伝えなければならないの」

「何を?」

「マーサ先生とほかの人たちが、彼を吊るし首にする準備をしてるってこと」

「本当?」

「まあ、正直に言うと、どうしてそんなことができるのかわからないけど、そうしたがってるのは確かよ。とにかく、すべて準備が整ったら、今夜、実行するつもりだってジョニーに信じさせることになってるの。そうすれば、彼は怖がって、あたしたちといっしょに森に逃げて、二度と戻ってこないでしょうからね」

「それで、あの人たちは満足するの? あの人たちが望んでいるのはそれだけ、彼が逃げ出して、二度と戻ってこないことだけでいいの?」

「えっと、それだけでいいって言ってるわ。ほんとは、ここにいるあいだにしたよりも、出てってからのほうが、もっとひどい悪事を働くんじゃないかって、ほとんどの人がきっと怖がってると思うんだよね——いろいろと言いふらすってこと。実はね、あたしもちょっと怖いの」

「あなたの害になる何を彼がするって言うの?」

「あら、誰にだって小さな秘密はあるでしょう。あたしの秘密は、そのうち教えてあげるから。ところで、あなたはどう思う? ジョニーを怖がらせようとする価値があると思う?」

「思わないわ。でも、そのために来させられたのなら、試してみてもいいんじゃないの。うまくいけば、マーサ先生だけじゃなくて、わたしたちの目的もかなうわけだし」

そこで、マリーが彼を起こして、みんながその夜、シーツか何かで作った綱で彼を吊るし首にしようとしているという、ばかばかしい話をした。ジョニーも最初は笑っていた、いいえ、少なくとも笑っているふりをしていたけれど、その計画の詳しいことについてのマリーの生々しい描写を聞いているうちに、目に見えて自信がなくなったみたいで、声が震えてきたのがはっきりわかった。

マリーは説明した。その夜、彼が眠るまで待って応接間に忍び込み、馬の引き具で縛り上げて月明かりの下へ引きずり出す。最後に、彼の首に首吊り縄を巻きつけ、その綱をリンゴの木の枝に投げ渡して、綱の端をドリーに結びつけ、鞭で打って駆け出させると。

まあ、この計画ならうまくいったかもしれないとは思うけれど、もちろん成功するのを期待なんてしていなかった。数人の少女と女性だけで、そんな計画を実行できると信じたかどうかは別として、それを計画するほど自分が嫌われているという事実だけで、たいていの人は、とても不安になるだろう。

そして、ジョニーはとても興奮して、ぼそぼそ悪態をつきながら、震える手ともっと震える口でワインを飲んだものだから、寝具一面にワインをこぼしてしまった。

話したのは間違いだったと思う。結局、意図した結果、いいえ、少なくともわたしに告げられていた目標を達成できなかったのは確かだった。つまり、ジョニーは、もっと怖がるべきなのか、それとも怒るべきなのか決心がつきかねて、二つの感情がせめぎ合ったせいで、すっかり自制心を失っただけだった。

「ちくしょう、こんちくしょう。性根が腐ってやがる、あの連中は。殺せるもんなら殺しやがれ。俺にさんざん卑劣なことをした締めくくりがそれかよ」

「大丈夫、心配いらないわ、ジョニー」わたしは言った。「マリーと二人で、わたしの隠れ家に連れてってあげるから、あなたは大丈夫よ」

「その前に、やつらを始末してやる。やつら全員を。屋敷中のグラスと家具を粉々に打ち砕いてやる。それから、うるせえばばあを一人残らず片づけてやる。好もうが好むまいが、それでやつらも、ジョニー・マクバーニーの気持ちが少しはわかるだろうよ。そのうえで、このくそ忌々しい屋敷を燃やしてやる、おまえらもろとも」

「どんどん意地悪になってるわよ」マリーが言った。「そんなことばっかり言ってたら、あたしまで愛想を尽かしちゃうからね。お屋敷を燃やすなんて言うけどさ、ほら、あたしとルームメイトもここに住んでるってこと、忘れてるんじゃない」

彼は、それには答えなかった。ぶるぶると激しく震えていたので、わたしは、何とか彼を助ける方法はないものかと考えた。「ほら」そして、わたしは言った。「この亀さんを、ちょっと持っててくれない、ジョニー？　亀さんの箱をお掃除したいの」そして、小さな亀をジョニーの手に乗せた。


あのね、人懐こい小さな亀を持っていれば、ジョニーもしばらくは心が満たされて、そのうちに落ち着くんじゃないかと期待していたの。ところが、そうはいかなかった。

「なにしやがる」彼は叫んだ。そして、わたしの亀さんを摑んで、壁に投げつけたの。

36　マチルダ・ファーンズワース

さてと、何でまた毒キノコを料理して出したのかと聞かれたら、それを渡されて、料理しろと言われたからそうしたと答えるよ。よく見もしなかったし、普通ならすることになってるように、銀のナイフで調べてもみなかった。マーサさまにやれと言われたとおり、鍋に放り込んで料理しただけだ。

そして、毒キノコも混ざってるのをお嬢さまは知っていたのかと聞かれたら、いいや、知らなかったと答えるよ。お嬢さまは知らなかったけれど、混ざっていればいいと思ってたね、あれを食べた一人を除いたら、ほかのみんなもそう思ってた。そして、あの日、あたし自身は何を考えてたのかと聞かれたら、ああ、毒キノコだったらいいと心のどっかで思ってたと答えるよ、だからこそ、キノコといっしょに銀のナイフを鍋に入れなかったんだ。いつもなら、毒でナイフが黒く変わらないか調べるのにね。いいかい、毒キノコだとわかってたら、あたしだって、何かやらなきゃならなかっただろうけど、よくわからなかった以上、何もかも大丈夫、何も起こらない、あのヤンキーは、何をされるでもなくお屋敷から出ていかせてもらえるんだって、自分に言い聞かせるしかなかった。

まあ、そんなことはさせるもんかと思ったときもあった。はっきり言ってやりたくなったときもあったよ。「ちょいと、みなさん。あんたがたは、あの男のことでそんなに困っていなさらない。なのに、あの男がここでやらかすことも怖いし、出ていったらやらかすかもしれないことも怖いとおっしゃる。それなら、ここで親切にしてやったらどうなんです。そうすれば、何もやらかさないんじゃないですかね。あの男と言い合いや喧嘩ばかりして、そんなふうに怒らすのはおやめなさいまし。たとえ、あっちが怒らせたり、気に障るようなことをしたりしても、放っておけばいいんです。ご自分らの気持ちをちいとばかり抑えたらどうですかね」

こうも言ってやりたかったね。「それでもうまくいかなかったら、優しくしてもうまくいかなかったら、そんなときは、お屋敷のどこかに閉じ込めなさい。あの男が鍵を持ってるのはわかってますがね、取り戻せますって。甘い言葉で、何か理由をつけて返してもらうか、夜眠りこけてからこっそり取り戻せばいいんです。でなければ、鍵なんていらない。ワイン貯蔵室に閉じ込めて、ドアの閂をかけておしまいなさい。閂を外すことも、ドアをぶっ壊すこともできやしませんて、あんな瘦せっぽちのヤンキーには。それから、松葉杖を取り上げて、ずっと閉じ込めておけばいい。一日に一度か二度、食べ物と水をやる。優しくはするが、閉じ込めておく。ここには、大勢いるんですよ、あの男一人ぐらいどうにでもなります。どうかしてますよ、ほんと、片脚しかないへっぽこ若造にみんなしてびくびくしてるなんて」

そうですとも、こう言ってやれたはずなのに、言わなかった。言うのが怖かったからじゃない。ここから追い出されようが、川向こうに売り飛ばされようが、どうってことはなかった。マーサさまやハリエットさまが怖くて、思い留まったんじゃない。あたしを思い留まらせたのはひとえに、あたしの心に慈悲がなかったからなんだよ。

そして、そのわけ、どうしてあの男に対する下劣な心があったのかを教えてやろう。あの男があたしに吐いた、げすな言葉の復讐をしてたからさ。だから、あの男に背を向けたんだ。だから、マーサさまが開いた会議で、あの男のために声を上げなかったんだ。だから、毒キノコかどうか調べようとしなかったのさ。

こんな具合に、ことは起きた。あの男のここでの最後の日から何日か前の夕方近く、夕ごはんに使う豆の莢《さや》をむいてると、あの男が台所に入ってきた。マーサさまは庭をお散歩中、ハリエットさまはお昼寝中、嬢ちゃんらはお勉強中、そういう状況だった。

まあ、あの男は、松葉杖で体を揺らしながら台所に入ってきて話しかけた。「マッティ、聞きてえことがあるんだけど、いいかな？」

「いいですとも。どうぞ、ヤンキーの兵隊さん。何でも聞いてください。ただし、もちろん、返事をするとは約束しないよ。たとえ答えがわかってたってね」

「公平そのもの」あの男は笑った。「そんなら、一か八か賭けてみるしかねえな。もしかしたら、あんたは、何も言わなくてもいいかもしれねえ。顔を見ただけで、答えはわかるかもしれねえから」

「そう思うのかね？」

「ああ、思う」

「それじゃ、聞いてみなさい」

「ほんとのことを言うと約束するか？　答えるとしたらだけどさ」

「約束なんてしないよ」

あの男は、ちょこっと思案した。「わかったよ、マッティ。それでよしとする。あんたは善良なキリスト教徒だから、嘘なんかつくはずねえもんな」

「そうだといいけどもね」

「絶対につかねえってわかってるよ、マッティ。さあ、質問するぞ。覚悟はいいか？」

「どうぞ」

「あんたは、エドウィナ・モロウの母親なのか？」

「何だって、あんた？　今、何て言ったんだい？」

「エドウィナは、あんたの娘なのか？」

「出てっとくれ、白んぼ！　あたしの台所から出てっとくれ！」

「なあ、マッティ、怒るなよ。好奇心から聞いてるだけじゃねえか」

「だったら、娘じゃない、これで満足かい！」

「ほら、そんなに興奮したら、嘘をついてるのかどうかわかりゃしねえ」

「とっとと失せろ、白んぼ、マーサさまを呼ぶよ！」

「なあ、俺が考えてることを説明させてくれよ。いいか、エドウィナが一度言ってたんだ。ほかの誰かになること、それが一番の望みだってね。だから、ひょっとしたらエドウィナはあんたの娘で、マーサ先生は、あんたのことが好きだから、エドウィナをここに置いてやって教育してるんじゃねえかとな。間違ってたら言ってくれ、マッティ」

「もう言っただろう！」

「ちょっと待てよ。もう一つ浮かんだことがあるんだからさ。ファーンズワース姉妹とエドウィナには、何か関係があるんじゃねえのか？　ひょっとしたら、エドウィナの父親は、姉妹と親しい……たぶんとても親しい誰か……兄弟のロバートとかさ？　それとも、二人の父親だったりして？」

「もう、あんたって人は、この大包丁でぶった切ってやる！」

「おい、やめろって」あの男は後ずさりした。「エドウィナに、すごく興味があるもんでさ、だからこんな話を持ち出したんだ」

「だったら、母親と父親が誰なのか、本人に聞いたらいいだろう！」

「彼女は変なふうに取っちまうよ。そして、気を悪くする」

「なら、どうしてあたしも気を悪くすると思わなかったんだ、答えろよ、この白んぼ！」

「なあ、マッティ、黒んぼが、上流階級の男にちょいとやられたって恥じゃねえんだろう、このあたりじゃそういう見方をするんじゃねえのか？」

「言っとくがね、白んぼ、それは、あたしのものの見方じゃない！　あたしには亭主がいたが、死んじまって、あたしの男はあの人だけだった。いいかい、エドウィナさまについては、あの方の母親と父親が誰なのか知らないが、この辺の人じゃないのは確かだよ」

「それにしても、どっちかが黒んぼだってのはわかるだろう？」

「あんたね、いい加減にしとくれ！　何度言わせるんだ、いい加減にしないと！」

「もうわかった、マッティ。顔に書いてある。知りたかったことは、みんな教えてもらった。よし、出てくよ。その包丁を下ろしてさ、豆の莢むきをしろ」

そして、あの男は笑いながら出ていった。それが、あたしがあの男に言った最後の言葉で、それが、あの男があたしに言った最後の言葉だっただろう。あの男の誕生日の夜に、ちょっとした言葉をあたしにかけてきはしたけどもね。そうさ、いいかい、あの男のこのげすな言葉に、すごく腹が立った。何でまたあんなことを思いついたのか、まるでわからないよ。そもそも、冗談かもしれないんだ、嬢ちゃんらのどなたかが、あの男に吹き込んだのかもしれないと思おうとした。だけども、そんなはずはないと思い直した。嬢ちゃんらのなかに、そんなことができるほど卑劣な方はいらっしゃらない。

とにかく、ちょっと待って怒りが収まり、あのげすな言葉が少しずつ頭のなかから消えていくまで、あのことは口にするべきじゃなかったんだろう。二日もすれば、何も言わずにすむかもしれなかったからね。ところが、何から何までほんとに頭にきてしまったもんで、待てなかったのさ。そして、庭から入っててらしたマーサさまに話し、同じ日の夕方、エドウィナさまにも話してしまった。

エドウィナさまには、マーサさまほど詳しく話さなかった。マーサさまには、ヤンキーの言ったことをはじめっからしまいまでお話しした。マーサさまは、何もおっしゃらなかった。立ったまま話をお聞きになり、うなずかれ、取り乱したときによくなさるんだけども、唇を噛みしめていらした。それから、摘んできた野菜をテーブルに放り投げ、一言も言わずに大股で台所から出ていかれた。

エドウィナさまには、これしか言わなかったよ。「ヤンキーに、お嬢さまのことを聞かれましたよ。お嬢さまのお母さまとお父さまが誰なのか知りたがってね、あたしに知らないかと聞いてきました」

「どうしてそんなことを?」

「理由は言いませんでした。もし、あたしがお嬢さまなら、エドウィナさま、あいつからはずっと離れてますよ」

「わたしが、彼に近づきたがっていると言いたいの?」

エドウィナさまは、あたしに食ってかかりそうだった。そして、マーサさまとおんなじように大股で出ていった。

もちろん、感謝してくれるとは思ってなかった。エドウィナさまは、嬢ちゃんらの大半と違い、あたしを気に入ってくれたことなどなかったからね。あの方の態度は、戦争前にときどきお屋敷に来たことのある北部の娘さん方と似たようなもんだった。あの方のような白人の娘さんは、黒人にあまり馴れ馴れしくしない。黒人といっしょに育ってこなかったからね、何が言いたいかわかるかい?

とにかく、さっきも言ったけども、そのあとヤンキーとは話をしなかったね。ほかの人とも、あの男の誕生日のディナーの日に、マーサさまが、書斎であの男についての会議を開いたときまであの男の話はしなかった。マーサさまが、あの会議には、あたしのことも特別に呼んでくださった。「マッティ、この件については、おまえもほかの人と同じくらい重要ですからね」と。

まあ、あたしは、あんまり大切じゃなかったようで、みんな、あたしの言うことなんぞ大して気にも留めてなかった。たとえば、あたしが、ヤンキーをお屋敷から追い出すべきだと言ったのに、それではまったくうまくいかないだろうってさ、はっきり言われてしまったよ。それから、マーサさまが、あの男がここでやらかしたげすなことについて話を進めなさった。

そして、それはほんとだった。誰も、それに言い返したりなんぞできなかった。かわいそうなハリエットさまを見れば、何もかもわかった。蒼白い顔をして震えていなさった。かわいそうに白いほっぺたに涙を流しながら、そこに座って記録を取ろうとしていなさったが、とうとう諦めて、かわいそうに突っ伏して泣きだされた。

「恥ではないわ、恥ではないから、ハリエット」マーサさまが、おっしゃろうとした。「あなたの過失ではありませんもの」

「信じていらっしゃらないくせに」

「信じていますとも。あなたに責任はありません。ずいぶん長いこと、自分の行動に責任を持ってこなかったのですから」

「マーサ」ハリエットさまが叫ばれた。「子どもたちの前で、そんなことをおっしゃらないで」

「マリーは、今ここにいませんし、アメリアもいません。ほかの子たちは、理解できる年齢です。さあ、もう記録などしなくていいわ。要点はすべて書き留めてくれたのですから。これ以上はいらないわ」

「マーサ、ゆうべのことについてお話ししたいんです」

「もう充分話してくれたわ。これ以上話す必要はありません。その件について、わたしたちは二度と口にしませんし、マクバーニーにもさせません」

やれやれ、ハリエットさまがまた泣きだされたんで、しばらくすると、マーサさまが、いい加減にしないと二階に行ってもらいますよとおっしゃった。それから、だいぶしてからマリーさまが、上から書斎に戻ってらして、ハンカチに包んであったキノコを、書斎のテーブルにどさっと置かれたんだ。

「これをどうするんです?」マーサさまが聞かれた。

「ジョニーのお誕生会に使うの。今日は、ジョニーのお誕生日だって言ったの忘れたの?」

「それで、これをどこで手に入れたんです?」マーサさまが、キノコの回りを少しばかりつつかれた。

「アメリアからよ。森で摘んできたばかりなの」

「その種類のキノコは、食べると危険ですよ」ハリエットさまが、涙を拭きながらおっしゃった。「毒キノコは、その種の食べられるキノコにとてもよく似ていますからね」

「アメリアなら、きっとわかるわ。あの子は、森にある物はすべて、そういうことを知るためにあるんだって思ってるから。だけど、そのことについてちゃんと話してないの。今、ほかのことでおかんむりなんだから」

「何におかんむりなんです?」マーサさまが聞かれた。

「マクバーニーよ。あたしのルームメイトも、先生の味方についたと思うわ。さっき彼を見た目つきからして、あの子、ここの誰よりもジョニー・マクバーニーを憎みだしたってわかるから」

「なら何でまた、あの子は、彼のために誕生会を開きたがるのさ?」アリスさまが聞かれた。「それに、何で彼に食べさせるキノコを摘んできたのよ?」

「彼女に聞けば。でも、摘んだときは、まだジョニーのことが好きだったと思うわよ」

「それなのに、もう好きではないの?」エミリーさまが聞かれた。

「そうよ」

「でも、彼女は、彼のためにパーティーを開いて、このキノコを出したいのね?」とハリエットさま。

「そのとおりよ」

「まあ、キノコが彼の好物だと彼女は知っていますからね」とエドウィナさま。「無駄になるのを見たくないだけかもしれませんよ」

「そうかもね」とマリーさま。

マーサさまが、キノコをもう少しつつかれた。しばらくして、「さてと、みなさん、どうしますか? マクバーニーさんのためにお誕生会を開くべきでしょうか?」

「当然でしょ」とマリーさま。

「いいんじゃない」とアリスさま。

「賛成です」とエミリーさま。

「面白そうね」とエドウィナさま。

「ここでパーティーを開くなんて久しぶりですね」とハリエットさま。「本当に久しぶりだわ」

「だけど、彼、来るかな?」とアリスさま。

「来るわよ」とマリーさま。「あたしが頼んだら、来るに決まってる。それから、ケーキも食べられる?」

「ええ、たぶんね」とマーサさま。「何とかなるかしら、マッティ、こんなに急に?」

「何とかしますよ。小麦粉を使ってもよろしいんでしたら」

「ビートンビスケットは？　食べられる？」とアリスさま。

「もちろんですとも」とハリエットさま。「お誕生会には欠かせませんよ」

「お肉は？」とエミリーさま。「お肉も食べさせていただけるのかしら？」

「ええ、貯蔵室のハムを使えるかもしれませんよ」とマーサさま。

　春にマーサさまが、ポターさんの店に行かれたときにせしめたハムだった。三個か四個隠そうとしているのをマーサさまに見られたポターさんが、口封じに一個だけくれたんだとか。

　そう、その発表で、嬢ちゃんらは大はしゃぎだった。

「ハム、ハム、美味《おい》しいハム」みんなして大合唱を始められた。

「これで、ジョニーもきっと来るわ」とマリーさま。

「あたしたちの何人かにムカついてたって、これで絶対に来るわ」

「よろしい、では」とマーサさま。「マッティ、食事は七時ごろにしましょう。準備に取りかかってちょうだい。それから、このキノコも料理してね」

「全部食べられるキノコかどうか、確認したほうがいいですか？」神さまに誓って、あのときは本気で聞いたんだ。

「そこまでしなくてもいいと思うわ。わたしには、大丈夫そうに見えますよ」

「わたしにも」とエミリーさま。

「あたしにも」とアリスさま。

　エドウィナさまは、指の関節でキノコを押して一瞬調べてから、「ええ、まったく問題なさそうね」

「あたしは、どれがどれだかわかんないから、ほかのみんなの言葉を信じるしかないわ」とマリーさま。

　ハリエットさまは、長いことキノコを見つめていらしたが、うなずかれた。何もおっしゃらずにうなずかれただけで、マーサさまがああおっしゃったにもかかわらず、また泣きだされた。そこで、マーサさまとあたしとで二階へお連れし、マーサさまが、夕食の時間まで部屋から出るなとおっしゃった。

　それから、あたしは一階へ戻り、キノコを持って台所へ行き、誕生会の料理に取りかかったよ。新鮮な野菜と豆を料理して、スウィートポテトパイを作り、スモークハムを取ってきて、スライスしたリンゴとパイの皮を載せて美味しく焼いた。残ってた砂糖をハムとケーキに全部使ってしまったけども、マーサさまが気になさらないのなら、かまうもんかと思ったね。

ところで、そのケーキは、何年か前なら絶対に作らないようなケーキだったけども、あるもんで作ったにしては上出来だった。砂糖を少し使い、取ってあった少しばかりの牛乳を入れて、よくかき混ぜてバターを作り、それを残ってた最後の小麦粉と混ぜたら、かなり美味しい生地ができたね。それから、弱火でじっくり焼き、糖衣をかけたら、ほんとに見てくれのいいケーキになった。

やれやれ、マーサさまのお望みどおり、七時までに夕ごはんの支度ができた。食堂のランプ二つを灯してテーブルの準備が整うと、マーサさまにハリエットさま、嬢ちゃんらが入ってらした。みなさん、それはそれはあか抜けてらしてお綺麗で、あたしは一瞬あっけに取られたよ。みなさん、一番いいパーティードレスを着て、手と顔を洗い、髪を梳かして素敵にピンで留め、とても清潔できちんとしてなさって、あたしは、どこにいるのか忘れそうだった。

マリーさまは、丈が短くてかわいらしい白い絹のドレスに、フリル飾りのついたパンタレットをはいて、巻き毛に青いリボンをつけてらした。アリスさまは、エドウィナさまの上等な赤いヴェルヴェットのドレスを着てらした。あれは、エドウィナさまから借りたんだろうねえ、アリスさまにはちいと長かったけども、上身頃はぴったりだった。あんまりごてごてした感じになんないように、胸元にハンカチをピンで留めてらした。ハリエットさまは、青りんご色の波紋柄の絹のドレスをお召しになってた。覚えてるかぎり、お嬢さまが最後にあれをお召しになられたのは、旦那さまが亡くなられる前のあの最後のクリスマスで、まだロバートさまがお屋敷にいらしたときだよ。

マーサさまは、上等なタフタの黒いドレスをお召しになられ、飾りにあのロケットを着けてらした。ワイン貯蔵室で見つけたときは粉々に砕けてひしゃげていてね、ロバートさまのお写真にかぶせてあったガラスが割れ、髪の毛の部分が少しなくなってたんだけど、どうやらマーサさまが、ひしゃげた金のケースを直されたようで、あんまり見苦しくはなかった。もちろん、お嬢さまは、貯蔵室であの髪の毛の部分は見つけられなかった。何日か前の夜、貯蔵室を隈なく探し回ってらっしゃる音が聞こえたけども。

そうそう、エドウィナさまもめかし込んでらして、青いヴェルヴェットの夜会服に、お父さまが下さったとかいう真珠のチョーカーを着けてらした。その綺麗で魅力的なこと、エドウィナさまとは思えないほどで、誰もがリッチモンドのスポッツウッドホテルでの盛大なパーティーにすぐさま連れていきたくなっただろうねえ。肩を出していると文句を言われないように、ショールまで羽織ってらした。

そして、茶色のモスリンを着たエミリーさまも魅力的でね、マリーさまからの借り物だったと思うけども、ピンクの絹のドレスを着たアメリアさまもかわいらしかった。アメリアさまは、持ってらした数少ない上等な品をキイチゴの棘で破ってしまわれたか、ほかの嬢ちゃんらにあげてしまわれたんだよ。それに、あのヤンキーの包帯を作るために、ハリエットさまが慌ててお止めになる前に三着か四着、ドレスを引き裂いてしまわれた。

ところで、あんなに素敵なみなさんを見たのはほんとに久しぶりだった。それは、みなさんで心を合わせて支度なさったせいもあったんだろうねえ。みなさんで集まって、どうすればお互いが一番素敵に見えるかを考え、力を合わせて、身だしなみを整え合ったようだよ。

こうして、みなさんが席に着かれたとき、ヤンキーだけがまだ来ていなかった。

「彼は来るんですか?」マーサさまが聞かれた。

「ええ、来るわ」とマリーさま。「念には念を入れて、身なりを整えてるの。応接間の前を通りかかったら、軍服のボタンを磨いてたわ」

お屋敷に来てからしばらく、あの男は、マーサさまからもらったロバートさまのお古を好んで着てた。軍服が、汚れきって破れてたからね。だけど、二日ほど前に、あたしが洗って少しばかり継ぎを当てておいたんで、あの男が、軍服を着てようやく食堂に現れた。

最初は、あの男もあんまり寛《くつろ》いでなかったのは確かだね。ひげを剃り、髪を梳かし、こざっぱりしてはいたけども、かなり疑り深そうな態度でドアのところに立ってたよ。

「入ってお座りになって、マクバーニーさん」マーサさまがおっしゃった。

「いったい何が起きてるんだ?」

「あなたのために、ささやかなパーティーを開くことにしたんです」とハリエットさま。「どうぞ入っていらして、マクバーニーさん」

「俺のためにパーティーを開く習慣なんてなかったんじゃねえのか」

「だけど、今日はあなたのお誕生日でしょ、ジョニー」とマリーさま。「だから特別なのよ」

「今夜だけは、あんたと喧嘩をしないことにしたんだよ、ジョニー」とアリスさま。

「停戦のようなものよ、ジョニー」とエミリーさま。

「そう思ってちょうだい」

「わかった、そうする」あの男は笑った。「それから、ありがとう、みんな」と入ってきて、マーサさまが残しておいたテーブルの上座に着いた。

それから、あたしがハムを持ってくと、嬢ちゃんらが、フクロウのような大きな叫び声を上げた。嬢ちゃんらが、あんなハムを見るのはほんとに久しぶりだったんで、マーサさまも、にこやかに座ったまま、しばらく好きなだけ騒がせておいた。もちろん、食べるのに忙しくて、すぐに叫んでなんかいられなくなった。それに、ヤンキーも、すぐさまほかの方たちとおんなじくらい熱心に食べにかかった。

「キノコはどこです？」マーサさまが、あたしに聞かれた。

ほかのご馳走といっしょに、お出ししてはいなかった。なぜなのかわからないけども、あたしは待ってたんだ。みんなの気が変わるんじゃないかと思ったからかもしれないし、持ってきなさいとマーサさまに直接命じられたかったからかもしれない。そしたら、マーサさまに命じられたんで、キノコをお出しした。

「アメリアさんが、今日、少しばかりですが摘んできたんですよ」とマーサさま。「どなたかいかが？　マクバーニーさんは？」

「ああ、先生、キノコは好物なんだ。だけど、お嬢さんたちはどうなんだ？」

「あたしはいらない、ありがとう」とマリーさま。

「あたしも」とアリスさま。

「キノコは、食べないんです」とエミリーさま。

「キノコは、どうも苦手で」とハリエットさま。

「あんたはどう、エドウィナさん？」ヤンキーが聞いた。

エドウィナさまは首を横に振り、マーサさまも横に振られた。それから、ヤンキーが、キノコを全部自分の皿に取ろうとすると、アメリアさまが大きな声で言われた。

「わたしに聞いてないわ」

「あんたもキノコは嫌いだと思ったからさ、アメリア。ときどき生のキノコなら食うけど、料理したキノコは食わねえと前に言わなかったっけ」

「あら、気が変わっちゃいけないの？」

「生意気ばかり言っていると、アメリアさん」とマーサさま。「テーブルから追い出しますよ」

「理不尽な要求をしているのではないと思いますけれ

ど」とエドウィナさま。「わたしも、気が変わったので少しいただこうかしら」

やれやれ、このやり取りのあいだに、ヤンキーはキノコを食べだしてた。そして、笑いながら言った。「腹いせに言ってるだけさ。二人ともキノコなんてほしくねえくせに。俺に腹いせしようとしてるだけ。アメリアは、俺がうっかり亀を傷つけちまったからで、エドウィナは、別の件で俺のことを怒ってるのさ。よし、アメリアにはもっといい亀を一匹手に入れてやるし、エドウィナにもすべて埋め合わせをする。わかったら、さっさとしろ、お二人さん。急がねえと全部食っちまうぞ」

「やっぱり」とアメリアさま。「いらない」

「わたしも」とエドウィナさま。

「勝手にしろ」ヤンキーは、言ったとおりのことをした。つまり、キノコを全部平らげたのさ。

そう、そのとき、みんなの食べる速度が少し遅くなった。もちろん、ヤンキーだけは変わらなかった。あの男が、キノコを平らげ、ハムや野菜、スウィートポテトパイなんかのご馳走をまた食べはじめるとすぐ、嬢ちゃんらの食欲も戻り、またパクパク食べだして、ご馳走はほとんどなくなった。すると、しばらくしてマーサさまが、ケーキを出すように言われた。

あたしは、そうした。台所のランプの火で獣脂蠟燭に火を灯し、ケーキの真ん中に立ててから、大皿で持ってった。すると、またしてもワーイ、アーッ、ホー、ヒャーと大歓声が沸き、みんな、キノコのことなんか忘れちまったようだった。

ヤンキーが、蠟燭を吹き消してケーキを切ってから、立ち上がって短い挨拶をした。

「今日で二十一になった。大人になったってだけじゃなく、生まれ変わったような気がしてる。みんなの寛大さが、俺を変えてくれたんだ。こんな素晴らしい誕生会ははじめてだって、わかってほしい。いや、考えてみりゃ、誕生会なんてはじめてだ」

それから、あの男は、少しばかりすすり泣いて涙を拭ってから座った。ほかの方たちも何人か、涙を拭かないといけなかったのがわかった。実は、ほとんど全員そうだったよ、あたしでさえ。

「さあ、マクバーニーさん、ケーキを配ってくださいな」とマーサさま。

そして、あの男が配ると、みなさんは、今まで食べたなかで一番美味しいと言ってくださったね。ヤンキーも、そう言った。もちろん、どなたも、ケーキを食べるなんてほんとに久しぶりだったから、どんなケーキを作ろうときっと喜んでくださっただろう。それにしても、あたしも目いっぱい頑張ったんで、上出来だったと胸を張って言えるよ。それから、どんぐりのコーヒーをお出しすると、みなさん、コーヒーを飲みながら、学園の昔について話しはじめられた。誰が話しはじめたのかはわからない、ひょっとしたらヤンキーだったのかもしれないけども、すぐにほとんどみなさんが笑いだし、お屋敷に厄介事なんか何にもないような雰囲気になったね。

みなさんは、ヤンキーがはじめてここへ来た日の様子や、怪我がひどくて、みんなでどうやって治療したのかを話された。それから、回復しだしたころの楽しかった日々、あの男が語ってくれた話、みんなで飛ばし合った冗談について話された。最後に、二度目の怪我、脚を切断したあとの様子や、みんなでどんなに協力して一生懸命に看病し、またよくなるように努力したかを話された。

「わかってる、わかってるって。みんなが、どれだけ一生懸命に世話してくれたかわかってるし、ほんとに感謝してる。目が覚めたよ。だから、物事を真っ当な目で見られる」

だけど、嬢ちゃんらのうち二人は、会話にあんまり加わらないで、そのうちの一人は、夕食もあまり召し上がらなかった。それは、エドウィナさまで、夕食のあいだずっと座ったまま、ときどき何かを一口つまむ程度で、心ここにあらずといった感じだったね。

もう一人は、アメリアさまで、ヤンキーとはまったく口を利かなかったけども、ご自分の食事はちゃんと召しあがった。ヤンキーを見もしなかった。目も心もご自分の皿に集中し、ゆっくりと口に運んでようやく食べ終えるころには、マーサさまが、みなさんはそろそろ退席する準備をなさいとおっしゃった。

「今夜は、お祈りをしないの?」とマリーさま。「食事の前にお祈りをするのを忘れたみたいだから、食後はするべきじゃないかな」

「では、誰に進行役を務めてもらいましょうか?」とマーサさま。

「ジョニーはどう、今日は彼のお誕生日なんだから」とアリスさま。

「よし、それもそうだな」ヤンキーは、指を組んで頭を下げた。「みんなで食べたこのご馳走に感謝します、神さま、そして、よそ者にそのご馳走を出してくれた親切な女性たちにご加護を。まったくそれに値しない人間である男に親切にし、許してくれた彼女たちに神のご加護を。アーメン」

「アーメン」みんなが言って、頭を下げた。

「もう一つお祈りの言葉を言ってくれない、ジョニー?」マリーさまが頼まれた。「このパーティーをカトリックっぽくするために、痛悔の祈り〔罪を悔いて神の許しを求める祈り〕を捧げたらどう?」

そこで彼は、この願いをかなえ、痛悔の祈りを捧げた。正確な祈りを捧げるには、マリーさまが二度ほど直して差し上げなければならなかったけども、ようやくマリーさまも満足なさった。そんなくだらないことはやめなさいと、マーサさまがおっしゃるんじゃないかと思ったのに、黙ったまま、ヤンキーがお祈りを終えるまでマリーさまが手伝うのを放っておかれた。

「さあ、何曲か懐かしい歌を歌わない」とアリスさま。「応接間に行って、この前、ジョニーが来てすぐのころのあの夜にやったみたいな、楽しい歌の集いをしようよ」

「今夜はやめておきましょう」とマーサさま。

「ジョニーのお誕生日なのに?」とマリーさま。

「マクバーニーさんに決めていただきましょう」とハリエットさま。「彼がお望みなら、きっとマーサ先生も賛成してくださいますよ。今日は、彼のお誕生日なのですから」

「実を言うと、ご馳走を食いすぎたようだ。とくに、あのケーキは絶品だった——一生忘れねえよ、マチルダ——それに、しゃべって笑いまくったもんだからさ、一曲も歌う力が残ってなさそうなんだ。みんなもそうなんじゃねえのか。だから、マーサ先生が許してくれるなら、歌の夕べは明日に取っておこう」

「いいですよ。明日の夜になっても、マクバーニーさんの気が変わっていなければ、明日、歌の夕べを開きましょう。マクバーニーさんと、とても楽しいパーティーを過ごすことができたと思いますよ」

「ええ」とハリエットさま。「これまでこのように楽しく過ごせなかったのは、不幸なことではありませんか?」

「これからは、過ごせるさ、先生。約束する。あんまり長居するつもりはねえけどさ、いるあいだは、今までに起きた不幸な出来事の埋め合わせをする。今は、一人ひとりに直接謝りはしねえけど、ここで俺がした悪事をほんとにすまなかったと思ってる」

こうして、みなさん食堂を出られ、ヤンキー一人を残してご自分たちの部屋へ上がっていかれた。あの男は、上手に松葉杖で歩いて応接間に入り、ドアを閉めた。

さて、あたしは、テーブルの皿を片づけにかかると、ヤンキーの皿の脇に何かがあるのに気づいたんだ。マーサさまの鍵束だった。ヤンキーが置いてったんだと思った。それで、すぐに二階に持ってってマーサさまに渡した。

部屋に入ってくと、マーサさまは、鏡の前でご自分を見つめてらした。「ヤンキーがお嬢さまに、置いてきましたよ」

お嬢さまは、鍵を手にしてちらっと見ると、ベッドに放り投げた。「もう、こんな物どうでもいいわ。鍵など、取るに足りないことよ」

「お嬢さまもあたしも、拳銃が使い物にならないことはわかってるじゃないですか。引き金のバネが壊れてるんですから。それに、金を盗ったのはヤンキーじゃないと思いますよ」

「そんなことは問題ではないのよ」お嬢さまは、あたしの顔も見ずにおっしゃった。「もう寝なさい」

だから、あたしが部屋を出てドアを閉め、階段を下りはじめると、お嬢さまが大声で言うのが聞こえた。「ありがとう、マッティ、とても美味しい夕食だったわ」お嬢さまが、あたしに礼をおっしゃったのは、あのときだけだった。

そう、台所仕事を終えるのにずいぶんと時間がかかった。そんなに手間取るとは思っていらっしゃらなかったんだろうね。一時間ほどすると、お嬢さまが、そっと階段を下りてらして、廊下で一瞬立ち止まられた。それから、応接間のドアの鍵を閉められるのが聞こえた。そのあと、廊下を抜けて庭に出られ、数分して戻ってらした。

外で何をなさってたんだろうと思ったけど、翌朝まで答えはわからなかった。応接間側のお庭に回られ、そのドアにも鍵をかけられたんだと思った。ほらね、旦那さまが、応接間から庭へ出るドアの外側に特別な錠をつけられたんだ。奥さまが、亡くなられる数年前にちょっとばかり弱気になられて逃げ出されたものでね。とにかく、このお屋敷の庭側のドアは、なかから閂をかけるだけなんだが、応接間のドアだけは、内側からでも外側からでも鍵をかけられるようになってるんだよ。ともかく、ヤンキーが壊すまではそうだったはずだ。

朝になって、あたしはあの男を見つけた。まあ、あたしが行ったときにはアメリアさまがもういらしたので、最初に見つけたのはあたしじゃなかった。あの男は倒れてた。あずまやの近くに大の字になって、まるで眠ってるようだったよ。そして、アメリアさまが、脇に座っていなさった。

「そんなところに座ってたら、風邪をひきますよ」

「大丈夫よ。彼を森に連れて帰るのを手伝ってくれない、マッティ」

「たった二人でですか、嬢ちゃま？」

「えっと、マリーも手伝えると思うけど、ほかの人たちには彼に触ってほしくないの」

「あたしら三人だけでは、重たすぎますよ、アメリアさま」

「あら、ゆっくり休み休み行けば何とかなるわよ。だって、彼は森に戻りたがってると思うの。ゆうべお屋敷を出たとき、森に向かっていたんじゃないのかな」

「そうかもしれないね。森に連れて帰ってやるのは別に悪いことではないと思うけどもね、森は遠いし、あたしは年よりだから、嬢ちゃんら二人だけではとてもとても。ほかの人にも手伝ってもらったほうがいいねえ」

「そうかもしれないわね。みんなだって、もう彼を傷つけるようなことはできないでしょうから」

「みんなが、彼を傷つけたんですよ、アメリアさま。誰一人、そのことからは逃げられません」

そう、もちろんアメリアさまは、あたしの言うことなんぞ信じなかったし、ほかの人たちに言ったところで信じてくれないだろうから、わざわざ言いはしなかったよ。実のところ、あの朝は、どなたもあまりしゃべらなかった。みなさん、下りてらして庭に出られ、あの男を囲んで芝生に立ち尽くしてらした。涙を流すでもなく、とても深刻な顔でただそこに立って、あの男を見ていなさった。

とうとう、ハリエットさまがおっしゃった。「苦しんだようにはまったく見えませんね」

「そうね、見えないわね」とマーサさま。

「心臓だったってことはない？」とアリスさま。「あんまり強くなかったでしょう」

「そうね」とエミリーさま。「いつも、かなりひ弱だったわ。ひょっとすると、ゆうべ興奮しすぎたのかもしれない」

「きっと衰弱していたせいもあったのよ」とエドウィナさま。「大きな原因ではなかったとしても」

「それにしても、大きな原因は何だったのでしょう」とハリエットさま。「永遠にわからないのではないかしら」

「彼の信仰のことを考えたら、聖歌隊とかのある葬儀ミサをしてあげたらきっと喜ぶわ」とマリーさま。

「その場合は、わたしが喜んで軍事儀式を執り行なうわ。兵士だったんですもの――敵とはいえ」とエミリーさま。

「ここでは、そのようなことはできませんよ」とマーサさま。「マクバーニーさんに、相応の敬意を表したとしても、ここにいるわたしたちの簡単な祈りで満足してもらうしかありません」

「少しだけ、お屋敷のなかに連れていってあげましょうよ」とアリスさま。

「そんなことをしても無意味ですよ」とマーサさま。

「森に、彼を連れていってあげたい場所があるの」とアメリアさま。「森で見つけたんだから、森に連れ戻してあげたいの」

「あたしに聞いてくださるおつもりがおありなら、日が高く昇る前に、何とかしたほうがいいと言いたいですがね」

「わかったわ、マッティ、ソファーから毛布を持ってきて」

「待って」とエドウィナさま。「わたしのを使って」とマーサさま。

駆けていかれた。

するとほかの嬢ちゃんらも、ご自分の毛布を使ってほしくて、みんなして部屋へ戻られ、ハリエットさまとあたしは、針と頑丈な糸を取りにお屋敷に入った。

戻ってみると、芝生の上にお屋敷中の毛布やらシーツやらが並べられているようだった。マーサさまは、何も文句をおっしゃらなかったよ。騒動を起こされると思ったのに、起こされなかった。

毛布に包む前に、ちいと身だしなみを整えてやった。エドウィナさまが、ハンカチを取り出して、頬と額の泥を拭いてやりなさった。ハリエットさまは髪を梳かしてやり、アリスさまは上着のボタンをかけてやり、ほかの嬢ちゃんらで芝や雑草を払ってやりなさった。

「ポケットに何か紙が入ってるわ」とマリーさま。

「入れたままにしておきなさい」とハリエットさま。

ところが、アリスさまが、取り出さないではいられなかった。二通の手紙と、古い雑誌の切り抜きだった。

「この手紙は、アメリカ合衆国、ポトマック軍、ニューヨーク第二十四歩兵連隊、C中隊、ジョン・P・マクバーニー兵卒宛よ」とアリスさま。「読み上げようか?」

「いいえ」とエドウィナさま。

「ご親族の住所が書いてあるかもしれないわ」とハリエットさま。

「必要なら、つづけなさい」とマーサさま。

そこで、アリスさまが読み上げられた。「息子のジョンへ……変わりはないかい。こちらは、相変わらずです。今年は、ジャガイモが不作でね、あんたから何か送ってもらわずに、どうやって乗り切れることやら。アメリカ軍では、いい位に就いてるのかい? 給金はいいのかい? あんたが無事で、苦労してないといいけど。ニューヨークで、定職に就いたものとばかり思ってたのに。

あんたは、いつも恥ずかしがり屋だったんだよ、ジョン。はっきりものを言えるようにならないといけないよ。出世するにはそれしかない。今年の冬は、ブリジット姉さんの咳がひどくてね。春が来たら、よくなるかもしれない。クリスマスにミサに行ったかい？　最近、告解をしてるかい？　そろそろ終わりにするね、ジョン。いい子だから、いつか、成功して金持ちになって母さんのところへ帰ってきてくれると信じてるよ。母、メアリーアン・マクバーニーより」

「差出人の住所はありますか？」とハリエットさま。

「ううん、これしか書いてないわ。さてと、二通目は、住所らしきものはないし、この屋敷にもあるブラックベリーのと同じ種類のインクで書かれたみたい。読みます？」

「そのほうがいいわ」とマリーさま。

そして、マーサさまが反対なさらなかったので、アリスさまは読み上げられた。「母さんへ……数日前にここに来て、みんなに大事にしてもらってる。この屋敷には、何人かの優しい娘さんたちがいて、二人のご婦人もとても優しい。ここへ来たとき、脚に大怪我をしてたけど、今は、よくなってきてる。ここの女性たちはすばらしいんだぜ、母さん。家にいるみたいだ。ここで一番年下の子が、書き加えてくれって言うんだ。その子がさ、自分は、俺たちのようなほんとの信仰を持ってるから、信仰のないほかの人たちが俺に危害を加えないように目を光らせててくれるんだとさ。ハハハ。まあ、ここの人たちはみんないい人だ、母さん。宗教は違ってもね」

「それだけですか？」とマーサさま。

「ええ、これだけです」とアリスさま。「さてさて、この古いハーパーズ・ウィークリーの切り抜きは、何の価値もなさそうだけど。どうしてこんなのを大事に持ってたんだろう」

「なぜだか知ってるもん」マリーさまが、切り抜きを手になさった。「裏のここを見て。広告が、あたしたちのとおんなじベリーのインクで丸く囲んであるでしょう？広告には、『本物のフランス人形、フランスから輸入。少女を喜ばせるのに最適』と書いてあるわ。そして、その下に書いてあるでしょう？　七月十八日、マリーの誕生日って」

「あんたが書いたの、それとも彼？」アリスが聞いた。

「どっちだっていいじゃない。彼が、この広告を取っといたんだから。ニューヨークに戻ったら、そのお人形さんを買ってくれるって約束してくれたのよ」

「こんな時代に、人形などいりませんよ、あなた」とマーサさま。「あった場所に戻しておきなさい」

「ほかのポケットも調べましょうか、お姉さま？」とハリエットさま。

「いいえ」

「なくなったお金が、別のポケットに入っているかもしれませんよ」

「入っていたとしても、そのままにしておきましょう」

そこで、アリスさまは、手紙と切り抜きをポケットに戻され、上着を少し整えられた。それから、あたしらは、あの男を毛布に転がした。

どの毛布を使うかで一悶着あったが、最終的にマーサさまが、一番傷んでない二枚を選ばれた。それから、あたしとハリエットさまが、それぞれ自分の針と絨毯用《じゅうたんよう》の糸を手にして、あの男を包んだ毛布を縫い上げた。

縫い上げる前に、ハリエットさまが、羽織ってらしたスペイン製のレースのショールを外して顔にかけてやった。それから、あたしは、毛布の上下を折り畳んでしっかり縫った。最後に、みんなで、包みをあの古い担架に転がして載せた。マーサさまが、あの男の脚を切ったときにみんなしてこさえた担架だ。

「さあ、アメリアさんの提案に従って」とマーサさま。

「森へ連れ戻してあげましょう」


そこで、ハリエットさまとエミリーさまが前の支柱を、マーサさまとあたしが後ろの支柱を持ち、アメリアさまがみんなを先導して、ほかの嬢ちゃんらが穴掘りの道具を持ってあとにつづき、みんなで森に向かった。

まあ、行き着くのはたやすいこっちゃなかったよ。アメリアさまは、選りにも選ってヴァージニア州でもとびきり深い泥の穴や、茨や蔦《つた》がうっそうと生い茂り、丸太や大きな岩が転がってる場所を抜けて、険しい丘を越え、滑りやすい土手を下る道を案内なさったに違いないね。アリスさまとエミリーさまは、ときどき交替で前の支柱二本を持たれたが、後ろの支柱を持ってたマーサさまとあたしは、ずっと交替しなかった。

一番の難関は最後の最後で、棘と茨の一枚壁のようなとこを這いつくばって、地面の上をあの担架を押したり引いたりしなければならなかった。すると、小さな空き地があって、あたしらは、息を整えてから掘りにかかった。

地面は柔らかで、みんなで協力したんで、あまり時間はかからなかったね。マーサさまとアメリアさまが満足するだけの深さになると、ヤンキーを入れた。それから、担架から支柱を外し、マーサさまが、もう使わないだろうとおっしゃるので、担架ごと穴に入れた。最後に、穴を埋めにかかる前に、マーサさまが、お祈りを捧げた。

あたしは、お祈りが始まった途端、少し離れて大泣きしてしまったんで、ほとんど聞こえなかった。泣いたのが、自分だけだったのかどうかわからないけども、泣かずにはいられなかったよ。こんなことになる必要はまったくなかったんだ、と思ったからだけじゃない。実は、あの男をこうやって埋めると思うと、見ず知らずのところに行かされて、そこで死なきゃならなかった亭主のベンのことを思い出したからだ。

いいかい、あのとき、あたしは、あんなことになったからって誰のことも責めてなかったよ、今だって、自分以外の誰かを責めてるのかどうか。あたしが果たした役割については責めを負うけども、いったいそれにどれだけの意味があるのか。あのとき、あたしがしたことにはわけがあった、よくわからないけども、あの男が、すぐにまた戻ってきて、おんなじことがまた起きたとしたら、あたしは、別のどんなわけを見つけるんだろうねえ。

それはさておき、少しばかり聞こえたお祈りのなかに、「赦し《ゆる》」という言葉があった。マーサさまが、起きてしまったこと、自分がしてしまったことを詫びてらしたのか、お祈りで普通するように、あたしら哀れな罪人《つみびと》全員にお慈悲をと、ありきたりに神さまにお願いしていただけなのか、まったくわからない。そのあとマリーさまが、死んだカトリック教徒にはこちらのほうがふさわしいとおっしゃって、短いお祈りを捧げられた。それから、ハリエットさまとほかの方たちが、土の塊を投げ入れられ、あたしは涙を拭いて、みなさんといっしょにシャベルで土を入れるのを手伝った。

もう一つだけ。土をかぶせる前に、アメリアさまがしゃがまれて、古い宝石箱を毛布の上に置かれた。

「何を置いているんです、あなた?」とマーサさま。

「その箱に何が入っているんです?」

「亀さんよ」とマリーさま。「その亀さんとジョニーを、彼女は世界中で一番大切にしていたから、いっしょに埋めてあげたいんだと思うわ」

「いいでしょう。つづけて、マッティ」

そこで、あたしらが埋め終えると、アメリアさまが、嬢ちゃんらに、松の小枝のある場所を教えてくださり、みんなで土の上にその小枝を置いて、ハリエットさまとエドウィナさまが摘んでらした野の花を置いた。

それから、みんなでお屋敷に戻った。確か十時ごろで、暑い日になりそうだった。

帰り道で、マリーさまが、今日は授業をするのかと聞かれると、マーサさまは、しないわけがないでしょうと答えられた。「あなたたち生徒は、勉強するためにファーンズワースにいるのですよ。そして、ハリエット先生とわたしは、みなさんに教えるためにいるのです。それが、先生たちの義務なのですから、すべきことはしなくてはなりません」

訳者あとがき

本書は、トーマス・カリナンの *The Beguiled*（H. Wolff, New York, 1966）の全訳である。

南北戦争の末期に、右脚に重傷を負った若い北軍兵士ジョン・マクバーニーは、ヴァージニア州の森のなかでアメリアという少女に救われ、ファーンズワース女学園に連れていかれる。そこは、マーサ・ファーンズワースが妹のハリエットと営む女学園で、ほかには黒人奴隷マッティと女子生徒五人の女ばかり八人が、戦火を避けつつ自給自足の生活をする女の園だった。

マーサは、本来ならば南軍に引き渡さなければならない敵兵をかくまうことに戸惑いつつも、マクバーニーに治療を施して手厚く看護する。その甲斐《かい》あって、マクバーニーはめきめき回復し、庭の手入れを手伝えるほどになる。敵兵という不安からか、二十歳という若さからか、マクバーニーは、みんなに甘い言葉をかけて気に入られようとする。

最年少のマリーは反抗的な子で、マーサ先生から、幾度となく夕食抜きで自室にいるよう命じられているが、同じカトリック教徒だということもあってマクバーニーに興味を抱き、部屋を抜け出しては会いにいく。森でマクバーニーを発見したアメリアは、自然や生き物が大好きな優しく純粋な少女で、常にマクバーニーに親身に尽くし、どんなときにも彼の味方をする。この最年少の二人は、あどけない愛着をマクバーニーに抱く。エミリーは、エドウィナより一つ年下だが、ファーンズワース姉妹が不在のときには生徒たちの管理を任されるほどの優等生で、超然としており、彼に恋心を抱くことはない。だが、最年長のエドウィナは、誰にも言えぬ秘密を抱えており、気難しく、マーサ先生にも厄介者扱いされていることもあってか、彼だけは自分のことをわかってくれると心をときめかせるようになる。アリスは、売春婦の母親に育てられ、父親も行方知れずの慈善給費生だが、学園一の美人で、お色気たっぷりにマクバーニーに迫る。ハリエットは、若いころのたった一度の過ちのせいで姉マーサに負い目を感じて逆らえず、常に自分の気持ちを抑えてきたが、マクバーニーの存在により、強い一面を垣間見せるようになる。そして、自らも大きな秘密を抱え、心に傷を負いつつ、学園長としての重圧にひたすら耐えてきたマーサも、マクバーニーの甘言に惑わされて(beguiled)しまう。

こうしたさまざまな特徴や背景を持つ女性たちが、学園という閉ざされた空間のなかで、それなりに均衡を保ちつつ暮らしてきた。だが、そこに若い兵士マクバーニーが突如舞い込んだことで、さまざまな事件が起きる。

物語の結末は、何とも悲しい。それでも、この作品に根っからの悪人が一人もいないことに救われる。惑わす側のマクバーニーさえも、悪人ではないように思われる。アイルランドでの貧しい生活から逃れたくてアメリカに渡り、南軍、北軍どちらの大義に賛成したでもなく、手柄を立てて出世し、金儲けがしたいと北軍の傭兵になった、そんな背景が、彼を八方美人にさせたのではなかろうか。学園にかくまわれ、生まれてはじめて人間の本当の優しさに触れ、ことによると彼も惑わされていたのかもしれない。要するに、黒人奴隷のマッティと少女アメリアを除く登場人物全員が、「惑わされし者たち」(the beguiled)だったように思われる。二人がそれぞれ回想する「もし……していたら、もし……していなかったら」という言葉が忘れられない。人生とはそんなものかもしれない。

この作品は、二度映画化されている。一作目は、一九七一年にドン・シーゲル監督がサスペンスタッチで描き、『白い肌の異常な夜』の邦題で日本でも公開された。クリント・イーストウッドが、マクバーニーを演じている。二作目は、二〇一七年にソフィア・コッポラ監督が、女性の立場に立って描き直し、コリン・ファレルがマクバーニーを、ニコール・キッドマンがマーサを演じている。コッポラは、本作で二〇一七年カンヌ国際映画祭の監督賞を受賞した。この映画は、二〇一八年二月に『The Beguiled／ビガイルド 欲望のめざめ』のタイトルで日本公開が予定されている。二作目のほうが、学園の環境設定など原作に近いように思う。

二〇一七年十月

青柳伸子

【著者・訳者略歴】

トーマス・カリナン（Thomas Cullinan）

1919-1995。小説家、脚本家、テレビドラマ作家。*The Beguiled*（1966）が、1971年にクリント・イーストウッド主演で映画化され、2017年にはソフィア・コッポラ監督により、ニコール・キッドマン、コリン・ファレル、キルスティン・ダンストのキャストでリメイクされた。他の著書に、*The Besieged*（1970）、*The Eighth Sacrament*（1977）、*The Bedeviled*（1978）などがある。

青柳伸子（あおやぎ・のぶこ）

翻訳家。青山学院大学文学部英米文学科卒業。訳書に、フリア・アルバレス『蝶たちの時代』、ドリス・レッシング『老首長の国』、ジム・バゴット『原子爆弾　1938～1950年』、ロナン・パラン、リチャード・マーフィー、クリスチアン・シャヴァニュー『【徹底解明】タックスヘイブン』（以上作品社）などがある。

カヴァー・扉
『The Beguiled/ビガイルド 欲望のめざめ』
提供：東北新社
配給：アスミック・エース STAR CHANNEL MOVIES

ビガイルド　欲望のめざめ

2017年12月25日初版第1刷印刷
2017年12月30日初版第1刷発行

著　者　トーマス・カリナン
訳　者　青柳伸子
発行者　和田肇
発行所　株式会社作品社
〒102-0072　東京都千代田区飯田橋2-7-4
TEL.03-3262-9753　FAX.03-3262-9757
http://www.sakuhinsha.com
振替口座00160-3-27183

装　幀　水崎真奈美（BOTANICA）
本文組版　前田奈々
編集担当　青木誠也
印刷・製本　シナノ印刷株式会社

ISBN978-4-86182-676-4 C0097

【作品社の本】

悪しき愛の書

フェルナンド・イワサキ著　八重樫克彦、八重樫由貴子訳

9歳での初恋から23歳での命がけの恋まで——彼の人生を通り過ぎて行った、10人の乙女たち。バルガス・リョサが高く評価する“ペルーの鬼才”による、振られ男の悲喜劇。
ダンテ、セルバンテス、スタンダール、プルースト、ボルヘス、トルストイ、パステルナーク、ナボコフなどの名作を巧みに取り込んだ、日系小説家によるユーモア満載の傑作長篇！

ISBN978-4-86182-632-0

悪い娘《こ》の悪戯《いたずら》

マリオ・バルガス＝リョサ著　八重樫克彦、八重樫由貴子訳

50年代ペルー、60年代パリ、70年代ロンドン、80年代マドリッド、そして東京……。
世界各地の大都市を舞台に、ひとりの男がひとりの女に捧げた、40年に及ぶ濃密かつ凄絶な愛の軌跡。
ノーベル文学賞受賞作家が描き出す、あまりにも壮大な恋愛小説。

ISBN978-4-86182-361-9

チボの狂宴

マリオ・バルガス＝リョサ著　八重樫克彦、八重樫由貴子訳

1961年5月、ドミニカ共和国。31年に及ぶ圧政を敷いた稀代の独裁者、トゥルヒーリョの身に迫る暗殺計画。恐怖政治時代からその瞬間に至るまで、さらにその後の混乱する共和国の姿を、待ち伏せる暗殺者たち、トゥルヒーリョの腹心ら、排除された元腹心の娘、そしてトゥルヒーリョ自身など、さまざまな視点から複眼的に描き出す、圧倒的な大長篇小説！

ISBN978-4-86182-311-4

無慈悲な昼食

エベリオ・ロセーロ著　八重樫克彦、八重樫由貴子著

「タンクレド君、頼みがある。ボトルを持ってきてくれ」地区の人々に昼食を施す教会に、風変わりな飲んべえ神父が突如現われ、表向き穏やかだった日々は風雲急。誰もが本性をむき出しにして、上を下への大騒ぎ！　神父は乱酔して歌い続け、賄い役の老婆らは泥棒猫に復讐を、聖具室係の養女は平修女の服を脱ぎ捨てて絶叫！　ガルシア＝マルケスの再来との呼び声高いコロンビアの俊英による、リズミカルでシニカルな傑作小説。

ISBN978-4-86182-372-5

顔のない軍隊

エベリオ・ロセーロ著　八重樫克彦、八重樫由貴子訳

ガルシア＝マルケスの再来と謳われるコロンビアの俊英が、母国の僻村を舞台に、今なお止むことのない武力紛争に翻弄される庶民の姿を哀しいユーモアを交えて描き出す、傑作長篇小説。スペイン・トゥスケツ小説賞受賞！　英国「インデペンデント」外国小説賞受賞！

ISBN978-4-86182-316-9

誕生日

カルロス・フエンテス著　八重樫克彦、八重樫由貴子訳

過去でありながら、未来でもある混沌の現在＝螺旋状の時間。
家であり、町であり、一つの世界である場所＝流転する空間。
自分自身であり、同時に他の誰もである存在＝互換しうる私。
目眩めく迷宮の小説！　『アウラ』をも凌駕する、メキシコの文豪による神妙の傑作。

ISBN978-4-86182-403-6

【作品社の本】

逆さの十字架　マルコス・アギニス著　八重樫克彦、八重樫由貴子訳

アルゼンチン軍事独裁政権下で警察権力の暴虐と教会の硬直化を激しく批判して発禁処分、しかしスペインでラテンアメリカ出身作家として初めてプラネータ賞を受賞。欧州・南米を震撼させた、アルゼンチン現代文学の巨人マルコス・アギニスのデビュー作にして最大のベストセラー、待望の邦訳！

ISBN978-4-86182-332-9

天啓を受けた者ども　マルコス・アギニス著　八重樫克彦、八重樫由貴子訳

合衆国南部のキリスト教原理主義組織と、中南米一円にはびこる麻薬ビジネスの陰謀。アメリカ政府と手を結んだ、南米軍事政権の恐怖。アルゼンチン現代文学の巨人マルコス・アギニスの圧倒的大長篇。野谷文昭氏激賞！

ISBN978-4-86182-272-8

マラーノの武勲　マルコス・アギニス著　八重樫克彦、八重樫由貴子訳

「感動を呼び起こす自由への賛歌」——マリオ・バルガス＝リョサ絶賛！　16～17世紀、南米大陸におけるあまりにも苛烈なキリスト教会の異端審問と、命を賭してそれに抗したあるユダヤ教徒の生涯を、壮大無比のスケールで描き出す。アルゼンチン現代文学の巨匠アギニスの大長篇、本邦初訳！

ISBN978-4-86182-233-9

ゴーストタウン　ロバート・クーヴァー著　上岡伸雄、馬籠清子訳

辺境の町に流れ着き、保安官となったカウボーイ。酒場の女性歌手に知らぬうちに求婚するが、町の荒くれ者たちをいつの間にやら敵に回して、命からがら町を出たものの——。書き割りのような西部劇の神話的世界を目まぐるしく飛び回り、力ずくで解体してその裏面を暴き出す、ポストモダン文学の巨人による空前絶後のパロディ！

ISBN978-4-86182-623-8

ようこそ、映画館へ　ロバート・クーヴァー著　越川芳明訳

西部劇、ミュージカル、チャップリン喜劇、『カサブランカ』、フィルム・ノワール、カートゥーン……。あらゆるジャンル映画を俎上に載せ、解体し、魅惑的に再構築する！　ポストモダン文学の巨人がラブレー顔負けの過激なブラックユーモアでおくる、映画館での一夜の連続上映と、ひとりの映写技師、そして観客の少女の奇妙な体験！

ISBN978-4-86182-587-3

ノワール　ロバート・クーヴァー著　上岡伸雄訳

“夜を連れて”現われたベール姿の魔性の女《ファム・ファタール》「未亡人」とは何者か!?　彼女に調査を依頼された街の大立者「ミスター・ビッグ」の正体は!?　そして「君」と名指される探偵フィリップ・M・ノワールの運命やいかに!?　ポストモダン文学の巨人による、フィルム・ノワール／ハードボイルド探偵小説の、アイロニカルで周到なパロディ！

ISBN978-4-86182-499-9

老ピノッキオ、ヴェネツィアに帰る

ロバート・クーヴァー著　斎藤兆史、上岡伸雄訳

晴れて人間となり、学問を修めて老境を迎えたピノッキオが、故郷ヴェネツィアでまたしても巻き起こす大騒動！　原作のオールスター・キャストでポストモダン文学の巨人が放つ、諧謔と知的刺激に満ち満ちた傑作長篇パロディ小説！

ISBN978-4-86182-399-2

【作品社の本】

分解する

リディア・デイヴィス著　岸本佐知子訳

リディア・デイヴィスの記念すべき処女作品集！

「アメリカ文学の静かな巨人」のユニークな小説世界はここから始まった。　ISBN978-4-86182-582-8

サミュエル・ジョンソンが怒っている

リディア・デイヴィス著　岸本佐知子訳

これぞリディア・デイヴィスの真骨頂！

強靭な知性と鋭敏な感覚が生み出す、摩訶不思議な56の短編。　ISBN978-4-86182-548-4

話の終わり

リディア・デイヴィス著　岸本佐知子訳

年下の男との失われた愛の記憶を呼びさまし、それを小説に綴ろうとする女の情念を精緻きわまりない文章で描く。「アメリカ文学の静かな巨人」による傑作。待望の長編！　ISBN978-4-86182-305-3

孤児列車

クリスティナ・ベイカー・クライン著　田栗美奈子訳

91歳の老婦人が、17歳の不良少女に語った、あまりにも数奇な人生の物語。火事による一家の死、孤児としての過酷な少女時代、ようやく見つけた自分の居場所、長いあいだ想いつづけた相手との奇跡的な再会、そしてその結末……。すべてを知ったとき、少女モリーが老婦人ヴィヴィアンのために取った行動とは――。

感動の輪が世界中に広がりつづけている、全米100万部突破の大ベストセラー小説！


ISBN978-4-86182-520-0

名もなき人たちのテーブル

マイケル・オンダーチェ著　田栗美奈子訳

わたしたちみんな、おとなになるまえに、おとなになったの――11歳の少年の、故国からイギリスへの3週間の船旅。それは彼らの人生を、大きく変えるものだった。仲間たちや個性豊かな同船客との交わり、従姉への淡い恋心、そして波瀾に満ちた航海の終わりを不穏に彩る謎の事件。

映画『イングリッシュ・ペイシェント』原作作家が描き出す、せつなくも美しい冒険譚。


ISBN978-4-86182-449-4

ハニー・トラップ探偵社

ラナ・シトロン著　田栗美奈子訳

「エロかわ毒舌キュート！　ドジっ子女探偵の泣き笑い人生から目が離せません（しかもコブつき）」――岸本佐知子さん推薦。スリルとサスペンス、ユーモアとロマンス――一粒で何度もおいしい、ハチャメチャだけど心温まる、とびっきりハッピーなエンターテインメント。　ISBN978-4-86182-348-0

【作品社の本】

ウールフ、黒い湖

ヘラ・S・ハーセ　國森由美子訳

ウールフは、ぼくの友だちだった――オランダ領東インド。農園の支配人を務める植民者の息子である主人公「ぼく」と、現地人の少年「ウールフ」の友情と別離、そしてインドネシア独立への機運を丹念に描き出し、一大ベストセラーとなった〈オランダ文学界のグランド・オールド・レディー〉による不朽の名作、待望の本邦初訳！　ISBN978-4-86182-668-9

心は燃える

J・M・G・ル・クレジオ著　中地義和・鈴木雅生訳

幼き日々を懐かしみ、愛する妹との絆の回復を望む判事の女と、その思いを拒絶して、乱脈な生活の果てに恋人に裏切られる妹。先人の足跡を追い、ペトラの町の遺跡へ辿り着く冒険家の男と、名も知らぬ西欧の女性に憧れて、夢想の母と重ね合わせる少年。ノーベル文学賞作家による珠玉の一冊！

ISBN978-4-86182-642-9

嵐

J・M・G・ル・クレジオ著　中地義和訳

韓国南部の小島、過去の幻影に縛られる初老の男と少女の交流。ガーナからパリへ、アイデンティティーを剝奪された娘の流転。ル・クレジオ文学の本源に直結した、ふたつの精妙な中篇小説。

ノーベル文学賞作家の最新刊！　ISBN978-4-86182-557-6

迷子たちの街

パトリック・モディアノ著　平中悠一訳

さよなら、パリ。ほんとうに愛したただひとりの女……。2014年ノーベル文学賞に輝く《記憶の芸術家》パトリック・モディアノ、魂の叫び！　ミステリ作家の「僕」が訪れた20年ぶりの故郷・パリに、封印された過去。息詰まる暑さの街に《亡霊たち》とのデッドヒートが今はじまる――。ISBN978-4-86182-551-4

失われた時のカフェで

パトリック・モディアノ著　平中悠一訳

ルキ、それは美しい謎。現代フランス文学最高峰にしてベストセラー……。

ヴェールに包まれた名匠の絶妙のナラション（語り）を、いまやわらかな日本語で――。

あなたは彼女の謎を解けますか？

併録「『失われた時のカフェで』とパトリック・モディアノの世界」。ページを開けば、そこは、パリ

ISBN978-4-86182-326-8

人生は短く、欲望は果てなし

パトリック・ラペイル著　東浦弘樹、オリヴィエ・ビルマン訳

妻を持つ身でありながら、不羈奔放なノーラに恋するフランス人翻訳家・ブレリオ。

やはり同様にノーラに惹かれる、ロンドンで暮らすアメリカ人証券マン・マーフィー。

英仏海峡をまたいでふたりの男の間を揺れ動く、運命の女《ファム・ファタール》。

奇妙で魅力的な長篇恋愛譚。フェミナ賞受賞作！　ISBN978-4-86182-404-3

【作品社の本】

蝶たちの時代

フリア・アルバレス著　青柳伸子訳

ドミニカ共和国反政府運動の象徴、ミラバル姉妹の生涯！

時の独裁者トルヒーリョへの抵抗運動の中心となり、命を落とした長女パトリア、三女ミネルバ、四女マリア・テレサと、ただひとり生き残った次女デデの四姉妹それぞれの視点から、その生い立ち、家族の絆、恋愛と結婚、そして闘いの行方までを濃密に描き出す、傑作長篇小説。

全米批評家協会賞候補作、アメリカ国立芸術基金全国読書推進プログラム作品。　ISBN978-4-86182-405-0

老首長の国　ドリス・レッシング アフリカ小説集

ドリス・レッシング著　青柳伸子訳

自らが五歳から三十歳までを過ごしたアフリカの大地を舞台に、入植者と現地人との葛藤、古い入植者と新しい入植者の相克、巨大な自然を前にした人間の無力を、重厚な筆致で濃密に描き出す。

ノーベル文学賞受賞作家の傑作小説集！　ISBN978-4-86182-180-6

被害者の娘

ロブリー・ウィルソン著　あいだひなの訳

同窓会出席のため、久しぶりに戻った郷里で遭遇した父親の殺人事件。元兵士の夫を自殺で喪った過去を持つ女を翻弄する、苛烈な運命。田舎町の因習と警察署長の陰謀の壁に阻まれて、迷走する捜査。十五年の時を経て再会した男たちの愛憎の桎梏に、絡めとられる女。

亡き父の知られざる真の姿とは？　そして、像を結ばぬ犯人の正体は？　ISBN978-4-86182-214-8

ボルジア家

アレクサンドル・デュマ著　田房直子訳

教皇の座を手にし、アレクサンドル六世となるロドリーゴ、その息子にして大司教／枢機卿、武芸百般に秀でたチェーザレ、フェラーラ公妃となった奔放な娘ルクレツィア。一族の野望のためにイタリア全土を戦火の巷にたたき込んだ、ボルジア家の権謀と栄華と凋落の歳月を、文豪大デュマが描き出す！

ISBN978-4-86182-579-8

メアリー・スチュアート

アレクサンドル・デュマ著　田房直子訳

三度の不幸な結婚とたび重なる政争、十九年に及ぶ監禁生活の果てに、エリザベス一世に処刑されたスコットランド女王メアリー。悲劇の運命とカトリックの教えに殉じた、孤高の生と死。

文豪大デュマの知られざる初期作品、本邦初訳。　ISBN978-4-86182-198-1

ストーナー

ジョン・ウィリアムズ著　東江一紀訳

「これはただ、ひとりの男が大学に進んで教師になる物語にすぎない。

しかし、これほど魅力にあふれた作品は誰も読んだことがないだろう」トム・ハンクス。

半世紀前に刊行された小説が、いま、世界中に静かな熱狂を巻き起こしている。

名翻訳家が命を賭して最期に訳した、“完璧に美しい小説”第1回日本翻訳大賞「読者賞」受賞！

ISBN978-4-86182-500-2